얼굴없는 軍師

두억시니

전봉준과 동학란의 풀리지 않은 수수께끼

고두현 지음

나노미디어

글을 시작하면서…

　1894년에 터진 이른바 동학란東學亂 혹은 갑오농민전쟁은 우리의 근대사에 엄청난 영향을 미친, 그야말로 '큰일'이었다.

　한때는 전주성全州城을 점령하고 재봉기해서는 공주公州까지 육박해 들어갔던 동학농민군은 최신무기를 지닌 일본군과 연합한 정부군의 막강한 화력에 막혀 '새나라만들기'의 꿈이 깨지고 만다.

　비록 큰뜻을 이루지는 못했으나 키가 작아 '녹두장군'이라 불리웠던 전봉준은 꺾이지 않는 신념과 불꽃같은 삶을 돌이켜 볼 수 있으며, 친화력, 설득력, 통솔력이 뛰어난데다 먼 장래를 내다보는 눈까지 지녔던 큰 인물로 지금도 평가되고 있다.

　그러나 그를 보좌해서 동학농민군을 움직인 군사軍師에 대한 기록은 없다. 이 전쟁에서 일어났던 참혹한 피비린내 나는 이야기에 얼굴 없는 복면군사軍師 '두억시니'를 등장시켜 한가닥 낭만의 올을 엮어 보려고 이 글을 썼다.

　본격적인 소설이라고 내세울 생각도 없고 그런 배짱도 없다.그런데 이런 경우 우리말에는 딱 알맞은 말이 있다. 바로 '이야기'다.

　그렇다 동학농민전쟁을 소재삼은 하나의 이야기로 재미있게 읽어 주시는 독자가 계시다면 지은이로서는 이이상 다행한 일이 없겠다.

　이 책이 나오도록 주선해주신 지문사 오응근 사장님과 출판을 기꺼이 맡아주신 나노미디어의 강찬석 사장님 그리고 책이 제모습을 갖추도록 수고해주신 편집진 여러분들에게 감사를 드린다

2007년 초가을
지은이 고두현

차례

첫번째 이야기
문둥이 군사 두억시니
軍 師

나뭇잎이 다 떨어져 앙상한 모습을 드러내고 있는 겨울밤의 감나무처럼 을씨년스러운 것도 드물다.

1894년(갑오년) 1월 10일 저녁.

배들의 말목장터 삼거리 감나무 밑에 모여든 수많은 농민들은 날카로운 살기를 뿜어내고 있었다. 앉아서 굶어죽느니 고부관아로 쳐들어가 군수 조병갑의 목을 잘라 장대 높이 달고 전주감영을 짓밟은 뒤 서울로 밀고 올라가 나라를 바로 잡자는 한결같은 염원이 그들을 한 덩어리로 뭉치게 만들고 있었다.

머리에는 흰 수건을 질끈 동여맸고 손에는 대나무를 뾰족하게 깎아 만든 죽창이나 무기로도 쓸 수 있는 낫, 곡괭이 등을 저마다 쥐고 있었다. 조금 형편이 나은 사람은 그래도 솜이 들어간 바지, 저고리 차림이지만 대부분은 누더기 핫바지에 벼 가마니를 잘라 펴서 어깨에 걸쳐 추위로부터 체온을 지키려 애를 쓰고 있었다.

감나무 밑에 말고삐를 잡고 서 있던 건장한 사나이가 바로 옆의 몸집 작은 사나이에게 나지막한 목소리로 말했다.

"장군, 달이 서산에 걸렸소. 이제 슬슬 출발합시다."

몸이 작아 녹두장군이라 불리는 전봉준은 고개를 끄덕이더니 날렵하게 말안장 위에 올랐다.

건장한 사나이도 두툼한 손으로 말 엉덩이를 툭툭 치더니 이내 검은 말에 올라탔으나 괴이하게도 그의 얼굴은 복면으로 가려져 있었다.

복면 사이로 번뜩이는 눈매는 시원했고 큰 칼을 등에 맨 몸집은 우람해 가히 장수다웠으나 이 무리의 우두머리는 전봉준이다.

"군사(軍師) 함께 앞장섭시다."

전봉준 장군은 복면의 건장한 사나이를 분명 군사라고 불렀다. 군사란 오늘날의 참모총장과 같은 자리로 모든 작전이 그에게서 나온다고 할 수 있다.

동학군은 천천히 감나무 밑을 떠나 그들의 원한의 대상이 되고 있는 군수 조병갑이 묵고 있는 고부관아로 향했다. 이것이 우리 역사에는 그 유래를 찾아보기 힘든 농민이 주체가 된 혁명인 동학란, 일명 갑오농민전쟁의 시작이었다.

이제 100년 남짓 밖에 지나지 않았지만 동학란의 역사적 사실을 밝히는 데에는 아직도 풀어지지 않은 수수께끼가 많다. 그것은 전봉준의 생년월일과 태어난 곳 그리고 처음으로 거사한 날짜도 정확하지 않지만 문헌마다 그 기록이 다를 뿐만 아니라 그 많은 농민들을 동원해서 전주까지 점령하고 서울서 내려온 관군을 철저하게 괴롭힌 동학군의 군사가 누구인지도 밝혀지지 않고 있다.

다만 당시의 귀중한 역사적 자료인 동학의 궐기 취지와 결의가 담긴 사발통문의 맨 끝 부분은 '우와 여희 결의가 되고 따라서 군략(軍略)에 능하고 서사(庶事)에 민활한 영도자가 될 장……' 이라는데까지만 읽을 수 있고 그 뒤는 도저히 알아볼 수가 없어 동학군 즉 농민군의 군사는 오늘까지도 베일에 가려져 있는 셈이다.

✲

자기네 피를 빨아 먹은 조병갑 군수와 그의 수하인 아전들을 피의 제물로 삼기 위해 밤길을 고부관아로 향하고 있는 동학군들은 그들의 수령인 전봉준 장군은 불사신이며 전장군이 써준 부적만 몸에 지니고 있으면 총알도 비켜간다고 굳게 믿고 있었다. 그만치 전봉준의 동학군들 사이에 널리 알려진 인물이고 신망도 두터웠다. 하지만 그들도 전봉준과 나란히 말을 몰고 있는 우람한 복면군사에 대해서는 별로 아는 바가 없다.

"이봐, 저 사람은 뭐야? 전봉준 장군 옆에 복면을 쓰고 나란히 가는 저

덩치 큰 사나이 말이야."

"으음, 나도 모르겠네. 왜 저 사람은 복면으로 얼굴을 가리고 있지? 무슨 죄를 지었나?"

"설사 관가에는 죄인이라하더라도 우리들에게는 죄인이 아니잖아. 그리고 세상이 바뀌는 이 마당에 왜 얼굴을 감춘단 말인가?"

고부관아를 향해 진군하고 있는 그들의 눈에도 복면군사의 모습은 괴이하게 비칠 수밖에 없었다. 사람이 많으면 그 가운데에는 아는 것이 많거나 아는 체하는 사람이 있기 마련이다.

"저 사람이 복면을 쓰고 있는 것은 죄인이기 때문이 아니라 문둥이기 때문이야."

"……."

말목장터에서 비교적 가까운 두지리에서 왔다는 돌쇠가 선뜻 내뱉은 이 한마디는 그 둘레 사람들의 더욱 많은 호기심을 갖게 만들었다.

"그……그게 정말이야? 저 사람이 문둥이야?"

"그렇다니까. 송인호 어른께 들은 말이니 틀림없어."

송인호는 이번 거사를 모의하기 위해 서부 죽산리 송두호 집에 모였던 사람 가운데 하나이니 믿을 수밖에 없는 노릇이었다.

문둥병이란 어쩌면 그 당시에는 가장 무서운 병이었는지 모른다. 나병(癩病) 혹은 대풍창(大風瘡)이라고도 불린 문둥병은 나균에 의한 만성전염병으로 진행이 되면 피부가 문드러지고 손가락 발가락이 마디로부터 끊어져 몸에서 떨어져 나가기도 한다. 때로는 온몸에 홍갈색의 반점이 생기고 신경이 마비되며 눈썹과 머리털이 빠지며 종양이 생겨 얼굴이 소위 '사자얼굴'로 변하기도 한다.

노르웨이의 한센이 문둥병의 원인인 나균을 발견한 것은 동학란이 일어나기 20년 전인 1874년의 일이다. 그래서 문둥병은 한센병이라고도 불린다. 서양에서는 레프라(Lepra)라고도 불리우는 문둥병은 구약성경에 따르면 중동지방에도 많았던 모양이다. 오래전 이스라엘에서는 문둥병 걸린 사람들을 일정 장소에 격리시켜 다른 사람에게 전염되는 것을 막았으며 환자가 격리장소를 떠나 일반사람들 가까이 갈 때에는 한눈에 문둥이임을 알 수 있는 복장을 하고 입으로는 '문둥이가 갑니다' 라는 경고를 자주 되풀이해야만 했다. 지난날 문둥병은 하늘이 죄인에게 내린 벌로서의 병으로 받아들여져 천형병(天刑病)이라 일컬어졌었다.

사실은 나균의 전염력은 약해 환자의 고름이나 콧물, 침 등에 장기간 직접 접촉하지 않으면 감염되지 않았지만 별다른 치료 방법이 없었던 당시에는 문둥병이란 정말 무서운 병이었다.

"하필이면 사람이 없어 문둥이에게 군사를 맡기다니……"

예정에서 백정노릇을 하다가 이 거사에 참가했다는 범수가 못마땅한 듯 말했다.

"그건 모르는 소리야. 저 문둥이는 제갈공명 뺨치게 군략이 뛰어난데다가 수박(手搏)을 비롯, 여러 무예에 뛰어난 달인이야. 생각해보게. 오죽 재주가 빼어났으면 문둥이에게 군사를 맡기겠나."

돌쇠의 풀이는 그럴듯했다. 수박이란 부여, 고구려 등으로부터 이어져 내려온 우리 고유의 격투기로 오늘날 태권도의 뿌리 가운데 하나로 여겨지고 있다.

"그래? 문둥이가 아니 저 군사가 수박의 달인이야?"

어찌보면 힘이 지배하는 남자들의 세계는 단순하다. 범수는 복면군사가 수박의 달인이라는 사실 하나만으로 존경심을 품은 듯 말투가 달라진다. 동학군은 고부관아 습격에 앞서 대열정비를 위해 운학동으로 향하고 있었다.

✳

전봉준이 복면군사를 처음 만난 것은 1년 전인 1893년 가을 줄포항구에서였다. 줄포에는 조선의 곡창지대인 호남평야에서 거둬들인 질 좋은 쌀이 몰려들어 일본으로 실려가기 위해 객주 창고마다 그득히 쌓여 있었다. 엄청난 무력을 배경삼아 조선정부를 협박해서 겁탈하다시피 맺은 강화조약(1876년)에 따라 조선은 부산, 원산, 인천 등의 항구를 일본에 열어주었고, 일본인 거류민의 치외법권을 인정한데다가 일본상품에 대해서는 관세를 부과할 수 없다는 무관세 무역조항까지 받아들여 버렸다.

관리와 지주들의 착취로 끼니조차 이어가기 어려웠던 조선농민들은 강화조약에 따른 개국으로 숨통마저 끊어질 지경이었다. 일본상인들이 조선의 쌀을 싹 쓸어가기 때문이었다.

개국과 동시에 시작된 일본과의 무역은 그 내용이 조선 쌀 구입이 전체의 80%에 이를 정도였다. 따라서 조선 국내에서는 쌀이 모자라 쌀값도 2배, 3배로 폭등했다.

그 비싼 쌀도 그나마 돈을 주고 살 수 없을 만치 구하기가 힘들었으며, 농민들이 생산한 쌀은 거둬들이는 족족 일본상인이 매점해 버렸다. 마지막에는 논에 심은 묘마저 일본상인들에게 매점당하는 사태에 이르렀다. 그 뿐만 아니라 일본상인들은 농민들의 어려운 생활형편을 악용해서 높은 이자로 돈을 빌려주어 이중, 삼중으로 조선농민들을 착취했다.

'이대로 나가다가는 나라가 망하고 만다. 썩은 조선의 관리와 악덕지주 그리고 욕심 사나운 왜놈 상인들을 물리쳐야만 백성들이 살 수가 있다.'

이미 무력봉기의 길밖에 남지 않았다고 판단을 내린 전봉준은 농민들의 피땀의 열매인 쌀이 일본으로 실려 나가는 현장의 상황을 살피기 위해 슬며시 줄포에 모습을 나타냈던 것이다.

경제적으로 일본에게 수탈당하는 가운데 부둣가에는 쌀가마를 나르는 인부와 화물선의 선원 그리고 일본상인, 조선객주 등을 고객으로 삼는 술집, 밥집 등이 제법 흥청대고 있었다.

'배도 제법 출출하니 끼니나 떼울까' 전봉준이 마땅한 밥집을 물색할 요량으로 두리번거리고 있을 때였다.

"요……용서하십쇼. 소인이 잘못했습니다. 제발 살려주십쇼."

자신의 귀를 때리는 비명에 가까운 애원 소리에 전봉준은 그쪽으로 고개를 돌렸다. 참으로 별난 광경이었다.

하역인부인 듯싶은 조선인이 쌀가마를 땅에 내려놓은 채 엎드려 고개를 조아리고 사죄하는 앞에는 일본 옷인 하오리 하카마를 걸친 일본상인이 엄청나게 큰 개의 목줄을 잡고 버티고 있었다.

무슨 일인가 싶어 전봉준도 그 앞에 몰려든 사람들 틈에 끼어들었다. 일본어통변(통역)인 듯한 조선인이 오히려 일본상인보다 더 거드름을 피우면서 동족인 인부를 나무란다.

"이봐, 자네가 뭐길래 기무라상이 가시는 앞길을 가로 지르는가? 이분이 어느 분이시라고 그런 짓을 했는가?"

일본상인 기무라 옆에는 일본 옷인 유까다의 한쪽 어깨를 훌쩍 벗고 용의 문신을 드러낸 그의 경호원 다쯔(長)가 통변의 말을 제대로 알아듣기나 하는지 비웃음을 띠며 고개를 끄덕이고 있다.

아마도 하역을 서두르던 인부가 쌀가마를 진채 기무라의 앞을 가로지른 것이 트집이 된 모양이었다. 일본 규슈의 쌀장사 가운데도 큰 손이라는 기무라는 조선이 개국하자 재빨리 호남에 진출해서 악랄한 장사로 떼돈을 버는 한편 줄포에서는 안하무인격인 행동으로 조선사람들이 모두 외면하는 존재였다.

더구나 기무라가 끌고 다니는 도사견은 매우 사나워 그 개에 물린 사람이 한둘이 아니었다. 그 가운데는 장딴지 살이 뜯겨져나가 절름발이가 된 사람까지 있었다. 그런 경위를 아는 인부는 개에 물릴 것이 두려워 납작 엎드린 채 사죄하면서 덜덜 떨고 있는 것이다.

*

일이 어떻게 돌아가고 있는지 대강 짐작하게 된 전봉준이 울분을 참지 못해 앞으로 나서려고 할 때 누군가가 그의 어깨를 힘차게 잡아 제지를 하고 대신 앞에 나섰다. 훤칠한 키에 떡 벌어진 어깨의 우람한 몸집을 지닌 그 사나이는 그러나 얼굴을 복면으로 가리고 있었다. 뜻밖의 인물이 기무라 앞에 나서자 그도 잠깐 놀란 표정이었고 둘러싼 사람들은 기대와 호기심어린 눈초리를 복면 사나이에게 집중시켰다.

"여보시오, 통변. 이 일본사람에게 이렇게 전하시오. 남의 나라에 와서 돈벌이까지 하면서 이게 무슨 못된 짓이냐고 말이오."

나즈막한 목소리였으나 큰 도사견과 일본건달을 앞에 두고 조금도 주눅이 들지 않은 당당한 말투였다. 통변이 일본말로 옮길 필요도 없었다. 몇 해째 조선을 들락거리고 있던 기무라는 복면사나이의 말뜻을 알아듣고 잡았던 개의 목줄을 놓아주었다.

"쉿!"

주인이 덤비라고 내뱉은 목소리를 채 듣기도 전에 그 큰 몸집의 도사견은 총알처럼 복면사나이의 목덜미를 향해 튀어올랐다.

"앗!"

도사견의 날카로운 이빨이 복면사나이의 목덜미에 꽂힐 것이라 여기는 구경꾼 입에서 비명이 터져 나왔다. 그러나 복면사나이는 여유 있게 한발을 뒤로 빼고 몸을 옆으로 돌려 도사견의 아가리를 피하더니 주먹 쥔 오른쪽 정권을 개의 옆구리 깊숙이 꽂았다.

"아삭!"

분명 갈비뼈 몇 대 나가는 소리에 사람들 눈은 휘둥그레졌다.

"깨깽! 깽!"

그 사납던 개의 어디에서 그런 처량한 비명소리가 나오는지. 털썩 땅바닥에 떨어진 도사견은 일어나려고 앞발을 일으켜 세워 안간힘을 쓰지만 부상이 워낙 깊어서인지 다시 뒹굴고 만다.

"오오, 그래 아프지? 곧 편하게 해주마."

복면사나이는 도사견이 마치 자신의 애견이나 되는 듯 부드러운 말투로 위로하더니 이번에는 몸을 숙이며 왼쪽 정권을 날렸다.

"으악!"

개주인 기무라의 비명이 어찌나 큰지 개의 두개골 부서지는 소리는 들리지 않고 말았다. 정권에 머리가 부서진 도사견의 눈과 입에서는 시뻘건 피가 흘러 나와 땅바닥을 적셨다.

몸을 천천히 일으키면서도 복면사나이의 왼발은 번개처럼 뻗어 기무라의 경호 다쯔의 옆구리에 박혔다.

"흐윽!"

숨막히는 다급한 목소리로 쓰러지는 다쯔의 오른손에는 방금 품속에서 뽑아낸 단도가 쥐어져 있었다.

"안되지. 어린애가 이런 위험한 장난감을 가지고 놀면……."

복면사나이는 혼자 중얼거리듯 말하면서 단도를 빼앗은 후 다쯔의 팔꿈치 관절을 뒤로 제껴 꺾어버렸다.

"으아아!"

팔꿈치가 부러지면서 비명을 지르는 다쯔의 울음소리에 둘러싼 사람들은 십년 묵은 체증이 싹 내려가는 듯한 시원함을 느꼈다.

"히야아. 오랜만에 장사다운 장사 만나 보는군."

"저게 수박이라는 무술이야. 암 우리 조선의 무술이지."

일본 고찌현(縣)이 원산인 몸집 큰 맹견 도사견을 때려죽이고 일본건달의 팔꿈치를 어린애 손목 비틀듯 꺾어버린 복면사나이는 바로 그때 조선민중들이 기다리고 있던 시대의 영웅인 셈이었다. 구경꾼들이 와자지껄 함성을 지르는 가운데 기무라는 걸음아 나 살려라고 저만치 도망가고 있었으나 복면사나이는 뒤쫓을 생각도 않고 그저 눈만 웃고 있었다.

✳

"주모, 이 개 한 마리를 다 줄테니 목덜미와 뒷다리 하나만 수육과 개장국을 만들어 주시오."

줄포 외진 주막집에 들어서면서 복면사나이는 오른손에 움켜 쥐어온 도사견을 바닥에 털썩 내려놓았다. 누가 마다고 하겠는가. 동물성 단백질이야 제사나 잔치 때 고기 몇 점 빼고는 닭이 고작이었던 시절 큰 개 한 마리를 거저 주겠다니 호박이 넝쿨째 굴러들어온 셈이다.

"아이구, 그러세요. 방에 들어가 약주를 들고 계시면 소인이 털을 잘 그을려 맛있게 수육과 개장국을 만들어 올리겠습니다."

주모는 재빨리 도사견이 80근 가까이는 나가리라 눈짐작하고 입이 함지박만 해졌다.

전봉준은 뛰어난 무예를 지닌 이 복면사나이를 끌어들여 거사에 참가시킬 요량으로 이야기를 나누기 위해 이 주막집에 데려온 것이다. 우선 술사발과 신김치 그리고 바글바글 끓는 된장뚝배기가 일그러진 상에 실려 들어오자 복면사나이는 얼굴을 가린 두 장의 헝겊 가운데 눈 아래의 것을 풀어 이마만 가린 채 눈과 코, 입을 드러냈다. 사나이의 눈 밑에는 검은 연고 같은 약이 칠해져 있는 것을 보고 전봉준은 의아한 눈초리로 그를 바라보았다.

"먼저 이야기해 둘 것이 있소. 나는 문둥이오. 나에게 병이 옮을까 두려우면 그냥 일어서시오."

말을 마친 복면사나이는 술사발을 기우리더니 된장뚝배기를 한 숟가락 떠서 입에 넣는다. 잠시 뜻밖이라는 표정을 지은 전봉준은 그러나 대수롭지 않은 듯 술사발을 시원하게 비우고 역시 같은 된장뚝배기에 수저를 넣어 시래기를 건진 뒤 입으로 가져갔다. 그 광경을 물끄러미 보고 있던 복면사나이는 웃으면서 고개를 끄덕이더니 다시 입을 열었다.

"좋습니다. 전봉준 접주, 나에게 무슨 부탁이 있소?"

짐짓 눈이 커진 전봉준이 이번에는 되물었다.

"나를 아시오? 어떻게 아시오?"

"알지요. 이 썩은 세상을 바로 잡기 위해서는 농민들이 들고 일어나야 한다는 동학 남접 가운데도 담대하고 인망 높은 전봉준 접주를 제가 어찌 모르겠소?"

푹 삶은 수육과 개고기에 고사리, 토란줄기 등을 넣어 된장을 알맞게 풀어 구수하게 끓인 개장국이 들어올 때까지 두 사람은 소리를 낮추어 어려운 시국과 기아선상에서 허덕이는 농민들의 딱한 사정에 대해 이야기를 나누었다.

사나이는 자신이 문둥병을 앓아 이마에 창(瘡)이 솟아 보기에 흉해 복면을 벗을 수가 없으며 이름은 남들이 부르는 대로 두억시니로 불러 달라고 했다.

두억시니란 민간에서 이르는 모질고 사나운 귀신의 이름이며 한자로는 두옥신(斗玉神)이라고 쓴다. 아닌게 아니라 도사견을 일격에 때려죽인 복면사나이에게 두억시니는 꼭 알맞은 이름이라고 전봉준은 생각했다. 이야기를 나누는 동안 전봉준은 두억시니의 높은 식견에 감탄하지 않을 수 없었다. '그렇지 않아도 군사를 맡을 만한 인재가 없어 고민해왔는데 이 사람이면 믿고 맡길 만하지 않은가' 쇠뿔은 단김에 빼랬다고 전봉준은 두억시니에게 자기들 편에 서 달라고 간청했다.

"장사. 우리 일을 도와주지 않겠소?"

두억시니의 대답은 싱거울만치 간단했다.

"그럽시다."

"네? 도와주겠다는 거요?"

"나같은 사람이라도 좋다면 접주편에 서겠소. 접주의 뜻도 좋지만 그 배짱이 마음에 들어서입니다."

"나의 배짱이요?"

전봉준이 얼핏 알아듣지 못하겠다는 표정을 짓자 두억시니는 크게 웃음보를 터뜨렸다.

"아무렴, 대단한 배짱이지요. 내가 문둥이라고 털어 놓으면 열이면 열

사람 놀라서 후다닥 자리를 박차고 일어나 손을 씻고 양치질하고 난리를 피웁니다. 혹시 문둥병이 옮을까 봐서지요. 그러나 접주는 내가 문둥이라고 밝혔는데도 태연히 내가 수저를 담근 된장뚝배기에 수저를 넣어 떠먹어 주었소. 정말 대단한 배짱이요. 그 배짱에 반해서도 접주편에 서겠소."

*

거사를 앞두고 모의는 고부군 서부면 신중리 대뫼마을의 송두호의 집에서 가졌다. 전봉준, 송두호, 송인호, 황찬오, 황채오, 송주옥, 최경선 등 기록에 남아있는 20명과 또 항상 얼굴을 복면으로 가린 두억시니가 자리를 함께했다.

전봉준이 미리 염려한 대로 그 자리에 모인 모두가 복면으로 얼굴을 가리운 두억시니의 정체를 믿을 수 없다고 따져 들었다.

"복면으로 얼굴을 가리운 정체도 모르는 사람을 어찌 믿고 거사에 참여시키려는 거요?"

"관아의 밀정이 아니고서야 왜 우리들에게 얼굴을 감추어야 하오?"

그렇지 않아도 관아의 정탐꾼들에게 모의 사실이 발각될까 바짝 신경을 곤두세우고 있는 판에 전봉준이 불쑥 복면 쓴 두억시니를 데리고 나타났으니 적지 않은 충격을 받은 것은 당연하다. 다른 사람들이 언성을 높이고 떠드는 동안 전봉준과 두억시니는 입을 굳게 다물고 아무 대꾸도 하지 않았다.

사람들이 가슴 속에 품은 의문을 모두 쏟아내고 잠잠해지자 비로소 두억시니가 입을 열었다.

"나는 경상도 청도에 살던 사람으로 지금 관가에서는 죽은 것으로 치부되어 있소. 2년 전 청도민란 때 앞장섰던 한 사람이오. 본명을 밝히지 못하는 까닭은 내가 살아 있다는 사실이 관가에 알려지면 또 모진 추적이 뒤따르기 때문입니다."

사실 2년 전인 1892년에는 함경도 함흥, 강원도 낭천, 경상도 청도 등지에서 학정을 견디다 못한 농민들이 잇따라 민란을 일으켰다.

"그 민란 중에 나는 처자를 잃었고 그 뒤 뜻하지 않은 대풍창(문둥병)이 도져 이 몰골이 됐소. 자아 보시겠소?"

두억시니는 서슴지 않고 한손으로 복면의 매듭을 풀고 벗겨 자신의 얼굴을 들어내보였다.

"……."

사람들은 아무 말 못하고 두억시니의 처참한 모습에 숨마저 멈추었다. 얼굴 전체에 바른 검은 고약이 보기에도 끔찍했다. 잠시 뜸을 들인 뒤 전봉준이 문제의 매듭을 지어버렸다.

"자아, 보셨죠? 이제 의심은 풀렸으리라 믿소. 이제 두억시니 장사를 우리의 군사로 추대하는 데 반대할 사람은 없는 줄 알겠소."

동학에 복면군사가 탄생한 순간이었다.

＊

운학동 뒷산 기슭에는 팽팽한 살기가 감돌고 있다. '만의 하나 이 거사에 실패하면 목이 잘려 높이 내 걸린다'는 절박한 위기의식과 탐관오리를 향한 끓어오르는 분노가 죽창, 낫, 곡괭이 등으로 무장한 동학군들의 눈에 핏발을 세우고 있었다. 목숨을 건 긴장감과 뼛속을 파고드는 한기 탓에 농민들은 약속이나 한 듯 제자리에서 발을 구르고 있었다.

농민들의 피를 빨아먹어 살이 찐 고부군수 조병갑의 목을 따기 위해 동학군의 깃발 아래 농민들을 모아 말목장터를 떠난 전봉준은 고부관아로 쳐들어가기 전에 이곳에서 대열을 정비하고 있느라 부산했다.

그러나 산 정상은 고요했다. 정상 가까이에는 꽤 나이가 들어보이는 지름이 3m 가까운 큰 느티나무 한 그루가 어두운 밤하늘에 치솟아 있다.

"뻐꾹! 뻐꾹!"

난데없이 느티나무 그늘에서 뻐꾹새 울음소리가 겨울 새벽의 적막을 깨고 울려 퍼졌다. 이 추운 겨울에 웬 뻐꾹새일까? 이 산이라고 뻐꾹새가 살지 말라는 법은 없겠으나 뻐꾹새는 여름새가 아닌가.

"뻐꾹! 뻐꾹"

이번에는 느티나무에서 그리 멀지 않은 잡목 숲 그늘에서 또 다른 뻐꾹새 울음소리가 응답이나 하듯 들려왔다. 주고받은 뻐꾹새 울음소리가 암호였던 양 느티나무 그늘에서 한 사람의 그림자가 어슴프레한 달빛 속으로 나타났고 잡목 숲 그늘에서도 또 한 사람이 나타났다.

느티나무 그늘에서 나타난 것은 전봉준이 이끄는 동학군의 군사를 맡은 복면장사 두억시니였다.

괴이하게도 잡목 숲 그늘에서 나온 사나이 역시 두억시니처럼 얼굴을 복면으로 가리고 있었으며, 더욱더 이상한 것은 이 두 복면이 잠시 마주보고 섰더니 입은 열지 않고 각각 두 손으로 여러 가지 기호를 만들면서 의사소통을 시작했다. 말 못하는 사람들이 손으로 대화를 나누는 수화(手話)와 같은 형식이다.

보름이 얼마 남지 않은 탓에 달이 거의 차 있어 가까이라면 상대 손의 움직임을 서로 알아볼 수 있을 만치는 밝았다. 자세히 살펴보면 이들의 수화는 말 못하는 사람들의 그것과는 손으로 만든 기호가 전혀 달랐다. 설사 누가 엿보고 있더라도 대화의 내용을 알 수 없도록 만들어 낸 자기네들만의 독특한 의사소통 수단인 모양이다. 보안을 지키기 위해 이 호젓한 곳에서도 이들은 손으로 이야기를 나누고 있는 것이다.

*

두억시니와 그의 부하인 듯싶은 복면사나이가 손으로 나누는 대화를 말로 옮겨보면 실로 놀라운 내용이다.

"잔나비! 고부관아의 형편은 어떤가? 군수 조병갑은 동학군이 쳐들어갈 것을 눈치채고 군졸들을 배치해 놓았느냐?"

두억시니는 상대를 원숭이라는 뜻의 잔나비라고 불렀다. 그러니까 본명이 아닌 별명으로 부르고 있음에 틀림없다.

"두령! 조병갑은 앵성리 마을의 조아무개가 동학군이 쳐들어온다는 것을 알려주는 바람에 이미 줄행랑을 치고 말았습니다. 따라서 지금 고부관아는 텅 비어 무방비상태입니다."

잔나비도 두억시니를 두령이라고만 불렀다. 어쩌면 이들의 조직에서는 본명을 아예 서로 알리지 않거나 우두머리인 두억시니만이 부하들의 본명과 얼굴을 알고 있을 가능성이 높다. 만약에 적에게 조직의 한 사람이 잡혀 고문을 당하더라도 자기 조직에 어떤 사람이 참여하고 있는지 알릴 수 없도록 자기네끼리 만날 때도 얼굴을 감추고 손으로 대화를 나누는 것이다.

"서울엔 별일 없느냐? 여우로부터는 연락이 있었느냐?"

"네, 모두 잘 있습니다. 일본공사관을 염탐하고 있는 여우로부터 전서구(傳書鳩)를 통해 연락이 왔습니다."

전서구란 통신에 이용하기 위해 훈련시킨 비둘기를 말한다. 비둘기를 먼 곳에 데려가 날리면 자기 집으로 돌아가는 습성을 이용한 통신수단이다.

"음 그래? 여우는 무엇이라고 전해 왔느냐?"

"오오또리 공사는 조선의 정세를 낱낱이 본국의 외무성에 보고하고 있습니다. 특히 동학의 움직임을 상세히 알리고 있습니다."

"무엇이라고? 동학의 움직임을 상세히 본국에 알리고 있다고?"

"네, 그렇습니다. 일본공사관의 공관원뿐만 아니라 조선에 나와 있는 일본상인들까지도 자신들이 입수한 동학의 정보를 공사관에 알려주고 있습니다."

"……"

수화를 통한 대화였으나 잠시 침묵이 흐르고 두억시니는 깊은 생각에 잠겼다.

"잔나비! 머지않아 우리 땅에서 일본과 청나라가 전쟁을 벌이게 될지 모른다."

"네? 왜놈과 뙤놈이 조선에서 전쟁을 치른다는 말씀입니까?"

"그래. 일본은 조선에 군대를 보내 청나라 세력을 내몰고 이 나라를 빼앗기 위한 억지 명분을 찾고 있음이 분명해."

"그렇다면 동학군의 봉기가 일본군 조선 출동의 구실이……?"

"그렇다네. 나라를 바로 잡기 위해 일어난 동학군을 빌미삼아 일본은 우리나라에 살고 있는 일본사람들의 보호와 조선정부를 돕기 위해 부득이 출병한다는 명분을 얻고 싶은 것일게다."

"그렇다고 동학이 일단 뽑은 칼을 칼집에 도로 넣을 수야 없지 않습니까?"

"음. 나라 안팎이 어떻게 돌아가느냐에 동학군도 유연하게 대처해야겠지. 전봉준 장군의 안목을 믿고 따를 수밖에……."

여기까지 대화를 나누었을 때 두 사람은 의사소통을 위한 손 움직임을 갑자기 멈추었다. 어디선가 인기척이 난 것이다. 순간 두억시니는 느티나무 그늘로 몸을 날렸고, 잔나비의 모습은 잡목 숲 그늘에 빨려 들어갔다.

잠시 뒤 그 자리에 나타난 사나이를 보고 느티나무 그늘에 몸을 숨기고 있던 두억시니의 눈에는 의혹의 빛이 짙었다. '아니 저건 전봉준 장군의 심복 가운데 한 사람인 삼돌이 아닌가? 저자가 왜 지금 이곳에 나타났지? 몰래 내 뒤를 밟은 것일까?'

어느새 두억시니의 오른손에는 날카로운 표창이 쥐어져 있었다. 표창이란 조선말에 무기로 쓰이던 던지는 짧은 창이다. 손 안에 들 정도의 길이로 창 끝의 가운데가 잘록해 앞이 무겁기 때문에 던져 맞히기에 편하도록 되어 있다.

두억시니의 뛰어난 무예솜씨로 보아 여차하면 그 표창이 삼돌이의 목 깊숙이 꽂힐 것은 뻔했다. 사방을 두리번거리던 삼돌이는 이상하다는 듯 고개를 흔들더니 혼자 중얼거렸다.

"연기처럼 사라져 버렸군. 분명히 이쪽으로 올라왔는데……?"

그래도 미심쩍은 듯 여기저기 살피던 삼돌이가 체념했는지 산을 내려가자 느티나무 그늘과 잡목 숲 그늘의 기척도 사라졌다.

＊

고부관아는 동학군들의 활기찬 목소리와 움직임으로 시끌시끌했다. 고부관아가 텅 비어 있다는 두억시니의 보고에 따라 전봉준은 서슴지 않고 동학군에게 진격명령을 내려 군수 조병갑이 포악한 정치를 펼쳤던 본거지를 아무런 저항 없이 점령해 버렸다.

"제기랄! 이게 조병갑이 앉았던 자리야?"

돌쇠가 임자 없는 의자를 발로 차면서 분풀이했다.

"군수 녀석은 경황이 없이 도망가면서도 금은 재화 가운데 값나가는 것은 모두 챙겨 가버린 모양이야."

"벼룩의 간도 꺼내 먹을 놈인데 맨손으로 달아났을 까닭이 없지."

동학군들은 이방 저방 열어보면서 저마다 한마디씩 내뱉었다. 어제까지만 해도 이곳은 무시무시한 권부(權府)가 아니었던가. 새로운 세상이 온 것만은 틀림없었다.

전봉준은 죄인을 가두어 둔 옥사를 열어 대부분 억울하게 갇혀 있던 사람들을 풀어 주었다. 조병갑은 착취에 관해서만은 귀재였다. 부모에게 효도를 하지 않았다는 불효죄, 사이좋게 지내지 않았다는 불목죄, 행실이 음란했다는 음행죄 등 법에도 없는 엉뚱한 죄목을 만들어 놓고 농민들을 잡아들여 돈을 바치면 놓아 주지만 그렇지 않으면 혹독한 매질로 다스렸다.

그동안 돈을 바치지 못해 억울하게 갇혀 있다가 풀려나온 사람들은 기쁨을 나타내기 전에 조병갑이 어떻게 됐는지부터 물었다.

"조병갑은 어떻게 됐소? 잡아죽였소?"

"조병갑 그 녀석의 간을 씹어먹어야 할텐데……."

모진 매에 장독이 올라 새까맣게 다리의 살이 썩어 들어가는 농민의 입에서 끔찍한 소리가 나왔다. 하지만 그런 지경에 이른 사람의 입에서 무슨 소리인들 나오지 않겠는가.

1892년 고부군수로 부임한 조병갑은 탐관오리의 표본이었다. 먼저 그는 농민들을 착취하기 위해 만석보 밑에 새로운 보를 파게 했다.

보란 논에 물을 대는 둑과 수로를 가리킨다. 종전부터 있었던 보가 아무 탈없이 논에 물을 잘 대주고 있는 데도 새로운 보를 또 파도록 지시한 데에는 그만한 꿍꿍이 속이 있었다.

당시는 보에 따라 수세를 물도록 되어 있었기 때문이다. 한마디로 필요도 없는 보를 또 만들어 그 보에도 수세를 매기겠다는 수작이다. 조병갑은 이렇게 해서 700석이나 되는 곡식을 사복으로 채웠다.

그 뿐만이 아니다. 새로 개간한 땅은 세금을 물지 않아도 된다고 개간을 장려해 놓고 막상 곡식을 거둘 때가 되면 ‘내가 언제 그런 소리를 했냐’는 듯이 강제로 세를 매겨 곡식을 빼앗았다.

조병갑은 중앙정부에 상납하는 대동미도 실제보다 불려서 과세해 그 차액을 착복하는 것도 잊지 않았다. 토지세를 내는 대동미가 통상 다른 곳에서 현미 12말이라면 고부군에서 백미로 16말이나 내야 했다.

현미란 왕겨만 벗겼을 뿐인 쌀로 껍질까지 완전히 벗긴 백미보다 부피가 더 나간다. 따라서 현미 12말의 토지세를 백미 16말로 받는다는 것은 엄청난 착취일 수밖에 없다.

또 조병갑은 자기 아버지가 예전에 태인군수를 지냈으니 그 공을 기리는 비각을 세운다는 핑계로 1,000여 냥을 빼앗아 냈다. 조병갑의 포악한 정치에 시달리다 못한 고부 16개 면의 수만 명에 이르는 주민들은 원통한 사정을 낱낱이 밝히는 등소를 냈다.

이 등소를 주도한 장두는 전창혁, 김도삼, 정일서 등 세 사람이었고 이들 가운데 수장두(우두머리)는 전창혁이었다.

등소를 받은 군수 조병갑은 자신의 잘못을 뉘우치기는커녕 세 사람의 장두를 전주의 전라감영에 보내 무서운 매를 맞게 하고 고부의 감옥으로 되돌아온 그들을 또다시 처참한 매질로 다스렸다. 끝내 전창혁은 옥에서 죽고 말았는데, 이 전창혁이 바로 전봉준의 아버지다.

아버지의 원수 조병갑을 놓친 것이 다른 어느 누구보다도 분했을 것이 었으나 전봉준은 이를 내색치 않고 곡식창고를 열어 가난한 사람들에게 고루 양식을 나누어 주는 한편 군기고를 부수어 동학군들 손에는 무기를 쥐어 주었다.

"군사! 우선 시작은 순조로운 것 같소. 이제 전라감영이 어떻게 나올 것 같소? 이 소식을 전해 들으면 바로 영군을 출동시켜 동학군 진압에 나설 것으로 생각하오?"

고부관아를 점령한 뒤 농민들에게 원성의 표적이 됐던 만석보 아래의 새로운 보를 허무는 등 어수선함이 가시자 전봉준은 두억시니에게 물었다.

"전라감사 김문현은 조병갑을 고부군수로 재 부임시킨 장본인입니다. 이번 일에는 낭패해 하고 있을 것입니다. 조정에 알려지면 자신도 문책을 당할 것이기 때문에 조속히 소리 없이 수습하려 들겠지요."

"군사의 말이 맞소. 그 소리 없이 수습하려 드는 방법이 궁금하오."

"아직은 저도 짐작이 안갑니다. 하지만 분명한 것은 김문현은 음험한 인물이라 틀림없이 우리의 의표를 찌르는 음모를 꾸밀 가능성이 높습니다."

두억시니의 이 대답에 전봉준은 동감이라는 듯 긴장한 표정으로 크게 고개를 끄덕였다.

✻

전라도는 전주와 나주 두 고을의 머리글자인 '전'과 '라'를 따서 붙여진 이름이다. 한 마디로 지난날에는 전주와 나주가 전라도의 대표적인 고을이었다는 이야기가 된다.

특히 전주는 전라도의 정치, 경제, 문화의 중심지일 뿐 아니라 이씨 조선의 태조 이성계가 전주 이씨인 만큼 이씨 왕가 발상의 땅으로서 격이 높은 고을로 인정받고 있었다.

　따라서 전주감영에 앉아 전라도를 다스리는 전라감사는 지방관아 가운데도 매우 무게가 있는 자리였다. 이날따라 전라감사 김문현은 마음이 무거웠다. '내가 정말 바보 같은 일을 저질렀어. 저 못난 조병갑 녀석을 다시 고부군수로 보내는 것이 아니었는데…….' 일이 돌아가는 꼴을 보면 김문현이 뉘우칠 만도 했다.

　지난해 11월 조병갑은 익산군수로 발령이 나 고부를 떠나도록 되어 있었다. 그러나 백성들의 재물을 착취하기 좋은 고부군을 떠나기가 싫은 조병갑은 전라감사 김문현에게 매달려 다시 고부군수로 되돌아온 것이 갑오년 1월의 일이다.

　이제는 조병갑의 학정에서 벗어났다 싶어 기뻐했던 고부군민들은 조병갑이 다시 군수로 돌아오자 바로 죽창을 들고 일어나 조병갑이 전라감영으로 도망가도록 만들어 버린 것이다.

　'동학군이 고부관아를 점령했다는 소식이 조정에 알려지면 필경 나는 그를 고부군수로 재부임시킨 책임을 추궁당할테니 이 사실을 서울에는 알리지 않은 채 동학군을 하루 빨리 해산시켜야만 내 목이 달아나지 않는다' 이미 세상을 떠난 영의정 조두순의 서질(서자인 조카)인 조병갑은 여러 고을의 벼슬을 돌아 지내면서 재물을 탐해 왔던 인물이라 언젠가는 말썽을 일으킬 것이 분명했다.

　그 조병갑이 고부군수에 다시 눌러앉게 해달라고 간청해 왔을 때 왜 뿌리치지 못했는지 김문현은 후회했으나 이미 엎질러진 물이다. 일을 저지른 장본인 조병갑은 무릎을 꿇고 머리를 조아리며 아까부터 같은 말만 되풀이하고 있다.

　"영감, 제발 소인을 살려 주시오. 군졸 천 명만 소인에게 내주시면 그 난적들을 모두 잡아 나라의 기강을 바로 잡겠습니다."

　'나라의 기강을 어지럽힌 것은 바로 네 놈이 아니냐' 라고 호통치고 싶었으나 김문현도 심한 소리를 할 수 없었던 것은 조병갑과 같은 통속이

　　　　　　　　　　　　얼굴 없는 軍師 두억시니

었기 때문이다.

동학군이 쳐들어온다는 급보에 관복을 입은 채 고부관아를 뛰쳐나온 조병갑은 지방 토호인 은기남의 집에서 평복으로 갈아입고 정읍을 거쳐 걸음아 나살려라 전주의 감영으로 도망쳐 와서는 뻔뻔스럽게도 군사 천 명을 빌려달라는 것이다. 한참 깊은 생각에 잠겼던 김문현은 드디어 조병갑에게 최후통첩을 내렸다.

"군사는 내 줄 수가 없소. 그대는 덕이 모자라 민란이 일어나게 했으니 삼가 근신하면서 추후의 처분을 기다리시오."

더 이야기를 나눌 것도 없다는 듯 동헌에서 자리를 박차고 일어난 김문현은 긴 복도를 걸어 막다른 작은 방에 들어갔다. 두터운 벽으로 둘러싸인 그 방은 조용히 밀담을 나누기에 알맞도록 지어져 있었다. 김문현은 그 밀실로 감영의 영장 김시풍을 불렀다.

"부르셨습니까?"

매서운 눈초리의 김시풍이 정중히 고개 숙여 인사한다. 밀실로 불려올 때마다 감사로부터 밀명이 내릴 것을 익히 알고 있는 김시풍은 귀에 온 신경을 집중시켰다.

"영장, 고부에서 무슨 일이 일어났는지 들었나?"

"네. 동학의 무리들이 일을 일으킨 것으로 알고 있습니다."

"그렇다네. 이 일을 하루 속히 수습해야겠는데……"

"그러시다면 소장이 군졸을 이끌고 내려가 단숨에 난적들을 평정시켜 볼까요?"

이렇게 말하는 김시풍도 그런 명령이라면 굳이 이 밀실에 자기를 부를 까닭이 없다는 것쯤은 잘 알고 있다.

"영장이 내려가면 동학 무리들도 혼비백산해서 금새 흩어져 버리겠지. 하지만 문제가 그리 간단치 않소. 소란을 피우며 많은 군사를 동원했다는 소식이 조정에 알려지면 명색이 전라를 다스리는 관찰사인 나에게도 좋

지는 않아. 그러니 서울에 알려지기 전에 속히 그리고 조용히 수습되어야
만 해."

"그러하시다면 생각하고 계신 좋은 방법이라도……?"

"동학군은 논밭에서 농사일만 해오던 무리들이니 오합지졸인 셈이지.
그러니 우두머리만 없애버리면 그 무리는 스스로 무너지고 말 것 아니겠
나?"

"하긴 그러하옵니다만……."

"전봉준을 암살하는 거야."

"하지만 워낙 동학의 무리가 많아 그 가운데서 전봉준을 암살한다는
것은……."

김시풍은 감사도 그쯤은 알고 있을 터인데 라는 표정이었다.

✽

전주감영 밀실에서 감사 김문현과 영장 김시풍의 밀담은 꽤 오래 계속
됐다.

"우선 군위 정석진과 그의 부하 몇 명을 전봉준 진영에 보내 동학군의
해산을 종용하도록 지시하게……."

"네. 알겠습니다."

"그리고 또 한편으로는 힘과 재주와 뛰어난 군졸 여남은 명을 장사치
로 변장시켜 동학 무리에 스며들어가도록 해서 기회를 보아 일제히 전봉
준을 습격하도록 하게."

김문현의 이 지시에 김시풍은 금방 대답을 하지 못했다. 김시풍이 침묵
하고 있는 까닭을 알아차린 김문현은 엷은 미소를 띄우며 김시풍에게 부
더럽게 얘기했다.

"아무리 감사의 명이라 해도 그 위험한 일에 선뜻 나서는 자가 있겠느
냐 라는 거지?"

"네. 그러합니다."

"한 사람에게 500냥씩 준다면 어떻겠는가. 착수금으로 먼저 100냥씩 주고 일이 끝나면 400냥씩 주겠네. 어떤가? 이만하면 나설 자가 있지 않겠는가?"

김시풍은 감사가 제시한 엄청난 금액에 눈이 휘둥그레진다. 당시 조선의 통화는 엽전이었다. 엽전 한 닢이 일 문(文)이고 100문이 한 냥(兩)이다. 문헌에 따르면 갑신정변이 일어났던 1884년의 물가는 쌀 한 되가 75문, 무명 두 자가 한 냥이었다. 장정 한 사람의 하루 품삯이 한 냥 20문이었으니 500냥이라면 1년치의 품삯이 넘는 거액이었다.

"그리고 전봉준을 습격할 때 몰래 딸려 보낸 100명의 포수로 하여금 동학군에게 집중사격 시키도록 하면 성공의 확률도 높아지지 않겠나?"

김문현의 이 말에 김시풍의 표정이 비로소 환하게 밝아졌다.

"물론이올시다. 그렇게만 해 주신다면……."

오늘날에는 포수라면 대포를 쏘는 포병을 가리키지만 그때는 사냥꾼이나 총을 쏘는 총군을 나타내는 말이었다.

"그러면 소장은 이만 물러가겠습니다. 바로 정석진과 변장해서 동학군에 침투할 군졸들을 수배하겠습니다."

김문현은 알겠다는 듯 고개를 끄덕였다.

"아…… 그리고 잠깐……."

밀실을 물러나려는 김시풍에게 갑자기 생각이 났다는 투로 김문현이 한 마디를 더 던졌다. 밀실을 나서려다 부르는 바람에 엉거주춤 동작을 멈춘 김시풍에게 김문현은 대수롭지 않은 일이라는 듯 이렇게 말했다.

"무예에 뛰어난 군졸 10명을 따로 은밀히 뽑아 이방으로 보내주게."

"네? 무예에 뛰어난 군졸 10명을 말입니까?"

"음. 그럴 일이 있네."

김시풍은 감사가 군졸 10명을 따로 부릴 일이 있나보다 여기고 그러겠노라는 대답을 한 뒤 물러났다.

✳

동학군의 주장이 아무리 옳고 뚜렷한 명분을 내세운 봉기라 해도 서울의 조정이나 전주의 감영에서 보기에는 몹쓸 백성들이 일으킨 민란 가운데 하나일 수밖에 없었다. 고부관아를 점령한 동학군을 진압하기 위해 감영의 영군과 서울의 경군이 출동될 것은 틀림없는 일이다.

복면군사 두억시니의 건의에 따라 전봉준은 많은 수의 적을 맞아 싸우기 좋은 백산(白山)으로 이동하기 위해 고부관아를 떠나 봉기의 출발점이었던 말목장터에 동학군을 잠시 주둔시켰다.

"군사! 그대의 말대로 드디어 김문현이 음모를 꾸몄소."

흑룡이라는 검은 준마를 타고 사방을 한 바퀴 둘러본 뒤 군영으로 돌아온 두억시니에게 전봉준은 변이 일어날 것임을 알렸다.

"장군! 김문현의 음모가 뚜렷이 들어났습니까?"

"음. 조금 아까 삼돌이 녀석이 귀뜸을 해주었소. 전주감영의 친구가 급히 전갈을 보내 알려주었다는 거요. 김문현이 군위 정석진을 보내 동학군의 해산을 종용하는 한편 장사치로 변장한 군졸 10여 명이 연초포(煙草包=담뱃짐) 속에 무기를 감추고 스며 들어와 나를 죽이겠다는 것이오."

두억시니는 놀라지도 않고 전봉준의 이야기를 머릿속에서 재빨리 분석하고 있었다. '도대체 삼돌이는 어떤 인물이길래 전주 감영이 극비로 삼았을 전봉준 장군 암살을 미리 알아낼 수 있었을까? 그리고 그 삼돌이가 운학동 뒷산에서는 왜 몰래 내 뒤를 밟았을까?', '도대체 어찌된 영문이란 말인가?'

복면군사 두억시니는 '수수게끼를 풀어야 할 시간이 조금밖에 남지 않았다'는 사실을 육감으로 알아차리고 있었다. 가장 마음에 걸리는 것은 영군 10여 명이 담배장수로 변장해서 연초포 속에 무기를 감추고 살짝 스며들어와 전봉준을 암살하려는 사실보다 전주감영이 극비에 부쳤을 이 암살 음모를 삼돌이가 어떻게 해서 알아낼 수 있었느냐는 점이다.

얼굴 없는 軍師 두억시니

'삼돌이가 이 비밀을 알아낼 수 있었던 배경은 무엇일까? 이 수수께끼를 빨리 풀지 못하면 전봉준 장군 목숨이 자칫 위태롭게 될지도 모른다' 급박한 상황이 시시각각으로 다가오고 있는데도 해답을 찾지 못하는 안타까움이 두억시니를 괴롭히고 있었다.

'전주감영에 있는 삼돌이의 친구가 이 암살 음모를 전해 왔다지만…… 쉽사리 믿기지 않는다. 그리고 감영에 잠입해 있는 진돗개로부터도 삼돌이와 그의 친구에 관한 보고는 단 한마디도 없었지 않은가' 생각에 잠기면 오른손 엄지와 검지로 턱을 쓰다듬는 것이 두억시니의 버릇이었다.

'운학동 뒷산에서 내 뒤를 몰래 밟는 수상한 거동을 보인 삼돌이의 정체는……?' 두억시니가 생각에 깊이 잠겨 있는 모습에 전봉준이 시름을 덜어 주려는 듯 입을 열었다.

"군사! 염려할 것 없소. 이미 수하들에게 담배장수 차림의 영군들을 검색하도록 지시는 내려놓았으니 아무 탈 없을 거요. 그들은 모두 잡히고 말 것이오."

✻

밖에 황급한 발자국 소리가 들리더니 동학군 한 사람이 군막 안으로 달려 들어왔다.

"장군! 전주의 감영에서 사람을 보내 왔습니다."

"그래? 몇 사람이나 되나"

"정석진이라는 군위와 그의 수하 3명입니다."

전봉준은 옆에 있는 두억시니와 시선을 마주치더니 고개를 끄덕였다.

"가서 정 군위만을 이리로 모셔오게."

전봉준은 비록 지금은 동학군의 적인 영군의 군위라 해도 사명을 띠고 자신을 찾아왔다면 깍듯이 예를 갖추어 맞이해야 된다는 생각을 지닌 그런 사람이었다.

안내를 받아 군막에 들어 선 정석진은 짝달막하긴 하나 다부진 몸매에 날카롭게 빛나는 눈을 가진 전봉준의 모습에 위압감을 느끼는 듯 주춤하는 눈치였다. 더구나 전봉준 옆에서 팔짱을 끼고 바라보는 복면사나이의 차가운 시선은 상대방의 깊은 속까지 꿰뚫어 보는 것 같아 섬뜩했다.

정석진의 얼굴에는 핏기가 하나도 없었다. 반란군의 괴수와 마주하고 있으니 일이 조금만 삐끗하는 날엔 자신의 몸은 낫이나 곡괭이로 난도질 당할 것이 분명하기 때문이다.

"그래 무슨 일로 오셨소?"

전봉준이 긴장된 분위기를 누그러뜨리기라도 하려는 듯 먼저 부드럽게 말문을 열었다. 전봉준이 이 말에 조금은 용기를 얻은 듯 정석진은 큰 기침을 한 번 하더니 그동안 몇 차례고 되풀이하면서 외웠던 대로 전봉준과 동학군을 힐책하기 시작했다.

"그대들은 위로는 이 나라의 상감을 받들고 자신들의 본분인 농사일에 충실해야 함에도 불구하고 도당을 짜서 무기를 휘두르며 고부관아까지 짓밟아 나라의 기강을 어지럽혔으니……."

여기까지 늘어놓은 정석진은 갑자기 혀가 굳어진 것처럼 말을 잇지 못한다. 두억시니의 눈에 시퍼런 분노의 불꽃이 켜진 것처럼 보였기 때문이다. 두려움 탓에 완전히 주눅이든 정석진의 모습이 하도 딱했던지 전봉준은 쓴 웃음을 띠며 또다시 온화한 말투로 재촉했다.

"말씀을 계속하시오."

"그……그러니까 저어 이쯤에서 난동을 그치고 각자 지……집으로 돌아가도록 하시오."

싸늘한 날씨에도 식은땀이 비오듯하는 정석진은 자신의 말투가 어느새 공대로 바뀌며 더듬고 있는 것도 몰랐다.

"그……그렇게만 하면……어……엄한 벌은 없을 것이오."

말을 마친 정석진은 한시 바삐 이 자리를 빠져 나가고 싶은 심정이었다. 자신이 빠져 나가야만 담배장수로 변장한 영군들이 전봉준의 군막을 기습할 것이기 때문에 그의 심장은 두려움과 초조함으로 터질 지경이었다. 전라감사 김문현이 정석진을 통해 보낸 '동학군을 즉각 해산하라' 는 지시에 전봉준의 대답은 짧지만 또렷했다.

"목숨만은 살려줄테니 돌아가시오."

*

정석진이 군막을 나서려는데 갑자기 밖이 소란스러워졌다. 무슨 일인가 하고 정석진과 함께 군막 밖으로 나온 두억시니와 전봉준의 귀에 여기저기서 터지는 고함소리가 들려왔다.

"아니, 이게 뭐야? 이 녀석들은 담배장수로 변장한 관군들이 아닌가!"

"그 연초포를 뒤져보아라. 수상한 녀석들이다."

삼돌이의 정보에 따라 전봉준이 미리 지시한 대로 경계망을 치고 있던 동학군들은 연초포를 짊어진 담배장수들에 대한 일제 검색을 시작하고 있었다. 낌새를 눈치 챈 정석진의 얼굴은 사색이 됐다.

'아뿔싸. 담배장수로 변장한 자객들이 발각됐구나' 정석진은 슬금슬금 뒷걸음질치면서 혼란 속에 자취를 감추어버렸다. 연초포 속에서는 단검, 철추 등의 무기가 나왔다. 주먹질과 발길질이 담배장수로 변장한 영군들에게 날아가고 살을 찢기는 그들의 비명은 처참했다.

말목장터를 메우고 있던 동학군 전체가 술렁이며 담배장수로 변장한 감영의 군졸들에게 몰려들고 있었다. 어느새 군막을 겹겹이 지키고 있어야 할 동학군들마저 호기심에 사로잡힌 나머지 제자리를 떠나 소란이 일어나고 있는 곳을 향해 앞을 다투어 달려가고 있었다.

제대로 훈련을 받은 정규군의 엄정한 군율을 농민들로 갑자기 편성된 동학군에게 바라는 것 자체가 무리일지도 모른다. 소리를 질러 수습할 수 있는 상황이 아니었다. 엄청난 혼란 속에서 두억시니는 결정적인 위기가 전봉준에게 다가오고 있음을 깨달았다.

'큰일났다. 이 혼란 속에서 전봉준 장군의 군막은 무방비 상태가 되고 마는구나. 만약 영군의 또 다른 기습부대가 지금 쳐들어온다면……' 생각만 해도 끔찍한 일이 아닐 수 없었다.

그때 두억시니가 서 있는 군막 옆 큰 감나무에 화살 하나가 날아와 나무기둥에 탁 꽂혔다. 눈 깜짝할 사이에 두억시니는 그 화살을 뽑아 매어 있던 종이를 펼쳐 보았다.

"연초포에 무기를 감추고 담배장수로 변장한 군졸 16명이 전주감영을 떠나고 바로 그 뒤를 이어 농민으로 변장한 군졸 10명도 무기를 지니고 떠났습니다."

편지 끝에는 아홉 구(九)자가 적혀 있었다. 구는 개를 뜻하는 구(狗)와 통한다. 전주감영에 잠입해 있는 진돗개가 보낸 전갈이다. 이 화살을 쏠 수 있는 거리에 진돗개가 와 있다는 이야기다. '알았다! 이제야 수수께끼가 풀렸다.' 두억시니는 눈앞을 가리고 있던 짙은 안개가 싹 걷힌듯한 느낌이었다.

*

두억시니는 전봉준을 서둘러 군막 안으로 끌고 들어갔다. 군막 한 가운데에 전봉준을 앉힌 두억시니는 미리 준비해 두었던 굵은 통대나무를 빽빽하게 세워 엮은 병풍 같은 것을 전봉준의 사방에 둘렀다.

"장군, 꼼짝하시지 말고 이 안에만 계시면 아무 일 없을 것입니다. 밖에서 무슨 일이 벌어지더라도 절대로 나와서는 안 됩니다."

두억시니의 움직이는 모습을 묵묵히 지켜보던 전봉준은 알아들었다는 표시로 고개만 끄덕였다. 군막 밖에 나와 둘러보았더니 송두호의 집에서 거사를 모의했던 최경선, 송주성, 이봉근 등이 그래도 이 경황 속에서 군막 가까이를 떠나지 않고 있었다. 최경선은 전봉준과 끝까지 뜻을 같이 했으며 황토현 황룡강 전투에서 선봉장으로 이름을 떨친 인물이다.

"여러분! 전장군의 군막을 지키고 계십시오. 동학군으로 변장한 또 다른 영군의 습격이 곧 있을 것입니다."

두억시니는 당부의 말을 마치자 몸을 날려 군막 뒤쪽으로 달려나갔으나 이미 동학군 차림을 한 영군의 자객 한 사람이 칼을 쥐고 군막을 향해 돌진해 오고 있었다. 두억시니가 몇 발자국만 늦었더라도 그 사나이는 칼로 군막을 자르고 안으로 뛰어들어 전봉준의 목숨을 노렸을 것이다. 등에 진 칼을 번개처럼 뽑아 비스듬히 쥔 두억시니는 자객 옆을 바람처럼 스쳐 지나갔다.

"으윽!"

짤막한 비명이었다. 거의 군막까지 당도했던 자객은 목의 동맥이 끊겨 피를 흘리며 푹 고꾸라진다. 숨 돌릴 새 없이 날카로운 죽창이 왼쪽으로부터 두억시니의 옆구리를 향해 쭈욱 뻗어 왔다. 역시 동학군으로 변장한 영군의 자객이다. 머리카락 한 올의 차이로 몸을 재껴 피하지 않았더라면 그 죽창은 두억시니의 갈비뼈 사이를 꿰어 영락없이 그를 산적으로 만들었을 것이다. 목표물을 헛 찌르고 힘이 남아 앞으로 발을 헛디뎌 나온 두번째 자객의 머리를 두억시니의 칼은 정확하게 수직으로 빠갰다.

"……"

슬그머니 죽창을 손에서 놓으면서 두번째 자객은 천천히 그 자리에 무너져 내렸다. '교활하고 음흉한 감사 녀석. 담배장수로 변장한 군졸들의 기습 정보를 일부러 흘려 우리가 그 쪽에 정신을 빼앗겨 혼란에 빠졌을 때를 틈타 동학군의 탈을 쓴 또 다른 기습부대로 전장군의 목숨을 앗으려 하다니……' 진돗개의 급한 전갈이 아니었더라면 전라감사 김문현의 음모는 성공했을지도 모를 일이었다. 두 명을 쓰러뜨리고 사방을 살피니 정면으로부터 3명, 왼쪽과 오른쪽에 각각 2명씩 모두 7명의 자객이 두억시니를 향해 덤벼들어 오고 있었다.

✳

말목장터의 임시 군막에서 전봉준이 자객들에 의해 위기에 빠져 있을 때 동학의 손꼽히는 실력자 손화중과 김개남은 각각 자신의 본거지에서 전봉준의 주도로 이루어진 고부봉기가 어떻게 돌아가고 있는지를 관심 깊게 지켜보고 있었다.

키가 무척 큰데다 부드러운 인상을 지니고 설득력이 뛰어난 손화중은 무장, 고창, 무안 일대에서 조직을 넓힌 동학의 거물이다. 뒷날 일본군이 동학의 세력을 파악하기 위해 이름난 접주들은 정탐한 보고에 '무장에는 손화중이라는 대접주 거괴가 있다' 라고 적혀 있는 것만 보아도 그의 영향력이 얼마나 컸던지 짐작이 갈만하다.

일찍부터 손화중의 조직과 세력을 주목했던 전봉준은 고부봉기를 앞두고 1893년 11월 눈이 유별나게 많이 내리던 날 밤 정읍 과교리에 살고 있던 손화중의 집을 은밀히 방문해 거사에 참여해 줄 것을 요청했다. 전봉준의 설득에 조용히 귀를 기울이긴 했으나 손화중은 고부봉기에는 가담하지 않겠다고 거부의 뜻을 밝혔다.

"전 접주, 이번 거사에 나는 빠지겠소. 우리 교주(동학2대 교주 최시형 : 崔時亨)의 가르치심인 비폭력주의를 거역할 수 없을 뿐 아니라 설사 고부관아를 함락시킨다 하더라도 전라감영의 영군과 서울에서 내려 보낼 경군 등 관군을 맞아 싸워서는 승산이 없소. 지금은 일어날 때가 아니오."

손화중과 전봉준은 날이 새도록 지금 들고 일어나는 것이 옳으냐 아니냐를 놓고 격론을 벌였으나 끝내 손화중은 1차 무장봉기인 고부봉기에는 가담하지 않았다. 많은 사람들이 동학란의 세 거두로 온건파인 손화중, 중도파인 전봉준 그리고 강경파인 김개남을 꼽는다.

태안의 동학 접주로 성격이 괄괄해 각종 모임 때마다 강경주장으로 회의를 주도했던 김개남도 전봉준의 고부봉기는 지켜보고만 있었다.

2차 기포 때 이 세 거두는 힘을 모아 전주를 함락시켜 조정을 와들와들 떨게 만들었을 뿐 아니라 동북아시아의 세력판도에 큰 변화를 가져온 청일전쟁이라는 폭탄에 불을 당기게 된다.

뒷날 동학의 발자취를 연구하는 사람들 가운데는 전봉준이 주도한 고부의 1차 봉기를 조직적인 동학의 기포로 보지 않고 조선 말기에 줄을 이었던 민란의 하나로만 보는 사람도 적지 않다. 비록 전봉준이 동학의 접주였다고는 하나 고부의 1차 봉기에 참가했던 사람들 가운데 동학군은 별로 많지 않았고 일반 농민들이 많았음을 뒷날 전봉준 자신도 시인하고는 있다.

하지만 고부의 1차 봉기가 그뒤 동학이 본격적으로 주도한 황토현 전투, 공주 전투의 기폭제가 된 점을 감안할 때 고부의 1차 봉기도 단순한 민란으로 떼어놓고 생각할 것이 아니라 역시 동학의 영향이 크게 미쳤던 종교전쟁형태 농민전쟁의 연장선상에서 보아야 할 것이다.

✳

7명의 자객이 자신을 향해 덤벼들어 오는 것을 본 두억시니는 왼손에 칼을 옮겨 쥐고 오른손은 품에 넣어 표창 하나를 끄집어낸 후 몸을 낮춘 두억시니는 왼쪽으로부터 달려든 자객의 다리를 칼로 올려쳤다.

"으악!"

한쪽 다리를 무릎 아래로부터 잃은 자객은 몸의 균형을 잃고 털썩 쓰러진다. 그 사이 두억시니의 오른손으로부터 날아간 표창은 정면으로 달려오고 있던 3명의 자객 중 맨 가운데 사나이의 왼쪽 눈에 깊숙이 꽂혔다.

"으으으……."

눈으로부터 뇌까지 꽂힌 표창은 그 사나이의 목숨을 순식간에 빼앗아버렸다. '나머지 한 명은 어디 숨어서 아직 안 나타나고 있는 것일까?' 피바람 소용돌이 속에서도 두억시니의 머리는 정밀하게 계산하고 있었다. 진돗개의 전갈에 따르면 동학군으로 변장한 자객은 10명이다. 두억시니의 눈앞에 나타난 9명 가운데 4명은 쓰러뜨렸고, 5명이 남았으나 처음부터 모습을 드러내지 않고 있는 마지막 한 명이 아무래도 께름칙하다. 단숨에 4명의 목숨을 앗아버린 두억시니의 피투성이 모습은 마치 피에 굶주린 귀신같았다.

"이야압!"

하나씩 덤벼서는 도저히 이길 가능성이 없다고 여겼는지 앞에서 그리고 오른쪽에서 한명씩 한꺼번에 두 명이 죽창으로 두억시니의 몸통을 찔렀다. 아니 찌르려 했다. 날카롭게 베어진 죽창 끝은 그러나 허공을 찔렀을 뿐이다. 어느새 공중에 몸을 솟구친 두억시니는 사뿐히 내려서면서 오른쪽 자객을 어깨로부터 비스듬히 아래로 베었다.

다음 순간 두억시니는 마치 물이 흐르듯 다음 칼로 앞에서 공격해왔던 자객의 목을 가로 갈랐다. 이때쯤에는 사태가 심상치 않게 돌아가고 있음을 눈치 챈 동학군들이 나머지 자객들을 둘러쌌으나 너무나도 눈부신 두억시니의 무예에 넋을 빼앗긴 듯 그저 구경만 하고 있을 따름이다.

"타앙!"

총소리가 울려 퍼진 것은 이때다.

"저놈이다!"

총소리는 그동안 두억시니가 그토록 찾아내려고 기를 썼던 마지막 자객 한 명의 위치를 알려주었다. 말목장터의 큰 감나무 이름을 따서 '감나무집'이라 불리우는 주막집 그늘에서 다시 총알을 장진하고 있는 자객의 모습이 오른쪽의 자객을 향해 몸을 돌리는 두억시니의 시야 한구석에 들어왔다. '진돗개가 아직까지 움직이지 않았던 것은 저 녀석을 찾아내기 위해서였구나' 두억시니의 생각은 옳았다.

총에 탄약을 재장전한 자객이 또다시 전봉준의 군막을 겨냥했을 때 어디서 나타났는지 복면으로 얼굴을 가린 사나이가 쏜살같이 달려들며 단검을 그 자객 옆구리에 꽂았다. 조금 전 화살로 급한 전갈을 두억시니에게 알린 진돗개가 모습을 드러낸 것이다.

사태가 이쯤 되자 나머지 3명의 자객들은 전의를 잃어 등을 돌리고 도망치려 했다. 하지만 이미 때는 늦어 그들이 도망갈 길은 빽빽이 들어찬 동학군으로 꽉 막혀 있었다.

   얼굴 없는 軍師 두억시니

전의를 상실한 전사의 최후처럼 비참한 것도 없다. 별로 싸워보지도 못한 채 3명의 자객은 분노에 찬 수많은 죽창이 온 몸에 꽂히는 바람에 고슴도치 몰골이 되면서 숨이 끊어졌다.

'왜 감사 김문현이 보내준다던 100명의 포수는 나타나지 않고 있는가. 영장 김시풍은 분명히 그렇게 약속하지 않았던가?'

동학군의 진영을 정신없이 빠져 나가면서 군위 정석진은 자신들에게 몰래 딸려 보내 주겠다던 100명의 포수가 나타나 발포해 주기만을 바라고 있었다. 그렇게만 된다면 목숨은 건질 수 있을 것 같았기 때문이다.

'아니다. 감사는 애당초부터 포수 100명은 몰래 딸려 보낼 생각도 없었고 담배장수로 변장한 군조들에게 상금 500냥을 줄 마음도 없었던 거야. 그저 우리들을 사지에 보내려는 사탕발림이었을 뿐이야. 우리를 제물삼아 동학군으로 변장한 자객들로 하여금 전봉준을 죽이려 했던 거야. 나쁜 놈 같으니라구……'

"윽!"

비로소 김문현의 검은 속셈을 뒤늦게나마 알아차린 정석진의 옆구리에 죽창이 꽂혔다. 군위 정석전도 이렇게 죽었다.

❋

물샐 틈 없는 삼엄한 경비가 빚어내는 팽팽한 긴장감이 동학군의 군영을 뒤덮고 있었다. 담배장수로 위장한 군졸들을 내세우는 양동작전을 펼쳐 동학군을 속인 뒤 또 다른 기습부대로 하여금 전봉준을 암살하려던 전라감사 김문현의 음모가 실패로 돌아가자 동학군은 경계를 바짝 강화했다.

두억시니의 명령에 따라 동학군들은 삼돌이를 찾아내려고 사방을 샅샅이 뒤졌다. 그러나 어느 곳에도 삼돌이는 없었다.

"도대체 어떻게 된거야? 아까 그 난리가 나기 전까지만 해도 삼돌이는 이 근처에 있었는데……?"

"글쎄 말이야. 무슨 영문인지 모르겠네. 삼돌이는 갑자기 사라지고 군사는 삼돌이를 찾아내라니……."

"아무래도 무엇인가 곡절이 있는 거야. 그렇지 않고서야 삼돌이가 보이지 않을 까닭이 없지."

동학군들은 저마다 한마디씩 지껄이면서 심지어 군영 가까이의 민가까지 뒤져 보았으나 삼돌이의 모습을 찾아낼 수는 없었다.

'생각했던 대로야. 삼돌이는 전주감영의 간자임에 틀림없어. 감영으로부터 담배장수로 변장한 영군이 침투해 들어갈 것을 전장군에게 알리라는 비밀지령은 받아 그대로 전한거야. 그리고 동학군으로 변장한 자객들의 전장군 암살이 실패하자 줄행랑을 놓은 거야' 두억시니는 그동안 밤낮을 가리지 않고 자신이 전봉준의 곁에 머물러 있기를 잘한 일이라고 생각했다. 그렇지 않았다면 삼돌이가 밤을 틈타 잠든 전봉준의 목을 베었을 지도 모르는 일이었기 때문이다.

믿었던 부하 가운데 한 사람이었던 삼돌이가 전라감사 김문현의 앞잡이였다는 두억시니의 보고에 전봉준도 한동안 말문이 막히는 모양이었다.

"이럴수가……."

어이가 없다는 듯 한참 만에 내뱉었다. 마지막 자객이 쏜 총으로부터 전봉준을 지켜준 것은 군막을 나서기 전 두억시니가 둘러친 통대나무 병풍이었다. 군막을 뚫고 들어온 총알은 통대나무에 맞고 빗나가 버렸다.

총격전이 벌어졌을 때 대나무 밭에 몸을 숨기면 안전한 것은 총알이 대나무에 맞아 미끄러져 코스가 바뀌기 때문이다.

김문현의 전봉준 암살음모는 두억시니의 과감한 결단과 재빠르고 눈부신 활약이 없었더라면 성공했을 가능성이 높았던 것이 사실이다.

"군사가 내 목숨을 건졌구려."

전봉준은 마음 속으로부터 우러나오는 고마움을 두억시니에게 나타냈다.

"아닙니다. 장군의 치하를 받을 일이 결코 못됩니다."

두억시니는 복면 사이로 들어낸 두 눈에 어두운 표정을 띠며 고개를 살래살래 가로 흔들었다.

"자칫했으면 장군의 목숨을 지켜드리지 못할 뻔했지 않습니까."

"허허. 군사야 최선을 다했지 않소. 나는 이 일을 꾸몄을 때부터 이미 목숨은 내놓았소. 언제 죽든 하늘의 뜻이 아니겠소. 너무 심려하지 마시오."

전봉준의 인정어린 위로에 깊은 감동을 느끼면서도 두억시니의 마음은 암울했다. '앞으로도 서울의 조정과 전주감영은 계속 전장군의 목숨을 노릴 터인데……'

훈련이라고는 제대로 받아보지도 못했고 따라서 군율도 올바로 잡혀져 있지 않은 동학군을 이끌고 정면으로는 관군과 싸우고 뒤쪽으로는 끊임없이 그들이 보내올 자객들과 대결해야 한다는 무거운 짐과 책임감에 두억시니의 양어깨를 짓누르고 있었다.

이때쯤 서울의 조정은 발칵 뒤집혀 있었다. 김문현이 장계로 중앙에 보고하기 전 이미 고부봉기는 소문으로 온 서울 안에 널리 알려져 있었다. 조정은 사태수습을 위한 조치를 잇따라 내렸다.

※

참으로 엄청난 힘이었다. 굵은 나무를 베어내고 남은 그루터기 위에 두억시니는 두 손의 엄지, 검지, 중지 세 손가락으로 물구나무를 섰다. 아직 쌀쌀한 날씨를 무릅쓰고 벌거벗은 두억시니의 윗몸은 땀으로 젖어 있으며 김마저 모락모락 피어오르고 있었다.

문둥병을 감추느라 얼굴에는 복면을 둘렀지만 벗은 그의 윗몸은 근육의 윤곽이 뚜렷했으며 몹쓸 병의 흔적은 전혀 찾아 볼 수 없었다. 세 손가락으로만 물구나무를 선 두억시니는 그 자세 그대로 천천히 팔굽혀펴기를 시작했다.

"하나, 둘, 셋"

그루터기에서 서너 발자국 떨어진 거리로 원을 그려 앉은 꼬마들이 합창하듯 두억시니의 팔굽혀펴기 동작을 세어나갔다. 20명 남짓의 이 꼬마들은 부모를 잃은 고아이거나 이번 봉기에 참가한 홀아비의 아이들이거나, 아무튼 돌보아줄 안정된 가정을 갖지 못한 어린이들이었다.

"마흔여덟, 마흔아홉, 쉰!"

올바른 자세로 팔굽혀펴기를 50차례 하는 것도 보통사람들에게는 결코 쉬운 일이 아니다. 그런데도 두억시니는 세 손가락만의 물구나무서기 자세에서 50차례의 팔굽혀펴기를 거뜬히 해냈다.

오늘날에도 격투기의 강호 가운데에는 세 손가락 혹은 두 손가락만으로 팔굽혀펴기를 할 만치 손아귀 힘과 팔 힘이 강한 사람들이 있긴 하다. 처음에는 주먹으로 팔굽혀펴기를 해나가다가 다음에는 다섯 손가락을 세우고 차츰 손가락 수를 줄여 마침내는 두 손가락만으로 할 수 있게 되도록 노력하면 결코 불가능한 일이 아닌 모양이다.

그러나 웬만한 마음가짐 그리고 웬만한 노력으로는 해내기 어려운 것도 사실이다. 더구나 세 손가락으로 물구나무를 선 뒤 그 자세에서 팔굽혀펴기를 50차례나 해낸다는 것은 거의 인간의 상식을 초월한 체력이다.

먼 옛날부터 인간이 살아남기 위해서는 짐승 그리고 외적과 싸워 이겨낼 수 있는 힘이 있어야만 했다. 꼬마들이 두억시니의 힘과 무예를 동경하는 심리의 바탕에는 생존본능이 깔려있기 때문인지도 모른다.

"와아!"

거꾸로 서서의 팔굽혀펴기를 50차례 마치고는 공중회전을 한 바퀴 돈 뒤에 두억시니가 절도 있게 땅에 내려서자 꼬마들은 일제히 함성을 질렀다. 두 어깨의 두터운 승모근과 메론처럼 불그러져 나온 삼각근 그리고 말발굽 모양의 깊숙이 페인 상완삼두근, 빨래판처럼 우둘우둘한 복근 등 두억시니의 몸은 우람하고도 아름다웠다.

"히야아! 정말 무지무지하다."

꼬마들 가운데 네 살짜리인 자갈이 눈을 가늘게 뜨고 제 딴에는 최대의 찬사를 두억시니에게 보냈다.

"그래, 정말 무지무지해."

무슨 일에든 참견한다 해서 본명보다는 촉새로 불리우는 7살짜리 소년이 자갈의 말에 맞장구를 쳤다. 날마다 치르는 두억시니의 훈련일과는 꼬마들의 심심함을 풀어주는 구경꺼리가 되고 있었다.

실전 기술이 그대로 담겨진 폼새로 몸을 풀고 나지막한 야산을 한 시간가량 달리며 심폐기능을 강화한 다음 전문체력을 다지는 순서로 두억시니의 훈련프로그램은 짜여져 있다. 훈련 때마다 두억시니는 군량미 가운데 쌀 한 가마를 가뿐히 어깨에 메고 비탈길을 오르내리며 다리 힘을 키우고 허리에 띠를 매서 끝에 그 쌀가마니를 달아 끌고다니며 허리의 힘과 스피드를 다졌다.

'팍! 파악!' 소나무에 정권과 손날을 꽂을 때마다 나무는 비명을 지르는 듯했다. 마치 손처럼 자유자재로 발을 놀리면서 쏘아대는 여러 가지 발차기를 꼬마들은 넋이 나간 듯 바라본다.

비교적 부드러운 소나무껍질은 적당한 충격흡수력을 지니고 있기 때문에 소나무를 차는 두억시니의 손과 발을 부상으로부터 보호해주고 있다.

✳

"아찌!"

꼬마들 가운데 가장 먼저 자갈이 저만치 서있는 느릅나무를 손으로 가리킨다.

"아저씨! 아저씨!"

나머지 꼬마 녀석들도 두억시니에게 조른다. 운동으로 인해 흘러내리는 땀을 무명수건으로 닦고 옷을 걸치고 있던 두억시니는 아이들의 열화 같은 요청을 못 이기는 듯 두 눈에 옅은 웃음을 띠운다.

일단 일이 벌어지면 야차(夜叉=불교의 사나운 귀신→두억시니)처럼 한없이 무서워지는 그에게도 단 한 가지 약점이 있었다. 어쩐 일인지 두억시니는 어린이들에게는 모질지 못했다. 아니 꼬마들이 원하면 웬만한 일은 모두 들어주었다.

"저 아저씨는 문둥이래. 가까이 가면 무서운 병이 옮아?"

"그래, 잘못하면 살이 무너져 버리는 문둥이 병에 걸리게 돼."

처음에는 꼬마들도 어른들의 말을 듣고 그의 곁에 가까이 가기를 꺼려 했다. 하지만 두억시니의 뛰어난 무예솜씨를 직접 보게 되고 어린이들에 게는 다정한 그의 성품을 겪어 보면서 차츰 경계심을 풀어갔다. 그래서 그들은 문둥병을 무서워하면서도 일정한 거리를 두고 두억시니의 뒤를 졸졸 따라 다녔다.

꼬마들 가운데 자갈과 그의 7살짜리 누나인 분이는 두억시니를 무척 따랐다. 부모를 잃고 먹을 것이 없어 외딴 초막집에서 거의 굶어 죽기 직 전의 이 두 남매를 지나가던 두억시니가 챙겨준 뒤부터 이들은 두억시니 에게 절대적인 신뢰감을 보이고 있다. 지금은 두억시니가 이 두 남매의 아버지 노릇을 하고 있는 셈이다.

"또 보여 달라는 거냐?"

짐짓 두억시니가 꼬마들의 의사를 재확인하자 그들은 약속이나 한 듯 모두 고개를 끄덕였다. 그들이 손으로 가리키는 느릅나무의 가지에는 참 새들이 가지런히 앉아 있었다.

"너희들은 그 자리에 가만히 있어. 여럿이 가면 참새들이 놀라서 달아 나 버릴 테니까……"

두억시니의 이 말에 꼬마들은 알아들었다는 표시로 또다시 고개를 끄 덕였다. 조용히, 거의 기척을 내지 않고 두억시니는 느릅나무로 다가갔다. 나무를 정면에 놓고 맞선 두억시니가 번개 같은 주먹을 날렸다.

"파악!"

둔탁한 소리와 함께 일어난 희한한 일에 꼬마들의 눈은 이번에도 휘둥 그레졌다. 두억시니의 정권이 느릅나무를 강타하자 그 충격에 참새들이

미처 나뭇가지에서 피하지를 못하고 땅을 향해 아래서 반쯤 떨어져 내려오다가 비로소 정신이 드는 듯 후다닥 날개를 퍼득이며 하늘로 솟았다.

"으와아!"

꼬마들의 함성이 푸른 하늘에 울려 퍼졌다.

＊

"전라도 고부에서 난리가 일어났다는군."

"그래 군수가 혼비백산해서 걸음아 날 살리라고 줄행랑 놓았다는 거야."

"관아에서 꽁무니가 빠지라고 도망친 고부군수란 놈도 영의정을 해 처먹은 조두순의 조카라면서?"

"음, 정실의 소생이 아니니까 조카는 조카라도 서질이야."

전봉준이 주도한 고부봉기가 일어난 지도 스무날 남짓 지나자 벌써 서울의 양대 시장인 배오개장(지금의 동대문시장)과 남문안시장(지금의 남대문시장)에는 그 소문이 쫙악 퍼졌다. 이 양대 시장에서는 조선팔도에서 몰려든 봇짐장수, 등짐장수들이 운반해 온 갖가지 상품과 함께 각 고장의 정보도 풀어놓기 마련이었다.

"세도가 조씨 문중임을 믿고 마구 백성들을 가혹하게 착취해 먹다가 탈이 난거야. 죽일 놈 같으니라구……."

"맞아, 세도가들 가운데 서씨는 청렴하고 심씨는 조금 물들었으며 민씨는 탐욕스럽고 조씨는 도둑놈이다 라는 말이 꼭 들어맞아."

"그렇지 않아도 뙤놈(청국사람), 왜놈(일본사람), 아라사놈(러시아사람)들이 조선을 집어 삼키려고 눈이 시뻘건데 썩은 관리들의 못된 짓 때문에 민란까지 잇따라 일어나고 있으니 장차 이 나라는 어찌되는 것일까?"

비록 글은 제대로 배우지 못했으나 장사치들은 전국방방곡곡에서 전해져 오는 정보를 나름대로 분석하면서 세상이 어떻게 돌아가고 있는지를 제법 정확하게 알고 있었다.

"민란의 괴수는 전봉준이라는 동학의 접주라는 군. 백산이라는 곳에 진을 치고 있는데 그들의 기세가 대단하다는 거야."

남문안장 국밥집에서 요기를 하고 있던 보부상이 열을 올리며 고부에서 일어난 일을 알려주고 있었다. 그렇지 않아도 어수선한 세상이 어떻게 변할 것인지 궁금히 여기고 있던 사람들은 그의 둘레에 모여들어 귀를 기울였다.

사람들 대부분의 심성은 자신의 이야기에 다른 사람들이 흥미를 나타내주면 신이 나서 더욱 떠벌이게 마련이다.

"그런데 말씀이야. 전봉준에게는 두억시니라는 문둥이 군사가 큰 힘이 되고 있어."

보부상의 이 말에 듣는 사람들 얼굴에는 모두 놀라움이 퍼졌다.

"아니, 문둥이가 군사라니…… 그게 사실이오?"

"두억시니? 그건 귀신 이름 아니야?"

자신의 이야기가 큰 놀라움을 불러일으킨데 만족한 듯 보부상은 고개를 끄덕이더니 다시 말문을 열었다.

"이 문둥이 군사는 보기 흉한 얼굴은 복면으로 가리고 있지만 무예솜씨 하나는 기가 막히게 뛰어난 모양이야. 덤벼드는 관군은 모두 파리 목숨이라는 거야."

편이야 어느 쪽이 되건 아무튼 강자의 무용담이란 언제 들어도 통쾌하고 재미있다. 더구나 양반들에게 억눌리며 어렵게 살아가고 있는 서민들은 언제나 그들의 영웅이 나타나기를 기다리고 있다.

설사 조정이 토벌의 대상으로 삼아도 기성체제에 반항한 홍경래나 임꺽정 그리고 민란의 주모자들은 모두 서민들의 영웅이었다.

이제 전봉준이란 또 한 사람의 영웅이 호남에 나타났고 그 전봉준보다 더 신비로운 인물로 문둥이 군사 두억시니가 장안의 사람들 입에도 오르내리게 됐다.

*

동학란의 첫 신호였던 고부봉기가 일어난 19세기 말은 이 나라 조선의 세도정치가 말기에 접어들었던 때였으며 민비는 그 세도정치시대의 마지막을 장식한 찬란한 불꽃이었다.

"제기랄! 왜 임금들은 장가가면 모두 하나같이 처가인 외척들에게 나랏일을 송두리째 넘겨주어 버리는지 모르겠네."

"그러게 말이야. 그 외척이란 자들은 왜 또 하나같이 모두 날강도나 다름없는지 모르겠어. 우리처럼 힘없는 백성은 그들의 등쌀에 어디 살 수 있어야 말이지."

백성들의 끓어오르는 불만은 정곡을 찌르고 있었다. 100년 가까이 조선은 임금의 외척이 농단한 세도정치로 나라꼴이 말이 아니었다. 외척의 세도정치는 정조의 사망 직후 비롯됐다.

1801년 정조의 후계자로 즉위한 제23대 임금 순조는 그때 11살이었다. 순조의 재위 34년 동안 그는 허수아비 같은 존재에 지나지 않았으며 제21대 임금 영조의 왕비였던 정순왕후 김씨가 수렴청정을 했다.

수렴청정이란 발을 늘어뜨리고 그 뒤에서 정치를 한다는 말로 나이 어린 임금을 대신해 왕대비나 대왕대비가 정사를 돌보는 것을 말하는 것으로 순조 때 정순왕후의 생가인 안동 김씨 일족이 거의 모든 요직을 독차지해 사리사욕을 채우는 바람에 백성들의 원망이 대단했다.

순조가 세상을 떠나자 그 손자인 8살의 소년이 제24대 임금 헌종으로 즉위한 것은 1835년의 일이다. 이때도 새 임금의 할머니인 순원왕후 김씨가 수렴청정으로 나라를 다스렸다.

이윽고 김씨의 일족의 세력에도 그림자가 드리워지는 날이 오는 듯했다. 순원왕후는 자기네 일족의 횡포에 대한 세상 사람들의 호된 비판에 신경을 쓴 나머지 헌종의 외할아버지인 조만영의 동생 조인영을 요직에 기용했다.

이 일을 계기로 풍양 조씨들이 차츰 정계에 진출하면서 안동 김씨 일족과 겨루는 세력으로 자랐다.

'안되겠다. 풍양 조씨를 물리치기 위해서 무슨 수를 써야겠다' 세력을 만회하기 위해 머리를 짠 안동 김씨 일족은 김유근의 딸을 헌종의 왕비로서 창덕궁에 들여보냈다.

또다시 임금의 외척이 된 안동 김씨 일족은 영의정 조인영으로 대표되는 풍양 조씨 일족과 그 뒤 몇 해 동안 치열한 권력다툼을 벌인 끝에 천하를 되찾는 데 성공했다.

세도정치의 횡포와 부패로 백성들의 신음소리만 높았던 가운데 1849년 헌종은 세자를 남기지 않고 세상을 떠났다. 김씨 일족은 강화도에 살고 있던 왕족인 덕원군을 찾아내 제25대 임금 철종으로 삼았다.

소위 '강화도령'이라 불린 철종은 권력을 장악했던 김씨 일족의 철저했던 왕족학대 탓에 강화도에서 가난한 나날을 보냈었고 글도 제대로 배우지 못했던 사람이다. 김씨 일족은 이번에도 외척의 자리를 확보하는 것을 잊지 않았다.

✼

1863년 철종이 갑자기 세상을 떠났다. 이 임금도 세자를 남기지 못했다. 철종의 후계자로 조대왕대비는 뜻밖에도 왕족 가운데 흥선군 이하응의 둘째 아들 명복을 지명했다.

조대왕대비가 이명복을 새 임금으로 지명하게 된 데에는 그럴 만한 까닭이 있었다. 그녀는 김씨 일족의 지나친 횡포에 분노를 느끼고 있었을 뿐 아니라 생가인 조씨 일족을 악랄한 수단으로 요직에서 몰아낸 그들에게 원한도 품고 있었다.

조대왕대비의 마음속을 꿰뚫어 본 흥선군은 조대왕대비의 조카인 조성하, 조영하 그리고 원로 가운데도 거물인 정원용, 실력자인 박규수 등을 포섭해 자신의 둘째 아들을 즉위시키기 위한 공작을 은밀히, 그러나 빈틈

없이 펼쳤다.

"흥선군 하응의 둘째 아들 명복에게 대통을 잇도록 하겠소."

철종의 후계자를 결정하기 위해 창덕궁의 중희당에 중신들을 소집한 조대왕대비가 이 말을 내뱉은 순간 그 자리에 있던 김씨 일족은 숨이 멎을 만치 깜짝 놀랐다.

'하필이면 그 말썽꾸러기 흥선군의 아들을 즉위시키다니……', '아뿔싸! 흥선군이 대원군의 자리에 오르게 되면 이제 우리 김씨 문중의 규수를 왕비로 내세우기는 글렀구나……' 김씨 일족은 자기네끼리 얼굴을 서로 마주보았으나 할 말을 잃고 있었다. 조대왕대비의 결단으로 김씨 일족의 세도 기반은 결정적인 타격을 받게 된다.

이명복은 제26대 임금 고종으로 즉위했고 그의 아버지 흥선 대원군은 14살의 아들을 보필한답시고 대권을 장악하게 된다.

대원군이 나랏일의 칼자루를 움켜쥐게 되자 영의정이었던 김좌근이 물러난 것을 첫머리로 김씨 일족은 차례차례 관직에서 쫓겨났다.

'왕비의 친척들이 정치에 관여해오면서 벼슬을 팔고 백성들을 착취하는 나쁜 정치가 줄곧 이어져 왔다. 내 아들 고종의 왕비는 신중에 신중을 기해서 간택해야겠다' 임금의 외척이 저질러온 세도정치의 폐악을 누구보다도 잘 알고 있는 대원군은 며느리 고르기에 무척 신경을 썼다.

"민치록의 외동딸은 어떻습니까? 8살에 양친을 잃은 고아이긴 하지만 왕비로서 부끄럽지 않은 용모를 지니고 있는데다 예의범절도 뛰어나며 특히 학문은 어느 양반댁 규수에게도 뒤지지 않을 것입니다."

부인 민씨의 이 말에 대원군은 귀가 솔깃했다. '그래 명문의 규수로 부모도 형제도 없으니 임금의 외척임을 빙자해서 나랏일에 끼어들려고 할 염려도 없지 않은가. 이보다 더한 왕비감이 어디 있겠는가?' 대원군은 며느리이자 왕비로 민치록의 딸을 간택했다.

1866년 3월 20일(음력) 창덕궁의 인정전에서 왕비책봉의 성대한 예식이 치러졌다. 고종은 15살이고 민비는 16살이었다.

＊

정권을 장악한 대원군은 지방관리와 결탁한 중앙의 탐관오리들을 숙청하고 인재등용에 지방차별의 벽을 없애는 등 개혁을 단행했다. 그러나 권력을 장악하려는 집념이 강한 것은 민비와 그 일족도 예외는 아니었다.

차츰 자신의 집안사람들을 관계에 진출시킨 민비는 1873년 최익현의 대원군 탄핵을 계기로 남편인 고종이 직접 국사를 보살피는 친정을 포고하도록 일을 꾸몄다. 그와 동시에 왕궁의 대원군 전용 출입문을 봉쇄해버렸다. 하루 아침에 대원군은 실각해버린 것이다.

그동안 아버지 대원군이 장악했던 실권을 아들인 임금 고종이 되찾은 것은 곧 민비의 영향력이 절대적으로 커졌음을 뜻했다. 고종은 크고 작은 나랏일을 결재할 때마다 연상의 아내인 민비의 의견을 들었다. 학문이 뛰어났던 데다 총명한 민비는 임금을 대신할 만한 능력을 지니고 있었던 것으로 여겨진다. 그 뒤에도 대원군과 민비의 세력 다툼은 계속됐다.

1882년 썩은 쌀, 돌이나 모래가 섞인 쌀을 군병들에게 배급했다가 일어난 임오군란은 대원군을 다시 권력의 자리에 되돌아가게 했으나 청국이 대원군을 납치해 자기 나라로 데려가자 정세는 또다시 뒤집어졌다.

그동안 충청도 장호원으로 도망가 숨어있던 민비가 서울로 돌아오자 천하는 다시 민씨 일족의 지배 아래로 들어갔다. 1894년 고부봉기가 시정의 소문보다 뒤늦게 전라감사 김문현에 의해 보고되자 영의정 민영준, 좌의정 조병세 등 대신들은 머리를 맞대고 의논 끝에 말썽을 일으킨 고부군수 조병갑을 잡아들이고 전라감사 김문현을 감봉 처분했다.

또 용인현감이었던 박원명을 조병갑의 후임인 고부군수로 임명하고 장흥부사 이용태를 안핵사에 임명해 민란의 자초지종을 조사 보고케 하고 잘못된 지방행정을 바로잡도록 했다. 그러나 안핵사 이용태의 악랄한 행동이 본격적인 동학봉기에 불을 당기게 될 줄은 그때까지 아무도 몰랐다.

얼굴 없는 軍師 두억시니

전봉준이 동학군을 이끌고 진을 옮긴 백산은 해발 47m밖에 안 되는 나지막한 야산이지만 그런대로 넓고 평평한 정상에서는 사방의 시야가 탁 트여 있어 주변 몇 십리가 한 눈에 들어온다.

한마디로 지키기에 유리한 요새이기에 전봉준은 서울의 조정과 전주감영의 움직임을 차분히 지켜보고 있었다.

애당초 고부봉기를 모의했을 때 작성한 사발통문에는 '전주감영을 함락하고 서울로 곧바로 향할 것'이라고 결의해 놓았으나 전봉준도 두억시니도 아직은 그럴 만한 힘이 자기네에게 없다는 것을 잘 알고 있었다.

보다 강열한 분노, 보다 많은 인원, 보다 많은 무기, 보다 많은 양식, 보다 강한 연대의식이 있어야만 서울 진격이 가능하기 때문이다.

❋

"군사! 아무래도 함열의 조창을 습격해서 군량미를 더 확보해두었어야 되는 게 아니었소?"

백산의 군막에서 참모회의가 열렸을 때 동학란과 전봉준에 관한 책에서는 으레 '전봉준의 모주(謀主=일을 주장하여 펼치는 사람)' 가운데 한 사람으로 꼽히고 있는 최경선이 아직도 미련을 버리지 못하는 듯 또다시 두억시니에게 함열의 조창습격을 넌지시 제의했다.

"군량미가 많을수록 좋은 것은 사실이오. 그러나 함열의 조창을 치려면 고부군의 군계를 넘어야 합니다. 군계를 넘으면 그때부터 우리의 봉기는 단순한 민란이 아니라 곧 반역이 되고 맙니다. 머지않아 군계를 넘어야 할 때가 올지 모르지만 지금은 그 때가 아니오."

"그건 군사 말이 옳소. 머지않아 김개남, 손화중 장군들까지 모두 힘을 합치면 그때는 군계도 넘고 서울로 진격도 가능하게 되오."

전봉준이 두억시니의 의견을 지지했고 김도삼과 정일서도 입은 열지 않으나 고개를 끄덕이며 두억시니의 편을 들었다.

"모두들 의견이 그러시다면 함열의 조창 습격은 다음으로 미룹시다."

그제서야 최경선도 어쩔 수 없다는 듯 자신의 제의를 철회했다.

"그건 그렇고 조정은 박원명을 고부군수로 임명했다고 하지 않소. 그는 원만한 성품을 지닌 사람이라고 합디다. 사태를 수습하고 우리의 봉기도 능히 가라앉힐 지도 모르오."

전봉준의 이 말에 두억시니는 고개를 끄덕이며 맞장구를 친다.

"장군 말씀이 맞습니다. 박원명은 이번 거사에 참가했던 농군들은 토닥거려 집으로 돌려보낼 수 있는 능력을 가지고 있고 우리 진영에도 가족에게 돌아가고 싶어하는 사람이 차츰 늘어나고 있습니다. 하기야 탐관오리가 쫓겨나고 백성 다스리는 일이 바로 잡히기만 한다면야 우리 목적은 이루어지는 셈이니 그때는 우리도 스스로 해산해야 되지 않겠습니까?"

＊

이번에는 전봉준이 고개를 끄덕인다.

"맞소. 열강들이 우리 조선을 넘나보고 있는 지금 나랏일이 제대로 개혁된다면 우리 모두 제 직분으로 돌아가야 하오."

"하지만……."

"하지만?"

"장군! 조정은 매우 큰 잘못을 하나 저질렀습니다. 이용태는 욕심이 많고 성품이 포악한 사람입니다. 이런 녀석을 안핵사로 임명했으니 사태는 더욱 악화될 가능성이 짙습니다."

두억시니의 이 말에 순간 전봉준의 얼굴에 어두운 그림자가 스친다.

"아니, 이용태가 그런 인물이오? 그리고 군사는 이용태의 사람됨에 대해 어찌 그리 잘 아시오."

"하하하하! 군사란 원래 맞서는 인물이나 집단에 대해 잘 알아야만 대책을 세울 수 있는 자리가 아닙니까?"

"허허…… 듣고 보니 그렇기는 하오만……."

이미 두억시니는 장흥에 수하를 보내서 부사 이용태의 사람됨을 자세히 알아내 보고를 받은 터라 고부봉기의 마무리가 순탄치 않을 것이라 염려하고 있었다. 그리고 두억시니의 염려는 불행히도 들어맞게 된다.

✳

"그래? 그 무지막지한 녀석이 아이들은 그렇게 끔찍이 여기는군. 흐응, 하긴 그것도 하나의 허점이 될 수도 있겠군."

전주감영 동헌에서 전라감사 김문현은 지그시 눈을 감고 잠시 생각에 잠겼다. 전봉준이 주도해서 일으킨 고부봉기를 제대로 다스리지 못한데다 탐관인 조병갑을 고부군수로 재임용토록 적극 추천했다 해서 조정으로부터 감봉처분까지 받은 김문현은 속이 편치 않았다.

'그깟 감봉이야 몇 푼 되겠는가마는 조병갑 녀석 때문에 나의 경력이 더럽혀지고 전봉준 암살은 그 문둥이군사 두억시니인가 하는 녀석 때문에 실패해서 망신이 겹치고 있으니 이 노릇을 어찌한다?' 끙끙 앓고 있던 김문현은 전봉준 진영에 잠입시켰던 삼돌이가 살아서 나타나자 우선 반갑기만 했다.

삼돌이는 군위 정석진을 앞세운 전봉준 암살이 허사로 돌아가자 동학군 진영을 빠져나와 원평의 논다니(웃음과 몸을 파는 계집)집에 한동안 몸을 숨기고 사태가 좀 진정되는 기미를 보이자 전주감영에 나타난 것이다.

"영감! 전봉준을 없애려면 먼저 군사인 두억시니부터 처치하셔야 됩니다. 군략에 뛰어날 뿐 아니라 무예에 무척 빼어난 그 녀석이 지키고 있는 한 전봉준을 죽이기는 어렵습니다."

삼돌이의 이 말에 입만 쩝쩝 다시던 김문현이 그에게 물었다.

"하면…… 그 무예에 뛰어났다는 문둥이군사를 어떻게 없앨 수 있단 말인가? 좋은 계략이라도 있는가?"

교활한 눈초리로 감사의 눈치를 살피던 삼돌이는 상대방을 조바심치게 만들려는지 한동안 말없이 뜸을 들이더니 이윽고 입을 열었다.

"계략이 있긴 있습죠. 그 녀석에게도 약점은 있으니까 말입니다."

"약점? 그래 어떤 약점을 지니고 있나? 술? 여자? 아니면 노름인가?"

"그런게 아니라…… 애들을 너무 귀여워하는 점입니다."

"뭐? 애들을 귀여워한다고?"

김문현은 어이없다는 표정으로 삼돌이의 다음 말을 기다렸다.

"그 녀석이 귀여워하는 아이를 미끼삼아 함정을 파는 겁니다. 제 아무리 두억시니가 날래다고 해도 여러 포수들이 집중사격을 가하면 살아남기 어렵습죠."

"으음. 그 계략도 그럴 법 하구먼."

삼돌이는 김문현에게 가까이 다가서더니 목소리를 낮추어 두억시니를 함정에 빠뜨릴 자신의 계략을 차근차근 털어놓았다.

✳

자갈과 분이가 사라져 버렸다는 것을 가장 먼저 안 것은 나이 어린 작부였던 추월이다. 뒷날 전봉준이 체포될 때 함께 있었던 영광 기생 출신인 농월, 그리고 오갈 데 없는 부녀자들로 이루어진 낭자(娘子)부대가 동학군에 있었다.

추월이는 일찍 부모를 여의고 작은아버지의 집에서 자랐으나 작은어머니의 학대를 견디다 못해 도망쳐 나와 끝내 술 따르는 작부의 길로 들어섰다. 정읍의 장터에서 술 취한 보부상에게 시달리고 있던 추월이가 너무 어리고 가여워 때마침 그곳에서 밥을 먹던 두억시니가 주막집 안주인에게 졌던 그녀의 빚까지 갚아 자유로운 몸을 만들어 주었다.

그 뒤부터 두억시니를 가는 곳마다 졸졸 따라다녀 이번 고부봉기에서도 동학군들의 밥 시중, 빨래, 어린이들 보살피기 등 눈코 뜰 새 없이 바삐 움직이고 있다.

불우하게 자라온 추월로서는 힘이 들어도 지금 생활이 가장 행복했다. 우선 자유로운데다 마음에 맞는 사람들끼리 지내고 있기 때문이다.

두억시니가 구해 주었다는 공통점을 지니고 있는 추월과 자갈 남매는 마치 친남매처럼 친해 자갈과 분이는 각각 추월이를 '누나', '언니'라 부르며 따랐다.

저녁 때가 되어 밥에 기름간장 묻힌 것을 저녁끼니로 먹여주려고 추월이가 자갈과 분이를 찾아 이곳저곳 둘러보았지만 남매의 그림자는 아무 곳에도 없었다.

"자갈아! 분이야!"

추월이는 마치 친동생을 잃어버린 것처럼 반미치광이가 되어 알아볼 만한 곳은 모두 돌아다니며 찾아보았지만 어디에도 없었다.

"그 애들인가? 아까 건장한 장정 서넛이 울부짖는 남자애와 여자애를 끌고 가는 것을 보기는 했는데……"

거의 동진강에 이르렀을 때 노인 한 사람이 화호 나루터 쪽을 손으로 가리키며 자갈과 분이 비슷한 아이가 괴한들에게 끌려가는 것을 목격했다고 추월에게 알려주었다.

'안되겠다. 날은 어두워지는데 장정 서넛이라면 여자 몸인 나 혼자서 도저히 당해낼 수 없다. 두억시니 아저씨에게 알려야지' 추월이는 그 쌀쌀한 날씨 속에서도 콧잔등에 땀방울이 송송 돋아날 만치 힘껏 달려 백산의 군영으로 돌아왔다.

"크……큰일 났어요."

숨이 턱에 닿아 군영으로 돌아온 추월의 급박한 외침에 모두 놀라서 모여들었다.

"자……자갈과 분이가 유괴당했어요."

"뭐? 자갈과 분이가……?"

"아니 그 애들은 유괴해서 무엇에 쓰려고?"

"되놈들에게 팔아먹으려고 데려간 것일까?"

어린애들을 유괴해서 청국사람들에게 노비로 팔아먹는다는 이야기가 널리 퍼졌던 시절이었다. 자갈과 분이의 친구인 꼬마들은 이 이야기를 듣고 모두가 놀라고 무서워하는 표정을 짓는다.

"그러면 자갈과 분이는 죽었어요?"

꼬마들 가운데 가장 말이 많은 촉새가 그들의 속을 대변하듯 추월에게 물었다.

"몰라! 나도 몰라!"

추월은 그런 끔찍한 사태가 일어나지 않기를 바라는 듯 고개를 세차게 좌우로 흔들었다.

"추월아! 차근차근히 이야기해 보아라."

어느새 나타났는지 두억시니가 언제나처럼 차분한 목소리로 추월에게 설명을 재촉했다.

"앗! 아저씨."

두억시니가 나타나자 추월의 얼굴에는 금방 환한 표정이 되살아났고 꼬마들과 나머지 사람들도 절대적인 신뢰와 기대 담긴 시선을 그에게 보냈다. 백산에 주둔하고 있는 동학군들에게 두억시니는 우상이었다.

*

"고부의 민란은 가라앉을 기미가 보이고 있는 것입니까?"

민비가 총기어린 눈으로 영의정 민영준을 쏘아보며 묻는다. 민영준은 송구한 듯 몸을 움츠리며 대답했다.

"네, 중전마마. 고부군수로 부임하게 된 박원명이 워낙 너그럽고 청렴한 인물이라 머지않아 사태는 원만히 수습되리라 여겨집니다."

"영상! 잘 다스리셔야 합니다. 그렇지 않아도 우리 조선이 아라사(러시아)와 청국하고는 가까이 지내면서 자기네만 따돌린다고 일본이 우리의 허점을 트집잡아보려 눈을 밝히고 있습니다. 이런 때에 민란이 그치지 않는 것은 바람직하지 못합니다."

민비는 일본이 조선에서의 민란을 구실삼아 그들의 군대를 이 나라에 출동시켜 그대로 눌러앉을까봐 몹시 경계하고 있었다.

민비는 일본을 무척 싫어했으며, 다음해 결국 일본이 민비 암살에 나선 것은 민비가 살아있는 한 일본의 조선 진출에 걸림돌이 된다고 판단했기 때문이다.

사실 일본은 임오군란(1882년)과 갑신정변(1884년) 때 일본으로부터의 출병이 늦어 청국에게 기선을 제압당해 밀려났던 쓰라림을 잊지 않고 기회만 있으면 조선에 출병하려고 벼르고 있었다.

고종과 민비는 전통적으로 가까웠던 청국 말고도 1888년 조선과 러시아 사이에 통상조약이 맺어지자 급격히 러시아하고도 가까워졌다.

서울에 부임한 러시아 공사 웨이버 부처와 공사의 처제 손탁은 거의 매일 고종과 민비를 알현하고 비위를 맞추었다. 특히 손탁은 민비에게 서양 요리를 소개하고 포크와 나이프의 사용법 등 식사매너도 가르쳤다.

갑신정변 뒤에 부활한 민씨 정권도 고종과 민비의 뜻에 따라 급격히 러시아와 친해지는 친러정책으로 기울었다. 그리고 일본은 조선의 이러한 친러정책을 매우 마땅치 않게 여기고 있었다.

"영상! 슬기롭게 지금의 어려움을 넘기셔야 합니다. 그래야만 나랏일을 도맡고 있는 우리 민씨 집안에도 좋습니다."

민비가 늘 신경을 쓰는 것은 나랏일과 자신의 집안 민씨가 권력의 자리를 고수하는 것 두 가지였다.

"지당하신 말씀이십니다. 명심하겠습니다."

"안핵사로는 이용태를 내려 보내기로 하셨다죠?"

"그렇습니다. 사세판단에 날카로운 눈을 지니고 있으므로 민란의 원인을 규명해 내고 대책을 건의할 수 있으리라 여기고 있습니다."

고종과 민비는 경복궁 안의 건청궁에서 지내고 있었다. 민비는 수시로 건청궁에 민영준을 불러 나랏일과 집안일을 의논하곤 했다.

*

"영상! 그런데 상궁들이 궁 밖에 나갔다가 듣고 온 소문에 따르면 두억

시니란 귀신이름의 문둥이군사가 민란의 핵심인물 가운데 한 사람이라
면서요?"

민비의 이 말에 민영준은 온몸이 오싹할 지경이었다. '참으로 귀도 밝
다. 벌써 문둥이군사 소식까지 알고 있으니…… 나도 정신 바짝 차리고
필요한 정보를 알고 있지 않으면 무능하다는 평가를 받게 될 것 아닌가.'

자신의 위로는 오직 한사람, 임금이 있을 뿐 모든 백성 위에 군림하고
있는 영의정은 모두가 부러워하고 탐내는 자리다. 그러나 그 높은 자리도
민비의 뜻에 따라 앉는 사람이 정해지고 보면 민비의 눈치를 살피지 않
을 수가 없다.

"네. 소신도 소문은 들어서 알고 있습니다. 민란을 일으킨 전봉준을 두
억시니란 문둥이군사가 복면을 쓴 채 도와주고 있다고 합니다."

"호오. 그것 참 괴이한 일이로다. 문둥이가 민란의 군사노릇을 한다는
것도 예전에 듣지 못했던 일이지만 그토록 군략에 뛰어나고 무예에 고수
인 인물이 어찌 지금껏 전혀 알려지지 않았을까요?"

민영준도 그 점은 매우 궁금히 여기고 있는 터였다. 도대체 얼굴을 가
린 두억시니란 인물의 정체를 알 길이 없었기 때문이다.

"영상, 혹시?"

"네?"

"혹시 그 두억시니란 자가 지리산패의 괴수가 아닌가요?"

"아니……지금 지리산패라고 말씀하셨습니까?"

"그렇습니다. 아무리 생각해도 그 정도의 인물로 정체를 알 수 없다면
지리산패, 그것도 괴수가 아닐까라는 생각이 들어서 말입니다."

지리산패라는 말이 민비의 입에서 나오자 민영준의 얼굴에 별안간 긴
장감이 감돌았다. 신비의 베일에 싸인 무사집단 지리산패가 세상에 처음
으로 알려진 것은 4년 전의 일이다.

그해 봄 지리산에 올라갔던 나무꾼들은 그곳에서 얼굴을 복면으로 가

리고 무예를 닦고 있는 무사집단을 보았다. 숲속에 몸을 숨기고 그들의 무예수련 광경을 나무꾼들은 넋나간 듯 훔쳐보았다.

복면무사들은 산비탈을 산양보다 빨리 달려올라 갔으며 원숭이 못지않게 나무를 잘 탔을 뿐 아니라 이 나무에서 저 나무로 날다람쥐처럼 가뿐히 이동했다. 묵직한 칼을 마치 젓가락처럼 가볍게 다루었고 표창솜씨와 활솜씨도 일품이었다.

'지리산에 무예가 뛰어난 복면 무사집단이 있다'는 소문은 삽시간에 지리산 자락의 여러 고을에 퍼졌다. 관의 눈을 피해 산중에서 몰래 사병을 키우며 훈련시키는 것은 반역의 뜻이 있다고 보아 토벌의 대상이 된다. 더구나 그 복면 무사집단은 말 한마디 나누지 않고 모든 의사표시를 새나 동물의 울음소리 흉내와 수화로 하고 있는 것이 더욱 수상쩍었다.

소문은 차츰 '반란을 꾀하는 무사집단이 지리산에서 비밀훈련을 치르고 있다'는 내용으로 변해감으로써 지리산을 끼고 있는 두 지역인 경상도와 전라도의 관찰사들을 바짝 긴장시키게 만들었다.

✳

한 번은 전주감영에서 100명에 이르는 무예가 뛰어난 포졸들을 지리산으로 보내 복면 무사집단을 잡으려 했던 적이 있었다. 그러나 그들이 지리산에 들어가서 며칠 동안 아무리 여기저기를 뒤져도 복면 무사집단의 흔적은 전혀 찾을 수가 없었다.

"아마도 복면 무사집단이란 헛소문이었나 보다."

"나무꾼들이 뭔가 산짐승을 잘못 본거야. 아무 흔적도 없는데 무슨 복면 무사집단이 날뛴다는 거야?"

포졸들이 수색을 단념하고 산을 내려가려 할 때 일이 터졌다. 어디서 날아왔는지 표창이 포졸들의 옷소매와 옷자락을 차례차례 꿰뚫었다.

"으악!"

느닷없이 날아온 표창에 옷을 찢긴 포졸들은 비명을 지르며 구르다시

피 산에서 도망쳐 내려왔다. 이 소문은 꼬리에 꼬리를 물어 지리산의 복면 무사집단은 사람이 아니라 귀신이라는 이야기까지 나돌게 됐다.

사람들은 정체를 알 수 없으나 결코 양민에게 피해를 끼치지 않는 이 복면 무사집단을 '지리산패'라 부르게 됐다. 이미 지리산패의 소문은 서울 장안은 물론 궁중에까지 전해져 민비도 그 정체를 궁금히 여기고 있던 참이었다.

따라서 고부봉기의 주역 전봉준을 도와주고 있는 군사 두억시니가 무예에 뛰어난 데다 복면까지 쓰고 있다고 하자 민비는 지리산패와 두억시니는 하나가 아닌가라는 의문을 제기한 것이다.

"만약 그 자가 지리산패의 한 사람이라면 그대로 놓아두어서는 안 될 것 같습니다."

민영준은 두억시니가 지리산패와 관련이 있으리라는 데 미처 생각이 미치지 못한 것을 후회하고 있었다.

✳

"영상! 아무래도 그 두억시니란 자의 정체를 밝혀내야 할 것 같습니다. 만약 그 자를 그대로 놓아두는 것이 나라를 위해 위험하다고 판단되면……."

민비는 말을 끊고 잠시 허공을 바라보며 생각에 잠긴다. 민영준은 민비가 다음에 무슨 말을 하려는지 알아차리고 넌지시 민비의 속을 떠본다.

"중전마마. 만약 그런 판단이 내려지신다면 갑자대(甲子隊)를 출동시킬 생각이십니까?"

민비는 아무 말 없이 고개만 끄덕였다. 민영준은 결단을 내리는 순간 눈매가 날카로워지는 민비를 볼 때마다 독수리를 연상했다. 민영준의 시선을 의식했는지 민비는 금새 부드러운 표정으로 되돌아갔다.

"하지만 아직은 조금 더 두고 봅시다. 갑자대를 함부로 출동시킬 수는 없는 노릇 아닙니까. 다급하고 꼭 필요한 경우에만 내보내야죠."

"지당하신 말씀입니다. 갑자대는 절대로 그 정체가 밖에 알려져서는 안 되는 부대입니다."

갑자대의 갑자는 육십갑자(六十甲子)를 뜻한다. 육십갑자란 천간(天干)의 갑(甲), 을(乙), 병(丙), 정(丁), 무(戊), 기(己), 경(庚), 신(辛), 임(壬), 계(癸)에 지지(地支)의 자(子=쥐), 축(丑=소), 인(寅=호랑이), 묘(卯=토끼), 진(辰=용), 사(巳=뱀), 오(午=말), 미(未=양), 신(申=원숭이), 유(酉=닭), 술(戌=개), 해(亥=돼지)를 차례로 배합하여 예순 가지로 늘어놓은 것이다.

우리나라에서 나이가 61살, 그러니까 만으로 60살이 되면 환갑(還甲)이라고 부르는 것은 바로 이 육십갑자를 한 바퀴 돌았다는 뜻이다.

또 옛날에는 이 육십갑자로 어느 해인가를 밝혔기 때문에 난리도 임진년에 일어난 임진왜란이라든지 병자년에 터진 병자호란이라든지 하는 식으로 나타냈다.

지금 민비와 민영준의 이야기 속에 나오는 갑자대는 민비 직속의 특수 기동타격대다. 갖가지 무예에 뛰어난 60명으로 이루어진 갑자대는 민비가 자신을 보호하기 위해, 또 적수를 몰래 제거하기 위해 조직한 비밀부대인 셈이다.

임오군란 때 위기를 겪은 민비는 서울로 다시 돌아온 뒤 자신의 손발로서 갑자대를 조직했으며 이 부대의 존재는 같은 집안인 민영준, 민응식, 민치헌 등 민씨 일족에서도 중요 인물들만이 알고 있었다.

"사태가 어떻게 돌아가는지 조금 더 두고 본 뒤에 그때 가서 갑자대를 동원해도 늦지는 않을 것 같습니다."

민비의 이 말에 영의정 민영준은 머리를 조아려 인사한 뒤 민비의 거실에서 물러났다.

✳

두억시니에게 도전장이 날아든 것은 자갈과 분이가 행방불명이 된 다음날 저녁 때였다. 백산에 주둔하고 있는 동학군의 군영 앞을 지나던 엿

장수 차림의 사나이가 편지 한 통을 '군사에게 전해달라'고 파수병에게
당부한 뒤 사라졌다. 편지는 바로 두억시니에게 전해졌다.

"드디어 연락이 오긴 왔군."

편지를 펼쳐든 두억시니가 신음하듯 내뱉었다.

　　내일 정오 정각. 동진강 화호나루터 옆 큰 나무에 두 아이를 묶어 두겠
　　다. 살리고 싶으면 군사 혼자서 오라. 만약 다른 사람을 데리고 온다면 애
　　들 목숨은 없는 것으로 알아라.

자갈과 분이를 미끼삼아 두억시니를 함정에 빠뜨리려는 음모임이 분명
했다.

'흐음. 화호나루터라? 그 근처는 억새풀 밭 아닌가?' 두억시니는 팔짱
을 낀 채 한동안 생각에 잠겼다.

'어떻게 해야 꼬마들을 다치게 하지 않고 구해낼 수 있을까?' 화호나
루터는 강을 건너면서 자주 오고 갔음으로 큰 나무와 그 근처의 지리를
훤히 알고 있었다.

자리에서 벌떡 일어난 두억시니는 장수 군막으로 전봉준을 찾아가 귀
엣말로 무엇인가 몇 마디 속삭이더니 전봉준이 고개를 끄덕이자 이내 밖
으로 나와 저녁노을이 짙어지는 하늘을 향해 뻐꾹새 울음소리를 두 번
연거푸 흉내 냈다.

"뻐꾹! 뻐꾹!"

그러자 별로 멀지 않는 곳에서 역시

"뻐꾹! 뻐꾹!"

이라고 뻐꾹새 울음이 되돌아온다. 복면 속의 눈으로 싱긋 웃은 두억시
니는 애마인 흑룡에게 휙 몸을 날려 올라타더니 짙어지는 어둠 속으로
말을 달려 사라졌다.

얼마 뒤 같은 군영에서 또 하나의 인마가 어둠속으로 달려 나갔다.

✻

삼돌이와 10명의 영병이 오랏줄로 묶은 자갈과 분이를 끌고 화호나루터 옆 큰 나무 밑에 나타난 것은 다음날 아침이었다.

"그 두 녀석을 큰 나무 기둥에 묶어라."

삼돌이의 지시에 따라 영병들은 두 아이를 큰 나무 기둥에 묶었다. 큰 나무 둘레만은 억새풀이 나지 않아 시야가 트여있었다.

"자아, 너희들은 흩어져 억새풀 밭에 몸을 숨기고 있다가 그 문둥이 녀석이 나타나면 집중사격으로 가루를 만들어버려라."

삼돌이의 말대로 총을 든 영병들은 흩어져 억새풀 밭에 몸을 숨겼다. 삼돌이는 두억시니가 애들의 목숨을 구하기 위해 큰 나무 밑에 오면 무차별 집중사격으로 세 사람을 한꺼번에 죽일 계획이었다.

영병들을 매복시킨 삼돌이는 혼자서 작은 나룻배에 올라 타 안전한 자리에서 일이 돌아가는 것을 지켜볼 속셈이다.

만의 하나라도 일이 꼬이게 되면 나룻배로 동진강을 건너 신태인 원평을 거쳐 전주로 도망갈 생각이기도 했다.

지시했던 시각인 정오가 가까워지자 날씨는 차가운데도 긴장한 삼돌이의 이마에서는 땀이 흘렀다. '그 괴물 같은 녀석이 순순히 함정에 걸려들까? 아니면 이 두 아이를 포기하고 나타나지 않는 것일까? 아니다. 그럴 리가 없다. 두억시니는 꼭 나타날 것이다' 백산으로부터 화호나루터로 이르는 외길을 지켜보고 있지만 두억시니의 그림자는 나타나지 않는다.

❋

"……?"

별안간 삼돌이는 오싹하고 소름이 끼치는 것을 느꼈다. 분명 영병들이 총을 들고 매복해 있는 억새풀 밭에서 숨 끊어지는 소리 같은 것을 들은 듯싶었기 때문이다. '설마? 그 녀석이……'

그러나 삼돌이의 예감은 들어맞고 있었다. 삼돌이는 볼 수 없었지만 사람 키가 넘는 억새풀 밭에서는 피비린내 나는 살육전이 벌어지고 있었다.

큰 나무쪽에 총구를 겨냥하고 그 쪽에만 신경을 쓰면서 기다리던 영병 뒤로 어느새 몰래 다가선 두억시니는 비수로 한 사람씩 차례로 쓰러뜨리고 있었다. 급소에 가해지는 일격에 영병들은 비명도 제대로 질러보지 못하고 목숨을 잃어갔다.

두억시니의 뻐꾹새 울음 호출로 함께 출동한 족제비도 마치 먹이를 노리는 야수처럼 발소리를 죽이며 영병 뒤로 몰래 다가가서 기습을 감행했다. 이들 두 사람은 전날 밤 미리 이 억새풀 밭에 도착해서 몸을 숨기고 있다가 삼돌이와 영병들의 움직임을 낱낱이 살펴본 뒤에 두 사람이 동시에 기습을 개시한 것이다.

밀집한 억새풀 사이에서는 큰 칼 다루기가 거추장스러워 두억시니와 족제비는 비수를 휘두르며 무자비한 작업을 차분하게 진행해 나갔다.

"으악!"

끝내 족제비가 뒤로부터 다가오는 낌새를 눈치챈 영병 한 사람이 뒤돌아보고 놀라 비명을 질렀으나 그 비명이 채 끝나기 전 족제비의 비수가 그 영병의 삶을 마감해 버렸다.

이 비명소리에 충격을 받은 나머지 영병들은 자신들의 매복이 실패했음을 깨닫고 사방을 경계하기 시작했으나 워낙 억새풀이 깊어 몰래 다가오는 적을 알아 낼 수 없었다.

"바시락!"

소리가 나는 곳을 향해 방아쇠를 당긴 영병도 다음 순간 비수를 맞고 쓰러졌다. 두억시니는 작은 돌을 던져 소리가 나게 해서 영병의 주의를 그 쪽으로 돌리도록 만든 뒤 달려들어 일을 끝내버렸다. 보이지 않는 적으로부터의 기습에 겁이 난 영병 가운데 살아남은 3명이 억새풀 밭에 총을 팽개치고 튀어나와 삼돌이가 타고 있는 나룻배를 향해 줄달음질쳤다.

"쌔앵!"

바람을 가르며 날아간 두 개의 표창이 3명 가운데 2명의 영병을 강가에 쓰러뜨렸다. 나머지 한 명만이 허겁지겁 강물에 뛰어들어 막 떠나가고 있는 나룻배에 매달려 올라 겨우 목숨을 건졌다.

억새풀 밭에서 몸을 들어낸 두억시니와 족제비의 두 복면무사는 삼돌이와 영병이 탄 나룻배가 동진강을 건너가는 모습을 지켜보았다.

"이번에도 삼돌이 녀석을 놓쳤군."

두억시니는 혼자 중얼거리듯 말하고는 큰 나무로 다가가서 묶여 있던 자갈과 분이를 풀어주었다.

"아찌!"

자갈과 분이는 양쪽에서 두억시니가 문둥이라는 것도 아랑곳 하지 않고 꽉 껴안았다.

"그래! 그래, 이제는 안심해도 된다."

두억시니는 그들을 다독거려 주고 품에서 엿을 꺼내 작은 손에 쥐어 주었다.

"자아, 이것 먹으면 기운이 날거야."

눈물범벅으로 새까맣게 얼룩졌던 자갈과 분이의 얼굴에는 엿을 받아든 순간 웃음이 활짝 피어났다.

✳

복면군사 두억시니가 전봉준 장군에게 예언했던 대로 사태는 그렇게 돌아가기 시작했다.

"새로 고부군수로 부임한 박원명은 이번 거사에 참가했던 농군들을 다독거려 집으로 돌려보낼 수 있는 그런 능력을 지니고 있습니다."

두억시니는 박원명의 고부군수 부임 소식을 듣고 전봉준에게 이렇게 이야기한 적이 있다. 박원명은 고부관아에 당도하자마자 무력을 쓰지 않고 동학군을 해산시키는 작업을 착수하기 시작했다.

그를 고부군수로 임명한 영의정 민영준에게 서울을 떠나기 전 부임인사 차 들렀을 때도 박원명은 난민들을 달래는 수밖에 다른 도리가 없다고 자신의 고부봉기 수습방안을 밝혔다.

"영상대감, 소인이 임지에 내려가면 민란을 일으킨 백성들의 딱한 사정에 귀 기울여 주고 선무(宣撫: 국민이나 점령지 주민들에게 정부의 뜻을 알려 민심을 안정시키는 일)에 힘써 사태를 가라앉힐 터인즉 심려를 막는 길은 이 방법밖에 없는 줄 압니다."

박원명의 이 말에 민영준도 고개를 끄덕이며 동감임을 나타냈다. 이미 조정에서는 각 대신의 합계(合啓: 죄를 따질 때 사간원이나 사헌부, 홍문관 등의 두세 군데서 연명으로 임금에게 올린 글)로 '고부군수 조병갑을 묶어서 잡아 올려 남간(南間: 의금부 안 남쪽에 있는 감옥)에 가두라'는 전교(傳敎: 임금의 명령)가 내려졌다.

따라서 조병갑이 지은 죄는 나라에서 직접 다스리게 됐으니 남은 문제는 민란을 일으킨 난민들을 조용히 집으로 돌아가도록 만드는 일이었다.

박원명은 대대로 광주(光州)에서 살아온 부유한 집안의 아들이다. 그는 벼슬자리 하나 구하기 위해 돈더미를 지고 서울에 올라와 엽관운동(관직을 얻어 보려는 운동)을 벌이다가 민영준에게 발탁된 사람이다.

또한 그는 워낙 재산이 많아서인지 재물은 별로 탐내지 않은데다 성격도 원만하고 임기응변에 능해 민영준은 그를 고부사태 수습의 적임자라 여기고 고부군수의 자리를 맡긴 것이다.

*

'전봉준이 이끌고 복면군사 두억시니가 군략(軍略＝군대의 운용에 관한 계략)을 짜고 있는 동학군의 군세는 과연 만만치 않구나' 고부에 갓 부임한 박원명은 홀로 말을 달려 백산에 진을 치고 있는 동학군의 진영을 먼발치로 살펴보고는 혀를 내두르지 않을 수 없었다.

'저 무리가 얼마 전까지만 해도 농사만 짓던 농민들로 이루어진 군대란 말인가?' 오랫동안 제대로 훈련을 받은 정규군 못지않게 백산 군영에는 서릿발 같은 군기가 감돌고 있었다.

당시 전봉준이 통솔하는 동학군은 척후기를 선두로 청, 홍, 백, 황, 흑의

얼굴 없는 軍師 두억시니

다섯 가지 색으로 각 부대를 표시하고 있었고 깃발을 상하 좌우로 혹은 급하게, 혹은 느리게 흔들어 전군의 움직임을 지휘할 만치 규율이 갖추어져 있었다.

'만약……' 백산 군영의 긴장된 분위기에 자극을 받아서인지 말은 아까부터 발을 구르면서 콧김을 내뿜어 흥분을 감추지 못하고 있었다.

손으로 말의 목덜미를 가볍게 쓰다듬어주던 박원명은 갑자기 어떤 생각이 들자 온몸에 소름이 끼쳤다.

'만약 전국의 농민들이 백산 군영의 동학군처럼 조직화되고 일제히 서울로 진군해 온다면……?' 생각만 해도 끔찍한 일이었다.

박원명이 염려하고 있었던 대로 농민들은 사무치는 원한이 뒷받침하는 강한 투지를 지니고 있었다. 그들에게 모자란 것은 군대로서 갖추어야 될 훈련과 무기 그리고 그 군대를 움직일 장수와 참모진들이다.

그러나 조직과 군략의 천재가 농민들을 선동해서 전국 방방곡곡 각 관아의 무기고를 습격하고 그 무기로 무장한 뒤 실전 훈련을 겪으면서 서울로 치고 올라온다면 그 어느 누가 그들을 막을 수 있겠는가.

박원명은 돌이키기조차 싫은 생각을 떨쳐버리듯 고개를 가로 흔들었다. '안되지. 절대 일어나서는 안 되는 일이지' 저녁노을이 산과 들을 곱게 물들여가고 있었다. 박원명은 고부관아로 말머리를 돌렸다.

✻

고부군수 박원명의 글이 전봉준에게 전해진 것은 백산 군영의 동학군들이 아침식사를 마치고 그날의 일과에 들어가려 하고 있을 때였다.

전봉준은 먼저 두억시니만을 불렀다. 군막에 들어선 두억시니에게 전봉준은 박원명의 글을 읽어보라고 건네주었다.

"나의 뜻은 백성들을 편안하게 하는 데 있을 뿐이다. 이제부터 그대들과 시정을 의논하고저 하니 민군(民軍) 가운데서 이부(吏部) 이하의 간부를 뽑아주기 바란다."

쭈욱 훑어 읽은 두억시니는 글을 전봉준에게 되돌려주면서 입을 열었다.

"장군! 예상했던 대로 박원명은 우리를 달래려 하고 있습니다. 그러나 무엇보다 지금은 먼저 군량미 마련이 시급합니다."

"참, 군량미가 거의 떨어져 간다는 보고는 받았소. 일본으로 가져가기 위해 쌓아놓은 줄포 전운소 창고의 쌀을 확보하면 어떻소?"

3월 1일 동학군은 줄포 전운소의 쌀 창고를 습격, 창고 문을 부쉈다. 양식이 떨어진 농민들에게 그 쌀을 나누어 주는 한편 소달구지에 실어 백산으로 수송, 군량미를 마련했다. 줄포 전운소 쌀 창고가 동학군에 의해 털렸다는 소식은 바로 박원명에게 전해졌다.

'아뿔사! 빨리 서둘러야지. 지체하고 있다가는 사태가 어떻게 발전할지 모르겠다' 줄포 쌀 창고 습격에 충격을 받은 박원명은 그로부터 이틀 뒤인 3월 3일에 큰 잔치를 베풀기로 하고 동학군들을 그 잔치에 불렀다.

✽

박원명의 잔치에 초청받은 전날 밤인 3월 2일 백산의 동학군 진영에서는 확대 간부회의가 열렸다. 박원명의 초청을 받아들이느냐 아니냐를 놓고 의견이 둘로 갈려 격론이 벌어졌다.

"무슨 소리요, 모처럼 들고 일어난 봉기가 아니오? 지금 박원명의 초청에 응한다는 것은 그들과 타협해서 봉기를 포기하는 것을 뜻하오."

최경선이 강경파답게 격렬한 어조로 박원명의 초청을 거절해야 한다고 외쳤다.

"그렇소. 고부군수의 이야기는 들어볼 것도 없소. 틀림없이 무기를 버리고 집으로 돌아가면 아무런 죄를 묻지 않고 용서해주겠다고 할 것이오. 그러나 우리가 무장을 해제하면 그때 가서 무슨 일을 당할지 모르오."

고부봉기를 의논할 때 위험을 무릅쓰고 밀회 장소로 자기 집을 내주었던 송두호도 최경선과 같은 의견이었다. 전봉준과 두억시니는 아무 말 않고 회의가 어떤 결론을 내느냐만 지켜보고 있었다.

얼굴 없는 軍師 두억시니

그러나 대부분의 간부들은 우선 박원명을 만나 이야기라도 들어보자는 쪽으로 의견이 기울고 있었다.

"박원명을 만나고 난 뒤 그의 이야기가 마땅치 않으면 자리를 박차고 일어나면 될 것 아니오. 나라에서도 조병갑을 잡아들이도록 조처하고 박원명을 새 군수로 내려 보낸 것은 우리의 주장을 받아들인 것 아니겠소. 박원명을 못 만날 이유가 없지 않소."

전봉준을 호위하듯 그의 뒤에 자리 잡은 두억시니는 회의의 움직임을 지켜보면서 '이번 봉기는 일단 이것으로 끝이 났군' 이라고 느끼고 있었다. 사실 그 동안에도 무슨 일이 있을 때마다 동학군 내부에서는 의견이 갈라져 왔었다.

관군처럼 나라가 정한 계급에 의해 기강이 세워진 조직이 아니라 오직 뜻을 같이 한다는 한 가지 이유만으로 뭉친 이들은 서로 다른 의견을 서슴없이 마구 내뱉어 소모적인 회의를 치를 때가 적지 않았다.

봉기도 두 달째에 접어들고 있으니 봉기에 참가한 농민들 가운데도 집에 돌아가고 싶어하는 사람들이 날마다 늘어나고 있었던 것도 박원명의 초청에 응하자는 의견에 강하게 나타나고 있었다.

"장군! 묵묵히 앉아 계시지만 말고 결단의 한 말씀을 내려 주십시오."

대세가 불리하다고 판단한 최경선이 전봉준에게 원조의 말을 요청했다. 그 자리에 앉은 사람들의 얼굴을 속이라도 꿰뚫어보듯 날카로운 눈초리로 둘러 본 뒤 전봉준은 입을 열었다

"박원명이 차려놓은 내일의 잔치상을 받아보기로 합시다. 많은 사람들이 원하는 대로 해봅시다."

최경선, 송두호 등 강경파의 얼굴에는 낙담의 그늘이 드리워졌으나 많은 간부들의 표정은 밝았다.

*

고부관아는 이른 아침부터 음식을 장만하는 구수한 냄새로 가득 찼다.

군수 박원명이 몸소 주방과 마당을 돌아보며 두부와 전을 부치고 나물을 무치는 아낙네들의 손길을 치하했다. 그만치 박원명은 이날 잔치의 결과에 큰 기대를 걸고 있었다.

전봉준과 두억시니가 잔치에 나타나지 않은 것을 박원명은 못내 아쉬워했으나 곧 함박웃음으로 동학군들을 맞아 푸짐한 술과 음식으로 그들을 대접했다. 처음에는 혹시 함정이나 아닌가 하고 경계어린 긴장을 품었던 동학군들도 술잔이 돌아가고 배가 불러오자 이 자리 저 자리에서 흥겨운 노랫가락이 흘러나오기 시작했다.

박원명은 부지런히 이 자리 저 자리를 돌며 술도 권하고 모자란 음식도 더 가져오라고 지시하기도 했다.

"새로 부임해온 군수는 조병갑하고는 달리 덕이 있는 사람 같아."

"아무렴. 그러니까 이렇게 우리들을 위해 잔치까지 마련하지 않았나."

사람의 마음이란 가벼운 것이다. 박원명의 잔치에 초대받은 동학군들은 술이 거나해 짐에 따라 이 잔치를 마련한 박원명에게 적지 않은 호감을 갖는 모양이었다.

그들은 정치제도가 나쁜 것이 아니라 전 군수 조병갑 개인이 나빴으며 그 조병갑을 쫓아냈으니 봉기의 목적은 이룬 셈이라고 생각하고 있었다. 때가 무르익었다고 판단한 박원명이 드디어 동학군 설득에 나섰다.

"여러분, 제 말씀을 잘 들으시오. 지금까지 고부군이 모든 것을 잘못했소. 여러분들이 봉기하게 된 것도 고부군의 잘못을 바로잡기 위한 것이었다는 것을 조정도 잘 알고 있소. 그러니 여러분이 조용히 각자 집으로 돌아가 농사를 짓고 편안히 지낸다면 봉기의 죄는 묻지 않을 것이며 여러분의 뜻을 받들어 앞으로 잘못된 정치는 바로 잡아 나가겠소."

박원명의 설득을 들으며 대부분의 동학군들은 고개를 끄덕였다. '못된 조병갑은 잡혀 들어가고 새 군수는 우리를 위해 잔치까지 베풀고 있으며 앞으로는 좋은 세상이 올 것이라니 어찌 술맛이 나지 않겠는가?' 이날의 잔치는 밤늦게까지 이어졌다.

✳

박원명의 노력으로 고부봉기가 소강상태에 들어갈 즈음 일본 오다와라에 자리잡은 이또 히로부미의 별장인 창랑각에는 외무대신 무쯔 무네미쯔 군부의 원로인 야마가따 아리또모 대장, 참모본부차장 오가와 소로꾸 중장이 집주인인 총리대신 이또 히로부미와 밀담을 나누고 있었다.

"조선의 민란이 조금 더 확대될 경우 이를 빌미삼아 일본군은 조선에 출병해야 하오. 그리고 이번에 출병하면 조선에 대한 청나라의 영향력을 완전히 제거해버려야 하오."

이또 총리의 이 말은 참석자들 모두의 생각을 대변하고 있었다. 일본이 조선을 집어삼키기 위해서는 오랜 세월 조선의 상국임을 내세워 온 청나라와 한바탕 싸워 이기지 않으면 안 된다는 것을 일본정부와 군부는 잘 알고 있었다. 13년 전 임오군란(1881년) 때 조선으로 출병이 늦어 청나라에게 기선을 제압당하는 바람에 조선에서의 영향력을 강화하지 못했음을 분하게 여겨 그동안 청나라와의 전쟁에 대비하여 군사력을 강화해왔다.

섬나라 일본이 당시 외국과 전쟁을 벌일 경우 처음에는 바다에서의 해전이 그리고 다음에는 육지에서의 육전이 중요한 싸움이 될 것은 뻔했다.

그때 일본 해군은 주된 전력으로 4,000톤급 대형 전함 3척을 지니고 있었다. 하지만 이들 주력 전함에는 청나라 해군의 초대형 전함을 격파할 만한 파괴력을 가진 함포가 각각 한 개씩 밖에 실려 있지 않았다.

즉, 3척의 전함 모두 합쳐 보아야 큰 대포는 고작 3개밖에 되지 않는다는 이야기였다. 전함에 큰 대포를 몇 개씩 싣는 것은 구조상으로 무리가 있었다.

게다가 그 거포마저 표적을 향해 선회시키자면 함체가 거포를 돌린 쪽으로 기울여져 겨냥하기가 매우 힘들다는 문제점을 안고 있어 이들 거포가 실제의 해전에서 얼마나 쓸모가 있을 것인지는 전혀 알 수가 없었다.

일본 해군은 거포의 부족을 메우기 위해 비록 함체는 소형이지만 속력이 빠른 순양함에 속사포를 보강했다. 속사포는 대포에 견주어 파괴력은 뒤지지만 다루기가 쉬운데다 거의 8배나 되는 양의 포탄발사가 가능했다.

한편 육군은 7사단과 후비군의 편성을 마쳐 약 2만 명의 동원이 가능했다. 또 오가와 마따쯔구 대좌(대령)를 시켜 중국 요동반도의 여순 팽호제도 양자강 연안 등지에 쳐들어갈 면밀한 작전까지 세워두고 있었다.

무쯔 외무대신은 서울의 일본공관으로부터 시시각각으로 조선반도에서의 움직임을 낱낱이 보고받고 이또 총리와 야마가따 대장에게 알렸다.

"국제 여론을 자극할 것까지는 없으나 이번에 조선에서 난리가 커지면 약간의 비난을 무릅쓰고라도 육군은 조선 출병을 강행할 생각이오."

호전적인 야마가따 대장의 단호한 말투에 이또는 만면에 웃음을 띠었다.

✳

한편 일본이 조선 진출의 야망을 키우고 있다는 사실을 경계하면서도 청나라는 두 가지 점에서 마음을 놓고 있었다. 첫째는 조선정부가 일본의 간섭은 싫어하고 청나라를 의지하고 있다는 점, 둘째는 일단 전쟁이 일어난다 하더라도 지리적으로 조선과 가까운 청나라 군대의 조선 출병이 일본군을 앞질러 유리한 고지를 먼저 차지할 수 있다는 점이다.

하지만 청나라의 실력자 이홍장은 북경에서 서울에 파견한 청나라 대표 원세개로부터 조선에서 일어나는 모든 일을 보고받으면서 일본의 움직임을 날카롭게 지켜보고 있었다.

일본이 군비를 증강하고 있는 동안 청나라도 군비확장을 서두르고 있었다. 청나라도 일본과 전쟁을 치르게 될 가능성은 매우 높다고 판단하고 있었기 때문이다. 청나라 해군은 1885년 정원(定遠), 진원(鎭遠)의 2대 전함에 대형 순양함 제원(濟遠)을 보태 북양(北洋) 함대를 강화시켰다.

1890년(고종 27년) 청나라 해군은 대형 전함 2척, 장갑 순양함 6척, 순양함 2척을 보유하기에 이르렀다. 이들 군함의 이름은 모두 외국을 뜻하는 원

　　　　　　　　　　　　　　얼굴 없는 軍師 두억시니

(遠)자 돌림이었다. 그리고 이 경우 청나라가 싸워야 할 외국이란 일본을 가리키고 있었다.

청나라 육군은 공칭 100만이었으나 근대전(近代戰)에 쓸 수 있는 병력은 실제로 북양 육군이라 불리는 3만 정도에 지나지 않았으며 북양 육군의 장병만이 모젤총이나 크루프식 야포 등 근대 무기를 갖추고 있었다.

청나라의 군비는 이홍장 혼자만의 힘으로 갖추어졌다고 해도 지나친 말은 아니다. 청나라 최고의 권력자 서태후(西太后)와 황족 그리고 청나라 정부도, 군부도 모두 군비에 신경을 쓰지 않았다. 하긴 당시 청나라는 군비에 충당할 만한 예산도 확보하지 못하고 있었다.

그런 상황 속에서 오직 이홍장만이 안간힘을 쓰면서 북양 해군을 외국과 전쟁을 치를 수 있을 만치 키워 놓았다. 따라서 청나라의 육·해군은 자연히 이홍장의 사병 같은 성격을 띠고 있었다.

조선에서의 영향력 강화를 노리는 청나라와 일본은 각각 조선반도에서 무슨 일이 일어나는가에 촉각을 곤두세우고 있었다.

그리고 얼마 뒤 전봉준이 주동이 된 본격적인 동학란은 청나라와 일본의 격돌을 불러일으키게 된다.

✳

체념어린 적막함이 3월 4일 이른 아침 백산의 동학군 진영을 뒤덮고 있었다. 전날 고부군수 박원명이 큰 잔치를 베풀며 밝힌 '각자 집으로 돌아가기만 하면 봉기에 참가했던 죄를 용서받게 되며 앞으로 잘못된 정치는 바로 잡힐 것이오'라는 다짐은 천군만마보다도 더 큰 위력이 있었다.

의분을 못 이겨 봉기에 가담했던 농민들도 이제 봉기의 목적을 이루었으니 집으로 돌아가야겠다는 마음에 들떠있는 자가 적지 않았다.

박원명이 베푼 잔치와 설득의 효과는 다음 날 아침이 밝자 바로 나타났다. 많은 농민들이 이른 아침부터 백산의 군막을 떠나 자기 집으로 돌아가기 시작했다.

정규군 같았으면 장수가 해산명령을 내리기 전까지는 마음대로 군영을 이탈할 수 없는 것이 군율이다. 하지만 목적을 달성한 민군은 목적을 이룬 순간 이미 군대로서의 기능을 멈추는 것인지도 모른다.

'이제 끝났다. 탐관 조병갑을 쫓아냈으니 우리가 봉기했던 목적은 이루어졌다. 모두 집으로 돌아가야지' 이렇게 생각한 농민들은 봉기에 참가할 때 별다른 절차를 밟지 않았던 것처럼 떠날 때도 각자의 뜻에 따를 뿐이었다. 그 가운데는 그들이 장군으로 떠받들었던 전봉준에게 공손히 작별인사를 하고 떠나는 자도 있었고 더러는 아무 말 없이 빠져나가버리는 자도 있었다.

본영에 나란히 앉아 장막을 거두고 농민들이 떠나가는 모습을 지켜보고 있던 전봉준은 입가에 쓴 웃음을 띠고 두억시니에게 말을 건넸다.

"군사! 이쯤에서 우리 봉기군도 일단 해산할 수밖에 없는 것 아니오."

"지당하신 말씀입니다."

두 사람 모두 농민들의 마음이 이제는 군영을 떠났음을 잘 알고 있었다. 조병갑을 몰아내기 위해 들고 일어난 뒤 오늘까지 동학군이 처음부터 끝까지 한마음 한뜻으로만 움직인 것은 결코 아니다. 문제가 생길 때마다 여러 가지 의견으로 갈라졌고 언쟁과 고함이 회의 때마다 터져 나왔다.

그때마다 통이 크고 설득력이 뛰어난 전봉준의 설득과 길게 앞을 내다보는 두억시니의 통찰력에 크게 힘입어 동학군은 그래도 깨지지 않고 조병갑을 감옥에 갇히도록 만들었고 정치개혁과 봉기참가 불문의 약속을 받아내는 데 성공했다. 이제 더 이상 계속해서 농민들에게 무기를 손에서 놓지 말라고 만류할 명분은 없었다.

"아무렴. 처자식에게로 돌아가 농사짓고 평화롭게 살아야지."

전봉준이 스스로를 타이르듯 중얼거렸다.

"군사! 이렇게 합시다. 남은 사람에게도 봉기군의 해산을 알려 각자 고향으로 돌아가게 합시다."

전봉준은 군막 밖에 대기하고 있던 전령을 불러 징을 쳐서 각 부대장들을 소집하도록 명령했다. 본영에 모여들어 전봉준의 해산 지시를 듣는 부대장들의 표정은 사뭇 진지했다.

"여러분! 이제 우리는 뜻을 이루었소. 모든 일이 우리가 원했던 대로 되어가고 있소. 이제 각자 자기 집, 자기 고향으로 돌아가 생업에 종사합시다. 그 동안 참으로 수고 많았소."

부대장들의 노고를 치하하는 전봉준의 얼굴에는 웃음이 깃들고 있었으나 그의 목소리는 어느새 젖어 있었다.

"장군! 장군이야말로 애 많이 쓰셨습니다. 이번 거사가 성공한 것은 오직 장군의 덕입니다."

복받치는 감정을 억누르지 못해 흑룡 부대장 박두진이 다른 부대장들의 뜻을 대변하는 듯 그 자리에 털썩 무릎을 꿇더니 넙죽 큰 절을 했다. 백산에 진을 치고 있던 동학군은 차례차례 군막을 거두고 철수했다.

전봉준과 두억시니도 오갈 데 없는 낭자군과 꼬마부대를 포함한 수십 명을 이끌고 백산을 떠났다. 이로써 고부봉기는 가라앉아 3월 13일에는 완전히 끝을 맺었다.

✻

조정이 장흥부사 이용태를 안핵사로 임명해서 고부로 내려 보낸 것은 난민들을 달래고 봉기의 진상을 알아내기 위해서였다. 안핵사 이용태는 역졸 800명을 거느리고도 백산에 진을 친 동학군이 무서워 고부에 들어가지 못하고 있었다.

그러나 전봉준이 군막을 거두고 백산에서 철수하고 봉기에 참가했던 농민들도 각자 자기 집으로 돌아갔다는 소식이 전해지자 이용태는 고부 관아에 당도했다.

"도대체 군수는 무슨 일을 했소? 민란을 일으킨 자들을 엄하게 다스릴 생각은 하지 않고 큰 잔치를 베풀어 융숭하게 대접하다니…… 그렇게 해서 나라의 기강이 서겠소?"

서슬이 시퍼런 이용태는 안핵사로서 박원명의 처사를 나무랬다. 기껏 동학군을 달래서 해산시킨 박원명을 이용태는 마치 적과 내통한 반역자 다루듯이 했다.

"군수는 고려 태조 왕건 이래 이곳이 역향(逆鄕=반역의 고장)으로 지목받고 있음을 모르는가. 어째서 그들을 살려서 돌려보냈단 말이오?"

이용태는 자신이 끌고 온 800명의 역졸을 풀어 민란의 주모자와 참가자들을 색출해내라고 지시했다. 그리고 이 색출에 앞장선 것은 전라감사 김문현이 이용태에게 딸려 보낸 삼돌이었다.

고부 온 고을이 발칵 뒤집혔다. 삼돌이의 지휘를 받아 역졸들은 가는 곳마다 온갖 못된 행패를 부리고 재물을 약탈하는가 하면 부녀자를 욕보이는 바람에 비명이 그치지 않았다.

재물에 눈이 어두운 이용태는 부자들을 골라 민란을 주도했다고 협박해 많은 뇌물을 긁어모았다. 실제로 봉기에 가담한 사람, 가담하지 않은 사람을 제대로 가리지 않고 줄줄이 굴비 엮듯이 묶어 옥에 가두고 고문으로 괴롭혔다.

봉기에 참가한 농민 가운데 뜻밖으로 동학교도들이 많다는 사실을 알아낸 이용태는 봉기 참가 여부에 관계없이 동학교도들을 모두 잡아들이도록 명령했다. 동학교도들에 대한 이용태의 압박은 고부봉기를 방관하고 불참했던 동학교도들까지도 격분시키게 만들었다.

결국 이용태는 조병갑을 몰아낸 것으로 가라앉을 뻔했던 고부봉기를 본격적인 동학란으로 발전하도록 불 지르는 큰 잘못을 저지르고 말았다.

✳

"으아악!"

듣는 사람의 마음을 공포로 얼어붙게 만들 만치 처참한 비명이 맑은 밤하늘에 울려 퍼진다.

얼굴 없는 軍師 두억시니

"사······사람······살려!"

기진맥진한 상태에서 겨우 내뱉는 애원조의 외침은 모진 고문에 너무도 시달린 탓인지 울음소리에 가깝다.

고부관아 마당 군데군데에는 활활 타오르는 거화(炬火＝횃불)들이 사방을 대낮처럼 밝히면서 불똥을 내뿜고 있었다.

불빛에 모습이 드러나 있는 농민들의 모습은 거의 모두 산송장이나 다름없었다. 시뻘겋게 달군 인두로 살갗을 지지는 끔찍한 악취는 지금 이 마당에서 벌어지고 있는 참극이 무엇인지를 알려주고 있었다.

두 다리를 하나로 묶고 그 사이에 주릿대라는 두 개의 붉은 막대기를 끼워 비트는 형벌이자 고문은 이미 여러 명의 무고한 희생자를 낳았다.

'악마의 심부름꾼'인 양 안핵사 이용태는 마당 한가운데에 떡 버티고 서서 이 무참한 만행을 총지휘하고 있다.

"전봉준이 어디로 도망갔느냐? 바른대로 대지 않으면 네 녀석은 살아남지 못하리."

혹독하게 주리를 트는 바람에 온 몸의 기름이 다 빠져나간 것처럼 축 늘어진 농민을 다그치고 있는 것은 삼돌이었다.

"너희들이 괴수로 떠받들었던 전봉준 아니냐! 그 전봉준이 어디로 갔는지 모른다니 말이 되느냐?!"

전라감사 김문현의 정탐꾼으로 전봉준 진영에 스며들었던 삼돌이는 자신의 정체가 드러나자 백산 군영을 빠져나가 전주감영에 피신해 돌아가는 상황을 지켜보던 중 전봉준이 백산을 철수하고 농민들을 각자의 집으로 돌려보내자 김문현의 지시에 따라 안핵사 이용태의 길잡이가 되어 고부에 들이닥쳤다. 삼돌이는 이용태 못지않은, 아니 오히려 이용태 뺨치는 악랄한 행패로 양민들을 돼지 잡듯 했다.

"모······모르오. 전 장군이 어디로 가셨는지······ 나는······정말 모르오."

심문당하는 농민은 모기소리 같은 가냘픈 목소리로 전봉준의 행방을 모른다고 다시 되풀이하면서 고개를 힘없이 가로 흔들었다.

"거짓말 마!"

질타와 함께 몽둥이가 농민의 몸통을 내려친다.

"우드득!"

분명 갈비뼈 부러지는 소리가 들리고 농민은 비명도 못 지른 채 눈을 새하얗게 까뒤집고 거품을 물며 실신해버렸다.

"이봐! 이 녀석에게 찬물을 끼얹어 정신이 들게 해!"

삼돌이는 포졸에게 물을 가져오라고 지시했다. 이용태가 펼치고 있는 이 집단 고문에는 두 가지 목적이 있었다. 하나는 전봉준 이하 고부봉기에 참가했던 난민들을 색출해내는 것이고 또 하나는 이를 빌미삼아 생활에 여유 있는 부농으로부터 재물을 뜯어내는 것이었다.

무자비한 고문을 모면하기 위해 어렵사리 장만한 엽전꾸러미나 쌀가마를 가져다 바치면 억울하게 죄인으로 몰렸던 사람은 당장 풀려났다. 가족의 목숨을 건지기 위해 병신 되는 것을 피하기 위해 이용태의 숙소에는 재물을 바치는 사람이 끊이지 않았다.

✻

전봉준이 고부봉기를 일으켰을 때의 첫 집결지였던 말목장터. 그 말목장터에서 동북쪽으로 나가면 예동을 거쳐 동진강에 이른다. 이 동진강을 따라 서북쪽으로 올라가면 조병갑이 농민들을 착취하기 위해 새로운 물보를 만들어 억지로 세를 부과했던 만석보를 지나 전봉준이 진을 쳤던 백산에 다다른다.

반대로 동진강을 따라 동남쪽으로 내려오다 보면 정토산(淨土山)이 나타나게 된다. 이 정토산 기슭에 있는 몇 채의 폐가에 전봉준과 그를 따르는 무리들이 숨어서 묵고 있었다.

"아무리 고부의 새 군수 박원명이 봉기에 참가한 사람들이 각자 집으로 돌아가 생업에 종사하기만 하면 일체 문책하지 않겠다고 했어도 당분간 봉기의 주모자인 장군은 행방을 감추는 것이 좋겠습니다.”

두억시니는 백산을 철수할 때 전봉준에게 이렇게 건의해 이곳에 숨어 살고 있는 것이다. 전봉준을 따라 이곳까지 온 사람들은 복면군사 두억시니를 비롯 전봉준의 친위대와 오갈 곳 없는 여인들로 이루어진 낭자군과 꼬마들로 구성된 동자군(童子軍)이었다. 기척 없이 숨어 있으면서도 두억시니는 각지에 침투시킨 수하들로부터 갖가지 정보를 보고받고 있었다.

“장군! 이제 장군은 집도 절도 없는 신세가 되고 말았소.”

해질 무렵 방문을 열고 들어오면서 두억시니는 짐짓 밝은 목소리로 전봉준에게 조소리에 있는 그의 집이 안핵사 이용태에 의해 불태워졌다는 사실을 알렸다.

“허허! 이미 짐작하고 있었던 대로군. 우리 집 말고 다른 집들은 피해가 없었소?”

역시 두령답게 전봉준도 웃는 여유를 보이며 자신의 집보다도 다른 집 안에 화가 미치지 않았는지를 물었다.

“장군의 집만 불탄 것으로 일이 끝났으면 얼마나 좋았겠습니까. 여러 마을이 불바다가 되는 바람에 많은 사람들이 거처할 집을 잃었습니다.”

비로소 두억시니의 말투에 침통함이 깃든다.

“역시……그랬군.”

신음하듯 내뱉는 전봉준의 표정도 어둡다.

“이용태 그 녀석은 백성들을 못살게 굴면서 재물을 긁어모으고 술과 계집에 빠져있는 모양입니다.”

두억시니는 전주감영에 잠입해 있는 진돗개, 고부에 밀파한 삽살개 등 수하로부터 전해오는 정보를 분석하고 그때마다 상황에 알맞은 대비책을 세우고 있었다.

“이용태는 전라감사 김문현이 달려 보낸 삼돌이 녀석을 앞장세우고 장군의 행방을 찾아내느라 혈안이 되어 있습니다.”

두억시니의 이 말에 전봉준은 고개를 끄덕이며 대꾸한다.

"일이 결국 그렇게 돌아가고 있군. 고부 신관사또 박원명이 늘어놓은 약속은 우리를 해산시키려는 거짓말이었구려."

"아닙니다. 박원명은 영의정 민영준에게 백성들을 다독거려 사태를 수습해도 좋다는 언약까지 받아서 내려온 것임에 틀림없습니다. 좌의정 조병세도 박원명의 수습책을 지지하고 있답니다."

"하면?"

"조정이 박원명만 내려 보냈더라면 일은 쉽게 마무리됐을 것입니다. 그러나 조정은 제 딴에 만전을 기하느라 안핵사로 욕심 많고 포학한 이용태를 임명하는 잘못을 저지르고 말았습니다."

한동안 무거운 침묵이 방안에 깔린 뒤 전봉준이 말했다.

"문제는……군사가 미리 내다본 대로 상황이 전개되어가고 있소."

방 밖에는 어둠이 짙어가고 있었다.

*

욕심이 많아도 머리가 나쁜 사람은 차라리 다루기가 쉽다. 그러나 머리가 좋은 데다 욕심이 많은 사람은 참으로 다스리기 어려운 존재다. 안핵사 이용태가 바로 그런 인물이었다.

이용태는 무고한 백성들에게 무자비한 고문을 자행하면서 재물을 마구 거두어들이는 한편 조정에는 고부민란이 일어나게 됐던 원인을 곧잘 정리해서 보고했다.

이용태가 의정부(議政府)에 보고한 읍막 칠조는 다음과 같았다.

① 과세결수를 지방관이 마음대로 변경하여 수탈한 점 ② 전운소(轉運所)가 부족한 쌀을 채우기 위해 수탈한 점 ③ 재해에 의해 거두어들이지 못한 토지의 세를 다른 농민들에게 부담시킨 점 ④ 3년 동안 면세하도록 되어 있는 개간지로부터 세금을 거둔 점 ⑤ 개간하지 않은 황무지에 땔 감을 과세한 점 ⑥ 만석보에 과세한 점 ⑦ 팔왕보에 과세한 점

이용태가 보고한 이 읍막 칠조에 따르면 분명 고부봉기는 관(官)의 잘 못으로 일어난 것임에도 불구하고 그는 오히려 봉기에 참가한 농민 그리고 봉기에 참가하지 않았던 사람까지도 못살게 굴면서 조병갑 뺨치는 수탈을 자행했다.

특히 이용태는 고부봉기가 동학도들에 의해 일어난 민란으로 단정 짓고 동학도 탄압을 서슴지 않았다. 이용태의 악랄한 동학도 탄압은 무장(茂長)의 동학도들에게 막강한 영향력을 지닌 손화중으로 하여금 전봉준과 손을 잡도록 만들어 버린다.

이용태가 무장 성운사에서 돈깨나 있다는 부농을 동학도로 몰아 오랏줄로 묶어 연행하려 했던 일이 있다. 이들이 정읍 연지원 주막거리에 이르렀을 때 마침 부농이 끌려가는 광경을 목격한 손화중 포(包=동학의 조직 단위) 동학도들이 일제히 이용태와 그 졸개에게 달려들었다.

"이 고약한 녀석 같으니. 아무 죄도 없는 백성을 괴롭히다니……."

"이런 놈을 안핵사로 임명했으니 나라꼴이 제대로 될 리가 없지."

저마다 한마디씩 지껄이면서 동학도들은 주먹과 장작개비를 이용태 일행에게 날렸다. 800명의 포졸들을 거느리고 고부관아에 들어간 이용태는 '감히 어느 누가 나라에서 보낸 안핵사의 명을 거역하겠는가?'라는 자만심을 갖고 이날따라 삼돌이를 비롯 단 5명의 수하만을 이끌고 돈을 뜯으러 나타났던 참이었다.

"어이쿠!"

얼굴을 얻어맞은 이용태의 비명이 주막거리의 구경꾼들에게는 더할 수 없이 속 시원한 한풀이였으며 삼돌이가 단검을 빼서 휘두르지 않았더라면 그때 이용태는 크게 다쳤거나 어쩌면 목숨마저 잃었을지도 모른다.

동학도들의 험악한 기세에 주눅이 들었던 이용태의 수하들도 악독한 삼돌이가 단검을 빼들고 휘두르자 그제서야 병장기(兵仗器)들을 바로잡아 저항의 자세를 보이면서 이용태를 에워싸고 달아나기 시작했다.

별다른 무기를 지니고 있지 않았던 동학도들은 그래도 안핵사를 두들
겨 팼다는 사실에만 만족하고 더 이상 뒤쫓지는 않았다. 이 사건이 있은
뒤 이용태의 동학도 탄압이 더욱 심해진 것은 말할 나위도 없다.

✳

안핵사 이용태의 지나친 행패는 고부, 무장, 태인, 정읍 등에 그 소문이
쫘악 퍼져 그 이야기를 듣고 이를 갈지 않은 사람이 없었다. 정토산 기슭
폐가에 숨어있는 전봉준의 언저리가 갑자기 부산해졌다.

이용태를 향한 분노가 전라도 사람들 사이에 확산되자 전봉준은 재빨
리 무장의 손화중 그리고 태인의 김개남과 연락을 취해 앞일을 의논하기
시작했고 최경선도 자신의 은신처로 불렀다.

"군사! 이제는 이용태를 쳐서 없애버리는 것이 어떻소?"

강경파답게 최경선은 두억시니에게 이용태를 강습(强襲=적의 방어선을 돌
파해서 저항을 무릅쓰고 습격을 강행함)할 것을 제의했다.

"……."

두억시니는 아무 대꾸도 않고 복면 속의 두 눈만이 웃음을 띤다.

"이용태를 쳐서 죽인다? 그러면 모든 일이 원만히 끝나겠소?"

이번에는 전봉준이 두억시니에게 묻는다. 하긴 만행의 원흉인 이용태
를 처치해 버리면 그동안 치솟았던 분노는 수그러들지도 모른다. 그리고
피해를 입었던 백성들은 속 시원해 할 것임에 틀림없다.

"아직은 때가 아니라고 생각합니다."

한참만에야 두억시니가 대답한다.

"아니 아직도 때가 아니라니? 그게 무슨 말이오? 아직도 이용태의 행
패가 더 계속되어야 한다는 뜻이오?"

최경선이 정색을 하고 두억시니에게 따지듯 묻는다.

"조금만 더 기다려 봅시다."

언제나 그렇듯이 두억시니는 태산 같은 무게를 느끼게 하는 말투로 대

　　　　　　　　　　　　　얼굴 없는 軍師 두억시니

답한다.

"도대체 무엇을 더 이상 기다리자는 거요?"

강경파답게 성미가 급한 최경선은 이 마당에 이용태 주살(誅殺=죄인을 죽임)을 망설이고 있는 두억시니가 답답하기만 했다. 전봉준도 두억시니의 뜻을 헤아리지 못해 그가 어떤 대답을 할 것인지 주목하고 있다.

"손화중 접주를 비롯한 여러 접주들이 전봉준 장군을 중심으로 뭉쳐야겠다고 굳게 다짐하게 될 때까지 기다리셔야 합니다."

두억시니의 이 말에 전봉준은 저도 모르게 무릎을 탁 쳤다.

"맞소. 군사의 말이 맞소."

고부군수 조병갑을 내쫓은 1차 봉기 때 손화중을 비롯한 남접계(南接系)의 접주들은 움직이지 않았다. 동학의 제2세 교주 최시형(崔時亨)이 내세우는 비폭력주의를 따르는 북접계(北接系)의 봉기 불참은 어쩔 수 없는 일이라 해도 투쟁을 마다 않는 남접계의 많은 접주들도 고부봉기에는 참가하지 않았다. 저마다 정세나 상황을 보는 눈이 다르기 때문이다.

따라서 두억시니는 손화중, 김개남, 김덕명 등 굵직한 지도자들이 '더 이상 못 참겠다'고 분통을 터뜨려 전봉준과 함께 봉기에 참가할 때까지 이용태는 놓아두자는 속셈이다. 그제서야 최경선도 알겠다는 듯 고개를 끄덕이며 감탄하듯 말했다.

"그랬었구려. 하긴 마음만 먹으면 군사 혼자만의 힘으로도 이용태의 목을 날릴 수 있었을 텐데 가만히 두고 본 까닭이 있었구려."

자리를 함께 한 정익서, 김도삼도 두억시니의 생각이 옳다고 여겨 지지의 뜻을 나타냈다.

✳

돌아갈 다정한 부모의 품과 친척조차 없는 추월은 듬직한 두억시니와 함께 지내는 생활이 마냥 행복하기만 했다.

더구나 역시 갈 곳 없는 같은 처지인 분이와 자갈 남매가 자신을 마치 친언니나 친누나처럼 따라주고 있어 한 가족 같은 흐뭇한 분위기 속에 몸담고 있을 수 있는 것도 좋았다.

그날 아침 따라 일찍 일어난 추월은 아침밥을 짓기 위해 쌀을 씻으러 냇가에 나갔다. 추월이 정말 뜻밖의 광경을 목격하게 된 것은 그날도 늘 하던 대로 외눈망원경을 지니고 있었기 때문이다.

그때만 해도 서양 사람들로부터 전해진 귀한 물품이었던 외눈망원경은 모든 일에 신선한 호기심을 잃지 않고 있는 추월이에게 두억시니가 선물한 것이었다.

어디서 구했는지 두억시니는 육혈포(六穴砲=총알 6개를 담을 수 있는 리볼버 권총), 나침반, 줄였다 늘였다 하면서 렌즈 초점을 조절하는 외눈망원경 등 서양에서 건너온 문명의 이기(利器)를 지니고 있으면서 편리하게 활용했다.

"자아! 초점을 제대로 맞추어 보아라. 멀리 있는 것도 가깝게 보이지?"

두억시니가 넘겨준 외눈망원경을 받아든 추월은 시키는 대로 길이를 조정하면서 렌즈의 초점을 맞추고는 깜짝 놀랐다. 저 멀리 숲 속의 노루가 바로 눈앞에 있는 것처럼 보이는 것이 아닌가.

"어머, 아저씨 이건 뭐야요? 마치 요술안경 같아요."

추월의 놀라는 모습이 재미있는지 두억시니가 웃음보를 터뜨렸다.

"그래. 네 말이 맞다. 그것이 바로 요술안경이다."

추월이는 너무나 신기해서 그 외눈망원경으로 여기저기를 살피면서 세상에 둘도 없는 장난감을 얻은 어린애처럼 즐거워했다.

그날도 냇가에서 쌀을 씻은 뒤 기지개를 펴고 난 추월은 허리춤에 차고 있던 외눈망원경을 꺼내 숲속을 두루 살펴보았다. 나뭇가지 위의 까치집을 살핀 뒤 망원경을 냇물 상류로 돌렸다.

"아니⋯⋯저것은?"

외눈망원경 렌즈에 비친 움직이는 물체에 초점을 맞춘 추월은 숨이 멈추는 것 같은 느낌이었다. 아직 쌀쌀한 날씨인데도 두억시니가 냇가에 윗

저고리를 벗고 얼굴에 감은 긴 띠를 풀고 있는 것이 아닌가? 분명 그는 얼굴을 씻으려 하고 있었다.

'두억시니 아저씨가 세수를 하려나 보다. 아저씨는 문둥이인 자기의 얼굴을 남에게 보이기 싫어 이토록 멀리 떨어진 곳에서 몰래 세수를 하시려는 것이구나' 추월은 가슴이 죄어드는 것과 같은 서글픔을 느꼈다. 훤칠한 키에 벗은 윗몸의 균형 잡히고 우람한 몸매는 보는 사람으로 하여금 감탄을 이끌어 내지 않을 수 없을 만치 훌륭했다.

그 뿐인가? 뛰어난 무예솜씨를 지니고 빼어난 전략(戰略)을 구사하는 두억시니는 많은 사람들이 동경하는 우상이었다. 낭자군의 여인들 또한 복면 모습의 그를 바라보며 '아아, 두억시니 군사가 문둥이만 아니었더라면……' 하고 한숨을 내쉬었다.

추월이도 렌즈 속의 두억시니가 얼굴의 복면을 벗으려는 모습에 질겁을 하고 망원경을 눈에서 떼려고 했다. '불쌍한 아저씨. 내가 어찌 아저씨의 흉한 얼굴을 볼 수 있단 말인가'

그러나 추월은 망원경을 두억시니에게서 떼어 다른 데로 돌리지 못했다. 걱정거리가 되는 것, 혹은 무서운 것에서 눈을 떼지 못하는 심장이 추월을 사로잡고 있었다.

"앗!"

가냘픈 비명이 추월의 입술 사이로 새어나왔다. 복면을 벗은 두억시니의 얼굴은 검은 고약같은 것으로 새카맣게 칠해져 있었다. 고부봉기를 앞두고 두억시니를 군사로 추대할 때 자신의 정체를 의심하는 사람들에게 복면을 벗어 보여주었던 검은 고약이 묻은 바로 그 얼굴이다.

사방을 한 번 둘러본 두억시니는 냇가에 주저앉더니 물로 얼굴을 씻기 시작했다. 추월은 검은 고약을 다 씻어낸 두억시니의 얼굴을 보기가 두려웠다. 하지만 마치 주술(呪術)에 걸려 꼼짝 못하는 것처럼 추월은 두억시니의 움직임을 숨죽이고 지켜볼 뿐이었다. 얼굴을 다 씻고 난 두억시니가 고개를 들었다.

"어머!"

순간 추월은 너무나도 놀란 나머지 자기 눈을 의심하듯 망원경의 렌즈를 통해 두억시니의 얼굴을 보고 또 보았다.

＊

1894년 3월 21일 무장의 당산 부락 앞 들판은 4천 명의 동학군으로 꽉 메워졌다. 조병갑이라는 이리를 몰아낸 대신 이용태라는 호랑이를 맞이한 꼴이 된 그릇된 상황을 바로 잡기 위해 전봉준은 무장의 손화중, 태인의 김개남을 설득하고 다시 봉기의 깃발을 들어올렸다.

이들은 봉기에 앞서 전라감사 김문현과 안핵사 이용태에게 잘못을 시정하도록 진정했으나 아무런 응답을 받지 못했을 뿐 아니라 비위가 상한 이용태의 행패는 더욱 심해질 뿐이었다.

아직도 거사는 시기상조라는 자세를 바꾸지 않던 손화중도 이용태의 만행을 더 이상 눈감을 수 없다 여기고 전봉준의 설득을 받아들였다. 일단 갈 길을 정하자 손화중은 머뭇거리지 않았다. 그는 수많은 무리를 이끌고 각지를 돌면서 농민들에게 봉기의 대열에 참가하도록 권유했다.

"지금은 나라가 어지러워 자칫 멸망할 지도 모르는 때이니 신민(臣民)된 몸으로서 어찌 앉아서 보고만 있겠소. 나는 비록 재주가 없으나 여러분과 힘을 합쳐 못된 정부를 뒤엎고 정치를 새롭게 개혁하여 국가와 민중을 구제하고자 하오."

사실 당시 영향력의 크기로 보아서는 손화중이 전봉준보다 훨씬 크게 앞서 있었다. 무장 대접주인 손화중의 포는 그 규모가 전라에서 가장 컸으며, 그가 거느리는 동학도는 3천 명에 이르러 있었다. 손화중을 끌어들이기 위해서는 그가 지배하고 있는 고장에서 봉기하는 것이 바람직하다는 두억시니의 도움말에 따라 전봉준은 거사 장소를 무장으로 결정했다.

전봉준, 손화중, 김개남은 거사의 명분을 밝히는 창의문(倡義文)을 발표했다. 창의란 국란을 당하여 의병을 일으키는 것을 뜻한다.

세상에서 사람을 가장 귀하다고 여기는 것은 인륜이라는 것이 있기 때문이다. 군신부자(君臣父子)는 인륜 가운데 가장 큰 것이다. 인군(人君=임금)이 어질고 신하가 곧으며 아비가 사랑하고 아들이 효도한 뒤에야 나라가 망하지 않고 오래 이어져 나간다.

지금 우리 성상(聖上=임금)은 어질고 효성스럽고 자상하고 자애하며 정신이 밝아 총명하고 지혜가 있으니 현량(賢良=어질고 착함)하고 방정(方正=몸가짐이 바른)한 신하가 있어서 그 총명을 보좌한다면 요순(堯舜=고대 중국 어진 왕이었던 요임금과 순임금)의 가르침과 한나라 문제(文帝)·경제(景帝)의 정치를 가히 바랄 수 있으리라.

그러나 오늘날 신하된 자들은 나라를 위할 생각은 하지 않고 한갓 녹위(祿位=벼슬아치에게 주는 곡식, 그리고 벼슬자리)만 도적질하여 총명을 가리고 아부와 아첨만을 일삼아 충성되어 간(諫=바른말)하는 선비를 요언(妖言=요사스러운 말)한다 이르고 정직한 사람을 비도(匪徒=떼지어 다니면서 살인, 약탈 등을 일삼는 도둑)라 하여 안으로는 나라를 위하는 인재가 없고 밖으로는 백성을 수탈하는 관리가 많도다. 인민의 마음은 날로 변하여 생업을 즐길 수 없고 나아가 몸을 보존할 방책이 없다.

학정(虐政=백성을 괴롭히는 정치)이 날로 심하고 원성은 그치지 아니하니 군신의 의리와 부자의 윤리와 상하의 명분은 무너지고 말았다.

이렇게 첫머리가 시작된 창의문은 그릇된 나라를 바로잡기 위해 팔도(八道=함경, 평안, 강원, 황해, 경기, 충청, 경상, 전라)가 마음을 합치자라는 뜻을 담았다.

전봉준을 비롯, 동학군의 지도자들은 글을 제대로 익힌 사람들이 적지 않았기 때문에 이 창의문은 오늘날에 다시 읽어 보아도 봉기의 명분이 뚜렷이 밝혀진 명문이라는 느낌이 든다.

창의문이 발표되자 각지의 농민들은 두 손을 들고 지지하면서 동학군의 대열에 참여하는 사람들이 많았다. 오랫동안 잘못된 정치에 시달릴 대로 시달려온 농민들은 전봉준, 손화중, 김개남 등이 주도해서 일어난 무장기포(茂長起包)가 세상을 크게 바꿔주기를 바랬다.

무장에서 들고 일어난 동학군 4천여 명은 창과 칼, 죽창 등을 지니고 향교와 각 관청을 습격했다.

이 봉기가 끝내는 청나라와 일본의 조선출병을 불러 청일전쟁이 터지게 되고 동아시아의 세력판도를 바꾸어놓게 되는 계기가 될 것이라는 것을 내다 본 사람은 많지 않았다.

＊

전봉준, 손화중, 김개남 등이 손을 잡은 동학군이 무장(茂長)에서 들고 일어났다는 충격적인 소식을 고부관아에서 가장 먼저 전해들은 사람은 삼돌이었다.

안핵사 이용태의 앞잡이로 고부관아에 돌아온 삼돌이는 그동안 돈을 듬뿍 뿌리면서 정탐꾼을 이곳저곳으로 내보내 전봉준이 잠복한 곳을 알아내려 했으나 실패했다.

하지만 무장의 손화중이 곳곳을 돌며 봉기에 참여하도록 백성들에게 전하고 있다는 정보를 입수한 삼돌이는 무장에 노련한 정탐꾼을 잠입시켜 동학 지도자들의 움직임을 날카롭게 지켜보고 있었다. 동학군의 움직임을 놓치는 날엔 자칫 자신의 목숨이 날아가 버릴지도 모른다는 것을 삼돌이는 잘 알고 있었다.

"아뿔사! 전봉준이 그 사이 몰래 손화중, 김개남과 만나고 있었구나!"

손화중과 김개남이 전봉준의 설득을 받아들여 무장에서 봉기했다는 전갈을 알리기 위해 정탐꾼은 말을 몰아 고부관아로 달려왔다.

"동학군은 무장의 굴치(屈峙)를 넘어 홍덕을 지나 그곳에서 일부는 정읍을 거쳐 고부로 향해오고 있습니다."

정탐꾼은 가쁜 숨을 몰아쉬며 동학군이 어떤 길로 오고 있는지를 삼돌

　　　　　　　　　　　얼굴 없는 軍師 두억시니

이에게 보고했다.

"그러면 나머지 일부는?"

삼돌이는 지금 동학군의 움직임 하나하나를 알고 있어야만 했다. 그래야 살아남을 방도가 떠오르기 때문이다.

"나머지 일부는 주포로 진군했습니다. 그들이 곧바로 이쪽에 오지 않는 것은 정읍 인근 지역에 봉기를 알리고 많은 농민들에게 참가를 호소하기 위한 것으로 풀이됩니다."

정탐꾼의 이 말에 삼돌이는 우선 안도의 한숨을 내뱉을 수가 있었다. '흐음! 그렇다면 아직 도망갈 시간적 여유는 있겠구나.' 삼돌이는 무장에서 봉기한 동학군의 숫자가 얼마나 되는지 궁금했다.

"그래 그들의 숫자는 어느 정도인가?"

"아무리 적게 잡아도 4,000명은 되는 것 같습니다."

"무엇? 적어도 4,000명은 된다고?"

놀란 삼돌이의 눈이 화등잔 만해졌다.

"그렇습니다. 아마도 이곳저곳 돌면서 군세를 더욱 키워서 고부에 다다를 것입니다."

정탐꾼의 이 말을 들은 삼돌이는 온몸에 소름이 끼치는 전율을 느꼈다. 살인, 약탈, 부녀자 폭행 등 온갖 못된 짓을 저질렀으니 동학군에게 붙잡히는 날엔 사지가 갈갈이 찢겨 죽을 것은 뻔했다.

나쁜 인간일수록 머리는 재빨리 돌아가나 보다. 짧은 시간 안에 삼돌이는 자신이 무엇을 해야 할 것인지를 재빨리 생각해냈다.

"수고했네. 자네는 앞으로 동학군 속에 섞여 있다가 뒷날 나와 선이 닿거든 또 다시 여러 가지 소식을 전해주게."

삼돌이는 품속에서 묵직한 엽전 꾸러미를 꺼내더니 정탐꾼에게 건네주었다.

"나리, 고맙습니다."

공손히 두 손으로 엽전꾸러미를 받아들면서 정탐꾼은 탐욕어린 마음으로 그 돈이 얼마쯤 되는가를 손에 느끼는 무게로 저울질하고 있었다.

＊

아직 무장봉기의 소식이 전해지지 않은 고부관아는 평상시와 다름없이 안정된 분위기가 감돌고 있었다. 빠른 걸음으로 안핵사 이용태를 만나기 위해 동헌 쪽으로 가면서 삼돌이는 그 어느 누구에게도 ‘무장에서 동학군이 대규모 봉기를 일으켰다’ 는 중대 정보를 알리지 않았다. 아니 알리지 말아야 할 까닭이 삼돌이에게는 있었다.

“오! 삼돌이 아닌가? 별다른 일이라도 있나?”

거만한 자세로 동헌에 버티고 앉아 있던 이용태는 삼돌이가 나타나자 가까이 오라고 손짓했다. 이용태에게 삼돌이는 마음에 쏙 드는 부하였다.

고부봉기에 참가했던 농민이 어디에 숨어있고 어느 고을의 부농이 쌀을 얼마나 많이 가지고 있으며 어느 집 딸이 반반하게 생겼는가 등 이용태가 알고 싶어하는 갖가지 정보를 삼돌이는 전해주었다.

물론 삼돌이 자신이 적지 않은 재물을 긁어 들이고 있으며 엽색(獵色＝분별없이 여색을 탐함) 행각을 펼치고 있는 것도 이용태는 잘 알고 있었다. ‘하지만 그게 대수인가? 삼돌이 그 녀석이 해먹으면서 나에게도 단물을 빨아먹을 수 있는 정보만 많이 전해주면 그걸로 그만이지’ 이용태는 이렇게 생각하고 있었다. 이용태와 삼돌이의 주종관계는 이러한 양해 아래 성립이 되어 있는 셈이었다.

오늘도 이용태는 삼돌이가 푸짐한 먹이에 관한 정보를 갖고 자기를 찾아온 것으로 착각해서 반색을 한 것이다. 그러나 긴장된 모습의 삼돌이가 풍기는 분위기는 공포감 그 자체였다.

“사또, 긴급히 드릴 말씀이 있습니다.”

사방을 둘러본 삼돌이가 나지막한 목소리로 이용태에게 말했다. 나쁜 일과 눈치에 관해서는 둘째가라면 서러워할 이용태다. 평소와 다른 삼돌

얼굴 없는 軍師 두억시니

이의 굳은 표정을 보고 이용태도 사태가 심상치 않음을 깨달았다.

"알겠네. 이리 따라오게."

이용태는 앞장서서 복도를 걸어가더니 구석진 골방으로 들어갔다.

"큰일났습니다. 무장에서 전봉준, 손화중, 김개남 등이 연합해서 봉기를 일으켰습니다."

"뭣이? 무장에서……손화중, 김개남까지……?"

놀라움이 이용태의 손에서 부채를 떨어뜨리게 만들었다.

"그럴 수가? 그래 몇 놈이나 그 봉기에 참가했단 말인가?"

"4,000명은 넘는 것 같습니다."

"아니 4,000명이나?"

"그뿐만이 아닙니다. 정읍 등 이곳저곳을 돌면서 고부에 닿을 때쯤이면 그 숫자가 훨씬 늘어날 것으로 보아야 합니다."

이용태의 이마에 식은땀이 흐른다. 그들이 들고 일어난 원인 가운데 하나로 자신의 행악(行惡=못된 짓을 함)도 끼어 있음을 이용태가 모를 까닭이 없다. 자신이 끌고 온 800명의 포졸로는 도저히 감당해 낼 수 없는 대군이었다. 물끄러미 허공을 바라보던 이용태가 삼돌이에게 물었다.

"이제 어찌하면 좋겠나?"

"조용히 이곳을 빠져나가 전주감영으로 피신하셔야 합니다."

"조용히? 암 그래야지."

"소인과 그리고 사또를 모실 몇 사람만 수행하여 눈에 안 띄게 떠나시는 것이 좋을 듯싶습니다."

이용태는 동감의 뜻으로 고개를 끄덕였다. 두 사람은 서로 얼굴을 마주 보고 자기네들만이 그 뜻을 알 수 있는 웃음을 교환했다. 자기네들이 데리고 온 포졸들 가운데 일부에게는 무장의 봉기를 알리지 않은 채 그들을 남겨두고 몰래 떠나자는 것이 두 사람이 내린 결론이었다.

그래야만 뒤에 남은 포졸들이 동학군과 싸우거나 혹은 동학군에게 잡히는 동안 자기들은 도망갈 수 있는 시간을 벌어 보자는 것이 이용태와 삼돌이의 속셈이었다. 부하의 목숨이야 위험에 빠지건 말건 자기네만 도망갈 수 있다면 상관없다는 그런 심보다.

＊

말목장터를 지나 고부관아로 가는 길을 10여 명의 복면군사들이 말을 달리고 있었다. 복면군사 두억시니와 그의 직속 수하들이다.

뿌연 흙먼지를 일으켜며 말을 달리는 복면군사와 그의 부하들을 지켜보는 농민들은 저마다 한마디씩 한다.

"저 사람들이로구먼. 두억시니 장사가 이끈다는 복면 무사들이……."

"그런데 고부관아 쪽으로는 왜 달려가는 것일까?"

"그야 그 극악무도한 안핵사 이용태의 목을 베러 가는 것이겠지."

"아무리 복면군사들이긴 해도 10여 명으로 어찌 이용태의 포졸 800명을 당할 수 있겠는가?"

무장을 출발한 동학군의 두 갈래로 나뉘어 일부는 정읍을 돌아 고부로 향했다. 전봉준이 이끄는 동학군 선봉은 1차 고부봉기의 출발점이었던 말목장터에 이르자 그곳 주변 민가에 감추어두었던 무기로 무장하여 전력을 강화했다. 그 사이 두억시니가 통솔하는 복면무사 집단은 이용태를 잡기 위해 말에 채찍질하면서 고부로 달려간 것이다.

전봉준 장군이 무장에서 손화중, 김개만 등과 더불어 봉기했다는 소식을 전해들은 많은 고부 농민들은 말목장터에서 동학군을 기다리고 있다가 가세했다. 그들의 가세로 더욱 규모가 커진 동학군 선봉은 3월 22일 밤 고부읍의 북성으로 쳐들어갔다.

이미 고부관아에는 두억시니가 이끄는 복면무사 집단이 한바탕 난리를 치른 뒤였다. 미처 도망치지 못하고 저항한 포졸들은 피의 제물이 됐다.

"안핵사 이용태를 잡아라!"

"이용태를 죽여라!"

이용태의 만행으로 재물을 약탈당하거나 가족의 목숨을 빼앗기고 부녀자를 짓밟힌 농민들은 원한을 풀기 위해 눈에 핏발을 세우고 고부관아를 뒤졌다. 하지만 이미 이용태와 삼돌이는 줄행랑을 친 뒤였다.

이용태가 이끌고 왔던 포졸들 가운데 미처 도망가지 못했던 자들의 말로는 비참했다. 그들 가운데 일부는 일이 어떻게 돌아가고 있는지 눈치채지 못하고 저항했다가 두억시니의 수하들에게 목숨을 잃었으며 일부는 대세가 불리함을 깨닫고 무기를 버리고 항복하려 했다. 그러나 항복한 포졸 가운데 몇 명은 분노에 찬 농민들의 분풀이 과녁이 되고 말았다.

피는 피를 부른다. 이용태의 앞잡이가 되어 인명을 살상했던 포졸들의 얼굴을 기억하고 있던 피해자나 그 가족들이 가만히 있을 까닭이 없다.

"으아악!"

"모……목숨만은……."

비명이 고부관아의 밤하늘에 처참하게 울려 퍼졌다. 그러나 이번 비명은 이용태와 그의 졸개에 의해 자행된 고문을 견디다 못한 무고한 양민의 입에서 나온 것이 아니라 그 고문의 가해자였던 포졸들의 목에서 터져 나온 것이었다.

*

동학군은 고부관아의 군기고를 열어 총, 탄약, 창 등 무기를 꺼내 농민들에게 나누어 주었고 옥문을 부숴 억울하게 갇혀있던 사람들을 풀어 주었다. 총이나 창, 칼을 지니지 못한 농민들에게는 대나무를 베어 만든 죽창을 나누어 주었다.

고부관아를 들이친 동학군은 1차 봉기 때처럼 전략상 유리한 고지인 백산으로 본진을 옮겼다. 당시 백산은 백성들이 그토록 갈망했던 '새로운 세상'의 상징이었다. 학정에 시달린 많은 백성들이 가족까지 이끌고 백산으로 몰려들었다.

그곳에는 희망과 식량 그리고 끈끈한 연대의식이 있었다. 백산의 식구는 나날이 늘어났다.

"도대체 이들이 모두 몇 명이나 되겠소?"

전봉준도 예상했던 것보다 많은 인원 증가에 놀라움을 감추지 못했다.

"대략 8,000명은 될 것 같소. 영솔자별로 참가 인원은 파악하도록 지시해 놓았으니 곧 정확한 숫자가 나올 것이오."

두억시니는 크게 손화중포, 김개남포, 김덕명포 등으로 나누어 인원 파악을 지시해 놓은 터였다. 먼저 가장 큰 세력인 손화중포를 보면 고창의 오하영, 오시영, 임향로, 임창서 등이 이끄는 1,500명, 무장의 송경찬, 강경중 휘하의 1,300명, 홍덕의 고영숙을 따르는 700명 그리고 정읍의 손여옥, 차치구의 1,200명 등 4,700명이나 됐다.

다음 김개남포는 태인의 김낙삼, 김문행이 인솔하는 1,300명, 김덕명포는 태인의 최경선, 김제의 김봉년, 금구의 김사엽이 통솔하는 인원을 합쳐 2,000명. 이들을 모두 합치면 실로 8,000명에 이르는 대군이었다.

전봉준은 백산에 호남창의대장소를 설치하고 대장기에는 '보국안민'의 4글자를 크게 써넣게 했다. 8,000명의 동학군 총사령관격인 대장에는 전봉준이 추대됐다. 악독한 고부군수 조병갑을 내몰고 손화중, 김개남 등 거물접주들을 설득시켜 이번 무장봉기를 실현시킨 그의 공로와 능력은 절대적인 평가를 받고 있었다.

거사에 참여한 각 지역의 지도자들은 회의를 열고 대장에 전봉준, 총관령에 손화중, 김개남, 총참모에 김덕명, 오시영, 영솔장에 최경선, 비서에 최희옥, 정백현을 각각 뽑았다.

이제 동학군은 한 고을의 민란이라는 작은 테두리를 벗어나 실제로 서울을 향해 진격할 차비를 차렸다. 세상을 바꾸자는 거센 물결이 일고 있는 것이다.

＊

서울 남산에 자리잡은 일본공사관에 동학군이 무장에서 봉기했다는 소

얼굴 없는 軍師 두억시니

식이 재빨리 전해진 것은 조선의 쌀을 헐값에 일본에 들여가기 위해 줄포 항구에 나와 있던 일본상인들과 그들의 경호원 노릇을 하고 있는 낭인(浪人=섬길 주인 없는 떠돌이 무사)들에 의해서였다.

일본의 여류작가 쯔노다 후사꼬는 그녀가 쓴 『민비암살(閔妃暗殺)』이라는 책에 동학란이 일어났을 때 당시의 상황을 다음과 같이 썼다.

이러한(동학봉기) 조선의 상황은 일찍부터 일본에 전해지고 있었다. 공사관으로부터 외무성에 보고가 들어올 뿐 아니라 조선에 나가 있는 일본 민간인들은 각각 자기네가 실제로 보고 느낀 바를 여러 가지 통신으로 일본정부에 알렸다.

청나라와 한바탕 전쟁을 벌여 조선에 일본 세력을 키우려는 일본군부는 전봉준이 동학교도를 이끌어 들고 일어난 것을 알고는 현지 조사를 명목삼아 이지찌 소좌를 부산에 파견했다.

조선반도 진출을 노리고 있던 일본에게 동학군의 봉기는 그야말로 기다리고 기다리던 천재일우(千載一遇)의 기회인 셈이었다.

당시 일본공사관으로부터 외무대신 무쯔에게의 보고는 주로 대리공사 스기무라가 보내고 있었다.

지난해 그러니까 1893년 7월 주청 공사인 오오또리가 주조선 공사를 겸임한 뒤 조선을 떠나있을 때는 스기무라가 임시 대리공사를 맡아 일을 처리하고 있었다. 폐결핵에 걸려있던 외무대신 무쯔는 자신이 살아있는 동안 조선을 삼키기 위해 안간힘을 쓰고 있었다.

때마침 무쯔에게는 더 바랄 수 없이 반가운 일, 즉 무장에서의 동학군 봉기가 일어난 것이다. 이미 조선반도에 출병할 구실만을 찾고 있는 본국정부의 속셈을 익히 알고 있는 스기무라 대리공사는 무장봉기의 소식을 전해 듣자 즉각 공사관에서 비밀회의를 열었다.

스기무라는 뒷날 청·일전쟁이 일어날 때 청나라의 원세개를 감쪽같이 속인 영악한 사나이다.

"밖으로 들어 내놓고 밝힐 수는 없지만 상황은 우리 대일본제국이 바라는 대로 돌아가고 있다. 전봉준 등이 전라도 무장에서 거사했다는 보고가 들어왔어. 머지않아 조선의 치안유지를 빌미로 우리 일본군이 출동하게 될 걸세."

스기무라는 회의에 참석한 공관 간부들에게 현재 상황을 상세히 설명했다.

"아마 청나라가 조선정부의 요청을 받아 출병할 것이고 그렇게 되면 우리도 가만히 있을 수는 없지."

듣고 있던 공관 간부들은 조용히 귀를 기울이고 있으면서도 '드디어 때는 왔구나' 라는 긴장감에 사로잡히고 있었다. 그리고 이 자리에는 공관 간부가 아닌 낭인 오까모또가 참석하고 있었다.

두번째 이야기
전봉준을 보호하라

공관 간부들의 비밀회의에 민간인이 자리를 같이한다는 것은 극히 드물 일이다. 오까모또는 외무대신 무쯔의 밀명을 받고 서울에 파견돼 오오또리 공사나 스기무라 대리공사와 국가 기밀에 관한 사항을 자유롭게 이야기할 수 있을 만치 정부와 공사관으로부터 두터운 신임을 받고 있었다.

여우처럼 약은 무쯔는 한 사람의 낭인에 지나지 않던 오까모또에게 사신(私信)을 보내 조선 침략의 야욕을 털어놓아도 뒷날 아무 탈이 없을 것으로 여기고 오오또리 공사의 연락담당으로 이용했다.

그래서 이러한 사정을 아는 일본인들은 오까모또를 '무쯔의 사설 공사'라고까지 불렀다. 이 오까모또가 다음 해인 1895년 민비암살에 주동적인 역할을 맡게 되리라고는 그때까지 아무도 몰랐다.

"그러나 우리 일본군이 파병되기 전에 동학란이 가라앉아 버리면 많은 군대를 조선에 보내려는 우리의 계획은 물거품이 되고 만다. 그 점을 오늘 의논하자는 거야."

스기무라 대리공사가 이날 모임을 소집하게 된 연유를 밝혔다.

"그렇다면 결론은 간단하고도 뚜렷하군. 우리는 동학란이 바로 진압당하지 않도록, 그러니까 일본군이 출동할 때까지 동학군을 지원해야겠군."

오까모또가 징그러운 미소를 띠고 엄청난 발언을 했다. 일본이 조선에서 일어난 민란을 한때나마 지원하자는 황당한 오까모또의 발언에 스기무라는 동감이라는 듯 고개를 끄덕였다.

"오까모또 이야기가 맞네. 하지만 일본정부가 공식적으로 동학군을 돕는 일에 나설 수는 없네. 조선정부의 반발은 물론 국제적으로도 문제가 될 공산이 크기 때문이야."

여기까지 말한 스기무라는 입을 다물더니 교활한 눈초리로 오까모또에

얼굴 없는 軍師 두억시니

게 대답을 촉구했다. 스기무라의 재촉이 담긴 시선을 받자 알겠다는 듯 고개를 끄덕인 오까모또가 자신의 해답을 내놓았다.

"우리 정부가 동학군 지원에 나서기 힘들면 민간인들이 그 일을 맡으면 될 것 아닌가. 마침 부산에 결성되어 있는 뎅유우꾜(天佑俠)가 동학군 지원에 나서면 되겠군."

스기무라는 매우 만족스러운 표정을 지었다. 오까모또의 제안이 모범답안이었기 때문이다.

"그렇지 민간 단체인 뎅유우꾜가 제멋대로 움직이는 것은 일본정부가 책임질 문제가 아니지."

스기무라는 치밀한 두뇌의 소유자다. 그는 다음 말을 잊지 않았다.

"특히 조선정부가 보내는 자객에 의해 전봉준이 목숨을 잃지 않도록 뎅유우꾜가 신경을 써주었으면 좋겠네."

"알겠네. 하기야 전봉준이 죽고 동학군이 흩어져 버리면 십 년 공부 나무아미타불이지. 전봉준을 조선정부의 자객으로부터 지키는 것은 일본의 국익과도 직결되니 그 문제도 뎅유우꾜에게 부탁해 보겠네."

아무런 관직이 없는 민간인 신분이면서도 오까모또는 스기무라 대리대사와 이야기를 나눌 때도 반말투였다.

*

"이제 더 지체할 수 없게 됐군요. 갑자대를 내려보내 전봉준을 비롯 손화중, 김개남 등 주모자와 그 문둥이군사라는 두억시니를 주멸토록 하시오."

민비의 이마에는 분노가 서려있었다. 무장에서 대규모의 동학군이 일어났다는 긴급 보고를 받은 영의정 민영준은 바로 민비를 알현하고 동학군의 기세가 만만치 않음을 알렸다.

묵묵히 민영준의 이야기를 듣고 난 민비는 한동안 생각에 잠기더니 고개를 들어 또박또박 영의정에게 지시를 내렸다.

"갑자대의 대원들은 워낙 무예가 뛰어나니 60명 가운데 3분의 1인 20명만 변장시켜 내려 보내도 민란의 괴수를 기습하여 목을 베는 것쯤은 어렵지 않게 해내리라 믿소."

자신의 직속 기동타격대인 60명의 정예요원 모두를 내려 보낼 수는 없는 노릇이었다. 요즘처럼 어지러운 상황 속에서는 언제 무슨 일이 일어날지 한치 앞을 내다볼 수 없었다.

더구나 일본정부가 뒤에서 조종하는 낭인들이 속속 서울에 모여들고 있는 지금 충성심이 강하고 무예에 뛰어난 갑자대는 민비와 그 일족이 전적으로 믿고 의지할 수 있는 유일한 집단이다.

따라서 그 갑자대를 모두 난리의 현장에 파견한다는 것은 민비 스스로 무장해제하는 거나 다름없었다. 민영준도 민비와 뜻이 같을 수밖에 없다.

"지당하신 말씀입니다. 중전마마 분부대로 20명의 갑자대원을 전라도에 내려 보내 동학군의 괴수들을 쓰러뜨리도록 하겠습니다."

60명으로 이루어진 갑자대는 군사 포졸들 가운데서 무예가 뛰어난 자들만을 엄선한 뒤 활, 창, 칼, 표창, 총 등의 여러 가지 무기를 다루는 훈련을 받은 그야말로 살인의 전문부대였다.

"영상! 말씀드리지 않아도 잘 아시겠지만 갑자대는 왕실뿐 아니라 우리 민씨 문중의 수호신이나 다름없습니다. 무기, 금전 등을 충분히 지급하고 각 관아에서도 절대적인 지원을 뒷받침해 주도록 조처하십시오."

"잘 알겠습니다. 중전마마, 갑자대원 각자가 원하는 무기와 활동하는데 결코 지장이 없도록 금전을 넉넉히 지급하고 각 관아에는 갑자마패(馬牌) 소지자에게 아낌없는 협조를 하도록 다시 일깨우겠습니다."

마패란 조선조 때 공무로 지방에 나가는 관원에게 역마(驛馬)를 징발할 수 있는 표로서 주던 패다. 지름 10㎝ 가량의 둥근 구리판으로 앞면에는 마필(馬匹)의 수효, 뒷면에는 자호(字號)와 날짜 따위가 새겨져 있다. 암행어사는 이 마패를 인장으로 썼고 어사가 출두할 때는 역졸이 이 마패를 들고 '암행어사 출두!'를 외쳤다.

갑자마패란 마패에 갑자(甲子)라는 글자가 더 새겨져 있으며 이 마패는 다른 어느 마패보다 권위가 인정되어 있어 아무리 어려운 상황에 있더라도 관아나 역참(驛站＝역마를 바꿔 타는 곳)에서는 이 갑자마패 소지자의 요청을 들어주어야 했다.

갑자마패는 갑자대원임을 밝히는 징표였다. 빈틈없는 민비는 갑자대원 파견 지시를 다음말로 마무리 지었다.

"영상! 이것만은 잊지 마십시오. 무슨 일이 있더라도 복면군사 두억시니는 꼭 저승으로 보내야 합니다. 두억시니만 없애버리면 나머지 전봉준, 손화중, 김개남을 죽이는 것은 그다지 어렵지 않을 것이오."

"네, 중전마마!"

부복(俯伏＝고개를 숙이고 엎드림)한 민영준의 등에는 식은땀이 흘렀다. '중전마마는 참으로 무서운 분이시다' 민비 앞에서 물러난 민영준은 갑자대 출동을 서둘렀다.

✼

보국안민(輔國安民) 넉자를 크게 써넣은 대장기가 바람에 펄럭이고 있었다. 백산에 설치된 호남창의 대장소에서 전봉준은 전주에 진격하기 위한 작전계획을 막료(幕僚)들과 함께 숙의(熟議)하기에 바빴다.

첫번째 고부봉기 때와는 달리 이제는 한 고을에 그치지 않고 전라도 여러 곳의 농민들과 동학교들이 무기를 들고 군계(郡界)도 넘었으니 조정에서 보기에는 어김없는 반란이었다. 하지만 백성들은 줄을 이어 백산으로 몰려들고 있었다.

'조정은 우리를 속였다 새로 부임한 고부군수 박원명은 전군수 조병갑의 잘못을 인정하고 우리가 각자 집으로 돌아가 농사만 짓는다면 봉기에 참가한 죄는 묻지 않는다고 했으나 안핵사 이용태는 조병갑 뺨치는 악랄한 행패로 우리를 못살게 굴었으니 이제는 전주(全州)를 함락시키고 서울까지 쳐 올라가야 한다', '이렇게 되면 이판사판이다. 이래 죽으나 저래

죽으나 마찬가지다. 관의 학정(虐政)에 시달려 죽느니 차라리 목숨을 걸고
세상을 뜯어 고치자', '죽어라 하고 땀 흘려 우리가 농사를 지으면 가만
히 앉아 놀기만 하던 양반 지주와 나라가 곡식을 수탈(收奪)해 가버리니
우리는 무얼 먹고 사나? 세상이 바뀌어야 한다' 참고 참아왔던 농민들의
분노는 고부군수 조병갑의 가렴주구(苛斂誅求)가 도화선이 되어 고부봉기
로 터졌고 사태수습을 위해 조정에서 파견한 안핵사 이용태의 만행(蠻行)
으로 불에 기름을 퍼부은 듯 활활 삽시간에 호남 전역에 퍼져 나갔다.

　무장기포(武長起包)에서 손화중, 김개남 등 거물들을 제치고 대장으로 추
대된 전봉준은 총사령관을 맡은 손화중, 김개남 등과 의논한 끝에 격문(檄
文)을 발표해 호남 각지에 보냈다.

격　문

　우리가 의를 들어 이에 이르렀음은 그 본뜻이 결코 다른 데에 있는 것
이 아니라 창생(蒼生)을 도탄(塗炭) 속에서 건지고 국가를 반석(磐石) 위에
다 두고자 함이다. 안으로는 탐학(貪虐)한 관리의 머리를 베고 밖으로는
횡포한 강적의 무리를 구축(驅逐)하고자 함이다.

　양반과 부호 앞에서 고통을 받는 민중들 그리고 방백과 수령 밑에서
굴욕을 받는 소리(小吏＝지방관하에 달린 하급관리)들은 우리와 같이 원한이
깊은지라 조금도 주저하지 말고 이 시각으로 일어서라. 만일 이 기회를
놓치면 후회해도 돌이키지 못하리라.

갑오 3월 일

백산에 있는 호남창의 대장소

　창의문에 이어 발표된 동학군의 격문은 그들의 투쟁 대상이 악질 관리
와 몹쓸 짓으로 돈을 긁어모은 양반과 부자들 그리고 외래 침략세력임을
뚜렷이 밝히고 이들을 물리치기 위해 관리 가운데도 지방의 말단 아전들
은 동참할 것을 촉구하는 등 널리 농민을 중심으로 억눌린 계층의 참가
를 당부하고 있었다.

얼굴 없는 軍師 두억시니

영광, 옥구, 무안, 임실, 남원, 순창, 진안, 장수, 무주, 담양, 창평, 정성, 능주, 광주, 나주, 보성, 영암, 강진, 흥양, 해남, 곡성, 구례, 순천 등 곳곳에서 이 격문이 호응한 농민들이 들고 일어나 백산으로 백산으로 집결했다.

그릇된 정치를 바로 잡으려는 강한 명분과 의욕 그리고 엄청난 에너지가 백산에 형성되어 가고 있었다.

✳

"아무래도 추월이 저 애가 무슨 좋은 일이 있나봐?"

"그야 저 애가 나이가 나이니까 정랑(情郎)이라도 생긴 거겠지."

"그래 듣고 보니 그런 것 같애."

돌을 고여 얹힌 큰 가마솥에 장작불을 지피며 밥을 짓고 있던 여인네들의 입방아에 오른 것은 나이어린 작부 출신의 추월이었다. 무척 고생을 하고 자랐을 텐데도 추월이는 타고난 성품이 곧고 밝아서인지 누구에게나 인사를 잘했고 엷은 미소가 언제나 얼굴에서 떠나지 않아 말이 많기 마련인 여인네들로부터도 귀여움을 받고 있었다.

봉기에 참가한 농민들의 집결에는 자연 여인네들 수효의 증가도 뒤따랐다. 어린애들의 손을 끌고 남편을 따라 아예 한 집안 식구가 몽땅 백산에 온 순창댁, 가난한 과부 몸이라 미련 없이 오막살이를 버리고 동학군을 돕기 위해 남원에서 왔다는 밤나무댁, 아들을 억울하게 관아에서 옥사시킨 것이 한이 맺혀 손자와 함께 전봉준 장군을 찾아온 돌이 할머니, 차마 남에게 말 못할 고난을 숱하게 겪어온 고아 소녀 난이 등 소녀로부터 할머니에 이르기까지 수많은 여성들이 백산의 살벌한 분위기에 그런대로 부드러움을 풍기고 있었다.

여인네들은 그들이 할 수 있는 빨래와 밥짓기 등으로 동학군을 뒷바라지하고 있었다. 여인네들이 모이면 으레 그렇듯이 그들은 하찮은 일이라도 화제 삼아 이야기꽃을 피우며 심심함을 달랬다.

저녁밥을 짓던 그들은 추월이가 꼬마 자갈과 분이의 손을 잡고 산책에

서 돌아오는 모습을 보자 요즘 추월이의 표정에 일어난 변화를 화제로
삼았다.

"추월이가 정을 줄 만한 사나이라면 누구일까?"

밤나무댁이 고개를 갸우뚱한다.

"글쎄, 추월이에게 알맞은 상대라면 아무래도 젊은 총각이 아니겠소?"

"과연 창평에서 왔다는 그 잘생긴 총각인가?"

"창평에서 온 총각? 그 총각이 무얼 잘 생겼어? 꼭 기름통에 빠졌다 나
온 기생 오래비처럼 빤질빤질한 녀석을 추월이가 좋아하겠어?"

"아니면 구례에서 왔다는 체격 좋은 젊은 홀애비일까? 꼭 총각만 좋아
하라는 법도 없지 않겠어?"

김이 무럭무럭 피어오르기 시작한 솥 앞에 쭈구리고 앉은 여인네들에
게 '누가 누구를 좋아한다' 는 화제는 매우 즐거운 심심풀이일 수밖에 없
었다. 저마다 한마디씩 지껄이면서 추월이의 표정이 요즘 들어 더욱 밝아
지고 용모마저 예쁘진 까닭을 어림하느라 떠들썩했다.

"쓸데없는 소리들 하지 마소. 추월이가 마음에 두고 있는 사람은 오직
딱 한 사람뿐이요."

그때까지 묵묵히 아무 말도 않고 있던 농월이가 더 이상 듣고만 있을
수 없다는 듯이 단정적인 말을 내뱉았다. 영광에서 기생노릇 하다가 동학
에 입교한 뒤 전봉준 장군이 최후를 맞이할 때까지 그를 따라다닌 농월
이의 단호한 말투에 모두 입을 다물고 그녀의 다음 말을 기다렸다.

"그렇게 눈치들이 없소? 내 말을 이상하게는 듣지 마소. 추월이는 두억
시니 군사를 오빠처럼, 아버지처럼 따르고 있어. 아마 지금은 아무리 잘
생긴 사나이가 나타난다 해도 눈길 한번 주지 않을 것이오."

농월이의 이 말에 그 자리에 있던 여인네들은 모두 놀란 나머지 벌어진
입이 다물지 못했다.

"……"

한동안 침묵이 흘렀다. '아무리 뛰어난 사나이라 해도 문둥병에 걸린 사람을 좋아할 수 있을까?', '추월이가 위기에 빠졌을 때 군사가 구해준 것을 고맙게 생각하는 것은 이해가 가지만 다른 사나이는 거들떠보지도 않을 만치 문둥이에게 끌리다니……' 여인네들은 저마다 나름대로의 생각에 사로잡혀 있었다.

모두들 대변하듯 밤나무댁이 침묵을 깨고 먼저 입을 열었다.

"나도 여자지만 참으로 여자의 마음이란 알다가도 모르겠소. 안 그렇소?"

밤나무댁의 이 말에 모두 웃음보를 크게 터뜨리면서 동의하는 뜻으로 고개를 끄덕였다. 그들은 웃음소리와 함께 추월이에 대한 호기심도 허공에 날려 보냈다. 그러나 농월이만은 추월이에게 일어난 변화가 무엇을 뜻하는지 궁금증을 버리지 못했다.

원래 농월이는 모든 사물을 합리적으로 분석해 납득할 수 있어야 직성이 풀리는 그런 성미의 여인이었다.

'일찍부터 추월이도 군사가 문둥병 환자라는 사실은 알고 있었다. 그리고 그 때부터도 군사를 잘 따랐고……하지만 추월이의 표정이 요즘 갑자기 더욱 밝아지고 군사를 바라보는 눈길이 더욱 다정해진 것은 무슨 까닭일까? 필시 무슨 곡절(曲折)이 있는 것일 게다'

분명 추월이는 두억시니에 대해 다른 사람이 모르는 비밀을 알고 있는 것 같은 눈치다. '그 비밀이란 과연 무엇일까? 혹시……'

✳

임진왜란을 일으킨 도요도미 히데요시가 세상을 떠난 뒤 그의 아들 히데요리를 무너뜨리고 천하를 장악한 도꾸가와 이에야스는 최고의 통치기관인 도꾸가와 막부를 세웠다. 일본의 도꾸가와 시대가 열린 것이다.

이 도꾸가와 막부는 조선과 비교적 우호적인 관계를 유지함으로써 전후 12차례에 걸쳐 조선통신사가 일본을 방문하기도 했다. 그러나 메이지

유신이라는 왕정복고(王政復古)가 이루어지면서 도꾸가와 막부는 무너지고 일본은 조선을 침략의 대상으로 보기 시작한다.

1875년 5월 일본은 운양호를 비롯한 3척의 군함을 부산항 앞바다에 보내 훈련이라는 구실 아래 함포사격을 강행, 조선반도를 공포의 도가니로 몰아넣었다. 같은 해 9월 다시 운양호는 서해를 북상해서 강화도와 영종도를 공격했다.

이미 일본정부는 조선정부와 '일본 선박이 부산항 이외의 항구에 기항할 때는 미리 부산의 초량관을 통해 조선정부의 정식 허가를 받아야 한다'는 약조를 맺었음에도 불구하고 강화도에 무단 접근한 뒤 조선군의 공격을 받자 이에 반격한다는 구실로 의도적인 분쟁을 일으켰다.

아무런 예고 없이 강화도에 접근한 운양호는 보트를 내려 '음료수를 보급받기 위해'라는 거짓 명목 아래 수병들을 상륙시키려 했다. 이를 영토 침범으로 본 초지진 포대의 대포가 잇달아 불을 뿜었다.

그러나 초지진 포대의 대포는 사정거리가 고작 700m 정도밖에 되지 않아 운양호에 닿기 전에 대포알이 바다에 떨어져 물기둥만 일으킬 뿐이었다. 운양호의 함포는 사정거리가 길어 포대를 쑥대밭으로 만들기에 충분했다.

운양호의 함포사격을 받은 포대는 얼마 뒤 침묵하고 말았다. 초지진 포대를 박살낸 운양호는 그대로 조용히 철수하지 않고 영종도에 수병을 상륙시켜 영종도 포대를 배후로부터 습격했다. 신식무기로 무장한 일본 해군의 공격을 감당 못하고 영종 검사 이민덕(李敏德)을 비롯한 조선군은 '걸음아 나살려라'고 도망을 치거나 목숨을 잃고 말았다.

한편 일본군도 2명의 전사자와 1명의 부상자를 낳았다. 35명이나 되는 조선군 병사를 죽여 놓고도 자기네 군사 2명이 목숨을 잃었다는 이유로 살기가 등등한 일본군은 영종도 포대의 대포 36문과 화승총(火繩銃) 130여 자루를 빼앗았다.

그래도 분이 풀리지 않았던지 일본군은 관아와 민가를 약탈하고 불을 지른 뒤에야 다음날인 9월 21일 운양호를 타고 철수했다. 운양호는 강화도 앞바다를 떠나 1주일 뒤에 규슈의 나가사끼에 닿을 때까지 어느 항구에도 들르지 않았다.

그러니까 음료수가 모자라 강화도에 상륙하려 했다는 구실은 새빨간 거짓이었음이 들어난 셈이다.

＊

운양호가 강화도를 강습(强襲)한 다음해인 1876년 일본정부는 엉뚱하게도 조선정부에 대해 손해배상을 청구했다.

일본은 운양호가 무단으로 조선의 영해를 침범해 조선군 병사 35명을 죽이고 관아와 민가를 약탈해놓고 자기네 병사 가운데 3명의 사상자가 나왔으니 손해를 배상해 주어야 한다는 억지 요구를 한 것이다.

일본의 진짜 속셈은 배상요구에 있는 것이 아니라 손해배상회담을 계기로 조선의 개국을 뜻하는 수호조약의 체결이었다.

군인이 태반으로 이루어진 800명이나 되는 일본 사절단은 구로다 기요따까 육군중장 인솔 아래 2월 4일 강화도 앞바다에 닿았다. 막강한 무력을 배경삼은 일본의 엄포에 눌린 조선은 2월 26일 일본과의 수호조약을 맺고 말았다.

이것이 바로 병자수호조약이다. 강화에서 맺어졌기 때문에 강화조약이라고도 불리운다. 이 조약에서 일본이 조선에게 요구한 중요사항은 크게 다음 7가지였다.

- 부산항 이외에도 2개 항구를 개항할 것
- 개항지에는 일본상인들의 거류지를 마련할 것
- 거류지의 거류민을 보살피기 위해 일본인 관리를 두게 할 것
- 일본인 거류지에서는 일본 화폐를 통용시킬 것
- 일본인 거류민의 치외법권을 인정할 것

• 일본으로부터 조선에 수출하는 상품에는 일체 관세를 매기지 않을 것

당시의 국제법에 비추어서도 일본의 이 요구는 매우 부당한 것이었다. 특히 일본의 거류민의 치외법권 인정 조항은 많은 문제를 안고 있었다. 한번 치외법권을 인정해버리면 거류지 안에서 일본인이 저지른 범죄에 대해서는 조선의 관헌이 전혀 손을 댈 수가 없게 된다.

이 치외법권 인정 조항은 조선의 주권을 침해할 뿐 아니라 일본 관헌이 일본인 범죄자의 처벌에 '팔이 안으로 굽는다'고 부정을 저지를 우려가 있었다. 조선정부에게 일본 상품에 관세를 부과할 권리를 인정하지 않은 것도 조선국의 주권을 무시한 처사였다.

그리고 위의 6가지 항목 말고 가장 중요한 항목은 수호조약 첫머리에 실린 '조선은 자주의 나라로서 일본국과 평등의 권리를 지닌다' 라는 조문이었다. 새삼 조약에 실릴 필요조차 없을 것 같이 당연해 보이는 이 조문이 어째서 매우 중요한 뜻을 지니고 있었을까?

이 조문에는 종래부터 내려온 조선과 청나라와의 종속관계를 부정하겠다는 일본의 속셈이 숨겨져 있었다. 조선과 청나라 사이의 종속관계가 소멸해 버리면 앞으로 일본과 조선 사이에 무슨 일이 일어나도 청나라는 나설 수 없게 된다는 것이 일본 측의 논리였다.

일본은 청나라와의 종속관계가 끊어진 조선을 언젠가는 자기네 속방(屬邦)으로 만들겠다는 무서운 야욕을 실현하기 위한 발판을 병자수호조약에 마련한 것이다.

＊

"허허, 그렇다면 조선 사람들이 왜놈이라고 부르는 우리보다 키가 작은 녹두장군(전봉준)을 도와주란 말이지?"

"그렇소. 서울의 일본공관이 품고 있는 뜻을 오까모또 씨가 전해 왔소."

"흐음. 무쯔 외무대신의 밀명을 받아 움직이고 있다는 오까모또 씨의 말이라면 무쯔 대신의 뜻을 받아들여도 되겠군."

얼굴 없는 軍師 두억시니

"아마도 조선정부는 이번 동학란을 될 수 있는 대로 빨리 진압하기 위해 우두머리인 전봉준을 암살하려 자객들을 호남에 내려 보낼 공산이 크니 전봉준을 지켜주라는 이야기겠죠."

"그래! 그래야만 우리 대일본제국의 군대가 출동할 수 있는 상황이 벌어질 테니까 말이야. 난리가 평정되어 버리면 무슨 핑계로 조선에 출병할 수 있겠나?"

서울의 일본공관과 함께 한국 침략의 기지로서 그 구실을 다하고 있는 것이 부산의 초량관이다. 일찍이 왜관이라 불리던 부산의 초량관은 1869년 일본정부가 대마도의 영주를 제치고 조선정부와의 직접 교섭을 위해 3명의 관리를 파견하면서 조선반도 침략의 발판이 된다.

그 초량관에서 우찌다 료헤이를 비롯한 낭인들이 머리를 맞대고 '전봉준을 조선정부의 자객으로부터 지켜주라' 는 일본공관의 비밀지령을 놓고 의논하고 있었다.

이 낭인들이 바로 한국과 중국 대륙 침략의 선봉 노릇을 하는 뎅유오꾜(天佑俠)의 구성원들이며 이들은 모두가 낭인이나 검객들이었다. 이들의 당면 목표는 일본과 청나라 사이에 전쟁이 터지도록 꾸미는 것이다.

"그렇다면 무예에 뛰어난 닌자(忍者＝일본의 변장술과 기동력이 뛰어난 간첩 및 암살자) 부대를 전봉준 진영 가까이 보내야겠군."

"그게 좋겠습니다. 하지만 전봉준은 물론 조선정부가 눈치 채지 않도록 정체를 숨기고 지켜야 합니다. 만약 우리들이 반란의 수괴인 전봉준 편에 섰다고 조선정부에 알려지면 일본정부의 입장이 곤란해질테니까요."

"그야 그렇지. 그리고 조선말을 잘하는 장사꾼이 있으면 함께 데려가게."

"네. 그 임무에 알맞은 자가 있습니다. 줄포에서 쌀을 일본으로 수입하던 기무라라는 자가 지금 거류지에 머물고 있으니 그 자를 데리고 가겠습니다. 그리고 기무라는 그 복면군사 두억시니와도 만난 적이 있답니다."

"뭐! 두억시니와 만난 적이 있다고? 그것 안성맞춤의 인물이로군. 그래 그 자를 데리고 가게.”

　기무라란 일본상인은 1893년 가을 줄포항구에서 조선인 하역부를 못살게 굴다가 도사견과 함께 두억시니에게 혼쭐이 난 바로 그 기무라다.

＊

“역시 민비가 갑자대를 출동시켰군!”

　수화로 의사소통을 하면서도 복면군사 두억시니의 입에서 무거운 신음이 새어 나왔다.

　“그렇소, 두령! 그 수효는 정확히 알 수 없으나 각자 변장한 갑자대원들이 흩어져서 남으로 내려오고 있는 것으로 보입니다.”

　두억시니 앞에서 역시 수화로 이야기하고 있는 복면무사는 전주감영에 잠입하고 있는 진돗개였다. 진돗개가 전주를 빠져나와 한숨도 쉬지 않고 두억시니에게 달려온 것은 매우 중대한 정보가 수원의 살모사로부터 전해졌기 때문이다.

　며칠 전 수원의 살모사가 날려 보낸 전서구가 전주감영 뒤쪽 큰 나무에 진돗개가 마련해둔 비둘기 집으로 날아들었다. 그 비둘기가 지니고 온 통신문에 따르면 수원성 밖 파발(擺撥)에 잠입해 있던 살모사가 갑자마패를 지닌 사나이를 발견했다는 것이다.

　살모사가 보낸 통신문의 내용은 다음과 같다.

　　진돗개! 잘 있는가? 급히 두령(두억시니)에게 알려드려야 할 일이 생겼네. 자네도 알고 있다시피 나는 수원성 밖 파발에 잡일꾼으로 위장해 들어와 있네. 어제 저녁 서울 쪽에서 말을 달려온 스님 차림의 사나이가 파발에 들어오더니 갑자마패를 내보이면서 조속히 기운 좋은 말을 대령하라는 거야. 진짜 갑자마패임에 틀림없었네.

　　진돗개! 이 일이 무엇을 뜻하는지 자네도 알겠지. 갑자대가 서울을 떠나 움직이기 시작한 것일세. 스님 차림의 사나이 뿐 아닐세. 그 뒤에도 두 사람이 더 갑자마패를 내보이고 말을 갈아탄 뒤 남으로 내려갔네. 그리

　　　　　　　　　　　　　　　얼굴 없는 軍師 두억시니

고 세 사람 모두 칼, 철퇴, 창 등으로 무장하고 있었네. 지금 남쪽에 갑자대가 내려가야 될 일이 무엇이 있겠는가? 호남의 동학군 봉기 말고 무슨 일이 따로 있겠는가? 아마 십중팔구 그들은 전봉준 장군과 두령을 없애기 위해 내려가고 있는 것일 게야.

이 글을 받는 대로 바로 말을 달려 두령에게 알려주기 바라네. 자네도 정체를 들키지 말고 건강히 지내고 있게. 언젠가 함께 싸울 날이 있겠지. 이만 줄이네. 살모사.

웬만한 일에는 끄떡하지 않은 두억시니가 팔짱을 끼더니 한동안 깊은 생각에 잠긴다. '민비 직속인 특수부대 갑자대가 남으로 내려오고 있다. 그들은 모두 무예의 고수가 아닌가. 지금까지 마주쳐왔던 허수아비 군졸들과는 전혀 다른 강적들이다.

그들이 뿔뿔이 흩어져 내려와 한 곳에서 집결한 뒤 조직적으로 전봉준 장군의 본영을 습격한다면? 그렇게 되면 과연 내가 그들을 몇 사람이나 막을 수 있을까?' 지금까지도 숱한 죽을 고비를 넘겨 오긴 했으나 이번처럼 긴박한 위기감을 두억시니는 일찍이 느껴본 적이 없다.

두억시니는 자기 자신의 목숨이야 이미 내놓은 지 오래지만 몸집은 작으면서도 뜻이 큰 사나이 전봉준 장군의 꿈은 실현시켜주고 싶었다.

"허허! 이거 정말 난감하게 됐군. 갑자부대가 내려오고 있다니…… 생각해보면 전봉준 장군과 내가 커지기는 무척 커진 거야."

비로소 여유를 찾은 복면군사 두억시니의 밝은 모습에 진돗개도 안심이 되는 모양이었다.

"두령! 그러면 소생은 다시 전주감영으로 되돌아가겠습니다."

"미안하이, 쉬었다 가라고 할 수 없을 만치 지금의 상황은 긴박하구먼. 잠깐만 기다리게."

두억시니는 장막 한구석의 궤를 열고 엽전을 한 꾸러미 꺼내 진돗개에게 던져주었다. 엽전을 받아 안주머니에 넣은 진돗개는 절을 꾸벅하더니 장막 밖으로 사라졌다.

그러나 그 시점에서 두억시니는 갑자대가 남으로 내려오고 있다는 것은 알고 있었으나 부산을 떠나 호남으로 향하고 있는 일본의 닌자부대의 움직임은 전혀 파악하지 못하고 있었다.

✳

아직 아침저녁 날씨가 쌀쌀하니까 8명 모두 두루마기를 걸친 것까지는 그렇다 치고 한결같이 삿갓을 쓰고 얼굴을 가리고 있는 것은 어떤 까닭일까? 어젯밤 늦게 부산으로부터 줄포항구에 닿았다는 큰 돛단배에서 날이 밝자 내린 8명은 그 차림과 풍기는 분위기가 심상치 않았다.

두루마기가 모두 검정색이고 삿갓을 쓴데다 그 가운데 한 사람만이 몸이 뚱뚱할 뿐 나머지 7명은 거의 비슷하게 키는 중키였지만 군살이 없어 날씬해보였고 손에는 모두 묵직한 지팡이를 지니고 있어 마치 무사들의 집단 같았다.

부두를 빠져나가던 8명 가운데 뚱뚱한 사나이가 '쌍과부집' 이라는 주막집 앞에서 잠시 멈칫거리더니 일행의 인솔자인 듯싶은 사나이에게 귓속말로 무엇인가 속삭였다.

인솔자는 아무 말 없이 고개를 끄덕여 승낙의 뜻을 나타내더니 이내 일행을 이끌고 발걸음을 재촉한다.

"어서 오십쇼. 아직 두부는 만들지 못했는데요."

그러고 보니 이 집은 두부 맛으로 이름난 집인 것 같다. '쌍과부집' 이라는 옥호를 그대로 믿는다면 두 과부 가운데 한 사람이라야 될 30대 가량의 주모가 안에 들어서는 삿갓 쓴 뚱뚱한 사나이를 맞아들인다.

"지금은 선지국과 제육밖에 없수. 그것에다 막걸리라도 한 잔 드시려우?"

주모의 말에 대꾸도 않고 뚱뚱한 사나이는 삿갓을 벗어 얼굴을 드러낸다.

110   얼굴 없는 軍師 두억시니

“주모! 무정하구려. 벌써 날 잊었나?”

듣던 목소리라 순간 어리둥절해졌던 주모의 얼굴에 곧 두려움 어린 웃음이 퍼졌다. 차림새는 달라졌지만 상대가 누구라는 것을 알아차렸기 때문이다.

“아니…… 기무라 어르신 아니세요? 그래 그동안 어디를 다녀오시느라고 통 뵐 수가 없었어요?”

줄포에서 일본으로 쌀을 내다 팔면서 이 땅의 농민들을 착취했던 기무라가 난데없이 검은 두루마기에 삿갓차림으로 불쑥 나타났으니 주모가 놀랄 수밖에 없었다.

지난해 가을 조선 하역 인부에게 못되게 굴다가 두억시니에게 애견인 도사견을 문자 그대로 박살당하고 혼이 났던 그 기무라다. 악명 높았던 기무라는 반갑지 않았으나 기무라의 돈주머니는 반겨 맞이할 수밖에 없는 주모다.

“주모! 일행이 있어 빨리 따라가야 하니 막걸리 한 사발에 제육 몇 점만 주구려.”

방에 오를 생각은 않고 마루에 걸터앉은 기무라는 연신 주막 밖의 움직임에 신경쓰면서 주문했다.

“주모! 요즘 이곳 분위기는 어떤가? 난리 때문에 장사가 잘 안되지?”

이 땅에 오래 살다보면 일본사람도 돼지고기를 새우젓에 찍어먹게 되는 것인가. 기무라는 다른 일본사람 같으면 냄새난다고 외면하기 십상인 새우젓 찍은 돼지고기를 널름 입에 넣는다.

“나리 말씀대로입죠. 난리 통에 무슨 장사가 되겠습니까요. 그저 그날 그날 끼니 잇기가 급하죠.”

“그럴테지, 암. 하루 속히 난리가 가라앉고 무고한 백성들이 편안히 살 수 있게 되어야 할텐데…….”

터진 입이라고 기무라는 자신이 마치 인자한 인물이나 되는 것처럼 조선 사람들의 생활을 걱정하는 것처럼 주모를 다독거렸다.

"그렇습죠. 소인네들이야 그저 세상이 조용하고 장사가 잘 되는 게 소원입죠."

남은 막걸리를 벌컥벌컥 마시더니 언제 배웠는지 조선사람처럼 소매로 입을 닦은 기무라는 가장 궁금한 질문을 던졌다.

"그 뭔가? 동학군의 우두머리인 전봉준은 소문대로 백성들 사이에 덕망이 높은가?"

"아니, 나리는 어디 다녀 오셨길래 그것도 모르십니까? 전봉준 장군님이야 저희들 못사는 사람들에겐 하나님 같은 분이시죠."

"흐음, 그렇군. 그렇다면 동학군이 진을 치고 있다는 백산에는 농민들이 많이 집결했겠구먼?"

술값 치고 넉넉하게 엽전 몇 닢을 마루에 놓고 기무라는 일어났다.

"그럼요, 모두 백산으로 백산으로 몰려들고 있습죠. 아니, 지금쯤은 전주감영으로 쳐 올라가고 있을지도 모르죠."

"잘 마셨소. 주모! 또 보세."

궁금한 이야기를 다 들은 기무라는 다시 삿갓으로 얼굴을 가리고 주막집을 나서 잰걸음으로 앞서간 일행을 따르기 시작했다.

✳

돈을 아끼지 않고 마련한 말을 탄 기무라가 일행에 따라붙는데 한 시간은 걸렸다. 쌍과부집에서 막걸리 한 사발을 마시고 주모로부터 동학군에 대한 민심의 움직임을 듣고 바로 말을 몰았는데도 한 시간 뒤에야 일행을 만날 수 있었으니 일행들의 발걸음이 얼마나 빠른지 짐작할 만하다.

그도 그럴 수밖에 없는 것이 7명은 암살과 정보 수집을 위해 어릴 적부터 특수훈련을 받아온 닌자들이라

일본말로 '하야아시'(달리는 것과 걷는 것의 중간쯤 되는 걸음), 우리말로는 축지법으로 보통 사람보다 훨씬 빠르게 걸을 수 있는 능력을 지니고 있다.

　　　　　　　　　　　　얼굴 없는 軍師 두억시니

"다께다 씨! 주모의 이야기로는 전봉준 진영에 많은 농민들이 몰려들고 있답니다. 그리고 지금쯤은 동학군이 전주성을 향해 진격을 시작했을지도 모른답니다."

기무라는 인솔자를 다께다라 불렀다. 다께다는 말수가 적은 인물인지 기무라의 보고를 받고도 고개만 끄덕일 뿐이었다.

"다께다 씨! 제 걸음으로는 도저히 여러분을 따라갈 수 없으니 저는 이대로 말을 타고 갈 수 있도록 허락해 주십쇼."

땀투성이가 되어 있는 기무라의 간청에 이번에도 다께다는 고개를 끄덕이는 것으로 대답했다. 일행이 가파른 오르막길에 이르렀을 때 맞은 편에서 언덕길을 내려오는 젊은 두 아낙네와 마주쳤다.

아낙네들은 머리에 함지박을 이고 짧은 저고리 사이로는 젖무덤이 아낌없이 드러나 있었다. 삿갓으로 얼굴을 가린 닌자들은 정면을 바라보고 스쳐갔으나 삿갓 속에서는 짐승 같은 눈빛으로 아낙네들의 젖가슴을 힐끔거렸다.

아마도 그들이 중대한 사명을 띠고 서둘러 목적지로 가는 길이 아니었으면 아낙네들은 봉변을 당했을지도 모를 일이었다. 아낙네들이 저만치 멀리 지나간 뒤 수령인 다께다가 닌자들의 속을 들여다보듯 나지막한 목소리로 말했다.

"일이 끝나 부산으로 돌아갈 때까지 여자는 아예 쳐다보지도 마라."

닌자들은 삿갓 속에서 쓴웃음을 지었다.

"기무라상! 어째서 조선의 여인네들 가운데는 저렇게 젖가슴을 내놓고 다니는 사람들이 있나? 모두 그런 것은 아닌 것 같은데……"

일행 가운데 한 사람이 못내 궁금한 듯 조선의 사정에 밝은 기무라에게 물었다.

"아, 그건 이렇습니다. 아들 낳은 것을 자랑하기 위해 젖가슴을 내놓고 다니는 겁니다."

"호오, 아들을 낳은 표시라……?"

"그렇죠. 시집의 혈통을 잇는 아들을 낳아 아내로서의 본분을 다했다는 것을 알리는 것이 바로 젖가슴을 내놓는 겁니다."

"흐음. 그것 참 재미있는 풍습이군."

일본공사관의 밀명에 따라 일본낭인들의 결사인 천우협이 파견한 닌자부대는 조선의 풍습에 대해 이야기를 나누며 언덕길을 올라가고 있었다.

"그리고 아들을 낳았다고 젖가슴을 드러내는 여인네들은 모두 조선의 가장 낮은 계층입니다."

"그럴테지. 양반댁 규수들이야 그렇게 할 까닭이 없지."

심심풀이 삼아 실없는 이야기를 나누며 그들이 언덕 마루턱에 이르기 직전 다께다가 인기척을 느꼈다.

"가만……마루턱 저쪽에 스무남은 명이 있네."

순간 일행은 걸음을 멈추고 서로 얼굴을 마주본다.

"누구일까요? 이런 시골길에 스무남은 명이나 몰려있다니……?"

"둘 가운데 하나겠지. 동학군 아니면 감영의 군사일거야. 어느 쪽이건 신경 쓸 것 없네."

다시 일행은 마루턱을 향해 올라가기 시작했다.

*

닌자부대의 수령인 다께다가 내다본 대로 마루턱 넘어에는 스무남은 명이 감영군들이 오가는 사람들을 검문하고 있었다.

"여보! 여보! 잠깐 이리 오시오. 당신네들은 무엇하는 사람들이오?"

감영군 가운데 지휘관으로 보이는 사나이가 삿갓 쓴 8명을 막았다. 조선말을 잘하는 기무라가 앞으로 나선 것은 물론이다.

"우리들은 전국의 사찰을 돌며 국태민안(國泰民安)을 기원하고 있는 불승들입니다."

"뭐요? 스님들이시라…… 그렇다면 뭐 가진 것도 없으시겠구만……."

얼굴 없는 軍師 두억시니

세상이 어지러워지면 관도 산적이나 다를 바 없게 되는 모양이다. 동학
도들을 검색하기 위해 나와 있다는 감영의 군졸들은 검문을 빙자해서 지
나가는 백성들로부터 닭, 곡식 등을 약탈하고 있었다.

감영군의 지휘관은 삿갓 쓴 사나이들이 중이라고 하니 뜯어낼 것이 없
기 때문에 재수가 없다는 듯 손짓으로 지나가라고 했다.

"자아, 스님 어서 지나가쇼."

군졸 한 사람이 장난치듯 삿갓 쓴 사나이의 등을 탁친다는 것이 헛손질
하면서 등에 진 개나리봇짐을 건드렸다. 눈이 휘둥그래진 군졸은 그 개나
리봇짐을 꽉 움켜쥐었다.

"아니…… 이건 엽전 꾸러미가 아닌가?"

이 말을 듣자 군졸들은 모두 고개를 삿갓 쓴 사나이들에게 돌렸다.

"지금 뭐라고 했지? 엽전 꾸러미라고?"

감영군의 지휘관이 군졸에게 물었다. 8명의 삿갓 쓴 사나이들은 모두
똑같은 봇짐을 지고 있었으며 그 봇짐 속의 돈은 그들이 목적을 이룰 때
까지 쓸 군자금이었다.

군졸들은 8개의 봇짐이 모두 엽전꾸러미일 경우 그 돈이 어마어마한
액수가 된다는 주판알을 머리 속에서 튕기고 있었다. 군졸들은 엄청난 행
운을 잡았다고 생각했지만 그것은 행운이 아니라 처참한 액운이었다.

닌자부대의 우두머리인 다께다는 냉정한 눈으로 군졸들의 표정에 탐욕
의 그림자가 깃드는 것을 지켜보았다.

"게 섰거라! 아무래도 너희들은 수상하니 등에 진 봇짐을 풀어서 내려
놓아라."

감영군의 지휘관이 다급한 목소리로 명령한 순간 다께다의 오른손이
하늘을 향해 뻗었다. 그것이 공격 신호였다. 삿갓 쓴 사나이들은 일제히
지팡이 속에 숨겨 넣은 칼날을 뽑아들어 조용히, 그러나 재빠르게 군졸들
을 죽이기 시작했다.

요란한 기합소리를 내며 싸우는 무사들과 달리 닌자들은 소리를 내지 않고 싸운다. 은밀하게 일을 치른 뒤 연기처럼 사라져야 하는 것이 닌자의 임무이기 때문이다.

"으악!"

"사……사람 살려."

살해당하는 군졸들의 비명은 길지 않았다. 닌자들의 칼은 능숙하게 군졸들의 목 대동맥을 베고 가슴의 심장을 찌르는 등 매우 효율적으로 살육을 자행해 나갔다.

감영군의 군졸들은 너무나 무자비한 닌자들의 살인 기술에 충격을 받은 나머지 몸을 제대로 움직이지 못하고 차례로 쓰러졌다. 마치 뱀과 눈이 마주친 작은 동물들이 마취된 것처럼 주눅이 들어 옴짝달싹 못하고 뱀의 아가리 속에 들어가고 마는 것과 같은 형국이었다.

도살장에서 짐승을 잡듯 군졸들을 저승으로 보내는 살인 작업 속에서도 닌자부대의 수령인 다께다의 지시는 비정하기만 했다.

"칼날이 상하지 않도록 뼈는 자르지 말고 죽여라!"

제 아무리 명도(名刀)이라 해도 단단한 사람 뼈를 자르다 보면 칼날이 상해 심한 경우는 톱니처럼 될 수도 있다. 그렇게 되면 칼날이 무뎌지는 것은 다시 말할 나위도 없다.

그러나 다께다의 지시가 아니더라도 칼 쓰기의 달인인 닌자들은 결코 뼈를 자르는 둔탁한 소리를 내지 않으면서 군졸들의 목숨을 끊고 있었다.

이런 경황 속에서도 몸놀림이 빠르고 그런대로 배짱 있는 몇 사람의 군졸은 비탈길을 달려 내려가면서 도망치려 했다. 그러나 그들도 목에 '슈리껜(手裏劍, 우리나라의 표창처럼 손으로 던지는 작은 칼)'이 꽂혀 고꾸라지고 말았다.

스무남은 명의 군졸이 시체가 되어 뒹구는데 시간은 그리 오래 걸리지 않았다. 성품이 꽤 못된 편인 안내역 기무라도 닌자들의 너무나도 잔혹한 사람 백정 노릇에 전율했는지 몸을 움츠리고 있었다. 다께다가 차분히 부하늘을 둘러보았다.

"모두 틀림없이 죽었는지 다시 확인해라. 그리고 '가에리찌(사람을 해치면서 자신에게 튄 피)'가 묻은 사람은 피를 닦아내고 두루마기를 뒤집어 입어라."

피 묻은 복장으로 거리를 활보할 수는 없는 노릇이었다. 이런 경우에 대비해서 그들은 안팎이 모두 검은 두루마기를 걸치고 있었다. 흰색이면 눈에 띄기 쉬운 핏자국도 검은색에서는 무슨 얼룩인지 얼핏 구별이 가지 않기 때문이다. 그나마 핏자국으로 얼룩진 검은 두루마기도 뒤집어 입어 버리면 감쪽같이 살인의 흔적이 감추어지게 마련이다.

닌자부대는 다시 움직이기 시작했다.

✻

동학군이라는 거대한 용은 전주를 향해 비늘을 번뜩이며 움직이기 시작했다.

3월 26일. 그동안 진을 치고 있던 백산을 나선 동학군은 화호나루터 산덕정으로 진출해서 포를 쏘고 함성을 지르며 사기를 드높인 뒤 전주로 향하는 태세를 갖추었다.

3월 29일 저녁 태인으로 쳐들어 간 동학군은 그곳의 무기를 거둬들이고 다음날에는 말머리를 원평으로 돌려 공격했다.

'전주로부터 감영군이 내려온다'는 급한 보고가 날아들자 전봉준은 복면군사 두억시니에게 어떻게 움직이는 것이 바람직한가를 의논했다.

"감영군과 정면 충돌해도 우리가 이기는 것은 불을 보듯 뻔합니다. 그러나 제대로 훈련을 받지 못한 우리 동학군 가운데서도 적지 않은 희생자가 나올 것으로 여겨집니다."

두억시니는 농민으로 이루어진 동학군이 전주를 점령하려면 초전에서 감영군의 넋을 빼앗는 큰 타격을 가해야 된다고 생각하고 있었다. 그래야 동학군의 사기가 하늘을 찌르고 반대로 관군의 사기는 땅에 떨어지기 때문이다.

두억시니는 초반에 동학군에서 사상자가 많이 나오게 해서는 안 된다고 전봉준에게 말했다. 전봉준은 두억시니의 말에 동감이라는 듯 몇 번이고 고개를 끄덕였다.

"우리 동학군의 피해를 최소한으로 줄이고 감영군을 박살내려면 기습밖에 없습니다. 적의 허를 찔러야 합니다."

"그래, 군사에게는 기습의 마땅한 술책이라도 있소?"

"장군! 우리가 미리 황토재에 매복해 있다가 그곳으로 감영군을 유인해서 기습하는 것이 어떻겠소"

"황토재라? 으음, 군사의 뜻대로만 이루어진다면 지리적으로는 안성맞춤인 기습의 지형(地形)이긴 하오만……."

전봉준은 잠시 허공을 바라보며 두억시니가 내놓은 기습작전을 머리속에서 검토해 본다. 감영군이 과연 동학군이 설치해 놓은 덫에 걸려들까라는 것이 이 기습작전의 성패(成敗)를 좌우하는 관건이 될 것 같았다.

"장군 감영군을 황토재로 유익하는 데는 한 가지 계책이 있습니다."

전봉준의 속을 꿰뚫어 본 듯 두억시니는 두령이 궁금히 여기고 있는 문제점의 해결방법이 있다고 말했다.

"허허! 그래. 그 계책이란……?"

"우리 동학군 몇 십 명을 무장의 보부상으로 변장시켜 감영군에 침투시켜 그들로 하여금 감영군을 황토재로 이끌고 오도록 할 작정입니다."

"보부상?…… 그것 참 그럴 듯하오."

잠시 의아한 표정을 지었던 전봉준의 얼굴이 금새 풀어진다. 소가 끄는 소달구지, 말이 끄는 마차도 별로 많지 않았고 또 있다손 치더라도 길이 제대로 정비되어 있지 않았던 시절 조설팔도의 산물은 거의 보부상들에 의해 교류됐다.

오늘날에도 짐을 실은 화물 자동차가 길을 달릴 때 교통경찰이 법규위

반 여부를 따지듯이 당시에도 보부상은 각 고을의 관(官)이 짐의 내용물을 검사하고 어디로 가는지도 따졌음으로 보부상은 관의 눈치를 볼 수밖에 없었다. 따라서 난리라도 나게 되면 그들은 관의 지시에 따라 군수물자 수송, 병력으로서 가세, 첩보수집 등 관군과 다를 바 없이 움직였다.

보부상이 관군의 앞잡이가 되는 것은 지극히 당연한 일이였음으로 난리통에 보부상을 가장해서 관군에 스며드는 것은 그다지 어려운 일이 아니었다. 관군과 보부상은 예전부터 얼굴을 익힌 사이도 아니고 보부상의 이마에 글씨로 '보부상'이라 써있는 것도 아니었기 때문이다.

또 실제로 전봉준이 이끄는 동학군에는 보부상도 몇 명 끼어 있었기 때문에 그들을 중심으로 가짜 보부상 집단처럼 꾸미는 것은 식은 죽 먹기나 다름없었다.

"그것 참 묘안이군."

전봉준이 매우 만족스러운 표정으로 두억시니의 제안에 긍정적인 반응을 보였다.

바로 그때다. 요란한 말발굽 소리가 울리더니 군막 앞에서 멈추고 황급히 말에서 내리는 기척이 느껴졌다.

✻

땀으로 흠뻑 젖어 김이 모락모락 피어오르는 말에서 사뿐히 내려선 사나이는 두억시니처럼 얼굴을 복면으로 싸매고 있었다. 군막 밖을 지키고 있던 동학군들은 일제히 그 복면 무사에게 창을 겨누고 암호를 던졌다.

"하늬바람!"

하늬바람이란 원래 뱃사람들의 말로 북서풍을 뜻한다. 차가운 겨울바람이다.

"얼음!"

복면무사의 입에서 암호의 또 한 짝인 대꾸가 나왔다. 동학군은 사흘 단위로 암호를 정해놓아 감영군의 정탐꾼들이 진영에 스며드는 것을 막고 있었다. 암호의 대꾸를 모르거나 잊어버렸다는 자에게는 가차 없는 문초가 가해진다. 간자(間者)를 가려내기 위함이다.

"군사의 수하이신 지리산패의 한 분이시군."

동학군들은 내뻗었던 창을 거두면서 길을 열어주었다 복면무사는 아무 말 없이 고개만 한번 끄덕하고는 군막 안으로 들어섰다.

전봉준과 두억시니 그리고 참모진들의 눈이 복면무사에게 쏠렸다. 그래도 복면무사는 전봉준을 알아보고 그에게 먼저 인사한 뒤, 자신의 수령인 두억시니에게도 두 팔을 가슴 앞에서 교차시키는 인사를 했다.

두억시니 역시 아무 말 않고 가슴 앞에 두 팔을 X자로 교차시켜 답례했다 복면무사는 지리산패 의사소통수단인 수화로 두억시니에게 말문을 열었다.

"두령! 천안의 살쾡이가 죽었습니다."

"……."

고부관아에 잠입해 있던 수하인 삽살개가 알려준 이 비보에 웬만한 일에는 동요하지 않는 두억시니도 한동안 할 말을 잃었다. '살쾡이가……살쾡이가 죽다니……그토록 무예가 뛰어난 살쾡이가 왜 죽었단 말인가. 몹쓸 염병이라도 걸렸단 말인가. 아니면…….'

순간 두억시니는 무엇인가 짚이는 게 있었다. 그리고 그 예감은 들어맞았다. 두령의 반응을 잠시 지켜보던 복면무사 삽살개는 품 속에서 피 묻은 비둘기를 꺼내 손바닥에 올려놓더니 두억시니에게 내밀었다.

'역시 그렇구나. 살쾡이는 정말로 죽었구나. 그는 피 묻은 비둘기를 날려 보내고 숨을 거둔 거야' 지리산패는 자신이 지니고 있는 전서구를 날려 보내 자기편에게 정보를 알리는 통신방법을 쓰고 있었다.

지리산패의 또 하나의 통신수단은 봉화였다. 두억시니는 사흘마다 밤에 봉화로 동학군의 암호를 그의 수하들에게 알려주고 있었다.

비둘기로 소식을 전할 경우 서울에서 일본공사관에 잠입해 있는 여우,

얼굴 없는 軍師 두억시니

청국공사관에 스며들어 있는 너구리 등은 그들의 두령인 두억시니에게 날려 보낼 비둘기와 가까운 거리에 있는 수원의 살모사에게 날아갈 비둘기를 한 마리씩 각각 지니고 있었다.

그러나 동학란으로 두억시니가 전봉준을 따라 이동하게 되자, 두억시니에게 직접 비둘기를 날려 보낼 수는 없는 노릇이었다. 그래서 몇 차례의 중계를 거쳐 두억시니에게 정보가 전달되거나 두억시니와 가까운 거리에 있는 고부관아의 삽살개를 통해 보고가 전달되기 마련이었다.

피 묻은 비둘기는 그 비둘기를 지니고 있던 지리산패가 치명상을 입었음을 뜻한다. 살아갈 가망이 없는 깊은 부상을 입었을 때 비둘기에게 자신의 피를 묻혀 날려 보내도록 되어 있는 것이 그들 사이에 미리 정해진 약속이었다.

눈을 감고 수하의 명복을 비는 두억시니의 두 눈은 복면 속에서 젖어 있었다. 그 모습을 삽살개는 감동에 휩싸이면서 바라보고 있었다. '저 귀신같은 두령이 수하의 죽음에는 눈물을 감추지 못하신다니……' 피 묻은 비둘기를 받아든 두억시니는 발목에 달려있는 작은 금속 통 속에 말려 들어가 있는 통신문을 펼쳐 보았다.

'삼갑자 중이살(三甲子 中二殺)' 통신문에는 그렇게만 쓰여 있었다. '세 명의 갑자대원 가운데 두 명은 죽었다'는 뜻이다. '갑자대와 싸워 셋 가운데 둘은 없애고 자신도 목숨을 잃은 모양이구나' 눈을 감은 두억시니의 머리에는 3명의 갑자대원과 혈투 끝에 두 명을 쓰러뜨리고 깊은 상처를 입은 살쾡이가 겨우 도망쳐서 비둘기에 피를 묻혀 날려 보내는 모습이 생생히 떠올랐다.

"삽살개. 전국의 수하들에게 연락해서 살쾡이가 죽었다는 사실을 알리되, 각자 제 자리를 떠나지 말고 맡은 바 임무를 다하도록 지시를 전해 주게. 수고했네. 돌아가라."

수화로 두억시니의 지령을 받은 삽살개는 들어왔을 때처럼 전봉준에게 그리고 다음에 두억시니에게 인사하고는 군막을 빠졌나갔다.

"민비의 직속 특수부대인 갑자대가 이리로 내려오고 있소. 전봉준 장군을 암살하기 위해서라고 해석할 수밖에 없소."

더 이상 참모진들에게 감출 수가 없어 두억시니는 민비의 전봉준 암살 음모를 털어 놓았다. 군막 안에는 차갑고 무거운 침묵이 흘렀다.

＊

무거운 침묵이 방안을 짓누르고 있었다. 민비의 미간에는 날카로운 세로 주름이 사태의 긴박함을 나타내고 있었다.

"영상! 그게 진정 사실이오?"

민비의 하문은 차라리 한숨 같았다.

"네. 정녕 그러하옵니다. 중전마마."

영의정 민영준은 민비의 심기가 불편할 때 늘 그러하듯이 착 가라앉은 목소리로 대답했다. 전라도에서 봉기한 동학군의 기세가 날로 올라가고 관군이 곳곳에서 무너지고 있다는 소식도 민비의 속을 상하게 만들긴 했지만 그보다도 더 큰 충격은 불패임을 믿었던 갑자대의 대원이 두 명이나 지리산패로 보이는 무사에게 죽임을 당했다는 보고였다.

고부봉기를 일으켰던 애물 전봉준이 손화중, 김개남 등까지 합세시켜 또다시 무장에서 들고일어났다는 소식을 접하자 민비는 가장 믿고 아끼는 친위부대인 갑자대의 일부를 봉기 현장으로 밀파했던 것이었다.

갑자대 60명 중 3분의 1인 20명은 민란의 주동 인물인 전봉준을 암살하기 위해 눈에 띄지 않게 흩어져 삼삼오오 짝을 지어 남으로 내려갔다.

그러나 그 가운데 세 명이 천안에서 괴한 단 한명과 맞붙어 싸우다 무적이라 믿었던 갑자대원 두 명이 그 괴한의 칼날에 쓰러졌다는 보고는 민비의 안색을 창백하게 만들기에 충분했다.

"영상! 우리 갑자대의 무사들은 일당백이 아니오? 그런데 그 갑자대원 세 사람이 지리산패로 여겨지는 괴한 단 한 사람을 해치우지 못하고 두

얼굴 없는 軍師 두억시니

사람이나 희생됐다니 도저히 믿을 수 없구려."

"……."

민영준은 할 말이 없었다. 하긴 민영준 자신도 처음에 그 보고를 받았을 때 믿기지 않았으니 말이다.

"그래, 그 지리산패 놈은 귀신이란 말이오? 도대체 그런 지리산패가 몇 명이나 되오? 또 지리산패의 두령이란 문둥이 복면군사의 정체는 아직도 밝혀지지 않았소?"

민비는 영의정의 뻔한 대답을 기대하지는 않으면서도 너무 기가 막혀 넋두리처럼 말했을 뿐이었다.

"살아남은 대원의 말에 따르면 상대방도 깊은 상처를 입었으니 아마 바로 목숨을 잃었을 것이라는 이야기였습니다."

순간 민비의 두 눈에서 노기가 섬광처럼 뿜어 나왔다.

"아마 죽었을 것이라고? 영상 그걸 말씀이라고 하오? 갑자대원이 목숨 걸고 지켜야 할 수칙 가운데 하나가 적에게 상처를 입혔으면 생사를 끝까지 확인해야 하는 것 아니었소?"

민영준의 얼굴빛은 이제 송장이나 다름없었다. 민비로서는 자신과 민씨 일족의 안전을 지켜주어야 할 갑자대가 역도인 지리산패에게 당했다는 것이 분하고 불안했다.

갑자대원 두 명을 죽이고 자신도 목숨을 잃은 살쾡이가 지리산패 가운데에서도 손꼽히는 무예의 고수임을 알 까닭이 없는 민비로서는 지리산패라는 무리가 그저 무시무시하기만 했다.

'그 지리산패라는 녀석들이 무리지어 한양으로 쳐올라 온다면 어떻게 할 것인가? 과연 갑자대가 그들을 막아낼 수 있을까?' 민비는 심란하기만 했다.

✳

"영상! 이렇게 되고 보니 갑자대가 전봉준을 없앨 수 있을 것인지 아닌지도 분명치 않소. 갑자대만으로 동학란을 진압시키기는 어렵지 않겠소? 홍계훈을 빨리 입궐토록 하시오. 그를 초토사(招討使)로 임명해서 민란을 다스리게 하시오."

"네? 홍계훈을 말씀이십니까?"

민영준으로서는 전혀 뜻밖의 하명은 아니었다. 오히려 위급한 경우를 당하면 홍계훈에게 의지하려는 민비의 속마음을 민영준은 누구보다도 잘 알 수 있을 것 같았다.

'그러니까 그게 벌써 언제의 일인가? 그렇지, 맞아. 12년 전 임오군란이 일어났을 때의 일이었지' 민영준은 잠시 지난 일을 돌이켰다. 임오군란 때 민비는 홍계훈이 아니었다면 목숨을 잃었을지도 모른다.

임오년 여름, 군란이 일어났다. 이 난리를 임오군란이라 부른다. 그해 7월 23일(양력) 무위영, 장어영의 군병들에게 실로 13개월 동안이나 밀렸던 쌀이 지급됐다. 13개월 만에 그것도 한 달치밖에 안 되는 쌀이었으나, 그래도 반가운 일임에 틀림은 없었다.

당시 재래식군대였던 구군은 불평불만이 가득했다. 그들에게 쌀 배급이 제대로 이루어지지 않고 있는데 견주어 신식군대인 별기군은 매우 우대를 받고 있었기 때문이다. '이게 모두 민비 일족이 나라를 잘못 다스리고 우리를 괄시하기 때문이다' 라고 구군의 군병들은 생각하고 있었다.

조선에 신식군대가 생긴 것은 바로 그해 임오년에 접어들면서였다. 개국정책을 택한 왕과 민비 일족은 1881년 말 일본으로부터 군사고문을 초청, 명문 양반집의 자제 100명을 뽑아 외평창에서 훈련을 시켰다.

이것이 구군들이 원수처럼 여기고 있는 별기군으로서 교련소장은 민비의 조카뻘되는 민영익이었고 교관은 일본군 소위 호리모또였다. 급여도 매우 높은 별기군이 말쑥한 신식복장으로 일본식 교련을 받는 모습은 늘 구군들을 자극했고 '왜 같은 군대인데 우리들은 별기군과 달리 이토록 심한 푸대접을 받아야 하는가?' 라는 울분으로 가슴을 끓게 만들었다.

  얼굴 없는 軍師 두억시니

구군들의 이러한 불만은 형편없는 쌀 배급이 도화선이 되어 기어이 폭발하고 임오군란이 일어나게 된다.

＊

"아니 이게 뭐야? 이게 한 달치란 말이야?!"

도봉소 창고 앞에서 쌀을 받아든 구군의 병사들 목소리가 분노로 날카로워졌다. 달아볼 것도 없이 한눈에도 지급받은 쌀의 양은 너무나 모자랐다. 쌀은 양이 모자란 것에 그치지 않고 돌과 모래 등이 섞여 있었고 그 쌀마저 변질되어 있었다.

"야! 그나마 쌀의 반은 모래와 돌이 아니냐!"

"썩은 쌀을 어떻게 먹으란 말이야. 우리가 개돼지야! 죽일 놈들!"

이런 쌀을 받을 수 없다고 거부하는 병사들과 배급을 강행하려는 창고 담당자 사이에 금방 난투극이 벌어졌다. 쌀의 양이 모자라고 돌이나 모래 등의 이물이 섞여 있는 것은 병조판서 민겸호를 비롯 말단의 창고지기에 이르기까지 쌀 배급에 관련된 모든 관원들이 중간에서 쌀을 가로채 버렸기 때문이다.

이런 사실을 너무나도 잘 알고 있는 군병들의 분통이 단숨에 난동으로 나타난 것은 어쩌면 당연한 일인지도 모른다. 그러나 이 소식을 들은 민겸호는 적반하장 격으로 난동의 주동 인물인 몇 사람의 군병을 체포하고 본보기로 사형에 처한다고 발표했다. 소란을 강압책으로 짓누르려던 민겸호의 조치는 오히려 역효과를 일으켰다.

"동료를 구해내자!"

"우리도 살아야 한다! 우리도 사람이다! 어떻게 그런 쌀을 먹으란 말인가. 우리가 무엇을 잘못했다는 건가! 동료들을 즉각 풀어주라!"

체포된 동료들이 죽게 된다는 것을 알게 된 나머지 군병들은 무리를 지어 안국동에 있는 민겸호의 집으로 몰려갔다. 사형을 당하게 된 군병의 가족들이 울부짖으면서 동료 군병들에게 호소한 것도 많은 군병들이 움직이게 된 이유 가운데 하나였다.

때마침 민겸호는 집에 없었다. 그의 집에 밀고 들어간 군병들을 가재집기를 닥치는 대로 때려 부수었다. 중신의 집을 습격해서 때려 부순 군병들을 기다리고 있는 것은 죽음뿐이었다.

일을 저지른 그들은 운현궁으로 대원군을 찾아갔다. 민비에게 권력의 자리에서 밀려나 조용히 지내고 있던 대원군은 그러나 백성들의 억울함에 귀를 기울이는 인물로 알려지고 있었다.

대원군은 군병들의 대표 몇 사람을 만나 그들을 달래면서도 민씨 일족이 펼친 잘못된 정치를 호되게 비판하고 민씨 일족들의 중신들을 잡아 죽일 것과 일본공사관을 습격할 것의 두 가지를 앞으로 그들이 해야 할 일로 꼽아주었다.

대원군은 민씨 일족을 죽이고 일본공사관을 습격하라고 명령하지는 않았다. 군란의 대표인 군병들은 자신의 의견을 알렸을 뿐이라는 형식을 갖추기는 했으나 군병들에게 대원군의 의견은 하늘의 목소리나 다름없었다. 그들은 여기서 자칫 잘못 물러났다가는 죽을 것이 뻔했기 때문이다.

대원군이 군란을 직접 지휘하지는 않았다손 치더라도 그의 심복인 김태희와 허욱이 이미 무장을 갖추고 군병들 지휘에 나섰으니 실제로 군란의 막후 인물은 대원군이었던 셈이다. 대원군과 반민, 반일의 뜻을 함께 하는 군병들의 난리에 이태원과 왕십리의 빈민들이 가세함으로써 임오군란은 정치적 폭동으로 발전한다.

✼

운현궁 앞에서 기세를 올린 군병들을 동별궁을 습격해서 무기고를 깨부수고 그곳을 본부로 삼은 뒤 종로로 나가 포도청을 습격했다. 쌀 배급 때 난동을 부렸다 해서 포도청에 잡혀있던 군병들은 풀려났다. 그들은 그 여세를 몰아 의금부마저 습격해서 정치범까지 놓아주었다.

난군의 한 무리는 별기군도 기습해서 군사고문이었던 일본군 소위 호

얼굴 없는 軍師 두억시니

리모또를 죽였다. 또 다른 한 무리는 사동(寺洞)에 있는 이최응의 집을 덮쳐 목숨을 빼앗아 버렸다. 동생인 대원군 이하응을 배신하고 민씨 일족에 빌붙어 영의정까지 지낸 이최응은 이렇게 죽었다.

민씨 일족의 집들도 결코 무사하지 못했다. 세도를 부리던 민씨 일족의 집들을 차례차례 습격을 받아 집안에서, 길에서 죽는 자가 잇따랐으나 민겸호는 일찌감치 왕궁으로 피신해서 난을 모면했다.

난군의 다른 무리는 서대문 밖 경기감영의 무기고를 부수고 그 무기로 무장한 뒤 일본공사관으로 달려갔다. 이날 일본공사관에는 하나부사 공사를 비롯 28명이 있었으며 외출 중이던 3명은 이미 노상에서 피살됐다.

"호리모또 소위가 이끄는 조선 별기군이 우리를 구원해 주기는 틀린 것 같다. 이제 공사관을 탈출해서 제물포(인천)로 가 배를 타고 일본으로 빠져나가자."

하나부사 공사의 지휘에 따라 관원들은 공사관에 불을 지르고 밀려드는 난군을 향해 총을 쏘고 칼을 휘두르며 뛰어나갔다. 그들에게 다행스러웠던 것은 때마침 큰 짐을 진 피난민들이 무더기로 몰려드는 바람에 그 혼란을 틈타 도망갈 수 있었다는 점이다.

✻

돈화문 방면에서 난군들의 함성이 들리자 민비는 그들이 자신의 목숨을 노리고 있음을 알아차렸다. '어떻게 해서든지 지금은 여기서 빠져나가야만 한다'고 민비가 마음먹었을 때 수위부장 홍계훈이 중년인 자기 누이동생의 손을 끌고 나타났다.

"중전마마! 한시가 급하옵니다. 빨리 소장의 누이동생 옷으로 갈아입으시고 이곳을 빠져나가셔야 합니다."

라고 홍계훈은 재촉했다. 민비는 서슴지 않고 재빨리 홍상궁의 옷으로 갈아입었다. 상궁의 옷차림으로 가마에 탄 민비를 호위하며 홍계훈은 중문으로 발걸음을 재촉했다.

"그 가마 잠깐 섰거라!"

별안간 난군의 군병 몇 사람이 가마 앞을 가로막고 무지막지하게 가마의 문을 열었다. 민비는 소매로 얼굴을 감추고 있었다. 그러나 난군들은 거침없이 민비의 소매를 끌어내려 얼굴을 살폈다.

"이 사람은 내 누이동생인 홍상궁일세. 피신하려 하니 보내주게."

홍계훈이 당부해서 위기를 벗어난 뒤 민비를 가마에서 내려 등에 업고 궁을 빠져나갔다.

결국 군란을 수습하기 위해 고종이 대원군에게 전권을 맡기고 있는 사이 민비는 충청도 장호원에 있는 민응식의 집 구석방에서 숨어 지냈다.

민비를 숨기고 있는 것이 탄로날까 봐 밥상도 민응식의 아내가 직접 시중을 들었고 단 한 사람의 예외를 빼고는 아무도 민비에게 가까이 갈 수가 없었다. 단 한 사람의 예외란 파발꾼이었던 이용익이었다.

당시의 파발꾼은 일반적으로 하루에 80리 내지 100리 가량 달리는 것이 보통이었으나 민비의 비밀 파수꾼인 이용익은 하루에 300리를 달렸다. 그는 민비의 편지를 긴 헝겊에 말아 배에 감고 만일 발각될 경우는 죽음까지 각오하고 서울로 달려가 고종에게 몰래 전했다.

한편 일본정부는 난군의 일본공사관 습격을 트집잡아 배상금으로 당시로서는 엄청난 금액인 50만 엔을 조선정부에게 요구했고 만약 이에 응하지 않으면 전쟁까지 서슴지 않겠다고 엄포를 놓았다.

일본은 친일파를 배제한 대원군을 몹시 못마땅히 여기고 있었다. '대원군이 서울에 있으면 일본이 전쟁을 일으켜 끝내 청나라와도 싸우게 될지 모른다'고 우려한 청나라는 8월 26일 마건충, 정여창 등으로 하여금 대원군을 납치해서 자기네 나라 천진으로 데려가 1885년 10월까지 3년 동안 조선에 돌려보내지 않았다.

민비는 9월 11일 청나라 제독 오장경이 지휘하는 100명의 청나라 군사들의 호위를 받으며 영의정 홍순목 이하 대소신료까지 이끌고 장호원의 민응식 집을 떠나 서울로 돌아와 다시 권세를 잡았다.

또한 민비는 임오군란의 주동자들을 비롯한 많은 군병과 그 가족들이 조선정부의 의뢰를 받은 청나라 군사들에 의해 색출되어 목숨을 잃었다.

서울로 돌아온 민비가 궁을 탈출할 때 자신의 목숨을 구해 준 홍계훈이 공을 높이 치하한 것은 물론이다. 그리고 동학란이 일어나 조정과 자신이 어려운 처지에 놓이자 민비는 또다시 위기를 돌파하기 위해 홍계훈을 양호초토사로 임명, 동학군의 토벌을 맡긴 것이다.

✻

칠흑 같은 어둠에 곁들여 밤안개마저 자욱히 끼어 있어 한치 앞을 내다보기가 어려운 지경이었다. 그러나 4월 6일 밤, 황토재에는 금방이라도 터질 듯한 긴장감이 감돌고 있었다.

황토재는 고부와 말목장터의 중간쯤에 위치한 그리 높지 않은 언덕이며 이곳의 흙이 황토이기 때문에 황토재라고 불리고 있었다.

그날 부안에서 매교(梅校)로 나가 관군과 맞부딪친 동학군은 두억시니가 미리 전봉준에게 건책한 대로 한동안 싸우는 척하다가 짐짓 패주하는 것처럼 물러나 관군을 도교산 그리고 황토재까지 유인했다.

관군들은 별로 싸움다운 싸움도 치르지 않고 도망가는 동학군을 가볍게 여기고 신나게 추격했다. 하지만 날이 저물고 밤안개까지 끼자 관군은 소나무를 쪼개서 모닥불을 피워 사방을 대낮처럼 밝히며 경계를 펼친 가운데 휴식을 취하고 저녁밥을 지어먹었다. 분명 가까이 있을 것으로 짐작되는 동학군 진영에서는 아무런 기척도 들리지 않아 조용하다 못해 무시무시한 분위기마저 감돌고 있었다.

그러나 관군이 피워 놓은 모닥불은 오히려 동학군이 관군의 위치를 파악하는데 도움을 주는 꼴이 됐다. 동학군은 가까이에 조용히 잠복하고 있었다. 동학군의 정찰병은 관군의 움직임을 쉴 새 없이 알려오고 있었다. 어둠 속에서 전봉준은 군사인 두억시니에게 낮은 목소리로 물었다.

“군사! 어떻소? 공격령을 내리는 것이……”

“장군! 잠깐만 기다리십시오. 곧 그들은 술을 마시고 놀다가 지쳐서 잠들 것입니다.”

두억시니가 차분한 목소리로 전봉준에게 공격을 서두르지 말도록 건의했다. 얼마 안 있어 관군 진영에서는 노래소리가 들려오고 정찰병은 그들이 춤까지 추며 놀고 있다고 전해왔다. 그리고 한참 뒤 관군 진영은 차츰 조용해지기 시작했다. 두억시니의 말대로 지쳐서 잠든 것이다.

“장군! 바로 지금입니다.”

“전군, 공격 개시!”

전봉준의 오른손이 올라가자

“펑!”

우렁찬 폭발음과 함께 붉은 불꽃이 안개를 뚫고 밤하늘로 치솟았다. 이 공격 신호에 맞추어 동학군은 일제히 총을 쏘며 관군 진영을 공격했다.

“탕! 탕!”

콩 볶는 듯한 총소리에 잠들었던 관군은 놀라 깨어났으나 상황을 제대로 파악 못하고 우왕좌왕할 뿐이었다.

“으악!”

“나…… 나죽네!”

비명 소리와 총소리가 뒤범벅이 된 가운데 관군은 힘을 합쳐 대항할 생각은 않고 그저 저마다 살길을 찾아 도망하기에 바빴다.

이윽고 날이 밝자 관군을 추격한 동학군은 관에 의해 거의 강제로 징집당한 흰 옷 입은 향병(鄕兵)은 해치지 않고 검은 옷을 입은 영병(營兵)과 등에 붉은 도장이 찍힌 보부상 군만을 끝까지 쫓아가 잡아 죽였다.

두억시니의 밀명에 따라 무장의 보부상으로 가장해 관군에 스며들어 그들을 황토재까지 유인했던 동학군은 이미 공격이 시작되기 직전 관군의 무리에서 빠져나가 동학군에 합류해 있었다.

계절은 4월이라 언덕 아래 논에는 봄갈이를 마치고 물을 가둬놓았기 때문에 허겁지겁 도망가던 영병과 보부상들은 진흙탕에 빠져 몸을 제대로 움직이지 못하고 추격해 온 동학군의 칼과 창을 피할 수가 없었다.

어떤 명분이든 사람을 죽이는 일은 끔찍한 것이다. 관군이 흘린 피로 논물은 붉게 물들었고 영병과 보부상들의 시체는 논두렁 여기저기에 즐비했다. 관군의 영관(領官)인 이경호도 이 싸움에서 목숨을 잃고 말았다. 관군은 황토재 전투에서 큰 타격을 입었으며 비로소 동학군에게 공포감을 갖기 시작하게 된다.

＊

일본의 기구찌가 지은 『근대 조선사』라는 책에는 당시 관군의 한 사람으로 참전했던 보부상의 회고담이 실려 있다. 간추려 보면 다음과 같다.

4월 6일 아침, 우리(관군)는 고부를 떠나 징집된 마을 사람들과 함께 고생스럽게 군량을 운반했다. 비가 온 뒤라 수레와 짐을 실은 말의 행진이 뜻대로 되지 않았기 때문에 우리들은 큰 짐만 챙겨 등에 지고 진군했다.

길은 좁고 비탈길은 고르지 않았지만 군사들은 매우 원기왕성하여 노래를 부르고 크게 소리를 지르면서 행군했다. 여러 차례 쉬면서 저녁 때에 황토재에 이르렀다.

곧바로 짐을 풀고 작고 큰 여러 개의 진지구축을 마친 뒤 밥을 지어 먹었다. 모두 배가 고파 밥을 달라고 아우성이었으며 장교 한 명과 열 명 남짓의 군병이 마련해 온 쇠고기와 술을 먹고 마시면서 모두가 원기를 회복했다.

우리들은 '미련한 동학군은 나무껍질을 벗겨 먹고 계곡의 물로만 배를 채워 당장 내일은 걸을 기운도 없을 것이다'고 비웃었다. 이런 장난 같은 전쟁은 다시는 없을 것이라고 우리는 생각했다.

그날 밤 처음에는 경계를 세웠다. 그러나 동학군의 진영이 완전히 고요한 데다 불빛조차 보이지 않았기 때문에 모두 안심하고 그 뒤부터는 술을 더 마시고 취해서 노래 부르고 춤추다가 깊이 잠들고 말았다. 나도 마찬가지였다.

그러다가 한밤중에 적이 습격해 온다는 커다란 고함소리에 잠이 깼다. 이리저리 도망하는 사람, 엎어지는 사람, 울부짖는 사람, 숨는 사람 등으로 법석이었고 이미 진영의 둘레에는 시체가 뒹굴고 있었다.

약 200명 가량의 관군 가운데 무기를 들고 동학군에게 맞선 사람은 매우 적었고 나머지는 앉아서 칼을 맞거나 자다가 죽는 등 그 패배의 모습은 참혹했다.

나는 황토재 북쪽 소나무 숲에 몸을 숨기고 겨우 지름길을 더듬으며 백산 서쪽 해안까지 갔다가 배를 타고 아산 쪽으로 도망쳐서 목숨을 건졌다. 왜냐하면 동쪽으로 도망간 자들은 동학군의 별동대에게 습격당했고, 또 곳곳에 작은 샛강이 있어서 건널 수가 없었기 때문이었다.

7일 동이 트기 전에 관군은 대개가 살해됐으며, 이 싸움에서 나의 동료인 보부상은 70~80명 가량이 목숨을 잃었다. 관군은 다수의 군기(무기)를 버렸고 쌀 100석을 잃었다.

이것이 바로 황토재 전투다. 논두렁에 즐비한 관군의 시체, 이곳저곳에 흩어져 있는 무기는 한마디로 관군의 참패를 말해 주고 있었다.

애마 흑룡을 타고 언덕 위에서 이 광경을 내려다본 두억시니는 곁에 있는 수하 족제비에게 무거운 말투로 내뱉었다.

"족제비! 자네나 나나 죽어서 천당 가기는 틀렸네."

때마침 둘레에는 심복인 족제비밖에 없었기 때문에 무심코 흘러나온 말일게다. '군사는 지금 적군의 처참한 죽음 앞에 허무함과 비애를 느끼고 계시구나' 라고 족제비는 직감했다.

전쟁을 치르는 마당에 군사의 입에서 적군을 죽이는 일을 망설이는 듯한 말이 나와서는 안 될 노릇이었다. 그러나 족제비는 강철 같은 의지를 지닌 그의 두령 두억시니가 때로 매우 인간다운 약한 면을 보이는 것이 무척 좋았다.

'차가운 겉과 따뜻한 속을 지닌 두령의 사람됨에 끌려 나는 이분에게 목숨까지 바치고 있나 보다' 고 족제비가 느낀 때가 한두 번이 아니었다.

"그렇습니다. 두령! 우리는 죽어서 천당에 못 가겠지요. 허나 어쩔 수 없는 일 아닙니까? 저들을 안 죽이면 동학군에 참가한 백성들이 죽습니다."

족제비가 오히려 두억시니를 달래듯 말했다.

"그건 그래."

두억시니는 자신의 생각을 떨쳐 버리려는 듯 고개를 끄덕였다.

"그러나 이 살육이 뒷날 또다른 참혹한 복수를 불러일으키게 되지 않았으면 좋겠는데 말이야."

"……."

이번에는 족제비가 할 말을 잃었다. 아닌 게 아니라 동학군의 거사가 끝까지 성공한다는 아무런 보장도 없다. 만약 동학군이 관군에게 밀려 패주하는 날이 오면 그때는 이 참극의 몇 곱이나 되는 피투성이 복수극이 펼쳐질 것은 불을 보듯 뻔했다. 그리고 두억시니의 이 불길한 예감은 뒷날 불행히도 현실이 되고 만다.

"하하하하! 그건 그때 가서 생각할 문제일지도 모르지."

두억시니는 공허한 웃음을 웃고는 말머리를 동학군 진영으로 돌렸고 그 뒤를 족제비가 따랐다.

＊

"무……무엇이? 황토재에서 관군이 참패를 당했다고? 그……그게 사실인가?"

홍계훈의 목소리는 차라리 비명에 가까웠다. 계절은 아직 봄인데 새파랗게 질린 이마와 볼은 젖어 있었다. 식은땀을 흘리고 있는 것이다.

'이게 어찌 된 일인가? 평소 농사나 짓던 무지렁이 농민들에게 관군들이 당하다니……750명 남짓의 군병들이 목숨을 잃고 영관 이경호까지 죽

다니, 도대체 이곳에서는 무슨 끔찍한 일이 일어나고 있는 것일까?' 민비
의 뜻에 따라 동학란을 진압하도록 양호초토사로 임명된 홍계훈은 경군
(京軍=지금으로 말하면 수도 방위군) 1천여 명을 이끌고 전주에 도착한 다음날
황토재 전투의 보고를 받고 혼비백산하고 말았다.

한양을 떠날 때만 해도 홍계훈은 '1천 명이 넘는 경군의 위세를 보기만
하면 농민들로 이루어진데다 무기도 신통치 않은 동학군은 싸울 생각을
버리고 모두 도망갈 것'이라 가볍게 생각하고 있었다.

홍계훈이 이끄는 경군은 미국인 군사교관으로부터 특별훈련을 받은 정
예군이었다. 그들은 거의 모두가 모젤총(독일의 모젤이 발명한 연발식 소총)을 지
니고 있는데다가 야포 2문과 거틀링식 기관포 2문까지 갖추고 있었다.

홍계훈은 제물포에서 청나라 해군의 군함 평원호에 경군 3개 대를 인
솔해서 타고 군산항에 닿았다. 이보다 하루 앞서 경군 2개 대는 각 1개 대
씩 한양호와 청룡호에 나누어 타고 군산항에 닿아 있었다.

"걸음을 재촉하라! 역도들이 전주성을 공격하기 전에 우리가 먼저 입
성해야 한다."

홍계훈은 기세가 오르고 있는 동학군이 경군보다 먼저 전주에 도착해
서 공격을 벌일까봐 무척 신경을 썼다. 승리는 따 놓은 당상이라 여기고
있었으나 그래도 일단 전주가 적의 손에 넘어가게 되면 민비의 대노는
피할 수 없을 것 같았기 때문이다.

다행히 동학군보다 먼저 전주에 도착하긴 했으나 각 고을에서 들어온
전황과 황토재에서 감영군이 몰살당하다시피 참패했다는 소식은 홍계훈
의 얼굴에서 핏기를 가시게 만들기에 충분했다.

"머지않아 동학의 세상이 온다는 소문이 백성들 사이에 쫙 퍼져 있어
각 고을의 수령들조차 동학군의 눈치 살피기에 급급합니다."

"전봉준을 따르는 동학군의 무리들이 날로 늘어만 가고 있습니다."

"동학군의 복면군사인 두억시니는 신출귀몰하는 무서운 재주를 지닌

얼굴 없는 軍師 두억시니

자로 그 자가 나타났다고만 하면 관군은 싸우기도 전에 벌써 도망갈 길을 찾기에 바쁩니다."

"동학군은 머지않아 전주성을 함락시켜 관원들의 목을 벤 뒤 서울로 쳐 올라갈 것이라고 백성들은 수근대고 있습니다."

들려오는 보고마다 홍계훈의 마음을 무겁게 만드는 내용들이었다. 임오군란의 소용돌이 속에서 어쩌다가 민비의 목숨을 구해내는 바람에 출세가도를 달려오기는 했어도 홍계훈은 벌떼처럼 들고 일어난 동학군을 진압시킬 만한 그런 역량을 지닌 인물이 아니었다.

더구나 서울에서 내려온 경군이나 전주감영의 감영군이나 모두 무기와 장비는 동학군보다 우세했지만 사기 면에서는 목숨까지 걸고 싸울 자세를 갖추고 있질 못했다.

✳

황토재에서 대승을 거둔 동학군의 사기는 하늘을 찌를 듯 솟아올랐다. 그러나 동학군의 군막에서 다음에 펼칠 작전을 논의하는 간부들의 표정은 착잡했다. 황토재의 전투에서 썩을 대로 썩은 관군들의 부패상을 새삼 확인했기 때문이다.

"그래, 관군이 이토록 썩었단 말이오."

전봉준이 한숨 섞인 푸념을 내뱉었다.

"장군. 관군, 관원 가릴 것 없이 모든 벼슬아치들이 썩을 대로 썩은 것은 새삼스러운 일이 아니지 않습니까?"

전봉준의 말을 수긍하면서도 최경선이 짐짓 관군의 부패는 놀랄 일이 아니라고 퉁명스럽게 대꾸했다.

"그렇긴 하오. 관의 부패가 어제 오늘의 일은 아니오만은 황토재 싸움에서는 정말 보고 싶지 않은 꼴들을 너무나 많이 목격했소."

"관군과 감영군이 지니고 있던 재물을 말씀하시는 겁니까?"

이번에는 송두호가 입을 열었다.

"그렇소. 달아난 감영군이 버리고 간 금붙이, 은붙이 그리고 죽은 감영군의 품에서 쏟아져 나온 재물들을 두고 하는 말이오. 그것들이 모두 어디에서 난 것들이라 생각하오?"

"그거야 장군께서도 잘 아시지 않소."

타고난 성미 탓인지 최경선이 또다시 잘 알면서도 왜 묻느냐는 투로 대꾸했다. 그래도 전봉준은 화를 내지 않고 또다시 고개를 끄덕인다.

"그렇소. 나도 알고 있소. 말할 것도 없이 전주를 떠나 이곳까지 오면서 백성들로부터 약탈한 재물들이 아니겠소."

"장군 말씀이 맞습니다. 그 귀한 것들이 어디에서 났겠소. 모두 백성들의 목숨과 재산을 지켜야 할 관군이 오히려 백성들을 등치고 털다니……. 우리가 봉기한 까닭을 아직도 깨닫지 못하고 있으니 참 딱한 노릇이오."

관군은 썩을 대로 썩어 있었다. 그들은 움직일 때마다 백성들을 괴롭혔으며 동학군 토벌에 나서면서 지나가는 고을의 양민들로부터 재물을 약탈하고 부녀자를 희롱했으며 닭을 비롯한 가축을 빼앗아 잡아먹는 등 엄청난 민패를 끼쳤다.

그뿐만 아니라 황토재에서 죽은 감영군 가운데에는 남자로 변장한 여자들의 시체도 있었다. 이것은 무엇을 뜻하는 것일까? 감영군은 장기간에 걸친 동학군 토벌을 구실로 위안부인 논다니들을 군사로 위장시켜 끌고 다녔다는 것을 여성 관군의 시체에서 밝혀지고 있었다. 이렇게 군기가 어지러웠으니 사생결단하고 봉기한 동학군을 당해낼 까닭이 없었다.

＊

'동학군의 전봉준 장군은 둔갑술을 부린다', '동학군의 복면군사 두억시니는 불사신이다. 죽어도 다시 살아나고 또 다시 죽어도 다시 살아난다' 동학군에 관한 갖가지 신기한 소문이 백성들 사이에 퍼져 있었으며 그들은 거의 이 소문을 믿고 있었다. 아니, 이런 소문을 믿고 싶어 했었다는 것이 옳은 표현일지 모른다. 동학군에 관해서는 이런 소문도 있었다.

얼굴 없는 軍師 두억시니

'동학군에는 하늘이 내린 신동이 있어 뛰어난 지략으로 군을 지휘한다'
는 소문은 반가량이 진실이고 반가량은 거짓이다. 당시 동학군의 움직임
을 살펴서 기록한 문헌에는 동학군의 신동에 관한 이야기들이 실려 있다.
매천(梅泉) 황현(黃泫)은 동학란의 어수선했던 시대를 살았던 사람이다.

오늘날 동학란에 관심을 두고 연구하는 사람은 그의 글을 참고로 하지
않을 수 없을 만치 그가 쓴『오하기문(梧下記聞)』,『매천야록(梅泉野錄)』,『동
비기략(東匪機略)』 등은 동학란을 전후한 우리나라의 격동기를 날카로운
시각으로 풀어서 담고 있다.

전남 광양 출신인 황현(1855~1910)은 조선 말기의 시인이자 문장가이
면서 나라사랑하는 마음이 지극했던 순국지사였으며 1910년 한일합병으
로 우리의 국권이 일제에게 빼앗기자 통분을 이기지 못해 시 한 수를 지
어놓고 스스로 목숨을 끊고 말았다.

1962년 정부는 건국훈장 국민장을 그에게 추서했다. 황현은 당시 부패
한 관료들을 통렬히 비난하면서도 봉기를 일으킨 동학군은 반역의 도당
이나 적으로 보았다. 역사란 보는 시각에 따라 그 해석이 달라질 수 있다
는 전형적인 예라 할 수 있겠다. 그가 쓴『오하기문』에 실려 있는 동학군
의 함평거리 행진모습에 신동에 관한 묘사가 나온다.

평민 한 사람이 선두에서 열너덧 살쯤 되어 보이는 아이를 어깨에 태
우고 군대 앞에 섰는데 아이는 푸른색 깃발을 손에 쥐고서 마치 지휘하
듯 했다. 그 뒤를 뭇 적(敵=동학군을 가리킴)들이 따랐다.

호적(胡笛=태평소 혹은 날라리라고도 부르는 피리)을 부는 자가 앞에 서고 다
음은 인, 의, 예, 지자가 쓰여진 깃발 각 한 쌍 등 여러 깃발이 뒤따랐다.
각 고을의 이름이 쓰여진 깃발도 있었다.

다음에는 갑옷 투구차림에 말을 타고 칼춤을 추는 자가 한 명, 그 뒤는
칼을 쥐고 걷는 자 너덧 명 큰 나팔을 불고 붉은 관복을 입은 자 두 명이
따랐다. 그 뒤의 한 명은 벼슬아치의 관모를 쓰고 도인의 차림으로 우산

을 들고 나귀를 타고 가는데, 이 사람 둘레에 좁은 소매에 같은 모습의
대여섯 명이 말을 타고 따랐다.

　그 다음에는 만여 명의 총수들이 두 줄로 행진하는데 머리에는 모두 5
색 두건을 두르고 있었다. 총수 뒤에는 죽창을 가진 자들이 따랐는데 그
걸음걸이가 꺾어졌다 돌았다하면서 때로는 갈 지(之)자를 만들고 때로는
입 구(口)자를 만들면서 진세를 배열했다.

　이들은 모두 맨 앞에 선 아이가 잡고 있는 푸른색 깃발이 가리키는 대
로 했다.

전봉준은 평범한 소년을 훈련시켜 신동으로 꾸며 동학군의 앞에 내세
움으로써 동학군에 동조하는 많은 백성들의 사기를 드높이는 한편 관군
들의 기를 꺾었다. 당시는 이런 술수가 먹혀들었던 시대였다.

　오지영(吳知泳)도 『동학사(東學史)』라는 책에 따르면, '이때 전설에 의하
면 전대장(전봉준을 가리킴)의 부하에는 7살의 신동과 14살의 신동이 있어
전대장을 많이 도와주었다고 한다.' 라고 썼다.

　황현은 『오하기문』에 '대개 도적(동학군을 가리킴)이 키가 작고 영리한 아
이를 골라 진중에 두고서 날마다 무슨 짓을 펼칠 것인가를 미리 가르쳐
서 짐짓 신동이라 부르며 보고 듣는 사람을 현혹시켰다. 이는 전단(田單=
옛 중국 전국시대 재나라의 장수)이 신령스러운 장수를 받들었던 얄팍한 지혜를
따온 것인데 어리석은 백성들이 이를 깨닫지 못하고 참으로 신인(神人)이
라 여겼다.' 고 어린이를 내세운 동학군의 계략을 꿰뚫어보고 있었다.

＊

"모두 도착했는가?"

허술한 농사꾼 차림의 사나이가 나지막한 목소리로 자신 앞에 늘어선
한 무리의 사나이들에게 물었다. 봄이라고는 하나 해가 떨어진 내장산에
는 오싹할 만치 냉기가 감돌고 있었다.

"네. 두령까지 모두 열여덟 명입니다."

얼굴 없는 軍師 두억시니

보부상 차림의 사나이가 일동을 대표해서 두목으로 보이는 농사꾼 차림의 사나이에게 인원보고를 했다. 두령은 알았다는 듯 잠자코 고개를 끄덕였다. 서울을 떠날 때 스무 명이었던 갑자대원이 열여덟 명으로 줄어 이 내장산에 집결했다.

'아무래도 갑자대의 출동이 남의 눈에 안 띄도록 삼삼오오 흩어져서 내려오도록 한 것이 잘못이었던 것 같아. 함께 스무 명이 내려왔더라면 희생자는 나오지 않았을텐데……' 사나이는 짙어져가는 어둠 속에서 두려운 입술을 깨물고 있었다. 목숨을 걸고 일을 수행해야 되는 조직에서는 책임자가 부하를 철저히 보살펴야 하고 그런 분위기 속에서 단결력과 조직에 대한 충성심도 자라나는 것이다.

세 명의 부하가 천안에서 지리산패로 여겨지는 한 명과 혈투를 벌인 끝에 상대방에게 치명상을 입힌 것 같긴 하나 갑자대원 두 명이 목숨을 잃어버린 것은 두령에게 큰 충격이었다.

'이 조선팔도에 우리 갑자대와 맞먹는, 아니 갑자대보다도 강한 조직이 있단 말인가? 도저히 믿을 수 없는 일이다' 두령은 잠시 대원들의 얼굴을 훑어본 뒤 입을 열었다.

"잘 들어라. 역도의 괴수 전봉준이란 자의 무예는 소문이 전하는 것처럼 엄청나게 뛰어난 것은 아니다."

듣고 있는 대원들도 그 사실은 알고 있다는 듯 가볍게 고개를 끄덕였다.

"그러나 전봉준을 에워싸고 있는 지리산패는 결코 만만치 않은 상대인 것 같다. 너희들도 이미 알고 있다시피 천안에서 우리 대원 두 명이 단 한 명의 적에게 목숨을 내주고 말았다. 물론 적도 치명상을 입었으니 살아남지는 못했을 것이다. 그렇다 해도 우리 대원 두 명과 적 한 명의 목숨을 맞바꾸는 것은 밑지는 장사다."

두령은 부하들의 긴장을 농담으로 풀려고 '밑지는 장사다' 고 말했으나 웃는 사람은 없었다. 그만치 사태가 심각하다는 것을 뜻하고 있었다.

"더구나 지리산패의 두목이라 여겨지는 두억시니란 자에 대한 보고를 종합해보면 그 녀석은 사람이 아니라 괴물이다."

갑자대의 두령이 두억시니를 괴물이라 부를 만치 조정을 비롯, 관군 그리고 두려움이라고는 모르는 특수부대 갑자대마저 그를 공포의 눈초리로 바라보고 있었다. 한 동안 자신의 말에 대한 대원들의 반응을 지켜보고 있던 두령은 냉혹한 결론을 내렸다.

"괴물은 죽여 버려야 한다. 우리는 무슨 일이 있어도 꼭 두억시니를 죽이고 설사 그가 소문대로 문둥이라 해도 생간을 끄집어내 씹어 먹어야 한다. 그것만이 먼저 저승으로 간 동료들의 넋을 위로하는 길이고 나라에 충성을 다하는 길이다. 그리고 난 뒤 전봉준을 사로잡거나 목을 베어 한 양으로 개선한다."

대원들은 눈에 불을 켜고 두령의 말에 귀를 기울이고 있었다.

'두령의 말씀이 옳다. 동료의 원수를 갚고 천하무적이라는 갑자대의 명예도 회복해야 한다. 우리 모두의 목숨을 바치는 한이 있어도 두억시니의 목을 베고 그 복면을 벗겨 어떻게 생긴 녀석인지 똑똑히 보아야 한다.' 자신의 훈시가 대원들에게 받아들여진 것을 알아차린 두령이 칼을 뽑아 들었다.

"우리가 누구인가! 국모께서 깊이 신임하고 계신 갑자대가 아닌가. 조선 팔도의 으뜸가는 무사들이 아닌가."

두령의 외침에 맞추어 대원들은 똑같은 말을 외치면서 각자 칼, 표창, 육혈포, 낫 등 자신의 주 무기를 높이 들어올렸다.

"갑자대 만세! 국모 만세!"

내장산 밤하늘에 갑자대원들의 만세소리가 울려 퍼졌다.

✳

갑자대가 내장산에 집결하고 있던 거의 같은 시각에 동학군 진영에는 두억시니처럼 복면을 두르고 말을 탄 무사들이 한 사람 또 한 사람 속속

얼굴 없는 軍師 두억시니

모여들고 있었다.

"한산섬!"

동학군의 보초가 창을 들이대고 암호를 외치자 말 탄 복면군사는

"밝은 달!"

이란 암호 대꾸를 대고 통과한다. 그날 밤의 암호는 충무공 이순신 장군의 '한산섬 달 밝은 밤에……' 라는 시조에서 따온 것인 듯싶었다. 무사들은 군막 앞에 말을 멈추더니 몸을 날려 사뿐히 땅에 내리고 말고삐를 나무기둥에 묶고는 군막 안으로 들어선다.

횃불이 활활 타오르고 있는 군막 안에는 복면무사들만이 자리하고 있었다. 맨 상좌에 두억시니가 앉아 있고 9명의 복면무사들이 한쪽에 5명, 그리고 또 한쪽에 4명이 줄을 지어 서 있다.

또 한 사람의 복면무사가 군막 안에 들어서자 두억시니가 조용히 자리에서 일어났다. 지리산패 특유의 수화(手話)가 시작됐다.

"모두 모였군. 수고했네. 자네들도 알고 있다시피 민비 직속의 갑자대가 남쪽으로 내려왔네. 정확한 인원은 알 수 없지만 아마도 전봉준 장군의 목을 노릴 게야. 아마 지금쯤은 동학군 본진과 그리 멀지 않은 곳에서 집결을 마치고 전열을 가다듬고 있을 것이다. 자네들을 비상소집한 것은 그들로부터 전봉준 장군을 지켜달라고 부탁하기 위해서다."

10명의 복면무사들은 미동도 하지 않고 두억시니의 손이 전하는 말에 온 신경을 집중하고 있었다.

"지금 동학군의 기세가 제 아무리 드높다 해도 전봉준 장군이 암살당하고 나면 모처럼 들고 일어난 백성들의 무리를 이끌어 나갈 영도자를 잃게 된다."

두억시니의 말대로 전봉준을 잃게 되면 동학군의 단결은 하루아침에 무너질지도 모를 일이었다. 우선 동학군이라는 큰 횃불에 불을 당긴 사람이 전봉준인데다가 2차 봉기 때 그와 손을 잡은 두 거두 가운데 손화중은

도량이 넓고 너그러우나 때로 과단성이 모자란 듯싶었고 김개남은 과감하긴 하나 때로 차분하지 못한 것이 흠이었다. 두억시니의 손은 계속 부지런히 움직이면서 자신의 뜻을 전한다.

"우리끼리니까 털어놓고 이야기하겠다. 지금 동학군이 내세우듯 서울까지 쳐 올라가는 것은 결코 쉬운 일이 아니다. 아무리 기세가 높다 해도 동학군은 훈련이 제대로 되어 있지 않고 무기나 장비도 열악하다.

또한 병참선(兵站線＝싸움터 후방에서 식량, 탄약 따위 군수품을 일선으로 보내는 수송 루트)이 길어질수록 그 병참선을 지키기가 힘들어지고 군자금 마련도 결코 쉬운 일이 아니다. 더구나 관군뿐만 아니라 아라사(러시아), 청나라(중국) 그리고 일본의 군대가 어떻게 움직일지도 모르는 판이다."

두억시니는 여기까지 전하고 잠시 손놀림을 멈추었다. 부하들이 생각할 수 있는 여유를 주기 위해서였다. 복면무사들은 두령인 두억시니의 말이 전적으로 옳다고 생각했다.

관군만이라면 몰라도 최신 무기를 갖춘 열강의 군대가 이 난리의 소용돌이 속에 끼어들면 조선이 주권을 잃게 되고 나라까지 빼앗길지 모르는 판국이라는 데 이견이 있을 수 없었다.

"지금 바랄 수 있는 최상의 결말은 전주성을 함락시킨 뒤 백성들에게 유리한 조건 아래 화의를 맺고 탐관오리들을 쓸어내고 정치의 개혁을 약조받는 것이다."

'지당하신 말씀이다. 두령께서는 넓은 시야로 멀리 앞을 내다보고 계시다. 이 나라와 이 겨레를 위해 우리는 두령의 뜻을 따라 목숨까지 바치자' 복면무사들의 눈은 두억시니에 대한 전폭적인 신뢰와 지지를 나타내고 있었다.

"자네들은 나를 만난 것을 팔자라 여기고 체념해 주게. 나는 자네들에게 아무것도 해주지 못하면서 목숨을 맡겨달라고 당부할 수밖에 없으니 말이야."

의사소통을 위한 손놀림을 마친 두억시니는 팔짱을 끼더니 가만히 허공을 응시한다. 두억시니가 깊은 생각에 잠길 때의 버릇이다.

'갑자대는 도대체 몇 명이나 내려왔을까? 총원이 60갑자의 수효대로 60명이라 치고 그들이 모두 내려오지는 않았을 게다. 모두 내려와 버리면 민비는 누가 지킨단 말인가?' 두억시니는 상대방이 어떻게 움직일 것인가를 미루어 짐작할 때면 언제나 상대방의 입장에서 생각하곤 했다.

'그렇다면 반수인 30명? 아냐 그것도 많아. 아무리 전봉준 장군을 없애는 일이 급해도 갑자대의 반을 쪼개서 내려 보내지는 않았을 것이다. 하면 3분의 1인 20명 아니면 4분의 1인 15명쯤 되겠지. 그렇지 15명 내지 20명을 내려 보냈다고 보는 것이 옳겠다' 두억시니의 두뇌는 빠른 속도로 회전하고 있었다.

'그 가운데 두 명이 천안에서 살쾡이에게 목숨을 잃었으니 12명 내지 18명이 덤벼들 것으로 생각하고 있으면 되겠군. 크게 잡아 18명이라 생각하고 있자' 두억시니는 남하해온 갑자대의 인원을 정확하게 어림잡고 있었다. 그러나 그 18명이 모두 조선팔도에서 엄선한 무예의 고수들이니 긴장하지 않을 수가 없다.

'나까지 포함해 지리산패가 동원할 수 있는 인원은 고작 11명이다. 11명이 갑자대 18명과 정면대결 한다면 잘해야 전봉준 장군의 목숨은 지켜드리고 양쪽 모두 전멸하게 되겠지' 허공을 바라보고 있던 두억시니의 눈이 꿈에서 깨어난 듯 초점을 제대로 찾더니 씨익 웃었다. 두령의 눈웃음을 보고 복면무사들 사이에도 평안한 분위기가 감돌았다.

'두령께서는 별수 없이 우리 모두 같이 죽자고 결심하신 모양이다' 말로 전하지 않았는데도 부하들은 모두 두령의 속마음을 잘 알고 있었다.

*

고창으로부터 전주로 향해 가다보면 정읍천(井邑川)이라는 냇물이 나타나고 그 정읍천을 건너면 바로 정읍이다.

　황토재에서 승리를 거둔 뒤 전봉준은 동학군을 이끌고 정읍천에서 칼과 창에 묻은 피와 사람 몸의 기름을 씻게 한 다음 연지원을 거쳐 정읍으로 향했다.

　때마침 두승산을 왼쪽에 끼고 정읍천에 다다른 8명의 사나이들은 한결같이 검정색 두루마기를 입고 얼굴은 삿갓으로 가리고 있었다. 그리고 8명 모두가 봇짐에, 손에는 지팡이 하나씩을 쥐고 있는 모습이 마치 무예를 쌓은 불승같은 분위기를 풍기고 있었다.

　그 가운데 7명은 몸에 군살이 없고 몸 움직임도 민첩해 보였으나 말을 탄 한 사람만은 뚱뚱한데다가 동작도 둔할 것 같았다. 그렇다고 말 탄 사나이가 이 무리의 인솔자 같지는 않았다. 말 탄 사나이가 말에서 내리더니 무리의 두령인 듯싶은 사나이와 나란히 걸으며 말문을 열었다.

　"다께다씨. 아까 지나온 마을에서 들은 이야기로는 동학군이 황토재라는 곳에서 관군을 크게 무찌른 모양입니다."

　뚱뚱한 사나이는 기무라였고, 나머지 7명은 조선반도와 중국대륙의 침략을 위한 선봉 조직인 뎅유우꾜란 낭인조직으로 전봉준을 보호하기 위해 파견한 닌자부대였다. 전봉준이 이끄는 동학군의 정세가 더욱 어수선해지면 일본은 거류민 보호의 미명 아래 군대를 조선반도에 출병시키려 하고 있었다. 그래서 낭인들의 조직인 뎅유우꾜로 하여금 닌자부대를 보내 전봉준이 암살당하지 않도록 지켜주라는 밀명을 내린 것이다.

　기무라는 동학란이 터지기 전 해인 1893년 가을 줄포 항구에서 조선인 하역부를 괴롭히다가 몸집 큰 도사견과 함께 두억시니에게 혼쭐이 났던 그 장사꾼이다. 줄포 항구에서 오랫동안 쌀을 일본에 내다팔았기 때문에 기무라는 조선말을 곧잘 해서 뎅유우꾜가 그를 통역 겸 안내인으로 기용한 것이다.

　"그래 기무라상, 그 황토재라는 곳은 여기서 먼 거리에 있습니까?"

　두령인 다께다는 자신의 직속 부하가 아닌 안내역 기무라에게 공손한

　　　　　　　　얼굴 없는 軍師 두억시니

말투로 물었다.

"별로 멀지는 않습니다. 저기 보이는 두승산의 북동쪽에 위치하고 있습니다."

"그렇다면 우리는 동학군 본진에 거의 다다르고 있는 셈이군요."

"그렇습니다. 아마 동학군 본부대는 이곳에서 그다지 멀지 않은 곳에 진을 치고 있을 겁니다."

다께다는 부하들을 향해 비로소 반말로 명령을 내린다.

"자아. 모두들 들었지? 우리가 목적하고 있는 동학군 본진에 가까워졌다. 이제부터는 본격적인 경계태세에 들어간다. 고이구찌(칼집의 입구)를 풀어 언제든지 칼을 뽑을 수 있도록 해두어라. 그리고 육혈포(六穴砲:리볼버 권총)도 다시 점검하라."

두령 다께다의 지시에 따라 닌자부대는 언제 어떤 사태가 일어나도 곧 대처할 수 있도록 무기를 재점검했다.

"기무라상. 오늘 저녁은 어디서 지내는 것이 좋겠소?"

"이왕 이곳까지 왔으니 아무래도 정읍에서 묵는 것이 어떻습니까?"

"그러시오. 기무라상이 알아서 하시오."

닌자부대는 정읍을 향해 걸음을 옮기기 시작했다. 두억시니의 지리산 패, 민비 직속 특수부대 갑자대 그리고 일본의 닌자부대가 정읍 일대에 모여들어 역사 표면에 드러나지 않은 처절한 혈투의 무대는 준비되어가고 있었다.

*

"정읍으로 쳐들어간다."

황토재에서 감영군과 향군으로 이루어진 관군을 크게 무찔러 기세가 하늘을 찌를 듯 드높아진 동학군을 이끌고 전봉준은 말머리를 정읍으로 돌렸다.

황토재에서의 승리는 동학군의 전투력을 크게 강화시켜주는 계기가 됐다. 그때까지만 해도 동학군의 무기라야 고작 죽창이나 농기구가 대부분이었고 극히 일부만이 칼이나 무쇠로 된 창을 지니고 있을 뿐이었다. 황토재 싸움에서 관군을 깨뜨린 뒤 얻은 무기는 동학군의 전투력을 관군 못지않게 향상시켰다.

오지영(吳知泳)은『동학사(東學史)』에 이렇게 썼다.

날이 밝고 전투(황토재 싸움)가 끝나자 동학군들은 자신들이 거둔 전과에 깜짝 놀랐고 전봉준의 작전에 새삼 경탄했다. 승리의 기쁨으로 터져 나오는 동학군의 함성은 골짜기에 울려 퍼졌고 어느덧 그들의 손에는 감영군의 무기가 쥐어져 있었다.

전봉준은 자신보다 4살 아래인 최경선을 두텁게 신임해서 동학군이 거사하자 그를 영솔장으로 임명해서 자신의 손발처럼 아끼고 있었다.

태인현 서촌면 월촌리(지금의 정읍 북면)에서 지주인 최성룡의 아들로 태어난 최경선은 동학의 태인 주산리 접주를 맡았었으며 동학군이 봉기하자 장정 300명을 모아 말목장터로 달려가 전봉준의 명에 따랐다. 차분한 지모형(智謀型=슬기로운 꾀가 남다른 타입)이 아니라 성격이 단순하면서도 저돌형인 최경선은 선봉장을 맡기에 딱 알맞은 인물이었다.

4월 7일 최경선이 맨 앞을 달리는 동학군은 연지원을 거쳐 물밀듯이 정읍으로 쳐들어갔다.

"동학군이다! 동학군이 쳐들어 온다!"

"녹두장군(몸집 작은 전봉준의 별명)이 동학군을 이끌고 쳐들어온다!"

가혹한 정치와 양반들의 등쌀에 시달려 왔던 서민들을 못살게 굴었던 벼슬아치 그리고 그 앞잡이들은 혼비백산했다. 곧장 전주로 향할 줄 알았던 동학군이 느닷없이 정읍으로 쳐들어오는 뜻밖의 일에 정읍 거리는 기쁨과 낭패가 뒤섞였다.

❋

황토재에서 동학군이 관군을 박살내고 크게 이겼다는 소식은 이미 정

     얼굴 없는 軍師 두억시니

읍에도 전해져 있었다. 구름떼처럼 밀려드는 동학군의 기세에 기겁한 나머지 관아를 지키려는 관원은 하나도 없고 모두 도망가 버렸다.

이런 때에는 먼저 도망가서 숨어야 살아남을 수 있다는 생각에 평소 거드름을 피웠던 관원들이 어느새 사라졌는지 동학군은 아무런 저항도 받지 않고 관아에 다다랐다. 관아에 들어선 동학군은 바로 이구석 저구석을 뒤지기 시작했다.

"옥리는 아무도 없는가?"

전봉준이 사방을 둘러보며 묻는다. 그러자 말목장터에서 일으킨 1차 봉기 때부터 동학군에 몸담아온 두 자리 출신의 돌쇠가 대꾸했다.

"네. 모두 도망가 버렸고 절뚝발이 늙은 아전 한 사람만이 도망도 못가고 남아 있었습니다."

"그래? 그것 다행이군. 그자를 이리로 대령하라."

돌쇠에게 이끌려 허리가 구부러진 노인이 다리를 심하게 절며 나타났다. 늙은 아전을 바라보는 전봉준의 눈에 잠깐 연민의 정이 스쳤다.

"그래, 자네는 이곳에서 무얼 하고 지냈나?"

"소인이야 다리도 불편하고 나이도 들어서 몸 움직임이 굼뜨기 때문에 그저 죄수들의 밥 시중이나 하며 입에 풀칠을 해왔습죠."

"그랬구먼, 그렇다면 하나 묻겠네. 지금 옥에 갇혀 있는 자들 가운데 마땅히 벌을 받아야 될 자가 몇 명이나 되는가?"

전봉준의 질문을 되새기듯 늙은 아전은 잠시 고개를 갸우뚱하고 생각하더니 다시 입을 열었다.

"두 놈은 죄질이 아주 나쁜 녀석들입니다. 하나는 나이어린 아녀자를 칼로 위협하고 능욕한 녀석이고 또 하나는 재물을 탐내 같은 동네 사람을 낫으로 죽인 작자입니다."

"그러면 나머지는?"

"그야 나머지는 모두 곡식이나 재물을 안 바친다고 끌려 들어온 사람들이거나 억울한 모함으로 잡혀 들어온 사람들입니다."

그때 동학군 한 사람이 동헌에서 죄수들의 죄상이 적힌 기록을 가져왔다. 늙은 아전의 말이 틀림없음을 기록으로 확인한 전봉준은 파렴치범 두 명만을 남기고 나머지 죄수는 모두 풀어주도록 지시했다.

극악범 두 명의 목은 잘려 정읍 거리에 죄상을 적은 기록과 함께 효수(梟首=죄인의 목을 높이 매담)됐다.

＊

정읍관아를 동학군이 점령해서 무기고를 손에 넣고 무기를 접수하고 있는 사이 두억시니는 애마인 흑룡을 타고 수하 족제비만을 거느리고 정읍거리를 돌아보았다.

난리는 치안의 공백을 뜻한다. 제아무리 올바른 명분을 내세우고 일어난 봉기라 해도 난리가 일어나 있는 동안에는 힘없는 백성이 관군, 때로는 봉기군에 의해 억울한 피해를 입게 되는 일이 드물지 않다. 일단 피해를 입은 백성은 자신에게 피해를 입힌 장본인 뿐 아니라 그 조직에 대해서도 한을 품게 된다.

백성들의 지지를 받지 못하는 권력이나 봉기는 오래 갈 수 없게 마련이다. 동학군이 진격할 때마다 두억시니가 순찰을 도는 것은 제대로 치안이 유지되고 있는가를 살피고 한편으로는 동학군에 끼어든 일부 부랑배들의 행패를 막기 위해서다.

밤은 차츰 깊어가고 있었다. 두억시니가 순찰을 마치고 동학군 본진으로 돌아가려고 할 때 가까운 곳에서 사람의 인기척 소리가 들렸다.

'아니…… 이것은 여자의 비명소리가 아닌가?' 바람결에 가냘픈 여자의 비명소리가 두억시니와 족제비의 귀를 때렸다. 그 비명은 큰 길에서 좀 떨어진 외딴 집에서 들려오는 것 같았다. 단숨에 말을 몰아 달려간 두억시니는 사뿐히 땅에 내려서자마자 발로 걷어차서 방문을 열었다.

"아니…… 이…… 이게…… 구……군사가 아니오?"

얼굴 없는 軍師 두억시니

방안에는 험상궂게 생긴 두 녀석이 젊은 여성의 저고리를 반쯤 벗기고 있다가 갑자기 달려 들어온 두억시니에게 놀란 표정을 짓고 있었다. 두억시니를 군사라고 부르는 것으로 보아 이 두 녀석은 동학군에 몸담고 있는 모양이었다. 젊은 여자는 머리가 흩트려져 있고 한쪽 눈은 퍼렇게 멍들었으며 입술은 터져 있었다.

"족제비, 이들을 아는가?"

두억시니가 족제비에게 이번에는 수화 아닌 말로 물었다.

"아니오. 모릅니다. 아마도 요 며칠 새에 동학군에 끼어든 부랑배들이 아닌가 생각됩니다."

두 녀석은 두억시니와 족제비의 대화에 신경을 쓰면서 여차하면 덤벼들 기세로 단도를 움켜쥐고 있다.

"그 여자를 놓아 주어라."

두억시니가 도저히 거역할 수 없는 묵직한 목소리로 명령했다.

"헤헤헤헤, 좀 눈감아 주시지 않고……."

두 녀석 가운데 주동자인 듯싶은 놈이 뻔뻔하게 대꾸하면서 여자를 놓아주는 척하더니 갑자기 단도를 휘두르며 두억시니에게 달려들었다. 내뻗는 단도를 한 치의 차이로 피하면서 두억시니의 정권은 상대방의 얼굴뼈를 박살냈다.

"우직끈!"

뼈와 살이 으스러지는 둔탁한 소리는 언제 들어도 소름이 끼친다. 나머지 한 녀석이 몸을 날려 도망가려고 했으나 두억시니의 발이 그의 옆구리에 꽂혀 갈비뼈 몇 대가 나갔다.

내장 출혈을 일으켜 입으로 피를 토하며 쓰러지는 녀석의 목덜미를 움켜쥔 두억시니는 나머지 한손으로 얼굴이 으스러진 녀석의 목덜미를 쥐어 마당으로 끌어냈다.

"낭자, 미안하오. 이들은 가짜 동학군이오. 진짜 동학군들은 낭자의 부친이나 오라비처럼 모두 좋은 사람들이오."

　부드러운 목소리로 젊은 여자를 달랜 두억시니는 등의 칼을 뽑아 마당에 쓰러진 두 녀석의 목을 베고 족제비에게 지시했다.

　"이들의 목도 죄상과 함께 효수하라. 그래야 동학군의 군기가 잡히느니……."

　이 이야기를 족제비를 통해 전해들은 동학군들은 모두 두억시니를 두려워했다.

＊

　'아니 도대체 이게 무슨 살기(殺氣)란 말이냐? 정읍에 들어서자 느끼게 되는 이 살기의 정체는 무엇일까?' 정읍에 점령하고 하루 사이에 두억시니는 등 뒤로부터 여러 차례 엄습해오는 무서운 살기의 정체를 분석하느라 긴장하지 않을 수가 없었다.

　정읍에 들어오기 전에는 느끼지 못했지만 정읍을 점령하고 나서 동학군의 무리 사이를 지나갈 때 문득 등 뒤로부터 강렬한 살기를 느낄 때가 여러 차례 있었다.

　정읍관아에서 무고한 죄인들을 석방하고 두 명의 흉악범 목을 베었을 때, 이 광경을 지켜보던 동학군 무리 사이에서 자신의 등을 향해 뿜어내는 살기를 느낄 수 있다. 아니, 그런 살기를 느낄 정도가 되어야만 상대방의 기습으로부터 자신의 생명을 지킬 수 있다는 것이다.

　첫번째로 살기를 느낀 순간, 두억시니는 천천히 뒤를 돌아보았다. 흉악범이 처형되는 모습을 긴장된 표정으로 지켜보던 동학군의 무리 속에서 몸집 건장한 사나이가 황급히 두억시니의 시선을 피하는 꼴이 선뜻 눈에 들어왔다.

　'누구일가? 전혀 눈에 익지 않은 얼굴이다. 눈매하며 몸집하며 꽤 무예에 빼어난 사나이 같은데……' 처음에는 살기가 아니었는데도 자신이 살기로 잘못 느낀 것이 아닌가 라고도 생각해보았다. 그러나 아무리 돌이켜

　　　　　　　　　　　얼굴 없는 軍師 두억시니

보아도 자신이 느낀 것은 날카로운 비수와 같은 살기였다. 숱한 생사의 고비를 넘기고 오늘날까지 목숨을 부지해온 자신이 살기인지 아닌지를 구별 못할 까닭이 없다.

*

'앗! 그렇구나. 그 간단한 일에 왜 생각이 미치지 못했을까?' 갑자기 두억시니는 잽싸게 몸을 돌려 조금 아까 자신의 시선을 피한 건장한 사나이를 무리 속에서 다시 찾으려 했다. 그러나 이미 살기는 사라졌고 살기를 뿜어냈던 그 사나이도 자취를 감춘 뒤였다.

'그렇다. 갑자대의 대원일지 모른다. 시간으로 따져도 지금쯤은 나타날 때가 됐다. 그 녀석들이라면 충분히 그만한 살기쯤은 뿜어낼 만하다.' 그 후 두억시니는 비슷한 살기를 여러 차례 느꼈지만 뒤를 돌아보지 않았다. 뒤를 돌아보는 대신 오른손을 왼쪽 가슴에 살짝 갖다 댔다.

두억시니의 손 신호에 따라 동학군 무리 속에 섞여 있는 지리산패가 두억시니의 등에서 살기를 뿜어내고 있는 수상한 사나이를 눈으로 가려내기로 한 것이다.

"두령, 거동이 수상한 자는 모두 합쳐 일곱, 여덟 명 가량 됩니다. 한결같이 눈매가 날카로운 데다 몸이 건장하고 움직임이 날쌘 것으로 보아 무예의 고수들 같습니다."

"이미 민비의 친위대인 갑자대가 동학군에 몰래 스며들었다고 보아야겠군."

"지당한 말씀이십니다. 그들이 아니고는 누가 그런 독한 살기를 뿜어낼 수 있겠습니까?"

정읍관아 옥사 옆 한 골방에서 두억시니는 밖에 파수꾼을 세워두고 수하인 지리산패의 족제비와 입은 다문 채 손짓으로 의사를 교환하는 수화로 이야기를 나누고 있었다.

날마다 이 고장 저 고장에서 동학군에 참가하기 위해 몰려드는 백성들의 수효는 헤아릴 수가 없었다. 마음만 먹으면 누구나 신분을 숨기고 동학군에 섞여드는 것은 쉬운 일이기 때문에 동학군 자체에서도 정확하게 자기편의 인원과 그들의 신원을 파악하지 못하고 있었다.

그저 그날 그날의 암호를 정해 놓고 암호를 대지 못하는 자를 문초해서 신원을 알아보는 정도가 고작이었다. 따라서 갑자대가 정읍까지 도달했다면 동학군에 스며들었다고 보는 것이 옳은 판단이다.

"일곱, 여덟 명만이 내려왔단 말인가? 천안에서 살쾡이가 죽인 두 명까지 합쳐도 10명 가량 밖에 되지 않는데……지리산패가 지키고 있는 전봉준 장군을 그 인원으로 처치할 수 있다고 생각한 것일까?"

두억시니는 갑자대가 7~8명만의 적은 인원으로 전봉준의 목숨을 노릴 까닭이 없다고 수수께끼 풀기에 몰두했다.

✻

두억시니가 족제비가 수화로 이야기를 나누고 있을 무렵 갑자대 18명 중 일부인 10명은 내장산을 내려와 정읍을 향해 움직이고 있었다. 이미 동학군에 몰래 스며들어간 갑자대원 8명이 동학군의 정읍 진격을 알려왔기 때문에 그들은 동학군과 함께 전봉준의 목을 노리고 이동하기 시작한 것이다.

"전봉준이 오늘 정읍을 점령했다는 보고가 들어왔다. 그렇다면 동학군은 오늘밤 그곳에 진을 치고 밤새 승전잔치를 베풀 공산이 크다. 그 북새통을 이용해서 전봉준의 목을 따야겠다."

갑자대의 두령은 동학군이 승리에 취한 나머지 정읍에서 한바탕 신명나게 놀고 난 뒤 제풀에 지쳐서 깊은 잠에 빠질 것이라 내다보았다. 실제로 전쟁에서는 대개의 경우, 한 고을을 쳐서 점령하면 별일이 없는 한 그곳에서 승전잔치를 벌이고 소란을 피우기 마련이다.

"우리 10명이 오늘밤 기습을 감행한다. 동학군이 우리에게 정신을 빼앗기고 있는 사이에 이미 동학군에게 몰래 섞여있는 8명의 대원들이 일시에 달려들어 전봉준을 쓰러뜨릴 것이다."

갑자대 두령이 세운 전봉준 기습작전은 빈틈이 없어 보였다. 그러나 이 작전에서 그들이 미처 알지 못해 계산에 넣지 않은 큰 변수가 있었으니 그것은 바로 갑자대의 암살대로부터 전봉준을 지키기 위해 파견된 7명의 일본 닌자들이다. 이 닌자부대가 갑자대의 전봉준 기습에 엄청난 영향을 미치게 된다.

갑자대는 농사꾼 봇짐장수, 중, 백정 등 갖가지 직업인을 가장해서 정읍으로 향했으며 맨 뒤에는 지게에 관을 실은 사나이가 따랐다. 난리가 일어난 사람이 마구 죽던 시절이라 관을 지게에 싣고 다니는 광경은 하나도 이상할 것이 없었다. 아니 오히려 흔한 광경이라고 해야 옳겠다.

그 관 속에는 사람의 시체가 아닌 갑자대의 각종 무기가 숨겨져 있었다. 창, 칼 등의 재래식 무기와 장총, 심지어 폭파용 남포(다이나마이트)까지 들어있었다. 여차하면 관 뚜껑을 열고 각자의 무기를 꺼내 피바람을 불러 일으킬 작정이다.

갑자대가 내장산을 내려와 정읍에 거의 다다랐을 무렵 정읍 쪽에서 흙먼지를 일으키며 말 한 필이 달려왔다. 말 탄 사나이는 달리는 속도를 차츰 줄이더니 몸을 날려 땅 위에 내려섰다.

"두령! 동학군은 정읍에서 뒤늦은 저녁 식사를 하고 있습니다. 아마도 오늘밤은 그곳에서 묵을 것 같습니다."

"그래? 그렇다면 오늘밤이 깊어지고 난 뒤 정읍으로 들어가서 전봉준을 쳐야겠다. 이곳에서 잠시 쉬고 동학군이 잠들면 기습을 감행하자."

갑자대의 두령은 일이 자기가 생각한 대로 돌아가고 있는 것이 지극히 만족스러운 눈치다.

❋

"아니, 군사. 지금 이 시각에 정읍을 빠져나가 소성삼거리로 옮기자는 거요?"

언제나 두억시니의 의견에 순순히 따르던 전봉준도 이번만은 매우 뜻밖이라는 반응을 나타냈다. 그도 그럴만한 것이 밤은 깊어 가는데 두억시니는 동학군을 정읍으로부터 철수시켜 소성삼거리로 옮겨서 진을 치자는 것이다.

"군사, 오늘밤은 이곳에서 묵고 날이 새면 내일 아침에 옮기도록 하시는 것이 어떻겠습니까?"

선봉대장이었던 최경선도 전봉준과 같은 생각임을 밝힌다. 다른 송인호를 비롯한 다른 간부들도 말은 없지만 고개를 끄덕이며 전봉준과 최경선의 주장에 동의를 나타낸다. 하지만 두억시니는 막무가내로 자신의 주장을 굽히지 않는다.

"아닙니다. 지금 바로 소성삼거리로 옮겨야 합니다. 정읍에서 이 밤을 샐 수는 없습니다. 장군, 결단을 내리셔야 하오. 사태가 위급합니다."

집들이 많은 정읍에서 묵는다면 찬바람 맞지 않고 편하게 잘 수 있다는 것을 잘 알고 있으면서도 두억시니가 정읍 철수를 강력히 주장하고 있는 까닭은 지형적 조건 때문이었다.

집이 촘촘히 들어서 있는 정읍에서 묵을 경우, 전봉준이 묵고 있는 숙소 주위 사방에서 불을 놓고 그 혼란을 틈타 이미 동학군에 몰래 스며들어 있는 무예 뛰어난 갑자대원 7~8명이 기습해 온다면 매우 어려운 싸움이 될 것 같았다.

역시 동학군에 몰래 배치해 둔 지리산패가 맞서서 싸운다면 전봉준의 목숨은 지킬 수는 있을지 모르나 대단한 고전이 될 것은 거의 틀림없는 일이다. '그럴 바엔 차라리 걸리적거릴 것이 없는 소성삼거리에 진을 치고 지리산패로 하여금 전봉준 장군의 장수막사를 지킨다면 갑자대의 기습을 막아낼 가능성이 훨씬 높아진다' 는 것이 두억시니의 계산이다.

평소 별로 잘 쓰지 않는 '사태가 위급하다' 는 두억시니의 표현에 전봉준의 마음이 움직였다. '아마도 아직은 공개적으로 밝힐 수 없는 사연 때문에 정읍을 버리고 소성삼거리로 옮기자는 것인가 보다'라고 생각한 전봉준은 동학군에게 정읍을 철수해서 소성삼거리로 옮기도록 명령했다.

늦은 밤 정읍을 빠져나가는 동학군을 사람들은 창문을 열고 모두 의아한 눈으로 바라보았다.

"아니, 무슨 일이야? 기껏 점령한 정읍에서 하룻밤도 묵지 않고 그것도 밤늦은 이 시각에 빠져나가다니……."

"참으로 이상하군. 가까운 거리에서 관군이 쳐들어온다는 소식도 없는데 왜 저토록 황급히 동학군은 떠나가는 것일까?"

정읍을 빠져나가는 동학군은 사주경계를 펼치면서 행군해 나갔다. 특히 전봉준의 둘레는 경비가 삼엄했으며, 지리산패들이 경비대원 사이 사이에 섞여 날카로운 눈초리를 번뜩이고 있었다. 동학군은 소성삼거리(지금의 소성면 보화리)에 이르자 그곳에 진을 쳤다.

*

어둠이 짙게 깔려 있었다. 정읍 어귀에서는 20개의 눈이 어둠을 뚫고 동학군의 움직임을 살펴보고 있었다. 한밤중에 정읍으로 들어가 전봉준의 목을 노리려는 갑자대 본진 10명의 눈이다.

그들은 동학군에 몰래 스며들어간 8명의 대원들이 밤하늘에 쏘아올린 폭죽을 신호삼아 행동을 개시할 요량이었다. 그러나 뜻밖에도 정읍에서 묵을 줄 알았던 동학군이 정읍을 빠져 나오고 있는 것이 아닌가.

"도대체 어찌된 영문이란 말이냐. 동학군은 어째서 정읍을 빠져 나가고 있는가? 오늘밤 정읍에서 전봉준의 목숨을 끊으려 했는데……."

갑자대의 두령은 뜻밖의 상황 변화에 잠시 어리둥절한 표정이었다. '지금 당장 행군 중인 동학군을 기습하면 전봉준을 죽일 수 있지 않을까?'라고 생각도 해보았으나 질서정연한 가운데 사주경계를 삼엄하게 펼치면서 행군하는 동학군의 모습에 그 생각은 버릴 수밖에 없었다.

"두령, 동학군에 잠입해 있던 병인(丙寅)이 돌아왔습니다."

갑자대는 대원들의 이름을 본명대로 부르지 않고 육십갑자인 갑자, 을축……등 60가지 가운데 하나를 따서 부르도록 되어 있다. 설사 적에게 잡혀 고문을 당하더라도 동료인 갑자대 구성원의 이름을 밝힐 수 없도록 철저한 보안 대책을 세워놓은 것이다.

"그래? 병인이 돌아왔어?"

농부로 변장해서 동학군에 스며들어가 있던 병인이 두령 앞에 나섰다.

"두령, 동학군이 갑자기 정읍에서 철수하고 있습니다. 철수하는 정확한 까닭은 아무도 모릅니다. 아마도 전봉준 그리고 두억시니 등 최고 간부들만이……."

병인의 보고를 들으면서 갑자대 두령은 무엇인가를 곰곰하게 생각한다. 그런 두령의 모습을 보고 병인도 보고를 중단했으며 나머지 대원들도 묵묵히 두령이 입을 열기만을 기다렸다.

"흐음! 그런 것일까?"

한참 뒤에야 탄식하듯 두령은 혼잣말처럼 중얼거렸다.

"병인. 혹시 동학군 아니 두억시니가 자네들이 침투해 들어간 것을 누치채지나 않았나?"

이번에는 병인이 잠시 생각할 차례였다.

"글쎄요. 아직까지 동학군이 저희들을 색출하려는 움직임은 보이지 않고 있습니다. 하지만……."

"하지만?"

"그들이 극악범 두 명을 처형할 때 갑자기 두억시니가 돌아서더니 저를 바라보았습니다. 마치 제가 갑자대원이라는 사실을 알고 있는 것 같은 눈초리였습니다. 그래서 얼른 동학군 무리 사이에 자취를 감추었습니다."

병인의 이야기를 듣고 두령은 연신 가볍게 고개를 끄덕였다.

"자네 몸에서 나오는 살기를 느꼈던 것일 게야. 두억시니는 무예의 달인이라고 하지 않는가. 그랬을 게야. 살기를 느낀 거야."

대원들은 모두 꼼짝 않고 두령의 상황풀이에 귀를 기울였다. 두령은 무예가 뛰어날 뿐만 아니라 명석한 두뇌로 무슨 일이 일어났을 때 정확한 판단을 내리고 적절한 대책을 세우는 것으로 이름난 인물이었다.

"우리 대원이 8병이나 동학군에 침투해 들어갔으니, 다른 사람 같으면 몰라도 두억시니는 그 8명이 뿜어내는 살기를 느꼈음에 틀림없어."

두령의 상황풀이는 언제 들어도 앞뒤가 분명히 들어맞아 흥미로울 정도였다.

"그래서 두억시니는 전봉준에게 정읍 철수를 건의한 거야. 집들이 다닥다닥 붙어 있는 정읍에서 전봉준을 경호하기가 어렵다고 판단한 거야. 그렇지 않으면 하필 이 시각에 정읍을 빠져나갈 까닭이 없어."

"설사 두억시니가 우리의 기습 의도를 눈치챘다 해도 오늘밤 동학군이 진을 치는 곳에서 기습을 감행하겠다."

갑자대는 동학군의 행군을 몰래 뒤따라가기 시작했다.

＊

"제 이야기를 잘 들으셔야 해요."

나이 어린 작부 출신인 추월이가 자기보다 나이 많은 여인네들에게 입을 열었다.

"야! 중요한 이야기니까 너희들도 장난만 치지 말고 잘 들어야 해. 정말로 죽고 사는 것이 달린 문제야."

이 난리 통에도 모여 앉기만 하면 장난치며 낄낄대는 어린이들에게도 귀를 기울이도록 추월은 타일렀다. 언제나 중요한 이야기를 할 때면 추월은 눈을 크게 뜨고 조금은 느리지만 또박또박, 뚜렷한 말투를 쓰기 때문에 알아듣기 쉬웠다.

동학군과 행동을 함께하는 여인네들 그리고 부모 없는 고아들이 한 무리가 되어 아녀자부대를 이루고 있었다. 한결 같이 차림은 남루했지만 그들 사이에 맺어져 있는 분위기는 어지러운 세상과는 달리 차라리 밝았다.

못된 관리들을 무찌르고 핍박받는 백성들을 구원하기 위해 일어난 동학군의 앞날에 그들은 밝은 희망을 주고 있었다.

동학군들은 뛰어난 무예와 아무도 못 따를 지략을 자랑하는 군사 두억시니와 인망 높은 전봉준 장군의 인솔 아래 황토재 싸움에서 관군을 무찌르고 정읍을 친 뒤 소성삼거리에 진을 치고 있었다.

초전에서 거둔 승리는 동학군 모두의 사기를 드높여 놓아 막사마다 희망이 넘쳐 있었다. 이러한 분위기 속에서 추월은 한 떨기 모란꽃처럼 화사하기만 했다. 타고나면서 서글서글한 성격인지 늘 다른 사람의 마음을 조금이라도 밝게 해주려는 마음 씀씀이가 고아들로 하여금 그녀의 뒤를 졸졸 따르게 만들었고 여인네들도 속상한 일이 있을 때마다 자신보다 나이 어린 추월을 찾아 푸념을 털어놓곤 했다.

"두억시니 장군께서 하시는 말씀입니다."

죽고 사는 문제라고 이야기해도 장난을 멈추지 않던 꼬마들이 두억시니의 이름이 나오자 모두 움직임을 멈추고 귀를 쫑긋하고 다음 말을 기다렸다. 그만치 두억시니는 어린이들에게도 절대적인 우상이었다.

"만약에 말입니다. 그런 일은 없겠지만 두억시니 장군께서는 만약을 염려하고 계십니다. 만약 우리 동학군이 어려운 지경에 몰려 우리가 뿔뿔이 헤어지게 됐을 때는 지리산으로 가라고 말씀하셨어요."

여인네나 어린이들이나 물을 끼얹은 듯 조용히 귀를 기울이고 있었다. 사실 한치 앞을 내다볼 수 없는 요즘이었다. 다행히 지금은 동학군이 서전을 승리로 장식하고 있지만 언제 한양에서 최신식무기를 갖춘 경군의 대부대가 내려와 동학군을 무너뜨릴지도 모를 일이었다.

"지리산에 닿으면 피아골에 가야 됩니다. 피아골에 이르러서 귀를 기울이고 있노라면 아침과 저녁 두 차례에 걸쳐 피리소리를 들을 수 있을 겁니다. 그 피리소리 들리는 곳으로 가면 됩니다."

지리산에는 분명 두억시니가 이끄는 무사집단인 지리산패의 본거지가

얼굴 없는 軍師 두억시니

있는 터였다. 몇 십 명이 너끈히 묵을 수 있는 토굴 그리고 그들이 반년쯤
은 배불리 먹고 지낼 수 있는 식량까지 그곳에는 비축되어 있다.

만약 동학군이 치명적인 타격을 입을 경우 그날 밤 안으로 봉화불이 산
봉우리마다 줄줄이 이어져 지리산에 남아있는 지리산패들에게 '동학군
의 패망으로 도망가는 무리들이 그곳으로 향할 테니 따뜻이 맞을 준비를
갖추라' 는 전갈이 전해지도록 돼 있다.

지리산을 지키는 지리산패가 자신의 정체를 드러내지 않고 피리소리를
따라오는 사람들을 먼발치로 살핀 뒤 적군이 아님을 확인하고 그들을 피
난처로 안내하도록 두억시니는 미리 손을 써놓은 것이다.

"그럼 우리만 지리산으로 가는 거야? 아찌는 안가?"

꼬마 가운데 가장 나이 어린 자갈이 모두가 궁금히 여기고 있는 의문을
물었다. 그렇다. 동학군이 무너지게 됐을 때 그들의 영웅인 두억시니도
함께 지리산으로 피신할 것인지? 언제나 두억시니가 함께 한다는 것은
그들의 안전이 보장된다는 것을 뜻한다.

막강한 무예를 지닌데다가 약한 아녀자를 보호하는데 남다른 신경을
써왔던 두억시니가 가까이만 있어 주어도 마음 든든한 노릇이었다. 동학
군이 패주의 위기를 맞이했을 때 두억시니가 어떻게 움직일 것인지를 모
두가 궁금히 여기는 것은 당연했다.

"그야 뒷일을 마무리하시고 우리 뒤를 따라 오실거야. 우리가 먼저 지
리산에 가 있으면 바로 따라 오실거야."

전봉준과 최후까지 행동을 같이 하게 되는 기생 농월이가 자갈의 머리
를 어루만지며 자갈보다 차라리 자신을 납득시키듯 말했다. 그제야 자갈
을 비롯한 몇몇 어린이들이 알겠다는 듯 고개를 끄덕였다. 추월은 아무
말 없이 농월을 바라고는 빙긋 웃으며 고맙다는 듯 고개를 조금 숙였다.

"아찌는 안가?"

라고 자갈이 물었을 때는 자신의 가슴이 철렁 내려앉는 것 같아 어떻게

대답해야 될지를 몰랐다. '하지만 두억시니 아저씨는 지리산으로 안 오실 지도 몰라. 끝까지 싸우다 목숨을 거두시거나 아니면 복수를 위해 엄청난 일을 저지르실 지도 몰라' 이런 생각이 들자 추월은 가슴이 꽉 조여드는 느낌이었다.

✳

소성삼거리에서 모닥불을 군데군데 피워놓은 동학군 진영을 멀찌감치서 갑자대가 지켜보고 있었다. 민비 직속의 갑자대의 두령은 러시아군의 군용망원경으로 동학군 진영의 움직임을 살펴보다가 신음 섞인 말을 내뱉었다.

"으음! 도대체 이것이 어찌된 영문인가? 장수막(將帥幕)이 세 군데나 되다니……?"

동학군의 즐비한 막사 가운데 하나만 있어야 될 장수막이 세 곳이나 설치되어 있는 것이 아닌가? 총수가 전봉준 한 사람이라면 장수막도 분명한 곳이어야 되는 데도 수(帥) 깃발이 나부기는 장수막은 일정한 간격을 두고 세 군데나 세워져 있어 어느 장수막에 전봉준이 묵고 있는지 가늠하기가 어렵게 돼 있었다.

"동학군은 우리의 기습계획을 미리 눈치 채고 장수막을 세 군대나 쳐놓아 우리를 혼란케 하려는 것일까? 그렇다면 필시 이것도 그 두억시니란 자가 꾸며놓은 일이렸다."

갑자대 대원들은 두령의 혼잣말 같은 넋두리에 귀를 기울이며 오늘밤의 공격 목표인 동학군 장수막과 그 둘레에 시선을 고정시켜 놓고 있었다. 망원경을 눈에서 뗀 두령이 대원들에게 고개를 돌렸다.

"모두 잘 들어라. 공격은 예정대로 오늘 감행한다. 확실치는 않으나 장수막을 세 군데나 쳐놓은 것을 보면 저쪽도 우리가 기습하리라 눈치챈 모양이다. 밤이 깊어 저들 대부분이 잠든 사이에 허를 찌르도록 한다."

지금까지 주로 서울에서 치른 여러 차례의 작전에서 두령의 판단은 언

얼굴 없는 軍師 두억시니

제나 옳았고 그의 지휘는 언제나 빈틈이 없었다. 대원들이 두령을 절대적으로 신뢰하고 있는 것이 갑자대가 지닌 또 하나의 강점이기도 했다.

"자아, 그러면 작전이 시작될 때까지 잠시 번갈아 눈을 붙이도록 하세."

두령이 지시에 따라 밤이 기울 때까지 둘레를 경계하는 파수꾼 4명만을 남기고 나머지 갑자대원들은 모두 휴식에 들어갔다. 그러나 갑자대원들은 알아차리지 못했으나 그들로부터 얼마 떨어지지 않은 바위 그늘에 회색 두건을 쓰고 회색 옷을 입어 어둠에 완전히 녹아들어가 있는 두 사나이가 아까부터 갑자대의 움직임을 유심히 살펴보고 있었다.

＊

장수막을 세 군대나 쳐놓고 갑자대의 병력을 세 갈래로 갈라놓아 힘을 약하게 만든 뒤 역공으로 치려는 것이 두억시니의 계략이었다.

갑자대는 8명이 변장해서 동학군에 섞여들어 갔으나 그 가운데 병인이란 대원이 정탐 결과를 보고하기 위해 갑자대 본진으로 돌아갔으니 동학군 안에는 7명의 갑자대원이 침투해 있고 갑자대 본진은 11명이 됐다.

한편 18명의 갑자대를 맞아 싸울 동학군 안의 지리산패는 두령인 두억시니까지 포함해 11명이 경계의 눈을 번뜩이고 있다.

"누구냐? 들어오너라."

세 군데의 장수막 가운데 중앙의 장수막을 차지하고 앉아 있던 두억시니는 장막 밖의 인기척을 알아차리고 불러들였다. 모닥불이 활활 타오르고 있는 막사 안으로 들어선 것은 처음부터 두억시니와 함께 동학군 봉기에 합류해 있던 족제비였다. 잠깐 고개를 숙여 인사한 족제비는 이내 지리산패의 대화방법인 수화로 말문을 열었다.

경비가 삼엄하긴 하나 이 난리통에 누구를 믿어야 할지 알 수 없어 동학군을 가장한 관군의 간자가 침투해 있다고 보는 것이 옳을 지경이었다. 간자들에게 대화 내용을 알리지 않고 의사소통을 할 수 있는 수단으로서는 손을 움직여 뜻을 알리는 수화가 안성맞춤이었다.

"두령! 이상한 일이 일어나고 있습니다."

족제비의 손이 부지런히 움직이며 보고 내용을 알린다.

"근처에 우릴 감시하는 괴한들이 있습니다. 처음에는 늑대 같은 들짐 승인 줄 알았습니다만 자세히 살펴보니 회색 옷에 회색 두건을 쓴 인간임에 틀림없습니다."

수화로 족제비의 보고를 받던 두억시니의 두 눈동자가 복면 속에서 강한 빛을 띄운다. 매우 중대한 일이 일어났을 때에만 두억시니가 보이는 반응이다.

"그런데도 이상한 것은 말입니다. 우리를 보고 피해서 달아나는 그 괴한으로부터 전혀 살기를 느낄 수가 없었습니다. 잠시 눈에 띠더니 어느새 연기처럼 사라졌습니다."

"뒤쫓지는 않았나?"

"그것이…… 뒤쫓으려고 했더니 땅바닥에 이런 괴상한 것을 뿌리고 달아나 버렸습니다."

잠시 수화를 멈춘 족제비는 품 속에서 몇 개의 쇠붙이를 꺼내 손바닥 위에 올려놓고 두억시니에게 보였다. 마치 별모양의 뾰족하게 생긴 쇠붙이였다. 그것들을 땅 위에 뿌려 놓으면 뒤쫓으려는 자의 발바닥에 박혀 상처를 입히도록 되어 있는 도주를 위한 도구였다.

"어디 이리 주어보게."

그 쇠붙이를 받아 쥔 두억시니가 수화를 잊은 채 무심코 입으로 중얼거렸다.

"아니, 이것은 '마끼비시'가 아닌가?"

두령인 두억시니가 수화를 잊어버리고 입을 연 사실에 놀란 족제비는 재빨리 손을 움직이면서 물었다.

"두령, '마끼비시'가 무엇입니까?"

그제서야 두억시니는 눈에 쓴웃음을 띠우며 손을 움직여 대답한다.

"음. 이 '마끼비시'란 일본닌자들이 쓰는 도주용 도구다."

"네? 일본닌자요?"

이번에는 족제비가 크게 놀란 표정을 짓는다.

"그렇다네. 이것은 분명 '마기비시' 야."

"두령, 어째서 일본의 닌자들이 우리 동학군 틈에 몰래 끼어들고 있는 것일까요? 게다가 살기도 풍기지 않으면서 말입니다."

두억시니도 바로 그 점이 궁금했다. '도대체 무슨 속셈으로 닌자들은 동학군 대열에 침투해 있는 것일까? 그리고 그들이 살기를 나타내지 않고 있는 까닭은 또 무엇일까?'

✳

일본의 닌자가 온 세계에 알려지기 시작한 것은 2차 대전이 끝난 뒤의 일이다.

일본의 소설이나 영화에 등장하는 닌자는 그 신비로운 변장술과 잔인한 암살 기술, 빼어난 정보수집 능력 등이 현대인의 마음을 사로잡아 끝내는 '닌자 거북이'라는 어린이 만화영화 그리고 장난감까지 등장, 온 세계에 닌자 붐을 일으키게 된다.

원래 닌자란 명예를 존중하는 사무라이와 달리 돈에 팔리거나 권력에 고용되어 오직 임무수행에 목숨을 거는 특수집단의 사람이다. 닌자란 한 마디로 간자와 게릴라를 하나로 묶은 현대로 말하자면 특별임무를 수행하는 특수요원 같은 존재다.

한 가지 다른 점은 사무라이들에게 애국심은 있으나 닌자들에게 애국심 따위는 없다. 오직 자신이 소속한 닌자 조직에 대한 복종심과 고용자와 맺은 계약을 충실히 이행하겠다는 사명감을 지니고 있을 뿐이다.

냉혹하고 계약을 무엇보다도 존중히 여긴다는 점에서 일본의 닌자들은 오히려 현대인과 비슷한 사고방식을 지니고 있었는지도 모른다.

일본에 지금 남아있는 닌쥬쯔(忍術, 닌자의 술법)에 관한 책은 몇 십 가지가 넘지만 그 대부분은 체계화가 제대로 이루어져 있지 않고, 또 실용성도 모자란 데다 주술적인 내용인 것도 많다.

후세의 사람들이 삼대 '닌쥬쯔' 비전서로 꼽는 것은 『쇼닌끼(正忍記)』, 『반센슈까이(萬川集海)』, 그리고 『닌비덴(忍秘傳)』의 세 가지다.

『쇼닌끼』는 기슈한(紀州藩)이라는 일종의 행정구역에 전해 내려오는 기슈류 닌쥬쯔(紀州流 忍術)의 비전서(秘傳書)로 1681년 나또리가 쓴 것이다.

『반센슈까이』는 많은 강이 바다에 흘러들어 모이듯이 닌쥬쯔의 고장 이가(伊賀), 고오가(甲賀)에 전해 내려오는 유파(流波) 닌쥬쯔의 집대성이라는 뜻의 이름이 달린 책이다. 이 책은 후지바야시(藤林保義)가 지은 책이다.

『닌비덴』은 이가류(伊賀流) 닌쥬쯔의 비전서로 이름난 닌자였던 핫도리(服部半藏)가 1560년에 지은 책이다.

이 세 가지 책에 밝혀지고 있는 닌자란 결코 신비로운 요술을 부리는 요술쟁이가 아니라 상대방의 심리를 이용하거나 상대방의 정신적 허점을 찔러 자신이 목적한 바를 단련된 체력과 뛰어난 무예로 달성하는 사람들임을 알 수 있다.

『반센슈까이』에는 닌쥬쯔에 관한 문답이 실려 있어 '온 천하에서 닌쥬쯔가 쓰이고 있는데도 유독 이가와 고오가의 닌자가 전국에 그 이름을 떨치고 있는 까닭이 무엇이냐?' 라는 질문이 있다.

이 질문에 대한 대답은 '이웃에 위세 강한 다이묘(大名=넓은 땅을 지니고 있던 영주(領主)인 무사)들이 많다 해도 이가의 땅을 빼앗은 일이 없다. 오다 노부나가(織田信長) 같은 뛰어난 장수라 해도 이가에서는 패배했을 정도다. 하물며 그 밖의 다이묘들은 이가를 빼앗을 엄두조차 내지 못한다.

작은 지역에 인구도 적은 데다 장수도 없는 무리들이라 듬직하지는 못해도 이웃의 장수 있는 큰 무리들에게 한 차례도 진 일이 없다. 이가의 무리들이 이기는 까닭은 모두가 닌자의 술법에 뛰어나기 때문이다. 따라서 이가를 닌자의 근본되는 고장이라 부른다' 라고 되어 있다.

※

『일본세기(日本書紀)』라는 책에는 601년에 '신라의 간자 가마다(迦摩多)가 대마도에 이르러 체포됐다'라고 쓰여져 있다.

신라는 당시 한반도를 자주 침략한 왜의 동정을 살피기 위해 정탐꾼을 일본에 침투시켰던 모양이다. 홍종수 태권도 원로는 왕인(王仁) 박사 이야기에 '백제의 관륵(觀勒)은 왜인들에게 역학(曆學), 천문지리(天文地理), 둔갑술(遁甲術) 등을 전해주었다'고 썼다.

여기에 나오는 둔갑술이란 마음대로 자기 몸을 감추거나 다른 것으로 변하게 하는 술법으로 닌자들이 쓰는 닌쥬쯔의 원류인 셈이다. 따라서 둔갑술을 쓰며 적군의 움직임을 염탐하던 옛 우리나라의 정탐꾼들도 일종의 닌자라고 할 수 있다. 옛 중국에도 닌자에 해당하는 간자가 있었다.

중국의 간자는 헌황제(軒皇帝) 즉, 황제(黃帝)로부터 비롯됐다고 한다. 간자를 장(長)이라 부르고 뒷날에는 세작(細作)이라 부르게 됐다고 한다.

황제는 사마천(司馬遷)의 『사기(史記)』에 있는 전설상의 다섯 성제(聖帝) 가운데 최초의 인물로 간자의 세계에서 주목을 끌게 된 것은 그가 후한(後漢) 이후 신선술(神仙術)이나 도교(道敎)로 신격화(神格化) 됐기 때문으로 풀이된다.

손자(孫子)의 『병법(兵法)』은 간자의 이용을 향간(鄕間), 내간(內間), 반간(反間), 사간(死間), 생간(生間)의 다섯 가지로 나누었다. 향간이란 적국 주민을 간자로 만드는 것이고 내간이란 적의 관리를 이용해서 정보를 수집하는 것이다. 반간이란 적의 간자를 이쪽 편으로 만드는 것이다.

말하자면 배신하도록 공작하는 것이다. 사간이란 목숨을 걸기 때문에 살아서 돌아올 수 없는 간자이고, 생간이란 적지로부터 무사히 귀환해서 그동안 수집한 정보를 보고하는 간자다.

한국이나 중국에서는 각 개인이 둔갑술을 수련해서 간자 노릇을 했지만 일본의 닌자는 이가나 고오가 같은 고장에서 집단으로 농사를 지어 살면서 닌쥬쯔를 익혀 다이묘들로부터 청탁을 받으면 그 보수에 따라 살인, 정보수집 등을 수행하는 것이 한국, 중국의 간자와 다른 점이다.

일본의 닌자는 처음 도둑들이 그 노릇을 했던 것으로 알려지고 있다. 쇼닌끼에는 '호조 우지야스가 후우마라는 도둑에게 녹을 주어 각지의 정보를 수집하게 했으며 고오슈의 다께다 신겐은 숫바라는 도둑을 썼다' 라고 쓰여져 있다. 쇼닌끼는 또한 '요즘 세상에는 닌자의 여러 가르침이 전해내려 오고 있지만 이들은 모두 도둑 집안에 전해져 내려온 것들이다' 라고 밝히고 있다.

이 글들은 닌자의 대부분이 도둑이었으며 도둑이 바로 닌자의 원점임을 비치고 있다. 하긴 변장해서 몰래 스며들어 이익을 챙긴다는 점에서 닌자와 도둑은 공통점을 지니고 있다.

✳

닌자의 고장인 이가는 핫도리, 쯔게, 가와이, 나가따 등의 집안이 분할해서 다스리고 있었다. 이들은 외부로부터의 침략에는 모두가 단결해서 대항하기로 약조를 맺고 있었다. 그래서 이가를 정복하려던 다이묘(大名)들은 번번히 실패할 수밖에 없었다.

이가의 주민들은 거의 모두가 닌자들인데다 자기 고장의 지형을 이용한 게릴라전에 뛰어났기 때문에 많은 군사를 동원해도 그들을 격파하기란 거의 불가능에 가까웠다. 그러나 그 난공불락을 자랑하던 이가도 쑥밭이 되는 날이 다가오고야 말았다.

1578년 2월 한 사람의 이가모노(伊賀者=이가의 주민)가 눈 쌓인 산길을 넘어 기따바따께 노부오라는 장수가 지키는 이세마쯔 게시마 성의 문을 두드렸다. 기따바따께 노부오는 당시 일본천하를 통일할 것으로 여겨지고 있던 오다 노부나가의 아들이다.

이가를 배신한 사나이는 '지금 이가는 손발이 맞지 않아 각 집안의 단결이 느슨해졌으니 이가를 치려면 지금이 바로 그 기회입니다' 라고 일러 바쳤다. 이 한마디로 이가의 비극은 시작됐다. 가따바따께 노부오는 때를 놓칠새라 군사를 이끌고 이가에 쳐들어갔으나 첫번째 침공은 이가세(伊賀勢)의 완강한 반격에 막혀 실패하고 말았다.

"무엇이라? 노부오가 이가의 조무래기들에게 당했다고……?"

성미가 격하기로 이름난 오다 노부나가는 아들의 참패와 이가세의 반항에 분노가 치밀어 기노시따 도오끼찌로(뒷날 임진왜란을 일으킨 도요도미 히데요시의 젊은 시절 이름) 등과 작전을 짜고 두번째 침공에 나섰다.

오다 노부나가의 2차 이가 침공작전이 세워진 며칠 뒤 고오가(甲賀) 닌자들이 변장해서 이가의 땅에 나타나 정보를 수집하기 시작했다. 그때까지만 해도 동맹을 맺었던 이가와 고오가의 닌자들이 이 침공을 계기로 갈라서게 된다.

1581년 9월 오다 노부나가는 5만의 대군을 이끌고 이가 닌자의 몰살에 들어갔다. 이가의 병력은 모두 합쳐야 고작 몇 천 명에 지나지 않았다. 한마디로 우람한 거인과 아장걸음의 어린이가 대결하는 꼴이었다.

신식무기인 조총으로 무장한 오다군에게 이가세도 비록 많지는 않았으나 조총을 쏘면서 게릴라전으로 맞섰다. 그러나 워낙 수적으로 우세한 오다군에게 밀려 7일 만에 대세는 기울고 말았다. 그래도 약 한 달 가량은 버텼으나 가시와라성의 함락으로 이가의 반항은 끝나고 말았다. 잔인하기로 이름났던 오다 노부나가는 가차 없이 이가의 아녀자들까지도 참살했기 때문에 이가의 땅은 살육과 초토의 지옥이었다.

어느 다이묘도 굴복시키기 어려웠던 이가를 그야말로 잔혹하게 쑥밭으로 만든 오다 노부나가는 일본 천하통일을 눈앞에 두고 부하인 아께찌 미쯔히데의 반역으로 목숨을 잃고 만다. 그 아께찌 미쯔히데를 무찌르고 주군인 오다 노부나가의 원수를 갚은 도요도미 히데요시가 일본천하의 통일을 이룩한다.

과대망상증에 걸린 도요도미 히데요시는 '명나라를 치겠으니 길을 빌

　'리라'는 억지 명분을 내세워 임진왜란, 정묘왜란 등을 일으켜 피차간에 많은 사람을 죽이고는 세상을 떠나 버린다.

　도요도미 히데요시가 죽기만을 기다렸던 도꾸가와 이에야스는 히데요시의 아들 도요도미 헤데요리를 쳐 없애고 일본 천하를 빼앗았다.

　도꾸가와 이에야스가 세운 도꾸가와 막부는 대대로 닌자들을 고용해서 각 지방 다이묘들의 움직임을 정탐하는 일을 시켰다. 정탐하는 이유는 첫째 다이묘의 반란 음모를 미리 알아내는 것이고, 둘째는 다이묘와 그 집안의 비리가 들어나면 영지를 빼앗기 위해서였다.

　도꾸가와 막부가 쓰러지고 소위 메이지유신으로 일본의 통치권이 천황에게로 돌아간 뒤 영토 확장을 위해 조선반도와 중국대륙에 진출하기 시작했을 때까지도 닌자들의 후예는 남아 있었고, 그들은 조선에 건너와 정체를 숨긴 채 침략의 선봉으로 활약했다.

　일본의 국익을 위해 동학란이 더욱 확산될 때까지 민비의 암살부대로부터 전봉준을 지키라는 밀명을 받은 것은 바로 조선에 건너왔던 닌자들이었다.

✳

　칠흑 같은 암흑이 소성삼거리를 뒤덮고 있었다. 밤은 점점 깊어갔으나 군데군데 피워놓은 모닥불은 때때로 붉은 불똥을 하늘에 뿜어 올리며 활활 타면서 동학군의 군막을 어둠 속에서 밝히고 있었다.

　'그렇다. 왜 거기에 생각이 미치지 못했을까. 알고 보면 아무것도 아닌 간단한 이치인데 그것이 생각나지 않았다니……' 세 군데의 장수막 가운데 하나를 차지한 두억시니는 하마터면 무릎을 탁 칠 뻔했다. 수수께끼가 풀린 것이다.

　"으아하하하하!"

　호쾌한 웃음이 시원하게 터져 나왔다. '그 여우같은 왜놈들이 우리 전봉준 장군을 민비의 암살로부터 지킴으로써 동학군의 거사가 더욱 커지

얼굴 없는 軍師 두억시니

면 조선에 나와 있는 자기 나라 인간들을 지키겠다는 구실 아래 군대를 보내려는 거야.' 아직도 우스운지 두억시니는 솟아오르는 웃음 끼를 내뱉으며 속으로는 앞으로의 대책을 생각하고 있었다.

'닌자부대가 우리 편이라…… 정말 판국은 재미있게 돌아가는군. 갑자대가 예상했던 대로 20명 가량이라고 해도 우리 지리산패 11명에 닌자부대가 가세해 준다면 한번 해볼 만하군……' 두억시니의 눈에서 웃음 끼가 완전히 사라졌을 때 막사 주변이 갑자기 소란스러워졌다.

"으아악!"

목이 찢어지는 듯한 날카로운 비명소리가 밤하늘에 울려 퍼졌다.

✻

동학군이 진을 치고 있는 소성삼거리에 이변이 일어난 것이다. 동학군을 지휘하는 총수는 전봉준 한 사람뿐이라 수(帥)의 깃발이 꽂혀 있는 장수막은 한 곳뿐이라야 하는데도 이날 밤의 동학군 진영에는 장수막이 세 군데나 세워져 있었다. 그 장수막 세 곳을 향해 민비의 기동타격대인 갑자대가 전봉준의 목숨을 노려 쇄도했다.

'장수막을 세 군데나 쳐 놓고 우리를 현혹하려 하지만 세 군데 모두 박살내면 그 가운데 어느 하나에 몸담고 있을 전봉준은 죽게 마련 아닌가?' 갑자대 두령은 세 군데의 장수막 안에 있는 자는 한 사람도 남기지 말고 몰살하도록 수하에게 명령을 내렸다.

동학군의 파수꾼 가운데 하나가 어둠을 뚫고 달려오는 수상한 그림자들을 발견하고 암호를 묻자 갑자대원이 휘두른 칼을 맞고 쓰러지면서 지른 비명이 이변을 알리는 첫 신호가 됐다.

각 군막 안에서는 비명 소리에 놀라 잠을 깬 동학군들이 병장기를 챙기면서 웅성거리기 시작했다. 밖에서는 근처에 관군이 없다는 안도감에 경계를 늦추고 있던 파수꾼들이 동료가 갑자기 기습을 받아 쓰러지자 당황하면서도 창을 내밀어 갑자대의 돌진을 막으려 했으나 허사였다.

　바람처럼 날아온 표창을 눈에 맞고 고꾸라지는 파수꾼이 있는가 하면 칼날에 가슴이 찢기고 쓰러지는 파수꾼도 있어 3개 장수막 근처는 아수라장이 되어 가고 있었다.

　숙련된 무사집단인 갑자대의 움직임은 조금의 허점도 없었다. 단 한 동작에 앞을 가로막던 동학군들은 차례로 쓰러져 갔다. 엄청난 전투력이었다. 군막에서 튀어나와 갑자대를 저지하려던 동학군들도 순식간에 제물이 됐다.

　아비규환이란 바로 이를 두고 한 말이다. 바로 지옥이었다. 그때 문득 갑자대 두령은 이상한 생각이 들었다.

　'왜? 왜 이 위기를 맞이하고도 두억시니가 이끄는 지리산패는 움직이지 않고 있는 것일까? 무슨 꿍꿍이속이……' 앞을 막는 동학군의 목숨을 앗아가며 장수막 앞을 갑자대가 거의 다다랐을 때 드디어 그들이 나타났다.

세번째 이야기

갑자대와 닌자의 격돌

“으윽”

이번에 비명을 지르면서 쓰러진 것은 갑자대원이었다. 회전하면서 날아온 별모양의 묵직한 표창이 그의 목을 갈라놓았다.

“아……!”

맨 앞을 달리고 있던 갑자대 두령의 눈이 화등잔만 해졌다. 갑자대가 갑자기 동작을 멈출 수밖에 없었던 것은 전혀 새로운 상황이 일어났기 때문이다. 회색 복면에 회색 옷을 입은 7명의 사나이들이 무서운 살기를 띠우고 겁도 없이 갑자대의 앞을 막아선 것이다.

‘옳지, 바로 이것들이 그 지리산패로구나’ 갑자대는 아직 지리산패를 본적이 없었다. 따라서 복면을 쓴 7명의 닌자들을 지리산패로 잘못 알았던 것은 당연하다.

닌자부대의 살기에 대한 갑자대의 반응은 빨랐다. 더구나 동료 한 명이 여태 보지도 못했던 별모양의 묵직한 표창으로 목이 끊겨 죽었으니 갑자대의 반응에는 분노가 서려 있었다.

소성삼거리에서 전봉준 암살에 동원된 갑자대원은 모두 18명, 그 가운데 1명은 쓰러졌으나 아직 17명이 건재했다. 아무리 무예가 뛰어난 적이라 해도 7명쯤이야 단숨에 해치울 자신이 갑자대에게는 있었다.

그러나 막상 두 패가 뒤엉켜 난전에 들어가 보니 갑자대는 놀라지 않을 수 없었다. ‘도대체 이 녀석들이 사람이란 말인가? 마치 날쌘 잔나비의 움직임이 아닌가?’ 아직도 상대를 지리산패로 잘못 알고 있는 갑자대는 닌자들의 놀라운 체력과 재빠른 움직임에 큰 충격을 받았다.

갑자대원이 일제히 닌자들에게 창을 내뻗고 칼을 휘둘렀으나 머리카락 한 올 차이로 그 공격을 피한 닌자들은 갑자대원들이 일찍이 겪어 보지 않았던 반격을 가해 왔다.

맨 앞에 나선 닌자는 작은칼의 칼날을 밖으로 세워 자신의 오른쪽 옆구리에 대고 쏜살같이 갑자대 무리 속으로 파고들었다. 번개같이 스치면서 오른쪽 칼날로 갑자대원 한 사람의 옆구리를 깊이 그어 쓰러뜨린 닌자는 왼손에 쥔 또 한 자루의 칼로 갑자대 두령의 목을 노렸다.

"이얍!"

크지는 않으나 강한 기합 소리와 함께 갑자대 두령의 칼이 닌자의 왼 팔꿈치를 쳐올렸다. 눈 깜짝할 사이만 늦었더라도 갑자대 두령의 목은 동맥이 갈라졌을 것이다.

그러나 명색이 갑자대의 두령이다. 자신의 목을 향해 뻗어 오는 닌자의 왼쪽 칼을 몸을 돌려 피하면서 오른손에 쥔 자신의 칼을 비스듬히 위로 휘둘러 닌자의 왼 팔꿈치를 절단했다.

칼을 쥔 닌자의 왼팔은 팔꿈치로부터 잘려 허공에 떴다. 왼팔을 팔꿈치로부터 잃은 닌자는 고꾸라지면서도 마지막으로 오른쪽 칼을 정면에 있는 갑자대원을 향해 던졌다.

"으악!"

날아간 칼은 정확히 갑자대원의 명치 끝에 꽂혔다.

✳

"두령 저렇게 갑자대와 닌자들이 서로 싸우고 있을 때 우리가 기습을 해서 두 패를 모조리 없애는 것이 좋지 않겠습니까?"

갑자대와 닌자부대가 밖에서 피투성이 싸움을 벌이고 있을 때 맨 가운데 장수막 안에서는 두억시니가 쌀가마를 깔고 앉아 족제비와 수화로 이야기를 나누고 있었다.

무서운 살기가 막사 안까지 서릿발 같은 긴장감을 빚어내고 있는 가운데 평소에는 진중한 편인 족제비도 갑자대 박멸의 좋은 기회를 놓칠새라 마음이 조급하다.

양쪽이 서로 치고 받고 정신 없을 때 지리산패가 기습하면 어렵지 않게 갑자대와 닌자부대를 한꺼번에 격멸할 수 있지 않겠느냐는 것이 족제비의 생각이나 어찌된 일인지 두억시니는 조금도 서두르는 기색이 없다.

"족제비, 조급하게 굴지 않아도 되네. 조금 더 두 패의 싸움을 지켜보세. 양쪽 모두 결코 만만한 상대가 아닐세."

"……."

족제비가 대답을 않고 있는 것은 두억시니의 말에 제대로 납득이 가지 않기 때문이다. 그 낌새를 눈치 채고 복면 속에서 두억시니의 눈이 웃는다.

"잘 생각해 보게. 지금은 전봉준 장군이 맞이한 최대의 위기야. 가장 중요한 것은 장군의 목숨을 지키는 것일세. 안 그런가? 그러자면 지리산패의 전투력은 결정적인 순간까지 온전히 지니고 있어야 되네. 우리가 무너지면 장군을 지킬 세력이 없어지네."

막강한 무예를 지니고 있으면서도 두억시니는 자신의 무예만 믿고 움직이는 것이 아니라 명석한 판단에 의해 행동하는 지장(智將)이었다.

"그냥 내버려 두는 거야. 자기네들끼리 싸워 양쪽 모두 크게 손상을 입도록 말이야. 아마도 수가 많은 갑자대가 살아남겠지. 그러면 그 살아남은 녀석들만 우리가 없애면 되는거야."

두억시니는 차근차근 족제비에게 알아듣도록 설명해 나가다.

"지금 우리가 싸움에 끼어들면 우리 쪽에서도 사상자가 나오게 마련 아닌가? 두 패가 싸워 양쪽이 모두 다쳤을 때 공격하면 우리는 어부지리를 얻게 되는 거야."

✳

"아마도 닌자부대가 살아남을 가능성은 매우 적지만 그들이 설사 남는다 해도 살려 보낼 수는 없네."

"네? 그들은 비록 왜놈들이지만 전봉준 장군을 지키기 위해 목숨까지 걸고 있지 않습니까?"

얼굴 없는 軍師 두억시니

겉보기에는 확실히 그랬다. 일본닌자부대는 갑자대의 마수로부터 전봉준을 지켜주려고 목숨마저 내 놓고 싸우고 있는 것이다. 두억시니는 족제비의 말에 일단 고개를 끄덕이긴 했다. 그러나 이내 손을 들어 가로젓고는 다시 수화를 시작했다.

"아닐세. 족제비 닌자들이 목숨을 걸고 있는 것은 진정 전봉준 장군을 위해서가 아니라 일본의 국익을 위해서야."

두억시니의 말에 이번에는 족제비가 생각에 잠긴다.

"그 녀석들은 일본을 위해 필요하다면 전봉준의 목숨도 노릴 놈들이야. 지금은 장군을 살려두어야 난리가 커져서 그 소란을 틈타 일본군 파병의 빌미를 얻게 될 것이니 우리 편에 선 것 뿐이야. 결코 믿을 놈들이 못돼."

족제비가 두령의 말을 알아들었다는 듯 고개를 몇 차례 끄덕였다.

"옳으신 말씀입니다. 제 생각이 짧았습니다."

족제비는 속으로 '역시 두령은 우리보다 몇 수 앞을 내다보고 계시다'고 느꼈다.

"살아남은 닌자들을 없애버려야 할 또 하나의 이유가 있네. 동학군의 봉기가 성공해 새로운 정부가 세워질 경우 일본쪽은 닌자들의 이번 활약을 내세워 이 땅의 이권을 요구해 올 거야."

두억시니는 일본정부와 공관 그리고 낭인집단 뎅유우꾜의 속셈을 훤히 꿰뚫어 보고 있었다.

"닌자부대의 전봉준 장군 수호 작전이 알려지면 조정이 노발대발하고 일본에게 강력히 항의하게 될 것이고 청나라, 아라사(러시아) 등 열강들도 일본의 개입을 비난할 것이니 그들은 이 사실을 감추려 들 것이야. 그래서 우리에게도 사전에 알리지 않고 몰래 갑자대와 대결하게 됐던거야."

밖에서는 칼과 칼이 부딪치는 소리 그리고 때때로 단말마의 비명소리가 뒤섞여 들리고 있었다.

"그러나 일단 봉기가 성공하면 그들은 자기네가 목숨 바쳐 전봉준 장군을 지켰다는 사실을 내세우고 그 대가를 지불하라고 요구해 올 것이 틀림없어. 그러니 살아남은 녀석들은 갑자대이건 닌자들이건 가릴 것 없이 단 한 사람도 살려 둘 순 없네."

두억시니의 몸에서 차가운 살기가 차츰 번져 나오고 있었다.

"족제비, 별도 지시가 있을 때까지 지리산패는 그 자리에서 대기하고 있도록 하게."

"네, 알겠습니다."

족제비가 장수막을 빠져나갔다. 뼈가 잘리고 살이 찢기는 섬뜩한 소란함이 소성삼거리 밤하늘에 울려 퍼지고 있었다. 갑자대와 닌자부대의 사생결단이 벌어지고 있는 것이다.

✱

경복궁 안에 자리 잡은 고종과 민비의 편전인 건청궁도 어둠 속에 조용하기만 했다. 때때로 시위대의 순찰 도는 발소리만 들릴 뿐 나른한 봄날 모두 깊은 잠에 빠져 있었으나 민비는 깨어 있었다.

'어떻게 됐을까? 20명 가운데 2명은 천안에서 죽었다 해도 일기당천의 갑자대원 18명이 내려가지 않았는가?' 민비는 자신이 전봉준 암살을 위해 파견한 갑자대의 소식이 궁금해 잠들지 못하고 있었다.

"그까짓 오합지졸인 동학군쯤이야 갑자대의 적수가 될 수 없지. 그런데 왜 내가 이토록 불안한 것일까?"

민비는 이번 동학군의 봉기가 지난날의 민란과 달리 보고 있는 것은 그녀의 정세 판단이 뛰어나기 때문이다. 청나라, 아라사, 일본, 영국 등의 열강이 조선반도 진출을 노리고 있는 지금 동학란은 자칫 외세를 이 땅에 불러들여 잘못하면 태조 이성계로부터 면면히 500년을 내려온 조선 왕조를 쓰러뜨리는 계기가 될지도 모른다고 염려하고 있었다.

동학군이 무섭다기보다 동학란을 핑계 삼아 조선반도에 야욕을 들어낼 열강, 특히 일본이 무서운 것이다. '임진왜란 때도 우리는 얼마나 당했던

가. 그들은 무력을 갖추고 또다시 조선을 짓밟으려 하고 있다. 어리석은 동학군들은 그것도 모르고……'

그러나 민비는 부패한 정치가 백성들로 하여금 이판사판으로 몰아넣어 봉기가 일어났다는 점을 간과하고 있었다. 이런 어려운 판국일수록 깨끗한 정치로 민심을 얻어 백성들의 지지를 받아야만 나라의 어려움을 이겨낼 수 있다는 점을 그 똑똑한 민비도 깨닫지 못하고 있었다.

'갑자대가 반역의 괴수 전봉준만 해치우면 우두머리를 잃은 동학군은 하루아침에 무너지고 말 것이다. 아무렴 갑자대라면 해낼 수 있고 말고……' 갑자대의 전봉준 암살을 확신한다기보다 불안함을 가라앉히기 위해 민비는 스스로에게 타이르고 있었다.

중국에서 들여온 황금색 비단에 초록색과 흰 실로 난초를 수놓은 옷은 이지적인 그녀의 용모와 어울려 왕비로서의 기품을 한껏 돋우고 있었다.

소반 위에서는 요즘 들어 더욱 즐기게 된 커피가 잔 속에서 김을 천천히 뿜어내고 이었다. '만약 일본이 억지로 군대를 출병해서 내정에 간섭하려들면 어쩔 수 없이 청나라 러시아의 힘을 빌릴 수밖에……'

자그마한 몸집이지만 민비의 머릿속에서는 조선의 운명을 놓고 여러 가지 시나리오가 펼쳐졌다가는 거둬들여지고, 펼쳐졌다가는 거둬들여지고가 되풀이 됐다. 일어날 가능성이 있는 모든 상황을 미리 생각하고 또 생각해 보아서 각각의 경우에 가장 알맞은 대비책을 세우는 치밀함이 민비로 하여금 오랫동안 권력을 장악하게 만들어 왔다. 민비는 이토록 마음이 불안한 까닭이 무엇인가를 곰곰이 생각해 보았다

'그래. 천안에서 갑자대원 2명이 지리산패로 보이는 1명에게 당하고 난 뒤부터야. 그때부터 내 마음이 평정을 잃었어' 민비는 다시 깊은 생각에 잠겼다가 그동안 미처 내다보지 못했던 끔직한 상황에 생각이 미치자 온몸에 소름이 끼쳤다.

'만약…… 만약에 그 문둥이군사 두억시니가 이끄는 지리산패에게 나

의 갑자대가 전멸을 당하면…… 그 노릇을 어찌한단 말인가?'

'갑자대의 전멸'이란 민비의 불길한 예감은 전라도 소성삼거리에서 실제의 사건으로 나타나고 있었다.

＊

동학군 가운데도 비교적 담이 큰 사나이들은 멀리 피신하지 않고 두려움 반, 호기심 반으로 갑자대와 닌자부대의 대결을 멀찌감치 선채 정신없이 지켜보고만 있었으며, 무술의 고수인 두 패 가운데 도대체 어느 쪽이 자기네 편인지 알 길이 없어 어느 쪽에도 가담하지 않고 그저 방관자 노릇만 하고 있었다.

이러니 설사 한쪽을 지원하고 싶어도 이 두 패의 대결에는 끼어들 수 없는 것이 워낙 뛰어난 전투력을 지닌 두 패의 대결이고 보면 자칫 잘못 끼어들었다가는 그 자리에서 목이 날아갈 판이었다.

특히 회색 복면을 쓰고 회색 옷을 입은 닌자부대의 무술은 일찍 듣지도 보지도 못했던 희한한 것이어서 보는 이의 눈을 휘둥그래지게 만들었다.

닌자들이 던지는 별모양의 묵직한 표창은 바람을 가르며 회전하면서 날아가 갑자대원 얼굴을 도려내고 목을 잘랐다. 칼을 쥐고 상대와 맞서 있던 닌자들의 입에서는 날카로운 작은 침들이 뿜어 나와 갑자대원의 눈을 맞혀 시력을 빼앗고는 단칼에 쓰러트리곤 했다.

갑자대원이 내뻗는 창이나 휘두르는 칼날을 피해 엄청난 점프력으로 허공에 치솟아 내려올 때는 무서운 반격으로 갑자대원을 저승으로 보냈다. 그러나 수적으로 우세한데다 빼어난 무술마저 지닌 갑자대는 큰 타격을 입으면서도 닌자들을 하나씩 차례로 죽여 나갔다.

전투가 시작될 때 18명이었던 갑자대원은 10명을 잃었고 닌자부대는 7명 가운데 5명이 죽고 2명만이 남았다. 그 때쯤 되자 갑자대의 두령도 자신들의 상대가 지리산패 아닌 다른 집단이라는 것을 알게 됐다.

'그럴 리가? 일본의 닌자들이 왜 이곳에 나타나 우리와 대적한단 말인

　　　　　　　　　　　　얼굴 없는 軍師 두억시니

가?' 하지만 급박한 상황은 갑자대 두령이 더 생각할 틈을 주지 않았다. 이렇게 시간을 보내다가는 전봉준을 놓치고 말지도 모른다. 게다가 지리산패는 왜 움직이지 않고 있는 것일까?

"기사, 경오, 신미, 임신의 4명이 나머지 2명을 맡아라. 그리고 나머지는 나를 따라 전봉준을 친다."

숨막히는 상황 속에서도 갑자대 두령의 머리는 빨리 돌아가고 있었다. 적 5명을 죽이는데 이쪽은 10명이 쓰러졌으니 남은 적 2명에 갑자대원 4명을 붙이면 해볼 만하다는 계산이다.

두령의 명령에 따라 4명의 갑자대원들이 2명의 적을 에워싸고 있는 동안 두령을 포함한 4명의 갑자대원들은 맨 가운데 장수막에 돌입했다.

"아뿔싸!"

맨 가운데 장수막은 비워 있었다. 황급히 왼쪽의 장수막 그리고 이어 오른쪽 장수막을 엄습했으나 그곳도 모두 비어 있었다.

"어디로 달아난 것일까?"

마지막 장수막을 밖으로 나온 4명의 갑대원들은 그 사이에 자기 동료 4명과 상대 2명의 대결이 끝났음을 알고 놀랐다. 바닥에는 갑자대원 4명과 어쩐 일인지 닌자 1명의 시체가 뒹굴고 있었다. 어떻게 그 짧은 동안에 그토록 간단히 결판나고만 것일까? 그러나 이내 의문이 풀렸다.

군막 그늘에서 9명의 복면무사들이 슬그머니 나타났기 때문이다. '그렇구나. 이번에는 진짜 지리산패다. 그리고 이 녀석들이 우리 동료와 닌자도 저승으로 보낸 거야' 갑자대 두령은 도저히 살아남을 수 없다는 것을 깨달았다. 싸움에 지친 자신들 앞에 진짜 지리산패가 그것도 9명이나 모습을 들어냈으니 어찌 살아서 돌아갈 수 있으리라 생각하겠는가?

'나의 수하 그리고 닌자는 이들 손에 죽고 말았구나……' 무서운 살기에 항거하듯 나머지 3명의 갑자대원들도 일제히 무기를 휘두르며 돌진했다. 두령이 낀 갑자대원 4명의 결사적인 마지막 공격은 대단했다.

그들 4명은 저승으로 보내는 대가로 지리산패도 2명이 목숨을 잃었고 2명이 크게 다쳤다.

만약 닌자부대와의 대결로 전투력이 손상되지 않았다면 18명의 갑자대와 싸워 10명의 지리산패 가운데 몇 사람이나 살아남을 수 있었을지 의문이다.

"장군에게 긴급사태는 끝났다고 말씀드려 주십시오."

다치지도 않고 살아남은 4명의 지리산패 가운데 한 사람이 최경선에게 말했다.

"이제 양쪽의 장군께서 돌아와 계시도록 조처해 주십쇼."

고개를 끄덕인 최경선은 시체를 담기 위해 진영 뒤쪽에 쌓아둔 관 속에 숨어 있던 전봉준을 제자리에 되돌려 놓기 위해 걸음을 옮겼다.

모두 복면을 쓰고 있어 누가 누구인지 알 수는 없으나 최경선에게 말한 그 목소리는 분명 두억시니가 아니었다. 이 위급한 판국에 지리산패 두령 두억시니는 그곳에 없었다.

※

어두운 밤의 끝을 알리는 동이 트려고 언덕과 산 그림자가 희미하게 모습을 들어내 가고 있었다.

아직은 닭도 울기 전인 이른 새벽이라 길을 오가는 나그네들은 눈에 띄지 않았으나 정읍으로부터 줄포항구로 향한 길은 바쁜 걸음으로 가고 있는 두 사나이가 있었다. 두 사람 모두 삿갓으로 얼굴을 가리우고 검은 도포를 걸친 데다 지팡이를 지니고 있는 모습이 흡사 중 같았다.

한 사람은 군살이 없는 건장한 모습이고 또 한 사람은 몸이 둥뚱해 벌써 숨이 턱에 닿아 있었다. 건장한 사나이가 뚱뚱한 사나이를 재촉했다.

"기무라상, 그 걸음으로 언제 줄포에 닿겠소? 배를 타고 나면 얼마든지 쉴 수가 있으니 좀 힘들더라도 빨리 갑시다."

아직도 봄이라 이른 새벽에는 공기가 찬데도 뚱뚱한 기무라는 이미 땀투성이다.

"다께다씨, 이래 봐도 제 나름대로는 있는 힘을 다해 가고 있습니다. 이제는 동학군의 본진의 세력권에서 벗어났으니 그리 조급하게 생각하지 않으셔도 됩니다."

어떻게 살아서 도망쳐 온 것인가? 닌자부대의 두령 다께다는 갑자대 그리고 막판에는 지리산패와의 벌린 사투에서 용케 살아나 몸을 피해 정읍에서 몸을 숨기고 있던 기무라를 찾아가 그의 안내로 줄포를 향하고 있는 것이다. 줄포에서 배를 타고 부산으로 가서 일본낭인들의 조직인 뎅유우꾜에게 일의 자초지종을 보고하기 위해서다.

"그럴까? 이제 동학군 본진의 감시망에서 벗어났다고 안심해도 되는 것일까?"

다께다가 그래도 못미더운 듯 말하자 기무라는 웃음까지 터뜨리며 장담한다.

"으아하하하! 아니 천하무적인 다께다씨가 뭘 그렇게 두려워하십니까? 이제 여기까지 빠져 나왔으니 동학군 아니 그보다 더한 무리라도 쫓아오지 못합니다."

무슨 기척을 느꼈는지 다께다가 갑자기 걸음을 멈추더니 저만치 앞에 서 있는 큰 느티나무를 응시한다.

"……"

기무라는 무슨 영문인지 모르는 듯 어리둥절한 표정으로 다께다를 바라본다.

"기무라상 아무래도 우리는 두억시니의 손을 벗어나지 못한 것 같네."

두억시니란 말만 듣고도 기무라는 공포감에 사로잡혀 얼어붙은 듯 몸이 굳어졌다. 느티나무 그늘에서 칼을 등에 진 복면무사가 마치 사신(死神)처럼 슬그머니 나타났다.

그로부터 잠시 후 느티나무 아래서 칼과 칼이 부딪치는 소리가 몇 차례

울리고 신음과 비명이 들린 뒤 소성삼거리를 향해 달리는 말발굽 소리가
밝아오는 아침의 적막을 깨뜨렸다. 두억시니가 애마 흑룡을 몰아 동학군
본진으로 되돌아가고 있었다.

*

"세상이 뒤집어지기만 해라. 몹쓸 짓만 하던 그 아전 녀석을 요절내고
말 테니……."

"맞아. 이제 머지않아 세상은 전봉준 장군의 세상이 된다네."

"아무렴 장차 조선은 동학군이 다스리게 될 거야."

호남의 중심인 전주성에서도 두 가지 움직임이 거센 소용돌이를 이루
고 있었다. 황토재에서 동학군이 관군을 박살냈다는 소식은 못된 정치에
시달려온 백성들에게 밝은 희망을 안겨주면서 그들의 기를 살렸다.

피지배계급인 백성들은 모이기만 하면 신이 나서 자기네들이 알고 있
는 정보를 서로 나누면서 이 나라의 앞날을 점쳤다.

이와는 반대로 지배계급인 벼슬아치나 양반들은 최신 무기를 갖춘 관
군이 농민들로 이루어진 동학군에게 엄청난 패배를 당했다는 사실에 큰
충격을 받아 흔들리고 있었다.

"아니? 그 무지렁이 농사꾼들이 어떻게 관군을 깨뜨렸단 말인가?"

"세상은 정말 말세로구나. 농사꾼들이 관군을 우습게 여기는 세상이 되
고 말았으니……."

"쯧쯧쯧! 이러다가는 정말 주상이 계시는 한양으로 피난 가게 생겼어."

지배계급의 대부분은 그동안 자기네들이 해온 짓이 있는지라 동학군의
세상이 됐을 경우 그 앙갚음당할 것이 두려워 금·은붙이 등을 챙기고
여차하면 도망갈 궁리를 하고 있었다.

전주성뿐만 아니라 호남, 더 나아가서는 조선팔도 전체에서 지배계급
뿐만 아니라 모두가 동학군의 움직임에 관심을 집중하고 있었다.

지배계급의 불안한 마음은 경군을 이끌고 내려왔으면서도 전주성에서

　　　　　　　　　　　　　　　　　　얼굴 없는 軍師 두억시니

꼼짝 않고 있는 양호초토사 홍계훈에 비난의 화살이 되어 퍼부어졌다.

"도대체 초토사는 무얼 하고 있는 거야. 성을 나가 동학군을 칠 생각은 하지 않고……."

"나랏님의 명을 받고 내려왔으면 한시도 지체 말고 민란의 괴수 전봉준의 목을 따야 될 것 아닌가?"

"천하의 겁쟁이다. 초토사 홍계훈은 동학군이 무서워 옴짝달싹 못하고 있는 거야."

그러나 이런 비난도 못들은 척 홍계훈은 전주성에서 한 발짝도 움직이지 않았다.

'흥! 조금 더 기다려 이 녀석들아. 내가 왜 움직이지 않고 있는지 너희들은 알게 돼' 홍계훈이 자신에게 쏠리는 '겁쟁이', '무능력자' 등 비난의 눈초리를 견뎌내면서 때를 기다리고 있는 데에는 나름대로 그만한 까닭이 있었다. 그것은 갑자대의 전봉준 암살 성공 소식을 기다리고 있는 것이었다.

'동학군 본진을 기습한 갑자대의 전봉준 암살만 성공한다면 그때 전주성을 나서 역도들을 모조리 없애고 말테다. 지도자를 잃은 동학군은 지리멸렬되어 아무 힘도 못쓸 테니 그때 총 공격해서 몰살시켜 버릴 테다'

전주성에 입성한 직후 민비로부터 밀서를 받아 갑자대가 동학군을 기습한다는 사실을 미리 알게 된 홍계훈은 무거운 짐을 벗은 듯한 홀가분한 기분이었다.

'조선팔도의 으뜸가는 무사들로 구성된 갑자대가 변장해서 기습을 감행하면 그 어느 누가 살아남을 수 있겠는가. 전봉준은 죽은 목숨이야. 암. 죽은 목숨이고 말고…….'

✳

갑자기 복도를 달려오는 소리로 방 밖이 소란해졌다.

"장군! 동학군에 잠입해 있던 밀정이 돌아왔습니다."

밀정은 아직 씻지 않아 먼지와 땀투성이인 데다 먼 길을 쉬지 않고 달려왔기 때문에 기진맥진해서 몸을 제대로 가누지 못했다.

"수고했네. 그리 앉게."

홍계훈의 말을 기다릴 것도 없이 밀정은 방바닥에 무너지듯이 주저앉아 가쁜 숨만 몰아쉬고 있다.

"그래, 어떻게 됐나? 동학군 본진에서는 아무런 소란도 없었느냐? 전봉준은 아직도 살아 있느냐?"

전봉준의 생사가 궁금한 홍계훈은 다그치듯 물었다. 밀정은 무슨 말을 하려 했지만 진이 빠진데다가 목이 바짝 말라 혀가 잘 돌아가지 않는다.

"저어…… 저어…… 물…… 물 좀……."

그제야 홍계훈은 아직도 물리지 않았던 자리끼(잠자리에 마시려고 머리맡에 떠놓는 물)를 그릇에 부어 밀정에게 넘겨주었다. 벌컥 벌컥 물을 마신 밀정은 크게 한숨을 내쉰 다음 조금씩 입을 열기 시작했다.

"이틀 전 소성삼거리에 진을 친 동학군 본진에서 큰 소란이 있었습니다. 변장한 무사인 듯 싶은 사나이들이 전봉준의 목숨을 노려 한밤중에 기습을 감행했습니다."

"그래? 그 암살은 성공했나?"

"아닙니다. 소란이 끝나고 난 뒤 전봉준이 살아서 나타났으니 암살은 실패한 것으로 보아야겠습니다."

"……."

홍계훈의 몸에서는 일시에 기운이 빠져 나가 버렸다. 전봉준이 암살당하면 바로 군사를 끌고 나가 동학군 주력부대를 들이치려고 잔뜩 벌렸던 그의 꿈은 산산조각이 나고 만 것이다.

"하면, 그 암살자들의 무예가 부족해 전봉준을 죽이지 못했단 말인가?"

"그렇지 않습니다. 암살자들은 모두 무예가 뛰어난 자들이었습니다만

　　　　　　　　　　　　　얼굴 없는 軍師 두억시니

또 다른 한패가 나타나더니 암살자들과 대결했습니다."

이 말을 들으니 홍계훈의 눈이 휘둥그레졌다.

"아니? 또 다른 한패라니? 동학군의 군사 두억시니가 이끄는 그 지리산패를 말하는 것인가?"

"아닙니다. 지리산패는 아니었습니다. 우리나라 무사가 아닌 듯 보였습니다."

홍계훈을 비롯 그 자리에 있던 군관들도 숨이 막힐 만치 놀랐다.

"그…… 그게 무슨 소리인가? 우리나라 무사가 아니라니……?"

홍계훈이 다급하게 묻는다.

"그들이 쓰는 표창 그리고 칼, 검술의 솜씨로 보아 왜놈들 같았습니다. 암살자와 왜놈들은 서로 싸우며 죽임으로써 공멸한 셈입니다."

"왜놈들이라……?"

홍계훈은 어째서 갑자대의 전봉준 암살을 일본닌자들이 목숨까지 걸고 막으려 했는지 아무리 생각해도 풀리지 않았다.

✳

갑자대와 닌자부대가 뒤엉킨 격돌을 겪은 동학군 본진은 다음날 소성 삼거리를 떠나 번개처럼 진격을 시작했다. 먼저 흥덕에 쳐들어갔고 고창, 무장, 고부 등의 관아를 짓밟았다. 가는 곳마다 관아의 무기고에서 무기를 거두어들이고 온 고을을 이 잡듯이 뒤져 포수들을 찾아냈다.

포수들은 저마다 사냥총을 지니고 있는 데다 총 쏘는 솜씨가 뛰어나 따로 훈련시킬 것도 없이 바로 전력에 보탬이 됐다.

전봉준은 각 고을을 치면서도 백성들에게 세상이 바뀌어 깨끗한 정치가 펼쳐져야 한다고 동학군이 봉기할 수밖에 없었던 까닭을 알기 쉽게 풀어서 설명하는 것을 잊지 않았다.

홍계훈과 함께 서울에서 내려온 청나라 사신 서국룡은 동학란이 어떻게 돌아가고 있는지를 편지에 적어 자신들이 타고 온 청나라 군함 평원호 함장에게 보냈다.

군산항에 닻을 내리고 있던 평원호는 제물포로 되돌아가 이 편지를 서울의 청나라 동관에 전달했다. 편지 내용은 다음과 같다.

홍계훈 일행은 무사히 전주에 도착했다. 난당(반란을 일으킨 무리)은 고부, 태인, 부안, 무장, 고창, 금구 등 6현에 만연했다.

4월 초 6일 전라영병 300여 명과 보부상 600여 명으로 고부 두승산에서 난민을 요격했으나 크게 져서 많은 무기를 빼앗겼다는 보고가 있었다.

정읍, 고부, 연지 등 지방의 높고 낮은 관리들은 도망갔고 초토사(홍계훈)는 행군할 마음이 없다.

8일 우선 100명을 흥덕으로 뽑아 보내 적정을 살피고 있다.

형편을 살피려 흥덕에 들어갔던 전주감영의 정탐꾼 100명은 동학군이 들이닥치자 혼비백산해서 전주로 도망쳐 버렸다.

동학군이 많은 사람들의 예상을 깨고 바로 전주로 향하지 않고 여러 지방관아부터 치기 시작한데는 그만한 까닭이 있었다.

"당장 전주로 쳐들어갑시다."

성미가 급하고 거친 탓인지 언제나 공격을 앞세우는 총관령 김개남이 때를 놓치지 않고 전주를 향해 진격할 것을 주장한 것은 소성삼거리에서 하룻밤을 지낸 다음날 아침의 군략회의에서였다.

갑자대와 닌자부대를 모조리 없애는 대가로 동학군의 특수부대인 지리산패도 2명이 목숨을 잃었고 2명이 크게 다쳐 조금은 무거운 분위기 속에서 군략회의는 열렸다.

회의에는 대장 전봉준, 총관령인 손화중과 김개남, 총참모인 김덕영, 오시영, 영솔장 최경선, 비서 최희옥, 정백현 그리고 복면무사 두억시니 등이 참가했다.

회의 첫머리에 김개남은 황토재의 승리로 동학군의 사기가 하늘을 찌를 듯 높아졌으니 머뭇거리지 말고 전주로 처 올라가자고 외쳤다. 역시 피가 뜨거운 영솔장 최경선이 김개남의 주장을 지지하고 나섰다.

여러 가지 의견이 오가는 동안 두억시니는 입을 굳게 다물고 듣기만 했다. 모든 사람들이 자신의 의견을 털어놓고 난 뒤에야 두억시니는 비로소 입을 열었다.

"여러분들의 주장은 모두 일리가 있다고 여겨집니다."

모두의 눈은 두억시니에게 쏠렸고 모두의 귀는 그가 무슨 말을 할 것인지를 놓치지 않으려고 열려 있었다.

"전주는 함락시켜야 되나 지금 그곳에는 양호초토사 홍계훈이 경군을 이끌고 내려와 지키고 있습니다. 문제는 홍계훈과 경군이 아니라……."

두억시니는 자신의 뜻이 여러 간부들에게 잘 전달이 되고 있는지 잠시 말을 멈추어 살피더니 다시 입을 열었다.

"문제는 홍계훈과 경군이 아니라 무기입니다. 경군은 대단한 화력을 지니고 있습니다."

"……."

순간 자리는 물을 끼얹은 듯 조용해졌다. 황토재에서의 승리로 들떠 있던 분위기가 삽시간에 가라앉은 느낌이었다.

그랬다. 두억시니의 말은 정곡을 찌르고 있었다. 동학군은 주로 죽창, 농기구 그리고 창과 칼이 주된 무기다. 이에 견주어 경군은 야포 4문, 탄약 141상자, 여러 자루의 소총 등 강한 화력으로 무장돼 있었다.

지금 비록 동학군의 사기는 드높다고 하나 엄청난 화력으로 공격받으면 단숨에 무너질 것은 불을 보듯 뻔했다.

"지방관아를 치면서 먼저 화기를 조금씩이나마 걷어 들여 화력을 조금 더 강화한 뒤 전주로 진격하는 것이 어떻겠습니까?"

상대방의 의견을 묻는 형식이었으나 두억시니의 주장은 강한 설득력을 지니고 있었다. 아무런 이의가 있을 수 없었다.

전봉준이 이끄는 동학군은 여러 고을을 돌아 영광, 함평, 무안까지 휩쓸

고 동학혁명이 일어날 수밖에 없었던 경위를 백성들에게 알림으로써 날
이 갈수록 호남에서는 동학 지지 세력이 커져갔다.

✻

밤이 깊었는데도 대궐은 대낮같이 훤했다. 그 당시만 해도 매우 귀했던
전등을 몇 십 개씩 켜놓고 어둠을 쫓아내는 바람에 민비는 밝은 빛 속에
서 살고 있었다.

민비는 어둠을 두려워했다. 사방이 어두우면 마음도 어두워져 우울해
지기 때문이다.

매천 황현은 그가 지은 동학란을 다룬 『동비기략초고(東匪紀略草藁)』라는
책에 이렇게 썼다.

임오군란과 갑신정변을 겪은 뒤로 항상 어두운 밤에 화가 일어나는 것
을 두려워하여 궁중에 매일 밤 전등 수십 개를 켜서 아침까지 밝게 하였
는데 한 등의 비용이 엽전 20꾸러미나 됐다.

이러한 여러 가지 씀새를 채우기 위해 무리한 방법으로 돈을 긁어 들였
다고 황현은 썼다.

자질구레한 허비는 이루 다 말할 수가 없이 많았으나 나라의 창고가
이미 비어 돈을 만들어 낼 수가 없었다. 이에 벼슬자리를 팔다가 모자라
서 크고 작은 과거자리를 팔고 또 아전의 좋은 자리까지 팔았다.

또 광산을 열고 석탄을 캐냈으며 소금, 구리, 쇠까지 나라가 독점했다.
모든 시정의 백 가지 물건에 모두 세금을 매겼다.

또 홍삼을 독점하여 민영익으로 하여금 중국에 갖다 팔게 하고 그래도
모자라 양채(서양에서 꾸는 돈), 왜채(일본에서 꾸는 돈)까지 빚져서 쓴 것이 여
러 만 냥에 이르렀다.

민비는 전등으로 환하게 밝은 왕궁에서 밤늦게까지 잠을 이루지 못한
채 전주로부터의 소식을 기다리고 있었다. 전주성에 들어가 있는 양호초

     얼굴 없는 軍師 두억시니

토사 홍계훈이 갑자대의 전봉준 암살 여부를 알려올 것이기 때문이다.

'성공하겠지. 명색이 조선 팔도의 으뜸가는 무사들이 아닌가? 제아무리 그 문둥이군사 두억시니가 지휘하는 지리산패가 강하다 해도 갑자대를 당해 내지는 못할 거야' 민비는 그렇게 확신하고 싶었던 것이다. 그렇게 되기를 바랐던 것이다.

청나라, 러시아, 일본 등 모두 이리, 승냥이 같은 열강에 둘러싸여 있는 조선은 밖으로 여러 가지 골치 아픈 문제들이 많았지만 현재 민비와 조정을 가장 괴롭히고 있는 문제는 동학군이 기승을 부리고 있다는 것이었다.

전봉준을 죽임으로써 동학군의 기세를 꺾기 위해 민비는 자신의 친위부대인 갑자대 60명 가운데 20명이나 투입한 것이다.

'지금쯤은 결판이 났을 텐데……' 민비가 이런 생각에 잠기고 있을 때 방안의 전등이 팍! 하고 끊어졌다.

"앗!"

민비의 외침은 차라리 비명에 가까웠다. 전등이 나가자 불길한 예감이 민비를 사로잡았고 온몸에는 식은땀이 흘렀다. 전등이 끊어진 것이 나쁜 소식의 전조가 아닌가 하고 민비는 바짝 긴장한 것이다. 공교롭게도 민비의 예감은 들어맞았다.

비상용으로 마련해 둔 큰 촛대에 불을 켜고 났을 때 문 밖에서 인기척이 났다.

"중전마마. 양호초토사 홍계훈 장군으로부터 보고가 올라왔습니다."

기다리고 기다리던 소식이었다. 민비는 약간 흥분된 목소리로 대꾸했다.

"그래, 들여보내게."

홍내관이 이상궁을 통해 건넨 보고서를 펴든 민비의 얼굴은 백지장처럼 새하얗게 질렸다.

"아니…… 아니 이럴 수가……"

힘 빠진 민비의 손에서 보고서가 바닥으로 툭 떨어졌다.

"중전마마!"

이상궁이 걱정스러운 표정으로 민비를 바라보면서도 보고서의 내용이 어떤 것인지는 차마 묻지 못한다. 아랫사람들이 주제넘게 자신의 일에 끼어드는 것을 매우 싫어하는 민비의 성격을 잘 알고 있기 때문이다.

'남으로 내려 보낸 갑자대가 전멸했다. 이 일에 끼어든 일본의 닌자들까지 몰살당했다니 도대체 두억시니의 지리산패는 얼마나 무서운 놈들이란 말인가?' 지리산패가 만약 서울로 올라와 자신과 민비 일족을 습격하려 들면 어떻게 막아낼 것인가를 생각하면 막막하기만 했다.

지리산패의 가공할 만한 힘을 실제로 확인한 민비는 온몸을 사시나무 떨듯했다.

❋

"아니, 그게 무슨 소리인가? 두령인 다께다씨까지 포함해서 닌자들 모두가 목숨을 잃었단 말인가?"

두목인 우찌다 료헤이의 눈이 놀라움으로 커졌다.

"그렇습니다. 다께다씨는 마지막까지 살아남아 저와 함께 줄포를 향해 가다가 그 두억시니란 자의 칼에 그만 ……."

어떻게 살아남았는지 닌자부대의 통역으로 호남에 갔던 기무라가 부산 초량관에 자리 잡은 일본 낭인들의 조직인 뎅유우꾜의 본부에 나타나 소성삼거리 동학군 본진에서 일어났던 혈투에 대해 다께다에게 들었던 대로 털어놓았다.

"그래, 기무라상 당신은 어떻게 살아날 수가 있었소? 다께다를 쓰러뜨릴 만한 실력을 지닌 두억시니라면 당신쯤은 단칼에 죽일 수 있었을 텐데……."

묻는 우찌다의 눈초리가 심상치 않다.

'혹시 기무라 이 녀석이 지리산패와 내통해서 닌자들을 죽음으로 몰아놓고 자기만 목숨을 건진 것이 아닌가?' 라고 의심하는 눈초리다.

얼굴 없는 軍師 두억시니

“그······ 그건 이······ 이렇습니다.”

자칫 잘못했다가는 배신자의 누명을 쓰고 낭인들의 칼에 목숨을 잃을지도 모른다고 여긴 기무라의 말투가 황급한 나머지 더듬거린다.

“저······ 저를······ 일······일부러 살려서 돌려보낸 것입니다.”

“일부러 살려주어?”

“네······ 네······ 그······ 그렇습니다. 두억시니와 다께다씨의 싸움이 벌어졌을 때 저는 길 옆의 풀숲에 몸을 숨겼습니다.”

“흐음! 그래서?”

“몇 차례 칼 부딪치는 소리가 난 뒤 다께다씨를 죽인 두억시니는 어둠 속을 향해 휘파람을 불더군요.”

그 자리에 있던 스즈끼 덴간, 도끼자와 우이찌, 다께다 노리유끼, 구사까 도리끼찌, 오오꾸보 하지메, 요시꾸라 오세이 등 뎅유우꾜의 낭인들이 모두 숨을 죽이고 기무라의 말에 귀를 기울였다. 그들도 전문 살인 집단인 닌자부대가 조선의 무사들에게 몰살당했다는 사실이 믿기 어려웠다.

“휘파람 소리를 들었는지 어디에선가 검은 말이 나타났습니다. 두억시니는 그 말을 타고 소성삼거리 쪽으로 달리기 시작했습니다. 그런데 제가 숨어있는 풀숲 옆에 오더니 말을 멈추더군요.”

“기무라상이 숨어 있는 것을 알았던 모양이로군. 무서운 녀석이야.”

그러더니 말에 탄 채 저에게 말했습니다.

“돌아가서 너를 보낸 사람들에게 네가 본대로 알려라.”

이렇게 한마디만 던지고는 소성삼거리, 그러니까 동학군 본진쪽으로 말을 몰아 사라졌습니다.

“······.”

우찌다 료헤이를 비롯 그 자리에 있던 낭인들은 기무라의 말이 거짓이 아니라고 판단했다.

자신에 대한 의심이 사라진 것을 눈치챈 기무라는 허리에 찼던 수건을 풀어 이마와 목에 흐른 식은땀을 닦았다.

"그러고 보면 조선의 무사들도 결코 만만치 않소. 닌자들을 전멸시켰으니 말이오."

스즈끼가 탄식하듯이 내뱉었다.

"그러게 말이오. 그 두억시니가 이끄는 지리산패는 우리 일본이 조선에 진출하는 데 큰 골칫거리가 될 것 같소."

오오꾸보도 맞장구를 친다.

"아무튼 전봉준은 무사한 모양이니 일단 닌자들을 보낸 목적은 이루어진 셈이 아니오."

우찌다가 스스로 달래 듯 말했다. 우찌다의 말에 동감이라는 듯 고개를 끄덕인 스즈끼가 새로운 제안을 내놓았다.

"이번에는 우리 정체를 숨기지 말고 떳떳이 전봉준을 만나 보기로 합시다."

우찌다가 날카로운 눈초리로 스즈끼에게 다음 말을 재촉했다.

"아예 들어내 놓고 동학군 지원에 나서는 겁니다. 일본정부는 조선정부나 러시아, 청나라의 눈치를 보느라 그럴 수는 없지만 우리야 어떻소. 민간 단체인 뎅유우꾜가 동학군의 혁명을 지지해 무기를 제공해도 일본정부는 모르는 일이라 잡아떼면 그만 아닙니까."

"으음!"

우찌다가 신음하듯 반응을 나타내면서 잠시 눈을 감고 생각에 잠긴다.

"하기야 동학군은 농민으로 이루어진 봉기군이라 화기가 모자라겠지. 하지만 우리도 대량의 화기를 구할 수는 없지 않는가."

"다이너마이트입니다."

"흐음. 그것도 괜찮은 생각이군. 산 위쪽에 진을 치고 있다가 다이너마이트에 불을 당겨 아래로 던지면 훌륭한 무기가 될 수 있지. 또 기습할 때에도 쓸 수 있고……."

"물론 전봉준이 받아들일지 아닌지는 알 수 없으나 한번 시도해 볼만
은 합니다."

어떻게 해서든지 동학란을 더욱 크게 퍼지게 만들어 일본군이 조선에
출병할 수 있는 구실을 만들어내려는 뎅유우꾜는 여러 가지 방안을 놓고
웅성거렸다.

*

소성삼거리에서 줄포로 향하는 길목의 느티나무 아래서 일본닌자부대
의 두령인 다께다를 저승으로 보내고 난 뒤 두억시니의 칼은 바뀌었다.
두억시니와 다께다의 칼이 어둠 속에서 불꽃을 튀기며 부딪친 것은 몇
차례뿐이었으나 두억시니를 놀라게 만들기에는 충분했다.

두억시니가 놀란 것은 다께다의 검술이 뛰어나서가 아니라 다께다의
칼이 지금껏 마주쳐 본 일이 없었던 좋은 칼이었기 때문이다. 두억시니의
칼도 임진왜란 때 의병대장이 썼던 것이라고 전해지는 좋은 칼이었지만
다께다의 칼과 부딪칠 때마다 칼날이 패는 것을 느낄 수 있었다.

적을 거꾸러뜨린 두억시니는 몸을 숙여 다께다의 칼을 집어 들었다. 휘
두르기에 알맞은 무게, 그리고 단단하면서도 탄력 있는 도신(칼의 몸)이 가
히 명도임을 말해주고 있었다. 몇 차례 휘두르니 바람을 가르는 소리가
맑고 깨끗하다.

'뜻밖의 전리품이군. 아마도 일본의 이름 있는 칼 대장장이의 작품이겠
지' 두억시니는 그 칼을 칼집에 꽂아 동학군 본진으로 가지고 돌아왔다.

'필시 이름 난 칼이라면 칼자루를 벗겨 보면 명(기물 따위에 새기거나 쓴 제작
자의 이름)이 있을 것이다' 칼자루를 벗겨 보니 과연 나가소네오끼사또 만
듦이라는 명이 찍혀 있었다. 바로 일본의 나가소네고떼쯔, 줄여서 고떼쯔
의 칼이 틀림없었다.

"오오! 이것이 저 유명한 일본의 명도 고떼쯔로구나. 죽은 닌자는 어디
서 이렇게 좋은 칼을 구한 것일까?"

뛰어난 무사일수록 좋은 칼의 가치를 높이 평가하게 마련이다. 자신의 검술이 그 칼에 의해서 위력을 나타내기 때문이다. 닌자가 지니고 조선에 건너온 일본의 명도 고떼쯔는 동학군의 군사 두억시니의 애도로서 숱한 격전장에서 그 진가를 발휘하게 된다.

＊

"어때 아무래도 해치워버리는 수밖에 없지 않겠어?"

어렸을 때 천연두를 앓아 얼굴이 깊이 얽은 데다 덩치가 크기 때문에 '큰곰보'라 불리는 막쇠가 그 자리에 모인 사람들의 속을 떠본다.

천연두란 열이 높게 오르고 두통이 심한 데다 온몸에 발진이 생겨 낫더라도 얼굴이 얽게 되는 전염병이다. 마마, 두역, 두창, 역신, 천포창, 호역 등으로 불리는 천연두는 심할 경우 목숨까지 빼앗는 무서운 병이었다.

젠너가 우두(소의 몸에서 뽑아낸 천연두의 면역물질)를 만들어 예방접종에 성공하기까지 천연두는 온 세계 사람들의 공포의 대상이었다. 앓는 정도에 따라 천연두로 깊게 얽을 수도 있고 또 살짝 얽는 사람도 있었다.

깊게 얽은 큰곰보는 그 얼굴에 한을 품은 탓인지 성격이 흉폭한 데다 몸집이 크고 힘이 강해 동학란이 일어나기 전까지만 해도 불한당의 두목 이었던 자다.

큰 곰보가 동학군에 끼어든 것은 결코 전봉준이 내세우는 혁명의 대의 명분에 찬동해서가 아니라 이 난리 통의 무질서를 악용해 한 밑천 잡으 려면 동학군에 몸담고 있는 것이 편리하다고 여겼기 때문이다.

모임에 자리를 함께 하고 있는 10여 명의 사나이들 가운데 8명은 큰곰 보가 불한당 시절 거느리고 있었던 부하들이라 막된 인간들이다. 하긴 이 들과 부화뇌동하면서 재물을 챙기려는 나머지 녀석들도 쓸모없는 인간 이기는 마찬가지다.

"형님 말씀대로 이번 기회에 아예 요절내고 맙시다."

역시 천연두를 앓아 살짝 얽은 데다 몸집이 작기 때문에 '작은곰보'라

    얼굴 없는 軍師 두억시니

는 별명을 지닌 개똥이가 큰곰보의 주장에 동조했다. 작은곰보는 비록 몸집은 작아도 교활한 두뇌와 잽싼 몸놀림으로 큰곰보에 이어 곰보패의 부두목 노릇을 하고 있는 사나이다.

"그럽시다. 까짓 것. 제가 아무리 무예에 뛰어났다 해도 깊이 잠들었을 때 칼을 푹 꽂으면 용빼는 재주가 있겠소?"

"암, 그렇지. 역발산의 힘을 지녔다 해도 잠들었을 때는 송장이나 다름없을 테니 죽이는 데 어려움은 없을 거요."

동학군 진영으로부터 좀 떨어진 숲속에 모닥불을 피워놓고 어디서 약탈해 왔는지 막걸리를 마시며 이들은 암살음모를 꾸미고 있었다. 그래도 불한당으로써 조직적인 떼도둑 노릇을 해보았던 무리들이라 두 곳에 망을 보는 보초까지 세워두었다.

"이번에 죽여 버리고 나면 그 녀석 진짜 얼굴을 볼 수 있겠군."

"문드러진 그 얼굴을 보아서 무엇해."

"얌전하게 군사노릇이나 하고 있었으면 목숨까지는 잃게 되지 않을 텐데……."

"그러게 말이야. 그 녀석에 마음이 쓰여서 어디 재미다운 재미를 볼 수가 있어야지."

"그 놈만 죽이고 나면 여자고 재물이고 다 우리 마음대로야."

곰보패가 암살하려는 인물은 복면군사 두억시니였다.

*

대개 관권에 항거해서 일어난 봉기는 뒷날 시간이 흐르면 흐를수록 실제보다 미화되어 전해지기 마련이다. 그러나 큰 봉기 쳐놓고 100% 올바르고 깨끗하게 움직인 봉기란 찾아보기 힘들다.

봉기에는 으레 많은 사람들이 참가하게 된다. 그러다 보면 이런 사람도 끼여 들고 저런 사람도 참여한다.

몹쓸 정치에 시달리다가 견디지 못해 동학군에 뛰어든 사람들이 있는

가 하면 나쁜 짓을 보다 편하게 저지르기 위한 방편으로 동학군에 끼여
든 사람들도 적지 않다.

나쁜 사람들은 동학군에 들어와도 나쁜 짓에만 눈을 밝힌다. 사람됨이
서로 다른 많은 무리를 틀 잡힌 규율로 통제한다는 것은 결코 쉬운 일이
아니였기에 동학군도 마찬가지였다.

그래서 동학군이 저지른 일 가운데는 비난받을 만한 행패도 있었다. 동
학군의 발자취를 따라 취재하고 『전봉준을 위하여』라는 책을 지은 장효
문은 이렇게 썼다. 간추려 보면 다음과 같다.

이규익 노인은 동학군의 폐단이었던 속인전에 대한 이야기도 들려주
었다. 속인전이란 동학을 믿지 않은 사람들에게 동학군들이 임의로 부과
한 것으로 동학 농민군들이 고부성을 치고 황토현(황토재)에서 대승한 이
후에 성행했다.

동학을 믿지 않는 지방의 토호나 유생을 찾아가 속인전을 거두었는데
20~30명이 몰려다니면서 같은 집에 수십 회씩 찾아가 빼앗다시피 하였다
는 것이다.

이 때문에 유생이나 지방 토호들은 집을 비우고 도망도 쳤지만 대부분
의 주민들은 속인전이 무서워 동학의 주문인 '시천주조화정 영세불망만
사지'를 외우며 약식으로 동학교인이 되었다.

그러나 그것이 또 화근이었다. 동학군의 패전 이후에는 동학교인이라
해서 관으로부터 또 다시 엄청난 시련을 당했다. 결국 속인전은 재물을
약탈하는 수단이었다. 애당초 동학군의 봉기를 환영하는 백성들 가운데
는 자진해서 쌀을 내는 사람도 있었고 돈을 내는 사람도 있었다.

또 토호 가운데도 살아남기 위해서 어쩔 수 없이 스스로 식량과 재물을
동학군에 바치는 사람이 있었던 것은 당연하다. 군량미나 군자금이 넉넉
할 까닭이 없었던 동학군은 이렇게 들어오는 쌀과 돈으로 군사들을 먹여
가며 움직이고 있었다.

그러나 황토재 싸움에서 크게 이기고 나자 동학군 가운데는 상부의 지시가 없는데도 제멋대로 부잣집을 돌며 돈을 거두는 자들이 나오기 시작했다. 죽창 등 무기를 지니고 떼로 몰려다니면서 속인전을 내라는 것이다.

바야흐로 동학군이 판을 치는 세상이 되어가고 있는 마당에 어느 누가 거절할 수 있겠는가. 그것도 같은 집에 여러 차례 들이닥치니 집을 비워둔 채 도망가는 사람들이 잇따랐을 법도 하다.

옛날에는 군역에 부득이 못 나가는 사람은 자기 대신 복무할 사람을 돈으로 사서 내보내는 경우가 있었다. 또 세미도 돈으로 대신 낼 수 있었다. 한마디로 여러 가지 의무를 돈으로 대신한다는 생각이 그때는 널리 퍼져 실시되고 있었다.

원래 동학군의 속인전도 '동학을 믿고 봉기에 가담하든가 아니면 돈을 내서 봉기에 협조하라' 는 뜻을 지니고 있었던 것 같다. 하지만 속인전이 모두 동학군의 군자금으로 보태지지는 않았던 모양이다.

세금을 착복하는 공무원이 있는 것처럼 동학군 가운데는 속인전을 거두고 가로채는 인간도 적지 않았다. 특히 곰보패는 악랄한 방법으로 부자들을 협박하고는 약탈한 돈을 모두 자기네들이 차지하고 있었다.

곰보패들은 나쁜 것을 저지르면서 언제나 두억시니의 존재가 무서웠다. 자신들의 죄악이 드러날 경우 결코 두억시니가 가만히 있지 않을 것이기 때문이다. 마음 놓고 사복을 채우기 위해 곰보패는 두억시니를 없애기로 마음먹은 것이다.

*

무거운 침묵이 뒤덮인 가운데 모두가 팔짱을 낀 채 이마를 찌푸리고 있다. 언짢은 문제를 논의할 때의 침울한 분위기가 바로 그것이었다.

"속인전을 빌미로 일부 동학군의 행패가 심하다는 원성이 높은 모양이오. 여러분들은 들은 바가 없소?"

대장인 전봉준이 속인전의 폐단에 대해 말문을 열자 그제서야 여러 간부들은 비로소 무거운 입을 열고 자신들이 들은 이야기를 털어놓았다.

"떼로 몰려가 엄포를 놓는 바람에 겁이 나서 속인전을 냈다는 집은 많은데 정작 동학군에는 그 돈이 들어오지 않고 있습니다."

"하루에도 같은 집을 이 무리가 찾아가서 뜯어내고 저 무리가 찾아가서 뜯어내니 이래 가지고야 어디 동학이 백성들의 지지를 받겠소?"

"부자들이야 그 동안 좋은 세월을 보냈으니 이제 못사는 사람들에게 돈을 좀 내놓아도 그리 원통할 것이 없지 않겠소?"

라고 속인전 징수의 부작용을 어쩔 수 없는 일로 돌리려는 의견도 있었다.

"하지만 돈을 거둬들이는 데도 명분이 있어야 되고 공정해야 되는 법이오. 아무리 부자라 해도 마구 시도 때도 없이 찾아가 돈을 내놓으라는 것은 잘못이오. 더구나 그 돈을 동학군에 바치지 않고 가로채는 것은 도둑질이나 다를 바 없소."

"그 말씀이 옳소."

비단 속인전의 문제만이 아니었다. 포악한 정치를 바로잡기 위해 한마음으로 뭉쳐 봉기했을 때만 해도 전혀 생각조차 못했던 여러 가지 말썽들이 지금 동학군 내부에 일어나 간부들의 머리를 아프게 만들고 있었다.

개인적인 감정에 바탕을 둔 복수, 자기의 욕심만을 채우려는 이기적인 행동, 스스로 절제할 줄 모르는 사나이들의 잔인한 행패 등이 거의 매일 말썽을 일으키고 있었다.

군사훈련도 제대로 받지 못하고 변변한 무기도 지니지 못한 데다 군기마저 무너진다면 전주를 공략하긴 커녕 관군의 제물이 되기 십상이었다.

속인전은 동학군이 인심을 잃게 만들고 있는 폐단 가운데도 대표적인 것이었다. 마구잡이 속인전 거둬들이기를 단속하기는 해야겠으나 그렇다고 그 많은 동학군의 군사들을 일일이 뒤따라 감시할 수도 없는 노릇이었다. 묘안이 나오지 않는 가운데 답답한 시간이 흘렀다. 이런 경우 으레 그랬듯이 끝내 전봉준은 두억시니에게 일을 떠맡긴다.

"군사! 군사가 이 문제의 해결방안을 찾아보아 주시오."

아까부터 단 한마디도 하지 않고 여러 사람들의 의견에 귀만 기울이고 있던 복면군사 두억시니는 전봉준의 당부에 가볍게 고개를 끄덕이는 것으로 대답을 대신했다.

그때 막사 밖이 소란해졌다. 사람들이 달려가는 발자국소리 그리고 고함치는 소리가 들렸다.

"불알 까기가 시작됐다! 양반 녀석들의 씨를 말리는 거야!"

＊

손이 묶인 채 대추나무에 매달려 있는 두 젊은이는 분명 양반임에 틀림없었다. 햇볕에 그을리지 않은 흰 피부하며 막일을 하지 않아 가냘픈 팔다리하며 글만 읽거나 놀고만 먹는 신수임을 첫눈에 알 수 있었다.

얻어맞아 입술은 터지고 눈은 부어있었으며 이제는 저항할 기력조차 잃고 푸줏간의 고기처럼 축 늘어져 있었다. 하반신은 피로 붉게 물들어 있어 몰골이 처참했다. 둘레에는 피묻은 죽창을 든 곰보패들이 히죽거리고 있었다.

두 청년은 동학군의 곰보패에 의해 거세를 당한 것이다. 출혈을 막고 목숨을 건진다 해도 이제 두 청년은 사나이 구실을 못하게 됐다.

장효문은 『전봉준을 위하여』에 이렇게 썼다.

폐단은 계속되었다. 심지어는 양반이나 지방 토호 벼슬아치들의 씨를 말린다고 대추나무, 소나무 등에 매달아놓고는 아랫도리를 벗겨 납작한 죽창으로 불알을 따고 그 곁에는 불알 씨를 받는다고 부녀자들이 치마폭을 벌리고 서있는 등 법석을 떨었다.

그동안 당한 폐정의 피해 그리고 벼슬아치나 양반에 대한 원한이 얼마나 깊었는지는 측량할 수 없다 하더라도 이것이 후일에 엄청난 보복을 불러들인 결과가 되고 말았다. 동학군이 패한 뒤 이번에는 동학교인들의 씨를 말린다고 죽창의 예리한 공격을 받은 것이다.

옛날에는 반역을 꾀하면 반역자의 삼족을 멸했다. 엄한 처벌의 뜻도 있지만 아예 씨를 말려 복수를 하지 못하도록 만드는 뜻도 있었다.

동학군의 주류인 억눌렸던 사람들도 그동안 당했던 서러움을 풀고 지배계급의 씨를 말리기 위해 양반이나 토호들을 나무에 매달아 거세라는 만행을 저지른 것이다.

전봉준과 두억시니를 비롯한 간부들이 달려왔을 때는 이미 일이 끝난 뒤였다. 몰려든 사람들 속에 전봉준과 두억시니의 모습을 발견한 곰보패들은 잠시 움찔했으나 이내 큰곰보가 능청을 떤다.

"자아, 이제 이 양반 녀석들의 후손이 우리를 괴롭히는 일은 없을 것이다. 우리 자손은 이 녀석들 자손에게 시달리지 않게 됐다."

자신들의 비행을 합리화하려는 큰곰보의 궤변은, 그러나 오랫동안 지배계급에 시달려왔던 약한 사람들에게는 먹혀 들어간다.

"그렇다! 양반이나 벼슬아치 그리고 부자들의 씨를 말려야 돼."

"죽이지 않는 것만 해도 다행으로 여겨야지. 그동안 우리를 얼마나 못살게 굴었나?"

저마다 한마디씩 지껄이며 나무에 매달린 두 청년이 생각하기에 따라서는 죽느니만치 못한 여생을 보내게 된 것에 대한 동정심이란 털끝만치도 나타나지 않았다. 참혹한 광경에 표정이 사뭇 어두워진 전봉준이 곁의 두억시니를 바라본다.

일을 저지른 큰곰보를 질책하거나 벌을 주면 많은 동학군들이 반발할 것이고 그렇다고 이런 비인도적인 행위를 그대로 놓아두는 것은 동학의 명예를 위해서 바람직하지 않았다. 어쩔 수 없는 진퇴유곡에 빠진 전봉준이 또다시 두억시니에게 '좋은 방안이 없느냐?' 고 눈으로 물었다.

두억시니는 아무 일도 없었다는 듯 부드러운 말투로 지시를 내렸다.

"그 두 사람을 나무에서 끌어내려 상처를 소주로 깨끗이 씻어 덧나지 않게 한 뒤 풀어주어라."

얼굴 없는 軍師 두억시니

두억시니의 눈은 큰곰보를 쏘아보고 있었다. 무슨 말인가 대꾸하려던 큰곰보는 두억시니의 눈총에 으스스함을 느끼고 그의 말에 따랐다. 발길을 돌리면서 두억시니는 낮은 목소리로 전봉준에게 말했다.

"아마 큰곰보가 다시 저런 일을 저지르지 않을 겁니다."

전봉준은 뜻밖이라는 듯 대답했다.

"군사! 저 녀석은 그렇게 고분고분 따를 녀석이 아니오. 두고 보시오. 또다시 말썽을 일으킬 것이오."

복면 속의 두억시니의 눈은 웃고 있었다. 며칠 뒤 두억시니의 말은 그대로 들어맞게 된다.

✳

"초토사는 녹두장군이 무서워 전주성에서 출격할 엄두조차 못내고 있다."

"직함이야 거창한 양호초토사지만 전주성에 틀어박혀 아무것도 하는 일이 없네."

"그래. 나라님도 어쩌자고 홍계훈 같은 겁 많은 작자를 초토사로 임명했을꼬?"

"그야 나라님이 하셨나? 안방마님인 민비가 임명하신 거지."

"초토사란 군사를 끌고 나가 난리를 평정해야 되는 자리가 아닌가. 이렇게 아무 일도 하지 않고 놀고먹어도 되는 것인가?"

전주에서는 사람들만 모이면 초토사 홍계훈의 흉을 보기에 바빴다. 지배계급은 하루빨리 동학란이 가라앉기를 바라는 마음에서 홍계훈의 머뭇거림이 못마땅했고 동학군을 지지하는 서민들은 홍계훈이 이제 살아 있는 전설이 된 전봉준 장군에 의해 깨지는 것이 보고 싶어 전주성에서 꼼짝 않고 있는 홍계훈이 밉기만 했다.

하지만 홍계훈이 그저 아무것도 하지 않고 가만히 있기만 했던 것은 아니다. 그는 나름대로 자신의 실속을 채우기 위한 계략을 꾸며나가고 있었다.

'이대로 가만히 있기만 하면 조정은 물론 중전마마께서도 나를 무능한 사람으로 여기게 되기 쉽다. 무엇인가 공을 세워야 한다' 나가서 동학군을 치자니 겁이 나는 홍계훈은 조정에 원군을 보내달라고 요청했다.

'원군이 내려올 때까지 아무것도 안하고 있을 수는 없다. 동학군과 내통한 자들을 색출해내야겠다. 그래야만 초토사로서 체면을 세울 수 있지 않은가?' 홍계훈은 문갑에서 문서를 꺼내 탁자 위에 펼쳤다. 그동안 들어온 여러 가지 정보 가운데 동학군과 몰래 선이 닿아 있다고 의심이 가는 자들의 명단이다.

전 영장인 김시풍을 비롯 김영배, 김용하, 김동근의 이름이 올라 있고 전라감영 수교 정석희는 이미 옥에 가두어 두었다.

'우선 이들을 문초해서 죄를 밝히고 목을 베어 관의 위엄을 세워야지. 그렇게만 하면 그 어느 누구도 초토사가 아무 일도 안했다고 트집 잡을 수 없지' 그러나 '김시풍을 비롯한 여러 사람이 동학군과 몰래 손을 잡아 기회가 있으면 배반할 것'이라는 밀고를 뒷받침할 만한 뚜렷한 증거는 없었다.

하지만 홍계훈은 이 비상시국에는 증거가 좀 부족하더라도 의심이 가는 자는 단죄해서 나라의 기강을 바로 잡아야 된다고 생각하고 있었다. 동학군 입성 이전에 전주감영에서는 피바람이 일게 된다.

✳

나지막한 야산을 뒤에 두고 남향으로 앉은 큰 기와집은 넓은 앞마당을 지니고 있는 전형적인 지방토호의 집안에서 죽창과 칼을 든 10여 명의 동학군에 둘러싸인 최부자는 몸을 웅크리고 와들와들 떨고 있었다.

다른 식구들은 이미 몸을 다른 곳으로 피했는지 집안에 다른 사람의 인기척은 없고 머슴조차 동학군에 들어갔는지 그 모습을 볼 수가 없었다.

"영감, 나라를 바로 잡으려는 일이오. 그러니 서슴없이 속인전을 내놓

얼굴 없는 軍師 두억시니

으시오. 그래야 세상이 바뀐 뒤에도 살아남을 수가 있소.”

불한당 출신의 큰곰보가 제 딴에는 점잖을 빼며 그러나 명백한 협박을 하고 있었다. 그러니까 이들 동학군 10여 명은 큰곰보가 이끄는 곰보패다.

“하 …… 하지만 이미 열세 차례나 속인전을 거둬가지 않았소. 이제 더 드리고 싶어도 드릴 돈이 없소.”

환갑을 넘어 보이는 최부자가 고개를 설레설레 흔든다. 큰곰보는 빙긋이 웃으며 고개를 끄덕인다.

“알고 있소. 영감이 우리 동학을 위해 여러 차례 속인전을 냈다는 사실은 전봉준 장군께서도 고맙게 여기고 있소.”

큰곰보는 전봉준의 이름까지 들먹이며 최부자에게 압력을 넣은 뒤 마지막 결정타를 가한다.

“영감, 정말 그래도 되는 거요? 영감 일가족이 고개 넘어 폐가에 숨어 있는 것을 우리는 잘 알고 있소.”

이 말을 들은 순간 최부자는 깜짝 놀란다.

“아 ……아니 …… 그 일을 어떻게?”

“으아하하하하! 그리고 영감이 숨겨둔 항아리 속의 돈을 가져가려고 몰래 이 집에 돌아온 것도 알고 있소.”

고개를 툭 떨군 최부자는 절망감 때문에 몸이 더욱 움츠러든다.

“다 알고 있으니 빨리 돈을 내놓아. 그렇지 않으면 폐가에 남아있는 네 마누라와 젊은 첩 그리고 두 딸이 무사하지 못해.”

곰보패의 부두목격인 작은곰보가 마지막 쐐기를 박는다.

“…….”

아무 말도 않고 잠시 자신이 놓인 상황을 판단하던 최부자는 돈을 모두 바치더라도 이 악독한 사나이들이 두 딸을 가만두지 않을 것이라 결론을 내리고 몸에 숨겨둔 단도를 뽑아 들었다.

“으아하하하하!”

곰보패들이 그 모습을 보고 일제히 웃음을 터뜨렸다.

"저 영감 좀 보게. 저 작은 칼 하나로 우리와 맞설 생각인가 보네."

큰곰보는 뜻하지 않게 벌어지는 심심풀이를 잔인하게 즐기려한다. 그러나 최부자는 그 단도로 자신의 목을 찌르려 했다. 두 딸이 불한당에게 욕보는 꼴을 보느니 차라리 스스로 목숨을 끊으려는 것이다.

'쌔앵!' 바람을 가르고 날아온 돌팔매가 정확히 들어맞아 최부자의 손으로부터 단도를 떨어뜨렸다.

"어!"

놀라서 돌팔매가 날아온 쪽으로 곰보패가 일제히 눈을 돌리니 곡간 처마 밑에 두억시니가 서 있다. 한동안 곰보패는 넋나간 사람들처럼 두억시니를 바라보다가 갑자기 사태의 심각함을 깨닫고 일제히 두억시니에게 달려들었다.

"여러 차례 속인전을 거두었으면서 단 한 푼도 동학군에 내놓지 않았다지?"

혼잣말처럼 중얼거리면서 등에 진 명도 고떼쯔를 뽑아 든 두억시니는 마치 칼춤을 추듯 자유자재로 칼을 휘둘렀다. 둥글게 원을 그리며 휘두르는 칼에 두 녀석의 목이 갈라져 피를 뿜어냈다. 나머지 녀석들은 공포감 때문에 입을 열지 못하면서도 두억시니를 쓰러뜨려야 살 수 있다는 강박감에 어설픈 동작으로 덤벼든다.

"동학이 불한당이란 말인가? 너희들이 사람이란 말인가?"

노래부르듯 중얼거리면서 두억시니의 칼은 조금의 허점도 없이 곰보패의 목을 몸통으로부터 날렸다.

"아무리 밉다한들 젊은이의 불알을 까서 평생 병신으로 만드는 것이 동학의 할 일이란 말인가?"

노래라기보다 차라리 넋두리에 가까운 중얼거림을 따라 두억시니의 칼은 허공에 여러 가지 도형을 그렸다. 그때마다 팔이 잘리고 다리가 떨어져 나갔다. 얼핏 보기에는 그다지 빠르게 움직이는 것 같지 않은데도 두억시니의 칼은 어김없이 곰보패의 몸으로부터 팔, 다리 그리고 머리를 잘라내고 있었다.

"으와아아!"

도저히 안되겠다 싶었던지 아직도 살아남아 있던 큰곰보, 작은곰보 등 4명이 죽창과 칼을 버리고 달아나기 시작했다.

그런데도 두억시니는 그 뒤를 쫓아갈 생각은 하지 않고 품속에서 한지를 꺼내 칼에 묻은 피를 닦아낸다.

도망가던 4명의 곰보패들은 큰 실수를 저지르고 말았다. 사방으로 흩어져 도망갔더라면 그 가운데 한두 사람은 혹시 목숨을 건질 수 있었을지도 모른다. 그러나 겁이 나는 바람에 4명이 함께 달아나는 그들 앞에 불쑥 또 한 사람의 복면무사가 나타났다.

"앗!"

놀란 4명은 저항다운 저항도 못하고 이내 복면무사의 칼에 쓰러지고 만다. 두억시니를 따라와 잠복해 있던 족제비가 그들의 도주로를 가로막아 요절을 낸 것이다.

"노인장, 이제는 아무 일 없을 것이오. 마음 놓고 가족들에게 돌아가시오. 그리고 한 가지만 당부합시다. 어려운 사람들에게 인정을 베풀어 주시오."

발길을 돌려 족제비와 함께 떠나는 두억시니의 뒷모습을 향해 큰절을 한 최부자는 한동안 고개를 들지 않았다.

＊

동학란을 진압하라는 어명, 실제로는 민비의 명령이지만 아무튼 나랏님의 명령을 받아 양호초토사로 임명되어 전주에 내려와 꼼짝을 않던 홍계훈이 갑자기 행동을 개시했다. 동학군을 치기에 앞서 적과 내통한 혐의가 있는 자들을 일제히 모두 잡아들이기 시작한 것이다.

전주감영의 수교(지방의 군역에 종사하는 장교의 우두머리)인 정석희는 홍계훈이 전주에 들어서자마자 가장 먼저 잡혀 옥에 갇혔다. 정석희는 모함에 의해 옥에 갇혔다.

전봉준이 고부에서 봉기했을 때 정석희는 전라감사 김문현의 명을 받아 봉기를 중지하도록 타이르기 위해 세 차례나 전봉준을 만났으나 뜻을 이루지 못했다.

'정석희는 동학군의 봉기를 가라앉힐 생각은 않고 오히려 전봉준으로부터 1천 2백량을 받아 사복을 채웠다', '정석희는 돈에 눈이 어두워 동학과 손을 잡았다. 결정적인 순간에 동학군에게 가세하기로 몰래 약조했다' 정석희가 전봉준 설득에 실패하자 누가 흘렸는지 이런 소문이 전주 성안에 파다했다.

동학군의 위세에 잔뜩 신경이 곤두서 있던 홍계훈은 소문만 믿고 불문곡직 정석희를 잡아들여 옥에 가두어버렸다. '역향(반역의 고장)인 호남에는 믿을 사람이 없다' 는 그릇된 생각을 지닌 홍계훈이고 보면 정석희를 잡아들이는 데 떠도는 소문만으로도 충분한 근거가 됐다.

감영의 장수들이 동학군과 내통했다는 소문은 정석희 한 사람만이 아니었다. 영장(진영의 으뜸 장수)을 여러 차례 지낸 김시풍도 동학군과 몰래 손을 잡아 때를 기다리고 있다는 소문이 퍼져 있었다.

정석희와 김시풍 두 사람 모두 호남에서는 손꼽힐 만치 무용이 뛰어난 장수였다. 다만 사람됨에 있어서는 두 사람이 달랐다. 정석희는 앞을 내다보는 안목을 지닌 데다 재물에 욕심이 없는 깨끗한 인물이었던 반면 김시풍은 성격이 포악하고 재물을 탐했다. 동학란이 일어났을 때 김시풍은 벼슬자리에서 쫓겨나 있었다.

'옳다. 기회는 왔다. 바로 내가 초토사가 될 수 있는 절호의 기회가 찾아왔다' 전봉준이 봉기를 일으키고 동학의 세력이 봉기군의 주력을 이루게 되자 김시풍은 걸어서 한양으로 향했다.

틀림없이 동학란을 진압하기 위해서 초토사가 임명될 것이고 서울의 장수들은 너무 오랫동안 평화에 길들어져 있어 전투에 참여하는 것을 꺼릴테니 호남에서 많은 도적을 잡은 자신에게 초토사의 명이 내리도록 여기저기 힘을 써보자는 뜻에서의 상경이었다.

하지만 김시풍이 서울에 이르고 보니 이미 홍계훈이 초토사로 임명되어 전주로 내려간 뒤였다.

'홍계훈 따위가 무슨 수로 동학란을 진압할 수 있겠는가?' 김시풍은 불만과 우울함이 뒤섞인 감정을 안고 다시 전주로 내려왔다.

✻

"무엇이? 초토사가 나하고 술자리를 같이 하고 싶다고?"

김시풍은 매우 뜻밖이라는 듯 큰 눈망울을 굴리며 어째서 홍계훈이 자신을 불러 술을 함께 마시자는 것인지 생각에 잠겼다.

임오군란 때 민비를 궁녀로 변장시켜 궁 밖으로 데리고 나가 목숨을 건져준 것만으로 출세가도를 달리고 있는 홍계훈이 초토사가 되어 내려온 것이 매우 못마땅한 김시풍은 성미는 급하고 사려가 모자란 사람이었다.

'흐음! 홍계훈 이 녀석이 동학의 무리들이 무서워서 나의 도움을 받고 싶은 거야. 그렇지 않으면 나를 부를 까닭이 없지. 아암, 없고 말고 ……'

4월 10일 김시풍은 홍계훈이 베푸는 술자리에 나타났다. 자리에 앉은 두 사람은 한동안 상대방의 사람됨을 저울질하듯 차가운 눈으로 서로를 살펴보았다.

아무래도 서울에서 그것도 궁중에서 이런 사람 저런 사람과 접촉해오면서 민비의 마음에 들게 된 홍계훈이 이런 자리에서 이야기를 풀어나가는 데는 한 수 위였다.

"이렇게 와주셔서 고맙소."

홍계훈은 짐짓 의분에 가득 찬 목소리로 김시풍에게 말을 걸었다.

"장군도 이미 잘 알고 있다시피 동학의 무리들이 난을 일으켜 사태가 급박하오. 내가 재주도 부족한데 외람되게 장수의 중책을 맡게 되었소."

홍계훈은 김시풍에 대한 예를 깍듯이 지키면서 말을 이어나갔다.

"어떻소? 장군이 중군(각 군영의 대장이나 절도사, 방어사, 통제사 등에 버금가는 장수)을 맡아 주지 않겠소? 장군이 중군을 맡아 앞장서 나가 주신다면 동학의 무리들은 모두 혼비백산해서 도망칠 것이오. 장군의 뜻은 어떻소?"

홍계훈은 매우 약은 사람이다. 김시풍이 중군을 맡아 주면 그의 무용이 동학군 진압에 크게 도움이 될 것이고 만약 거절하면 소문대로 그가 적과 내통했다는 죄목으로 잡아들일 생각으로 이 자리를 마련한 것이다.

만약 김시풍이 아닌 정석희가 이런 청탁을 받았다면 두말없이 나라를 위해서 승낙했을 것이다. 하지만 야욕에 불타고 있던 김시풍은 모처럼 초토사가 되는 기회를 홍계훈에게 빼앗겼다 싶은 생각에 스스로 묘혈을 파고 만다. 김시풍은 한동안 홍계훈을 노려보고 있다가 분통을 터뜨려 버렸다.

"홍계훈! 너는 본래 대궐에서 심부름이나 하던 천인 출신이 아닌가?"

이 말을 들은 홍계훈의 안색이 싹 변했다. 김시풍은 홍계훈의 감정 따위는 아랑곳 않고 계속 자신의 불만을 폭발시키느라 앞뒤를 분간 못했다.

"너에게 견준다면 나는 어떤가. 나는 본디 병영의 장교로서 여러 차례 큰 도둑도 잡은 사람으로 너와는 격이 다른데 어찌 날더러 중군을 맡으란 말이냐!"

술자리는 완전히 분위기가 깨지고 팽팽한 긴장감만이 감돌았다. 잠시 가쁜 숨을 몰아쉰 김시풍은 드디어 돌이킬 수 없는 말로 마무리해버렸다.

"무엇이 모자라서 나를 초토사로 임명하지 않았느냐?"

초토사를 맡으라는 하명을 받았을 때 어째서 사양을 하지 않았느냐. 그리고 어째서 김시풍을 천거하지 않았느냐는 김시풍의 불만은 그의 명을 재촉하고 만다.

*

"이 죽일 놈!"

창백했던 홍계훈의 얼굴에 핏기가 솟아 붉게 물들면서 김시풍에 대한 포박 명령이 내려졌다.

"저놈을 잡아 묶어 대죄토록 하라!"

미리 이런 일이 있을 줄 알고 대기했던 경군(서울의 정부군)들이 일제히 달려들어 김시풍을 꽁꽁 옭아매어 묶은 뒤 술자리에서 끌어내려 마당에 꿇어 앉혔다. 한동안 분을 삭이느라고 가쁜 숨을 몰아쉬던 홍계훈이 증오에 찬 눈으로 김시풍을 노려보며 호통을 친다.

"잘 들어라. 네놈은 구석진 시골의 촌뜨기 주제에 나라의 은혜로 그래도 병영의 장교까지 됐으면 고맙게 여기고 그 은혜의 만 분의 일이라도 갚아야 하거늘 나라 위해 일할 생각은 하지 않고 오히려 도적들의 우두머리가 되어 도적질을 지휘했으니 어떤 처벌이라도 달게 받아야 할 것이다."

여기서 홍계훈이 김시풍을 '도적의 우두머리'라고 말한 데는 그만한 까닭이 있다. 동학란의 시대를 살았던 매천 황현은 그가 지은 『오하기문』과 『동학란』에 김시풍에 대해 이렇게 썼다.

시풍은 원래 전주 사람이다. 열교(列校)로서 벼슬길에 나와 죄인을 잡아들이는 데 공을 쌓아 영장이 되었고 중영에 세 번, 전영에 두 번이나 임명되었다. 그래서 화적들도 김시풍을 두려워했다.

그러나 그는 성질이 흉악하고 교활하며 재물을 탐했다. 극악한 적들을 풀어주고 그들의 장물을 나누어 가졌다.

백성들 가운데 재물을 많이 가진 사람이 있어 자신의 비위를 거슬리면 문득 그 사람의 집을 도적의 소굴이라 무고하여 그 재산을 몰수해버렸다.

황현의 글에 따르면 김시풍은 용맹스럽기는 하나 덕과 의가 없는 사람이었다. 홍계훈이 호되게 꾸짖는데도 김시풍은 기가 꺾이지 않은 채 머리를 치켜들고 대들었다.

"암군(정사에 어두운 어리석은 임금)을 버리고 명군(정사에 밝고 현명한 임금)을 옹립하는 것은 옛날부터 있어온 진리다. 내가 7월 보름 안에 어지러운 세상을 평정하고 나라를 세우려 했으나 일이 이미 글렀으니 무슨 말을 하겠는가."

말을 마친 김시풍이 몸을 솟구치니 그의 몸을 꽁꽁 묶었던 오랏줄이 툭툭 끊어져 나갔다.

"애들아! 나를 살려내라!"

김시풍은 자신을 다시 잡아 묶으려는 경군들과 부딪치며 고래고래 소리를 지르며 부하를 불렀다. 홍계훈이 만약의 사태에 대비해서 부하인 경군을 잠복시켜 두었던 것처럼 김시풍도 이런 일이 있지 않을까 해서 담 밖에 몇 십 명의 무장한 부하들을 대기시켜 놓았다.

김시풍의 부름을 듣고 몇 십 명이 창과 칼을 들고 날쌔게 담을 넘어와서 우두머리를 구하려 했으나 경군이 지니고 있는 총포 앞에는 무력할 수밖에 없었다.

"탕! 탕!"

총소리와 함께 몇 명이 쓰러지고 김시풍도 그 자리에 고꾸라지고 말았다.

피를 흘린 김시풍이 다시 오랏줄에 묶이는 광경을 속수무책으로 바라보는 그의 부하들 틈에는 두억시니가 전주감영에 잠입시켜 놓은 족제비가 끼어있었다. 족제비는 냉정한 눈으로 사태의 돌아감을 날카롭게 살펴보고 있었다.

＊

"으악! 지……징그러워라."

"어머, 끔찍해라. 꿈에라도 나타날까봐 무섭다."

"애기 가진 여인네들은 아예 이 근처에 오지도 말라고 그래라."

아낙네들이 이맛살을 찌푸리며 황급히 저마다 눈을 가리고 걸음을 재촉한다. 그러나 그녀들은 이날 김시풍을 비롯한 몇 사람의 목이 잘려 높이 매달게 된다는 소식을 알고 있는 터였다. 무서움 반 호기심 반의 궁금한 마음으로 장터에 나타났던 아낙네들은 효수된 김시풍의 목을 보고 요란을 떨었다.

총을 맞은 다음날 김시풍을 비롯 적과 내통했다는 의심이 가는 김영배, 김용하, 김동근 등은 풍납문 바깥 곤지산 아래 장터에서 효수됐다.

집권자가 '죄를 지으면 이렇게 된다. 그러니 알아서 해라' 는 본보기로 백성들에게 겁을 줌으로써 범죄를 줄여 보려는 뜻이 담긴 형집행의 한 방식이 효수다.

물론 범죄를 막기 위한 수단뿐만 아니라 때로는 백성들의 정당한 주장이나 저항을 억누르기 위한 위협수단으로도 효수는 이용됐다.

효수가 끔찍하긴 했지만 '포악하고 탐욕스러운 것으로 소문이 났던 김시풍의 목이 높이 매달리자 사대부의 아녀자들은 길에서 서로 만나면 김시풍의 죽음을 축하했다' 고 황현의 글은 전한다.

✳

임오군란 때 자신의 목숨을 건져준 데다 명령만 내리면 고분고분히 따르는 홍계훈에 대한 민비의 신임은 두터웠다.

"초토사 홍계훈의 원병 요청을 받아들여 한시바삐 전주로 군사를 내려 보내시오."

그 누구가 민비의 영을 거역하겠는가? 조정은 4월 16일 황헌주가 이끄는 4백여 명의 강화수비병을 전주로 내려 보내기로 결정했다.

이미 무선통신으로 서울과 큰 고을이 연결되어 있어 증원군 파견의 소식은 즉각 전주의 홍계훈에게 전달됐다. 제아무리 얼굴이 두꺼운 홍계훈도 더 이상 전주성 안에만 박혀있을 수는 없게 됐다.

조정이 말썽 많았던 전라감사 김문현을 그 자리에서 물러나게 하고 외무협관 김학진을 새로 전라감사로 임명한 18일 홍계훈은 자신이 서울에서 끌고 온 경군과 전주감영의 군사까지 이끌고 전주성을 나섰다.

"아니 이게 어찌된 일이야? 초토사가 전주성을 나서다니……."

"이거야말로 해가 서쪽에서 뜰 일이구나. 동학군이 무서워 전주성에 쳐박혀 있던 초토사가 토벌 길에 올랐으니 말이야."

전주성을 빠져나가는 홍계훈과 그가 이끄는 관군을 보고 백성들은 저마다 한마디씩 내뱉는다. 신식무기를 지닌 경군 그리고 아직도 구식무기밖에 갖지 못한 감영군이 뒤섞인 관군의 모습은 개화기를 맞이한 조선의 모습 바로 그것이기도 했다.

"틀림없이 동학군이 지나간 뒤를 꽁무니만 따라다니다가 싸우지 않고 돌아올 거야."

"으아하하하! 맞아. 그 말이 맞아."

깨끗한 정치로의 개혁을 바라는 백성들은 동학군에 호감과 지지를 나타내고 있었다. 이는 오랫동안 관과 양반계급의 착취 및 탄압에 시달려온 쓰라린 원한이 백성들로 하여금 관군을 적대시하게 만들어 놓은 것이다.

18일 낮 금구에 도착한 홍계훈은 함께 끌고 온 정석희를 이곳에서 효수했다. 정석희는 죽는 마당에서도 의연함을 잃지 않았다.

"아이고! 아이고!"

울부짖으며 따라온 아내와 자식들에게 정석희는 마지막 말을 남겨 듣는 이의 옷깃을 여미게 만들었다.

"슬퍼하지 마라. 평소에 내가 무엇이라고 이야기했느냐. 나는 언제 최후를 맞이하더라도 깨끗이 받아들일 각오가 되어 있다. 나는 무인으로서 하늘 아래 한 점의 부끄러움도 없다. 당부하거니와 너희들은 나의 죽음을 원통히 여기지 마라."

정석희가 태연자약하게 무고한 죄를 받아들여 형장의 이슬로 사라지자 많은 사람들이 그의 죽음을 애도했다. 정석희의 목이 효수된 직후, 전주로부터 금구에 이르는 길을 급히 달려오는 말이 있었다. 흙먼지와 땀으로

까맣게 범벅이 된 기수는 고래고래 소리를 지르며 달려왔다.

"멈추어라. 형집행을 멈추라!"

말에서 뛰어내린 사나이는 품속으로부터 황급히 서찰(편지)을 꺼내 홍계훈에게 내밀었다.

"판관 민영승 대감께서 보내신 서찰입니다."

그러니까 이 사나이는 한양에서 민영승이 보낸 급사다. 서찰을 펴든 홍계훈의 얼굴이 핏기를 잃었다. 서찰의 내용은 '정석희는 깨끗하고 강직한 인물이니 무고나 모함에 속아 처형을 해서는 안 된다'는 내용이었다.

그러나 이미 때는 늦어 관군에게 큰 힘이 될 수 있었던 정석희는 목이 잘린 뒤였다.

『갑오약력』의 저자 정석모는 '관군이 전주에 와서 전 영장 김시풍과 전 오위장 정석희를 처형한 것은 모략에 의한 것으로 잘못 죽인 것이다. …… 간사한 모략으로 유용한 두 사람을 처형한 것은 홍계훈이 명석하지 못함이니 어찌 장수가 될 수 있겠는가. 홍계훈이 패한 것은 당연하다. 두 사람의 죽음은 동학군이 안심하고 전주에 들어오게 된 이유이다'라고 두 사람은 결백했고 홍계훈은 미련했다고 지적했다.

아무튼 김시풍과 정석희가 세상을 떠남으로써 전주로 진군하려는 동학군의 장애 가운데 하나가 제거된 셈이다.

✻

"김시풍에 이어 정석희도 효수로 목숨을 잃었소. 무용이 뛰어난 관군의 두 장수가 제거된 것은 우리 동학군을 위해서는 매우 다행한 일이오."

엷은 미소를 띤 전봉준이 참으로 다행이라는 듯 고개를 끄덕였다. 동학군 본진은 전주로 쳐올라가기 전에 관군에게 한 차례 큰 타격을 입히는 작전을 놓고 참모회의를 열고 있었다.

"김시풍과 정석희를 관군 스스로가 잡아 죽이게 된 것은 군사가 우리 간자(간첩)들로 하여금 꾸준히 헛소문을 퍼뜨렸기 때문이오. 이번 일에도 군사의 공이 컸소."

그러나 두억시니는 아까부터 아무 말 없이 묵묵히 앉아 있다.

"하하하! 군사는 공을 세우셨는데도 말이 없으시군. 워낙 겸손하신 분이라 그러시겠지."

전봉준의 신임이 두터운 전투에서는 선봉장을 맡고 있는 최경선이 입을 연 것은 두억시니의 침묵으로 자칫 좌중의 분위기가 무거워질까봐 나름대로 신경을 쓴 것이었다. 두억시니가 그런 눈치를 모를 까닭이 없다.

"과찬이올시다. 소인의 공이라고 할 것까지야 있겠습니까. 간자들이 잘 움직여 주었으니 그들의 공입니다."

두억시니는 복면 속의 눈에 쓴웃음을 띠며 손을 들어 가볍게 가로저었다. 언제나 자신의 공을 내세우지 않는 그의 태도에 전봉준을 비롯 그 자리에 참석했던 모두가 새삼 산뜻함을 느꼈다.

"하지만……."

무엇인가 하고 싶은 이야기가 있지만 차마 꺼내지 못하겠다는 듯 두억시니 답지 않게 주저하는 말투였다.

"하지만 ……? 군사 무엇인가 마음에 걸리는 일이 있소?"

고부봉기 때 거사를 모의하기 위해 집회장소로 자기 집을 내놓았던 송두호가 궁금한지 두억시니의 다음 말을 재촉했다.

"……."

그래도 말이 없는 두억시니에게 모두의 시선이 쏠린다.

"그렇소. 마음에 걸리는 일이 있소. 사람이 못된 김시풍은 그렇다 치고 정석회를 모함으로 죽인 것은 마음에 걸리오."

잠시 모두가 말문을 잃었다. 포악하고 탐욕스러웠던 김시풍의 죽음을 슬퍼하는 사람은 별로 없었으나 몸가짐이 깨끗하고 덕이 높았던 정석회의 죽음을 애석히 여기는 마음은 동학군이라고 다를 바가 없었다.

"어차피 싸움터에서 마주쳤으면 정석회도 쓰러뜨려야 할 상대가 아니

　　　　　　　　　　　　　　　　얼굴 없는 軍師 두억시니

었소? 군사 깊이 마음을 쓰지 마시오."

전봉준이 두억시니의 마음을 달랬다.

"장군 말씀대로입니다. 싸움터에서 만났으면 가장 먼저 쓰러뜨려야 할 상대였습니다. 차라리 싸움터에서 목숨을 잃게 해주고 싶었습니다."

두억시니는 정석희를 모함으로 죽게 만든 것이 두고두고 가슴 아픈 모양이었다.

"허허! 이제 그만 합시다. 이미 끝난 일이 아니오. 자아, 오늘의 주요 의제인 관군을 어디에서 어떻게 치느냐에 대해 의견을 나눕시다."

전봉준이 회의를 본궤도에 올려놓는다.

＊

금구에서 정석희를 효수한 홍계훈은 그곳을 떠나 저녁 때 태인에 도착해서 하루를 묵었다. 다음 날인 19일 아침 태인을 출발한 홍계훈은 그날 정오쯤 정읍에 닿았다.

정읍에서 하룻밤을 지낸 홍계훈은 다음날인 20일 그곳을 떠나 고창에 도착해서 하룻밤을 잤다. 아무리 천천히 움직여도 이틀이면 닿을 거리인 영광에 홍계훈은 나흘이나 걸려 도착했다.

'틀림없이 동학군이 지나간 뒤를 꽁무니만 따라다니다가 싸우지도 않고 전주로 돌아올거야'라는 백성들의 빈정거림 그대로 홍계훈은 느릿느릿 동학군과의 충돌을 피하면서 행군을 계속했다.

'원군과 무기가 도착하고 난 뒤 동학군을 크게 혼내주어도 늦지 않으리……' 홍계훈은 느긋한 마음으로 움직이고 있었으나 전라도 전역은 어지러울 대로 어지러웠다.

동학군이 쳐들어간 고을마다 병기고가 깨어져 무기가 동학군 손에 넘어갔으며 아전이나 군교가 목숨을 잃기도 했다. 어떻게나 동학군의 기세가 드센지 각 지방의 아전과 군교들은 두려워서 위축되어 주고받는 공문에도 감히 '도적'이라고 기록하지 못했다고 황현은 지적했다. 황현의 『오하기문』을 인용한다.

　　이때 전라도 전역이 어지러워졌다. 적(동학)들은 연달아 성을 함락하였고 병기고의 무기를 약탈하였으니 도적이 아니면 무엇이겠는가. 그러나 김문현과 홍계훈으로부터 그 아래 각 지방 아전과 군교에 이르기까지 모두 이들을 두려워하여 위축되었고 주고받는 공문에 모두들 감히 '도적'이라 꼬집어 기록하지 못하고 다만 동도, 피당, 궐도라고 지칭할 뿐이었다. 그러므로 지금까지 각 고을의 보고도 한결같이 그 공문서를 본따 그렇게 쓰고 있을 뿐이다.
　　아! 명령을 받은 장수와 한 도를 보살피는 지방관의 그 기강과 기백이 이미 적들의 간담을 서늘하게 할 수 없으니 어찌 적을 제압할 수 있으리요. 명분이 바르지 않으면 말이 순조롭지 못하고 말이 순조롭지 못하면 일은 이룰 수 없다고 했다.

　황현이 한탄했던 것처럼 관군과 관원들의 사기가 떨어져 있는 가운데 체면치레의 행군과 행정만이 거듭되고 있을 때 동학군은 관군을 크게 깨뜨리기 위한 준비를 서두르고 있었다.

＊

　동학군이 움직이고 있었다. 주력부대는 장성으로 향하고 있었고 별동대(특별한 임무를 지니고 주력부대와는 독립해서 움직이는 부대)는 나주로 가고 있었다.
　별동대는 굴비로 이름난 영광에 머무르고 있는 초토사 홍계훈과 그가 이끄는 경군을 견제하기 위해 나주로 행군하고 있는 것이다. 장성으로 향하는 주력부대의 선봉장은 여전히 최경선이 맡고 있었다.
　총수 전봉준은 주력부대 한 가운데에 위치하고 있었고 그 둘레에는 동학군 병사로 변장한 지리산패들이 경호의 눈을 번뜩이고 있었다.
　대부분이 도보인 동학군의 움직임에 맞추어 최경선은 천천히 말을 몰았고 그 옆에는 역시 말탄 두억시니의 모습이 보였다.
　"군사! 우리들을 백성들은 동학군이라 부르고 있고 관에서는 동도(동학의 도당), 동비(동학의 떼도둑)라 부르고 있지 않습니까? 그렇다고 이 봉기에 참가한 사람들이 모두 동학은 아니지 않습니까? 우리를 정말 동학군이라 불러야 합니까?"

최경선이 마치 서당에서 가르침을 받는 동자(나이 어린 사내아이)처럼 공손한 자세로 두억시니에게 묻는다.

최경선뿐만 아니라 모든 동학군들이 두억시니의 뛰어난 무예 못지않게 그의 높은 학식을 인정하고 있었다. 그래서 의문이 날 때나 좋은 생각이 아쉬울 때에는 곧잘 두억시니에게 묻곤 했다.

말 안장에 흔들리면서 무엇인가 골똘히 생각에 잠겨있던 두억시니는 최경선 쪽으로 고개를 돌리더니 복면 속에서 눈웃음을 지었다.

"선봉장, 우리가 정말 동학군이냐고 물었소? 그것 참 어려운 질문이구려. 그러나 한번쯤은 진지하게 생각해 보아야 될 문제인 것 같소."

두억시니는 가볍게 고개를 끄덕이며 최경선이 좋은 질문을 했다는 뜻을 나타냈다.

"우리 봉기에 많은 동학도들이 참가하고 있는 것은 사실이오만은 모든 동학이 하나가 되어 이 봉기가 일어난 것은 아니오."

두억시니의 말대로 뒷날 갑오농민전쟁이라고 불린 동학란은 동학의 교주가 종단 최고 회의를 열어 결의 끝에 일으킨 봉기는 아니었다.

사실 전봉준을 따라 봉기한 동학군은 엄밀히 따지자면 동학의 일부일 뿐이었다.

✳

당시 어지러운 세상에 대처하는 자세에서 동학은 둘로 갈라져 있었다.

동학의 제2대 교주인 최시형이 이끄는 북접계는 종교와 정치를 분리시켜 생각했고, 서병학 등이 주도했던 남접계는 부패한 현실을 개혁하고 하루라도 속히 무고한 백성들을 도탄에서 건져내야 한다는 주장이었다.

동학의 남접과 북접에 대해 황현은 『오하기문』에 다음과 같이 썼다.

처음 동학은 그 무리를 '포'라고 불렀다. 최시형을 받드는 포를 법포라고 불렀는데 시형의 호가 법헌이었기 때문이다.

서포는 서장옥을 받드는 포였다. 장옥은 수원 사람이었다. 서장옥과 최시형은 두 사람 모두 초대 교주 최제우가 죽자 각각 도당을 세워 사사로이 전수하면서 이름하기를 포덕이라 했다. 그래서 아무개의 '포'라고 서로 표지하기로 약속했다. 서포가 먼저 일어나고 법포가 뒤에 일어났기 때문에 서포를 기포라 이름하고 법포를 좌포라 이름하였는데 전봉준이 일어날 적에는 모두 서포였다.

종교적 온건노선을 걷는 북접(법포계열)은 개혁적인 행동노선을 취하는 남접(서포계열)을 마땅치 않게 여기고 있었다.

2대 교주 최시형은 교도들에게 '세상일에 휩쓸리지 말고 도를 지키며 수도에 힘써야 한다'고 통유문(타이르는 글)을 각 포에 보냈다. 그러나 전봉준은 이 통유문을 거들떠보지도 않고 남접(서포계열)의 뒷받침 아래 봉기의 깃발을 올린 것이다.

장성으로 향하고 있던 동학군 주력부대의 앞장을 선 최경선이 두억시니에게 '우리를 동학군이라 부르는 것이 옳으냐?'고 물어 본 것은 북접(법포계열)이 봉기에 가담치 않고 있었기 때문이다. 최경선의 질문을 놓고 한동안 생각에 잠겼던 두억시니가 이윽고 입을 다시 열었다.

"아무래도 우리를 동학군이라 부르는 것이 옳을 것 같소. 이 봉기가 성공하면 모든 동학이 우리의 깃발 아래 모일 테니까 말이오."

두억시니의 이 대답에 최경선이 또 묻는다.

"그렇지만 우리의 봉기가 실패하면 북접은 이 봉기와 상관없었다고 발뺌할 것이 아니겠소?"

최경선의 이 질문에 복면 속의 두억시니의 눈은 차갑게 웃는다.

"우리의 봉기가 실패로 끝나면 남접이고 북접이고 가릴 것 없이 관군에 의해 동학은 모두 살아남기 힘들 것이오. 이미 관은 이 봉기를 동학도의 민란으로 보고 있으니 말이오. 살아남으려면 북접도 참가해서 봉기를 성공시켜야 하오."

그제서야 알아듣겠다는 듯 최경선이 크게 고개를 끄덕였다.

✼

동학이 태어난 것은 1860년께의 일이다. 당시 조선의 농민들은 가난의 바닥에서 허덕이고 있었다. 농민들이 지은 쌀이나 보리는 거의 모두가 거두어들이기도 전에 일본상인들에게 매점 당해버리기 때문이었다.

그 뿐만 아니라 일본상인들은 농민들에게 비싼 이자를 받아가면서 돈을 꾸어줌으로써 이중으로 착취했다.

원래 조선의 농민층은 지배계급에게 시달리면서 가난했기 때문에 생활은 궁핍했고 배우지도 못해 아는 것도 없었다. 따라서 농민들은 오랫동안 자기네들을 괴로움과 어려움에서 구해줄 손길을 기다리고 있었다.

조선의 농민사회는 서민신앙이 널리 퍼질 수 있는 바탕을 지니고 있던 셈이다. 농민들 앞에 그들이 그토록 목마르게 기다이던 구세주가 나타났다. 1860년 최제우가 동학의 초대 교주로서 등장한 것이다.

최제우는 1824년 지금의 경상북도 월성군 견곡면에서 태어났다. 이름은 어렸을 적에 복술이었고 자라서는 제선이었으나 어리석은 사람들을 구제하겠다는 뜻으로 제우로 고쳤다.

최제우는 강령주문이라 부르는 '지기금지 원위대강(至氣今至 願爲大降)'의 여덟 자 주문이나 혹은 본주문인 '대천주조화정 영세불망만사지(侍天主造化定 永世不忘萬事知)'라는 열석 자 주문을 외우고 영부라 부르는 부적을 받으면 평등하고 풍요로운 사회가 오는 데다 만병도 모두 낫는다고 설교하면서 동학을 퍼뜨려 나갔다.

동학은 그 이름이 나타내는 대로 서학이라 불린 천주교와 맞서는 입장을 취했다. 최제우는 중국으로부터 건너온 유교도, 서양으로부터 전해진 천주교도 조선을 구원할 수는 없다고 주장했다.

"아무렴. 오랑캐들이 전하는 서학으로 구원받을 수는 없지."

"그렇고 말고. 조선 사람들은 역시 조선 땅에서 태어난 동학의 가르침을 따라야 잘 살 수가 있지."

어느 나라나 그렇지만 백성들은 여리고 순수했다. 많이 배운 것이 없는 백성들은 잘 살게 해주고 모든 병을 고쳐 주겠다는 최제우의 현세이익약속에 기대를 갖고 동학을 믿는 사람들이 늘어났다.

뒤에 동학이 크게 봉기한 것은 전라도지방이지만 처음 동학은 경상도지방을 중심으로 널리 세력을 넓혀나갔다.

외척 김씨 일족의 세도정치 아래 빈곤에 허덕이고 이양선의 출몰로 외국으로부터의 침략이 있지 않을까 위기감을 느끼고 있던 백성들에게 때마침 태어난 동학은 마음을 의지할 수 있는 안성맞춤의 종교였다.

그러나 사실 동학은 그 교의가 반대 입장인 서학에 가까운 부분도 있는데다, 유교, 불교, 도교까지 받아들이고 있었으니 독창적인 종교라고 보기는 어려웠을지 모른다.

✻

고려대 민족문화연구소가 펴낸 『한국문화사대계(제 12권 · 종교 철학사 下)』는 동학에 대해 다음과 같이 썼다. 간추려 본다.

최제우는 유학이니 불교가 운이 다해 이미 과거의 종교에 속하는 것과 달리 서학은 지금도 생생한 종교적 힘을 지니고 있는 것으로 생각했던 것 같다. 최제우가 하느님으로부터 도를 받은 것은 1860년 4월 5일의 일이라고 한다. 하느님을 기독교에서처럼 천주라 부르는 등 처음 그의 가르침은 서학과 비슷했다는 비판을 받았다.

또 최제우 자신이 '서학은 우리와 비슷하면서 서로 다르다' 고 서학과 비슷한 점이 있음을 시인했다. 최제우가 서학을 비교적 유달리 생각하고 있는 데는 그만한 까닭이 있다. 서학이 그 당시에 현실적으로 큰 힘을 지니고 있었기 때문이다.

얼굴 없는 軍師 두억시니

그때의 우리 민중은 서학과 서양의 과학 기술을 혼동하고 있었다. 따라서 서양 과학에서 나온 문물(법률, 학문, 예술, 종교 따위 문화의 산물), 기계 등까지도 서학의 위력(사람을 위협하는 강대한 힘)으로 생각하고 있었다.

특히, 우리 민중을 놀라게 한 것은 거함, 화포를 비롯한 놀라운 무기였다. 이 점에서는 최제우도 예외가 아니었다. 또한 서학은 오래 전부터 나라에서 엄금해온 이단이었다. 그래서 서학과 비슷하다는 비판에 위기감을 느낀 최제우는 자신을 변명하기 위해 굳이 서학과 대립되는 동학이라는 이름을 붙였다. 하지만 아무리 동학이라 이름 붙여도,

- 하느님으로부터 도를 받았다.
- 모든 병을 다스리는 영부를 받았다.
- 조화를 부리는 주문을 받았다.

이 3가지로 백성들의 마음을 사로잡아 나가는 최제우의 가르침은 유학을 정치의 근본으로 삼고 있는 정부로서는 도저히 받아들일 수 없는 것들이었다.

그러나 당시의 민중에게는 동학의 가르침의 기둥인 3가지는 오히려 희망과 용기를 얻을 수 있는 요소들이었다. 밖으로는 서양의 놀라운 무력이 위협하고 있었고 안으로는 양반들이 갖가지 횡포를 부리는 데다 정체를 알 수 없는 전염병까지 퍼져 어쩔 바를 모르던 민중에게 이런 이단적인 종교가 더욱 고무적일 수 있었기 때문이다.

조선정부는 동학의 교의도 싫었지만 동학의 깃발 아래 농민들이 신도로서 단결하는 것이 더욱 싫었다.

이윽고 조정은 동학을 혹세무민의 사교로 단죄했다. 흥선 대원군이 권력을 장악하고 집정이 된 다음 해인 1864년 3월 최제우는 잡혔다. 그리고 그해 대구의 감옥에서 최제우는 참수당했다.

*

초대 교주 최제우의 목이 날아갔지만 동학은 시들지 않았다. 백성들을 둘러싸고 있는 상황은 달라지지 않았기 때문에 동학에 매달리는 사람들

은 더욱 늘어만 갔다.

제2대 교주로 추대된 인물은 최시형이었다. 그는 차분히 포교하면서 교단의 조직 만들기에 힘썼다. 먼저 포라는 하부조직을 만들고 몇 개의 포 위에 접을 두어 중견지도자를 접주로 앉혔다.

각지의 접주에 대해서는 교주인 최시형 자신이 그 교육과 지도를 맡았다. 포는 폭발적으로 늘어났고 접은 탄탄한 체질을 갖추어 나갔다.

제2대 교주의 시대에 접어들면서 동학은 경상도지방에서 충청도나 전라도지방으로 퍼져 짧은 시일 안에 조선반도 남부 일대가 동학일색으로 물들었다.

"아뿔싸, 최제우의 목을 베었을 때 동학을 뿌리 채 뽑았어야 하는 것인데……."

"그러게 말이오. 이제는 워낙 세력이 커져서 함부로 손을 댈 수 없는 지경에 이르렀소."

조정은 당황했지만 이미 그때는 마구 탄압의 손길을 동학에 뻗을 수 없게 돼 있었다. 중앙정부의 기가 죽은 것을 눈치 챈 최시형은 '때는 이때다'라고 여겨 단숨에 동학을 공인받기 위해 강수로 나갔다.

1893년 1월 18일. 최시형은 전주 북서쪽 약 13km의 삼례에서 동학교도들의 대집회를 가졌다. 이 자리에서 최시형은 초대 교주 최제우의 오명을 씻어내는 운동을 펼치기로 결의를 받아냈다.

이어 3월 29일에는 박광호, 손병희, 남홍원 등 동학의 간부 40여 명이 한양에 올라갔다. 최제우의 누명을 벗겨 달라고 호소하기 위해서였다.

박광호 등은 왕궁인 경복궁의 정문인 광화문 앞에 엎드려 사흘 낮밤 상소를 했다. 이렇게 왕궁 앞에 엎드려 상소하는 것을 복각상소라고 한다. 밤에는 아직도 살을 에는 듯한 차가운 바람이 부는데도 동학의 간부들은 전 교주 최제우의 억울함을 필사적으로 호소했다. 그러나 이 상소는 받아들여지지 않았다. 하지만 이러한 시도가 동학의 활동으로서 하나의 실적이 된 것은 틀림없었다.

✻

동학이 펼친 상소는 정부에 대한 시위의 하나였으며 상소가 쉽사리 받아들여지리라고 생각했던 것은 아니다. 최시형은 서울에 올라간 동학의 간부들에게 또 하나의 지시를 미리 해 놓았다. '척양척왜'의 주장이 바로 그것이다.

상소가 받아들여지지 않자 '척양척왜'를 주장하는 동학의 벽보가 서울 곳곳에 붙여졌다. 척양척왜란 조선나라 안에서 서양사람이나 일본사람 아무튼, 외국인은 모두 물러가라는 주장이다. 이러한 주장을 양이론이라 부른다.

오랑캐를 물리치자는 뜻의 양이론은 조선말 외국과의 교류를 끊자고 대원군이 추진했던 배외사상이다. 그때까지만 해도 양이론은 유생을 비롯한 상류층이나 지식계급의 주장이었으나 동학에 의해서 양이론은 처음으로 서민들의 지지까지 받는 민중운동으로 확산하게 됐다.

척양척왜의 벽보는 각국의 공사관 혹은 영사관의 건물이나 벽에도 붙여졌다. 청나라 대표부의 공관도 그 예외는 아니었다. 조선 주재 청나라 대표 원세개도 벽보를 보고 심히 불쾌히 여겼다.

'중국은 임진왜란 때에도 군사를 보내 조선을 도와준 은혜가 큰데 일본이나 러시아는 몰라도 우리에게까지 물러나라고 하다니……'

하지만 원세개는 사태가 심상치 않다는 위기감을 느껴 당시 청나라의 정치를 도맡아 주무르고 있던 이홍장에게 급히 이 사실을 알리고 군함 두 척을 보내달라고 요청했다. '즉각 군함 두 척을 조선으로 보내라!'는 이홍장의 명에 따라 청원과 래원이라는 군함 두 척이 제물포로 향했다.

일본공사관도 발칵 뒤집혔다. 임시 대리공사인 스기무라 일등 서기 이하 공관직원 모두가 일본도를 지니고 만약의 사태에 대비했다.

미국공사 어거스틴 푸트는 조선정부에 강력히 항의했고 영국과 독일

두 나라의 공사는 인천에 주둔하고 있던 자기네 나라 해병대를 서울로 불러들여 공관을 지키게 했다.

4월 25일 최시형은 충청도 보은에서 두번째 동학의 큰 집회를 열었다. 보은은 첫번째 집회가 열렸던 삼례의 동북쪽 약 90km 지점에 위치한 곳이다. 약 2만 명의 동학신도들이 모인 이 집회에 전봉준은 중견지도자인 접주로서 참가했다.

한편 정부는 이 보은집회에 양호선무사 어윤중이 이끄는 정부군 지방부대 병사 600여 명을 출동시켜 감시했다. 정부군 병사들은 최신식무기로 무장하고 있어 언제든지 무력행사에 나설 뜻이 있음을 나타내 동학을 위협했다. 정부군의 출동은 지난 삼례집회 때에는 없었던 일이다.

"저걸 보게. 관군들이 지닌 무기들은 화력이 매우 강하다는군."

"숫자는 우리가 많아도 도저히 당하지 못할 것 같군."

동학의 수뇌들은 정부군의 이 협박에 흔들렸다. 이 흔들림에 계기가 되어 동학 내부에서는 앞으로 나갈 길을 놓고 대립이 생기기 시작했다. 과격파는 현실에 대한 저항과 개혁을 주장했고 온건파는 어디까지나 종교와 정치의 분리를 주장했다. 대립이 온건파인 북접과 과격파인 남접의 분열로 이어지고 만다.

전봉준이 주동이 된 동학봉기는 과격파인 남접계의 지지를 받고 일으킨 것이다.

*

고부에서 들고 일어나 전주를 함락시킬 때까지 동학군은 가는 곳마다 승리를 거두었던 것은 결코 아니다.

장성으로 향한 주력부대와 달리 나주로 향한 별동대는 나주 공략에 실패하고 만다. 별동대가 나주를 노린 것은 영광에 있는 초토사 홍계훈의 경군을 견제하고 무기를 포함한 모든 물자가 풍부한 나주를 점령하여 전주 공격에 필요한 군수품을 확보하기 위해서였다. 동학군이 나주로 밀려온다는 보고를 받고도 목사 민종렬은 얼굴빛 하나 변하지 않았다.

"그래. 나주로 오고 있는 동학군에는 전봉준과 복면 쓴 사나이가 보이더냐?"

동학군이 다가오고 있다는 사실을 알리기 위해 황급히 말을 몰고 달려온 정찰병에게 민종렬이 가장 먼저 물어본 것은 전봉준과 두억시니가 끼어 있느냐 하는 것이었다.

"아닙니다. 전봉준과 두억시니는 보이지 않았고 적도의 수효도 그리 많지는 않습니다."

잠시 민종렬은 생각에 잠긴다.

"하면 전봉준이 이끄는 주력부대는 다른 곳으로 향하고 있겠군. 아마도 영광에 머무는 초토사를 견제하고 나주의 물품을 약탈하기 위해서 온 것일 게야."

민종렬은 바로 동달이(붉은빛의 안을 받치고 붉은 소매를 단 검은 두루마기) 위에 전복(싸울 때의 군복)을 걸쳐 입었다.

동학군은 먼저 나주의 공형(각 고을의 호장, 수형리, 이방의 세 관속을 삼공형이라 하고 이 삼공형의 준말이 공형이다)에게 통문을 보내 나주목사 민종렬의 뜻을 떠보았다. 통문의 내용은 다음과 같다.

우리들이 지금 의거를 일으킨 것은 위로는 나라에 보답하고 아래로는 백성들을 편안케 함이라 지나는 고을마다 탐관은 혼내주고 깨끗한 아전은 상을 주며 아전의 폐단과 민막(백성에게 폐를 끼침. 민폐와 같은 뜻)을 바로잡자는 것이다.

폐하(고종)께 아뢰어 국태공(대원군)을 모셔다가 나랏일을 다스리게 하여 난신적자와 아첨하는 자들을 모조리 내쫓으려는 것이 우리의 본뜻일 뿐이다.

예부터 전해오기를 '광주와 나주 사이에 피가 흘러 내를 이룬다' 하였고, 도선이 이르기를 '광주와 나주의 땅은 밥 짓는 연기가 영원히 끊어진다' 하였으니 참으로 두려운 일이다.

　이 뜻을 바로 목사에게 알려 각 고을에서 모은 군인들을 모두 풀어 각자 집으로 돌려보내고 갇혀 있는 도인(동학교의 신자)을 즉시 놓아준다면 우리들은 나주에 들어가지 않겠다. 한 임금의 백성으로서 어찌 공격할 수 있겠는가. 가부간 속히 화답하라.

　민종렬은 이 통문을 읽고 코웃음을 쳤다. '군사를 풀어 집으로 돌려보내고 동학도들을 놓아준다면 그들은 즉시 무방비상태인 나주로 밀려들 것이 뻔하지 않은가?'

　민종렬은 즉시 '명분 없이 군사를 일으켰으니 너희는 나라의 법에 따라 주륙(죄를 물어 죽임)당해야 한다. 길게 어긋난 말은 듣고 싶지 않다' 는 회답을 보내고 전투태세를 더욱 굳게 갖추었다.

　빤히 나주를 바라볼 수 있는 위치에 진을 쳤던 동학군 별동대의 인솔장은 나주목사 민종렬이 동학에 협조할 뜻이 없음을 알려오자 모든 대원들에게 말머리를 장성으로 돌리도록 명령했다.

　"아니, 싸우지도 않고 나주에서 물러나다니 이게 무슨 짓이야?"

　"그러게 말이야. 지금 동학군이라면 산천초목도 벌벌 떠는 판국인데 나주쯤이야 단숨에 깨뜨릴 것이 아닌가."

　황토재의 승리로 기고만장한 동학군의 군사들 가운데는 나주 공략을 포기하고 발길을 돌리는 것을 못마땅히 여기는 자가 적지 않았다. 왁자지껄 떠들면서 장성으로 향하는 동학군 별동대의 인솔장은 새삼 군사 두억시니의 깊은 지략에 감탄을 금할 수 없었다.

　별동대를 나주로 보내면서 두억시니는 인솔장에게 이렇게 지시했다. '먼저 통문을 보내 나주목사 민종렬의 속을 떠보게. 그러나 십중팔구는 민종렬이 우리와 맞서 싸우겠다고 나설 것일세. 그때는 싸우지 말고 바로 장성으로 오게' 영락없이 두억시니가 내다본 대로 민종렬이 행동하자 인솔장은 아무런 망설임 없이 미리 지시받은 대로 나주에서 철수해 버렸다.

　　　　　　　　　　　얼굴 없는 軍師 두억시니

전봉준이 이끄는 동학군 주력부대 1만 명은 4월 21일 장성 황룡촌에 도착했다. 그들은 바로 월평삼봉(월삼봉 이라고도 부름) 아래에 진을 쳤다. '나주목사 민종렬의 저항이 완강해서 별동대는 나주 공략을 포기하고 장성으로 향하고 있습니다' 라는 보고를 전령으로부터 전해 받은 전봉준은 옆자리의 두억시니에게 그 보고서를 넘겨주며 빙긋이 웃었다.

"역시 군사가 예견했던 대로요. 민종렬은 굴복하지 않았고 별동대는 이쪽으로 오고 있소. 그렇다 해도 나주에 쳐들어 갈 수 있는 방안은 전혀 없었소?"

전봉준의 이 말에 두억시니도 눈웃음치면서 대답한다.

"장군과 제가 앞장섰으면 나주는 쉽사리 함락됐을 것입니다."

"허허. 그렇다면 먼저 나주를 차지하고 난 뒤 장성으로 올 걸 그랬소."

"하지만 나주는 신식무기를 지닌 경군이 머물러 있는 영광과 거리가 가까워 그들이 바로 쳐들어온다면 이쪽의 희생자도 적지 않을 것입니다. 그리고……."

"그리고?"

"민종렬 같은 뼈대 있는 장수는 그 쪽에서 우리에게 선제공격을 가해오지 않는 한 살려두는 것이 나라의 앞날을 위해서 좋습니다."

"……."

관군의 아까운 장수 정석희를 모함으로 죽게 만든 것이 가슴에 사무쳐 있는 두억시니가 일부러 민종렬을 살려준 것이라는 것을 전봉준은 알아차렸다.

그때 홍계훈이 먼저 보낸 대관 이학승, 원세록, 오건영 등이 이끄는 300명의 경군이 장성으로 향하고 있었다.

＊

동학군이 전라도의 각 고을들을 차례로 함락시키며 못된 관리들을 혼내자 농민봉기는 경상도, 충청도 지방으로도 번져나갔다. 양반들과 관에 시달리고 있기는 조선팔도의 어느 백성이나 마찬가지였기 때문에 '전라도에서 동학군을 중심으로 농민들이 들고 일어나 못된 관리들을 내쫓고 새롭고 깨끗한 정치를 펼치려 하고 있다' 는 소문이 퍼지자 전라도와 이웃해 있는 경상도, 충청도의 농민들도 용기를 얻고 봉기하기에 이르렀다.

경상도 김해에서는 농민들이 관아를 습격하여 부사 조준구를 거적에 말아 지경(땅과 땅의 경계, 이 경우 고을의 경계를 뜻함) 밖으로 내쫓아버렸다.

충청도 회덕에서도 농민들이 일어나 무기고를 부순 뒤 무기를 빼내 관아를 점령했다. 이런 봉기는 공주 청산 진잠에도 퍼졌다. 재상 신응조가 살았던 진잠에서는 이런 일이 있었다.

신응조의 손자 신일영이 마구 나쁜 짓을 저질러 백성들의 원한을 사고 있던 가운데 읍민들이 봉기했다. 읍민들은 그동안 쌓였던 분을 풀기 위해 잔인한 방법으로 복수하고 만다.

그들은 일영의 아들을 묶어놓고 고환을 잘라버린 것이다. 이따위 도둑의 씨를 남겨서는 안 된다는 것이 끔찍한 복수의 명분이었다. 복수로서 그리고 후환을 없애기 위한 수단으로서의 '불알까기' 는 당시 드물지 않게 치러졌던 만행이었다.

남성을 거세함으로써 그에게 형벌을 가하고 그 자손이 태어나지 않도록 함으로써 후손이 복수를 못하도록 만드는 것이 '불알까기' 였다.

'이 일을 어찌한다? 자리를 지키느라 버티고 있다가 자칫 잘못하면 무지렁이 농군들에게 당할지도 모른다' 농민봉기가 요원의 불처럼 번져가고 있는 삼남의 수령들은 거의 모두가 벌벌 떨었다.

나주목사 민종렬처럼 똑 부러지게 소신이 강하고 배짱 있는 인물은 드물었고 웬만한 수령들은 이 핑계 저 핑계를 대며 도망가기에 바빴다.

무너져가는 조선의 봉건제도는 자아의식에 깨어난 농민들의 봉기로 붕괴가 더욱 가속화 되어가고 있었다.

　　　　　　　　　얼굴 없는 軍師 두억시니

*

"으악!"

비단을 찢는 듯 날카로운 비명이 왕궁의 밤공기를 흔들었다.

"중전마마!"

침전 밖에서 밤을 지새며 지키고 있던 상궁이 깜짝 놀라 들어온다. 아직도 공포가 가시지 않은 듯 눈을 크게 뜬 민비의 얼굴에는 식은땀이 흐르고 있었다.

"마마! 나쁜 꿈이라도 꾸셨습니까?"

상궁은 어두운 분위기를 쫓아내려고 전등불을 환하게 켰다. 미국의 에디슨이 전등불 켜기에 성공한 지 단 7년 만에 전등불은 우리나라로 건너와 경복궁에서는 밤을 밝히게 되었다.

깊은 한숨을 내쉬면서도 민비는 상궁에게 대수로운 일이 아니라는 뜻으로 손을 가볍게 가로 흔들어 보였다.

'도대체 이게 무슨 흉몽이란 말인가. 안되지, 그런 일이 일어나서는 안되지' 민비가 꾼 꿈은 참으로 섬칫한 것이었다. 이런 꿈이었다.

왕궁 안은 온통 동학의 깃발로 뒤덮여 있었다. 칼과 창을 휘두르며 미친 듯이 날뛰는 동학의 무리들. 꿈속에서도 민비는 '아! 기어이 역도들이 왕궁까지 침범했구나. 조선왕조는 드디어 수치를 당하고 마는구나. 열조(공적이 뚜렷한 조상)를 무슨 낯으로 뵙는단 말인가'

"쉬잇!"

조용히 하라는 구령이 떨어지자 미쳐 날뛰던 동학군들이 일제히 동작을 멈추었다. 그토록 시끄러웠던 요란이 가시고 물을 끼얹은 듯한 조용함이 지배하는 가운데 전봉준과 복면을 쓴 두억시니가 앞에 나선다. 한 가지 이상한 것은 그 자리에 고종 임금이 없다는 점이었다.

'도대체 이 위급한 상황에 상감마마는 어디로 가신 것일까? 왜 나 혼자만 왕궁에 남아있게 된 것일까?' 말할 수 없는 외로움과 공포감에 사로잡힌 민비는 사방을 둘러보았으나 고종은 물론 상궁 내시조차 단 한 사람도 없었다.

왕궁을 침범한 동학군들의 무례함을 꾸짖어 왕비의 체통을 세워야 하겠으나 숨이 꽉 막힐 듯한 불안감 때문에 입이 열리지 않는다.

마치 꿈속에서 맹수나 도둑에게 쫓겼을 때 마음은 급해 도망가려 해도 걸음이 떼어지지 않는 경우와 비슷했다. 그러한 민비의 모습을 두억시니는 복면 속의 눈으로 차갑게 지켜보고 있었으며 전봉준은 품속에서 두루마기를 꺼내 펼쳐들었다.

"민씨는 들으시오."

'아니 이 녀석들이 무엄하게도 중전마마라 부르지 않고 민씨라고?' 민비는 한껏 눈을 부릅떴으나 전봉준은 끄떡도 않는다.

"민씨는 왕비됨을 기화로 착한 임금을 속여 나랏일을 제 마음대로 휘둘러 자신의 집안사람들을 함부로 중요한 자리에 앉혀 백성들의 고혈을 착취하여 사리사욕을 채웠으니 그 죄 죽어 마땅하다."

전봉준이 민비를 향한 사형선고를 마치자 두억시니는 등에서 큰 칼을 뽑아 높이 쳐들고 민비의 목을 향해 내리쳤다.

그 순간 민비는 비명을 지르면서 잠을 깬 것이다. 식은땀이 얼굴뿐만 아니라 온몸을 적시고 있었다. 평소 담대하기로 이름난 민비의 불안한 모습에 상궁의 이마에는 근심의 빛이 서려있다.

"괜찮으니 염려 말고 물러가게."

민비는 애써 미소 지으며 상궁을 내보냈다. 침전에 혼자 남은 민비는 골똘히 생각에 잠긴다.

이제 농민봉기는 전라도뿐만 아니라 경상도 충청도로 번져가고 있고 언젠가는 조선팔도 전체가 말려들지도 모르는 기세였다. 그리고 이번 농민봉기의 불씨는 전봉준이 당겼고 그 전봉준을 강하게 뒤밀어주고 있는 인물이 두억시니였다.

'아무래도 전봉준과 그의 문둥이군사는 무슨 수를 써서라도 죽일 수밖에 없다' 그렇다면 어떤 방법으로 죽인단 말인가.

'지난번에는 갑자대원 20명을 보내 실패하고 말았지만 이번에는 나머지 40명을 모두 보낸다면 제아무리 두억시니가 뛰어난 무인이라 해도 살아남을 수는 없으렸다' 문제는 민비 자신과 민씨 일족의 수호부대인 갑자대의 나머지 전원을 한꺼번에 두억시니 암살에 투입했을 때 서울에서 또 다시 임오군란과 같은 변란이 일어난다면 어떻게 대처할 것이냐였다.

'좀 께름직하기는 해도 힘을 잃은 대원군 쪽에 별 움직임이 없고 신식훈련을 받은 근위대도 최신무기로 무장하고 있으니 별일 없겠지' 임오군란 때 죽을 뻔 했다가 홍계훈 덕으로 살아난 민비는 또다시 자신의 운수와 기수를 믿고 갑자대 전원에게 두억시니 암살을 명하기로 마음을 굳혔다.

*

한편 월평산봉 기슭에 풀밭에 앉은 어린이들은 두억시니의 이야기에 열심히 귀를 기울이고 있었다. 동학군을 따라다니는 어린이들은 자기네들끼리도 잘 놀았으나 그들의 우상인 두억시니가 나타나기만 하면 무예 솜씨를 보여 달라, 옛날 얘기를 해달라고 졸랐다.

싸움터에서는 귀신같은 활약을 펼치는 두억시니가 어린이들에게 잡히면 맥을 못추고 그들이 조르는 대로 한동안 함께 놀아준다.

이날도 마치 도끼를 휘두르듯이 맨손의 손날로 나무를 쪼개는 격파시범과 세 손가락만으로 엽전을 엿가락처럼 구부려 반으로 접는 놀라운 손아귀 힘을 보여준 뒤에도 꼬마들이 놓아주지 않는 바람에 태권도의 전신인 수박(手搏)에 대해 이야기해주고 있었다.

"고려라는 나라에는 이의민과 두경승이라는 수박의 달인이 있었어."

"아찌! 달인이 뭐야?"

가장 나어린 자갈이 손을 번쩍 들어 질문한다.

"아참, 달인이라면 너희들에게는 어려운 말이겠구나. 달인이란 말이야,

어떤 한 가지 일을 매우 잘하는 사람이야 알겠니?"

"아아 그런 거구나. 그러니까 먹쇠도 달인이구나."

"그래? 먹쇠가 무슨 달인이야."

"아찌. 먹쇠는 방귀를 아주 잘 꿰어요. 그러니까 방귀의 달인이지."

"으하하하하하!"

자갈의 이 말에 그 자리에 있던 어린이들은 모두 배꼽을 쥐고 웃음보를 터뜨렸다. 화가 머리끝까지 난 먹쇠가 자갈에게 달려드는 것을 추월이가 뜯어말렸다.

"그만, 그만. 너희들이 시끄럽게 굴면 아저씨는 이야기를 그만두고 전봉준 장군께로 가버릴 거야."

두억시니의 이 말은 효과가 있었다. 어린이들은 모두 조용해지더니 다시 진지한 표정으로 두억시니의 이야기를 기다린다.

"이의민과 두경승이 얼마나 대단한 힘을 지니고 있었느냐 하면 말이야. 이의민이 대궐의 큰 기둥을 주먹으로 지르니까 서까래가 흔들흔들 흔들렸다는 거야."

"와아아!"

이 말을 듣는 어린이들의 눈이 휘둥그래진다.

'그 크다는 대궐의 큰 기둥을 주먹으로 치면 서까래가 흔들렸다니 얼마나 주먹 힘이 강했을까?' 한동안 어린이들의 놀라움이 가라앉을 때까지 뜸을 들인 두억시니는 다시 이야기를 잇는다.

"두경승도 이의민 못지않은 주먹 힘을 자랑하고 있었지. 두경승이 주먹을 내지르자 벽이 뻥 뚫렸다는 거야."

이번에도 어린이들은 놀라움으로 입이 따악 벌어진다.

"아찌!"

또다시 자갈이 질문이 있다고 손을 들었다.

"그래 자갈 무슨 일이야?"

   얼굴 없는 軍師 두억시니

"저어 그 이의민과 두경승은 아찌보다 강한 사람이야?"

모든 어린이들도 그 점이 매우 궁금하다는 듯 두억시니를 지켜본다. 그들은 이 세상에서 가장 강한 사나이라면 두억시니 말고 생각할 수가 없었다. 복면 속의 두 눈에 쓴 웃음을 띠면서 두억시니는 대답했다.

"글쎄! 막상 부딪쳐보아야 알겠지만 아마 그 두 사람이 나보다 강하겠지."

두억시니의 이 말을 자갈이 단호하게 반박했다.

"아냐. 아찌가 더 강해. 아찌만큼 강한 사람은 없어."

"그래, 맞아. 아저씨가 제일 강해."

다른 어린이들도 일제히 손뼉을 치면서 자갈의 견해를 지지했다. 쑥스러움을 웃음으로 감추는 두억시니에게 호의와 신뢰가 듬뿍 담긴 눈초리를 보내면서 추월이는 생각했다.

'아저씨는 다른 어른들과 달리 어째서 아이들을 이토록 좋아하는 것일까? 특별히 어린이를 귀여워하시는 데에는 무슨 사연이 있는 것일까?' 동학란의 틈바구니 속에서도 어린이들이 있는 곳에는 활기와 웃음이 넘쳐나고 있었다.

＊

"그래, 두억시니는 정말 문둥병에 걸려 있는 건가?"

선봉 이학승으로 하여금 300여 명의 군사를 이끌고 장성의 동학군 움직임을 살피도록 보낸 뒤에도 영광에서 꼼짝 않고 있던 홍계훈은 삼돌이에게 물었다.

전주감영의 간자인 삼돌이는 동학군 진영에 몰래 스며들었다가 발각되자 도망가서는 관군의 앞잡이 노릇을 하면서 끈질기게 전봉준과 두억시니의 목숨을 노려왔다.

악명 높은 안핵사 이용태의 길잡이 노릇을 하면서 백성들을 괴롭혀왔던 삼돌이가 이번에는 양호초토사 홍계훈 앞에 어김없이 나타나 그의 주구 노릇을 스스로 청하고 나섰다.

그렇지 않아도 관군에는 삼돌이만큼 동학군의 속사정을 아는 사람이 없어 서울에서 내려온 홍계훈에게는 더할 수 없이 편리한 존재였다.

"그게 말씀입니다. 장군님!"

두억시니가 정말 문둥병에 걸려있느냐는 홍계훈의 질문에 삼돌이는 잠시 고개를 갸우뚱하더니 입을 열었다.

"두억시니가 복면을 쓰고 있는 것은 문둥병에 걸린 자신의 얼굴을 감추기 위해서랍니다. 또 고부네서 처음 들고 일어나기 직전 송두호의 집에서 거사 모의를 할 때 자신의 얼굴을 동학군 간부들에게 보여주었다고 합니다. 그런 점으로 미루어 진짜 문둥이 같습니다만……"

삼돌이는 말꼬리를 흐린다. 두억시니가 틀림없이 문둥병에 걸려있다는 사실에 어쩐 일인지 자신이 없는 듯한 말투였다. 다른 일은 모두 똑 부러지게 이야기하는 삼돌이가 이 문제만은 엉거주춤하는 까닭은 무엇일까?

"자네는 혹시 두억시니가 문둥병에 걸리지 않았는데도 일부러 문둥이 행세를 하고 있다고 의심하고 있는 것이 아닌가?"

눈치 하나는 빠른 홍계훈이 물었다.

"아무래도 이상한 것은 말입니다. 두억시니 자신이 문둥이라는 사실을 조금도 비관하고 있지 않다는 점입니다."

지금은 좋은 약이 나와 얼굴이나 몸의 모양이 변하기 전에 일찍 치료하면 완전치유가 가능해졌지만 당시만 해도 문둥병은 고칠 수 없는 불치의 병으로 여겨졌던 시절이라 누구든지 이 병에 걸리기만 하면 자신의 신세를 비관하고 한탄하게 마련인데도 두억시니는 전혀 그런 기색을 나타내지 않고 있다는 것이다.

"흐음. 그렇다면 비관이 지나쳐 자포자기가 되어 발악하고 있는 것처럼 보이는 것이 아닐까?"

홍계훈이 나름대로 풀이한다.

"네, 그럴 수도 있겠습죠."

삼돌이는 일단 홍계훈의 말에 고개를 끄덕인 뒤 다시 말을 잇는다.

"둘째는 문둥병에 걸리면 감각이 마비되고 손가락이 떨어져 버리는 데다 눈까지 멀게 되는 수가 있습니다만 두억시니에게는 전혀 그런 기미가 나타나지 않습니다. 한번은 이런 일이 있었습죠."

삼돌이의 이야기에 따르면 그는 두억시니의 피부감각을 시험하기 위해 일부러 뜨거운 물이 끓는 주전자를 들고 두억시니의 손에 갖다 대려고 했단다. 문둥병환자는 피부감각이 마비되어 뜨거운 것, 찬 것, 아픈 것 등을 피부로 느끼지 못하게 되기 때문이다.

뜨거운 주전자를 들고 두억시니와 스치면서 그의 손에 주전자를 대려고 하자 재빨리 두억시니는 몸을 날리면서 주전자가 닿는 것을 피했단다.

"지금도 알 수 없는 것이 그때 주전자의 뜨거운 온도를 느끼고 피했는지 아니면 손의 감각은 없어졌는데도 뛰어난 무사의 육감으로 부상의 위험을 느끼고 피했는지…… 도무지 알 길이 없습니다."

홍계훈은 삼돌이의 말에 귀를 바짝 세우고 있었다.

＊

삼돌이는 마지막으로 이것이 결정적인 이유라고 믿는 듯 힘주어 말한다.

"셋째는 두억시니가 스스럼없이 아이들과 함께 논다는 점입니다."

"뭐? 어린애들하고 놀아?"

홍계훈은 참으로 뜻밖이라는 표정이다.

"귀신도 때려잡을 것 같은 두억시니가 아이들하고 논다니 참으로 알 수 없는 일이군."

"그렇습니다. 두억시니는 아이들을 무척 좋아합니다. 그들과 이야기를 나누고 함께 놀아줍니다. 어쩌면……."

"어쩌면……?"

"그것이 두억시니의 가장 큰 약점일지도 모릅니다."

"어린이를 좋아한다는 것이 약점이라……?"

"그렇습니다. 소생도 한번 두억시니가 귀여워하는 자갈과 분이라는 두 아이를 납치해서 그를 이끌어내 죽이려고 한 적이 있었습니다."

삼돌이는 동진간 화호나루터 옆 큰나무에 두 아이를 묶어두고 두억시니에게 연락해서 끌어내 잠복시켰던 10명의 영병으로 하여금 그를 죽이려 했으나 실패한 자초지종을 홍계훈에게 이야기했다.

"으음! 정말로 무서운 녀석이군."

"저도 그때 나룻배를 미리 타고 있지 않았더라면 아마……."

"자네도 죽었을 거라는 이야기겠군. 아무튼 대단한 녀석인 모양이야."

"그토록 아이를 귀여워하는 두억시니가 아이들에게 무서운 문둥병 옮기는 것에 신경을 쓰지 않고 함께 노는 까닭이 무엇인지 궁금한 것입니다."

말을 마친 삼돌이가 눈을 요리저리 굴린다. 아무리 생각해도 의문이 풀리지 않는다는 표정이다.

"아닌게 아니라 삼돌이 자네 말도 일리가 있구먼. 어린애들은 어른보다 문둥병에 걸리기 쉽다고 하던데…… 두억시니가 그 점에 전혀 마음 쓰지 않고 있는 것은 참으로 알 수 없는 노릇이군."

홍계훈은 삼돌이의 이야기를 듣고는 골똘히 생각에 잠긴다. '만약 문둥이가 아니라면? 두억시니는 어째서 스스로 남들이 싫어하는 문둥이라고 속이고 있는 것일까? 무슨 사연이 있는 것일까?'

홍계훈은 권력의 핵심인 민비에게 맹목적인 충성을 바치고 있었다. 오늘의 자신이 있는 것은 민비의 각별한 발탁이 있었기 때문이라는 것을 홍계훈 스스로가 누구보다도 잘 알고 있었다.

그래서 그는 양호초토사로 임명되어 호남으로 내려온 뒤에도 틈만 나면 그때그때의 상황을 보고하는 글을 서울의 민비에게 올려보내고 있었다. 물론 그 보고서의 내용은 자신이 동학란 평정을 위해 최선을 다하고 있음을 강조하고 있었지만……

'지금까지 알려졌던 것과는 달리 두억시니가 문둥이가 아니라면 이것은 중요한 사실이 아닌가. 중전마마께 보고 드려야 한다' 홍계훈은 삼돌이가 지적한 두억시니의 문둥병에 대한 3가지 의문을 상세히 적은 보고서를 민비에게 올려 보냈다.

✳

"앗! 동학의 파수꾼들이다."

"쉿, 목소리를 낮추게. 들킬라."

장성으로 향하고 있던 이학승, 원세록, 오건영이 이끄는 경군은 황룡촌 가까이에 이르렀을 때 척후병들이 먼저 동학군의 파수꾼을 발견했다.

전봉준이 이끄는 동학군 본진이 머무르고 있는 황룡촌 앞에는 황룡천이라는 냇물이 흐르고 있었다. 영산강의 가장 위쪽에 해당되는 황룡천은 강폭이 150m쯤, 총길이가 120km에 이른다.

황룡천은 월암, 봉덕, 대해, 부흥, 방곡, 원앙룡, 북촌, 일평, 신기촌, 원월평, 하사, 다산을 양쪽으로 가르며 그 가운데를 흐르고 있다. 황룡천 넘어 저쪽에 동학군 본진이 자리잡고 있고 강 건너 이쪽에는 동학군 파수꾼들 두 명이 나무 그늘에 앉아있었으나 그들은 잠에 빠져 있었다.

"잘됐네. 놈들은 잠들어 있어."

"녀석들, 황토재 싸움에서 이기고 나니까 긴장이 풀어져 있는 거야."

경군 척후병들의 말대로 황토재에서 큰 승리를 거두고 난 뒤 동학군 일부는 '세상에 무서울 것이 없다'는 그릇된 생각으로 방심하고 있었다.

그토록 군사 두억시니가 '본진의 안녕은 파수꾼에게 달려있으니 한시도 마음 놓지 말고 임무에 충실하라'고 타일렀음에도 고달픔을 이겨내지 못하고 황룡천 강가의 파수꾼은 앉은 채 곤히 잠들어 있었다.

말할 것도 없이 보초가 임무수행 중 잠드는 것은 군율에 따라 사형의 중죄였다. 슬금슬금 다가간 경군의 척후병들은 칼을 뽑아 단숨에 동학군 파수꾼 두 명의 가슴을 찔러 즉사시켜 버렸다.

'됐다. 파수꾼을 처치했으니 적은 우리가 이미 여기까지 온 것을 모를 것이다. 지금 기습을 감행한다면 뿔뿔이 달아날 것이다. 초토사도 기뻐하실테고……' 이학승이 망원경으로 살펴보니 동학군은 황룡천 건너 월평 장터에서 점심식사를 하고 있었다.

큰 가마솥 5~6개를 걸어놓고 지은 밥을 밥주걱 대신 큰 조개껍데기로 퍼주면 주먹밥을 만든 다음 기름장에 적셔 먹는 것이 동학군의 전형적인 점심식사였다.

동학군은 쌀이나 보리, 조 등의 곡식 등을 각자 머리에 두른 수건에 담아 와서 모아 밥을 짓곤 했다. 이학승이 거느린 경군이 눈앞에 다가온 것도 모르고 허기진 동학군들은 점심 먹기에 정신이 없었다.

자신도 주먹밥 한 개를 들고 막 입으로 가져가려던 두억시니가 무슨 예감이 들었는지 최경선에게 물었다.

"파수꾼들은 사방을 제대로 경계하고 있겠지?"

최경선은 두억시니의 질문에 대답하기 위해 얼핏 먹던 밥을 삼켰다.

"네, 염려 마십쇼. 모두 제 위치에서 잘 지키고 있습니다."

"암, 그래야지. 지금 기습당하면 산으로 도망칠 수밖에 없네."

스스로 지나치게 염려하고 있다 싶었든지 쓴웃음을 띄운 두억시니가 복면 아래쪽을 풀어 주먹밥을 한입 물었을 때였다.

"콰앙! 콰앙!"

천지를 뒤흔드는 듯한 굉음과 함께 대포알이 떨어지기 시작했다.

"으아악!"

비명소리가 울려 퍼지고 몇 십 명의 동학군이 쓰러지고 점심 먹던 자리는 순식간에 아수라장이 됐다. 이학승이 이끄는 경군 선발대는 쿠르프식 야포, 회전식 기관총 등 최신 무기로 무장된 조선의 최정예 부대였다.

동학군은 각 고을을 점령할 때마다 무기고를 부수어 무장했다고는 하나 경군의 무기에 견주면 그 성능이 훨씬 떨어지는 재래식 무기에 지나지 않았다. 게다가 동학군의 허를 찔러 경군이 먼저 기습했으니 기선은 경군이 제압한 셈이다.

"산으로 철수하라!"

혼란 속에서도 늠름한 두억시니의 구령에 따라 동학군은 각자 무기를 챙기고 월평삼봉으로 올라간다. 흩어져 산으로 올라가는 동학군을 향해 경군의 포격과 총격은 계속됐다.

✳

'옳다! 됐다. 제까짓 것들이 황토재에서 좀 이겼다고 해보아야 역시 오합지졸이야. 여기서 아예 전봉준의 숨통을 끊어 버려야겠다' 이학승은 기습 초반에 뜻밖에 큰 성과를 올리자 간이 커질대로 커졌다.

"모두들 잘 들어라! 이때를 놓치면 안 된다. 적은 혼비백산해서 달아나기에 바쁘다. 공격을 늦추지 마라!"

총소리와 대포소리를 누비는 이학승의 호령은 신이 나 있었다. 월평삼봉 산으로 철수한 동학군은 어느새 학이 날개를 펼친 것처럼 길게 옆으로 퍼져 경군을 포위하듯 했다. 동학군이 펼친 이 진형을 바라보는 이학승의 얼굴빛이 싹 변한다.

'아니 언제 동학군이 이토록 규율있는 무리로 변했단 말인가. 군사 두억시니는 그토록 능력이 뛰어난 인물이란 말인가?' 넋나간 듯 동학군의 진형을 바라보던 이학승은 또 한번 크게 놀라게 된다.

"아…… 아니 저게 뭐야?"

"이상한 것이 굴러 내려오네."

경군들은 저마다 눈이 휘둥그래졌다.

산 위에 있는 동학군들이 이상한 물체를 경군이 있는 아래쪽으로 굴려 내려 보내기 시작했기 때문이다.

대나무를 타원형으로 길게 엮은 바구니 같은 것이 산비탈을 굴러 내려오는데 경군이 마구 쏘아대는 총알을 튕겨냄으로써 동학군의 방패구실을 한다.

"앗! 아니…… 저건 장태가 아닌가?"

경군 가운데 농촌 출신이거나 아니면 농촌의 사정을 잘 아는 한 병사가 이상한 물체의 정체를 알아맞추었다.

그렇다. 굴러 내려오고 있는 물체는 장태였다. 원래 장태는 닭을 살쾡이나 쪽제비 등으로부터 보호하기 위해 만든 타원형 대나무 우리다. 그 장태 뒤를 따라 동학군이 내려오고 있었다.

경군들은 미친듯이 총을 쏘아댔으나 번번이 총알은 장태에 맞고는 빗나갔다. 그동안 동학군은 수백 개의 장태를 만들어놓고 관군이 쳐들어올 때에 대비하고 있었던 것이다.

"아…… 아니 이럴 수가……?"

"큰일났네. 총이 아무 쓸모가 없으니…….."

이학승이 이끄는 경군은 큰 혼란에 빠졌다. 총을 아무리 쏘아야 장태에 맞고 튕겨져 나가는 데다 장태를 방패삼아 수많은 동학군이 산으로부터 내려오면서 비록 성능은 크게 떨어지는 개대가리총(화승총＝노끈에 불을 붙여 화약을 터뜨려서 쏘는 총)으로 마구 반격을 해오니 경군은 무너지기 시작했다.

"도망가지 말고 끝까지 싸워라!"

이학승의 비명 같은 호령에도 불구하고 경군은 앞을 다투어 도망가기 시작했다.

"와아!"

경군이 꽁무니를 빼기 시작하자 동학군은 일제히 함성을 지르며 그 뒤를 쫓았다.

＊

"탕! 탕!"

경군이 마구 쏘아대는 모젤소총. 그리고 회전식 기관총 등 최신식 화기가 잇따라 불을 뿜었으나 산비탈을 굴러 내려오는 장태에 맞고는 총알이 튕겨져 빗나가는 바람에 장태 뒤에서 머리를 숙여 내려오는 동학군을 쏘아 맞힐 수가 없었다.

"아…… 아니, 어찌 이럴 수가?"

대장 이학승의 눈은 놀라움에 이어 두려움으로 크게 벌어졌다. 쿠르프 야포까지 갖추었으면서도 장태를 앞세우고 개미떼처럼 밀려 내려오는 동학군을 감당 못하고 무너지기 시작한 경군은 대장 이학승이 아무리 악을 쓰고 독전해도 꽁무니 빼기에 바빴다.

"와아!"

기세가 오른 동학군이 내지르는 함성은 그렇지 않아도 겁에 사로잡힌 경군의 간을 콩알 만하게 만들어 그들의 달아나는 발걸음을 더욱 빠르게 만들었다. 최신식무기를 갖춘 경군을 두려워하지 않고 동학군이 월평삼봉에서 밀고 내려온 것은 부적을 붙이고 주문만 외우면 절대로 죽지 않는다고 굳게 믿고 있었기 때문이다.

"등에 청을(靑乙)의 부적을 붙이고 총알이 너희들을 피해 가는 '시천주 조화정 영세불망만사지' 라는 주문만 외우면서 돌진하면 너희들은 결코 죽지 않는다."

돌격을 앞두고 총수 전봉준이 내린 이 말을 순진한 농민들은 아무 의심 없이 굳게 믿고 있었다.

"군사 따로 할 말은 없소?"

훈시를 마친 전봉준이 옆에 서 있는 두억시니에게 묻자 그는 '할 말이 있다' 는 뜻으로 고개를 가볍게 끄덕이고 모두의 주목을 끌기 위해 오른손을 높이 들어올렸다.

"전봉준 장군의 말씀을 믿고 따르시오. 나는 한마디만 하고 싶소. 내 말을 따르는 자는 살아남을 것이고 그렇지 않은 자는 죽게 될 것이오."

실전의 귀신인 두억시니가 살아남을 수 있는 비결을 가르쳐준다니 모두 숨을 죽이고 그의 다음 말을 기다린다.

"별로 어려운 것은 아니오. 산을 내려가는 군사들은 모두 옷깃을 입으로 물고 내려가시오. 이것만 지키면 살 수 있소."

'옷깃을 입으로 물라'는 두억시니의 지시는 '머리를 숙이고 전진하라'는 뜻이었다. 경군의 총에 맞지 않으려면 머리를 숙여 자세를 낮추고 전진해야 하지만 오랫동안 숙이고 있기는 힘이 들어 저도 모르게 허리를 펴서 고개를 들어 편한 자세를 취하기가 쉽다. 옷깃을 입으로 물고 있으면 머리를 들고 싶어도 들 수가 없기 때문에 두억시니는 매우 알기 쉽게 고개 숙이는 방법을 가르쳐 준 것이다.

장태 뒤의 동학군이 안전할 수 있었던 것은 부적이나 주문 탓이 아니라 옷깃을 입으로 물어 머리를 숙이고 내려갔기 때문이다.

월평삼봉 산비탈을 내려온 동학군은 있는 힘을 다해 도망치는 경군을 차례로 거꾸러뜨렸다.

*

학이 날개를 펼친 듯 길게 옆으로 퍼져 있던 동학군이 삼면으로부터 치달아 내려오자 경군의 대장 이학승도 더 이상 버틸 수 없다 판단하고 부하들과 함께 달아나기 시작했다. 미처 도망가지 못한 경군은 황룡천 언덕에서 참혹하게 몰살당했다.

'최신식무기를 갖춘 경군이 별 장비도 없는 동학의 무리들에게 쫓겨 달아나다니……'

도망가면서도 이학승은 자신과 경군이 당한 패배가 현실이라고 믿기지 않았다. 이학승과 경군의 패잔병은 초토사 홍계훈이 있는 사창쪽을 향해 달아나고 있었다.

"저놈을 잡아라!"

"저 녀석이 대장인 듯싶다. 저 녀석을 잡아 죽여라!"

뒤쫓는 동학군들은 경군의 장수 차림인 이학승을 겨냥해 구식 화승총을 쏘아댔다. 이학승을 위해 그나마 다행인 것은 동학군의 사격이 정확하지 않았다는 점이다. 이학승과 5명의 경군은 죽을 힘을 다해 신호리 마을 뒤의 언덕까지 달아나는 데 성공했다.

"어휴우! 숨차. 이제 겨우 겨우 살아난 것 같군."

이학승이 먼저 숨이 턱에 닿아 풀밭에 털썩 주저앉았고 나머지 5명도 모두 쓰러지듯 편한 자세를 취했다. 그러나 휴식의 시간은 너무 짧았다.

"아……"

이학승과 경군들은 다음 순간 자기네들이 더 이상 살아남기 어렵다는 것을 직감했다. 동학군 10여 명이 칼과 죽창 그리고 화승총을 들고 나무숲에서 조용히 나타났기 때문이다.

동학군 뒤에는 복면을 쓴 기골이 장대한 사나이가 팔짱을 낀 채 서 있었다. 명색이 경군의 대장이다. 그 위급한 상황 속에서도 이학승은 복면의 사나이가 누구인지 알아보았다.

'바로 저 녀석이 동학군의 복면군사 두억시니란 자로구나. 우리 도주로를 미리 알아차리고 매복하고 있었구나' 이학승의 머리에는 삼국지 가운데 적벽대전에서 패배한 조조의 도주로를 미리 알아차린 제갈량이 그 길목마다 군사를 매복시켜 놓았던 이야기가 떠올랐다.

마지막 고비서 인정 많은 관우가 지난날 신세졌던 조조를 살려주고 말았으나 이 자리에서는 두억시니가 이학승에게 인정을 베풀어야 할 아무런 까닭이 없다.

칼을 뽑아든 이학승은 그래도 두억시니에게 덤벼보려고 앞으로 나섰다. 하지만 두억시니는 꼼짝도 않은 채 10여 명의 동학군이 고함도 치지 않고 차분히 그러나 용서 없이 이학승과 경군의 목숨 끊는 작업을 지켜보고만 있었다.

3명의 지리산패가 끼어있는 동학군 10여 명이 이학승과 경군 5명을 싸늘한 시체로 만드는 데는 그리 오랜 시간이 걸리지 않았다. 적장의 수급은 바로 전과를 나타내는 것이기 때문에 동학군은 이학승의 목을 베어 본진으로 향했다.

*

이학승이 전사하자 뒷날 조정에서는 그에게 좌승지로 추증하는 한편 그가 죽은 신호리 신현에 순의비를 세웠다. 면암 최익현이 쓴 비문의 내용 첫머리를 간추리면 다음과 같다.

선전관증좌승지 이공순의비

슬프다! 이곳 장성부의 서쪽 10리 신현은 고 선전관 이학승이 의를 위해 죽은 곳이다. 갑오년에 동학의 도적들이 호남에 창궐하여 군현을 연거푸 함락하고 지나가매 인민은 모두 고깃덩어리가 되었더라.

조정에서는 홍계훈을 초토사로 임명하여 장병이 동적(동적=동학군을 도적이라고 이르는 말)을 공격하니 공은 장위영 대관으로서 군대를 쫓아 영광에 유진할 제 적도 수만 명이 장성의 월평을 점령하고 있는지라 공은 군사 200여 명을 이끌고 앞장서 강을 끼고 싸워 적 100여 명의 목을 베었으나 중과부적이었다. 대군이 멀리 있으므로 적들은 강을 건너 삼면으로 싸고 쳐들어왔다.

사졸들이 패배하자 휘하의 병사들이 공을 붙잡고 피할 것을 청하니 공이 웃으며 말하기를 '장부가 죽을지언정 난을 당하여 구차히 목숨을 부지할 수는 없다' 하여 몸을 일으켜 홀로 적을 꾸짖다 꺾이지 않고 죽으니 4월 23일이었다.

순의비는 이글 뒤에 이학승의 경력과 그의 죽음은 나라를 위한 충성의 극치였다는 찬사로 채워져 있다.

*

대장 이학승의 죽음으로 알 수 있듯이 장성 황룡촌에서 크게 무너진 경군 가운데 그래도 살아남은 자는 죽을 힘을 다해 달아났다.

도망치는 경군 패잔병들의 목적지는 사창이었다. 사창에는 초토사 홍계훈이 이끄는 경군의 본진이 있었기 때문이다.

이때 경군들은 '죽으나 사나 홍계훈 초토사가 있는 사창까지 가야 한다'며 달렸다고 한다. 그래서 지금도 장성이나 광산 일대에서는 '죽으나 사나 사창까지 가야 한다'는 말이 자주 쓰이고 있다.

이 말은 어떤 목적을 이루려고 할 때 어려움을 당하면 그 어려움을 돌파해야 된다는 뜻으로 쓰인다는 것이다.

"무…… 무엇이? 그…… 그게 정말이냐? 선전관 이학승이 전사하고 수많은 군사들도 목숨을 잃었다는 것이……"

그날 오후 늦게야 황룡촌 전투에서 이학승이 이끄는 경군이 참패를 당했다는 보고를 받은 초토사 홍계훈은 얼굴빛이 송장처럼 핏기를 잃고 말았다. 최신 무기로 무장한 정예부대가 장비하나 제대로 못 갖춘 동학군에게 거의 전멸을 당했다니 초토사가 망연자실한 것도 무리는 아니다.

'참으로 난감한 노릇이다. 이 참패를 어떻게 조정에 보고한단 말인가. 나를 그토록 신임하고 계신 중전마마를 크게 실망시킬텐데' 그러나 보고를 안 할 수는 없는 노릇이었다. 홍계훈은 참담한 심정으로 붓을 들어 황룡촌에서의 패전을 알리는 글을 써서 조정에 올려 보냈다. 그 내용을 간추려 본다.

아군이 장성 월평에 이르니 그 무리들도 마침 황룡촌에 도착했다. 점점 접근하여 한바탕 싸움이 벌어졌다. 쿠르프 야포를 쏘니 그 무리들 가운데 맞아 죽은 자가 수백 명이나 됐다. 그러자 그 무리들 1만여 명이 개떼처럼 달려들어 죽음도 무릅쓰고 30리나 돌격해왔다. 그들은 수효가 많고 우리는 수효가 적어 아군은 힘이 빠져 넘어지고 자빠지면서 황급히 진지로 돌아왔다. 그들이 추격해올 때 대관 이학승은 몸을 날려 칼을 휘두르면서 혼자 뒤에서 싸우다가 병사 5명과 함께 살해당했다. 참담함과 놀라움은 이루 말할 수 없으며 쿠르프 야포 1문 회전식기관총 1문 및 수많은 탄환을 잃었다. 참으로 분개할 일이다.

경군이 장성 황룡촌에서 동학군에게 참패당하고 선전관 이학승이 전사했다는 보고를 받은 조정은 경악을 금치 못했다.

서둘러 이원회를 양호순변사로 임명하고 강화, 청주의 군사를 내주어 홍계훈을 돕도록 했다. 또 엄세영으로 하여금 삼남염찰사를 맡겨 전투상황 등을 살피는 한편 백성들의 고통을 어루만지는 업무를 주었다.

✻

동학군도 여러 사람들이 모여 이루어진 무리였으므로 별의별 사람이 다 끼어있게 마련이라 크고 작은 여러 가지 말썽을 일으켰던 것도 사실이나 전반적으로 볼 때 관군보다는 규율이 잡혀있었다.

'백성들의 지지를 받지 못한다면 우리의 봉기는 아무런 뜻이 없으며 또한 오래 가지도 못할 것이다' 라는 생각을 전봉준은 말단에까지 심어주도록 늘 애를 썼다. 전봉준은 동학군이 지켜야 될 12가지 행동규칙을 군령으로 내렸다.

> 첫째, 동학군에 항복한 자는 대접을 받는다.
>
> 둘째, 곤궁한 자는 구제한다.
>
> 셋째, 욕심내는 자는 몰아낸다.
>
> 넷째, 순종하는 자는 경복(존경하여 진심으로 복종함)한다.
>
> 다섯째, 도주하는 자는 쫓지 말라.
>
> 여섯째, 굶주린 자는 먹인다.
>
> 일곱째, 간교하고 교활한 자는 없앤다.
>
> 여덟째, 가난한 자는 구해준다.
>
> 아홉째, 불충한 자는 없애버린다.
>
> 열째, 거역하는 자는 알아듣도록 타이른다.
>
> 열한 번째, 병든 자에게는 약을 준다.
>
> 열두 번째, 불효자는 죽인다.

이 12가지 행동규칙을 난리통에 자칫하면 무분별한 복수심에 불타기 쉬운 동학군에게 어떤 기준에 따라 행동해야 하는가를 밝히는 구체적인 길잡이였다.

비교적 군기가 잡혀 있는 데다 백성들의 지지를 받고 있는 동학군은 가는 곳마다 군량을 얻기가 쉬웠으나 군기가 흐트러지고 백성들을 괴롭히는 관군은 군량을 얻기가 어려워 이래저래 사기가 떨어져 있었다.

얼마 뒤 동학군이 전주성을 점령한 뒤 일본의 국민신문(1894. 6. 21.)은 다음과 같은 기사를 실었다.

관군은 엄명을 내려 군량을 징수하려 해도 응하는 자가 없었다. 그러나 동학군 쪽에는 징수하지 않아도 이를 얻을 수 있고 구하지 않아도 이를 충족할 수 있는 상태이므로 만일 금후형세일변해서 동학군이 마침내 결심하고 왕사(王師=임금의 군대)에 항전하게 된다면 오늘날 원한을 품고 기다리고 있는 농민들은 곧 괭이 들고 동학군을 응원할런지 모른다.

당시의 일본 신문도 백성들의 마음은 동학군편에 있다고 본 것이다.

＊

"무엇이? 지금 바로 전주로 쳐들어가자는 것이오?"

대담하기로 이름난 전봉준이 어이없다는 표정으로 복면군사 두억시니를 바라본다. 황토재에 이어 장성 황룡촌에서도 큰 승리를 거둔 동학군의 진로를 당분간 어디로 잡느냐를 놓고 열린 참모회의에서 두억시니는 다짜고짜 전주로 쳐들어가야 된다고 주장했다.

두억시니의 이 주장을 듣고 모두가 놀라움을 감추지 못한 것은 전라도의 수부인 전주를 함락시킨다는 것은 결코 만만한 일이 못되기 때문에 관군과 몇 차례 더 싸워 이겨 최신식무기를 더 갖추고 난 뒤에나 생각해 볼 일이라고 여겨졌기 때문이다.

"그렇소. 장군! 지금이 더할 수 없이 좋은 기회입니다."

두억시니는 전봉준의 놀라움 어린 되물음에 늘 그렇듯이 무게 있는 자신감 어린 말투로 대답한다.

"군사! 더할 수 없이 좋은 기회로 여기는 까닭을 설명해주시겠소?"

성미 급하기로는 둘째가라면 서러워할 최경선이 전봉준을 대신하듯 묻는다.

"좋소, 설명해 드리겠소. 첫째 지금 전주는 비어 있소."

"전주가 비어 있다……?"

전봉준을 비롯한 모든 간부가 두억시니의 말을 되새긴다. '그렇다. 전주는 비어 있는 것이나 다름없다. 양호초토사 홍계훈이 이끄는 경군과 전라감영의 적지 않은 감영군이 전주성을 나와 지금 영광에 머무르고 있다. 그러니 지금처럼 전주의 수비가 허술할 때는 앞으로도 없을 것이다. 군사의 말이 맞다' 전봉준의 고개가 절로 끄덕여진다.

"둘째 전주의 많은 민심이 관을 떠나 있소. 전라감사 김문현이 욕심 사나운 자였기 때문에 미움을 산데다가 홍계훈이 김시풍, 정석희 등 쓸 만한 장수들을 마구 죽여 버렸기 때문에 전주를 사수하겠다고 마음먹고 있는 자를 찾아보기 힘들 것이오. 따라서 우리가 들이치면 어렵지 않게 전주는 함락될 것이오."

두억시니의 조리가 맞는 분석을 그럴듯하다고 여기면서도 동학군 간부들은 엄청나게만 여겨지는 전주 공략에 선뜻 찬성을 못하고 있었다. 두억시니가 마지막 쐐기를 박는다.

"그래도 여러분들은 전주 공략을 어려운 일로 생각하고 있지 않소?"

이 물음에 대답은 하지 않았지만 최경선을 비롯한 몇몇은 고개를 끄덕여 그렇다는 뜻을 나타냈고 나머지 사람들의 눈빛도 전주 공략의 성공을 의심하고 있었다.

"여러분들이 생각하고 있듯이 전주를 지키는 감영군도 설마 지금 우리들이 전주를 치리라고는 생각조차 못하고 있을 것이오."

맞는 말이었다. 동학군이 전주 함락을 어렵다고 생각한다면 전주성을 지키는 감영군도 역시 같은 생각을 지니고 있을 것이라는 이야기다.

"전주 공략은 없을 것이라 감영군이 마음 놓고 있는 지금 전주를 치지 않는다면 언제 칠 것이오?"

두억시니의 이 말을 들으면서 전봉준은 마음 든든함과 함께 싸늘한 전율 같은 것을 느꼈다. '두억시니가 우리 편이기에 망정이지 만약 적이었다면 동학군은 어찌 됐을까?' 전봉준은 두억시니의 건의대로 동학군의 말머리를 전주로 향하기로 결단을 내렸다.

*

'흐음, 역시 관군은 이곳이 얼마나 중요한 곳인지를 모르는군' 동학군의 선발로 자청해 특수부대인 지리산패를 이끌고 갈재에 오른 두억시니는 애마 흑룡 위에서 혼자 중얼거리듯 말했다.

'이곳에 적은 수효의 관군을 배치만 했어도 우리가 갈재를 넘어 정읍, 전주로 들어가기는 힘들텐데……' 갈재는 전남과 전북의 도계를 이루는 곳으로 산세가 꽤나 까다로운 편이다.

문헌에 따르면 험한 갈재를 가는 통행자들을 보호하기 위해 미륵원이 있었고 재를 지키는 5필의 말과 5명의 병정이 배치되어 있었단다. 역참을 두고 역원도 있어 북쪽의 굴렁다리와 남쪽의 백계리를 이어주는 구실을 했다. 갈재는 양고살재를 넘어서 들어오는 해산물의 운송을 도적으로부터 보호하고 서해안을 통해 들어오는 외적을 막는 요새이기도 했다.

동학란이 일어났을 당시 관군이 얼마나 지휘통솔이 제대로 안 되고 있었는지는 중요한 요새인 갈재를 지키도록 배치된 군사가 없었다는 것만으로도 알 수 있다.

"으아하하하……!"

두억시니는 크게 한번 웃은 뒤 뒤따라오는 전봉준의 동학군 주력부대에게 마음 놓고 갈재를 넘도록 전갈하는 전령을 보냈다. 동학군은 갈재를 넘어 정읍, 태인을 거처 원평으로 들어갔다.

고종의 윤음(임금의 말씀)을 가지고 장성까지 내려왔던 이효응과 배은환을 원평까지 끌고 와서 여러 사람들이 보는 앞에서 처형했다. 또 때마침 관군에게 전해주려고 내탕금(내탕고에 둔 돈, 즉 임금의 개인적인 용도에 쓰는 돈)을 가지고 내려온 선전관 이주호와 수행원 2명도 이곳에서 잡아 처형했다.

"우리들의 결의를 조정에게 알려야 하느니라. 이들의 시체가 누구인지 알아볼 수 있도록 표시를 남겨놓아라."

전봉준은 조정에 동학군의 단호한 투쟁의지를 밝히기 위해 서울에서 내려온 관원들이 동학군에 의해 살해됐음을 굳이 알리도록 지시했다.

이효응, 배은환 그리고 이주호와 수행원 2명 모두 다섯 구의 시체를 원평 마을 뒷산에 버린 뒤 그들이 지니고 있던 표신과 통부(의금부 병조 형조 한성부의 당직자나 포도청의 종사관과 군관의 신분을 밝히는 부찰)를 사람들 눈에 띄도록 시체 위에 던져 놓았다.

＊

동학군은 4월 26일(음력) 전주의 바로 턱 밑인 삼천에 진출했다. 여기서 전주까지는 고작 십리길이다. 동학군은 이곳에서 야영했다. 밤이 깊자 전주성에서 암약하고 있던 동학군의 간자들이 속속 전봉준의 막사를 찾아와 전주성 안의 움직임을 낱낱이 알려주었다.

"역시 군사가 미리 내다본 대로구려."

전봉준은 자리를 함께 하고 있는 두억시니에게 간자들의 보고가 두억시니의 상황분석과 일치하고 있다고 알렸다.

"……"

여전히 두억시니는 아무 말 없이 덤덤하다.

'도대체 이 사나이는 속을 알 길이 없다. 자신의 예견이 들어맞아도 잘난 척하는 일이 없고 어떤 위기가 닥치더라도 바위처럼 흔들리지 않고 생사를 초월한 듯 침착하니 속에는 무엇이 들어 있는 것일까?' 전봉준은 쓴웃음을 띠며 두억시니에게 가장 중요한 한마디를 물었다.

"내일 전주성에 들어갈 수 있겠소?"

"네. 별 어려움 없이 입성할 수 있을 것입니다."

두억시니의 대답은 너무나 쉬웠다.

"아니…… 성을 지키고 있는 감영군이 문을 굳게 닫고 저항도 만만치 않을텐데……?"

"내일이 바로 장날이지요?"

"참 그러고 보니 내일 서문 밖에 장이 들어서는 날이구만."

"용머리고개에서 대포와 총을 전주성 쪽으로 쏘아 혼란을 일으킨 뒤 성안으로 도망 들어가는 수많은 장꾼들 틈에 뒤섞여 성안에 밀고 들어가면 쉽사리 입성할 수 있을 것입니다.

그리고 내일 아침 일찍 장꾼으로 변장시킨 우리 군사들을 미리 장터에 내보내 진짜 장꾼들 사이에 섞여있도록 지시하시죠."

"으음!"

참으로 절묘한 작전 계획이었다. 날이 새자 4월 27일 동학군은 용머리고개 정상에 올라가 전주성을 굽어보며 옆으로 길게 일자진을 펼쳤다. 한편 초토사 홍계훈이 이끄는 경군은 동학군과의 대결을 일부러 피하려는 듯 영광에서 꼼짝 않고 있다가 25일에야 마지못해 움직이기 시작했다.

그날 밤 고창에서 밤을 지샌 뒤 26일에는 정읍을 지나 27일 태인을 거쳐 원평에 이르러서는 동학군이 처형하고 버리고 간 이효응 등 다섯 구의 시체를 수습한 뒤 그곳에 머물러 하룻밤을 지내고 27일을 맞이했다.

전주 서문 밖의 장날인 4월 27일 오시(상오 11시부터 하오 1시까지) 동안의 용머리고개에 1자진을 친 동학군은 총수 전봉준의 명령에 따라 일제히 함성을 지르며 전주성의 서문과 남문을 향해 쳐들어갔다.

이미 그때는 수많은 장꾼들이 서문 밖에서 여러 가지 물건들을 놓고 흥정을 벌리느라 법석대고 있었다.

"쾅!"

"탕! 탕! 탕!"

대포소리가 천지를 뒤흔들고 총소리가 요란한 가운데 동학군의 돌격이 시작되자 장터는 순식간에 난장판이 됐다.

"와아! 동학군이다! 동학군이 쳐들어온다."

"난리다! 난리!"

밀려서 넘어지고 밟히며 저마다 살겠다고 소리를 지르며 달아나는 아비규환 속에서 장꾼 사이에 섞여 있던 변장한 동학군 그리고 정규군 차림의 동학군이 물밀듯이 성문으로 향했다.

전라감사였던 김문현은 황급히 서문을 닫고 서문 밖의 수많은 집들을 불태워 동학군의 공격을 막으려 했으나 허사였다.

"와아!"

우렁찬 함성의 파도를 타고 몰려드는 동학군 앞에 서문은 열렸다 아니 저절로 열린 것처럼 보였다. 전주성 안에 미리 침투해 있던 동학군의 간자들이 안으로부터 서문을 열었을 때 아무도 이를 막는 자가 없었다.

김문현을 비롯한 벼슬아치들은 저마다 살겠다고 줄행랑을 치느라 바빠 목숨 걸고 전주성을 지키려는 사람이 없었기 때문이다. 동학군이 성안으로 밀려들어가자 그나마 감영군은 체면이라도 지키려는 듯 대포 한 발만을 쏘고 모두 달아나 버렸다.

네번째 이야기

전주성 함락

김문현은 4인교를 타고 동문을 빠져 나가려했으나 문이 열리지 않자 재빨리 가마에서 내렸다.

'아니다, 이럴 때가 아니다. 허름한 옷으로 갈아입고 도망치지 않으면 동학군 눈에 띄어 죽기 십상이다.' 교활한 것으로는 남에게 뒤지지 않은 김문현은 자신이 입고 있던 비싼 비단옷을 벗어 내팽개치고 가마꾼이 민가에서 구해온 다 떨어진 옷과 짚신 차림으로 피난 가는 난민 속에 섞여 무사히 전주성을 빠져나갔다.

"김문현을 잡아라! 김문현은 어디에 있느냐?"

동학군을 이끌고 서문으로 입성한 전봉준은 선화당에 자리 잡고 부하들에게 전 전라감사 김문현을 찾아내도록 지시했으나 이미 김문현은 빠져나간 뒤였다. 2십여 리를 도망간 김문현은 용진촌에 이르러서야 민간인의 나귀를 빼앗아 타고 조금은 편하게 달아날 수 있었다.

판관 민영승도 잡히면 죽는다는 두려움 탓에 걸음아 나 살리라고 달아나다가 경기전의 참봉을 만났다. 참봉은 조선을 건국한 태조 이성계의 영정을 지니고 도망가던 참이었다. 이성계는 전주 이씨였기 때문에 전주성 경기전에는 그의 영정이 걸려 있었다.

"아니, 자네 그게 무엇인가?"

민영승은 참봉이 소중하게 지니고 있는 영정을 보자 궁금해서 물었다.

"네, 태조마마의 영정이올씨다."

그 소리를 듣자 민영승의 눈이 번쩍 빛났다.

'옳다구나. 저 영정만 가지고 있으면 내가 전주성을 버리고 도망가는 명분이 생긴다. 태조마마의 영정을 무사히 지키기 위해 몸을 피했다면 누가 나무라겠는가?' 민영승은 다짜고짜 태조의 영정을 참봉으로부터 나

     얼굴 없는 軍師 두억시니

꿔챘다.

"아…… 아니……?"

당황하는 참봉에게 뻔뻔한 민영승은 퉁명스럽게 한마디 내뱉았다.

"그렇지 않아도 태조마마의 영정을 내가 찾던 참이었네. 그런데 자네가 지니고 있었군. 영정은 내가 모셔야겠네."

자신의 직무에 충실하느라 그 경황 속에서도 태조의 영정을 가지고 도망 나온 참봉은 그저 어이없다는 표정으로 민영승을 바라볼 뿐이었다.

"생각해 보게. 지체로 따지더라도 태조마마의 영정은 내가 모셔야 되지 않겠는가!"

영정을 빼앗은 민영승은 위봉산성으로 몸을 숨겼다.

＊

"아이고! 아이고!"

듣는 이의 마음을 어둡고 무겁게 만드는 통곡 소리에 서울의 주민들은 심상치 않은 일이 일어났음을 눈치챘다.

호남의 수부이자 조선 왕조의 발상지라고 할 수 있는 전주성이 허무하게 동학군의 손에 넘어갔다는 소식이 전해지자 서울 각 영의 병사들 모두가 통곡하는 소리에 사대문 안의 주민들은 처음에는 무슨 영문인지 몰라 어리둥절했으나 세상에 비밀이란 없는 법이다.

"전주가 동학군에 의해 함락됐다는 거야."

"뭣이? 전주가 …… 그게 있을 수 있는 일인가?"

"양호초토사 홍계훈 장군은 도대체 무엇을 하고 있는 것인가? 전주성을 동학군에게 빼앗기다니……."

이렇게 한심하다는 투로 전주 함락을 걱정하는 주민들은 그래도 살 만한 여유를 지닌 사람들이었다.

"그것 잘 됐어. 세상이 한 번 뒤집어 져야 돼. 암, 뒤집어 져야지."

"그렇고 말고. 우리같이 못사는 사람들은 양반이라고 거들먹거리는 자들이 혼쭐나는 꼴이 보고 싶어."

"그래, 동학군이 전주에서 머무르지 말고 공주, 수원을 거쳐 서울까지 쳐들어왔으면 좋겠다."

언제나 사회의 바닥에서 신음하는 하층 계급은 불만이 가득하게 마련이었고 그들 가운데 많은 사람들이 세상이 뒤집어지기를 바랬다.

'동학군이 전주성을 점령했다'는 소식이 서울뿐만 아니라 전국 방방곡곡에서 가진 자와 못 가진자 사이에 각기 다른 반응을 불러일으키고 있는 가운데 조정은 서울에 군사를 풀어 전주 함락 소식이 널리 퍼지는 것을 막으려 했다.

전주 함락 소식이 나라의 위신을 깎아내릴 뿐 아니라 민심을 동요시킴으로써 또 다른 봉기를 불러일으키지 않을까 염려한 것이다.

무장한 군졸들이 떼를 지어 서울 거리를 돌며 사람들이 모여서 수군거리고 있으면 해산시키는 한편, '헛소문을 퍼뜨리는 자는 엄벌에 처한다'고 엄포를 놓았다. 그러나 전주 함락은 헛소문이 아니었다.

청나라, 러시아, 일본 등이 이 땅의 이권을 노려 서로 그 세력을 강화하려고 눈에 시퍼런 불을 켜고 있는 가운데 동학군의 전주 함락은 조정, 특히 민비에게는 또 하나의 큰 두통거리가 아닐 수 없었다.

✻

"이 일을 어찌하면 좋겠소? 송구스럽게도 태조를 비롯한 이씨조선 발상의 땅인 전주를 역도(역적의 무리)들에게 짓밟혔으니 저승에서 무슨 낯으로 선조들을 뵙는단 말이오?"

민비의 목소리는 날카롭다 못해 차라리 비명에 가까웠다. 영의정 민영준은 고개를 들지 못하고 있었다.

"도대체 초토사 홍계훈은 그 동안 무엇을 했는지 모르겠소? 최신식무기로 무장한 경군을 끌고 내려가서 무지몽매한 동도를 못 당하고 전주를 내주다니……."

임오군란 때 자신의 목숨을 구해준 홍계훈을 그동안 민비는 끔찍이 뒤를 밀어주어 출세를 시켜왔다. 민비가 홍계훈을 나무라는 말을 한 것은 이번이 처음이다. 그만치 전주 함락은 민비에게도 큰 충격이었다.

"이제는 더 이상 지체할 수가 없습니다. 동도들이 서울로 쳐올라오기라도 한다면 무슨 망신입니까. 주상의 뜻을 따라 청나라에 원군을 청해야 되겠습니다."

민비는 그동안 여러 대신들이 반대해왔던 청나라에의 원병 의뢰를 실천에 옮기겠다고 밝혔다. 고종은 동학란이 일어나자 크게 놀라 청나라에 원군을 요청하라고 벌써부터 주장해 왔으나 여러 대신들의 강력한 반대에 부딪혀 뜻을 이루지 못했었다.

"만약 지금 청나라에 원군을 요청한다면 일본이 가만히 있지 않을 것입니다. 청나라 군대가 이 땅에 들어오면 일본군도 무슨 핑계를 대고라도 출병하려들 것입니다. 그 뿐만 아니라 러시아군도 남하할 가능성이 높고 영국도 극동함대를 인천 앞바다에 파견할지 모릅니다. 그렇게 된다면 조선의 온 땅이 전쟁터가 되고 말 것입니다."

대신들은 청나라, 러시아, 일본, 영국 등의 열강이 서로 견제하면서 조선반도에 그 어느 한 나라의 군대도 들어오지 못하도록 하는 것이 지금으로서는 이 나라를 지키는 최상책이라 여겨왔었다.

그러나 전주가 함락된 이 마당에 더 지체하다가는 조선 왕조 자체가 망할지도 모른다는 위기감이 감돌아 대신들조차 흔들리고 있었다.

민영준이 민비의 뜻에 찬동한다는 뜻을 비쳤다.

"동학의 무리들은 내란을 일으킨 것이지, 결코 나라와 나라 사이의 전쟁이 아닙니다. 조선에 내란이 일어나서 상국인 청나라에 원군을 요청하는 것은 당연한 일이기 때문에 일본이나 다른 나라들도 이 일을 빌미삼아 조선에 출병하는 일은 없을 것입니다."

민영준의 말에 고개를 끄덕인 민비는

"상감에게는 내가 말씀드리겠으니 각의에서는 영상이 청나라의 원병 요청이 실현되도록 이끄시오."

누구의 말이라 거역하겠는가. 조정의 이 결정이 결과적으로 청나라와 일본이 격돌하는 청일전쟁으로 이어지고 만다.

당시의 일본의 외무대신이었던 무쯔 무네미쯔는 뒷날 그의 회고록에 이렇게 썼다.

조선의 동학당에 대해서는 내외 국인들이 갖가지 해석을 내렸다. 어떤 자는 동학이 유교, 도학을 혼합한 종교단결이라고 말하고, 어떤 자는 조선 국내에 있어서 정치개혁 희망자의 한 단체라고 말하고, 어떤 자는 단지 난을 일으키기 좋아하는 흉도의 집단이라고 말했다. 훗날 만약 일본과 청나라 사이의 당시 외교 역사를 쓰는 자가 있다면 반드시 그 첫머리에 먼저 동학란을 1장에 두어야 할 것이다.

무쯔가 쓴 대로 동학란은 청일전쟁 그리고 노일전쟁으로 이어져 동북아시아의 세력판도에 큰 변화를 가져오는 큰 불씨가 되고 만다.

청나라와 러시아의 두 강국과 싸워 이긴 일본이 한국을 집어삼키고 군사력을 더욱 강화해서 미국, 영국, 중국 등 연합국을 상대로 2차 대전을 일으키게 된 것도 거슬러 올라가보면 한국의 동학란이 하나의 시발점이 됐음을 알 수 있다.

*

청나라에 원군을 요청하기로 작정한 민비는 한동안 골똘히 생각에 잠겼다.

"영상! 이제는 물러가시오."

생각에서 깨어난 민비는 민영준을 물리친 뒤 오른손을 왼 소매에 넣어 작은 피리를 하나 끄집어내고 입에 물었다. 크지는 않으나 고운 피리소리가 울려 퍼지자 바로 방문 밖에 인기척이 났다.

얼굴 없는 軍師 두억시니

"부르셨습니까?"

굵직한 남성의 목소리다.

"갑자인가?"

민비는 목소리를 듣고 그가 누구인 줄 알면서도 짐짓 확인한다.

"네, 중전마마. 소인 갑자 대령했습니다."

'갑자'는 60명으로 이루어졌던 갑자대의 대장 이름이다. 민비의 직속 특수부대인 갑자대는 구성원의 신원을 밝히지 않기 위해 본명이 아닌 육십갑자의 순서대로 이름을 붙여 놓았다.

'갑자'는 육십갑자의 첫번째로 대장을 뜻한다. 막강함을 자랑하던 갑자대는 그 구성원의 3분의 1인 20명이 전봉준과 두억시니 암살을 위해 호남으로 내려갔으나 천안에서 2명 그리고 소성삼거리에서 나머지 18명이 일본 닌자부대와 두억시니가 이끄는 지리산패와 뒤엉킨 처참한 혈투 끝에 전멸하고 말았다. 따라서 현재 남은 갑자대원의 대원은 40명뿐이다.

"들어오게."

민비의 지시에 따라 우람한 몸집의 갑자대 대장이 방에 들어와 민비에게 큰절을 했다.

"잘 듣거라. 바로 갑자대원 모두를 이끌고 전주로 내려가거라. 무슨 일이 있어도 그 문둥이군사와 반역의 괴수 전봉준의 목을 베어야 한다. 만약 성공하지 못하면 살아서 내 앞에 다시 나타날 생각을 하지 마라."

"네, 중전마마. 분부대로 시행하겠습니다."

그러나 대답은 해놓고도 갑자대의 대장은 물러날 생각을 하지 않는다. 그의 속을 꿰뚫어 본 듯 민비가 갑자대 대장의 걱정을 덜어준다.

"아무 염려 말게. 자네들이 떠나 있는 동안 나 그리고 민씨 일족에게 무슨 일이 일어나겠는가? 설사 웬만한 일이 일어난다 해도 최신무기로 무장한 근위대가 있지 않으냐?"

민비의 말에 갑자대의 대장은 고개를 끄덕이더니 큰절을 올리고 일어난다.

"만만치 않은 상대 같으니 방심하지는 말게. 그러나 갑자대원 40명이면 그 두 녀석의 목을 베는 것은 그리 어렵지 않겠지. 부디 성공하기를 바라네."

갑자대 대장은 선 채로 다시 한번 허리를 숙이더니 조용히 방을 나갔다.

민비는 또다시 큰 도박을 하기로 결심한 것이다. 자신과 민씨 일족의 생명과 재산을 지켜주고 있는 비밀조직인 갑자대를 모두 전투로 내려 보내 두억시니와 전봉준을 친다는 것은 큰 모험이 아닐 수 없었다.

만약 갑자대의 주력이 크게 다친다면 그만한 무예를 지닌 장사들을 몇십 명씩이나 다시 모은다는 것은 쉬운 일이 아니기 때문이다. 결국 민비의 이 결단은 자신들의 죽음을 재촉하는 비극적인 결과를 가져오게 된다.

그나마 40명이 남아있던 갑자대를 전주에서 잃은 민비는 아무런 방비책을 지니고 있지 못한 채, 1894년 6월 민비는 1년 뒤에 자신이 목숨을 잃게 되는 것도 모르고 갑자대 전원을 전주에 밀파했다.

＊

동학군이 점령한 전주는 문자 그대로 하룻밤 새에 세상이 뒤바뀌었다. 뒷날 동학란은 갑오(1894년) 농민전쟁으로 불리면서 동학농민군이 마치 처음부터 끝까지 질서를 잘 지키며 양민을 괴롭힌 일은 전혀 없었던 것처럼 지나치게 미화되어 전해지는 경우가 적지 않지만, 아무래도 여러 사람들의 모임이라 갖가지 불상사도 적지 않았다.

일단 세상이 바뀔 때에는 시국이 안정될 때까지 사람들은 조용한 곳으로 몸을 피하기 마련이다. 그러나 병들거나 나이든 노약자들은 피난을 가고 싶어도 못 가는 수가 많았다. 이때 동학군이 전주성을 점령했을 때도 기고만장한 일부 동학군들은 미처 피난가지 못한 노약자들에게 상당한 피해를 입혔다.

전주성 선화당에 지휘본부를 둔 전봉준은 성안의 질서 유지에 안간힘

얼굴 없는 軍師 두억시니

을 써야만 했다. 전주성 4대문의 경비를 강화해서 홍계훈이 이끄는 관군의 공격에 대비하는 한편, 군령을 엄격히 지키도록 지시했다.

'모처럼 일으킨 봉기가 일부 군사들의 못된 행동으로 백성들의 지지를 잃게 된다면 아예 봉기를 일으키지 않은 것만 못하지 않은가?' 전봉준은 백성들의 지지가 없는 봉기는 아무런 뜻이 없을 뿐 아니라 오래 지탱하지도 못한다는 것을 잘 알고 있었기에 못된 짓을 저지른 동학군의 면상이 으스러지고 허리가 부러진 시체들이 이곳저곳에서 발견되면서 동학군의 기강은 바로 잡혀갔다.

"군사와 그가 이끄는 지리산 패들이 나쁜 짓하는 군사를 찾아내 때려죽이고 있는 모양이야."

"피난 못간 아녀자를 겁탈하려던 전삼이는 얼굴이 음푹 들어가게 얻어맞아 죽어버렸어."

"어휴우! 정말 으스스하다. 경군의 대포보다도 지리산패의 주먹과 발이 더 무서워."

불한당이나 범죄자도 섞여 있던 동학군 안에서 두억시니는 조용히, 그러나 단호히 숙청을 단행했다. 못된 군사들이 처참하게 도륙당한다는 소식은 전주성 안에 삽시간에 퍼져 민심을 회복시키는 데도 큰 도움이 됐다.

"군사가 직접 척결에 나선 것이오?"

선화당의 지휘본부에서 전봉준이 두억시니에게 넌지시 물어본다.

"……."

복면 속의 두 눈이 싱긋 웃는 것으로 두억시니는 대답을 대신했다. 전봉준은 고개를 끄덕이며 혼잣말 중얼거리듯 내뱉았다.

"무리를 이끈다는 것은 참으로 힘든 일이오. 싸움에서는 이겨야 되고 이기고 나면 풀어지기 쉬운 기강을 바로 잡아야 되고 ……."

"지당하신 말씀이오."

두억시니가 짐작이 간다는 듯 고개를 끄덕인다.

*

두억시니는 전봉준에게 동정 어린 시선을 보냈다. 불의를 못 보고 일어나긴 했으나 그 동안 전봉준은 잠도 제대로 못 자면서 동학군을 그래도 전주 입성까지 끌고 왔다. 군사들은 전주 점령에 들떠있으나 여세를 몰아 서울로 향할 것이냐? 앞으로가 문제다.

그러나 전봉준은 이씨왕조 자체를 뒤엎겠다는 생각을 가지고 있지는 않았다. 민비에 밀려 찬밥 신세가 된 대원군을 다시 추대하여 농민을 위한 새로운 정치체제와 새로운 국가를 건설하겠다는 것이 그의 의도였다.

서울로 쳐올라간다면 임금의 총명을 흐리게 만들고 있는 간신들과 백성들을 괴롭히고 있는 민씨 일족 및 부패한 고관대작들을 제거하는 것이 목적이다. 하지만 훈련도 제대로 못 받고 신통한 무기도 지니지 못한 동학군이 과연 서울까지 올라갈 수 있을까?

백성들의 지지를 얻었다고 하지만 힘 앞에는 너무나 약한 그들에게 큰 기대를 걸 수 없는 노릇이었다. 그렇다면 애당초 봉기의 명분으로 내세웠던 탐관오리를 엄벌하고 정치개혁의 다짐을 받아내는 선에서 정부와 평화적인 협약을 맺는 것이 가장 현실적인 해결방안인 셈이다.

이미 전봉준과 두억시니 사이에는 전주에서 버틸 때까지 버티다가 이쪽에 유리한 조건으로 평화협약을 맺기로 합의가 이루어져 있었다.

그러나 그때까지는 관군을 괴롭힐 수 있는 한 괴롭혀야만 동학군이 협상에서 유리해진다.

"군사! 내일부터는 성을 나가 홍계훈의 경군과 맞부딪쳐볼 생각이오."

전주성이 함락된 뒤에 경군을 끌고 용머리고개에 이른 홍계훈은 완산, 다가산, 사직단, 유연대 등 산과 골짜기를 연결하여 진을 치고 대포를 늘어놓고 시험삼아 전주성 안을 향해 대포 세 발을 쏘았다.

"쾅! 쾅! 쾅!"

잇달아 터지는 폭탄 소리에 성안의 주민들은 무서워서 벌벌 떨었다. 전

얼굴 없는 軍師 두억시니

주성을 점령하고 쉴 새도 없이 성 밖으로 전봉준이 쳐나가겠다는 것도 가만히 있으면 동학군이 주눅 들어 있는 것으로 보일 염려가 있는 데다 더 많은 관군이 추가로 파견되기 전에 홍계훈의 부대에 큰 타격을 입혀 야겠다고 생각했기 때문이다.

"그렇게 하시죠. 소생도 내일은 장군을 따라 출격하겠습니다."

"군사가 함께 해주시면 우리야 항상 마음이 든든하지요."

"장군! 홍계훈의 경군도 가볍게 볼 수 없지만 서울의 민비가 가만히 있지 않고 무슨 수를 쓸 것 같습니다."

두억시니의 이 말에 전봉준의 눈이 커진다.

"군사! 민비가 다른 계책을 쓸 것이라는 이야기요?"

"그럴 가능성이 높습니다."

"하면? 어떤 수를 쓸 것 같소."

"가장 먼저 생각할 수 있는 것이 민비의 직속 특수부대인 갑자대를 내려 보내는 일입니다. 아마도 남은 40명이 모두 내려올지도 모릅니다. 우리가 조선왕국의 발상지라고도 할 수 있는 전주를 장악했으니까 말입니다."

이 말은 전봉준을 비롯한 동학군 간부들에게 큰 충격을 주었다.

"그렇다면 우리는 홍계훈이 이끄는 경군과 그 갑자대라는 또 하나의 적과 싸워야 되겠구려. 어찌하면 좋소?"

전봉준이 그 대책을 묻는다는 눈빛으로 두억시니에게 얼굴을 돌렸다.

"갑자대는 저희 지리산패가 맡겠습니다. 조선팔도에서 엄선된 무예의 고수들로 이루어진 갑자대는 동학군의 군사가 대적하기에는 힘에 겨운 무서운 상대입니다."

기침소리 하나 들리지 않는 무거운 침묵이 좌중에 흘렀다.

"허허! 초토사의 경군보다 더 무서운 상대라 ……."

성미 급한 최경선의 한숨 어린 중얼거림은 그 자리에 모인 많은 사람들의 마음속을 대신 말해주고 있었다.

"와아! 와아! 남사당패다!"

"남사당패가 우리 동네로 들어온다!"

"어디, 어디. 작년에 왔었던 그 남사당패인가?"

"아니야, 아닌데 …… 전혀 못 보던 얼굴들이야."

천안에서 남쪽으로 내려간 병천 근처의 작은 고을을 지나가는 남사당패들을 지켜보며 동네사람들은 저마다 한마디씩 했다. 그러나 동네사람들은 무엇인가 좀 이상하다고 느꼈다. 딱 꼬집어서 이야기하기는 좀 어렵지만 노래와 춤 그리고 재주를 파는 남사당패의 흥겨운 분위기를 그들에게서 느낄 수가 없었다.

"어? 우리 동네를 그냥 지나가 버리네 ……."

"그러게? 우리 동네를 지나쳐 가는 남사당패는 없었는데 …… ."

어리둥절해 하는 동네사람들을 거들떠보지도 않고 무뚝뚝한 표정으로 남사당패는 빠른 걸음으로 남쪽을 향해 내려가고 있었다.

"참으로 이상한 노릇이구먼."

곰방대를 입에 문 노인이 고개를 갸우뚱거렸다,

"영감님, 무엇이 이상합니까?"

동네사람들하고 함께 남사당패가 지나가는 것을 지켜보고 있던 엿장수가 노인에게 묻는다.

"안 그런가? 좀 자네도 생각해보게. 무슨 남사당들이 모두 저렇게 장사처럼 건강한 몸집을 지니고 있는가?"

듣고 보니 그렇다. 가벼운 몸놀림으로 줄도 타고 공중에서 재주도 넘는 남사당들은 몸이 별로 크지 않고 몸매도 부드러운 사람이 많다. 그러나 지금 지나가고 있는 남사당패는 하나같이 모두 몸집이 크고 단단한데다 눈에서는 살기마저 번뜩이고 있었다.

"그리고 무슨 남사당의 인원이 저토록 많은가. 얼핏 보기에도 족히 40

명 가량은 되어 보이는군."

그도 그렇다. 가난한 떠돌이 광대들의 모임인 남사당패가 40명이나 된다는 것도 기이한 일이었다.

"필시 무슨 사연이 있는 게야."

곰방대를 한 모금 빨아 연기를 내뿜으면서 노인은 남사당패의 뒷모습을 눈으로 쫓았다. 관찰력이 뛰어난 시골 노인이 꿰뚫어본 것처럼, 40명의 갑자대는 남사당패로 변장해서 남으로 남으로 전주를 향하고 있었다.

✳

"하늘 천! 따 지! 검을 현! 누를 황!"

동학군이 점령한 전주성은 아직도 살벌한 분위기가 감돌고 있는데도 어린이들의 천자문 읽는 소리가 평화로운 분위기를 빚어내고 있었다.

전주감영의 군사들이 쓰던 방을 임시 글방으로 삼아 추월이가 어린이들에게 글을 가르치고 있는 것이다. 어린 나이의 추월이는 동학군을 따라 함께 움직이고 있는 어린이 집단의, 말하자면 인솔책임자 격이었다.

어린이들의 밥 시중을 들고 싸움을 말리며 함께 놀아주는 추월이를 어린이들은 친언니나 친누나처럼 따랐다. 배우지 못한 한을 풀기 위해 추월이는 틈만 나면 두억시니를 졸라 글을 배우고 그 배운 것을 또 어린이들에게 가르쳐주고 있는 것이다.

참모회의를 마치고 어린이들이 어떻게 지내나 하고 들른 두억시니는 방 밖에 선 채 미소를 띠우고 생각에 잠기고 있었다.

'추월이는 참으로 별난 여자다. 어린 나이에 작부생활을 하면서 모진 고생과 수모를 겪었을 텐데도 어두운 그림자가 전혀 없고, 아이를 낳아본 것도 아닌데 어머니의 다정함을 지녀 어린이들을 보살피고 있다. 낳기만 하고 자라는 것은 거들떠보지도 않는 부모가 있는가 하면, 모든 어린이를 친동생처럼 귀여워하는 추월이 같은 여자도 있구나'

동학란이 일어나던 1894년부터 1897년까지 4차례에 걸쳐 조선을 방문했던 영국왕립지리학회 특별회원인 이사벨라 버드 여사가 지은 『조선기행(朝鮮紀行)』이라는 책에는 그 당시 이 땅 농촌 여성의 생활을 다음과 같이 쓰여져 있다.

조선의 하층계급의 여성은 거칠고 예의를 모른다. 일본의 같은 계층의 여성이 지니고 있는 부드러움이나 중국 농촌 여성의 절도나 친절한 마음과는 거리가 멀다. 입고 있는 옷은 더럽고 밤늦게까지 쉴 새 없이 빨래하는 것은 자신들의 옷이 아니라 남성들의 옷이다.

어떤 작은 냇가에서도 편편한 돌 위에 쪼그리고 앉아 빨래하는 여성이 있게 마련이다. 빨랫감을 물에 담그고 꼭 쥐어짜서 돌 위에 올려놓고 빨래방망이를 두드리고 잿물에 담그곤 한다. 빨래는 햇볕에 말려 하얗게 되고 엷게 풀질한다. 이렇게 흰옷을 입는 것은 여성들에게 중노동을 강요하게 된다.

이밖에도 농촌의 여성은 가족의 옷을 전부 챙겨야 하며 밥을 짓고 무거운 절구와 맷돌을 써서 벼를 찧어 쌀도 만들고 농작물을 머리에 이어 시장에 나르는 데다 물을 긷고 논밭에서 일한다. 아침은 일찍 일어나고 밤은 늦게 자서 물레를 돌리고 길쌈을 한다. 대개는 자식이 많고 게다가 아이는 3살이 될 때까지 어머니의 젖에서 떨어지지 않는다.

농촌의 여성에게는 아무런 즐거움이 없다고 할 수 있겠다. 집안일의 일부를 며느리가 맡게 될 때까지 일에 쫓길 뿐이다. 30살이면 50살로 보일 만치 겉늙고 40살이면 대개 이가 빠져버린다.

몸치장에 대한 관심은 이미 젊었을 때 사라져 버린다. 매일 매일의 잡일 말고 신경을 쓰는 일이 있다면 아마도 귀신에 관한 일 정도다. 자연계의 어디에도 묵고 있다고 여겨지는 귀신을 달래는 것이 농촌 여성에게는 특별히 큰일인 것이다.

지금 추월이는 하층 계급의 사람들이 일찍이 시도해보지 못했던 교육을 어린이, 그것도 여자아이들에게까지 시키고 있었다.

어쩌면 이 작은 시도는 동학란 못지않은 하나의 혁명인지도 모른다.

얼굴 없는 軍師 두억시니

※

　전주성 안팎은 매우 어수선했다. 성안에서는 아직도 도망가지 못해 숨어있는 탐관오리들을 동학군이 찾아내느라 법석이었고 때로는 전주성을 장악했다 해서 기고만장한 동학군의 행패가 주민들의 이맛살을 찌푸리게 만들기도 했다.

　동학군임을 빙자하여 매우 못된 짓을 저지르는 자들을 두억시니와 그가 이끄는 지리산패는 팔다리를 분질러버리거나 심한 경우 주먹으로 면상을 으깨어 목숨까지 빼앗아버리는 즉결처분이 저질러지는 바람에 치안은 어느 정도 회복됐다고는 하나 긴장감은 쉽게 가시지 않고 있었다.

　성 밖은 성 밖대로 전주성을 동학군에게 빼앗기고 만 초토사 홍계훈이 이끄는 경군과 일부 전주감영의 군사들 그리고 주변 고을에서 징집한 군사들이 완산, 다가산, 사직단 등 전주성을 둘러싼 산봉우리와 골짜기에 진을 치고 척후병을 자주 내보내 동학군의 움직임을 감시하고 있었다.

　경군의 총수인 홍계훈은 사령부를 용머리고개 남쪽 산 언덕에 두어 전주성 수복작전을 세우느라 골머리를 앓고 있었다.

　한편 동학군의 총대장 전봉준은 전주성의 선화당에 지휘본부를 두고 앞으로 일을 어떻게 벌여나갈 것인가를 참모진들과 진지하게 검토하고 있었다.

　전봉준은 먼저 성안의 부녀자들을 비장청 앞에 모아놓고 징발했던 포목을 나누어주고 그것으로 동학군의 군복을 만들도록 당부했다.

　무장에서 봉기할 때 입었던 동학군들의 옷은 계절이 바뀐 무더운 초여름 날씨에는 불편했기 때문이다.

　"여러분! 우리는 못된 짓을 해온 벼슬아치를 그 자리에서 내쫓아 백성들에게 어진 정치를 베푸는 새로운 세상을 맞이하기 위해 목숨을 걸고 일어났습니다. 지금 우리 군사들이 입고 있는 옷은 겨울옷인데다 낡아서 입기에 편치 않습니다. 이 옷감으로 옷을 만들어 주십시오. 여러분들의 뒷받침이 있어야 우리의 거사는 성공할 수가 있습니다. 부디 도와주십시오."

여자를 천대하던 시절이다. 부녀자를 한사람의 인격자로 대해주는 전봉준의 따뜻한 마음씨가 그들을 감동시킨 것이다. 전봉준은 그 시대에 있어 확실히 별난 사람이었다.

전봉준의 첫 부인 최씨의 묘소는 뒷날 동학군이 관군을 크게 깨뜨린 황토재 아래 언덕 위에 있었다.

가난했던 전봉준의 아내는 잘 입지도 잘 먹지도 못하면서 4남매를 낳아 그들의 뒷바라지에 허리가 휘는 나날을 보냈다. 그 어려운 살림 속에서 최씨는 병을 얻고 끝내는 숨지고 말았다.

아내를 묻은 전봉준은 자주 어린아이들의 손을 잡고 무덤을 찾아 묵도를 올리곤 했다.

"저것 봐. 또 아내의 무덤을 찾아왔군."

"글세 말이야. 무척이나 금술이 좋았던 모양이지."

묘소 부근의 사람들은 전봉준과 아이들의 모습을 볼 때마다 한마디씩 하였다. 왜냐하면 당시 풍습으로서는 남편이 아내의 묘소를 찾는다는 것은 흔치않은 일이었기 때문이었다.

＊

동학군의 지휘본부인 선화당은 초여름의 나른한 기온인데도 분위기는 차갑고 엄했다. 일단 전주성을 점령하기는 했으나 성 밖의 산봉우리와 골짜기에 진을 친 경군은 최신예 무기를 갖추어 허점만 있으면 전주성 탈환을 노리고 있는 데다 동학군의 사기는 안정되어 있지 않았기 때문이다.

"오늘은 아무래도 성을 나가 경군을 공격해야 되겠소. 그렇지 않아도 경군은 성안을 향해 대포를 쏘아 우리 군사들의 기를 꺾으려 하고 있소."

전봉준은 동학군의 사기를 매우 중히 여겼다. 무기가 경군에 견주어 뒤지는 동학군으로서는 사기와 단결력만으로 전투력의 밑바탕으로 삼을 수밖에 없었다. 그동안 동학군은 몇 차례 전주성을 나가 경군과 싸웠으나 별다른 전과를 올리지 못했다.

4월 29일에는 동학군이 북문으로부터 나가 황학대의 경군을 공격했으나 기관총을 쏘아대는 바람에 많은 희생을 내고 말았다.

성안에 남아있던 두억시니는 바로 동학군에게 철수하라는 신호를 보내 성안으로 불러들였다. 두억시니는 최신무기를 갖춘 경군과 싸우려면 야간 기습밖에 없다고 생각하고 있었다.

그러나 밤에 자신이 지리산패를 끌고 전주성을 나가 경군에 야습을 감행하려면 성안에 남아있는 전봉준의 생명이 위태로울 수가 있어 결단을 못 내리고 있었다. 며칠 전 초토사 홍계훈은 성산에 효유문을 뿌렸다.

너희들은 나라의 적자(원뜻은 갓난아이를 이르나 갓난아이처럼 여기어 사랑한다는 뜻에서 임금이 '백성'을 이르는 말)로서 전봉준의 허황된 꼬임에 자기도 모르는 사이에 빠져 여기에 이르렀으니 안타깝도다. 전봉준을 잡아다 바치는 자는 위에 보고를 올려 상을 내리고 모든 것을 용서해 주겠노라.

동학군에는 별의별 인간들이 다 끼여 있다. 모두가 나라를 바로 잡겠다고 일어선 것이 아니라 이 혼란한 틈에 자신의 잇속을 챙기기 위해 동학군으로 들어온 사람들도 적지 않았다.

돈이 생기고 벼슬자리를 준다면 무슨 짓이라도 저지를 인간들도 겉으로 보아 가려내기는 어려운 일이었다.

두억시니와 지리산패가 경군을 야습하기 위해 전주성을 비운 사이에 욕심 사나운 녀석들이 잠들어 있는 전봉준의 목을 베고 홍계훈에게 간다면 동학군은 하루아침에 무너지고 만다. 또 성안에 숨어있는 배신자도 경계해야 되지만 민비가 틀림없이 내려 보낼 것으로 여겨지는 암살집단도 언제 전주 성안으로 스며들지 모를 일이었다.

지난번 소성삼거리에서 해치운 민비의 갑자대 대원들은 하나같이 만만치 않은 적수들이었다. 만약 육십갑자대원의 나머지 40명이 들이닥친다면 전봉준은 물론 두억시니도 살아남기가 쉽지 않을 것 같았다.

이 두 가지 걱정 때문에 두억시니와 지리산패는 전봉준의 곁을 떠나지 못해 경군에 대한 야간기습도 엄두를 못 내고 있었다.

*

"도대체 어찌된 일인가? 왜 꼼짝달싹을 안하지?"

"그러게 말이야. 또 무슨 꿍꿍이속이 있는 게 아냐? 혹시 우리의 뒤통수를 치려는 것이 아닌지……."

4월 30일 하루종일 동학군이 성안에서 나오지 않자 다음날인 5월 1일 경군은 영문을 몰라 초조하고 불안해졌다. 신출귀몰하는 두억시니와 그가 이끄는 지리산패가 무슨 일을 꾸미고 있는지 모른다는 공포감이 장군들을 짓누르고 있었다.

"앗! 나왔다. 나왔어."

완산주봉에서 전주성을 내려다보고 있는 경군들은 전주성 북문을 나선 동학군이 미전교 건너 남북 두 패로 나뉘어 자기네들을 향해 올라오는 것을 보고 허겁지겁 전투태세에 들어갔다.

두 패로 갈라진 동학군의 남쪽 1대는 남고천을 건너 곤지산 서쪽 벼랑의 골짜기에서 공격을 펼치기 시작했다. 또 북쪽 1대는 전주천의 왼쪽 언덕에서 완산정을 지나 위봉에 올라갔다. 위봉에 오른 동학군 북쪽 1대는 매곡을 사이에 두고 서쪽의 검두봉에 진을 치고 있던 경군을 공격했다.

매곡을 사이에 두고 위봉의 동학군과 검두봉의 경군은 치열한 싸움을 벌였다. 동학군은 등에 총알을 막아준다는 노란색 종이에 붉은 글을 쓴 부적을 달고 입으로는 쉴새없이 '시천주조화정 영세불망만사지'라는 동학 주문을 외우면서 가파른 산정을 향해 올라갔다. 부적을 달고 주문을 외우면 경군이 쏜 총알도 피해간다고 그들은 굳게 믿고 있었다. 아니 굳게 믿고 싶어 했었는지도 모른다.

동학군은 수백 개의 사다리를 옆에 끼고 하얀 포장을 앞세워 몇 십 명

얼굴 없는 軍師 두억시니

씩이 떼를 지어 올라갔다.

"저…… 저 녀석들이……."

"저놈들은 총알 무서운 줄도 모르나?"

앞장선 몇 명이 경군의 총알을 맞고 쓰러져도 동학군은 공격의 고삐를 늦추지 않고 전진 또 전진을 되풀이했다. 경군은 조금씩 뒤로 밀려나고 있었다. 워낙 기세가 당당한 동학군의 강압적인 공격을 감당 못해 경군은 뒤로 뒤로 후퇴할 수밖에 없었다.

매곡 골짜기에는 동학군과 경군의 시체가 즐비했다. 전주천은 양군이 흘린 피로 냇물이 붉게 변했다.

동학군이 조금만 더 밀어붙이면 검두봉의 경군은 완전히 패퇴할 수밖에 없는 지경에 이르렀다.

"와아! 와아!"

그러나 이때 완산에 진을 치고 있던 강화군이 급히 산을 내려와 경군을 지원하기 시작했다. 조금만 더 강화군의 지원이 늦었더라면 경군은 또 한 차례의 큰 패배를 당할 뻔 했으나 겨우 위기를 모면하고 반격에 나설 수 있었다.

"철수하라! 철수하라!"

전세가 역전되자 동학군운 썰물이 빠지듯이 싸움터에서 물러나 전주성 안으로 들어가 버렸다. 동학군은 경군이라는 큰 고기를 다 잡았다가 놓친 셈이었다.

*

"우르릉! 쾅! 쾅!"

5월 2일 날이 밝자 경군은 완산 위에서 쿠르프 야포, 회전식 기관총을 마구 성안을 향해 쏘아댔다. 하지만 포탄과 총탄은 성안에 닿지 않고 서문 밖 민가를 맞혀 불태웠고 남문 밖 민가를 부수었다.

비록 성안에는 아무런 피해가 없었지만 민심을 흔들어놓고 일부 동학군의 사기를 움츠려들도록 만드는 데에는 효과가 있었다.

"어휴우! 경군이 지니고 있는 최신식 화포가 무섭기는 무섭구먼."

"그러게 말일세. 포탄이 성안에 떨어지기 시작하면 어떻게 한다?"

"아무래도 끝내는 경군에게 당하고 말 것 같네. 기회를 엿보다가 살길을 찾아야지."

초토사 홍계훈은 집중포화로 전주성 안의 주민과 동학군을 위협한 뒤 다음과 같은 전령을 내걸었다.

평민들이야 무슨 큰 죄가 있겠는가. 평민들은 협박에 못 이겨 따른 자들이니 각자 주소, 성명을 적어 바치고 감영의 하급관들도 역시 목숨을 구하려고 어쩔 수 없이 협력한 자들이니 각기 자신들의 직위를 표기해 본진에 와 대령하라.

홍계훈은 한편으로는 무력으로 위협하고 한편으로 귀순하면 용서해주겠다는 회유책으로 전주성이 스스로 무너지도록 만들려했다.

성 밖에 내걸린 이 전령을 읽고 난 두억시니가 복면 속의 두 눈에 웃음을 띠며 오른손을 들어올리자 동학군의 일제 사격이 불을 뿜었다.

전령을 내걸기 위해 왔던 경운의 군사들은 걸음아 나 살려라하고 달아났으며 그 뒤를 성벽 위 동학군들의 웃음이 따랐다. 헐레벌떡 도망쳐오는 경군들을 바라보는 초토사 홍계훈의 눈에는 분노의 불이 켜졌다.

"순창과 담양에 전령을 보내 포군 300명을 4일까지 급파하도록 일러라. 그리고 각 읍에도 전령을 보내라. 금구는 20명, 태인도 20명, 김제는 30명, 고산도 30명, 익산도 30명, 임실도 30명을 급파하도록 해라."

홍계훈의 지시에 따라 전령들은 각자 말을 타고 순창, 담양, 금구, 태인 등으로 흩어져갔다.

*

"무엇이? 초토사가 증원군 급파를 각 고을에 지시했다고?"

"그렇습니다. 화력을 강화하기 위해 각 고을마다 포군을 20~30명씩을 보내도록 명령을 내렸습니다."

경군과 감영군 틈에 잡부로 변장해 스며들어간 동학군의 간자가 2일 밤 어둠을 틈타 전주성으로 전봉준을 찾아 경군의 움직임을 보고했다.

"그렇다면 각 고을의 증원군이 도착되기 전에 경군과 한바탕 큰 싸움을 벌여야겠군."

전봉준의 말에 복면군사 두억시니가 동의의 뜻으로 고개를 끄덕였다.

"모두 잘 들으시오. 오늘 점심밥을 먹고 조금 뜸을 들인 다음에 출격하겠소. 내가 지휘하리다. 소년장사 이복용에게 선봉장을 맡기겠소."

소년장사 이복용은 14살의 어린 나이에도 힘이 매우 뛰어나 두 손에 철퇴를 휘두르며 적진에 뛰어들어 관군을 마구 흐트러놓아 동학군의 사기를 높여왔다.

그러나 14살짜리 소년의 힘과 무예에는 한계가 있을 수밖에 없었다. 이복용은 소년 장사로 이름을 떨치게 된 데에는 두억시니의 뒷받침이 컸다.

"으악!"

"어이쿠!"

이복용이 철퇴를 휘드르며 적진에 뛰어들 때마다 관군이 비명을 지르며 쓰러지는 것은 철퇴를 맞아서가 아니라 이복용 뒤에서 직경 2cm 가량 되는 둥근 납덩어리를 던지는 두억시니의 팔매에 맞아서였다.

부적을 등에 붙이고 동학 주문을 외우면 총알이 피해간다고 믿게 하고 행군할 때 병사의 어깨에 목말을 탄 어린이의 지휘에 따라 대형을 바꾸어 마치 신동이 동학군을 움직이고 있는 것처럼 보이게 하는 것 등이 바로 그런 술수였다.

소년장사를 등장시킨 것도 같은 속셈이었다. 14살의 소년치고는 비교적 몸 움직임이 날쌔고 힘이 센 이복용에게 철퇴 쓰는 법을 가르쳐 앞장세우고 두억시니가 그 뒤에서 번개 같은 팔매질로 적군의 미간을 쳐서 쓰러뜨리면서 소년장사의 신화를 만들어 나간 것이다.

소년장사 이복용이 등장하면 적군은 사기가 죽고 반면 동학군의 사기는 올랐다. 소년장사 이복용을 앞장세운 동학군은 그날 오후 밀물처럼 북문과 서문을 나와 사마교와 장대보 부근에 있는 비석전에서 멀리 서쪽 최고봉 유연대에 이르기까지 길고 긴 인간사슬이 되어 완산의 경군을 에워싸듯 공격하기 시작했다.

*

깊고 긴 인간사슬인 동학군의 무리가 주문을 외우며 겁 없이 진격해오자 경군은 간담이 서늘해졌다.

더구나 선두에는 경군에게도 널리 그 존재가 알려진 소년장사 이복용이 씩씩한 모습으로 철퇴를 휘두르며 쳐들어오고 있어 경군들은 싸우기 전부터 겁에 질려 있었다.

공포감이란 급속히 확산하는 법이다. 몰려오는 동학군의 위세에 눌려 겁이 난 경군의 군사 한 명이 등을 돌려 달아나자 마치 전염이나 된 듯 경군들은 우르르 남쪽으로 달아나기 시작했다.

"와아! 와아!"

함성을 지르며 추격하는 동학군에게 잡혀 죽을까 싶어 경군과 감영군은 죽을 힘을 다해 뛰었다. 동학군은 쉽사리 다가산을 점령하고 초토사 홍계훈이 버티고 있는 본영으로 육박해 들어갔다.

황토재에서의 큰 승리 그리고 황룡촌에서 거둔 승리에 이어 동학군은 세번째로 큰 승리를 차지하게 될 것처럼 보였다. 그러나 홍계훈은 경군이 지니고 있는 최신식무기를 어떻게 써야 하는지를 잘 알고 있었다.

"조금 더 기다려라. 나의 명령이 떨어지기 전에는 결코 발포해서는 안 되느니라."

홍계훈은 겁에 질린 나머지 아직 사정권에 들어오기도 전에 경군이 동학군을 향해 총 쏘는 것을 억누르고 있었다. 고개를 넘어서 탁 트인 곳에

얼굴 없는 軍師 두억시니

동학군이 모습을 나타냈다.

"아뿔사!"

뒤따라오던 두억시니가 절규했으나 이미 때는 늦었다.

"사격 개시!"

바로 앞 숲속에서 초토사 홍계훈의 사격명령이 울려 퍼졌다. 산비탈을 오를 때는 빽빽이 들어찬 나무들이 동학군의 방패노릇을 해주었으나 고개에 올라서자 앞을 가려주는 나무나 바위가 하나도 없어 동학군은 숲속에서 홍계훈의 사격명령만 기다리고 있던 경군의 총부리 앞에 무방비 상태로 노출된 것이다.

직감적으로 사태가 위급하다는 것을 깨달은 두억시니가 채 후퇴명령을 내리기 전에 경군의 포화가 일제히 불을 뿜었다.

"탕! 탕! 탕!"

앞장서 있던 동학군이 차례차례 쓰러진다.

"후퇴하라! 후퇴!"

두억시니의 후퇴 명령은 그러나 동학군의 지휘관 가운데 한 사람인 김순명과 소년장사 이복용의 목숨을 건지지는 못했다. 물불을 가리지 않고 동학군의 선봉에 섰던 김순명과 이복용은 외마디 비명만 남기고 쓰러지고 말았다. 전세는 완전히 역전됐다.

경군은 막강한 화력으로 동학군을 압도했다.

"윽!"

전봉준이 왼쪽 허벅지를 두 손으로 움켜쥐고 고꾸라진다. 경군이 쏜 총에 맞은 것이다.

번개같이 나타난 두억시니가 쓰러진 전봉준을 낚아채 듯 등에 업고는 바람처럼 산비탈을 달려 내려갔다.

500여 명의 사상자를 낸 동학군은 전주성으로 퇴각했다. 그러나 경군은 그 뒤를 쫓아 추격하지는 못했다. 경군도 홍계훈의 본영까지 달아나는 동안 상당한 타격을 입었기 때문이다.

　경군의 본영까지 거의 점령할 뻔했던 동학군은 봉기 이후 가장 큰 패배를 당했다.

＊

　"아무래도 안되겠어. 경군의 최신식무기를 당해낼 도리가 없네."

　"모젤 소총, 쿠르프 야포, 회전식 기관총 등을 어떻게 구식 화승총이나 죽창으로 대항할 수 있는가?"

　"이러고 있다가는 우리 모두 경군에게 몰살당할 것 아니겠나."

　용장 김순명과 소년장사 이복용이 죽고 총대장 전봉준마저 왼쪽 허벅지를 다치고 나니 전주성 안의 동학군은 사기가 뚝 떨어졌다.

　사람들의 인심이란 믿을 수가 없다. 황토재 그리고 황룡촌에서 잇따라 관군에게 승리를 거둘 때 만해도 전봉준을 하늘처럼 떠받들던 동학군 내부에서 흔들리기 시작했다.

　불안을 느끼기 시작한 동학군의 일부 간부와 군사들은 저희들끼리 모여 소곤거리며 앞날을 걱정했다.

　"총알을 막아 준다는 부적과 주문도 아무 소용이 없지 않았나."

　"맞아! 김순명 장수와 소년장사도 그래서 죽은 것이 아니겠는가."

　"이대로 간다면 우리 모두가 효수당하고 말 것 아닌가."

　"왜 아니래……."

　"그러면 어떻게 해야 살아남을 수 있단 말인가?"

　부패한 관리들을 몰아내고 백성들이 살기 좋은 올바른 세상을 만들자고 전봉준이 봉기의 깃발을 높이 들었을 때만 해도 열광적인 지지를 보내고 동학군 대열에 끼어들었던 사람들 가운데는 조금만 어려움을 당해도 겁을 먹고 흔들리는 사람들이 적지 않았다. 하기야 동학군 토벌에 나선 관군인 경군이나 감영군도 마찬가지였다.

　사람들의 마음 움직임은 어느 무리나 다를 바가 없는 모양이다. 불안이

얼굴 없는 軍師 두억시니

나 공포에 떠는 것은 어쩔 수 없는 일이라 해도 동학군의 중견간부 가운데는 전봉준을 잡아 관군에게 넘기려는 움직임마저 있었다.

전주성 안의 목로주점의 으슥한 방구석에 몰려 앉아 있던 이리 출신의 짱돌, 금구 출신의 이무기, 정읍 출신의 살모사, 태인 출신의 쌍칼, 순창 출신의 독고추 등 8명은 모두 그 고장에서 힘깨나 쓰던 인물들이며 동학군에서도 그 힘을 인정받아 중견간부로 발탁된 사나이들이다.

그러나 이들은 힘은 있으나 신의는 없다는 점이다. 비수를 두 손에 쥐고 번개처럼 휘둘러 사람을 해치는 것이 장기이기 때문에 쌍칼이라 불리우는 태인 출신의 사나이가 막걸리를 한잔 쭈욱 들이키더니 입을 연다.

"다른 방법이 없지 않소. 효유문에 '전봉준을 잡아다 바치는 자는 위에 보고를 올려 상을 내리고 모든 것을 용서해주겠노라' 고 되어 있지 않소."

성격이 독해 살모사라 불리우는 정읍 출신의 사나이가 이 말을 받는다.

"하면 우리 모두가 힘을 합쳐 전봉준을 잡거나 죽여서 관에 바치자는 이야기요?"

그 자리에 있는 모두가 대답을 재촉하는 눈초리를 쌍칼에게 보낸다.

"제기랄, 그렇다고 하지 않소."

쌍칼은 이러한 중대 결정을 자기에게만 내리도록 하려는 사나이들의 속셈에 울화가 치민다는 듯 퉁명스럽게 내뱉았다. 잠시 침묵이 흐르더니 이무기가 고개를 끄덕이며 쌍칼의 제안을 지지했다.

"막상 싸워보니 경군의 최신식무기는 당하기 힘들다는 것을 모두 깨달았으니 남은 길은 우리가 살아남고 상금을 타기 위해 전봉준을 잡아 바치는 수밖에 없겠소."

얼마 전까지만 해도 이름 밑에 장군이라고 붙여졌던 전봉준이 이제는 이 자리에서 어린애 이름처럼 불리우고 있었다.

"그렇소. 그 길밖에 없겠소."

"까짓것 모 아니면 도요. 오늘 내일 모든 것을 해치웁시다."

"좋소. 우리가 힘을 합치면 어려울 것 없지. 다만 한 가지……."

독고추가 한 가지 마음에 걸리는 점이 있다고 말꼬리를 흐렸을 때 뜻밖에도 창 밖에서 그 해답이 들려왔다.

"다만 한 가지 두억시니가 걸림돌이 될 것 같다는 이 말씀이신가?"

방안에 있던 사나이는 모두 눈이 휘둥그레지더니 잠시 얼어붙은 듯 꼼짝을 못하다가 이내 걷잡을 수 없는 공포감에 사로잡혀 문과 창문을 박차고 밖으로 튀어 나갔다.

"윽!"

비명소리와 함께 우드득 하고 뼈가 부스러지는 소리가 나면서 가장 먼저 방을 나선 짱돌이의 얼굴이 알아볼 수 없는 몰골로 마루 밑으로 떨어졌다. 방 밖에 서있던 두억시니는 피 묻은 주먹을 그 다음에 밖으로 나온 이무기의 옆구리 깊숙이 박았다.

"으아아……."

이무기는 천천히 무릎마디를 꺾으면서 넘어졌다. 창문을 박차고 튀어 나온 쌍칼은 두 손에 비수를 들고 있었으나 족제비의 발이 두 차례 허공에 번뜩이자 비수는 쌍칼의 두 손으로부터 떨어져 나갔고 이어 족제비의 박차기는 쌍칼의 턱을 깨뜨리고 말았다.

동학군 안에서도 힘깨나 쓴다는 사나이 8명이 무참한 시체로 변하는 데 걸린 시간은 채 2분도 안됐다.

8구의 시체의 목에 손을 갖다 대고 모두 맥이 끊어진 것을 확인한 두억시니는 혼잣말처럼 중얼거렸다.

"다른 녀석들도 속마음은 이들과 비슷할 거야. 알맞은 조건을 달아서 경군과 화약을 맺을 수밖에 없을 것 같군."

"지당하신 말씀."

안주머니에서 수건을 꺼내 손에 묻은 피를 닦으면서 족제비도 두령의 의견에 동의했다.

※

　남사당패 40명이 전주성 안으로 들어온 것은 전봉준을 배신한 8명의 중견간부가 두억시니와 족제비에 의해 처형된 다음날이었다.

　아침식사를 마치고 그날의 작전회의에 참석하기 위해 동학군의 지휘본부인 선화당에 모습을 나타낸 전봉준에게 동문으로부터 보고가 들어왔다.

　"장군! 동문으로 남사당패 10명이 들어왔습니다."

　"남사당패? 그것 좋지. 우리 군사들이 좋아하겠구먼."

　전봉준은 아무런 의심도 하지 않고 동학군의 위문거리로 남사당패가 찾아온 것은 잘됐다고 여기고 있었다. 다만 두억시니는 아무 말 않고 무엇인가 생각에 잠기는 것 같았다. 얼마 되지 않아 남문으로부터 또 보고가 들어왔다.

　"남사당패 10명이 남문으로 들어왔습니다."

　순간 두억시니의 눈이 번뜩이더니 긴급명령이 떨어졌다.

　"서문과 북문을 확인해라. 그 두 문으로도 남사당패가 들어왔는지 즉각 확인하라."

　자리에서 휘파람으로 족제비를 불러 손짓으로 대화하는 수화도 긴급명령을 내렸다.

　"지리산패를 긴급소집해서 전봉준 장군의 신변을 경호해라. 서울에서 갑자대원이 내려온 것 같다."

　"네, 알겠습니다."

　명령이 떨어지자마자 족제비는 자취를 감추었고 얼마 뒤 두억시니는 지리산패가 전봉준 경호에 들어갔다는 것을 휘파람으로 보고 받았다.

　서문과 동문에서 들어온 보고도 각 10명씩의 남사당패가 그 두 문을 통해 전주성 안에 들어왔다는 것이었다.

　즉각 동학군은 전주성 안을 뒤져서 남사당패를 색출하려 했으나 남사당패들이 쓰는 용구만 눈에 띄었을 뿐 그들의 행방은 알 길이 없었다.

*

"그렇다면 4대문을 통해 10명씩 나뉘어 들어온 수상한 남사당패 40명이 모두 연기처럼 사라졌단 말이오?"

왼쪽 허벅지를 묶은 헝겊 밖으로 피가 붉게 베어 나와 있는 전봉준이 눈을 크게 뜨고 묻는다. 전주성을 점령한 동학군의 지휘본부인 선화당에는 바늘로 찌르기만 해도 터질 것 같은 팽팽한 긴장감이 감돌고 있었다.

동학군의 지휘관 가운데 용맹을 떨쳤던 김순명과 소년장사 이복용을 잃고 총지휘관 전봉준마저 부상을 입은 데다 정체를 알 수 없는 40명 가량의 남사당패가 진주성에 침투해 들어왔다니 긴장하지 않을 수 없는 노릇이었다.

"도대체 그 남사당패들의 정체는 무엇이오? 서울에서 내려 보낸 자객이 아니겠소?"

최경선이 단정하듯 말했다. 두억시니가 가볍게 고개를 끄덕이며 최경선과 같은 생각임을 나타냈다.

"아마도 40명이라면 민비의 직속 특수부대인 갑자대의 나머지 대원이 모두 내려온 것 같소. 60명 가운데 20명은 이미 소성삼거리에서 전장군을 습격하는 과정에서 제거됐으니 그 나머지일 가능성이 높소."

무거운 침묵이 좌중을 짓눌렀다. 엄선된 뛰어난 무사들로 이루어진데다가 변장술, 유격술 등 여러 가지 재주를 익힌 갑자대가 40명이나 전주성에 숨어 들어와 전봉준 장군의 목숨을 노린다니 모두의 마음도 무거울 수밖에 없다.

동학군의 봉기로 조선팔도가 발칵 뒤집히고 있는 데에도 계절은 어김없이 찾아와 초여름이었다.

파리 몇 마리가 방안을 날고 있었다. 갑자기 두억시니가 왼쪽 무릎을 세우더니 오른손으로 등에 진 칼자루를 잡았다. 전봉준을 비롯한 동학군 간부 모두가 두억시니의 움직임에 눈길을 모았다.

얼굴 없는 軍師 두억시니

"휘익! 휘익!"

두억시니가 뽑아든 칼이 허공을 가르는 소리가 난 뒤 칼은 다시 칼집에 꽂혔다.

"……."

'군사가 간단한 칼춤을 추었나?' 하고 모두가 고개를 갸우뚱하는 가운데 남달리 눈이 밝은 전봉준이 놀란 표정을 짓고 방바닥을 손으로 가리켰다.

"저 …… 저걸 좀 보소! 군사가 파리를 베었소."

성미 급한 최경선이 두 무릎과 두 손을 방바닥에 대고 자세히 살펴보더니 탄성을 질렀다.

"아 …… 아니 어떻게 칼로 파리를 두 동강 냈단 말이오!?"

방바닥에는 두 마리의 파리가 깨끗하게 두 동강이 나서 굴러 있었다.

"참으로 신기에 가깝구먼."

전봉준이 신음하듯 말했다. 그 자리에 있던 모두가 한동안 놀라움에서 깨어나지 못했던 것은 평생 그런 재주를 본 적이 없고 앞으로도 볼 수 없을 것이었기 때문이다.

"장군, 과찬의 말씀이십니다. 소인의 재주가 뛰어난 것이 아니라 이 칼이 워낙 명도이기 때문이오."

두억시니는 자신이 보여준 칼 재주가 무겁게 가라앉은 동학군 간부들의 기분을 조금이라도 밝게 만들 수 있길 바라고 있었다.

*

두억시니가 소성삼거리에서 일본닌자부대의 대장을 쓰러뜨리고 전리품으로서 차지한 일본도는 명도 고떼쯔였다.

전국시대가 길었고 무사들이 오랫동안 판을 쳤던 일본에는 일본도라는 그들 고유의 칼이 있었다. 무쇠덩이를 달구어 가따나가지(칼 대장장이)가 오랫동안 망치를 쳐서 쇠 속의 불순물을 제거해서 만든 일본도는 칼

대장장이의 노력과 솜씨에 따라 그 품질이 다를 수밖에 없다.

그 많은 일본도 가운데도 명도로 꼽히는 것은 무네찌까, 마사무네, 무라마사, 가네모또, 야스쯔구, 고떼쯔, 기요마로 등 열 손가락에 미치지 못한다.

이 가운데 일본닌자부대의 대장을 저승으로 보내고 두억시니가 차지한 고떼쯔는 나가소네 고떼쯔라는 칼 대장장이가 만든 칼이다.

고떼쯔는 1596년에 태어나 1661년에 세상을 떠났단다. 고떼쯔에게는 이런 이야기가 있다.

> 가나자와성에는 지나치게 뛰어난 것이 두 가지가 있다. 칼은 마사쯔구이고 갑옷은 고떼쯔다.

이렇게 일컬어졌을 만치 고떼쯔는 처음에는 칼 만드는 도공이 아니라 갑옷과 투구를 만드는 갑주사였다.

도공은 어떤 투구라도 단칼에 두 동강 낼 수 있는 칼을 만들려고 힘쓰며 또 갑주사는 어떤 칼로도 잘라지지 않는 투구와 갑옷을 만들기에 정성을 쏟는다.

당시 100만 섬의 영토를 지닌 가가의 영주 마에다 도시쯔네는 '그것 참 재미있겠다. 잘 드는 마사쯔구의 칼로 고떼쯔의 투구를 잘라보도록 하라'고 지시를 내렸다.

'다메시기리'(칼이 얼마나 잘 드는지 시험적으로 베어보는 것)의 당일 마사쯔구가 자신이 만든 칼을 머리 위로 치켜들고 나무판 위에 놓인 고떼쯔의 투구를 향해 다가섰다. 마사쯔구가 칼을 내려치려는 순간 '잠깐!' 이라고 외치며 막은 고떼쯔는 투구로 걸어가더니 '투구가 놓인 위치가 마음에 들지 않소' 라고 말한 뒤 투구의 위치를 조금 고쳐놓더니 제자리로 돌아갔다.

모처럼 기가 충만한 가운데 칼을 내려치려던 마사쯔구는 속된 말로 '김이 새고 말았다' 다시 기를 모아 칼을 내려쳤으나 첫번째와 같은 필살의 기가 넘쳐흐르지 못했다. 그래서 마사쯔구의 칼은 고떼쯔의 투구를 고작 한 치 가량 자르는 것으로 그치고 말았다.

마사쯔구는 그 자리에 엎드려 '죄송합니다'라고 비통한 목소리로 사죄했다. 그러나 마에다 도시쯔네는 도량이 넓은 영주였다.

"한 치라도 투구를 자른 것은 마사쯔구의 칼이 뛰어났기 때문이다. 또 투구가 두 동강 나지 않은 것은 고떼쯔의 투구 만드는 솜씨가 대단하기 때문이다. 두 사람 모두에게 상을 주라."

어떻게 된 것인가 하고 긴장으로 숨을 죽이고 있던 신하들은 영주의 너그러운 판정에 안도의 한숨을 내쉬었다.

✻

영주가 내린 상을 가지고 집으로 돌아온 고떼쯔는 오끼미쯔, 오끼가네라는 두 제자를 조용히 불렀다.

"내가 잠깐이라고 막지 않았더라면 투구는 두 동강이 나고 말았을 것이다. 지금 돌이켜보면 비겁한 행동이었다. 이제 어떻게 얼굴을 들고 가나자와에 살 수 있겠는가. 오늘을 끝으로 나는 갑주사를 그만두기로 했다. 잘리는 투구보다는 자르는 칼을 만들겠다."

그날밤 그는 두 제자를 데리고 밤중에 가나자와를 몰래 빠져나갔다. 그리고 며칠 뒤 에도(지금의 도쿄)에 도착했다. 에도의 신쥬꾸라는 곳에 자리잡은 고떼쯔는 바로 칼 만들기에 나서지만 쉬운 일이 아니었다.

갑옷의 제작방법을 응용하면서 연구하기를 3년 지나서야 훌륭한 칼을 만들 수 있게 됐다. 뒷날 들리는 바에 따르면 마사쯔구도 투구를 두 동강 내지 못한 것이 분해서 고떼쯔가 떠났던 같은 날 밤 16살 난 딸을 데리고 가나자와를 몰래 떠났다는 것이다.

'아아, 정말 미안한 일이다. 어떻게 사죄하면 될까?' 라고 고떼쯔는 가슴이 아팠으나 마스쯔구의 소식은 도무지 알 길이 없었다.

그 뒤 맏제자인 오끼미쯔가 요사와라(에도의 창녀촌)에서 알게 된 여자가 뜻밖에도 마사쯔구의 딸이었다.

그녀의 말에 따르면 마사쯔구가 병들어 눕는 바람에 몸을 팔아 요시와라에서 지내고 있다는 것이었다.

그 사실을 알게 된 고떼쯔는 여자의 몸값을 치러 구해내기 위해 비젠의 영주 이께다로부터 받게 된 칼의 제작주문에 300량이라는 엄청나게 비싼 액수를 청구한 뒤 그 돈으로 마사쯔구 딸의 몸값을 치러 요시와라에서 빼낸 뒤 서로 사랑하는 사이였던 제자 오끼미쯔와 짝을 지어주고 자신의 뒤를 잇도록 '2대째 고떼쯔'라 부르게 했다.

그러나 이야기는 어디까지가 정말이고 어디까지가 지어낸 것인지는 알 길이 없다. 다만 그럴싸하게 전해온 이야기다.

고떼쯔가 만들었다 해서 고떼쯔라 불리우는 칼의 특징은 칼날이 매우 잘 들기 때문이었다. 도꾸가와 막부의 사형집행인으로 이름났던 야마다 아사에몬도 고떼쯔를 매우 뛰어난 최상급의 칼이라고 격찬했다.

칼이 얼마나 잘 드는지를 가리는 급수로 4가지가 있으나 그 가운데 최상급에 속하는 칼은 그리 흔하지가 않다. 고떼쯔는 최상급으로 평가받는 여남은 명의 도공 가운데 히데미쯔에 이어 두번째로 꼽히고 있다.

사실 그의 칼을 휘둘러 시험삼아 사람의 시체를 잘라보았더니 4구의 시체를 포개고도 두 동강을 낼 수 있는 칼이 두 자루나 있었다고 한다.

뛰어난 칼을 추구하는데 열을 올린 일본의 무사들은 그 칼이 얼마나 잘 드는지를 시험하기 위해 시체를 이용했던 모양이다. 말이 그렇지 잘 드는 칼이라 해도 한 구의 시체를 두 동강 낸다는 것이 그리 쉽지 않다.

사람의 몸에는 살뿐만이 아니라 가슴뼈, 척추뼈 등이 있기 때문이다. 그런데도 고떼쯔는 포개놓은 4구의 시체를 단칼에 두 동강 낸다니 얼마나 잘 드는 칼인지 짐작이 간다.

그렇다고 칼이 얼마나 잘 드는지 시험해보기 위해 아무리 생명이 없다고 해도 사람의 시체를 재료삼아 베어본다는 것은 다른 나라 사람들로서는 생각하기 힘든 일이 아닐까?

하긴 일부 무사들 가운데는 칼이 얼마나 잘 드는지 시험해보기 위해, 또는 살인할 때의 짜릿함을 맛보기 위해 밤에 얼굴을 가리우고 거리에 나가 지나가는 사람을 칼로 베는 '쯔지기리'라는 것이 있었다니 끔찍한 노릇이다.

'칼의 나라'인 일본의 이름난 칼 가운데 하나인 고떼쯔는 그 무게나 길이 그리고 날카로운 날 등이 두억시니의 마음에 꼬옥 들었다.

❋

동학군이 전주성을 함락시킨 다음날인 6월 2일 영의정 민영준은 청나라 대표 원세개를 몰래 만나 청나라 군대의 출병을 요청했다.

"상감마마의 뜻을 받들어 청나라 군대의 파병을 간청합니다. 이제 전주성이 동비(東匪)의 손에 넘어갔습니다. 하루도 지체할 수 없으니 조선을 도와주십시오."

민영준이 허리를 조아리며 청나라의 출병을 요청하자 거만한 자세로 듣고 있던 원세개는 큰 은혜나 베푸는 듯 고개를 끄덕이며 대답했다.

"조선이 어려움을 당하고 있는 이때 어찌 상국인 청나라가 가만히 있겠소. 곧 본국에 출병을 요청하겠소."

원세개는 즉각 청나라의 으뜸가는 실력자인 이홍장에게 보내는 전문을 북경으로 쳤다. 임오군란과 갑신정변 때도 그랬지만 이번에도 청나라 정부의 움직임은 빨랐다.

조선정부로부터 출병 요청을 받은 청나라정부는 그로부터 이틀 뒤인 6월 4일 1차로 1천 명이 넘는 군사를 조선으로 출병시켰다.

그리고 그 뒤 2차 파병군 1천여 명까지 합쳐 모두 2천 4백여 명의 군사를 아산만으로부터 조선에 상륙시켜 전주의 북쪽에 있는 충청도 일대에 진을 치게 해서 혹시라도 동학군이 서울로 향해 진격해 올라올 때를 대비했다. 이 번개 같은 청나라 군대의 조선 파병은 모두 이홍장의 뜻에 따른 것이었다.

'지금이야말로 일본을 제치고 청나라가 조선의 지배력을 강화할 기회
다. 먼저 조선으로부터 출병 요청이 있었으니 이 좋은 기회를 놓칠 수는
없다' 이렇게 판단한 이홍장은 서둘러 군대를 조선에 보냈으며 일본이
채 손을 쓰기 전에 조선에서의 청나라의 영향력을 강화할 속셈이었다.

그래서 천진조약에 따라 일본에게 '이러이러한 사유로 청나라는 조선
에 파병하오' 라는 통고도 보냈다.

천진조약은 청나라와 일본이 조선에 파병할 때는 서로 상대나라에게
이 사실을 알리기로 되어 있었다.

무엇보다도 이홍장은 서울에 머무르고 있는 원세개가 보내오는 정보를
전적으로 믿고 있었다. 이홍장이 일본을 제치고 이번 기회에 조선에서 청
나라의 원세개가 보내온 정보를 믿었기 때문이다.

원세개는 설사 일본이 출병하더라도 기껏해야 1백여 명에 지나지 않을
것이라고 일본군의 파병 수를 얕잡아 보고 있었다.

✷

사실을 밝힌다면 그때 원세개는 서울에 주재하고 있는 일본공사관원들
이 파놓은 함정에 빠져버린 셈이다. 그 시기에 오오또리 공사는 일시 귀
국 중이었고 그 자리를 스기무라 대리공사가 지키고 있었다.

이 스기무라 대리공사가 원세개를 속이기 위한 함정을 파놓은 것이다.
스기무라 대리공사는 일본공사관에서 일하는 조선인 서기 정영방으로
하여금 '일본은 지금 국내 사정이 복잡해서 만약 조선에 출병하게 된다
해도 1백 명 안팎 정도의 군병밖에 보내지 못할 것이다' 라는 거짓 정보를
흘리게 만들었고, 원세개는 이 거짓 정보에 넘어가고 말았다.

'일본인의 말이라면 한번쯤 의심해 보아야겠지만 조선인의 말이니 그
대로 믿어도 될 것이다' 라고 생각한 원세개는 그 정보를 그대로 이홍장
에게 보냈다.

그때 일본에서는 7천 명 넘는 군병의 출병 준비가 이미 끝나 있었다. 그

   얼굴 없는 軍師 두억시니

리고 청나라정부로부터 청나라 군대의 출병통지가 있었던 6월 7일의 다음날에는 마치 그 통지를 기다리고 있었다는 듯 이찌노헤 소좌(소령)가 이끄는 제1파병군이 우지나항을 떠났다.

귀국 중이었던 오오또리 공사도 그보다 앞서 해군육전대(해병대)와 경시청 순사대 4백여 명을 이끌고 군함을 타서 서둘러 조선으로 돌아갔다.

일본정부의 재빠른 행동은 그럴만한 까닭이 있었고 치밀한 준비가 되어 있었다. 그동안 일본정부와 군부는 조선으로부터 전해져오는 정보를 바탕으로 청나라정부가 기울인 이상의 열의를 군비에 기울여왔다.

그리고 이러한 전쟁준비는 근대에 접어들어 일본이 처음으로 겪게 될 외국과의 전쟁에 대비한 노력이기도 했다.

일본군부는 이미 청나라와의 전쟁에 대응하기 위해 6월 5일에 천황이 거처하는 궁성 안에 대본영(최고 군사 지휘본부)을 두고 그것을 구 히로시마 성 안의 참모본부 안으로 옮겨 만반의 준비를 갖추었다.

섬나라인 일본이 치르게 될 당시의 전쟁은 처음에는 바다에서의 해전으로 시작되고 이어 땅 위에서의 육전이 중요한 싸움이 될 것이 명백했다. 거포를 실은 청나라의 초대형 전함과 싸우기 위해 일본해군은 선체가 작기는 하지만 속도가 빠른 순양함에 속사포를 실어 화력을 보강했다.

속사포는 대포에 견주어 파괴력은 뒤지지만 다루기가 간단한 데다 거의 8배나 되는 양의 포탄을 발사할 수 있었다. 전쟁이 터지면 속사포를 장비한 요시노를 비롯한 순양함들이 활약할 것이었다.

한편 육군은 7사단과 후비군의 편성이 끝나 이 시점에서는 7천여 명이었지만 최종적으로는 약 2만의 군병 동원이 가능했다.

그때의 일본은 메이지 천황으로부터 모든 국민에 이르기까지 외국과의 전쟁에 들떠있었다.

✻

전주성에서도 밤은 깊어만 갔다. 민비 직속의 갑자대 대원 40명이 침투해 들어왔다 해서 전주성 안에는 비상 경비령이 내려져 동학군의 지휘본부가 있는 선화당을 중심으로 삼엄한 분위기가 감돌고 있었다.

곳곳에 거화(횃불)를 피워놓고 수상한 자가 나타나면 바로 알아볼 수 있도록 신경을 쓰는 한편 두억시니가 이끄는 지리산패와 그런대로 동학군에서는 힘깨나 쓰고 무예가 뛰어났다는 군사들을 요소요소에 배치해 놓았다. 세상이 아무리 어수선해도 계절은 어김없이 초여름이라 밤하늘에는 은모래를 뿌려놓은 듯 별이 총총했다.

처음에는 두억시니도 소성삼거리에서 갑자대의 습격을 받았을 때처럼 전봉준을 변장시켜 은밀한 곳에 숨기도록 할까 했으나 이미 침투한 갑자대의 눈이 이쪽 움직임을 살피고 있을지 몰라 아예 선화당 가운데에 전봉준을 놓고 갑자대의 맞대결하기로 마음먹었다.

족제비를 데리고 둘레를 한 바퀴 돌며 살피고 돌아온 두억시니가 선화당에 들어서자 전봉준이 난간에 앉아 물끄러미 밤하늘을 바라보고 있었다.

"장군! 어쩐 일이시오. 밤이 깊어 가는데 잠자리에 드시지 않고 ……."

두억시니가 평소의 그답지 않게 먼저 말문을 열었다.

"허허허. 군사, 밤하늘을 보고 있노라면 우리네 인간이 얼마나 하잘것없는 존재인가를 생각하게 되오. 안 그렇소?"

털썩 전봉준의 옆에 앉은 두억시니는 이런 위급한 상황 속에서도 밤하늘을 바라볼 여유를 지닌 전봉준이 듬직해 보여 마음이 놓였다.

"하기야 그렇소. 우주 삼라만상을 보고 있노라면 인간은 매우 작게만 느껴질 수가 있습니다."

두억시니는 전봉준의 말에 맞장구를 쳤다. 그 말에 고개를 끄덕인 전봉준은 한동안 묵묵히 밤하늘만 바라보더니 또다시 입을 열었다.

"군사는 저 하늘의 많은 별들 하나하나가 모두 이 세상 인간의 운명을 나타낸다고 믿소?"

"글쎄요, 옛사람들은 그렇게 믿어왔지요."

"중국의 삼국지에도 오장원에서 촉의 군사 제갈공명의 목숨이 다할 때 그의 별이 빛을 잃어갔다고 나오지 않소?!"

"그랬지요. 밤하늘은 바라보고 있노라면 그 말이 맞는 것 같은 생각이 듭니다."

그때 밤하늘에서 큰 별똥이 하나 줄을 그으며 사라졌다.

"앗! 저것은 ……?"

무슨 불길한 조짐이나 본 듯 전봉준의 목소리는 긴장돼 있었다.

"……"

두억시니는 말이 없다. 그저 담담하게 밤하늘만 바라볼 뿐이었다.

이윽고 두억시니가 전봉준의 궁금증을 풀어주기 위해 입을 열었다.

"아까 사라진 별똥이 큰 것을 보면 장수별로 여겨집니다."

"그렇다면 ……갑자대에 의해 내가 ……?"

"반드시 그렇지는 않습니다. 경군의 총수 홍계훈일 수도 있고 …… 아니라면 또 ……."

"아니라면 ……? 혹시 군사일 수도 ……?"

"그렇습니다. 저의 별일 수도 있습니다. 하지만 일이란 당해보아야 그때 비로소 알 수 있는 것 아닙니까?"

"딴엔 그렇소. 인간의 운명이란 아무도 한치 앞을 내다보지 못하오."

밤은 더욱 깊어만 가고 있었다.

✳

"으윽!"

선화당 외곽을 경비하고 있던 동학군 파수병 한 명이 비명, 아니 소리도 제대로 내지 못했으니 비명이라고 할 수는 없겠지만 아무튼 허파로부터 바람이 빠지는 소리를 내며 땅에 천천히 쓰러졌다.

그의 목에는 날카로운 표창이 꽂혀있었다. 어둠 속에서 동학군의 파수병들이 차례차례 고꾸라져갔다. 그러나 파수병 가운데 쓰러지지 않고 머리를 살짝 옆으로 비켜 표창을 피한 사나이들이 몇 사람 있었다.

"뻐꾹! 뻐꾹!"

난데없이 뻐꾸기 소리가, 그것도 다급하게 선화당 밤하늘에 울려 퍼졌다. 선화당 한가운데에서 전봉준 옆에 함께 있던 두억시니의 두 눈이 복면 속에서 새파란 살기를 내뿜었다.

어둠 속에서 갑자대 대원들이 던진 표창을 피한 것은 파수병 속에 섞여 있었던 지리산패였다. 두억시니의 첫번째 계산은 맞아 떨어진 셈이다.

외곽을 동학군에게만 맡기고 방어 제2선부터 지리산패가 지켰더라면 외곽은 소리 없이 뚫릴 뻔했다.

"아뿔싸!"

선화당을 둘러싼 40명의 갑자대를 이끄는 대장은 어둠 속에서 가볍게 혀를 찼다.

갑자대원들이 일제히 펼친 표창던지기의 기습으로 외곽 경비가 한꺼번에 무너질 것으로 여겼던 갑자대의 대장은 표창을 맞지 않고 위급함을 알린 동학군 파수병이 있다는 사실에 놀라움을 감추지 못했다. '필시 저 녀석들은 두억시니가 이끌고 있는 지리산패임에 틀림없다'

"탕! 탕!"

선화당에서는 사방을 향해 총을 쏘기 시작했고 갑자대 쪽의 총도 불을 뿜기 시작했다. 그러나 겨냥이 정확하지 않은 당시의 총으로 야간에 펼치는 사격전은 상대에게 결정적인 타격을 주기는 어려웠다.

다만 전주성 안의 주민들은 모두 깜짝 놀라 문을 안으로 굳게 걸어 잠그고 방바닥에 납작 엎드려 언제 집안으로 날아들어 올지도 모르는 총알에 두려워하고 있었다. 갑자대원들은 짙은 어둠을 이용해 낮은 자세로 차츰 외곽에서 접근해 들어가고 있었다.

갑자기 밤하늘에 날카로운 피리소리가 울려 퍼지더니 훨훨 타오르는 횃불 솔가지가 선화당 사방의 빈터에 떨어지기 시작했다. 말하자면 오늘날의 조명탄과 같은 것이었다.

이 횃불 솔가지에 비쳐져 모습이 드러난 갑자대원들은 잠시 주춤했으나 대장의 '총 공격!' 명령이 떨어지자 모습이야 드러나건 말건 선화당을 향해 일제히 달려들었다. 몸을 날려 담을 넘어선 갑자대원들의 움직임을 정말 귀신같았다.

조선팔도 방방곡곡에서 엄한 기준에 합격한 무사들만 선발해서 특별훈련을 시켰을 만치 그들의 활약은 문자 그대로 일당백이었다.

"으악!"

"꺄아악!"

날카로운 비명과 함께 동학군의 병사가 마구 쓰러졌다. 소리만 듣고 있으면 동학군은 전혀 맥을 못추고 당하고 있는 듯 하지만 선화당 중심으로 향하고 있는 갑자대원의 수효도 하나둘 줄어가고 있었다.

조선 무술의 최고수인 갑자대와 지리산패의 피투성이 싸움이 선화당을 둘러싸고 벌어져 갑자대는 차츰 전봉준이 버티고 있는 선화당의 중심으로 포위망을 좁혀 들어가고 있었으나 처음에는 40명에 이르렀던 갑자대의 병력은 7여 명을 잃었으며 지리산패도 4명은 목숨이 끊어졌다.

*

전봉준은 남달리 담대한 사나이였다. 무서운 살기에 둘러싸인 가운데 갑자대와 지리산패의 사투의 함성이 가까워 오는데도 태연하게 앉아있는 전봉준을 곁눈으로 보면서 두억시니의 눈은 미소를 띠우고 있었다.

'대단해 정말. 대단한 사나이야. 죽음이 바로 눈 앞까지 와 있는 데도 끄떡없어. 이 사나이의 뜻이 그리고 많은 백성들의 뜻이 이루어져야 할텐데……' 두억시니는 머지않아 갑자대가 선화당의 동학군 지휘본부에 밀어닥치리라 생각하면서 그 자리에 벌떡 일어났다.

'40명의 갑자대가 사방에서 10명씩 나누어져 선화장으로 쳐들어온다면

막아낼 수 있을지도 모르지만 …… 만약에 ……' 두억시니는 자기 자신
과 지리산패의 목숨은 염두에 두고 있지 않았다.

40명이나 되는 갑자대를 상대로 싸워 살아남을 수 있다는 생각은 아예
가질 수가 없었다. 그만치 그들의 무술은 가공할 만한 것이었다.

다만 그들이 힘을 분산해서 사방으로부터 포위해 들어온다면 비록 이
기지는 못하더라도 이쪽과 그쪽이 치고받은 끝에 서로 전멸함으로써 전
봉준의 목숨만은 건질 수 있을 것 같았다.

그러나 두억시니가 염려했던 대로의 공격방법으로 쳐들어온다면 도저
히 전봉준을 살리기 힘들 것으로 여겨졌다.

"으와와!"

갑자기 사방 가운데 특히 뒤쪽에서 함성이 커지고 무기와 무기가 부딪
치는 소리가 요란해졌다. 순간 두억시니의 몸에 전율이 흘렀다. 그가 그
토록 염려했던 사태가 일어나고 있는 것이다.

선화당 뒤쪽을 수비하던 동학군과 지리산패는 뾰족한 세모꼴 모양의 공
격대형을 이룬 갑자대의 돌진을 막아내지 못하고 바닥을 피로 물들였다.

두억시니가 염려했던 갑자대의 공격대형은 맨 앞에 1명, 그 뒤에 3명,
그리고 5명, 7명, 마지막으로 9명, 이렇게 홀수인원이 차츰 늘어나서 이루
어진 세모꼴이었다.

맨 앞의 1명이 쓰러지면 그 뒤의 3명 가운데 1명이 나서고, 2명이 된 2
진에는 그 뒤의 5명 가운데 1명이 올라가 뒤에서 앞의 결원을 보충해가
면서 뾰족한 세모대형으로 마구 돌진해 들어가는 결사작전으로 갑자대
는 선화당에 밀려들었다.

"장군, 잠깐 그 자리에 계시오."

재빨리 선화당 난간에 나간 두억시니는 두 손가락을 입에 꽂더니 날카
로운 휘파람을 몇 차례 밤하늘에 울려 퍼지게 만들었다. 어둠 속에서 선
화당 뒤쪽으로 이동하는 인기척이 밤공기를 흔들었다. 휘파람으로 지시

를 받은 지리산패들이 선화당 뒤쪽으로 이동하는 기척이었다.

✻

'됐다! 이제 전봉준과 두억시니는 독안에 든 쥐나 마찬가지다' 앞을 가로막는 동학군 수비병 두 사람의 목을 단칼에 잇따라 허공으로 날려 보내면서 갑자대의 대장은 습격이 반은 성공했다는 자신감이 들었다.

갑자대를 넷으로 쪼개 사방으로부터 공격하지 않고 한 덩어리가 되어 선화당 뒤쪽으로 집중공격을 가한 것이 성공을 거두어가고 있었다. 제아무리 힘이 세고 무기를 잘 다룬다 해도 농민출신의 동학군이 조선팔도의 뛰어난 무사들로 이루어진 갑자대를 막아낼 수는 없었다.

갑자대가 고꾸라지는 것은 동학군 틈에 섞여있는 지리산패의 칼이나 창에 의해서였다. 선화당 뒤쪽이 위급하다고 느낀 두억시니는 휘파람을 불어 지리산패에게 뒤쪽으로 집결하라고 명령했다.

"……?"

요란한 칼싸움과 신음소리를 뚫고 밤공기를 울린 휘파람소리에 갑자대원들은 잠시 움직임을 멈추었다.

'아니 이게 무슨 신호일까?' 이어 선화당 뒤쪽으로 몰려드는 잽싼 움직임의 인기척과 살기를 느낀 갑자대원들은 그들의 적수가 무더기로 몰려오고 있음을 깨달았다.

선두를 달리던 갑자대원의 오른쪽 팔이 칼을 쥔 채 갑자기 몸으로부터 떨어져나갔다. 회색 복면에 회색 옷을 입어 어둠 속에서는 눈에 잘 띄지 않는 지리산패가 휘두른 칼이 정확하게 갑자대원의 어깨와 팔이 이어진 관절을 끊어버린 것이다.

전봉준이 자리하고 있는 선화당을 공격하는 갑자대와 이 공격을 저지하려는 지리산패의 목숨 건 사투가 선화당 뒤쪽에서 벌어졌고 동학군들은 거리를 두고 고수들의 눈부신 대결을 넋 나간 듯 바라볼 뿐이었다.

그도 그럴 수밖에 없는 것이 이 두 집단의 싸움에 그들이 끼어든다는 것은 개죽음을 뜻하는 것밖에 아무 것도 아니었기 때문이다.

　두억시니의 지시에 따라 집결한 지리산패가 목숨 걸고 지키는 선화당 뒤쪽의 방어선은 갑자대의 뱀 대가리 같은 세모꼴의 공격대형을 막아내지 못하고 차츰 뒤로 밀려나고 있었다.

　앞 사람이 죽으면 바로 뒤의 갑자대원이 앞으로 나서 그 자리를 메꾸고 그 대원마저 쓰러지면 또 다음 대원이 나서 세모꼴 뱀 대가리의 공격대형을 결코 무너지는 일없이 지리산패의 방어망을 뚫고 독사처럼 슬금슬금 선화당을 휘어 감으면 안으로 기어들어 가려는 꼴이었다.

　무예가 별로 뛰어나지 못한 관군과 동학군의 싸움이 요란했던 반면 지리산패와 갑자대의 대결은 비교적 조용한 편이었다.

　칼이 바람을 가르는 소리 그리고 목숨을 잃어 땅에 쓰러지는 소리만이 들릴 뿐 날카로운 기합소리나 비명도 들리지 않았다.

　하나씩 둘씩 지리산패와 갑자대원의 수효는 줄어들어가는 가운데 기어이 갑자대의 선두는 선화당 안에 들어섰다.

*

　흩어져 공격하지 않고 일직선이 되어 송곳처럼 방어선을 뚫어나가는 갑자대의 공격대형은 일본이나 중국의 전투에서도 쓰여졌던 전법이다.

　특히 유명한 것은 일본의 장수 사나다 유끼무라의 송곳전법이다. 한반도를 침략해 임진왜란과 정유재란을 일으킨 도요또미 히데요시가 죽고 난 뒤 그의 아들 히데요리가 일본의 1인자의 자리를 이어 받았으나 나이가 어린데다 간신들이 총명을 흐리게 하는 바람에 도꾸가와 이에야스가 천하를 넘보게 됐다.

　도요또미 히데요리의 거성인 오사까성을 치기 위해 밀어닥친 도꾸가와의 군사와 대결해서 가장 눈부신 활약을 보인 것이 사나다 유끼무라였다. 도꾸가와 이에야스가 이끄는 군사들이 짜우스야마라는 산기슭에 이르렀을 때의 일이다.

얼굴 없는 軍師 두억시니

"아니 저건? 아직 가을이 되지 않았는데도 벌써 단풍이 들었단 말이냐?"

도꾸가와 이에야스의 참모인 혼다가 산 정상을 올려다보고 놀라움을 나타냈다.

재빨리 망원경으로 바라본 혼다의 목소리가 긴장했다.

"깃발의 문장을 보니 사나다 유끼무라의 군사입니다. 약 3,000명 가량 되는 것 같습니다."

새빨간 갑옷투구는 사나다 부대의 전투차림이다.

"어디 망원경 이리 주어보게."

자신의 눈으로 사나다의 군사를 확인한 도꾸가와 이에야스의 얼굴빛도 달라졌다. 도요또미 히데요리가 이끄는 군사 가운데 가장 용맹스럽다는 사나다 부대가 산꼭대기로부터 기슭을 향해 힘을 다해 달려 내려왔다.

전투는 정오께로부터 시작해서 하오 3시까지 계속됐다. 과연 사나다 부대 3,000명의 맹격은 처참할 정도로 대단했다. 전혀 곁눈질하지 않고 사나다 부대의 대원 모두가 한 사람 빠지지 않고 눈에 불을 켜며 바라본 것은 도꾸가와 이에야스의 존재를 알리는 깃발이었다.

그 깃발을 향해 그들은 마치 송곳처럼 쇄도해 들어갔다. 이날 오사까성 둘레에는 도꾸가와 동군 그리고 도요또미 히데요리의 서군의 양쪽 군사 공칭 25만 명. 그러나 실제로는 10만 명이 뒤섞여 싸우고 있었으니 이런 난전 속에서는 도꾸가와 이에야스의 목숨도 결코 마음 놓을 수 없는 상황이었다.

사나다 부대는 전면의 도꾸가와세를 쳐 수비진에 구멍이 뚫리면 그 구멍을 향해 전군이 돌입해 들어갔다. 도저히 당해낼 재간이 없었다.

삽시간에 짙은 붉은 색 차림의 사나다 부대는 도꾸가와 군단 한가운데에 한줄기 붉은 줄이 되어 파고들었다.

마치 붉은 독사가 먹이를 향해 꿈틀거리며 전진하는 모습이었다. 놀라울 만치 빠른 속도고 도꾸가와 이에야스의 본진에 들이닥쳤다.

목숨을 내놓은 사람보다 더 무서운 것은 없다. 사나다 부대는 도꾸가와 이에야스의 깃발을 발굽으로 짓밟고 이에야스에게 달려들었다.

이에야스의 친위부대인 하따모또들이 그야말로 시체를 쌓으면서 사나다 부대로부터 그들이 총수를 지켰다.

하따모또들의 결사적인 항전으로 사나다 부대의 진격이 잠시 멈칫거리고 있는 사이 총수 도꾸가와 이에야스의 위급함을 알고 달려온 미즈노, 다떼 등의 부대가 옆으로부터 뛰어들었다.

"물러나라!"

사나다 유끼무라의 한마디 명령에 사나다 부대는 썰물 빠지듯 빠져나가 버렸다.

✳

그러나 사나다 부대의 공격은 그것으로 끝난 것이 아니었다. 일단 물러나 전열을 가다듬은 사나다 유끼무라는 소총부대를 앞세워 일제 사격으로 도꾸가와세를 다시 혼란에 빠뜨린 뒤 두번째 돌격에 들어갔다.

이 매서운 두번째 돌격에 도꾸가와세는 체면 불구하고 걸음아 나 살려 하고 달아날 수밖에 없었다.

"안되겠다. 물러나자."

도꾸가와 이에야스를 태운 가마는 죽을 힘을 다해 뛰었고 그 뒤를 하따모또들이 지키면서 약 12km 가량을 도망갔다.

한때는 가마 속의 도꾸가와 이에야스가 '사나다 유끼무라의 손에 죽거나 사로잡히느니 내가 스스로 목숨을 끊어야겠다'고 마음먹었을 만치 상황이 위급했다.

그러나 하늘이 도운 것일까? 기진맥진하면서도 도꾸가와 이에야스는 사나다 부대의 추격에서 간신히 벗어날 수 있었다.

두번째 돌격에서도 뜻을 이루지 못한 사나다 유끼무라는 또다시 부대를 거두어들여 세번째 돌격을 준비하고 있었다.

그러나 12km 가량이나 도망친 도꾸가와 이에야스를 따라잡는다는 것은 거의 가망이 없는 일이었다. 이때 갑자기 도꾸가와세의 옆으로부터 일제 사격이 일어났다.

도요또미쪽의 아까시 부대와 크리스천 무사들이 잠복하고 있었던 것이다. 기독교 신자들인 크리스천 무사들은 도꾸가와 이에야스를 미워하고 있었다.

아까시 부대의 공격을 미즈노 부대에게 막도록 맡기고 도꾸가와 이에야스가 다시 앞으로 나가 전선에 복귀하려 할 때 사나다 부대의 세번째 돌격이 시작됐다. 새파랗게 질리면서도 도꾸가와 이에야스는 사나다 유끼무라의 뛰어난 지휘능력에 감탄하지 않을 수 없었다.

전쟁을 앞두고 도꾸가와 이에야스는 사나다 유끼무라를 자기 진영으로 끌어들이기 위해 여러 가지로 힘을 썼으나 도요또미 집안에 의리를 지킨 유끼무라는 웃으면서 고개를 가로 흔들었던 일이 있었다.

사나다 부대의 세번째 돌격이 벌어졌을 때 마쯔다이라가 이끄는 군사들이 도착해 사나다 부대에게 옆으로부터 달려들었다. 길게 뻗은 사나다 부대의 대열은 옆으로부터의 공격에 약할 수밖에 없었다. 사나다 부대는 빠른 속도로 줄어들어 갔다.

진한 붉은색 투구를 걸친 사나다 부대의 대원들 시체가 늘어만 갔다. 끝내 사나다 유끼무라도 장열하게 전사하고 말았다. 사나다 부대 3,000명은 전멸했다.

완강하게 도꾸가와세에게 저항하던 도요또미세는 사나다 유끼무라의 전사를 계기로 세력이 시들기 시작했다. 이렇게 해서 임진왜란을 일으켰던 도요또미의 천하는 2대에 끝나고 도꾸가와의 시대를 맞이하게 된다.

전봉준이 자리하고 있는 선화당을 습격한 민비 직속의 암살집단 갑자대의 일직선 공격은 일본의 장수 사나다 유끼무라의 전법과 매우 비슷했다.

※

　아직 밖에서는 지리산패와 갑자대의 혈투가 벌어지고 있는 가운데 선화당 안에 뛰어든 갑자대는 대장을 비롯해 7명이었다.

　피 묻은 칼과 창을 든 갑자대의 대원 7명을 맞이하는 지리산패는 3명 그리고 어두컴컴한 방구석에는 다리에 피 묻은 붕대를 감은 전봉준이 앉아 있었다.

　7대 3의 수적 우세에 목표인 전봉준은 다친 채로 몸 움직임이 자유로울 것 같지 않으니 갑자대의 대장이 '이제 전봉준의 목은 우리가 차지했다'고 생각한 것도 무리는 아니다.

　갑자대원 2명은 선화당 안으로 지리산패의 원병이 들어오는 것은 막기 위해 문을 지켰고 나머지 5명은 일제히 지리산패 3명에게 덤벼들었다. 갑자대의 대장과 맞선 것은 두억시니였다.

　"쨍!"

　두 사람의 칼이 허공에서 부딪치자 불꽃이 튀었다. 지금까지 두억시니와 세 차례 이상 칼을 부딪친 적수는 없었다. 잘해야 두어 차례 두억시니의 칼을 피하거나 막아낸 뒤 세 차례째에는 쓰러지기 마련이었다.

　그러나 갑자대의 대장은 두억시니가 지금까지 싸웠던 상대와는 달랐다.

　"쾅! 쾅!"

　안으로 잠근 문을 밖으로부터 발로 걷어차고 있는 것은 지리산패인 듯싶었다. 왜냐하면 소리를 지르지 않고 '뻐꾹! 뻐꾹!'이라고 뻐꾹새 울음소리로 선화당 안의 형편을 물어왔기 때문이다.

　"뻐어꾹! 뻐꾹! 뻐어꾹!"

　뜻밖에도 어두컴컴한 방구석에 앉아있는 전봉준이 밖의 지리산패에게 뻐꾹새소리로 응답했다.

　문을 안으로부터 지키고 있는 갑자대원 2명은 그 자리를 떠나지 못하고 있는 사이 두억시니와 갑자대의 대장이 맞대결을 벌였고 나머지 지리

　　　　　　　　　　　　　얼굴 없는 軍師 두억시니

산패 2명과 갑자대원 4명의 피투성이 대결이 벌어졌다.

"으응!"

목의 대동맥이 끊긴 갑자대원이 세찬 핏줄기를 내뿜으며 그 자리에 고꾸라졌다. '소문에 들었던 대로 지리산패란 대단한 녀석들이로구나' 두억시니와 싸우면서도 갑자대의 대장은 사방의 움직임을 파악하는 여유를 지니고 있었다.

공식적으로 갑자대의 대장을 조선팔도의 으뜸가는 무예의 고수였다. 그러나 그 갑자대의 대장이 얼굴에 비지땀을 흘리면서 맹렬히 공격하는데도 두억시니는 번번이 상대의 칼을 막으며 때때로 날카로운 칼 솜씨를 보이고 있었다.

또다시 갑자대원 한 사람의 왼쪽다리가 무릎 아래로부터 잘려져 나가 고꾸라지자 문을 지키던 갑자대원 2명이 더 이상 보고만 있을 수 없어 나머지 갑자대원 2명에 가세를 했다.

이번에는 지리산패 한 사람이 어깨에 칼을 맞고 뒤로 몇 발자국 물러났다. 때를 놓치지 않고 달려들려는 갑자대원의 목에 어디서 날아왔는지 표창이 깊숙이 꽂혀 소리도 못 지르고 그 갑자대원은 무릎이 풀려 그 자리에 무너졌다. 그제서야 갑자대의 대장은 좀 이상하다는 생각이 들었다.

'이 방안에는 지금 살아남은 4명의 갑자대원과 어깨를 다친 1명을 포함해 두억시니까지 지리산패 3명 그리고 다리를 다친 채 방구석에 앉아 있는 전봉준밖에 없는데 어디서 표창이 날아와 자기 부하를 죽인 것일까?' 라고 갑자대의 대장은 의아하게 생각하지 않을 수 없었다.

'이때다!' 두억시니가 칼을 치켜들고 앞으로 한 발자국 나오는 순간 갑자대의 대장은 몸을 낮추며 칼로 두억시니의 앞으로 나온 발을 쳤다.

"윽!"

낮은 신음소리와 함께 두억시니가 그 자리에 주저앉는 순간 갑자대 대장의 칼은 적수의 목을 치기 위해 높이 올라갔다.

"쌔앵!"

바람을 가르며 갑자대 대장의 눈을 향해 날아온 표창을 그대로 그는 칼로 퉁겨 내고 한 발자국 뒤로 물러섰다.

'도대체 어디서 날아오는 표창일까?' 정강이에 상처를 입은 두억시니는 칼만 앞으로 내밀고 방어 자세를 취할 뿐 제대로 움직이지 못하고 있지만 갑자대의 대장은 보이지 않는 강적에게 신경 쓰느라 선뜻 칼을 내려치지 못한다.

＊

그때 어두컴컴한 구석에 앉아있던 전봉준이 칼을 쥐고 일어났다.

'아니…… 저자가 전봉준이란 말인가? ……그렇다면 설마?' 갑자대 대장의 눈은 휘둥그레졌다. 키가 작아 녹두장군이라 불리는 전봉준이 아닌가? 그러나 지금 자리에서 일어난 전봉준은 6척 장신에 어깨가 딱 벌어진 우람한 몸매에 두 눈은 차가운 살기를 띠고 있었다.

무엇보다도 놀라운 것은 그의 얼굴이 알아볼 수 없을 만치 검은 고약으로 칠해져 있다는 점이다.

'속았구나! 다리를 다친 녀석은 두억시니가 아니다. 전봉준인 것처럼 조용히 방구석에 앉아 있었던 이 녀석이 바로 그 두억시니다' 위급하고 긴박한 상황 속에서도 갑자대 대장의 머리는 빠른 속도로 회전하고 있었다.

자신이 두억시니인줄 알고 대결했던 지리산패는 두억시니와 체력이 비슷한 사나이였을 뿐 정작 두억시니는 앉아서 갑자대 대장의 무예를 차분하게 지켜보다가 부하가 위기를 당하자 표창을 던져 갑자대 대장을 견제한 뒤 넌지시 일어난 것이다.

"쨍!"

"쨍!"

진짜 두억시니와 갑자대 대장의 칼이 허공에서 부딪친 것은 두 차례뿐이었다.

얼굴 없는 軍師 두억시니

"으악!"

갑자대 대장의 비명은 갑자대의 습격이 실패로 끝났음을 알렸다. 두억시니가 온몸을 쭈욱 펴며 아래에서 위로 엇비슷하게 휘두른 칼에 갑자대 대장의 동체에 붉은 줄이 그어지자 그는 쥐었던 칼을 놓고 쓰러졌다.

선화당 안에 침입했던 갑자대원들도 차례로 목숨을 잃어갔다. 그제서야 문이 열리고 살아남았던 피투성이 지리산패 5명이 뛰어 들어왔다.

"두령! 괜찮으십니까?"

재빨리 검은 고약이 묻은 얼굴에 복면을 감으면서 두억시니는 고개를 끄덕이며 자신은 아무 탈이 없다는 것을 알렸다.

"밖은 어떤가?"

두억시니의 물음에 족제비가 대답했다.

"갑자대를 전멸시켰습니다."

"다들 수고했네. 그러나 우리 지리산패도 희생이 많구나."

두억시니의 목소리가 젖어 있었다. 정성들여 무예를 가르치며 키운데다 그동안 깊은 정이 들었던 부하를 잃는 것은 마치 자신의 팔다리가 끊기는 것 같은 아픔을 느끼게 했고 이러한 전투를 겪을 때마다 두억시니의 마음의 상처는 깊어만 갔다.

"두령!"

족제비가 두억시니의 마음속을 꿰뚫어본 듯 위로의 말을 던지려하나 자신도 목이 메어 눈꼬리는 젖어 있었다.

'갑자대 대장이 여기에 이르기까지 싸우면서 체력을 소모하지 않았더라면…… 그리고 두령이라는 사실에 충격을 받지 않았더라면…… 상황은 또 다르게 펼쳐졌을지도 모르지' 두억시니가 생각한 대로 조선팔도 으뜸의 무예고수로 일컬어지던 갑자대의 대장이 두억시니와 단 두 차례만 칼을 교차시켰을 뿐 덧없이 쓰러진 것은 두억시니의 두뇌적인 작전에 말려든 것이라 해도 지나친 말을 아니다.

두억시니는 잠시 두 눈을 감고 이번 싸움에서 목숨을 잃은 동학군, 지리산패 그리고 적인 갑자대의 모두를 위해 묵념을 바쳤다.

'모두 아까운 목숨들인데…….' 백성들에게 살기 좋은 세상을 열어주겠다는 전봉준을 밀어주기 위해 지리산패들은 어려운 싸움이 있을 때마다 그들의 목숨을 초개처럼 던지고 있는 것이다.

정확하게 이야기한다면 지리산패는 전봉준을 위해서라기보다 두억시니를 위해 목숨을 바치고 있었다.

지리산패의 대원들은 저마다 어려운 처지에 몰렸을 때 두억시니의 도움을 받아 위기에서 벗어나 지리산에 들어가 그로부터 무예를 배운 사나이들이다.

두억시니는 무예에 뛰어날 뿐 아니라 부하를 끔찍이 아끼는 두령이었다. 부하의 발에 종기가 나면 손수 물로 씻어주고 약을 발라주곤 했다.

그리고 이상하게도 지리산패는 두억시니가 문둥이라는 것을 조금도 꺼림직하게 여기지 않았다. 그것은 동학군을 따라 다니는 어린이들로 이루어진 꼬마부대도 마찬가지였다.

어린이들도 두억시니를 무척 좋아했다. 강할 뿐 아니라 정이 깊었기 때문이다. 어린이들도 두억시니가 문둥이라는 사실을 개의치 않았다. 그래서 동학군 안에는 '두억시니가 짐짓 문둥병 환자인 것처럼 거짓으로 꾸미고 있는 것이 아닌가?' 라고 의심하는 사람까지 있었다.

"자아, 이제 장군님을 밖으로 모셔야지."

두억시니는 선화당 마루 한구석에 만들어둔 비밀 문 뚜껑을 열었다.

"장군! 이제 나오시죠."

그 비밀 문으로 머리를 내민 것은 진짜 전봉준이었다.

✻

날이 밝기를 기다려 어젯밤 싸움에서 목숨을 잃은 동학군 및 지리산패와 갑자대 양쪽의 시체점검이 있었다.

"갑자대도 우리 동학군 그리고 지리산패와 똑같이 예를 다해 장사지내 도록 하게."

두억시니는 시체의 뒷정리를 지휘하면서 비록 적이지만 갑자대의 장례를 제대로 치르도록 지시했다. 선화당 앞마당에는 양쪽의 시체가 즐비하게 뉘어있었다.

"두령! 그런데 이상한 일이 있습니다."

족제비가 다른 사람들에게는 알아들을 수 없도록 손짓으로만 하는 수화로 두억시니에게 의문을 알렸다.

"무엇이 이상하다는 것이냐?"

"갑자대는 60갑자의 수효대로 60명으로 구성됐다고 하지 않습니까?"

"그렇지, 60명이지."

"지난번 소성삼거리에서의 첫번째 대결 그리고 그보다 앞서 천안에서 살쾡이가 죽인 두 명까지 합쳐 20명의 갑자대를 없애지 않았습니까?"

"그래서 이번 습격에는 나머지 40명이 모두 내려온 것이 아닌가?"

"바로 그것입니다. 그런데 시체는 38구밖에 없습니다."

"무엇이? 시체가 38구뿐이라고?"

선화당을 습격한 40명의 갑자대원 가운데 2명의 생사를 알 수 없다는 것은 아무래도 마음에 걸리는 일이었다.

"혹시 막판에 목숨이 아까워서 도망간 것일까요?"

족제비도 그 이유를 알 수 없다는 듯 2명이 모자란 가능성 가운데 하나를 제시했다.

"아닐 것이다. 갑자대는 지리산패에 못지않은 규율과 단결심을 지니고 있어. 그 조직 속에서 배신자가 나왔다고 여겨지지는 않아."

두억시니는 무엇인가 잡히는 데가 있다는 듯 고개를 가볍게 끄덕이더니 이내 손짓으로 족제비에게 자기 생각을 털어놓았다.

"족제비! 그 행방불명이 된 2명은 갑자대의 마지막 공격을 준비하고 있을 게야."

"네? 갑자대의 마지막 공격이요?"

"그렇지. 그들의 마지막 공격이야. 이번에는 몰래 숨어서 총이나 표창으로 전장군과 나의 목숨을 노리겠지."

"그렇다면 갑자대의 대장은 자신들의 공격이 실패했을 경우에 대비해 2명의 부하에게 살아남아 있다가 몰래 전장군과 두령을 살해하도록 지시했다는 겁니까?"

"입장을 바꾸어 놓고 생각해 보게. 나라도 그렇게 했을 거야."

그러고 보면 갑자대의 공격은 아직 완전히 끝난 것이 아닌 셈이다. 아니 생각하기에 따라서는 가장 위험스러운 공격이 남아있다고 보아야겠다. 어둠이나 혼란을 이용해 총이나 표창, 활 등으로 기습해온다면 그것을 막아내기란 여간 어려운 일이 아니다.

"족제비! 전장군에 대한 경비는 결코 마음 놓아서는 안 되네."

"네, 명심하겠습니다."

＊

"으와아아!"

"얼씨구 절씨구, 이제 좋은 세상이 오겠네."

"이게 모든 전봉준 장군 덕일세. 암, 그렇고 말고."

전주성 안은 온통 환희의 물결이 출렁거리고 있었다. 지리산패와 갑자대의 사투가 벌어졌던 며칠 뒤인 5월 7일 전봉준과 양호초토사 홍계훈 사이에 저 유명한 전주화약이 맺어졌다. 한마디로 동학군과 정부 사이에 평화조약이 맺어진 것이다.

경군의 대포공격에 전주성 안의 민심이 흔들리고 있다는 사실을 심상치 않게 여기고 있던 전봉준은 동학군의 봉기를 빌미로 청나라와 일본이 군대를 파병했다는 소식에 더 이상 버티는 것은 나라를 위태롭게 만들지도 모른다고 생각하기에 이른다.

얼굴 없는 軍師 두억시니

두억시니를 비롯한 참모진들과 의논한 전봉준은 초토사 홍계훈에게 글을 보내 동학군 봉기의 뜻을 정부가 받아들이고 그릇된 정치를 개혁한다면 더 이상 적대행위를 하지 않겠음을 다음과 같이 비쳤다.

그대들은 옛 감사가 수많은 착한 백성을 죽인 것은 생각하지 않고 도리어 우리의 죄를 물으려하는가? 우리가 주장하는 대로 국태공(홍선대원군)을 받드는 것이 마땅하거늘 어째서 우리더러 법을 따르지 않는다고 하느냐.

잘못된 정치를 바로잡기 위해 군사를 일으킨 우리의 죄를 묻는다는 핑계로 죄 없는 백성들을 죽이는 것이 옳은가? 눈 한번 흘긴 것도 반드시 원한을 갚는데 다른 사람의 묘까지 파고 재물을 약탈하는 일을 우리가 미워하고 엄하게 다스리는 것이 무슨 잘못이냐?

이 사태를 해결하려면 각하(홍계훈을 가리킴)가 깊이 생각해서 임금에게 어떻게 보고하느냐에 달렸다.

이 글을 받은 홍계훈은 이번 봉기를 평화적으로 해결하라는 고종의 뜻을 받들고 민비의 뜻하지 않은 '화약을 맺으라'는 비밀지령에 따라 동학군과의 화약에 나섰다. 민비가 전주화약을 받아들인 것은 갑자대의 살아남은 두 명이 보낸 전보를 받았기 때문이다.

전보는 '갑자대원 40명 가운데 38명이 목숨을 잃었음. 대장의 지시대로 살아남은 우리 2명은 기회를 보아 두억시니와 전봉준을 암살할 계획임'이라고 되어 있었다.

갑자대의 전멸에 민비는 까무러칠 만치 큰 충격을 받았으나 워낙 여장부인지라 곧 냉정함을 되찾고 '지금으로서는 동학군과 화약을 맺어 사태를 수습하는 한편 그들을 안심시킨 뒤 두억시니와 전봉준을 암살시켜야겠다'고 마음먹었다.

고종보다는 민비의 눈치를 더 볼 수밖에 없었던 홍계훈은 '화약을 맺으라'는 민비의 비밀지령을 받자 마음 놓고 동학군에게 다음날 화답의 회신을 보냈다.

열읍(여러 고을)의 폐막(없애기 어려운 폐단)중 고칠 것은 고칠 것이다. 너희들이 적어 보낸 폐정 조목은 요구하는 것이 지나치게 많다 ……. 너희들이 가진 무기를 스스로 반납하고 문을 열어 우리를 맞이하라.

홍계훈은 또 동학군을 달래기 위해 '무기를 반납하고 문을 열어 영접한다면 수많은 인명을 해칠 이유가 어디 있겠는가?' 라고 밝혔다.

이어 5월 6일 홍계훈은 '귀화하는 자는 각 읍, 각 명, 각 리에 명령하여 해치지 않도록 할 것이다. 해산하여 각자 집으로 돌아가 생업에 종사하고 새 삶을 누리도록 하라' 고 봉기에 참가했던 사람을 처벌하지 않겠다는 약속을 했다. 이에 따라 전봉준과 홍계훈은 화약을 맺기 위한 마지막 조건을 마무리 짓고 다음날 화약을 맺었다.

동학군과 조선정부가 전주화약을 맺게 됨에 따라 조선에 파병됐던 청나라와 일본의 군대는 더 이상 이 땅에 머무를 명분을 잃었으나 두 나라의 군대는 '사태를 더 지켜본다' 는 구실로 철수하지 않고 있었다.

특히 일본은 이 기회에 어떤 트집을 잡아서라도 청나라와 전쟁을 치러 이김으로써 조선에서의 영향력을 강화할 속셈이었다.

✳

동학군과 경군 사이에 화약이 맺어져 동학군이 점령하고 있던 전주성 안에는 기쁨과 안도의 분위기가 넘쳤으나 동학군의 총수 전봉준과 복면군사 두억시니는 화약이 맺어진 그날 밤늦게까지도 단 두 사람만이 머리를 맞대고 앞날을 숙의했다.

"군사! 이제 우리가 경군과 화약을 맺었으니 우리의 요구에 따라 백성을 괴롭히던 정치는 과연 바로잡아진다고 보아도 되겠소?"

등잔불에 비쳐진 전봉준의 모습은 요 며칠 새에 더욱 수척해진 느낌이었다. 화약 맺기를 앞두고 동학군 내부에서는 반대의 목소리도 꽤 강했기

얼굴 없는 軍師 두억시니

때문에 그들을 다독거리느라 나름대로 신경을 무척 썼기 때문이다.

다리를 부상당해 출혈도 심했던 데다 오랜 동안 봉기군 총수로서의 긴장이 전봉준의 표정을 귀기(소름이 끼칠 정도로 무서운 기운)가 감돌 정도로 처절하게 만들어 놓았다.

"전보다 조금이야 나아지겠지요."

두억시니는 폐정개혁에는 큰 기대를 걸지 않는다는 투로 대답했다.

"……."

두억시니의 대답을 듣고 한동안 묵묵히 생각에 잠겨있던 전봉준도 고개를 가볍게 끄덕였다.

"그럴테지. 크게 달라지기를 바라기는 어려울지도 모르지……."

전봉준이 조금은 체념어린 혼잣말처럼 뇌까리자 두억시니도 맞장구를 치듯 고개를 끄덕였다.

"장군! 생각해보시오. 당장은 조금의 변화가 일어날지도 모릅니다. 하지만 백성들의 피를 빨아먹던 세도가들은 잠시 뒤로 물러나 몸조심할 뿐 얼마 못가서 또다시 백성들의 피와 땀을 쥐어 짤 것입니다."

"결국 뿌리를 뽑아버려야만 일이 제대로 끝난다는 이야기로군."

"안 그렇습니까? 역사를 돌이켜 보십시오. 민란이 일어나면 그때마다 관은 잘못을 바로 잡겠다는 약조했으나 제대로 지켜진 적이 있습니까?"

"군사의 말이 맞소. 그러니까 일단 화약을 맺고 우리 봉기군을 해산하더라도 언제든지 여차하면 다시 들고 일어난다는 것을 관에게 뚜렷이 알려두어야겠소. 그래야 그런대로 개혁이 지속될 곳 아니겠소."

여러 가지 사정이 뒤엉켜 이루어진 전주화약을 어떻게 하면 백성들에게 이로운 쪽으로 끌고 가느냐를 놓고 전봉준은 깊이 생각하고 또 생각하지 않을 수 없었다.

"군사! 화약이 성립됐으니 이제 청나라나 일본이나 그들의 군대를 우리나라에 주둔시킬 명분은 사라진 것이 아니오?"

“그렇습니다. 장군 그러나…….”

이번 질문에도 두억시니는 ‘그러나’ 라는 토를 달고 대답했다.

“장군! 그들은 물러나지 않을 것입니다. 우선 일본이 군사를 자기 나라로 거두어들일 생각이 없는 것 같습니다.”

“하면……?”

“전쟁이 일어나겠죠. 일본은 명분이고 무엇이고 돌아보지 않고 청나라와 전쟁을 벌이기 위해 눈에 핏발을 세우고 있는 것으로 보아야 합니다.”

“흐음. 일본과 청나라가 남의 나라에서 전쟁을 벌인다?”

밤은 깊어가는데 전봉준과 두억시니의 대화는 그칠 줄 몰랐다.

✻

조선반도에서 청나라와 일본의 세력 다툼은 전봉준과 두억시니가 이야기하고 염려한 그대로 펼쳐지게 된다.

전주화약이 이루어지기 하루 전 일본공사 오오또리가 해군 육전대와 경시청 순사대 4백여 명을 이끌고 제물포에 도착, 다음날 그러니까 전주화약이 이루어진 날 야포 4문까지 끌고 서울에 들어가자 조선정부는 깜짝 놀랐다.

12년 전 맺은 제물포조약에 따르면 ‘공사 관원과 거류민의 보호를 위해 약간의 군병을 주둔시킨다’ 로 되어 있으나 ‘약간의 군병’ 으로 일본은 4백여 명이나 되는 군병에 야포 4문까지 끌고 들어왔으니 말이다.

조선정부는 즉각 참의 민상호를 오오또리 공사에게 보내 ‘약간명’ 치고는 너무 많은 군병을 데리고 온데 대해 항의했다.

“4백 명의 군병이 뭘 많다고 하오? 우리 대일본 제국은 청나라와의 약정에 따라 후속으로 훨씬 더 많은 대부대를 주둔시킬 것이오.”

오오또리 공사의 어처구니없는 이 답변에 고종과 각료들은 서로 얼굴을 마주보며 어안이 벙벙했다.

‘도대체 일본은 무슨 속셈으로 많은 군대를 조선으로 끌고 들어오려는

　　　　　　　　　　　　　얼굴 없는 軍師 두억시니

것일까?' 각료들은 바로 회의를 열어 이 문제를 놓고 여러 가지 의견을 나누었다. 그리고 나온 결론은 '일본군은 조선에 진출해서 청나라 군대와 한바탕 전쟁을 치를 속셈' 이라는 것이었다.

조선에 있어서는 참으로 중대한 문제였고 고종은 온몸에 소름끼치는 두려움을 느끼지 않을 수 없었다.

청나라 대표로서 서울에 와있는 원세개도 조선에 출동해 오는 일본군의 병력을 알게 되자 얼굴에서 핏기가 가셨다.

'그렇구나. 일본은 이 기회에 조선에서 청나라 군대와 전쟁을 치르고 조선을 점령한 뒤 중국 대륙에 진출할 발판으로 삼으려 하고 있구나' 뒤늦은 느낌은 있으나 원세개는 일본의 속셈을 정확히 꿰뚫어보았다.

그러나 조선반도에 진출해 온 일본군 7천여 명에 맞설 수 있는 청나라 군은 고작 2천 4백여 명에 지나지 않았다. 문자 그대로 중과부적이었다.

'지금은 수적으로 열세이니 일본군과 정면으로 충돌하는 것은 피할 수밖에 없다' 원세개는 바로 고종과 조선정부에게 '일본은 더 이상 병력을 조선에 출동시키지 않도록 오오또리 공사에게 엄중히 항의하라' 고 뒤에서 부추겼다.

말할 것도 없이 조선정부가 원군을 보내달라고 요청한 것은 어디까지나 청나라였다. 조선정부는 종래부터의 종속관계에 바탕을 두고 청나라에 도움을 요청한 것이다.

따라서 청나라와 일본 사이에 어떤 약정이 맺어져 있더라도 그것은 조선이 알 바가 아니기 때문에 일본군의 조선 출병은 불법이라는 것이었다. 이 항의를 받은 오오또리 공사는 차갑게 다음과 같이 내뱉았다.

"일본군을 가득히 실은 수송선단은 이미 일본을 떠나 시시각각으로 조선에 가까워지고 있소. 일본군을 되돌아가게 할 수는 없는 일이오."

사실 일본군은 청나라나 조선이 무엇이라고 항의하건 조선에의 파병을 중지할 생각이 전혀 없었다.

*

"자아, 내일은 고향으로 돌아갈 수 있겠군."

"아무렴. 오랫동안 애들 얼굴도 못보았는데……."

"무슨 소리. 애들보다 여편네 얼굴이 보고 싶은 것 아냐?"

"으아하하하! 그 말이 맞아. 그 말이……."

전주화약이 이루어진 날 밤 전주성 안 곳곳에서 동학군들은 고향으로 돌아간다는 설렘에 모두 들떠있었다. 피난을 떠나 비어 있는 민가와 관아에 묵고 있던 동학군들은 밤새는 줄 모르고 이야기꽃을 피우고 있었다.

전라감사의 본영인 전주성을 함락시켜 기세를 올린 데다 봉기의 책임을 묻지 않고 나쁜 정치를 바로잡겠다는 약조까지 받아내 화약을 맺었으니 일단은 동학군의 승리로 봉기는 매듭이 지어진 셈이다.

동학군의 깃발 아래 모여들었던 백성들이 흐뭇한 마음으로 그동안 겪었던 이야기를 나누고 있는 가운데 거의 다 쓰러져가는 외딴 민가에 묵고 있던 두 사람은 듣는 이도 없는데 목소리를 낮추고 있었다.

가끔 밖에 인기척이 나지 않는지 신경을 쓰며 나누는 두 사람의 이야기는 그 내용이 심상치가 않았다.

"중전마마께서는 아마도 마지막 남은 갑자대 대원인 우리들에게 최후의 희망을 걸고 계시겠지?"

"그야 말이라고 하나? 갑자대의 명예를 위해서도 그렇고 서울에 남아 있는 가족들을 위해서도 일은 꼭 성사시켜야지."

사실 그랬다. 통이 큰 민비는 자신의 직속부대인 갑자대의 대원들에게는 후한 보수를 주었고 만약 대원이 목숨을 잃거나 크게 다쳤을 경우, 유족의 보살핌, 다친 대원의 뒷바라지 등 결코 소홀함이 없었다.

그러기에 갑자대의 대원들이 목숨을 바쳐 충성을 다한 데에는 민비의 은혜에 보답한다는 뜻이 컸다.

"하기야 우리가 목숨을 잃어도 남은 가족들이야 밥 굶는 일이 없을 테

얼굴 없는 軍師 두억시니

지……."

"그러나 우리의 목숨을 내놓는다손 치더라도 두억시니인가 하는 그 복면군사를 함께 저승으로 끌고 갈 수 있다는 보장은 없지 않은가."

"그러게 말이야. 그게 쉽지 않아. 천하무적으로 알았던 대장도 그의 칼에 쓰러지고 말았으니……."

갑자대의 대장은 부대가 전멸했을 경우에 대비해서 특히 암살수법이 뛰어난 이 두 사람을 마지막까지 남겨두었다. 그래서 갑자대의 선화당 습격이 끝나고 난 뒤 시체를 점검해보니 시체 두 구가 모자랐던 것이다.

"실패는 도저히 용납될 수 없으니 틀림없는 방법으로 두억시니를 거꾸러뜨려야 하네."

"이르다 말인가. 음식에 독을 섞어 독살을 하려 해도 전봉준과 두억시니의 밥그릇 국그릇은 은수저로 휘저어보고 있으니 그것도 쉽지 않고……."

은식기는 독이 묻으면 화학반응을 일으켜 색이 변한다 해서 동서양을 막론하고 독살방지에 이용돼 왔다.

"어때? 칼을 쥐고 가까이 가기도 힘들지만 칼로 두억시니를 베기는 더더욱 어려운 노릇 아닌가?"

"맞아. 칼로는 도저히 쓰러뜨릴 수 없지. 그렇다면 날아가는 무기밖에 없지 않겠나?"

"그래. 육혈포가 있으면 좋겠지만 그건 전사하신 대장만이 지니고 계셨고……."

"결국 표창으로 해치우는 수밖에 없겠네."

"하기야 우리 두 사람은 표창이라면 남에게 뒤지지 않는 솜씨를 지니고 있으니 표창으로 결판을 내세."

마지막 남은 갑자대 대원 두 사람은 표창으로 두억시니를 쓰러뜨리고 그 다음에 전봉준을 노리기로 했다.

"표창에 독약을 발라놓으면 설사 급소를 빗나가더라도 살짝 상처만 내면 끝장낼 수 있지."

"음. 그렇지 않아도 대장이 주신 독약은 중국에서 건너온 맹독으로 황소도 쓰러뜨릴 수 있을 만치 강한 힘을 가졌다는 거야."

"꼭 성공을 해야겠는데…… 워낙 두억시니란 녀석이 잽싸기 때문에…… 아무래도 걱정일세."

두 사람 가운데 몸집이 좀 크고 눈이 날카롭게 생긴 사나이가 자신감 어린 미소를 띠우며 동료에게 걱정하지 말도록 큰 소리친다.

"염려 말게. 꼭 성공하는 비결이 내게 있네."

"뭐? 꼭 성공하는 비결이……?"

"그래. 두억시니가 꼼짝없이 당할 수밖에 없는 그런 비결이 있어."

✳

"영상! 우리 민씨 일족에게 이것은 큰 문제입니다."

민비는 답답하다는 투로 억양을 높이고 영의정 민영준을 몰아세웠다. 고개를 숙이고 몸을 움츠리고 있는 민영준에게 민비는 마구 퍼붓는다.

"영상! 만약 지금이라도 나 그리고 우리 민씨 집안에 위해를 가하려는 무리들이 서울에 잠입하면 어떻게 막을 생각이오?"

민영준이 입을 굳게 다물고 있는 것은 민비가 직성이 풀릴 때까지 그의 무능을 비난해야만 불같은 성미가 가라앉는다는 것을 잘 알기 때문이다.

민영준도 갑자대가 두 명만 남기고 전멸했다는 소식을 처음 들었을 때에는 까무러칠 정도로 큰 충격을 받았다.

'아니, 조선팔도에서 무예의 고수들만 모아 특별훈련을 시킨 특수부대인 갑자대가 전멸하다니…… 도저히 믿기지 않는 일이다. 그렇다면 갑자대를 전멸시킨 지리산패는 얼마나 무서운 집단인가?' 민영준은 민비가 자신을 나무라기는 해도 당분간 영의정의 자리에서 밀어내지는 않을 것이라는 것도 굳게 믿고 있었다.

현재로서는 잘났건 못났건 민씨 일족 중에 자신만큼 민비의 신임을 얻고 있는 인물이 없었기 때문이다.

"서둘러 갑자대를 재건하도록 하시오. 당장 조선팔도의 뛰어난 무사들을 골라서 서울에 집합시키도록 하시오. 그리고 새로운 갑자대는 신식무기로 훈련하고 무장해야 하오. 그래야만 그 지리산패인가 하는 반역의 무리를 꼼짝없이 없앨 수 있을 것 아니오."

민비의 두뇌회전은 비상했다. 갑자대의 전멸 소식에 깊은 상실감을 느끼면서도 바로 갑자대 재건책을 생각할 만치 민비는 사태에 대비하는 순발력도 빨랐다.

"갑자대를 재건하는 가장 빠르고 효과적인 방법이 무엇인지 아시오?"

민영준은 민비의 이 질문의 뜻을 언뜻 파악하지 못하고 무엇이라 대답해야 민비의 마음에 들 것인지 망설였다.

"밉긴 하더라도 남은 지리산패를 우리 쪽으로 끌어들이는 겁니다. 두억시니까지 포함해서 말입니다. 새로운 갑자대의 대장을 두억시니에게 맡기면 아마도 2~3년 안에 막강한 부대를 만들지도 모르지요."

민비의 말에 민영준은 온몸에 소름이 오싹 끼칠 만치 두려움을 느꼈다.

'중전마마는 정말로 무서운 분이시다. 아무리 그렇다 해도 역적이자 원수인 두억시니와 그 패거리를 우리 편으로 맞이하려 하시다니……' 민영준의 표정을 냉혹한 눈으로 살펴보고 있던 민비가 그제서야 엷은 웃음을 띠며 영의정을 안심시켰다.

"영상! 그러나 두억시니와 그의 수하는 재물이나 벼슬자리로 전봉준을 등질 사람은 아닌 것 같소. 그러니 무슨 일이 있어도 그들을 없애는 수밖에 없겠지요."

민영준은 그제서야 입을 열고 민비를 두둔하듯 말했다.

"중전마마의 말씀이 지당하십니다."

"갑자대의 재건을 서둘러 주세요. 빠르면 빠를수록 좋습니다. 지금은 한치 앞을 내다볼 수 없는 세상입니다. 당장 내일 무슨 일이 일어날지 모릅니다. 나와 우리 집안을 지켜줄 군사가 필요합니다."

"네. 중전마마! 분부대로 시행하겠습니다."

민영준은 민비에게 큰절을 하고 물러 나왔다.

＊

처음에는 그다지 대수롭지 않게 여겼던 동학란이 뜻밖에도 호남 일대를 휩쓸고 급기야는 전주성까지 함락됐으니 그동안 조정의 고관들은 안절부절 못했다. 따지고 보면 동학란이 일어나게 된 까닭은 뚜렷하고 단순했다. 탐관오리들이 백성들을 못살게 구는 정도가 너무 지나쳤기 때문이다.

"쯧! 쯧! 해도 너무했어. 백성들이 들고 일어나지 않을 만치만 거두어 들였어야지."

"그러게 말이오. 미련하게도 해쳐먹었어. 오랫동안 야금야금 해먹었으면 이렇게까지 되지는 않았을 텐데……."

조정 이곳저곳에 옹기종기 모여 마음을 놓을 수 있는 사이의 고관들이 귀엣말로 속삭이는 내용도 부패의 고약한 냄새가 물씬 풍기고 있었다.

공석에서는 모두 깨끗한 척하고 '법을 어긴 탐관오리들을 엄하게 처벌해야 된다' 고 규탄하면서도 많은 고관들의 속마음은 그저 전라감사 김문현, 고부군수 조병갑 등이 죽을 죄를 지었다고 생각하기보다는 미련해서 실수를 저질렀다고 여기고 있을 뿐이었다.

사실 적지 않은 고관들도 지방 수령들로부터 뇌물을 받고 있었던 처지였기 때문이다. 그러나 속마음이야 어떻든 동학란이 크게 번져 전주성까지 동학군 손에 넘어가고 보니 썩은 고관들도 사태가 이토록까지 이르게 만든 장본인들을 그대로 둘 수는 없는 노릇이었다.

더구나 결단력은 약한 편이라는 평을 받고 있었지만 백성들은 사랑하는 마음 하나는 그 어느 누구도 부정할 수 없는 고종의 뜻이 강하게 작용해 김문현과 조병갑은 거제도에 귀양 보내졌고 이용태는 남해에, 조필영

얼굴 없는 軍師 두억시니

은 함열에 유배당했다.

탐관오리들이 귀양 보내졌다는 소식에 동학군이 모두 함성을 지르며 기뻐한 것은 당연했다. 그러나 단 한 사람 두억시니만은 이 소식을 듣고도 기쁜 내색을 비치지 않았다.

'고작 그 썩은 관리 몇 사람을 귀양 보내기 위해 내 수하들이 그 귀한 목숨을 바쳤단 말인가. 참으로 허무하기 짝이 없는 노릇이다' 자신의 방에서 화약이 이루어진 뒤 여자들로만 이루어진 낭자군과 돌보아줄 가족이 없는 어린이들의 무리인 꼬마부대들의 뒤처리를 어떻게 할 것인가를 곰곰이 생각하고 있던 두억시니는 문득 선화당 전투에서 갑자대의 대원들과 목숨을 맞바꾼 지리산패의 생각이 떠오르자 말할 수 없는 상실감에 사로잡히고 말았다.

'아아! 수령이 또 목숨 잃은 수하들을 생각하고 계시는구나' 옆에서 두억시니의 지시사항을 종이에 적고 있던 족제비는 어둡고 슬픈 그림자가 복면 속 두억시니의 두 눈에 깃들자 금방 두령의 속마음을 알아차렸다.

'싸움터에서는 귀신도 벌벌 떨게 만들 만치 용맹스러운 두령이 자신의 수하 그리고 약한 여인네와 어린이들에게는 더할 수 없이 다정하신 것은 참으로 조화야' 족제비는 벽에 기댄 채 머리를 숙여 슬픔에 잠겨있는 두억시니를 보면서 혼자 고개를 끄덕였다.

'그렇지. 사납기만 하면 삼국지의 여포와 다를 바가 없지. 우리 두령은 정이 두텁고 의리가 깊은 관우 같으신 분이야'

✳

전주화약이 이루어진 다음날 전주성의 문이 활짝 열리고 동학군들은 같은 고향사람끼리 삼삼오오 짝을 짓고 자기네들 집으로 향했다.

"박서방, 잘가게. 고생했소."

"그래. 김서방도 몸성히 지내게. 살다보면 또 만나게 될 날이 있겠지."

다른 고장의 사람들이긴 했으나 이번 봉기를 계기로 하나가 되어 함께 싸웠으니 비록 긴 세월은 아니었으나 두터운 전우애가 그들 사이에 싹튼 것은 당연한 일이었다.

그들은 봉기의 목적을 달성했다는 떳떳함과 후련함에 밝은 표정으로 동료들에게 작별의 손을 흔들며 한 무리, 두 무리 성문을 빠져나갔다.

두억시니는 선화당 앞에 낭자군과 꼬마부대를 모아놓고 그들이 앞으로 어떻게 지내야 할 것인지를 지시하고 있었다.

"여인네 여러분들 그동안 참으로 수고가 많았소. 전쟁터에서 총알이 날아오는 데도 도망가지 않고 밥을 지어주신 여러분들이 없었다면 우리는 전주성을 점령하지도 못했을 것이오."

아직도 봉건주의가 엄존했고 남녀차별이 심했던 그 시절 두억시니처럼 여성의 인격을 존중해 주면서 말하는 사람은 없었다.

여성들을 한 사람의 인간으로서 대우해 주는 두억시니의 인사말에 몇 사람의 아낙네는 벌써 눈이 젖어들고 있었다.

"나으리 무슨 황공한 말씀을……."

무당출신이며 글귀깨나 읽었다는 아미라는 중년 여인이 몸둘 바를 모른다는 듯 송구함을 나타냈다.

끝내 여인네들 가운데에는 훌쩍이는 소리마저 일기 시작했다. 분위기가 무거워지자 두억시니가 고개를 가볍게 끄덕이더니 말을 이었다.

"그리고 무엇보다도 여러분들이 밥을 안 지어주었으면 내가 굶어죽어 이 자리에 있지 못했을 것이오."

두억시니의 이 말에 꼬마부대로부터 웃음이 터져 나왔다.

"으아하하하하!"

"두억시니 아저씨가 굶어죽었을지도 모른대……."

"아찌는 칼싸움하고 밥 먹는 것밖에 모르나봐."

꼬마들의 명랑한 농담에 여인들도 눈물을 닦으며 웃음을 띠었다. 부드러운 눈길로 마음속의 감사함을 한동안 나타내느라 말을 그쳤던 두억시니가 다시 입을 열었다.

"여인네 여러분들은 모두 어른들이라 밑천만 있으면 살아갈 수 있으리라 여깁니다. 이제부터 여러분들에게 고루 엽전꾸러미를 나누어 드릴 터이니 받아서 고향이나 연고지로 돌아가서 잘 사십시오."

두억시니의 지시에 따라 족제비와 또 한 사람의 지리산패가 여인들을 한 줄로 세워놓고 묵직한 엽전꾸러미를 나누어 주었다.

눈시울이 붉어진 여인들은 저마다 두억시니 앞에 와서 공손히 고개 숙이고 한 사람 두 사람 자리를 떠났다.

✳

"아찌! 우리들에게도 엽전꾸러미를 줄 거야?"

꼬마들 가운데도 나이어린 자갈이 웃는 얼굴로 두억시니에게 묻는다.

여인들에게 엽전꾸러미를 안겨주고 떠나보낸 뒤 그 자리에 남은 꼬마부대는 한시도 조용할 줄 모르고 무엇이 그리 재미있는지 깔깔거리고 웃는가 하면 한 구석에서는 싸움이 붙어 울음소리가 터져 나오기도 한다.

"하하하하! 자갈아! 돈이 그렇게 갖고 싶냐? 무얼 사 먹으려고……."

족제비가 자갈의 머리를 쓰다듬으며 웃는다.

"돈 있으면 엿도 사먹고 떡도 사먹지."

자갈의 말에 다른 꼬마들도 동감이라는 듯 고개를 끄덕이며 얼굴 가득히 웃음을 띤다. 모두가 배고프게 자라온 애들이다.

"그래 전쟁도 끝났으니 오늘은 너희들에게 떡과 엿을 실컷 먹여주마."

두억시니도 눈으로 웃으면서 꼬마들에게 떡과 엿을 사주도록 족제비에게 지시했다.

"으와아아!"

동학군을 따라다닌 이래 가장 큰 함성이 꼬마부대에서 터져 나왔다.

'오죽이나 먹고 싶었을까……' 두억시니는 차라리 슬픔어린 눈으로 그들이 웃고 떠드는 모습을 지켜보고 있었다.

꼬마부대는 거의 궤멸에 가까운 타격을 입어 재건을 위해 지리산으로 철수하는 지리산패를 따라가기로 됐다. 두억시니를 따르는 추월이는 자신이 당연히 꼬마부대에 몸담고 있어야 되는 것처럼 어린 꼬마들을 보살피기에 여념이 없었다.

"꼬마들을 이끌어 나가는 데에는 추월이가 함께 있는 편이 낫겠습니다. 안 그렇습니까. 두령!"

부지런히 꼬마들의 코도 닦아주고 손발에 묻은 흙도 털어주는 추월의 모습을 지켜보고 족제비가 동의를 구하자 두억시니는 같은 생각이라는 뜻으로 고개를 끄덕였다.

다섯번째 이야기

쓰러진 두억시니

어린이들과 함께 시간을 보내고 있는 가운데 이변이 갑자기 일어났다.

"앗!"

족제비의 입에서 가벼운 비명 같은 소리가 새어 나왔다. 그때 두억시니의 몸은 이미 반응을 나타내고 있었다. 재빨리 왼쪽 앞발에 감추어 지니고 있던 단도를 끄집어내 허공을 향해 내밀었다.

"쌔앵!"

바람을 가르며 4개의 표창이 두억시니 한 몸을 향해 날아온 것이다. 마지막 남은 갑자대 두 명은 두억시니가 꼬마들과 이야기를 나누며 마음 놓은 때에 허를 찌른 것이다.

지리산으로 철수하기 전에 그들의 기습이 있을 것이라 경계는 하고 있었으나 밝은 대낮에 그것도 어린이들과 함께 있을 때를 노려 덤벼들 것이라고는 미처 생각을 못했었다.

"쨍!"

날아오는 표창 4개 가운데 한 개를 족제비가 어느새 뽑아든 칼로 쳐서 땅에 떨어뜨렸고 또 한 개를 다른 지리산패가 잽싸게 엽전꾸러미를 집어 던져 맞혀서 막아냈다.

두억시니는 오른손에 든 단도로 표창 한 개를 막아냈다. 그러나 마지막 남은 표창 한 개가 두억시니의 왼쪽어깨를 스쳤다. 순간 족제비의 눈은 당황하는 빛을 띠며 몸 움직임을 멈추었다.

"나는 상관말고 녀석들을 해치워!"

두억시니의 우렁찬 지시에 정신이 바짝 든 족제비와 또 한 사람의 지리산패는 죽음을 각오하고 칼을 뽑아 달려오는 갑자대원 두 명에게 돌진해 들어갔다.

"쨍강!"

지리산패와 갑자대 대원의 칼이 맞부딪치며 불꽃은 튕겼다. 꼬마들은 이 긴박한 상황에서도 도망가지 않고 멀찌감치 4명이 뒤엉켜 벌이는 혈투를 지켜보고 있었다. 그들은 지리산패가 틀림없이 이기리라는 확신을 지니고 있었기 때문에 오히려 불안감 없이 칼싸움을 구경할 수 있었다.

그러나 두억시니는 자기 수하를 도와줄 생각은 못하고 그 자리에서 천천히 다리를 구부리고 주저앉더니 풀썩 옆으로 쓰러지고 말았다.

"앗, 아찌가 쓰러졌다!"

"아니,아저씨! 어떻게 된거에요?"

자갈과 추월이가 비명을 지르며 두억시니를 껴안는다.

"애들아! 좀 비켜라."

그제서야 갑자대의 마지막 남은 두 명을 해치우고 온몸에 상대방의 피를 뒤집어 쓴 족제비가 달려오더니 재빨리 품속에서 단도를 끄집어내 두억시니의 어깨 상처를 열십자로 째더니 입을 대고 피를 빨아냈다. 표창에 바른 독이 온몸에 퍼지기 전에 입으로 빨아내려는 것이다.

"퉤! 퉤!"

피를 입으로 빨아 내뱉는 작업이 진행됐으나 두억시니는 눈을 뜨지 않았다.

"으아앙! 아찌가 죽었다. 아찌가……."

"아저씨! 아저씨!"

꼬마들은 두억시니를 둘러싸고 울음보를 터뜨렸다.

"아저씨는 우리들 때문에 돌아가신 거야."

눈물범벅이 된 얼굴로 울부짖는 추월의 말을 듣고 족제비는 깜짝 놀랐다.

"아니…… 추월아 네가 어떻게 그걸……."

흑흑 흐느끼며 추월은 두억시니의 복면에 볼을 비비며 넋두리 하듯 말한다.

"아저씨는…… 그 표창을…… 피하실 수 있었어요. ……아시잖아요. 아저씨가 얼마나 무예에 뛰어난 분이신지……."

족제비는 신기한 것을 바라보듯 추월의 얼굴에 시선을 고정하고 있었다.

"…… 우리 때문이에요 …… 우리가 뒤에 있었기 때문에 그 표창을…… 피하지 않으신 거에요. 우리를 대신해서 표창을 맞으신 거에요."

추월의 눈은 정확했다. 마지막 남은 갑자대의 두 명이 독 바른 표창으로 두억시니를 노릴 때 결코 실패하지 않은 비결이란 두억시니가 자신의 안전을 위해 꼬마들을 위험에 노출시키지 않으리라는 것을 악용하는 것이었다. 목숨을 버린 두 갑자대원의 기습은 성공한 셈이다.

＊

동학군과 관군 사이에 전주화약이 맺어진 다음날 아침 일찍이 전주성 동문으로부터 소달구지에 관 하나가 실려 슬그머니 빠져나갔다.

전쟁을 치르고 난 뒤라 관이 실려나가는 것이 새삼스러운 일은 아니다. 그러나 한 가지 이상한 것은 농군 차림의 건장한 사나이 몇 명이 눈에 안 띄게 거리를 두면서 그 관이 실린 소달구지를 호위하듯 사방을 살피며 어디론가 향하고 있다는 점이었다.

소달구지가 빠져나갈 때 동문 밖에서 서성거리고 있던 삿갓 쓴 사나이 한 명이 날카로운 눈을 빛내며 그 광경을 지켜보고 있었다.

동학군 꼬마부대에 몸담고 있었던 자갈과 분이를 납치해서 함정을 파놓고 두억시니를 없애려다가 실패해서 줄행랑을 쳐 겨우 목숨을 건졌고 안핵사 이용태가 백성들을 못살게 구는데 앞장섰던 삼돌이가 삿갓으로 얼굴을 감추고 동문 밖에서 서성거리고 있는 것은 떠도는 소문의 진위를 가리기 위해서다.

'동학군의 군사 두억시니가 죽었다'는 소문이 바로 그것이다. 그러나 이 소문이 정말인지 아닌지를 확인할 방법이 없었다.

얼굴 없는 軍師 두억시니

　만약 두억시니가 정말 죽었다면 당연히 동학군은 모두가 슬픔에 잠기고 전봉준의 주도 아래 엄숙한 장례가 치러지는 것이 마땅하다. 하지만 장례는 치러지지 않았고 동학군의 군사들에게서도 슬픔의 기척은 찾아볼 길이 없었다.

　'그렇다면 두억시니가 죽었다는 것은 동학군이 일부러 흘린 헛소문일까? 관군과 화약이 맺어지고 동학군이 해산하고 난 뒤 관군의 자객으로부터 목숨을 보호하기 위해 이미 죽었다고 일부러 꾸며낸 소문이란 말인가?' 이런 짐작 저런 짐작을 하며 성문 밖에서 서성거리고 있던 삼돌이 앞으로 수상쩍은 소달구지가 관을 싣고 성을 빠져나갔으니 그의 눈에 불이 켜진 것은 당연하다.

　'필시 저 소달구지에 실린 관에는 사연이 있다. 혹시 두억시니의 시체가 저 관속에 담겨져 있는 것은 아닐까?' 삼돌이는 슬그머니 소달구지 뒤를 쫓기 시작했다.

　'저렇게 몇 명의 건장한 사나이들이 눈에 안 띠게 소달구지를 호위하고 있는 것 자체가 수상하다' 삼돌이는 전주성의 나머지 세 문에도 심복들을 변장시켜 염탐꾼으로 세워 놓았으나 공교롭게도 자신이 지키던 동문에 수상쩍은 소달구지가 나타난 것을 자신의 행운이라고 여겼다.

　천천히 성으로부터 멀어져 가는 소달구지의 뒤를 일정한 간격을 두고 삼돌이는 뒤쫓아가고 있었다.

＊

　삼돌이가 추측한 대로 소달구지에 실린 관속에는 거의 숨이 끊긴 두억시니의 몸이 담겨져 있었다.

　마지막 갑자대원이 던진 독 바른 표창을 두억시니는 피할 수 있었으나 자신의 뒤에 있던 어린이들을 보호하기 위해 그 표창을 맞고 쓰러졌을 때 심복인 족제비에게 단 한마디 '내가 죽더라도 비밀로 하라' 고 말하고는 의식을 잃어버렸다.

모두가 아연한 가운데 그러나 족제비는 침착함을 잃지 않았다. 그는 재빨리 품 속에서 알약 하나를 꺼내더니 제 입으로 잘근잘근 씹은 다음 두억시니의 입을 열어 그 약을 손바닥으로 흘려 넣고는 가슴을 탕! 탕! 몇차례 쳤다. 두억시니의 목젖이 움직이면서 그 약을 꿀꺽 삼키는 듯했으나 끝내 깨어나지는 못했다. 그 모습을 지켜본 족제비는 그 자리에 있던 모든 사람들에게 못을 박았다.

"군사가 쓰러졌다는 사실을 아무에게도 알리지 마시오. 군사의 마지막 유언이오."

눈물범벅이 된 자갈, 분이 등 꼬마들 그리고 두억시니를 그렇게 따르던 나이 어린 작부출신의 추월이, 동학군의 군사들은 족제비의 이 말에 일제히 고개를 끄덕였다.

꼬마들 딴에도 무엇인지 모르지만 지금 두억시니의 죽음이 밖에 알려져서는 안 된다는 긴박감을 느낀 모양이었다.

"무엇이? 군사가……?"

두억시니가 독이 묻은 표창에 쓰러졌다는 보고를 받은 전봉준은 깜짝 놀라 말을 잇지 못했다. 그러나 족제비가 귀엣말을 몇 마디하고 나니 그제서야 냉정을 되찾았다.

"두령의 시체를 모시고 저도 지리산으로 들어가겠습니다. 두령의 역할은 두령과 몸집이 비슷한 불곰이 맡아서 해낼 것입니다. 그러나 한 가지만 유념해 주십시오."

"한 가지를 유념하라고?"

"네, 그렇습니다. 복면을 쓴 불곰은 두령과 매우 비슷합니다. 그러나 목소리가 다르기 때문에 불곰과의 대화는 단 둘이 계실 때만 하시거나 귀엣말로 하셔야 합니다."

족제비의 머리는 빠른 속도로 돌아가고 있었다. 두억시니의 유고를 감춘다 해도 그의 모습이 보이지 않으면 사람들이 수상히 여길 것은 뻔했기 때문에 지리산패 가운데 두억시니와 몸집이 비슷한 불곰을 두억시니로 변장시키려는 것이었다.

"두령에게는 못 미치나 다행히 불곰의 무예도 매우 뛰어나므로 장군께서는 안심하셔도 됩니다. 그리고 지리산패 몇 명을 불곰의 보좌를 위해 두고 가겠습니다."

전봉준은 족제비의 말에 그저 고개만 끄덕였다.

'관군과 화약이 이루어졌기에 망정이지 군사를 잃고 관군과 또 한 차례 싸움을 치렀으면 어떻게 할 뻔했나?' 생각만 해도 식은땀으로 온몸이 젖을 노릇이었다.

*

동학군이 관군과 전주화약을 맺고 전주성으로부터 철수했다는 소식을 전보로 받은 일본 외무대신 무쯔는 고민에 빠졌다.

'동학군이 해산함으로써 내란이 수습된 조선에 일본이 대군을 보낸다는 것은 누가 생각해도 억지다' 그렇다고 청나라와 일이 터지고 난 뒤에 일본으로부터 군대를 증파해서는 때가 늦다.

'청나라의 산해관이나 대고로부터 조선의 인천에 직항하면 12~13시간이면 되지만 일본의 우지나 항으로부터 인천까지는 40시간이 넘어 걸린다. 아무래도 미리 상당한 병력을 조선에 상륙시켜 놓지 않으면 일이 터졌을 때 밀리기 쉽다' 무쯔는 그의 회고록에서 '그때 일을 돌이켜 생각하면 참담한 느낌이 든다'고 썼다.

아무튼 양력 6월 16일 이치노헤 소좌가 이끄는 일본군 제1차 파병대가 인천에 도착했고 이어 오오시마 소장이 지휘하는 오오시마 혼성여단이 들어와 인천의 일본군은 급격히 불어났다.

일본의 대군이 도착한 것을 알고도 아산에 주둔하고 있던 청국군은 꼼짝하지 않았다. 따라서 서울의 각국 외교단이 청국군의 존재에는 신경을 쓰지 않았지만 3천 명이 넘는 일본군이 서울의 용산 지구로 들어온 데 대해서는 강한 위협을 느끼고 일본정부의 속셈에 의혹을 품게 된 것은 당연하다.

"청국군은 지방에 조용히 주둔하고 있으면서 동학란의 마무리를 지켜보고 있는데 왜 일본은 동학란과 아무 상관도 없는 서울에 대군을 끌고 들어온 것일까? 도대체 일본군의 속셈은 무엇이란 말이냐?"

"그렇지 않아도 조선정부가 많은 일본군의 조선 진압에 항의를 제기했는데도 그들은 귀를 기울이지 않고 있다는군."

"아무래도 일본은 청나라와 조선에서 한바탕 전쟁을 치룰 속셈인 것 같아."

"청나라의 세력을 조선에서 몰아내고 일본은 조선을 장악하려는 것이겠지."

서울에 주재하고 있는 각국의 외교관들은 만나는 자리가 있을 때마다 서로 정보를 교환하면서 일본군이 어떻게 나올 것인가를 지켜보고 있었다.

조선에 많은 군대를 파견해 놓고 물러설 생각이 없는 일본은 청국에 대해 '일본과 청국의 두 나라 군대가 협력해서 먼저 조선의 내란을 진압하자. 그 뒤에 또다시 내란이 일어나 동양평화의 유지를 방해하는 일이 없도록 일본과 청국 두 나라는 상설위원 약간 명씩을 내놓아 조선의 내정을 개혁하자'고 제안했다.

청국이 이 제의를 받아들일 까닭이 없다. 양력 6월 21일 청국은 일본의 제안을 거절한다는 공식회답을 보냈다.

거절의 이유는 다음 세 가지였다.

첫째, 조선의 내란을 이미 평정됐음으로 청국과 일본의 군대가 협력해서 이를 진압해야 될 필요가 없다.

둘째, 조선의 개혁은 조선 스스로가 할 일임으로 청나라조차 그 내정에는 관여하지 않고 있다. 하물며 조선을 자주의 나라로 인정하고 있는 일본에게 내정에 간섭할 권한은 없다고 본다.

셋째, 천진조약은 '조선의 사변이 평정되면 각각 그 군대를 철수한다.'고 규정해 놓았다. 따라서 이번에 청국과 일본 두 나라가 철병하는 것은 당연하며 논의의 여지가 없다.

청국의 주장은 이치에 맞는 것이었으나 거절을 기다리고 있었다는 듯무쯔 일본 외무대신은 다음날인 22일 청국이 열거한 항목 모두에 논박을 가하는 공문을 청국공사에 보냈다.

그 공문 안에는 '현재 조선에 머무르고 있는 일본군은 결코 철수하지 않겠다. 앞으로 청국이 어떤 방향으로 나가든지 일본은 홀로 스스로가 믿는 방향으로 나가겠다' 고 뚜렷이 적었다. 일본이 드디어 그 야욕을 겉으로 나타내고 날카로운 이빨을 드러낸 것이다.

＊

전주화약이 이루어지고 두억시니의 시체가 소달구지에 실려 전주성을 빠져나간 뒤 전봉준도 기마병 20여 명을 이끌고 전주성을 떠나 금구, 김제를 거쳐 태인으로 갔다.

동학군이 내세운 12가지 폐정 개혁안을 실천시키기 위해 각 고을을 돌기 시작한 것이다.

"저길 봐. 녹두장군이다. 전봉준 장군이다."

"그 옆에 복면을 쓴 건장한 장사가 군사인 두억시니 장군이야."

사람들은 복면 쓴 사나이가 두억시니 아닌 불곰이라는 사실을 알 까닭이 없었다. 전봉준과 그의 참모들은 이제 호남의 농민들에게는 영웅이자 우상이었다.

전봉준이 이끄는 동학군이 내세운 폐정개혁안 12가지는 다음과 같은 것이었다.

① 도인(동학을 믿는 사람)과 정부 사이에서는 묵은 감정을 씻어버리고 서정에 협력할 것.

② 탐관오리의 죄목을 조사하여 하나하나 엄하게 벌할 것.

③ 횡포한 부호들을 엄하게 벌할 것.

④ 못된 유림과 양반들을 징벌할 것.

⑤ 노비문서는 불태워 없애버릴 것.

⑥ 칠반 천인(관아에 매어 있던 일곱 가지 천한 구실로 관아의 하인, 죄인에게 매질하거나 죄인을 압송하던 관아의 하인, 물건 실어 나르는 배의 일꾼, 배를 타고 바다에서 싸우는 군사, 봉화를 올리는 일을 맡아보던 군사, 역에 딸린 심부름꾼, 지방관아의 심부름꾼)의 대우를 개선하고 백정머리에 씌우는 평양립이라는 패랭이를 벗게 할 것.

⑦ 청춘과부의 재혼을 허락할 것.

⑧ 무명잡세는 모두 폐지할 것.

⑨ 관리의 채용은 지방의 연고에 따르지 않고 능력에 따른 인재 위주로 할 것.

⑩ 왜와 내통한 자는 엄하게 벌할 것.

⑪ 공사채를 막론하고 지난날의 빚은 모두 무효로 할 것.

⑫ 토지는 고루 나누어 갈아먹게 할 것.

위의 12가지 폐정개혁은 모든 백성들이 바라는 바였다.

동학군이 빠져나간 뒤 전주성에 들어간 관군은 민간인들의 소와 돼지를 빼앗아다가 잡아먹고 배를 채운 뒤 일부 군사만 남겨두고 홍계훈은 곧 서울로 돌아갔다. 홍계훈은 진저리가 나는 동학군과의 대결이 화약으로 피할 수 있게 되자 얼씨구나 하고 서울로 올라가버린 것이다.

자연 지방통치에는 공백상태가 오게 됐고 전봉준은 그 공백을 메우려 지방행정을 장악하기 위해 태인 말고도 장성, 담양, 순창, 옥과, 남원, 평창, 순천, 운봉 등지를 부지런히 돌았다.

같은 시기에 손화중은 광주 장성 쪽으로 내려가 전라우도를 장악했고 김개남은 전봉준의 뒤를 따라 순창, 옥과, 담양, 곡성 등지를 거쳐 남원에 들어가 전라좌도를 지배하게 됐다.

※

'필시 저 삿갓 쓰고 따라오는 녀석이 삼돌이렸다' 두억시의 시체가 담긴 관을 실은 소달구지를 몇 사람의 지리산패와 호위해가면서 맨 꽁무니에 쳐져 있는 족제비는 전주성 안으로부터 자기네들을 몰래 따라오는 삿갓 쓴 사나이를 일찍부터 살펴보고 있었다.

'흐흠! 삼돌이 녀석, 군사에게 무슨 변이 일어난 것을 눈치 채고 그 사실을 확인하기 위해 따라오고 있는 것이로구나' 초여름의 푸르름이 짙어져 가는 시골길을 지리산 쪽으로 향하고 있는 소달구지를 수상하게 보는 사람은 아무도 없었다.

그도 그럴 것이 그때는 자칫하면 병으로 사람이 죽어갔고 난리 통에 죽음이란 일상생활에서 자주 일어나는 일이었기 때문에 관이 실린 소달구지가 특별히 눈길을 끌 까닭이란 아무것도 없었다. 지리산패의 무예솜씨를 익히 알고 있는 삼돌이는 너무 가까이 다가서면 미행을 들킬 뿐 아니라 자신의 목숨이 위태롭기 때문에 늘 일정한 간격을 두고 소달구지를 따라가고 있었다.

'만약 저 소달구지에 실린 관속에 두억시니의 시체가 담겨져 있다는 것만 확인하면 나는 큰 상을 받을 수 있게 된다' 물욕에 눈이 어두운 삼돌이는 위험을 무릅쓰고 소달구지 뒤를 꾸준히 따라갔다.

난리를 치렀는데도 길은 오가는 서민들의 움직임에는 삶의 집념이 불타고 있는 활기가 있었다.

이 와중에서도 혼사를 치르기 위해 조랑말을 타고 가는 신랑의 모습이 보이는가하면 엿목판을 지게에 싣고 엿을 파는 엿장수가 꼬마들의 부러운 눈초리를 받기도 했다.

'어! 오늘이 이곳의 장날인 모양이로구나. 사람들이 북적대고 있는 것을 보니……' 장터의 북적대는 분위기에 잠시 삼돌이가 관심을 빼앗긴 것이 그에게는 큰 실수였다.

다시 소달구지에 시선을 돌렸을 때는 맨 끝에서 호위해가던 족제비의 모습이 보이지 않았다.

'아차! 이게 어찌된 일인가?' 삼돌이도 남몰래 뒤따라가는 미행에는 도가 트인 사나이다.

조금 전까지만 해도 자신의 시야에 들어왔던 지리산패 한 명이 감쪽같이 사라진 사실에 바짝 긴장하지 않을 수 없었다. 걸음을 잠시 멈춘 삼돌이가 사방을 두리번거리며 사라진 지리산패 한 사란이 어디 갔는지 살펴보고 있을 때 낯익은 목소리가 가까이서 들렸다.

"여어! 이거 삼돌이 아닌가. 참으로 오래간만에 만나는군."

길가 버드나무에 기대 팔짱을 끼고 있던 족제비가 삼돌이에게 말을 건 것이다.

"앗!"

삼돌이는 심장이 입을 통해 밖으로 튀어나올 만치 깜짝 놀랐다. 잠깐 한눈을 판 사이에 족제비가 잽싸게 버드나무 뒤에 숨어서 자기를 기다리고 있었으니 놀랄 수밖에 없는 일이다.

어떻게 하면 이 위기에서 벗어날 것인지를 궁리하면서 삼돌이는 슬금슬금 뒷걸음질을 치기 시작했다.

"삼돌이 자네는 아직도 마음을 고치지 못했군. 저 관속에 누가 누워있는지 궁금해서 따라온 것이겠지?"

족제비의 칼이 닿지 않을 만큼 거리를 벌린 삼돌이는 징그러운 웃음을 띠더니 품에서 육혈포를 꺼내 족제비에게 겨냥했다.

"그래 관속이 궁금해서 따라왔다. 네가 아무리 지리산패라 해도 이 육혈포를 당할 수야 없겠지. 어디 내 손에 죽어보겠나?"

순간 족제비의 몸이 번개처럼 옆으로 이동하면서 날이 날카로운 별 모양의 큰 표창을 날렸다.

"쌔앵!"

바람을 가르며 회전하면서 날아간 별 모양의 큰 표창이 육혈포를 쥔 삼돌이의 손목을 절단해 버렸다.

"으악!"

비명소리를 지르며 오른손목을 왼손으로 움켜쥐고 쓰러지는 삼돌이의 몸이 채 땅에 구르기 전에 또 하나의 뾰족한 표창이 날아가 허공에 뜬 삼돌이의 권총 쥔 손목을 느티나무에 꽂아 버렸다.

이 광경을 지켜보던 사람들은 순식간에 펼쳐진 족제비의 신기에 벌어진 입을 다물 줄 몰랐다.

"삼돌이! 목숨만은 살려줄 테니 마음을 고쳐먹고 착한 사람이 되게."

족제비는 아무런 일도 없었다는 듯 저만치 가고 있는 소달구지의 뒤를 다시 쫓아갔다.

✳

동학란을 빌미로 조선에 출동한 청국과 일본 두 나라의 군대가 언제 전쟁으로 치달을지 모르는 긴박한 분위기 속에서 유럽 여러 나라와 미국 등은 두 나라 사이에서 문제를 평화적으로 해결하려는 움직임을 보였다.

그러나 근본적으로 여러 나라의 뜻은 침략야욕에 불타는 일본의 적극적인 군사행동을 견제하려는 것이었다.

중국의 이홍장으로부터 의뢰를 받은 러시아는 일본과 청국 두 나라에 각각 철병할 것을 권고했고 일본에 대해서는 '만약 이 권고를 거부할 경우에는……'이라고 위협까지 가했다.

그러나 러시아도 격렬한 태도로 경고하는데 그쳤을 뿐 그 이상의 행동은 취하지 않았다.

만약 그때 러시아가 보다 적극적인 태도로 청국과 손잡고 일본과 전쟁을 치르는 것도 마다하지 않겠다고 나섰다면 동북아시아의 역사는 어떻게 달라졌을지 모를 일이다.

러시아가 청국과 일본 사이의 조정에 나섰다는 소식을 들은 영국은 러시아의 영향력이 강해질 것을 경계해서 따로 움직였다. 영국은 청국의 화평책을 지지하고 나섰다.

영국이 청국을 지지한 것은 일본과 청국의 충돌은 극동에 있어서 영국의 권익에 바람직하지 못하다고 여긴 데다 전쟁이 일어나면 청국이 틀림없이 이기리라 믿었기 때문이다.

그러나 영국의 조정도 일본 측의 전쟁으로 치닫겠다는 강한 의지 그리고 청국의 복잡한 국내문제 때문에 성공을 거두지 못하고 만다.

청국은 서태후가 막강한 권력을 쥐고 있는 가운데 국내에 여러 가지 어려운 문제를 안고 있어 일본과의 대결에 나라 안의 뜻을 하나로 통일하지 못하고 있었다.

강대국 러시아와 영국의 조정이 열매를 맺지 못하자 다른 나라들도 당분간 두고 보자는 태도였다. 일본으로서는 또 다른 나라가 나서기 전에 청국과의 전쟁에 돌입해야겠다고 조바심을 피고 있었다.

✳

"청국과 전쟁을 벌이기에 앞서 조선에 우리의 뜻대로 움직이는 꼭두각시 정권을 만들어야 되지 않겠소?"

서울주재 공사 오오또리를 중심으로 일본공관의 간부들은 일본의 뜻에 따르는 꼭두각시 정권의 우두머리로 누구를 앉힐 것이냐를 놓고 논의했다.

"조선국민들에게 영향력이 있고 우리 뜻에 따를 인물이라야 되는데……."

"공사! 대원군을 내세우면 어떻겠습니까?"

스기무라 서기관이 궁리 끝에 대원군을 천거했다. 대원군은 스기무라 서기관하고 친분이 있는 데다 아직도 대중들에게 인기가 있으며 국왕의 친아버지인 것을 감안해서 그에게 정권을 맡기는 것이 좋겠다는 데에 의견이 일치했다.

얼굴 없는 軍師 두억시니

민비를 중심으로 한 민씨 일족에게 밀려나 운현궁에서 유폐나 다름없는 나날을 보내고 있던 대원군에게 오까모또라는 낭인이 밀사로서 보내졌다.

대원군을 설득하는 데에도 스기무라 서기관이 가장 알맞은 인물이었으나 현역 외교관인 그가 자주 운현궁에 드나드는 것은 남의 눈에 띄어 바람직하지 못하다 해서 오까모또가 그 역할을 맡은 것이다.

"대감(대원군)께서 정권을 장악하셔서 나라의 정치를 개혁하고 못되게 굴었던 민씨 일족을 내쫓는 기회를 놓쳐서는 안됩니다."

민비와 그 일족에 대한 대원군의 미움을 잘 알고 있는 오까모또는 대원군이 즉석에서 기꺼이 설득에 응할 것이라 여기고 있었다. 그러나 대원군은 입을 굳게 다물고 아무 말이 없다. 날이 갈수록 오까모또는 초조해지지 않을 수 없었다.

양력 7월 22일 밤 서울 용산에 주둔하고 있던 일본군 일부가 경복궁에 난입해서 호위병들의 저항을 배제하고 왕궁을 점령해 버렸다.

국왕이 일본군의 세력 아래 들어가고 만 것이다. 일본군의 왕궁 점령 직후 스기무라 서기관은 운현궁으로 들어갔다.

"대원군께서는 곧 왕궁에 들어가셔야 합니다."

스기무라가 종용하자 대원군은 그때까지의 태도를 바꾸어 한 가지 조건을 내놓고 그 조건을 일본측이 받아들인다면 자신이 정권을 맡겠다고 대답했다. 그 한 가지 조건이란 '이번 조선 왕궁 점령이 일본이 주장하듯 의거라면 당신은 일본 황제를 대신해서 우리 국토를 한 치라도 빼앗지 않겠다고 약속할 수 있겠소?' 라는 것이었다.

스기무라 서기관은 그 자리에서 붓을 들어 한문으로 '결코 일본은 조선의 국토를 빼앗는 짓은 하지 않겠습니다' 라고 써서 서명한 뒤 대원군에게 건네주었다.

이렇게 해서 대원군은 일본의 요구를 받아들여 다시 정권을 맡게 된다.

　무겁고 어두운 분위기가 방안을 지배하고 있었다. 일본공사 오오또리의 계획에 따라 용산에 주둔하고 있던 일본군 일부가 경복궁에 난입해서 왕궁을 점령한 뒤 운현궁에 묻혀있던 대원군을 끌어내 새로운 정권을 세웠으니 민비와 일족에게 이보다 더 큰 재난은 없는 셈이었다.

　그동안 민비와 민씨 일족에게 밀려나 불우한 나날을 보내왔던 대원군이 이제 칼자루를 쥐게 됐으니 어떤 보복을 가할지 모르는 일이었다.

　아무리 밉더라도 민비는 왕비이고 보면 당분간 정치의 실권을 빼앗기는 것만으로 지나갈 수 있을지 모르지만 나머지 민씨 일족에게는 가차없이 복수를 가할 것은 불을 보듯 뻔했다.

　"기어이 일본이 일을 내려는 것 같소."

　민비는 탄식하듯 말했다. 영의정 민영준을 비롯 민치현, 민응식 등 민씨 일족의 중진들의 표정은 모두 암울했다.

　"대원군이 다시 집정에 복귀했으니 무엇보다도 중전마마께 어떤 해코지가 있을까 두렵습니다."

　민영준이 그래도 자신들의 안전보다도 민비의 앞날을 가장 걱정하듯 말했다.

　"염려해 주셔서 고맙소. 하지만 저보다도 여러분들이 걱정입니다. 저야 명색이 국모가 아닙니까. 당장은 아무 일 없을 것입니다."

　영리한 민비는 사태가 어떻게 돌아가고 있는 것과 시아버지인 대원군의 속셈을 정확하게 꿰뚫어보고 있었다.

　"일본은 국태공(대원군)을 내세워 청나라와 우리나라의 관계를 끊으려들 것입니다. 그리고 마치 조선의 요청에 따른 것처럼 꾸며 청나라 군대를 몰아내는 전쟁을 일으킬 것입니다."

　민비의 이 말에 그 자리에 있었던 민씨 일족은 온몸에 소름이 끼쳤다.

　"일본은 장차 이 나라를 통째로 삼키려 하고 있습니다. 지금까지 우리가 청나라를 상국으로 받들던 것과는 달리 일본은 아예 조선이라는 나라를 없애고 식민지로 삼으려 하고 있소.”

민비의 통찰력은 무서울 정도였다. 실제로 민비가 내다본 대로 일본은 움직이고 있었다.

“국태공도 막판에는 일본에게 이용당하는 허수아비 노릇으로 삶을 마감하게 되실 것이고……”

말을 멈춘 민비는 지그시 눈을 감고 대원군이 민씨 일족을 거세한 뒤에는 자신을 국모의 자리에서 물러나게 할 것이라고 생각했다. 어두운 분위기를 떨쳐버리려는 듯 민영준이 민비와 민씨 일족에게는 반가운 소식을 그제야 전했다.

“중전마마. 동학군의 군사인 두억시니란 자가 죽었답니다.”

이 경황 속에서도 두억시니가 죽었다는 보고는 놀라움으로 받아들여졌다.

“뭐요? 그게 사실이요? 그 문둥이군사가 죽었소?”

민비가 눈을 빛내며 큰 시름 가운데 하나를 덜었다는 반응을 나타냈다.

“그렇습니다 여러 가지 정보를 종합해 보면 분명 두억시니의 시체가 담겨진 것으로 보이는 관이 소달구지에 실려 지리산으로 향했다는 보고가 들어 왔습니다.”

“여러분, 어떤 어려운 일이 있어도 참고 견뎌내셔야 합니다. 저도 왕궁 깊숙이 틀어박혀 세상이 달라질 때를 기다리렵니다.”

민영준의 이야기를 듣고 고개를 끄덕인 민비는 모임의 마무리라도 짓듯이 말을 했다.

*

민비가 내다본 대로 일본의 오오또리 공사는 일본군의 무력을 배경삼아 조선정부를 협박해서 억지로 ‘청국군 철수 요구’를 조선정부가 내리도록 만들었다.

대원군 정권이 수립되기 사흘 전인 1894년 7월 20일에 일본의 대본영은 조선에 이미 파견되어 있는 혼성여단의 오오시마 소장에게 '청국군이 증강되면 주력부대를 동원해 눈앞의 적을 격파하라' 는 명령을 내렸다.

그 명령에는 '7월 22일 사세보 항을 출항하는 연합함대에 청국군의 수송을 극력 막아내라는 명령을 내렸다' 고 덧붙여져 있었다.

청나라에게 선전포고하기 전에 이미 일본은 실질적인 전투명령을 내리고 있던 셈이다. 오오시마 소장도 우세한 청국군이 평양에 몰려들고 있다는 정보를 입수하고 있었다.

그래서 일본의 혼성여단은 아산과 평양의 청국군에게 협공당할 것을 피하기 위해 먼저 주력 부대로 아산의 청국군에게 선제공격을 가해 깨뜨린 뒤 평양으로 진군하기로 결정짓고 있었다.

그러나 군사행동을 일으키기 위해서는 명분이 있어야 되기 때문에 조선정부에 압력을 넣어 '청국군 철수 요구' 를 내도록 만든 것이다.

서울에 주재하고 있는 각국 외교관들은 조선정부가 청나라에 군대철수를 요구한 것은 일본의 압력에 의한 것임을 잘 알고 있었다.

오오또리 공사가 조선정부에 요구한 것은 청국군 철수뿐만이 아니었다. 청나라와 조선의 통상협정 철폐를 청나라에 알리도록 만들었다.

일본 외무대신 무쯔는 '조선은 공식적으로 청나라와의 조약을 폐기하겠다고 밝혔으며 또 국왕은 오오또리 공사에게 아산에 주둔하고 있는 청국군을 내쫓아주도록 도와달라고 요청했다' 고 모든 것이 조선정부 스스로의 뜻에 따른 것처럼 공식적으로 밝혔다.

그러나 무쯔는 7월 27일 오오또리 공사에게 '아산에 주둔하고 있는 청국군 토벌을 조선정부가 의뢰하도록 꾸미고 또 조선과 청나라 사이의 조약을 폐기하도록 만든 공사의 수완을 높이 평가한다' 는 글을 보냈다.

같은 글에서 무쯔는 앞으로 일본이 조선에 대해 취할 태도를 '조선에 대해서는 은위(은혜와 위엄) 및 정략으로 나가야겠으나 오늘날처럼 고압적인 정략을 취해온 이상 한 발자국도 뒤로 물러날 수 없으니 당분간은 은혜보다 오히려 위압적으로 협박하는 것이 필요하다' 고 썼다.

그뿐이 아니다. 전쟁에서 이기고 난 뒤에 더 실속 챙길 것을 잊지 말도록 무쯔는 당부해 놓았다.

'우리 일본이 많은 군대를 동원하고 많은 비용을 들였는데도 결과적으로 전쟁에서 아무것도 얻은 바 없이 끝나고 만다면 국민들의 반발을 면하기 어려울 것이다. 따라서 이미 이야기해 두었던 대로 실제 이익을 얻을 수 있는 사업을 일본이 차지할 수 있도록 수단을 다해야 할 것이다' 라고 빈틈없는 주의를 오오또리 공사에게 일러 주었다.

폐결핵에 걸려 있던 무쯔는 병상에 누워있었다. 오오또리 공사에게 보내는 긴 편지도 자리에 누운 채 비서에게 받아쓰도록 한 것이었다.

죽을 날만 기다리면서도 일본의 외무대신 무쯔는 어떻게 하면 청나라와 전쟁을 벌이고 무찌른 뒤 조선을 집어삼킬 수 있을 것인가 만을 생각하고 있었다.

*

"누아! 아찌는 안 죽었지?"

자갈이 사뭇 근심스럽다는 표정으로 추월이에게 묻는다. 나이가 어린 탓에 아직도 혀가 짧은 자갈은 '누나' 를 '누아' 라고 밖에 부르지 못한다.

자갈의 질문을 받은 추월은 순간 움찔하더니 한동안 말이 없다가 입을 열었다.

"그래, 자갈아! 두억시니 아저씨는 안 돌아가셨어."

확신에 찬 말투로 단호하게 말하는 추월이의 대답을 듣고 금새 자갈의 얼굴에는 밝은 표정이 퍼진다.

"그래! 그래. 아찌는 안 죽었어. 아찌가 얼마나 센 장군인데……."

자갈은 자신이 안고 있던 불안을 추월의 말에 힘입어 떨쳐버리려는 듯 스스로에게 타이르고 있었다.

'아찌는 안 죽었어. 죽을 까닭이 없어' 입이 가볍고 생각이 짧은 촉새
가 이때 가만히 있었으면 좋았을 텐데 자갈의 마음을 뒤흔들어 놓는다.

"임마! 아저씨는 죽었어. 우리 앞에서 쓰러지고 난 뒤 전혀 모습을 볼
수 없지 않아. 안 죽었으면 왜 안 나타나?"

분이를 비롯한 동학군 꼬마부대의 어린이들은 두억시니 아저씨가 살아
있었으면 하는 기대를 무참히 깨뜨리고 있는 촉새에게 곱지 않은 시선을
보내고 있었다.

전주화약이 성립되고 난 뒤 두억시니의 시체를 담은 관이 소달구지에
실려 전주성을 빠져 나갔고 생전의 두억시니가 미리 지시했던 대로 갈
곳 없는 꼬마들은 지리산패의 본거지인 지리산에 들어와 있었다. 상큼한
녹음이 짙은 지리산에서 꼬마들을 족제비와 몇 사람의 지리산패가 그들
을 보살폈다. 매 끼니는 추월이가 챙겨서 먹이고 있었다.

꼬마들은 하루 종일 재미있게 뛰어 놀다가도 쉬는 시간이나 잠잘 때면
모두 약속이나 한 듯 두억시니를 보고 싶어했다. 불우하게 자란 아이들이
었다. 부모가 아예 없거나 부모 가운데 한쪽만 있었거나 아버지가 있더라
도 자상하게 자식을 돌볼 겨를이 없는 경우가 많았던 어려운 집안의 아
이들이었다.

따라서 아무리 어려운 상황 속에서도 잊지 않고 때때로 떡이나 엿 등
먹을 것을 구해다 주고 스스럼없이 함께 놀아주었던 두억시니는 꼬마들
이 꿈속에서나 그려 볼 수 있는 보고 싶은 아버지와 같았었다.

그래서 그들은 두억시니가 문둥이건 아니건 상관하지 않고 틈만 있으
면 두억시니에 매달리며 놀아 왔다. 두억시니 아저씨와 노는 동안 그들은
말할 수 없이 행복했었다.

전주성에서 두억시니가 갑자대원이 던진 독 바른 표창에 쓰러졌을 때
만 해도 곧 회복되어 다시 자기네들과 놀아주리라 여겼던 꼬마들은 하루
지나 이틀이 지나고 여러 날이 흘렀는데도 모습을 나타내지 않은 두억시

　　　　　　　　　　　　　　　　얼굴 없는 軍師 두억시니

니의 생사에 차츰 의문과 불안을 품기 시작했다.

그래서 그 의문 어린 불안을 해소하기 위해 자갈이 추월이에게 '아저씨는 살아있다' 는 이야기를 듣고 싶어했고 추월이는 자갈이 기대했던 대답을 해주었으나 나서기 좋아하는 촉새가 '아저씨는 죽었다'고 판을 깨뜨려버린 것이다.

논리적으로 따진다면 촉새의 이야기가 맞는다. 살아있다면 나타났어야 할 두억시니가 여러 날이 지나도 보이지 않고 또 어디에 가 있다는 이야기도 들려주지 않으니 죽었다고 여기는 것이 당연한 노릇이었다.

하지만 어린이들은 한결같이 두억시니 아저씨의 죽음을 인정하고 싶지 않았다. 자기네들의 아버지나 다름없는 두억시니의 죽음이란 결코 있어서는 안 될 일이었다.

"아냐! 아찌는 안 죽었어! 이게……."

몸집으로나 힘으로나 도저히 당할 수 없는 촉새에게 자갈은 있는 힘을 다해 달려들었다.

"앙! 앙! 아찌는 안 죽었어. 이 나쁜 놈아!"

자갈은 분을 참지 못해 울음을 터뜨리면서도 과감히 촉새에게 주먹을 휘둘렀다. 허를 찔려 자갈의 주먹에 몇 대 맞은 촉새가 정신을 가다듬고 자갈을 밀쳐 넘어뜨린 뒤 덤벼들려고 하자 굵은 팔이 촉새를 막았다.

"그만! 그만! 싸우면 안 된다."

족제비의 눈이 복면 속에서 웃고 있었다. 아까부터 사태가 어떻게 돌아가는지 지켜보고 있었던 족제비가 더 이상 내버려두어서는 안 되겠다고 생각하고 나선 것이다.

그대로 내버려두었더라면 촉새가 자갈을 몇 대 때렸을지는 몰라도 자갈의 누나인 분이를 비롯, 다른 꼬마들이 일제히 촉새에게 달려들어 몰매를 때렸을 것은 뻔한 일이었다. 넘어졌던 자갈은 일어나면서 다시 추월이에게 물었다.

"누아! 아찌는 정말 안 죽었지?"

그다음 추월이의 입에서 나온 대답을 듣고 족제비는 몸이 얼어붙는 듯한 감동을 느꼈다.

"그래 자갈아! 아저씨는 안 돌아가셨어. 아저씨는 무슨 일이 있어도 우리 모두의 가슴에 영원히 살아계실 거야."

추월이의 이 말에 담긴 뜻을 제대로 알지 못하면서도 자갈은 고개를 끄덕이며 자신이 이겼다는 듯 가슴을 폈다.

"그것봐! 누아도 그러잖아. 아찌는 안 죽었어."

이 광경을 지켜보던 족제비는 꼬마들에게 무슨 말을 해줄까 하다가 아직은 빠르다는 생각에 그만두었다.

＊

전주화약이 이루어진 뒤 동학군은 전주성에서 물러났고 군사들도 제각기 고향으로 돌아갔으나 동학군의 조직이 해산된 것은 아니었다.

동학군은 각 고을마다 집강소를 두어 그동안의 잘못된 정치를 바로 잡기 위해 힘을 썼다. 이 집강소란 본래 지방행정을 원활히 수행하기 위해 수령의 보조기구로서 면, 리 단위에 두었던 집강에 근원을 두고 있다.

동학군은 전주화약 이후 지방통치를 위한 조직으로서 집강소를 두고 오랫동안 그들이 바래왔던 농민을 위한 정치를 펼쳐나갔다.

오지영이 쓴 『동학사』에는 각 지방에 동학군의 통치가 퍼져나가게 된 상황을 다음과 같이 썼다.

　이로부터 전라도 53주에는 한 고을도 빠짐없이 모두 집강소가 마련되어 민간통치의 온갖 정사가 집행되기에 이르렀다. 하지만 동학군이 내세운 12가지 잘못된 정치를 바로잡는 일을 실행하는 데는 어려움이 많았다.

　한편으로는 관리의 여러 가지 문서를 검열하며 한편으로는 백성들의 소장(청원할 일이 있을 때 관청에 내는 서면)을 처리하며 한편으로는 동학의 전도

얼굴 없는 軍師 두억시니

에 힘쓰며 한편으로는 관민 간에 남은 무기와 말들을 거두어들이고 집강소에는 호위군을 세우고 만일의 사태를 경계했다.

이때에 전라도에서는 청소년까지 거의 모두 동학에 들어 접(接)을 조직하게 됐다. 이러한 기세를 따라 부랑자들이 한데 섞여 들어온 것도 물론 많았으며 그로 인하여 온갖 못된 짓을 저지르는 일이 많이 일어난 것도 피할 수 없는 일이었다.

이로부터 동학군에 비평은 자못 여러 갈래로 갈라졌다. 동학군들은 귀천빈부의 차별이 없다느니 적서노주(嫡庶奴主)의 차별이 없다느니 내외존비의 차별이 없다느니 하는 비평이 있는가 하면 동학군은 나라의 역적이요, 유도(儒道)의 난적이요, 부자의 강적이요, 양반의 구적(원수)이요 라는 비평도 있었다.

동학군의 눈 아래는 정부도 없다고 할 만치 동학군의 기세는 날로 성하여 동으로 경상도가 흔들리고 북으로 충청도, 강원도, 경기도, 황해도, 평안도까지 뻗쳐 들어가는 모양을 보고 조선에는 장차 큰 반란이 일어나고 말리라고 사람들은 수군거렸다.

중앙정부가 일본의 무력에 대해 잔뜩 움츠려들고 있는 데다 지방의 수령들도 소신을 지니고 자기 고장을 다스리는 인물이 적었기 때문에 동학의 기세는 날로 드높아가고 있었다.

지방관아의 하급관리들은 물론 수령들까지도 동학군이 지나갈 때마다 소를 잡고 술을 준비하여 동학군의 노고를 달래지 않으면 살아남기가 어려운 형편이었다.

구례현감 조규하는 자신의 관할지역에 오는 동학군마다 술자리를 베풀다가 동학군의 우두머리 가운데 한 사람인 김개남이 들어오자 그를 깍듯이 대접하고 아예 동학군에 들어갔을 정도다.

"이제 조선팔도는 동학이 판치는 날이 올거야."

"지금이라도 동학에 들어가지 않으면 기를 펴고 살기 힘든 세상이 되겠지."

"동학군은 벌써부터 뒷날 처단할 사람과 우대할 사람들의 이름을 각각 가려서 기록하고 있다는군."

여러 가지 이야기가 백성들의 입에 오르내릴 만치 세상은 어지럽기만 했다.

＊

관군과 동학군 사이에 화약이 이루어졌는데도 더욱 바빠진 것은 두억시니로 변장한 불곰이었다.

오지영이 『동학사』에 기록한 대로 동학의 이름을 빌려 행세하기 위해 들어온 부랑자들의 행패가 이곳저곳에서 날로 심해졌기 때문이다.

"군사! 이렇게 나가다가는 동학에 대한 백성들의 신망이 땅에 떨어지겠소. 동학의 이름을 빌린 부랑자들을 손보아 주셔야겠소."

전봉준은 지리산에 들어가기 전의 족제비가 일러준 대로 불곰을 깍듯이 군사 두억시니로 대했다.

"태인, 담양 그리고 장성 등지에서 우리 동학의 탈을 쓴 못된 녀석들의 행패가 극심한 모양이오."

참으로 딱하고 근심스럽다는 표정으로 말하는 전봉준의 말 한마디 한마디를 놓치지 않고 귀를 기울인 불곰은 고개를 끄덕이더니 자리에서 일어났다.

"장군! 지시하신 대로 한차례 청소하고 돌아오겠습니다."

두억시니의 대역을 하고 있는 불곰은 두억시니와 체격은 비슷했으나 목소리가 달랐기 때문에 정체를 드러내지 않기 위해 전봉준에게 이야기할 때는 꼭 귀엣말로 했다.

피바람은 갑자기 태인을 엄습했다. 지리산패와 동학군 가운데 몸이 날쌔고 무예가 그런 대로 뛰어난 군사를 모두 합쳐 15명을 이끈 불곰은 바람처럼 태인에 나타났다.

얼굴 없는 軍師 두억시니

때마침 박부자네 집에서 곡간을 털고 술상을 강요한 뒤 부녀자들을 농락하려던 부랑자들은 대문을 박차고 들어온 복면의 불곰과 그 수하들을 보고 얼굴에서 핏기가 싹 가셨다.

"앗! 저…… 저 녀석들은?"

"두…… 두억시니다!"

손에 들었던 술잔이 떨어지고 황급히 도망가려고 일어나는 부랑자들을 향해 표창과 칼이 날았다.

"으아악!"

"윽!"

그토록 못되게 굴었던 부랑자 20여 명은 박부자네 넓은 마당에서 처참하게 처형당했다.

불곰의 무예는 가히 두령인 두억시니만은 못해도 매우 뛰어난 것이었다. 그의 칼이 번뜩일 때마다 부랑자들의 팔과 다리가 잘려나가고 부랑자 가운데도 우두머리인 듯 보이는 털보의 목은 털썩 마당에 떨어졌다.

불곰을 보좌하기 위해 따라다니고 있는 지리산패의 능구렁이가 불곰을 대신해서 사후처리를 수하들에게 지시한다.

"이 시체들은 모두 달구지에 싣거나 지게로 져서 뒷산에 묻어 버려라."

무서워서 벌벌 떨고 있던 박부자네 가족과 하마터면 부랑자들에게 몸을 더럽힐 뻔했던 박부자의 두 딸과 며느리는 눈물을 흘리며 고개 숙여 불곰에게 고마움을 나타냈다. 박부자는 두 무릎을 꿇고 머리를 조아리며 군량미로 쌀 50가마를 내놓겠다고 자청했다.

"영감님, 그러실 것까지는 없습니다. 우리는 당연히 할일을 했을 뿐입니다. 식구도 많으실텐데 양식거리를 내놓으시면 앞으로 추수 때까지 지내기 어려우실 것 아닙니까?"

능구렁이가 불곰을 대신해 일단 사양했으나 박부자는 막무가내였다.

"아닙니다. 제가 여유가 있으면 더 내놓고 싶습니다만 형편이 50가마

정도밖에 드릴 수 없으니 그거라도 받아주십쇼."

군량미 50가마를 실은 달구지를 전봉준이 묵고 있는 본진으로 보낸 불곰과 그 수하는 말머리를 돌려 담양으로 향했다. 담양에서는 장터에서 공개처형이 치러졌다.

기록에 의하면 동학군이 비협조적인 수령과 양반, 부호들에게 징벌을 가할 때는 목을 베거나 곤장을 치고 매질하는 일은 별로 없었고 오직 주리만 틀었다고 한다.

그러나 동학군의 특수부대인 지리산패는 달랐다. 바람처럼 날쌔게 이동하면서 동학군의 환부를 도려내는데 인정사정이 없어 때로는 잔인하기까지 했다.

그날 부랑자들이 장터에서 공개처형 당하는 모습을 지켜본 주민들은 한편으로 못된 짓을 저지른 인간들이 처형당하는 모습에 시원함을 느끼면서 한편으로 한 치의 오차 없이 목을 베어버리는 불곰, 능구렁이 등의 차가운 칼 놀림에 소름이 끼쳤다.

지리산패가 노리는 것은 바로 그것이었다. '못된 짓을 저지른 놈들은 동학군이건 아니건 무참하게 살육당한다'는 인식이 널리 퍼지기를 지리산패는 바라고 있었다.

지리산패는 '정의의 잔인한 집행자'라는 이미지를 사람들에게 심어 줌으로써 유혹에 약한 인간들도 무서움 때문에 못된 짓을 단념하도록 만들자는 것이었다. 장성에서도 똑같은 일이 일어났다.

"잘못했습니다. 군사님 목숨만은 살려 주십쇼."

"제발 살려만 주십쇼. 다시는 잘못을 저지르지 않겠습니다."

울부짖으며 용서를 비는 부랑자들을 그러나 불곰과 그 수하들은 가차없이 도륙해 버렸다. '일을 저지르기 전에는 충분히 생각하되 일단 결정하고 나면 주저 없이 해치우라'는 것이 내려진 행동지침이었다.

지리산패가 못된 짓을 저지르는 동학군의 부랑자들을 마구 처단한다는

   얼굴 없는 軍師 두억시니

소문은 삽시간에 동학군이 지배하고 있는 모든 지역에 퍼져나갔다.

부랑자들이 두려움에 사로잡혀 잠잠해진 것은 그러나 잠시였다. 아무리 법이 엄하고 단속이 심해도 범죄자가 사라지지 않는 것처럼 동학군에 몸담은 부랑자들의 행패는 그 뒤에도 계속됐다.

지리산패는 마치 군대의 헌병들이나 범죄수사대처럼 군율을 어긴 자들을 피의 제물로 삼았다.

뒷날 동학군이 패배한 뒤 무자비한 복수가 동학에 관계했던 사람들에게 가해진 것은 부랑자들이 저지른 행패에 대한 앙갚음도 크게 작용하고 있었다.

*

지리산패가 본부를 두고 있는 지리산 깊숙한 곳에는 동굴이 여러 개 있다. 그곳의 지리를 손바닥 들여다보듯 환히 알고 있는 지리산패가 아니면 알아내기 힘든 동굴이 대부분이었다.

이들 동굴 가운데 절벽 밑에 있으면서 입구가 무성한 나뭇가지로 감추어진 동굴에는 인기척이 있었다.

나이든 스님 한 사람이 가끔 동굴 밖에 나와서는 약초를 캐고 다시 동굴에 돌아가는 것을 보면 그 동굴에는 필시 몸이 아픈 사람이 있는 것이 분명했다. 그리고 날마다 한 번씩 족제비가 들렀다 가는 것도 이상했다,

족제비는 지리산패 본부에 머무르며 꼬마부대를 보살피는 한편 전국에 퍼져있는 지리산패의 정보원들로부터 보내온 정보를 모아 분석한 뒤 전봉준 곁에 있는 불곰에게 필요에 따라 지시를 하고 있는 바쁜 몸이었다.

두억시니가 떠나고 난 뒤 지리산패 본부에서 두령의 권한을 실질적으로 대행하고 있는 것이 족제비였고 동학군 본진에서 두억시니로 변장해 전봉준을 보좌하고 있는 것이 불곰이었다.

그 바쁜 족제비가 하루에 한 번은 꼭 짬을 내서 동굴에서 누군가를 치료하고 있는 스님을 찾는 것이었다.

"스님! 수고가 많으십니다."

호두와 잣 등을 한 꾸러미 가지고 동굴에 들어선 족제비가 노승에게 인사했다.

"아! 오셨구려."

노승은 돌그릇에 약초를 넣고 갈던 손을 멈추고 웃는 얼굴로 족제비를 맞이했다.

"스님! 오늘은 두령이 좀 어떻습니까?"

족제비의 입에서 나온 말은 분명 '두령'이었다. 족제비가 두령이라고 부르는 인물이란 이 세상에서 두억시니 말고 누가 또 있겠는가? 동굴 안에 마른 짚을 깔고 마치 시체처럼 누워있는 것은 틀림없는 두억시니였다.

"허허, 그렇게 날마다 달라지지는 않지만 위험한 고비는 넘겼으니 이제 느긋하게 기다려보는 수밖에 없소이다."

노승은 약초를 가는 손을 다시 움직이면서 온화한 목소리로 대답했다. 70살은 훨씬 넘은 듯한 노승은 화타스님이라고 불리고 있었다. 본명은 알 길이 없고 중국의 명의였던 화타의 이름을 별명으로 불리고 있는 것만 보아도 알 수 있듯이 이 노승은 의술에 뛰어난 인물이었다.

자신의 절을 갖지 않은 화타스님은 두루 조선팔도를 돌며 병든 사람들을 고쳐주면서 덕을 쌓아가고 있었다.

두억시니와 친분이 두터웠던 화타스님은 어느 날 밤하늘에서 장군별이 빛을 잃어가고 있는 것을 보고 바로 지리산으로 들어와 지리산패 본부를 떠나지 않고 있었다.

빈사상태에 이른 두억시니를 관에 담아 소달구지에 싣고 지리산에 들어온 족제비는 화타스님이 응급처치의 준비를 마치고 두억시니를 맞이한 데 놀라지 않을 수 없었다.

'아니 스님은 어떻게 해서 두령이 거의 죽음에 이른 것을 미리 알고 계셨을까? 참으로 이상한 일이다' 보통사람 같으면 죽었을 위험한 고비를 넘기고 지리산에 도착할 수 있었던 것은 두 가지 이유에서였다.

첫째는 두억시니가 독 바른 표창을 맞고 쓰러진 직후 족제비가 씹어서 먹인 해독제가 두억시니를 죽음의 문턱에서 잡아주고 있었기 때문이다.

둘째는 남달리 강건한 두억시니의 몸이 독약의 힘을 견뎌내고 있었기 때문이다.

화타스님은 두억시니를 바로 동굴 안에 눕힌 뒤 미리 준비해 두었던 탕약을 먹이고는 온몸을 손으로 꾸준히 문질러 주었다. 그렇게 계속하기를 열흘이 지나자 검게 죽음의 빛이 짙었던 두억시니의 온몸이 차츰 생기를 되찾기 시작했다.

열하루 만에 두억시니는 눈을 떴으나 아직도 몸은 제대로 움직이지 못하고 말도 못한다.

"한 달은 지나야 서서히 몸을 움직이고 말도 할 수 있게 될 것이오."

화타스님의 이 말에 족제비는 안도의 한숨을 내쉬었으나 나라 형편이 어지럽게 돌아가고 있는 지금 두령이 하루빨리 회복됐으면 바라는 족제비의 마음은 급하기만 했다.

✽

성으로 둘러싸인 고을의 시장은 거의 예외 없이 성문 근처에 서게 마련이다. 성문을 통해 여러 가지 상품들이 들어오고 나가기 때문이다. 한성의 경우도 마찬가지였다.

지금도 서울의 남대문 시장이나 동대문 시장이 크고 유명한 것은 바로 그런 까닭에서다. 또한 큰 시장은 여러 가지 소문이나 정보가 서로 오고 가는 곳이기도 하다.

장사치들이 각 지방의 소식을 상품과 함께 전해오기 때문이고 시장판의 서민들이 저마다 세상 돌아가는 일에 한마디씩 하기 때문이다.

남문 안장 혹은 신창 안이라고 불리웠던 남대문 시장에서는 오늘도 활기 넘친 상거래가 이루어지면서 화제는 온통 그동안 세도를 부렸던 민씨 일족의 몰락에 몰려 있었다.

"어이구 시원해라! 어이구 시원해!"

"그러게 말이야. 10년 묵은 체증이 싹 내려가는 기분이야."

"역시 대원이 대감이 일 하나는 시원하게 처리하시는구먼."

일본의 외무대신 무쯔의 회고록에 따르면 새로 들어선 조선정부의 움직임을 '대원군이 내정개혁을 빙자해서 첫번째로 왕비의 친척인 민씨 일족에 대해 오랫동안 버려왔던 복수를 치르는 것으로 시작됐다'고 쓰여 있듯이 일본군이 왕궁을 점령하고 정권을 맡긴 대원군은 민씨 일족에 대해 철퇴를 내렸다.

갑신정변 때 민씨 일족의 대표자였던 민영준을 비롯 민응식, 민치헌 등 많은 사람들이 '학민부국(虐民負國＝백성을 학대하고 나라를 그르침)'의 죄명으로 벽지에 귀양살이 보내졌다.

민응식은 임오군란 때 민비의 도망을 도와 장호원의 자기 집에 숨겨주었던 인물이다. 민씨 일족뿐만 아니라 민씨에게 아첨하여 요직을 차지해 왔던 많은 벼슬아치들도 그 자리를 쫓겨났다.

겨우 처벌을 면한 민씨 계열의 사람들도 지방으로 산산이 흩어져 도망가는 바람에 정부 안에서 민씨네 색깔은 완전히 사라졌다.

대원군은 민씨 일족이 요직에서 쫓겨나는 모습을 차가운 눈초리로 바라보면서 마음속으로는 매우 흡족히 여겼다. 그러나 대원군의 복수가 완전히 마무리 지어지려면 민비가 권좌에서 물러나는 것뿐만 아니라 왕비의 자리에서 쫓겨나야만 했다.

언젠가는 다시 반격에 나설지도 모를 만치 정치적 역량이 뛰어난 민비로부터 왕비의 자리를 빼앗아 서인의 신분으로 떨어뜨려야만 대원군은 안심이 되었던 것이다.

민씨 일족이 모두 쫓겨나 고립무원의 몸이 된 민비는 아무런 대외적 움직임을 자제하고 조용히 지냈다. 민비를 왕비의 자리에서 내쫓으려는 대

얼굴 없는 軍師 두억시니

원군의 속셈을 알아차린 왕과 왕세자는 깊은 시름에 잠겼으나 고종이 직접 대원군에게 뜻을 돌리도록 요청하기가 어려웠다.

왕을 대신해서 20세의 왕세자가 어머니인 민비를 구하기 위해 할아버지인 대원군을 만나 눈물로 호소했다. 왕세자의 효심은 주위 사람들로 하여금 크게 감동시켰다.

민비를 왕비의 자리에서 물러나게 하려는 대원군의 속셈은 아들이나 손자의 반대뿐만 아니라 대원군을 내세운 일본 측의 지지도 받지 못한 상황이었다.

일본측은 청일전쟁을 치르는 가운데 조선의 궁정 안에서 파란이 일어나는 것을 꺼려해 대원군의 민비추방획책을 견제했다.

끝내 대원군은 민비 추방을 단념할 수밖에 없었다. 그러나 이 단념은 그 뒤에도 대원군의 가슴에 앙금으로 남게 된다.

✳

"전장군은 어떻게 생각하시오? 국태공께서 다시 권좌에 복귀는 하셨으나 왜놈들 탓에 뜻대로 나라 일을 처결 못하고 있는 것이 아니오?"

동학란은 수습하기 위해 새로 부임한 전라감사 김학진이 근심스럽다는 말투로 전봉준에게 묻는다.

"아무래도 그런 것 같소. 민씨 일족을 몰아내긴 했어도 정작 실정의 원흉인 민비를 그대로 놓아둘 수밖에 없는 것은 아무래도 일본의 압력 때문일 것이오."

전봉준은 대원군의 정치일선 복귀를 환영하면서도 그 일이 경복궁을 침범한 일본군에 의해 이루어졌다는 점에 대해서는 마땅치 않게 여기고 있었다.

"총칼을 지니고 있는 일본군 앞에서 국태공도 무력할 수밖에 없지 않겠소? 아마도 허수아비 집정으로 끝나고 말 것이 아니겠소?"

전봉준의 이 말에 김학진도 고개를 끄덕이며 자신도 같은 생각임을 나타냈다.

"일본은 국태공을 이용할 대로 이용하고 내팽개칠 것이 분명하오. 차라리 국태공이 줏대 없는 분 같으시면 오래도록 그 자리에 머무르도록 하고 길이길이 이용해 먹겠지만 워낙 신념이 강하신 분이라 오래가지 않아 일본은 국태공을 끌어내릴 것이오."

두 사람은 얼마 동안 각각의 생각에 잠기느라 말문을 닫았다. 잠시 뒤 이번에는 전봉준이 먼저 입을 열었다.

"감사! 일본과 청나라가 전쟁을 벌여 어느 쪽이 이기든지 간에 그 다음은 동학군 토벌에 나설 것은 불을 보듯 뻔하오."

"그야 그럴테지요."

"동학군 토벌을 빌미 삼아 조선 방방곡곡에 그들의 군대를 보내 백성들을 탄압하고 나라를 빼앗으려 할 것이오."

새로운 친일내각이 세워지면서 전라감사 김학진은 자신이 병조판서로 임명됐다는 소식을 듣고도 서울로 올라갈 생각을 하지 않고 있었다.

'어차피 나는 친일내각의 실세도 아닐 뿐더러 조선을 침략할 야욕에 불타고 있는 일본에 협조할 생각도 없다.' 김학진은 그대로 전주에 남아 호남을 실질적으로 장악한 동학군의 전봉준 등과 손을 잡아 지방행정을 바로잡고 민심을 안정시키는 것이 바로 나라를 위한 길이라 여겼다.

그래서 김학진은 전봉준을 비롯한 동학군 지도자들을 전주성으로 불렀다. 그러나 김학진의 부름에 대해 동학군 지도자들의 대응은 각각 달랐다.

김개남은 김학진의 부름에 응하지 않았다. 언제나 호전적인 김개남은 타협이나 협상보다는 대결을 택하는 편이었다.

그는 전라감사 김학진을 만나 이런 이야기, 저런 이야기를 나누어 보아도 사태해결에 아무런 도움이 안 된다는 생각이었다. 그래서 김개남은 남원 외곽에 있는 교룡산성을 수축하는 한편 더위를 피한다는 핑계로 임실 산골짜기의 상여암에 들어가 버렸다.

 얼굴 없는 軍師 두억시니

성품이 온화한 편인 손화중은 김학진과 손잡는 일에 반대하지는 않았으나 조금 더 돌아가는 꼴을 보고 태도를 결정하겠다고 하며 일단 부하를 이끌고 광주로 돌아갔다.

결국 전봉준만이 두억시니(불곰) 등 50명 가량의 부하를 이끌고 전주로 갔다. '올바른 정치와 백성을 위해서라면 누구와도 만나서 이야기를 나눌 수 있다' 는 것이 전봉준의 생각이었다. 김학진과 전봉준은 만나서 이야기를 나누다보니 뜻이 잘 맞았다.

'전봉준 같은 인물이면 집강소를 통한 지방행정을 맡겨도 안심할 수가 있겠다' 조정에서 파견된 전라감사임에도 그는 과감하게 지방행정의 권한을 전봉준에게 넘겨주어 비록 긴 세월을 가지는 못했으나 백성들에 의한 집강소 행정이 이 땅에서 빛을 보게 된 것이다.

공식화된 집강소 통치를 차츰 틀을 잡아갔고 무뢰잡배들의 난동이 수그러지면서 민심은 조금씩 수습되어 갔다.

✳

두억시니로 둔갑하고 있는 불곰은 다른 사람들에게는 그 정체를 들키지 않고 군사 두억시니로서 행세하고 있었다.

김학진의 부름을 받고 전주성에 들어온 전봉준을 보좌하고 있는 불곰은 자신의 방에서 그 동안 각 집강소를 통해 들어온 정보들을 꼼꼼하게 분석하고 있었다.

'어? 족제비 형님이 오신 모양이구나' 불곰이 기척을 느끼자마자 방문이 살며시 열리며 족제비가 들어선다.

"형님! 그래 두령의 상태는 좀 어떠십니까?"

다짜고짜 불곰은 그동안 가장 궁금히 여겼던 두억시니의 건강상태를 물었다. 물론 다른 사람들에게 대화내용을 알리지 않기 위해 손짓으로 의사를 소통하는 수화를 통해서였다.

"음, 위험한 고비는 넘기셨네. 차츰 회복되어가고 계시네."

"형님! 그것 참 다행이군요. 빨리 회복되셔야 할텐데……."

"왜? 가짜 두령 노릇하느라 이젠 신물이 나는가?"

족제비가 손짓을 하자 두 사람은 일제히 웃음보를 터뜨렸다.

"으와하하하!"

웃음만은 소리 내어 웃은 뒤 불곰은 이내 수화로 자신의 고충을 털어놓는다.

"형님! 아닌게 아니라 무척 힘이 듭니다. 전봉준 장군과는 귀엣말로만 뜻을 전해야만 하고 여러 가지 정보를 분석해서 도움말을 드리는 것도 힘이 들고……."

"하긴 자네야 그런 것 저런 것 제쳐두고 칼이나 주먹을 휘두르라면 신이 나서 잘하겠지만 어디 지금 상황이 그런가?"

"아무튼 저를 빨리 해방시켜 주십쇼."

"조금만 더 고생하게나 그것보다도 지금 세상 돌아가는 꼴이 더욱 심상치 않으이."

두억시니의 수석참모격인 족제비는 무예뿐만 아니라 천문지리를 비롯한 여러 학문에 뛰어난 인물이었다.

족제비는 젊은 시절 중국에 건너가 학문을 익히면서 중국의 소림사권법도 배워 이 땅의 전통무예인 수박(手搏=태권도의 전신)과 아울러 조선과 청국 두 나라의 전통무예를 고루 갖추고 있어 때로는 두령인 두억시니를 놀라게 만드는 무예를 펼치기도 한다.

"청나라와 일본이 전쟁을 벌인 뒤 그 어느 쪽이 이기더라도 또 한 차례의 난리가 이 땅에서 일어날 것이네."

"형님, 그게 무슨 말씀이시오. 까짓 뙤놈과 왜놈의 전쟁이야 어느 쪽이 이기던 그 두 나라 사이의 문제가 아닙니까?"

"이 사람아, 그게 그렇게 간단하지가 않네. 어쩌면 이번에는 일본이 이길지 모르지만 일본이 이기면 조선을 통째로 삼키려들 것이니 전봉준 장군이 가만히 보고만 계시겠는가?"

"……"

사실 그렇다. 나라와 백성을 생각해 목숨까지 걸고 일어난 전봉준이 아니던가. 그 전봉준의 신념과 배짱에 반해서 십중팔구 실패할 것으로 여겨진 동학란에 참가한 두억시니도 나라 망하는 꼴을 가만히 보고 있을 까닭이 없다.

"맞소. 지금까지 상국으로 받들어왔던 청나라는 그렇다 치고 일본이 전쟁에서 이긴다면 아닌게 아니라 난리가 일어날 수밖에 없겠소."

족제비의 말을 듣고 깊은 생각에 잠겼던 불곰이 알겠다는 투로 말했다.

✳

"콰콰쾅!"

"쾅! 쾅! 쾅!"

7월 25일(양력) 경기만 서부인 덕적군도의 작은 섬 가운데 하나인 풍도 근처에서 청나라 군함 2척과 일본 군함 3척이 마주쳤다.

청나라 군함 제원과 광을은 청나라의 증원군을 태우고 아산만으로 향해오는 수송선 고승호와 군함 조강을 맞이하기 위해 나온 것이고, 일본 군함 요시노, 나니와 그리고 아끼쯔나다 등 3척은 청나라 함선만 만나면 싸움을 걸어 전쟁으로 끌어들일 속셈으로 출동했었으니 포문이 열리지 않는다면 오히려 이상했을 것이다.

이조 멸망이라는 책을 쓴 가따노에 의하면 '먼저 청나라의 제원이 발포했다. 제원으로부터 날아온 포탄은 요시노 앞에 떨어져 큰 물기둥을 일으켰다' 고 되어 있다.

때를 놓치지 않고 요시노의 함포도 불을 뿜었다. 이어 아끼쯔나다와 나니와도 포문을 열었다. 7월 25일 오전 7시 25분에 조선의 풍도 앞바다에서 청나라와 일본간 해전의 불이 붙었다. 청일전쟁의 막이 오른 것이다.

일본 군함 3척이 쏘아대는 함포의 위력은 대단했다. 일본 군함의 속사성은 청나라 군함에 견주어 8배 가량이나 됐음으로 포격전은 처음부터 일본 함대 쪽에게 유리했다.

두 나라의 함대는 더욱 거리를 좁혔고 일본함 3척은 집중포격을 가하면서 육박해 들어갔다.

청나라의 제원은 서쪽으로 도망치기 시작했고 광을은 동쪽으로 피하다가 작은 섬 위에 좌초하면서 그 충격으로 화약고에 불이 붙어 자폭하고 말았다.

일본 함대가 제원을 뒤쫓고 있을 때 청나라에서 오는 수송선 고승호와 군함 조강이 다가왔다.

그러나 조강은 제원이 보낸 비상 신호를 받자 곧 뱃머리를 돌려 달아났고 고승호는 그대로 직진해서 풍도 앞바다의 전투해역에 들어갔다.

그 고승호 앞을 가로막은 것이 일본 군함 나니와였다. 그때 나니와의 함장은 뒷날 연합함대사령장관이 되어 러·일 전쟁에서 러시아의 발틱함대를 크게 깨뜨린 도고 대좌였다. 나니와는 고승호에게 투항하도록 신호를 보냈으나 이를 거부하자 격침시켜 버렸다.

도망가던 조강은 일본 해군에게 포획됐으며 제원만 겨우 살아서 도망쳐 버렸다.

풍도 앞바다에서 일본 해군이 크게 승리를 거둔지 7일 만인 8월 1일 일본은 서둘러 청나라에 선전포고를 했다.

풍도 앞바다에서 청나라와 일본 사이에 해전이 일어난 7월 25일 서울 용산에 주둔하고 있던 3천1백여 명의 일본군은 갑자기 남쪽으로 이동하기 시작했다. 아산과 공주에 나누어 머무르고 있던 3천5백여 명의 청나라 군대를 치기 위해서였다.

7월 29일 새벽 일본군은 아산 동북쪽 20km 지점인 성환에 진출한 청나라 군을 향해 모든 야포를 쏘아 대면서 공격해 무찔러버렸다.

갑자기 우익 쪽으로 포탄이 날아오자 청나라군은 성환 월봉산 본진의 주력부대를 우익으로 이동시켰다. 이렇게 되니 당연히 월봉산의 청나라 군 본진의 진지는 경비가 허술해질 수밖에 없었다.

이 틈을 노려 일본군이 월봉산을 향해 공격해 올라가 단숨에 진지를 빼앗아버리는 바람에 청나라군은 대혼란을 일으켰고 600명이나 일본군의 포로가 됐다.

청나라군은 패주하면서 몇 차례고 진형을 정비하고 반격을 시도했다. 안성 쪽으로 달아난 청나라군은 그곳에서 또 한 차례 일본군에게 패하고 살아남은 청나라군은 공주로 후퇴한 뒤 그곳에 주둔하고 있던 청나라 군과 합류한 뒤 평양을 향해 북쪽으로 올라갔다.

육·해전 모두에서 청나라로부터 승리한 일본의 콧김은 대단했다. 일본 본국에서는 큰 나라인 청나라를 깨부순 축하행사가 줄을 이었고, 서울의 일본인 외교관들은 목에 힘을 주고 오만한 자세로 조선정부에 더욱 압박을 가하기 시작했다.

＊

"우리 대일본 제국은 풍도 앞바다 해전에서 청나라 해군을 크게 깨뜨려 부쉈으며 성환과 안성전투에서도 청나라 육군에게 큰 승리를 거두었습니다."

일본군이 풍도 앞바다 그리고 성환, 안성에서 대승을 거두자 오오또리 공사는 스기무라 서기관을 데리고 왕궁에 들어가 대원군을 만났다. 형식은 보고였지만 오오또리 일본공사는 '청나라쯤은 일본의 적수가 아니다' 라는 뜻을 강하게 풍기면서 대원군의 반응을 살폈다.

오오또리의 보고를 지그시 눈을 감은 채 듣고 있던 대원군은 '오냐, 네가 일본군의 승리를 앞세워 나에게 또 무리한 요구를 하기 위해 들어온 것이구나' 라고 속으로 생각하고 있었다. 과연 오오또리는 내정개혁의 일환으로 새로운 내각을 구성하라고 강요했다.

"설마 대감께서는 잊지 않고 계시겠지요. 정권을 대감께 넘겨드리면서 앞으로 새 정부는 일본공사와 의논 끝에 구성한다고 약조하셨지요? 지금 이 바로 새 내각을 구성해야 할 때입니다. 청나라를 물리치고 있는 일본과 손을 잡을 새 내각이 필요합니다."

은근히 무력을 앞세우며 강경하게 나오는 오오또리에게 대원군도 밀리지 않을 수가 없었다. 이렇게 하여 8월 15일 김홍집을 수반으로 삼은 새 내각이 태어났다.

이 새 내각에는 김윤식, 어윤중 등 일본과 친한 인물들이 기용됐고 당연히 새 정부의 정책은 친일의 색깔이 짙었으며, 각료는 오오또리 공사가 지명한 것이나 다름이 없었다. 따라서 대원군은 이름만 집정일 뿐 정책상의 실권은 전혀 행사하지 못해 그야말로 허수아비나 다름없었다.

'이 녀석들이 나를 실속은 없고 허울 좋은 집정의 자리에 앉혀놓고 이용만 해먹고 있구나' 대원군의 불만은 나날이 높아가고 있었다. 그러나 노회한 대원군이 일본과 정면으로 대결할 까닭이 없었다. 대원군은 매우 교모하게 움직이기 시작했다.

'제아무리 일본이 강하다 해도 큰 나라인 청나라에게 종국에는 지고 말 것이다. 그때까지 버티면 된다' 는 것이 대원군의 생각이었다. 이 생각은 대원군뿐만 아니라 국왕인 고종을 비롯, 정부 고관 모두의 생각이기도 했다.

대원군이 집정의 자리에 앉은 지 얼마 되지 않아 일시 귀국했었던 러시아 공사 웨벨이 서울로 돌아왔다.

대원군은 인사차 찾아온 웨벨에게 '청일전쟁을 오래 끌어서는 극동의 평화는 바랄 수가 없으니 청나라와 일본에게 전쟁을 그치도록 주선해 주었으면 좋겠소' 라고 당부하는 한편 일본의 지나친 간섭에 자신이 무척 화가 나 있다고도 웨벨에게 이야기했다.

대원군은 청나라와 일본이 조선에서 전쟁을 벌이고 있는 지금 러시아도 일본처럼 조선의 사태에 끼어드는 것이 좋을 것이라고 부추겼다. 이는

러시아가 본격적으로 군사개입에 나선다면 일본도 그들의 입지가 좁아
져 조금이나마 물러서지 않을 수 없을 것이라고 대원군은 내다보았다.

또, 대원군은 평양에 와있는 청나라 군에게 밀사를 보내 '하루 빨리 일
본군을 몰아내 조선을 구원해 달라'고 요청하는 한편 일본군의 장군 이
름이나 병력 그리고 움직임 등에 관한 정보를 전해주었다.

대원군으로부터 넘겨받은 일본군에 관한 정보는 평양의 청나라 군으로
부터 바로 이홍장이나 원세개에 보내져 청나라 군사 전문가들의 작전계
획 수립의 자료가 됐다. 한마디로 대원군은 일본 이외의 나라에게 힘을
빌려 조선으로부터 일본을 몰아내는 데 온갖 권모술수를 다 썼다.

국왕은 국왕대로 청나라 군에게 구원을 요청하는 밀서를 보내 이홍장
의 요구에 따라 일본군의 움직임이나 병력을 보고하고 있었다.

이때쯤에 민비도 몰래 활동을 시작해 청나라 군에게 '우리나라는 상국
인 청나라를 믿고 필승을 기원한다'는 서장을 보내는 한편 북경에는 밀
사를 파견해 서태후의 환갑축하로 은 10만량을 선사했다고 전해진다.

대원군과 국왕 그리고 민비는 제각각 청나라와 일본을 상대로 이중 외
교를 펼치고 있었던 것이다. 하지만 그들은 이러한 움직임이 모두 일본측
의 정보망에 걸려 그때마다 즉각 일본정부에 보고되고 있다는 사실은 알
길이 없었다.

＊

'아아! 이런 때에 두억시니가 내 곁에 있어주면 얼마나 좋은가' 전봉준
은 한숨을 내쉬며 창 밖의 밝은 달을 올려다보았다.

갑자대 대원이 던진 독 바른 표창을 맞고 목숨을 잃을 뻔한 두억시니가
다행히 화타스님의 효험어린 치료 덕분에 나날이 회복되어 가고 있다고
는 하지만 아직은 거동이 불편해 당분간은 군사의 자리에 되돌아오지 못
하는 것이 지금의 전봉준으로서는 안타깝기만 했다.

'지금이 어느 때인가. 동학군의 운명이 아니라 나라의 운명이 위태로운

지경에 이르고 있지 않은가. 못된 야심을 품고 조선땅을 짓밟고 있는 왜놈들을 몰아내야 할 텐데……' 두억시니가 곁에 없다 보니 그가 동학군의 움직임에 얼마나 큰 몫을 하고 있었는지 새삼 전봉준은 깨닫게 됐다.

그의 뛰어난 무예 그리고 동학군 아니 두억시니를 위해 목숨까지 아끼지 않는 지리산패 등의 활약이 전주성 함락에 이르기까지 큰 힘이 되어준 것은 사실이다.

그러나 무엇보다도 전봉준에게 고마웠던 것은 박식함과 날카로운 예지로 시국을 정확히 파악해서 알맞은 도움말을 주는 두억시니의 지적인 능력이었다.

'동학군은 지금 어떻게 움직여야 되는 것일까? 지금 바로 들고 일어나 일본군을 쳐야 되는 것일까? 그러자면 그전에 해결해야 될 큰 걸림돌이 있는데……' 사실 그랬다. 아직도 동학은 한 덩어리로 뭉치지 못하고 있는 실정이었다. 북접과 남접의 대립이 바로 그것이다.

전봉준이 제1차 봉기를 일으켰을 때 제2세 교주 최시형은 '종교활동은 어디까지나 사회활동에 그쳐야지 군사행동으로 나서서는 안 된다'고 비난했고, 전봉준을 국가의 역적, 사문의 난적이라고까지 욕했다.

이 최시형 교주의 신념을 제자 손병희(뒷날 3.1독립 운동의 주동자 33인 가운데 한 사람)를 중심으로 한 신도들이 열렬히 지지했다. 이 지지자들이 전봉준들의 접보다 북쪽에 위치하고 있었음으로 북접이라 불리웠고, 전봉준과 행동을 같이한 접들은 남접이라 불리웠다.

북접이 군사행동에 나선 남접을 비난하는 것에 맞서 남접은 '북접에 군사행동에 나서지 않은 것은 겁이 많기 때문'이라고 반박했다.

제1차 봉기에서 승리를 거둔 전봉준의 지지자들은 무력에 의한 승리에 큰 자부심을 지니고 있다. 이 자부심은 북접에 대한 강한 대립심과 연결이 돼 있었다.

'그렇다. 무슨 일이 있어도 북접과 남접이 화해해서 뜻을 같이 해야 한

얼굴 없는 軍師 두억시니

다. 이번에 대적할 상대는 허약한 관군이 아니라 최신 무기로 무장하고 병력도 많은 일본군이다. 먼저 북접을 설득해야 한다.'

전봉준은 잠을 이루지 못한 채 북접이 꼼짝없이 제2차 봉기에 가담하지 않을 수 없는 대의명분을 찾기 위한 방법을 논리적으로 세우는 데 뜬 눈으로 밤을 지샜다.

❋

지리산 피아골 근방에 자리 잡은 지리산패의 본거지를 옮겨온 꼬마부대들은 하루하루가 마냥 즐겁기만 했다. 왁자지껄하게 어울려 노는 어린이들은 때로 웃음보를 터뜨리고 때로는 얻어맞거나 넘어져 눈물을 흘리면서도 노는 일을 그칠 줄 몰랐다. 산에는 열매가 많았고 물에서 물고기가 튀어 올랐으며 숲에는 다람쥐 등 들짐승이 뛰어다녔다.

족제비 아저씨는 끼니를 거르지 않도록 식량조달을 부지런히 해주었으며 추월이 누나는 솜씨를 다해 꼬마들의 음식을 장만해 주었다.

부모 없이 가난하게 살아온 어린이들에게는 어머니를 그리워 눈물짓기도 했지만 자갈의 경우 그때마다 친누나인 분이가 자갈을 다독거렸다.

그날도 흙먼지를 일으키며 뒹굴고 놀고 있던 어린이 가운데 자갈이 갑자기 눈이 휘둥그레지더니 큰 소리로 외쳤다.

"아찌다! 아찌! 아찌가 일어났다!"

순간 어린이들은 모두 동작을 멈추고 일제히 자갈이 손가락으로 가리키는 방향을 바라보았다. 분명 두억시니 아저씨였다. 아직도 불편한 몸을 나무지팡이에 의지하면서도 두억시니가 나타난 것이다.

"으와아아!!"

어린이들은 약속이나 한 듯 두억시니를 향해 달려들었다. 그들에게 두억시니는 문둥이가 아니라 그리운 육친이나 다름없었다.

"그래, 그동안 잘 있었니?"

많은 어린이들이 달려드는 바람에 두억시니는 비틀거리면서도 복면 속의 두 눈은 웃고 있었으나 이슬이 맺혀 있었다.

＊

'설마 일본이 그토록 많은 군대를 조선에 보낼 수 있을 줄이야……' 청나라의 으뜸가는 실력자였던 이홍장은 자신이 일본군의 기동력을 너무 가볍게 여겼던 것을 후회했으나 이미 때는 늦었다.

그러나 긴박한 시점에서 상황판단을 잘못한 것도 사실이지만 때마침 벌어지고 있던 정쟁에 말려들었던 것도 이홍장이 청일전쟁에 대비할 수 없었던 이유 가운데 하나였다.

정적들은 이홍장의 움직임을 모두 비난하면서 권세를 깎아 내리려고 안간힘을 썼다. 그 가운데에는 일본과의 전쟁에 대비하려는 이홍장에게 하필이면 '서태후가 환갑을 맞이하는 해에 일본과 전쟁을 일으키려 한다'는 비난도 있었다.

하지만 일본군이 조선에서 군사행동을 개시한 마당에 역시 청나라의 군사를 책임지고 나서야 될 인물은 이홍장밖에는 없었다.

당시 청나라의 이러한 작전에 대해 일본은 제5사단을 조선에 파견해서 청국군을 견제하고 해군을 황해의 제해권 획득에 힘써서 제해권을 장악하면 육군의 주력부대를 만주로 진출시켜 한판 벌일 속셈이었다.

한편, 일본군의 가쯔라 중장이 이끄는 제3사단은 부산과 원산에 상륙한 뒤 서울로 들어갔고 노즈 중장이 인솔한 제5사단은 부산과 원산에 상륙한 뒤 서울에 집결했다.

또한 조선에 파견된 일본군을 통솔하기 위해서 야마가따 대장이 군사령관으로 부임해왔다. 야마가따는 서울에 도착하자마자 바로 제3사단과 제5사단 등으로 제1군을 편성했다. 제1군은 북부 조선의 제압을 꾀하고 있었다.

제1군이 서울을 떠나 평양을 향해 북진하고 있을 즈음 바다 위에서는 이또오 중장이 총지휘하는 연합함대가 제1군의 북진을 엄호하고 있었다.

이에 맞선 청국군도 일본과 비슷한 움직임을 나타내고 있었다. 청나라 육군은 압록강을 넘어 남하해서 평양의 주력부대에 강력한 증원군을 보내는 한편 진지를 강화해서 일본군을 맞아 싸울 준비에 힘쓰고 있었다.

이 청나라 육군의 이동을 정여창 제독이 이끄는 북양함대가 해상으로부터 엄호하고 있었다. 따라서 청일전쟁은 육군의 경우 평양 회전이 그리고 해군의 경우는 황해에서의 해전이 큰 고비가 될 전망이었다.

✳

일본군의 경복궁 침입으로 권좌가 다시 시아버지인 대원군에게 넘어가자 민비는 왕궁 깊숙이 틀어박혀 사태가 어떻게 돌아가는지 조용히 지켜만 볼 뿐 결코 정치의 표면에는 나서지 않고 있었다. 그러나 권력을 빼앗긴 어려운 처지에 있으면서도 민비는 눈에 띄지 않게 조용히 뒤에서 움직이고 있었다.

일본측이 내세운 조선의 소위 내정개혁이 그들 뜻대로 이루어지지 않고 있는 데는 그만한 까닭이 있었다. 그 원인 가운데 하나는 새로 탄생한 김홍집 내각이 일본쪽에 적극적으로 협력하고 있지 않았기 때문이다.

'청일전쟁은 이제 시작된 지 얼마 되지 않는다. 지금 서울을 일본군이 장악하고 있다 해서 일본에 협력했다가 청나라가 전쟁에서 이기는 날이면 살아남지 못하리라' 는 생각이 지배적이었다.

김홍집도 조선의 북부를 세력 아래 두고 있는 청국군이 머지않아 일본군을 조선반도에서 몰아내리라고 믿고 있었기 때문에 청나라 쪽에 몰래 '지금은 본의 아니게 일본쪽에 협력하고 있으나 이것은 무력에 억눌린 어쩔 수 없는 일이니 양해해 주시기 바란다'는 서신을 보냈을 정도였다.

대원군은 일본이 마련한 내정개혁법안 하나하나를 트집잡고 여간해서 도장을 찍지 않았다. '이러다가는 안 되겠군. 대원군을 그 자리에 오래 두어서는 아무 일도 못 하겠어. 이용할 수 있는 데까지 이용해 먹고는 잘라버려야지'

일본정부는 대원군을 그 자리에서 내몰아버릴 궁리를 하게 됐고 이 낌새를 눈치 챈 민비는 친일파 인사들을 다독거리면서 '이 나라의 임금은 상감 한 분 아니신가? 대원군을 거치지 않고 직접 상감께 법안을 올리시게'라고 귀띔해 주었다. 민비는 상황을 살피면서 조심스럽게 그러나 착실하게 왕권 회복을 꾀하고 있었다.

당시 일본측이 마련한 내정개혁안에는 조선의 전통이나 습관을 무시한 무리한 것들도 적지 않았으나 그렇지 않은 것도 있었다. 예컨대 그릇된 정치를 없애기 위해 관리들의 부정행위에 관한 통제를 강화하고 봉건관료기구를 수술하는 한편 신분의 높고 낮음에 관계없이 인재를 등용할 것, 죄인의 처벌을 본인에 그치고 가족의 연좌는 인정하지 않을 것, 과부의 재혼은 신분의 높고 낮음을 따지지 않고 자유롭게 이루어지도록 할 것, 공사노비를 금지하는 것 등이 개혁안에는 담겨져 있었다. 이런 내용들은 갑신정변 동학교도들의 개혁안에 이미 포함돼 있었던 것들로서 조선 민중들의 요구이기도 했다.

일본은 이런 개혁안만 제시하면서 조선의 민중들이 두 손을 들고 환영할 것이라 여기고 있었다. 하지만 일본의 강제에 의해 이루어지는 개혁에 대해 조선 민중들은 강한 거부감을 나타냈다.

일본의 외무대신인 무쯔는 '나는 원래 조선 내정의 개혁은 정치적 필요 이외에 아무런 뜻이 없다고 생각해왔다. 조선의 내정개혁은 첫째로 우리나라의 이익을 가장 중하게 여기는 선에서 그치고 구태여 우리 이익을 희생하면서까지 개혁을 추진할 필요는 없다'고 잘라 말했다. 일본측이 내놓은 내정개혁이란 결국 '고양이가 쥐 생각하는 격'인 셈이었다.

✽

지리산 피아골의 지리산패 본부에는 오랜만에 화기가 감돌고 있었다. 두억시니가 자리에서 일어나 몸을 추스르기 시작했기 때문이다.

특히 신이 난 것은 고아들로 이루어진 꼬마부대들이었다. 꼬마들은 그

얼굴 없는 軍師 두억시니

들의 영웅이자 놀이 상대인 두억시니가 아직은 나무지팡이에 의지하고 비틀거리면서라도 다시 그들 앞에 나타난 것이 더없이 즐거웠다.

"아찌! 이제 괜찮은 거야?"

"아저씨, 감자 구워 줄까?"

자갈, 분이, 촉새, 개코 등 꼬마들은 두억시니를 둘러싸고 왁자지껄 떠들어댔다. '싸움터에서는 귀신처럼, 때로는 냉혹할 만치 잔인하기까지 한 두령이 어째서 아이들만 만나면 마치 그들과 친구인 양 저렇게 어울릴 수 있는 것일까?'

낮은 바위 위에 걸터앉아 아이들의 얼굴을 한 명씩 인자한 눈초리로 돌아가면서 살피는 두억시니의 모습을 지켜보면서 족제비는 감탄하지 않을 수 없었다.

두억시니는 피아골에 흐르는 냇물이 낙차는 크지 않지만 물줄기를 맞으며 명상에 잠기면서 맑은 정신을 되찾으려 애를 쓰는 한편 몸에서 독을 완전히 빼내고 지난날의 기력을 되찾기 위해 노력하고 있었다.

또한 독으로 마비됐던 근육들이 다시 제 기능을 발휘하도록 나뭇가지에 매달려 턱걸이를 하고 처음에는 다섯 손가락으로부터 시작해서 차츰 네 손가락, 세 손가락 그리고 마지막에는 엄지와 검지만의 두 손가락으로 팔굽혀펴기를 해서 구슬 같은 땀을 흘렸다.

또 지리산패가 구해온 산삼 뿌리를 달여 마심으로써 역시 독기를 빼내도록 힘썼다. 그러나 갑자대의 마지막 공격이었던 표창의 독은 워낙 성분이 강해서 쉽사리 빠지지 않았고 두억시니의 회복도 더디기만 했다.

하지만 두억시니는 초조한 기색을 나타내지 않고 아침부터 저녁까지 기력회복을 위해 정해놓은 일과를 매일매일 충실히 소화해 나갔다. 비록 속도는 더디지만 두억시니는 분명히 기력을 회복해가고 있었다.

전봉준의 곁에서 두억시니로 가장해 있는 불곰과의 연락은 거의 날마다 이루어지고 있어 두억시니와 족제비는 지리산에 있으면서도 동학군의 움직임을 정확히 파악하고 있었다.

"두령, 아무래도 동학군이 또다시 봉기를 할 것 같습니다. 이번 재봉기의 명분은 외세, 특히 일본을 이 땅에서 몰아내자는 데 있는 것으로 전해지고 있습니다."

"……."

족제비의 이야기를 듣고도 두억시니는 아무 대답이 없다. 골똘히 생각에 잠겨 있는 모습이다. 두억시니의 습성을 잘 아는 족제비는 더 이상 말을 잇지 않고 두령이 반응해 오기만을 기다렸다.

"재봉기할 수밖에 없겠지만……."

이윽고 생각을 정리했는지 두억시니는 혼잣말처럼 낮은 목소리로 말문을 열었다.

"그러나 성공하기는 힘들 걸세."

족제비는 아무 말 없이 고개를 끄덕이며 동감임을 나타냈다.

"청나라와 일본의 전쟁은 청나라의 패배로 끝나고 우리 조선은 왜놈들에게 한동안 시달릴 걸세."

"두령! 청나라가 일본에게 질까요?"

"음, 승산은 일본에게 있네."

"하지만 두령! 청나라는 대국이고 일본은 고작 작은 섬나라에 지나지 않잖습니까?"

족제비의 반론에 두억시니는 일단 고개를 끄덕이긴 했다.

"자네 말이 맞네. 청국은 땅도 넓고 인구도 많은 대국이지. 그러나 지금은 일본에게 두 가지 점에서 뒤지고 있네."

"두 가지 점에서 뒤지고 있다니요?"

"하나는 무기일세. 그동안 일본은 새로운 무기를 도입해서 청국과의 전쟁에 대비해 왔어. 군함의 함포만 해도 청국이 큰 대포를 지니고 있지만 빨리 쏘아댈 수 있는 속사포는 일본이 앞서 있어."

두억시니는 그동안 일본, 러시아, 청나라 등의 공관에 잠입시켰던 지리산패들이 보내온 정보를 바탕삼아 이미 이번 전쟁은 일본이 이길 것으로 내다보고 있었다.

많은 사람들, 심지어 조선의 집권자들까지도 청나라가 일본을 이길 것이라 내다보고 있던 시점에서 두억시니만은 일본에게 승산이 있다고 점친 것이다.

"또 하나는 무엇입니까?"

"군사들의 정신력일세. 섬나라 일본은 이번 기회에 우격다짐으로라도 조선을 자기네 지배 아래 두고 만주로 진출하지 않으면 살 길이 없다는 생각으로 조선에 파병했어."

두억시니의 말은 모두 정확히 문제의 과녁을 뚫고 있었다. 족제비는 고개를 끄덕임으로써 두령의 다음 말을 재촉했다.

"반면 청국군은 그저 자기네 아래 나라로 여기고 있는 조선을 도와주기 위해 마지못해 싸운다는 정신적 자세밖에 갖고 있지 못하네. 아마도 평양과 황해에서 청나라는 크게 깨질 거야."

"두령! 그렇다면 지금 동학이 다시 일어나서 청국군과 힘을 합쳐 일본군을 공격해야 하는 것 아닙니까?"

족제비의 이 말에 두억시니는 또다시 고개를 끄덕이며 대꾸했다.

"자네 말이 맞네. 우리 동학이 남접과 북접으로 갈라져 있지 않고 한 덩어리로 뭉쳐 있으면서 지금 당장 들고 일어난다면 육전의 상황은 달라질지 모르지. 그러나 그런 준비가 안 되어 있는데다 내가 전선에 복귀하려면 앞으로도 반년은 더 걸려야 되네."

"……"

사실 군사 두억시니가 전선에 복귀한다손 치더라도 동학군이 신예무기를 갖춘 일본군과 맞싸워 과연 얼마나 버틸 수 있는지는 큰 의문이다.

더구나 남북접이 하나가 되지 않고 있는 상황에서 두억시니의 보필 없

이 전봉준 장군이 동학군을 얼마나 쓸모 있게 다룰 수 있는지는 더 큰 의
문거리가 아닐 수 없었다.

✲

청·일 두 나라의 해군이 황해에서 격돌한 것은 9월 17일의 일이었다.

낮 12시 50분 두 함대의 거리가 5,800m 가량으로 좁아졌을 때 먼저 청
나라 정원의 함포가 불을 뿜었다.

정원이 발포하고 난 지 5분 만에 두 함대의 거리는 3,000m로 줄어들었
다. 그러나 일본 함대는 그때까지도 아직 포문을 열지 않고 있었다. 일본
함대의 속사포는 더 거리가 접근하지 않으면 효과를 기대할 수가 없는
장비였다.

한편 청국 함대의 대구경포는 포탄이 날아가는 비거리가 충분하긴 하
지만 포 자제의 무게가 지나치게 무거워 포좌를 회전시키면 군함이 기울
어 조준을 하기가 힘들다는 결점을 지니고 있었다. 더구나 전력으로 달리
고 있을 때는 더욱 조준하기가 힘들었다.

일본 함대는 거리가 2,000m로 좁혀졌을 때야 비로소 응사를 시작했다.
일본 함대가 쏘아대는 속사포의 위력은 대단했다. 일본 함대는 청국 함대
를 사방에서 에워싸고 정확한 속사포 사격으로 청국 함대를 큰 혼란에
빠뜨렸다.

먼저 겁을 내고 도망가기 시작한 것은 청국 순양함 제원이었다. 제원은
재빨리 전열에서 벗어나버렸고 이를 본 순양함 광갑도 바로 전역에서 벗
어났다.

이 두 척의 청국 군함만이 일본 함대의 포위에서 벗어날 수 있었다. 두
나라 함대가 뒤섞여 치고받는 포격전이 벌어진 가운데 청국 순양함 초용
의 화약고가 터져 불길을 뿜었고 얼마 안돼서 불길이 검은 연기로 바뀌
면서 초용은 몸부림치듯 떨면서 바다 속으로 침몰했다.

청국 순양함 치원도 뱃머리부터 가라앉기 시작했다. 뱃머리를 포탄으

얼굴 없는 軍師 두억시니

로 얻어맞은 치원은 그곳부터 침수하기 시작해 차츰 함체를 곧추세우더
니 공중에서 스크루가 헛돌면서 물속으로 자취를 감추었다.

청국 순양함 경원은 함체의 한가운데 구멍이 뚫려 뒤집어지더니 뱃머
리를 바다에 꽂고 꼬리를 흔들면서 삽시간에 바다 속으로 빨려 들어갔다.

또 청국 순양함 양위(揚威)는 함내의 화재는 껐으나 너무 당황한 나머지
방향을 잘못 잡아 대록도 부근의 작은 섬에 올라가고 말았다.

일본의 기함인 마쯔시마도 청국의 거함이 발사한 포탄을 맞아 포병 36
명이 즉사하고 68명이 부상을 입었으나 군함 자체는 치명적인 타격을 입
지 않았다. 4시간 반의 전투 끝에 황해에 어둠이 깃들고 포성도 멎었다.

일본 함대는 단 한 척의 군함도 잃지 않은 반면 청국 함대는 3척이 침
몰하고 2척이 좌초하는 바람에 모두 5척을 잃었다. 엄청난 손해를 입은
청국 함대는 남쪽으로 사라졌다.

＊

야마가따 대장이 이끄는 일본군 제1군은 황해해전이 벌어지기 사흘 전
인 9월 14일에 평양 교외에 도달했다.

1만7천 명의 병력을 지닌 제1군은 그날 안으로 대동강을 건너 토성과
성벽으로 이루어진 평양성을 세 방향에서 포위했다.

다음날인 9월 15일 새벽 일본군은 인해전술로 평양성을 공략했다. 하라
따 일등병이 평양성 정문인 현무문을 가장 먼저 돌파했다. 일본군의 맹공
에 청국군 1만2천 명은 밀리고 밀려서 날이 저물자 어둠에 섞여 평양성
을 버리고 달아나 버렸다.

평양성을 일본군이 점령함으로써 실질적으로는 북부 조선이 일본군의
세력 아래 들어갔다. 사기가 높아진 일본군의 다음 목표는 압록강을 건너
청국 본토를 침공하는 것이었다. 요동반도의 요지인 대련과 여순의 공략
이 야마가따 대장의 꿈이었다.

평양성의 점령과 황해 해전의 승리가 전해지자 일본은 온 나라 안이 기

뿜으로 발칵 뒤집어졌다. 개전 초기에 짙게 깔려있던 불안감은 자취도 없이 사라지고 특히, 군 당국자들의 높아진 콧대는 볼썽사나울 정도였다. 군 당국자들은 일본의 외교기술을 비난하고 무력만이 지상(至上=더없이 높음)이라는 태도를 내세웠다.

처음에는 청나라와의 전쟁에 소극적이었던 메이지 천황도 손바닥을 뒤집듯이 전쟁에 적극성을 보이기 시작했다.

메이지 천황은 청나라에게 선전포고를 하고 난 뒤에도 '이 전쟁은 짐의 전쟁이 아니라 대신들의 전쟁이다' 라고 서슴없이 공언했었다. 만약 일본이 청나라에게 질 경우 평화조약을 맺기 위해서는 '천황은 이 전쟁에 찬성하지 않았었다' 고 도망갈 구멍을 마련해두자는 속셈이었을지 모르나 아무튼 그만치 일본은 큰 나라인 청국과의 전쟁에서 이길 자신이 처음에는 없었던 것이다.

그러다가 뜻밖에도 전쟁 시작부터 연승에 이은 연승을 거두자 일본국민들은 기고만장해서 이미 조선은 자기네 지배 아래 들어간 것이나 마찬가지라는 기분이었다. 일본의 눈은 조선을 넘어서서 청나라에 못 박혔다.

군 당국은 청나라 본토에 직접 쳐들어갈 제2군을 편성했다. 제2군사령관은 오오야마 대장이었다. 그는 육군대신을 겸하고 있는 일본군의 거물이었다.

＊

동학군과 전주화약을 맺은 뒤 시간이 흐르면서 조선정부는 농민들이 중심을 이루고 있는 동학군의 무서움을 잊어버렸고 동학군이 주동이 되어 지방행정을 펼치고 있는 집강소의 존재만이 눈에 거슬렸다.

"동학군이 집강소라는 조직을 바탕 삼아 언제 다시 들고 일어날지도 모를 일이야."

"으음! 일단 전주화약으로 사태를 수습하긴 했으나 동학의 뿌리를 아직 뽑지는 못했지."

일본은 조선반도에서 청나라의 영향력을 배제하기 위해 전쟁은 치르는 한편 조선정부에 대해서는 동학의 조직을 뿌리째 뽑아 후환을 없애라고 부추겼으며 조선정부 고관들은 이에 놀아났다.

끝내 조선정부는 내란평정이라는 명목을 만들어냈다. 조선정부는 그 명목 아래 집강소의 존재를 반정부의 내란이라고 간주하고 동학의 조직 탄압에 나선다는 정보를 흘렸다.

"정부가 약속을 어기고 동학탄압에 나선다는 소문이 자자하오."

동학군 간부들은 무거운 분위기 속에서 모임을 가졌고 먼저 최경선이 입을 열었다.

"그 소문은 사실인 것 같소. 아마도 정부군뿐만 아니라 일본군도 동학 토벌에 가세할 것 같소."

최경선의 이야기에 맞장구를 쳤다.

"그러나 청나라와의 전쟁에 온 힘을 기울이고 있는 일본군이 어째서 지금 동학을 적으로 삼으려 하고 있는 것이오?"

자신도 이미 일본군과 정부군이 동학탄압에 나서리라는 소문을 들었으나 청나라와의 전쟁을 끝내지 않은 채 일본군이 병력을 쪼개 동학토벌에 나서는 까닭을 도무지 모르겠다고 송두호가 의문을 제시했다.

"하긴 그렇소. 대국인 청나라와의 전쟁만 하더라도 무척 힘이 들텐데 말이오."

황채오도 송두호와 같은 의문을 지니고 있었다.

그 문제를 놓고 한동안 좌중이 떠들썩했으나 그때까지 가만히 있던 전봉준이 입을 열자 모두 조용해졌다.

"여러분! 아직도 일본의 속내를 모르겠소?"

동학군 간부들은 전봉준의 다음 말을 한마디도 놓치지 않으려는 듯 모두 긴장한 표정으로 귀를 기울였다.

"일본군은 이미 왕궁을 점거해서 서울을 중심으로 한 중부 조선을 장악했소."

전봉준의 말에 몇 사람은 그렇다는 뜻으로 고개를 끄덕인다.

"또한 야마가따가 이끄는 일본군은 평양에서 청국군을 크게 깨뜨려 평양성을 점령하고 북부 조선도 그들의 세력 아래 두었소."

일본군은 조선반도의 중부와 북부를 군사력으로 장악한 것이다.

"남은 곳은 어디요? 우리 농민과 동학이 아직도 버티고 있는 남부 조선뿐이지 않소. 안 그렇소? 지금 그나마 일본의 세력이 미치지 못하고 있는 곳은 조선의 남쪽뿐이오."

전봉준의 상황풀이를 듣고 있던 동학군 간부들은 그제서야 눈이 번쩍 뜨이는 느낌이었다.

"일본이 남부 조선까지 손아귀에 넣으려면 가장 먼저 그들의 '눈엣가시'인 우리 동학을 치려들 것 아니겠소. 이제 남부 조선까지 그들의 손에 넘어간다면 이 나라는 망하는 것이오."

전봉준은 말을 마친 뒤 한동안 묵묵히 생각에 잠겨 있다가 자신의 속을 털어놓았다.

"남원에 있는 김개남 장군이 여러 차례 사람을 보내 일본의 침략으로부터 나라를 지켜야 한다고 전해 왔소. 일본군과의 싸움은 우리 관군과는 달리 몹시 힘든 싸움이 될 것이오. 아무튼 머지않아 삼례에서 동학의 여러 수뇌들과 자리를 함께 해서 재봉기문제를 매듭지을 생각이오."

✳

그동안 대립됐던 동학의 북접과 남접이 화해를 이루어 뜻을 하나로 모으지 않았더라면, 또 삼례에서 가진 동학수뇌들의 모임에서 격론 끝에 주전론이 우세를 거두지 않았더라면 동학의 재봉기는 일어나지 않았을지 모르고 따라서 우리나라의 역사도 달라졌을지도 모른다. 그러나 역사는 동학의 재봉기가 일어나는 길을 빠른 속도로 치달았다.

동학교단 제2대 교주 최시형은 전주성을 함락시킨 전봉준의 봉기에 반대했었다. 종교활동은 어디까지나 사회활동의 테두리 안에 머물러야 하고 무력의 사용은 있을 수 없는 일이라는 것이 그의 신념이었다.

따라서 최시형은 봉기를 일으켜 군사행동에 나선 전봉준 등을 가리켜 국가의 역적, 사문(師門)의 난적이라고까지 욕하고 벌남기(伐南旗=남쪽의 동학군을 토벌하자는 깃발)까지 만들었었다.

'남북접의 대립은 동학의 분열과 멸망을 가져온다' 는 소리는 남접이나 북접이나 같을 수밖에 없었다. 노선통일의 당위성이 양쪽에 의해 안정된 가운데 중도파인 오지영이 김방서, 유한필 등과 함께 차례로 찾아가 양쪽의 화해를 주선했다.

오지영은 북접파의 실질적인 우두머리 격인 손병희에게 '이번 재봉기는 일본군과 일본인들을 조선에서 몰아내고 조국을 구해내자는 전쟁' 이라고 설득했다.

이 손병희가 바로 뒷날인 1919년 3 · 1독립운동 때 독립선언을 한 33인 가운데 한 사람인 그 손병희다.

손병희는 물론 교주인 최시형도 '일본을 조선에서 몰아내자' 는 대의명분에는 반대할 수가 없었다. 결국 최시형을 벌남기를 찢어버리고 북접파가 남접파에 협력하도록 지시했다.

이 화합을 계기로 전봉준과 손병희는 의형제의 결의를 맺어 전봉준이 형, 손병희가 동생이 됐다.

동학군의 다른 수뇌들과 회동하기 위해 평사리를 떠난 전봉준이 삼례에 도착한 것은 10월 9일이었다. 그의 옆에는 두억시니를 가장한 불곰이 그림자처럼 따르고 있었다.

주전파인 김개남은 이미 먼저 도착해있었으며 진안 접주 문계팔, 전영동, 이종태, 금구 접주 조준구, 전주 접주 최대봉, 송일두, 정읍의 손여옥, 부안의 김석윤, 김여중, 송희옥, 손화중 등이 모여들었고 이들이 모인다는 소식을 듣고 대원군이 보낸 밀사 박완남도 은밀히 그 자리에 참석했다.

전주성을 함락시키기 위해 일어났을 때에도 동학은 대원군의 권좌복귀를 주장해 그에게 호의를 보였었고 대원군은 대원군대로 북으로부터 청나라 군대가, 남으로부터는 동학군이 일본군을 협공해야 일본군을 꺾을 수 있다고 생각하고 있었다. 이틀 동안의 회의는 끼니로 주먹밥을 먹어가면서 계속됐다.

강력한 주전론을 펼치는 김개남과 조금 더 사태를 지켜보자는 신중론을 펼친 전봉준의 주장이 팽팽히 맞섰으나 이미 4천 명이나 되는 동학군이 모여들어 있었기 때문에 회의의 분위기는 주전론 쪽으로 기울 수밖에 없었다.

결국 주전파의 주장이 관철되었고 진공(進攻)의 첫번째 목표를 공주로 삼는 데 의견의 일치를 보았다. 회의를 마친 뒤 마당으로 나온 전봉준은 혼잣말처럼 중얼거린다.

"아아! 이런 때에 군사가 옆에 있어주었더라면……."

그러나 주사위는 던져진 셈이다.

✱

"두령! 정말 그 몸으로 전봉준 장군을 도우려 가시려는 겁니까?"

두억시니의 가장 가까운 심복인 족제비가 정중하긴 하나 매우 염려된다는 말투로 물었다. 두억시니는 등에 칼을 매면서 고개를 끄덕였다.

"두령! 아직도 체력이 회복되지 않으셨습니다. 지금 전투에 참가하신다는 것은 스스로 죽음의 길을 택하시는 거나 다름없으십니다."

족제비는 어떻게 해서든지 두억시니의 마음을 돌리고 싶었다. 그동안 꾸준히 요양을 한 탓에 어느 정도 기력을 되찾았다고는 하나 아직도 두억시니의 체력은 지난날의 그 뛰어난 수준에 이르지 못하고 있었다.

나무에 매달려 쉬지 않고 50차례의 턱걸이, 한 손만으로 5차례의 턱걸이, 두 손가락만으로의 물구나무서기 그리고 가파른 산비탈을 마치 맹수처럼 잽싸게 달리는 스피드, 한길 넘어 솟아오르는 놀라운 점프력 같은

얼굴 없는 軍師 두억시니

몸놀림을 아직 완전히 되찾지 못한 채 또다시 싸움터로 나서려는 것이다.

동학군 본영에서 두억시니로 변장해 있는 불곰으로부터 '동학군 재봉기 결정'이라는 전갈을 받은 두억시니는 바로 출전 차비를 서두르고 지리산을 내려가는 것이다.

"족제비! 너무 염려하지 말게. 이번 싸움은 몇 사람의 무예나 용맹으로 판가름나는 그런 싸움이 아닐세. 비록 내 몸이 예전 같지는 않더라도 용병술 만으로라도 전봉준 장군을 도와 드려야 할 것 아닌가?"

말을 마친 두억시니는 더 이상 이 문제를 놓고 이야기 나누고 싶지 않다는 듯 자리에서 일어났다. 족제비도 더 이상 말려야 소용이 없다는 것을 깨닫고 두령을 따르기로 했다.

"알겠습니다. 곧 흑룡을 대령시키겠습니다."

흑룡이란 두억시니의 애마인 검은 말이다. 말도 명마는 주인의 뜻을 아는 것일까?

두억시니 앞에 끌려나온 흑룡은 앞발을 높이 들고 갈기는 바람에 나부끼며 '히히힝!' 하고 마치 전투에 나서는 사실을 아는 듯 울부짖었다.

두억시니는 손으로 흑룡의 목덜미를 몇 차례 가볍게 두들겨주면서 반가운 인사를 대신했다.

"아찌! 정말 가는 거야?"

"아저씨! 어디로 가시는 거야요?"

고아들로 이루어진 꼬마부대들이 걱정스럽다는 표정으로 묻는다. 그들도 그들의 영웅인 두억시니가 지난날의 날렵함과 막강한 힘을 아직 되찾지 못하고 있음을 잘 알고 있었다. 함께 놀아도 두억시니는 옛날의 놀라운 갖가지 재주를 꼬마들에게 보여주지 못하고 있었기 때문이다.

"그래. 다녀오마. 너희들은 여기서 추월이 누나의 말 잘 듣고 놀고 있거라. 돌아올 때는 아저씨가 떡이랑 엿이랑 잔뜩 가져다 줄 테니……."

여느 때 같으면 엿이나 떡을 가져다주겠다고 하면 함성을 터뜨렸을 꼬마들이 오늘은 아무런 반응도 보이지 않았다.

그들은 나름대로 몸이 불편한 두억시니의 출동이 무엇인가 심상치 않다는 것은 느끼고 있었기 때문이다.

"추월아! 애들을 잘 돌보아주어라. 식량은 걱정하지 않아도 될거야."

두억시니가 추월에게 당부했다. 17살 나이 어린 추월은 두 눈에 눈물이 그득한 채 한 발자국 앞으로 나섰다.

"아저씨! 무슨 일이 있어도 꼭 살아서 돌아오셔요."

고개를 끄덕이며 두억시니는 살포시 추월을 안고 가볍게 등을 두들겨 주었다.

"그래, 걱정 마라. 살아서 돌아올 테니……."

꼬마부대를 보살펴 주기 위해 3명의 부하만을 지리산패 본부에 남긴 채 두억시니는 족제비와 몇 사람의 지리산패를 거느리고 지리산을 내려가 삼례로 향했다.

두억시니네 일행이 시야에서 사라질 때까지 꼬마부대와 추월이는 손을 흔들며 배웅했다.

✻

뒷날 체포되어 동학란을 일으켰다는 죄명으로 형장의 이슬로 사라진 전봉준은 대담한데다 매우 치밀한 성격을 지니고 있으며 시국을 내다볼 수 있는 눈을 가진 뛰어난 지도자였다.

그는 '나라를 빼앗으려는 일본을 물리쳐야 한다'는 사명감을 지니고 있으면서도 최신무기를 갖춘 일본군과의 대결에 얼마나 많은 동학군이 희생될까를 염려할 줄도 아는 지도자였다.

서울까지 쳐 올라가는 재봉기에 그래서 신중한 자세를 지켰던 전봉준이지만 일단 삼례집회에서 서울진격이 결정되자 서슴없이 돌격준비를 서둘렀다.

전봉준은 이미 이런 날이 오리라 내다보고 미리 군자금, 군마, 무기 확

얼굴 없는 軍師 두억시니

보에 힘을 기울였었다. 백양사에 지휘본부를 두고 향반 세력인 광산 김씨, 울산 김씨 그밖에 기씨, 변씨의 문중대표를 불러 모아 지금 이 나라가 맞이하고 있는 위기를 설명하고 일본군을 이 땅에서 내쫓기 위해 돈과 식량의 조달에 협조해 주도록 당부했다. 이러한 노력의 결과 동학군은 그런 대로 군수품을 갖출 수 있었다.

황현은 '태인은 동학군의 소굴이 되어 재물이 산처럼 쌓이고 한 집에서 4~5마리의 말을 길러서 말의 수가 엄청났으며 집에 비축한 총통이 적은 것이 오히려 10자루가 넘었다.'고 그의 책에 썼다.

또한 전봉준은 전주 위봉산성에 있는 관군의 군기와 화약을 실어다가 동학군의 무장을 강화했다. 그래도 무기가 없는 동학군에게는 왕궁리의 대나무를 배어 만든 죽창을 지니게 했다.

전라감사 김학진은 참으로 별난 사람이었다. 전봉준과 이야기를 나누면서 서로 뜻이 통하자 동학군의 집강소정치를 도와준 그은 병조판서의 벼슬이 내려졌는데도 이를 마다하고 전주에 머무르며 동학군을 도왔다.

장흥부사 박계순이 전라감사로 임명되어 전주에 왔는데도 김학진은 벼슬의 인계를 거부했다. 조정은 김학진을 잡아들이려 했으나 그의 친척이자 세력가였던 김가진이 힘쓰는 바람에 잡아들이는 일은 흐지부지되고 그는 임지에 남아 계속 활동할 수가 있었다.

김학진은 화승총 4백 자루, 크루프포 등 대포 3문 그밖의 탄약 등을 동학군에 넘겨주었을 뿐 아니라 관청의 세곡은 물론이고 가을걷이한 양곡 혹은 말과 소까지 징발하여 동학군 진영에 보내주었다.

김학진도 '이 나라를 구하기 위해 일본군을 이땅에서 몰아내고 그릇된 정치를 바로잡아 백성들의 삶을 편안하게 해주어야 한다' 는 점에서는 전봉준과 완전히 뜻을 같이하고 있었다.

전봉준이 이끄는 동학군이 북진을 시작할 때 김개남과 손화중의 동학군은 각자의 사정에 따라 처음에는 이에 합류하지 않았다. 다시 남원에 들어간 김개남은 참서(앞 일에 대하여 좋고 나쁨을 예언하는 점괘가 담긴 책)에 '49일을 남원에 머물러 있어야 한다'고 쓰여져 있다 해서 움직이지 않았다.

한편 손화중은 처음에는 전봉준에게 합세할 듯했으나 '일본군이 서해안으로 상륙한다'는 정보를 듣고는 광주와 나주방면을 지키기로 했다.

＊

"장군!"

등 뒤에서 자신을 부르는 목소리의 임자가 누구인가를 깨달은 순간 전봉준은 반가움과 안도감에 휩싸였다.

"군사!"

전봉준은 뒤돌아보며 실로 오랜만에 밝은 웃음을 얼굴 가득히 띠었다. 틀림없는 두억시니가 돌아온 것이다. 이 나라를 짓밟고 있는 일본군을 몰아내고 나라를 이 지경으로 만든 못된 벼슬아치들을 내몰기 위해 서울을 향해 북진을 결정했지만, 이 어려운 일을 해내는데 꼭 있어야 할 두뇌가 빠져있던 참이었다.

'아아! 두억시니만 곁에 있어주어도 한결 나의 짐이 가벼워질 텐데……' 예리한 판단력, 빈틈없는 작전기획력 그리고 모든 군사들이 흠모하여 따르는 인품과 뛰어난 무예를 고루 갖춘 두억시니가 돌아온 것이다.

"반갑소 군사, 그래 이제 몸은 좀 어떻소?"

반가운 나머지 두억시니의 두 손을 꼬옥 잡은 전봉준은 장수막사로 그를 안내했다. 그동안 두억시니로 변장했던 불곰은 어느새 복면을 몰래 풀고 동학군의 일반 병사 틈에 섞여 버렸다.

"아직 완전히 지난날 같지는 않지만 차츰 좋아지겠지요. 북진을 결정하셨다니 제가 돌아와야 되지 않겠습니까."

"맞소, 맞아. 군사가 돌아와 주니 천군만마를 얻은 것이나 다름없는 기분이오. 자아, 앉으시오."

자리에 앉은 두 사람은 그동안 자신이 겪은 이야기를 서로 상대방에게

얼굴 없는 軍師 두억시니

들려주었다.

"김개남 장군은 남원에 머물러있고 손화중 장군은 광주를 중심으로 서해안을 지키겠다는 것입니까?"

전봉준으로부터 상황설명을 들은 두억시니가 묻는다.

"그렇소. 그러나 다행히도 북접이 우리와 행동을 같이하기로 했으니 손병희 장군이 이끄는 북접 동학도 함께 북진을 하게 될 것이오."

전봉준의 설명을 들은 두억시니가 잠시 생각에 잠겼다가 다시 입을 열었다.

"장군! 우리 두 사람끼리 만의 이야기입니다마는 이번 재봉기가 때를 놓쳤다고 생각해본 적은 없으십니까?"

이 질문을 받은 전봉준은 착잡한 표정으로 두억시니를 바라보다가 무거운 말투로 대답했다.

"왜 아니오. 사실은 청국군이 평양에서 일본군에게 깨지기 전에 거사했더라면 일본군을 북과 남에서 협공할 수 있었을 텐데 말이오."

"맞습니다. 장군님 말씀대로 북의 청국군과 남의 동학군이 힘을 모아 싸웠더라면 더 좋았을 터인데요."

"허허허!"

전봉준은 갑자기 너털웃음을 터뜨렸다. 기가 막히다는 웃음이었다.

"우선 청국군이 한치 앞을 내다보지 못했소. 충청도에 주둔했던 때만 하더라도 청국군은 동학군을 해산하라고 엄포를 놓고 있었으니 말이오. 그들의 진정한 적이 일본군이라는 사실을 깨달았어야 했는데도……."

"이제 일본은 북의 청국군을 격파했으니 마음 놓고 남의 동학군을 치려들 것 아니겠습니까?"

"왜 아니겠소. 이제 우리가 할 수 있는 일이란 조선 백성들이 가만히 앉아서 나라를 빼앗기지는 않는다는 기개를 보여주는 것뿐이오."

잠시 말을 멈춘 두 사람은 서로 상대방의 눈을 바라보며 의중을 헤아리고 있었다.

'전봉준 장군은 이번 재봉기에서 자신의 목숨을 바쳐 조선 백성의 뜻을 온 천하에 알리려 하고 있구나' 두억시니는 서울로의 북진이 승산 없는 싸움이라고 냉정히 판단하고 있었다. 전봉준의 생각도 마찬가지인 것을 확인했으니 결국 전봉준은 자신이 옳다고 생각하는 일에 목숨을 내놓고 죽을 각오인 것이다.

'군사는 승산 없는 싸움인줄 알면서도 불편한 몸으로 돌아와 주었다. 뜻을 같이하는 사나이끼리 옳은 일을 위해 싸우다 목숨을 잃는다 해도 아까울 것이 없지 않겠는가'

✳

사람의 마음이란 참으로 간사한 것이다. 청일전쟁의 개전 초기만 해도 '끝내는 큰 나라인 청국이 승리를 거둘 것이다. 따라서 서울을 장악하고 있는 일본에게 겉으로만 협조하는 척하고 있으면서 청나라에게 정보도 제공하면서 뒷날 청나라가 이겼을 때 목숨을 부지할 수 있도록 힘을 써야 한다'는 것이 조정 대소 신료들의 한결같은 생각이었다.

하지만 일본군이 청국군을 패주시키자 조선정부는 손바닥을 뒤집듯 일본에게 협조적인 태도로 나왔다. 조선반도의 사태는 일본이 꾸미고 생각했던 대로 돌아가고 있었다.

먼저 서울 그리고 왕궁을 무력으로 장악한 뒤 청국군을 몰아내 북부조선을 지배 아래 둔 일본군은 남부조선에서 동학군이 재봉기하기만을 기다리고 있었다.

이미 9월 하순께부터 서울의 일본군은 남쪽으로 출동할 차비를 갖추고 있었으며 조선의 난민 토벌에 필요하다는 이유를 내세워 일본 본국에 증원군의 파견을 요청해 놓았었다. 이 요청에 따라 야마구찌현 독립 제19대대가 도착해 있었고 토벌군 사령관은 미나미 대좌가 맡았다.

이 독립 제19대대는 후비보병부대였다. 일본군의 의무병역체제는 현역

3년 예비역 4년을 거치고 후비병역 5년의 의무를 치르도록 되어 있다. 따라서 제19대대는 풍부한 경험을 지니고 있기 때문에 동학군을 상대로 산악전이나 수색전을 치르기에 매우 알맞은 부대인 셈이다. 제19대대의 주력 화기는 미국의 슈나이더 총이었다.

전주에서 무기를 갖추고 거병 준비를 마친 전봉준이 삼례를 동학군의 집결지로 정한 것은 이곳이 사방으로 길이 나 있는 역촌이었기 때문이다.

삼례에 동학군본부를 설치한 전봉준은 재봉기에 참여할 것을 촉구하는 통문을 삼남의 각 고을에 보냈다. 전주, 태인, 남원, 금구, 고창, 무장, 영광, 정읍, 김제, 고부 등지에서 농민들은 동학군의 깃발 아래 들고 일어났다.

삼남 각 지방에서는 크게 1만, 5천, 3천, 2천의 단위로 봉기했고 작게는 1백, 50, 10의 수효로 들고 일어났다. 삼남지방뿐만 아니라 경기도, 강원도, 황해도 등지에서도 봉기의 횃불은 타올랐다. 가을걷이를 끝낸 농민들은 이제 마음 놓고 한바탕 일본군 및 정부군과 맞붙을 생각이었다.

조선정부는 이미 동학군을 치기 위해 장위영 영관 이두황을 죽산부사로 경리청 영관 성하영을 안성군수로 각각 임명하여 내려 보내 동학군의 진격에 대비하는 한편 호위부장 신정희를 도순무사로 삼아 모든 군사의 지휘권을 맡겨 양호순무영을 설치했다.

양호란 호남과 호서 곧 전라도와 충청도를 이르는 말이며 순무란 여러 곳을 돌아다니며 백성을 어루만지며 다독거린다는 뜻이다.

도순무사란 순무의 총책임자로 순무영은 그 본부인 셈이다. 그러나 전시나 반란이 일어났을 때의 순무사란 군무를 맡아보는 임시 벼슬이었다.

따라서 도순무사는 봉기한 백성을 무력으로 다스리는 사령관 격이다. 도순무사 신정희는 순무영 별군과 이규태를 좌선봉장, 이두황을 우선봉장으로 각각 삼아 동학군과 싸울 태세를 갖추었다.

✳

"이제 대원군은 이용가치가 없어진 것 같소."

"그렇소. 우리의 내정개혁안을 사사건건 트집 잡던 대원군은 이제 아무 쓸모가 없소."

"그렇다면 지체 없이 권좌에서 밀어 내버려야 할 것 아니오."

"그래야지요. 대원군은 청국군에게 우리 일본군의 움직임까지 몰래 알린 인물이니 그것만 가지고도 그대로 놓아둘 수는 없는 일이오."

일본정부가 대원군으로부터 권력을 빼앗기로 결정하고 실각시키는 각본은 매우 교활했다. 일본정부는 갑자기 조선주재 일본공사를 오오또리 대신 이노우에로 바꾸었다. 이노우에는 현직 내무대신이었다.

오오또리가 공사에서 물러난 이상 오오또리와 대원군 사이에 맺어졌던 약조는 무효라는 것이 일본측의 속셈이었다.

10월 26일 서울에 도착한 이노우에는 외무대신 김윤식을 만나 엄포를 놓았다.

"내무대신이라는 중요한 자리에 있던 내가 특별히 공사로 임명된 것은 조선 문제를 중히 여기는 천황폐하의 특별한 배려 때문이오. 따라서 조선정부도 나를 지금까지의 공사와 같은 눈으로 보면 안 되오. 무엇이든지 마음 놓고 나와 의논할 것이며 국왕께도 필요한 경우에는 언제든지 만나 뵐 수 있도록 말씀드려 주시오."

대원군은 손자인 준용을 데리고 일본공사관을 방문했다. 새로 부임한 이노우에 공사와의 첫 대면이 끝나자마자 대원군의 말꼬리를 잡은 이노우에의 태도가 단숨에 험악해져 대원군은 쫓겨나다시피 공사관을 나왔다.

대원군의 말에도 가시는 돋아있었으나 그렇다 해도 이노우에의 이런 태도는 외교관인 공사로서는 있을 수 없는 일이었다.

대원군은 재빨리 일본정부의 뜻을 알아차렸다. 청일전쟁 직전 청나라와 친한 민씨 일족을 누르고 친일정권을 세우기 위해 필요했던 대원군은 그뒤 일본에 영합하지도 않고 다루기 힘든 존재인데다가 일본 쪽에서 보면 이제 쓸모가 없었다.

 얼굴 없는 軍師 두억시니

10월 28일 이노우에는 고종에게 신임장을 받들어 제출했고 이어 11월 4일 왕은 이노우에의 희망에 따라 단독 알현을 허락했다. 그 자리에서 이노우에는 주상 내용이 모두 중요한 것이라는 이유로 왕비가 자리를 함께 해줄 것을 요청했다.

참다운 주권자가 민비라는 사실은 감출 길 없는 사실이었지만 일본측이 이 사실을 인식하고 있음을 공공연히 밝힌 것은 이때가 처음이다. 그날도 민비는 왕의 뒤에 쳐진 병풍 속에서 왕과 이노우에의 회담을 듣고 있었다.

이노우에의 요청에 따라 왕은 병풍을 반쯤 열고 회담에 참가토록 민비에 권유했다. 왕 부처는 이노우에의 자기선전과 거침없는 장광설에 시달리면서도 그가 엄하게 대원군을 비판하는 것을 듣고는 일본이 왕권의 회복을 꾀하고 있음을 짐작하고 만족하게 여겼다.

특히 민비는 대원군의 집권으로 조정에서 쫓겨났던 민씨 일족이 머지 않아 복귀할 수 있으리라는 기대에 가슴이 부풀었다.

평양의 청국군이 일본군의 맹렬한 공격에 굴복하고 북쪽으로 도망갈 때 너무 당황했던 나머지 청국군 사령부 자리에는 대원군이나 왕 부처가 보낸 밀서가 고스란히 남아있었다. 이 밀서를 손에 넣은 야마가따 제1군 사령관은 그것을 서울의 이노우에 공사에게 보냈다. 어떻게 해서든지 대원군을 몰아내려고 마음먹고 있는 이노우에의 손에는 '이용가치가 매우 높은 밀서'가 쥐어져 있었던 것이다.

일본이 무리하게 끌어내 정권의 자리에 앉힌 대원군을 끌어내리려면 그에 알맞은 이유가 있어야만 했다. 이노우에는 대원군이 청국군 지휘관 앞으로 보낸 격려의 편지를 김홍집, 김윤식, 어윤중 등 각료들에게 보여주고 일본에 대한 대원군의 배신을 비난하고 책임을 추궁했다.

"불행히도 청국군에 보낸 밀서 가운데는 국왕 부처의 것도 있었소."

이노우에는 국왕 부처의 밀서도 자신이 쥐고 있다는 것을 비치면서 각료들을 움츠려들게 만들었다. 여차하면 국왕 부처도 시달리게 만들 수 있다는 협박이었다.

대원군은 한마디 변명도 없이 운현궁에 틀어박히고 11월 18일 담담한 말투로 정계에서 은퇴할 뜻을 밝혔다. 이렇게 해서 그의 제3차 집정은 끝났다. 일본에 의해 떠밀려 권좌에 앉았다가 일본에 의해 끌어내려질 때까지 고작 4개월 남짓의 허무한 천하였다.

✳

"할아버지, 이제 우리가 믿을 수 있을 세력은 동학뿐입니까?"

손자인 준용이 대원군에게 물었다. 대원군은 준용을 가장 사랑했다. 그래서 일본공사관으로 이노우에를 만나러 갔을 때도 함께 데려갔고 '정계에서 은퇴하겠다' 는 뜻을 밝혔을 때도 대원군의 옆에는 준용이 있었다.

운현궁에 틀어박혀 있는 대원군의 소일거리는 난을 그리는 것, 세상이 변해도 대원군에 대한 충성심은 변하지 않는 사람들과 만나는 것 그리고 손자 준용과 이야기를 나누는 것 정도였다.

"동학말이냐?"

대원군은 엷은 미소를 띠우고 준용을 바라보았다.

"네! 머지않아 동학군이 서울로 올라와서 일본군을 내몰고 못된 벼슬아치들을 혼낸다는 소문이 서민들 사이에 돌고 있는 모양입니다."

"그래?"

대원군은 고개를 끄덕였다. 대원군에게는 아직도 마지막 꿈이 남아있었다.

'동학군이 일본군을 몰아내고 새 정부를 세우게 된다면 필시 나의 도움을 요청할 것이다' 대원군의 마지막 꿈에는 그럴 만한 근거가 있었다. 먼저 전봉준이 대원군에 대해 큰 호감을 지니고 있었다는 점이다.

사실 전주화약이 이루어지기 전까지만 해도 전봉준은 대원군의 개혁의지와 국수주의적인 자세를 높이 평가하고 있었다. 그래서 전주성을 점령

얼굴 없는 軍師 두억시니

한 뒤 전라감사에게 보낸 소지문(訴志文)에서도 '국태공이 나랏일을 맡아야 한다'고 주장했고 전주화약이 조정되는 과정에서 제시한 폐정개혁안 13개조 가운데도 '국태공이 나랏일을 맡으면 민심에 어떤 소망을 줄 수 있다'고 밝혔다.

동학군을 이용할 만한 가치가 있는 집단이라고 내다보았던 대원군은 정석모라는 자신의 심복을 먼저 김개남에게 보냈던 적이 있다. 애초에 대원군이 동학군과 손잡을 것을 생각했을 때 그 대상은 김개남이었다.

그러나 김개남은 이를 거부했고 전봉준도 '대원군이 시키지 않더라도 마땅히 나라를 구하기 위해 서울로 쳐올라갈 뿐'이라는 자세였다.

그러나 비록 대원군과 동학군이 손을 잡지는 않았으나 서로 좋은 감정을 지니고 있었던 것만은 사실이다. 하지만 전주화약 이후 대원군을 향한 전봉준의 호감은 빛이 바래고 만다.

평사리에 물러나 부상을 치료하던 전봉준은 '일본군이 조선의 왕궁을 침범하고 자기네 뜻대로 움직이는 꼭두각시 정권을 내세웠다'는 소식을 들었다. 그리고 자의든 타의든 간에 대원군이 친일 정권수립에 관여했다는 사실이 전봉준을 분노케 만든 것이다.

그러나 대원군은 전봉준이 얼마나 자신에게 실망하고 분노를 느끼고 있는지를 몰랐기에 대원군은 마지막 꿈을 꿀 수 있었던 것이다.

'만약 동학군이 이 나라를 장악한다면 백성들에게 인기가 높은 나를 표면에 추대하려고 하겠지. 아무 경륜이 없는 그들에게 나는 절대로 필요한 존재일 거야' 조선왕조가 멸망하기 직전의 격동기 속에 좌절했다가 끈질기게 권좌에 복귀했던 대원군은 끝까지 꿈을 버리지 않았다.

✽

남접과 손을 잡고 북진하기로 결정한 북접은 동학의 제2대교주인 최시형이 정경수 포를 선봉으로 내세우고 김규석 포를 후진으로 삼는 한편, 손병희에게 중군통령을 맡겨 북접 동학군을 총지휘하게 만들었다.

북접 동학군은 보은 수비대와 싸워 단칼에 그들을 무찌르고 다음날 전군을 두 패로 나누어 한때는 영동 옥천을 거쳐 논산으로 들어가 전봉준이 이끄는 동학군 본진에 합류했으며 나머지 한패는 회덕 지명시에 이르러 청주의 관군과 싸워 이를 깨뜨린 뒤 논산에 들어갔다. 논산에 집결한 동학군의 위세는 대단했다.

축멸왜양(逐滅倭洋＝일본과 서양세력을 몰아내 없애자), 제폭구민(除暴救民＝포악한 정치를 없애 백성을 구하자), 보국안민(輔國安民＝나라를 보위해서 백성을 편안하게 만들자)의 깃발이 나부끼는 가운데 무장한 동학군의 사기는 매우 드높았다.

전봉준이 삼례를 떠나 논산으로 가는 길은 여산의 영장 김갑동이 관군을 거느리고 또 공주의 유생으로서 민군을 이끈 이유상이 막아보려고 했으나 어림도 없는 일이었다.

당초 삼례에서 집회가 있던 당시 4천여 명이었던 동학군은 북상하면서 차츰 늘어나 2만 명이 됐고 논산에 본영이 마련됐을 때에는 그 수효가 10만을 넘어섰다. 당시 논산에 모인 동학군의 수효는 11만7천5백 명이었다는 기록이 있다.

남원에 틀어박혀 있던 김개남도 '남원에서 49일 동안 머무르라' 는 점괘에 따라 49일을 채운 뒤 10월 14일 화산당 접두 이문경에게 남원의 수비를 맡기고 북상을 시작했다. 김개남군은 총을 든 자가 8천에 짐을 진 행렬이 100리에 걸쳤다니 대단한 부대였던 셈이다.

"아! 저분이 전봉준 장군의 군사인 두억시니다."

"어디, 어디, 음. 정말 문둥병 환자라서 얼굴을 복면으로 가리고 있군."

"그 무서운 지리산패의 우두머리로군."

논산에 집결한 동학군들은 소문에 듣던 영웅 두억시니의 모습을 보자 저마다 한마디씩 지껄였다.

이제 목숨을 걸고 북상을 시도하는 그들에게 무예와 담략이 뛰어난 두억시니가 자기네 편이라는 사실이 마음 든든했다.

"그래? 두억시니란 자가 그토록 무예에 뛰어나고 또 동학군이 모두 그를 믿고 싸움터에서도 용기를 잃지 않는다…… 이 말이지?"

일본군의 미나미 대좌는 동학군토벌 사령관으로서 조선정부군으로부터 동학군의 움직임을 보고받고 있었다.

전봉준이 이끄는 동학군이 전주성을 함락시키기까지 군사인 두억시니의 활약이 눈부셨다는 대목에 이르자 미나미 대좌는 잠시 보고를 중단시키고 자신이 궁금하게 여기는 점을 묻기 시작했다.

"그래, 그 두억시니란 자의 출신은 무엇인가?"

"그점에 대해서는 잘 알려지지 않고 있습니다. 다만 호남의 지리산이라는 산에서 무사들을 훈련시켜 지리산패라는 무사집단을 만들고 그 우두머리 노릇을 하고 있다는 것밖에 모릅니다."

"흐음! 지리산패라?"

"그리고 일설에는 두억시니가 문둥병에 걸려 보기흉한 얼굴을 감추기 위해 복면을 쓰고 있답니다."

"그것 정말 재미있는 이야기로군. 복면의 문둥이군사가 동학군의 두뇌라니……."

미나미 대좌는 두억시니에 관한 여러 가지 정보를 듣고 나더니 고개를 끄덕이고 한동안 깊은 생각게 잠겼다. 이제 동학군토벌에 관해서는 일본군의 미나미 대좌가 최고 사령탑인 셈이다. 그가 다음에 어떤 말을 할지 일본군과 조선정부군 장교들은 조용히 기다렸다.

미나미는 한참 만에 손바닥으로 가볍게 탁자를 치더니 자신의 정리된 생각을 털어놓았다.

"아무래도 그 두억시니란 자를 가장 먼저 없애야 되겠군. 그 자가 살아있는 한 동학군의 기세는 꺾기 힘들 것이고 그렇게 되면 우리는 싸움에서 희생자를 많이 낼 수밖에 없네."

미나미 대좌의 말에 모두가 고개를 끄덕일 수밖에 없었다. 사실 대부분이 배우지 못한 백성들로 이루어진 동학군은 동학이라는 종교의 힘과 두억시니를 비롯한 지리산패의 뛰어난 무예에 절대적인 신뢰감을 지니고 사지(사지)도 마다 않고 뛰어들고 있는 것이다.

"우리 일본에서도 민란이 여러 차례 일어났었지. 그때마다 민란의 상징적 인물을 없애지 않고는 그 민란을 진압시킬 수가 없었네."

미나미 대좌는 민란이란 어느 나라나 비슷한 동기로 일어나고 비슷하게 전개되다가 평정되는 것이 아닌가 라고 생각하고 있었다.

"천주교도들이 민란을 일으켰을 때는 총수인 아마구사를 없앨 때까지 시마하라 지방이 떠들썩했고 군마에서 민란이 일어났을 때는 우두머리 구시사다를 죽일 때까지 소요가 계속됐었네. 이번 조선의 동학란에서는 전봉준도 쳐야 되겠지만 그보다도 동학군의 사기를 꺾기 위해서는 먼저 두억시니를 없애야 되겠네."

그러나 미나미 대좌는 '비록 반란은 진압됐지만 아마구사는 천주교도와 시마하라 지방 사람들 그리고 구니사다는 군마지방 사람들의 영원한 우상이 되고 말았다' 는 이야기는 입 밖에 내지 않았다.

그는 동학란이 진압된다 해도 총수 전봉준이 백성들의 영웅으로서 길이 추앙받게 되리라는 것을 알고 있었다.

✵

"두억시니가 그토록 동학군의 중요한 존재라면 어찌해서 조선정부는 그동안 그를 없애지 않고 놓아두었단 말인가? 그를 암살하기가 그토록 어려웠단 이야기인가?"

미나미 대좌의 질문은 계속됐다.

"네, 몇 차례의 두억시니 암살 시도가 있었으나 모두 실패하고 말았습니다."

"암살전문가를 보내지 않았던 모양이군. 그러니까 아직도 살아있지."

얼굴 없는 軍師 두억시니

"그렇지 않습니다. 민비 직속의 갑자대라는 특수부대가 두억시니를 암살하려다가 전멸당했습니다. 물론 지리산패의 희생자도 적지 않았습니다만……."

"……."

미나미 대좌는 두억시니와 지리산패가 결코 만만치 않은 집단임을 점차 깨닫게 됐다.

"게다가 두억시니는 일본의 낭인집단 뎅유우꾜가 보낸 닌자부대의 두목 다께다까지 베었습니다."

"무엇이? 일본의 닌자부대 두목이 두억시니에게 당했다고?"

"그렇습니다. 그 상황을 지켜본 두 사람이 이 자리에 대령해 있습니다."

두 사람이란 닌자부대의 안내를 맡았던 일본상인 기무라와 관군의 밀정 노릇을 했던 삼돌이였다. 삼돌이는 오른쪽 손목이 잘려나가고 없었다.

관군의 스파이로서 동학군에 잠입해 있던 삼돌이는 꼬마부대의 분이와 자갈을 납치해 함정을 파놓고 두억시니를 기다리다가 오히려 역습을 당해 도망한 뒤 안핵사 이용태의 앞잡이가 되어 온갖 못된 짓을 저지르고 다녔다.

전주성이 동학군에 의해 함락되자 갑자대의 최후공격의 성과를 알아내기 위해 삿갓을 쓰고 동문 밖에서 망을 보던 삼돌이는 관이 실린 소달구지가 전주성을 빠져나가자 따라 나섰다.

'동학군의 군사 두억시니가 죽었다' 는 소문을 확인하기 위해 그 관 속에 두억시니의 시체가 있지 않나 하고 뒤따르던 삼돌이는 이를 눈치챈 족제비가 던진 표창에 오른쪽 손목이 잘리고 말았던 것이다. 그래서 삼돌이는 더욱더 두억시니와 지리산패에게 강한 미움과 복수심을 품고 있다.

한편 줄포에서 조선의 하역인부에게 행패를 부리던 기무라의 개를 때려죽인 두억시니는 기무라의 경호원 다쯔가 칼을 뽑아들고 덤비자 팔꿈치관절을 분질러버렸던 일이 있다.

걸음아 나 살려라고 도망간 기무라는 그뒤 부산에서 뎅유우꾜의 요청으로 닌자부대의 안내를 맡아 동학군 본진으로 갔다가 닌자부대 두목 다께다가 두억시니의 칼에 쓰러지는 것을 직접 목격했다. 두 사람은 미나미 대좌에게 자기네들이 본대로 상세히 설명했다.

"으음! 두억시니란 자는 생각보다 대단한 녀석인 모양이군."

미나미 대좌는 두억시니에 관한 이야기를 들으면 들을수록 그의 정체가 더욱 더 궁금해졌다.

"하지만 제아무리 무예가 뛰어나도 우리가 지닌 신식 장총으로 저격하면 용빼는 재주 없이 저승으로 갈 수밖에……."

"그러니 그게 그리 쉽지가 않습니다."

"어째서? 아무리 무예에 뛰어난 자라해도 총알은 피할 수 없지 않은가?"

"그렇긴 합니다만 문제는 지리산패가 모두 같은 복면을 쓰고 있기 때문에 싸움터의 북새통 속에서 정확히 두억시니를 가려내기가 그리 쉽지 않습니다."

"무엇이? 지리산패가 모두 같은 복면을 쓰고 있다고?"

"네, 그렇습니다. 그 가운데는 키와 몸집이 두억시니와 비슷한 자도 몇명 있기 때문에 얼핏 그를 알아내서 쏜다는 것이……."

"음! 그렇다면 두억시니는 몇 사람의 '가게무샤'를 갖고 있는 셈이군."

"네? '가게무샤' 라뇨?"

미나미 대좌는 '가게무샤'에 대한 설명을 해주었다. '가게무샤'란 여차할 때 적을 속이기 위해 평소부터 대장이나 중요인물과 같은 복장을 입혀 그 대역이 되도록 준비한 무사나 인물이다.

"아무튼 '가게무샤'까지 포함해서 두억시니와 비슷한 지리산패는 모조리 쏘아 죽이는 수밖에 없네."

미나미 대좌는 결론을 내렸다.

　　　　　　　　　　　얼굴 없는 軍師 두억시니

호남에서 동학의 남접과 북접이 힘을 모아 서울로 쳐올라가기 위해 대열을 정비하고 있을 때 영남에서도 진주를 중심으로 봉기가 일어났다. 못된 벼슬아치의 횡포에 오랫동안 시달려온 백성들의 원한은 어느 지방을 가리지 않고 그들의 가슴을 멍들게 하고 있었기 때문이다.

영남 동북지방의 안동, 예천, 함창, 성주 등 깊숙한 산골짜기와 서남지방의 하동, 곤양, 사천, 의령, 거창 등 여러 곳에서 동학군이 봉기의 횃불을 들어올렸다. 특히 안동에서도 3천 명의 동학군이 들고 일어나 그 기세가 대단했다.

호서의 서상철은 영남에도 봉기의 불길이 번지도록 방문을 써서 돌려 일본군의 왕궁난입을 신랄히 규탄하고 봉기할 것을 촉구했다. 방문의 내용은 대략 다음과 같다.

서상철은 대의로써 우리 조선의 의로운 군자와 모든 국민에게 알린다.

산에 올라 부르면 사방에서 응답함은 그 소리가 높고 커서가 아니라 들리는 바가 의롭기 때문이다.

엎드려 바라건대 집집마다 이 글을 전하여 모두 읽어 보기를 권한다. 요즘 군친(君親=임금)이 누란(累卵=포개놓은 달걀이란 뜻으로 몹시 불안하고 위태로운 사태를 이르는 말)의 위기에 있으나 사람들은 걱정하지도 않고 돌아보지도 않고 있으며 아랫사람과 윗사람은 서로 원수를 대하듯 하고 있다.

대부분의 사람들은 해가 자신에게 미치는 것만 두려워하며 깨달음이 없으니 어찌 3천리 강토 안의 벼슬아치들 가운데 혈기 있는 사람이 아무도 없단 말인가.

이 격문을 읽는 대로 그대로 옮겨 써서 일부는 관내의 백성들에게 돌려 보이고 원본은 이웃 고을에 전해주며 이웃 고을은 또 다른 이웃 고을에 전하도록 하면 이 글의 내용을 모르는 이가 없을 것이다. 만일 중간에서 전하지 않는 자는 불충불의의 사람이다.

　　부자가 있을 때는 아들이 나오고 형제가 있을 때는 동생이 나와 충성
　을 다하라.
　　창이나 칼을 준비하라.

　방송이나 신문 등의 매스컴이 없던 시절 방문을 붙여 사람들이 읽도록
해서 뜻을 전하는 것은 당시로서 매우 쓸모 있는 의사전달 방법이었다.

＊

　이미 일본은 조선에 건너와 있는 자기네들 거류민을 보호한다는 명목
으로 1개 대대병력을 부산에 주둔시키고 있었다.
　조선을 집어삼키기 위한 속셈으로 파견된 일본군은 총검으로 완전무장
하고 그 무력을 과시하면서 조선사람들의 기를 죽이려 했다. 밀양, 대구,
상주 등 영남의 주요 고을에도 일본군은 진주했다.
　'일본군의 막강함을 철저히 조선인들에게 인식시키도록 해야 한다' 는
일본정부 고위관료들과 군 고위층의 생각은 그대로 일본군 말단 사병에
게까지 전해져 그들은 이땅 곳곳에서 거만을 떨며 행패를 서슴지 않아
그렇지 않아도 불타오르고 있던 반일 감정을 더욱 부채질하게 만들었다.
　이러한 정세 속에서 영남의 동학군봉기는 열기를 더해 가고 있었다. 하
지만 최신식무기로 무장한 일본군들은 겁을 내지 않고 일단 일이 터져서
맞붙게 되면 가차 없이 발포해서 본때를 보일 생각이었다.
　일본의 도요또미 히데요시가 일으킨 임진왜란과 정유재란 때 이땅을
짓밟았던 왜군의 후예인 일본군은 조선을 매우 만만하게 보고 있었다.
　'죽창이나 몇 자루의 구식 화승총이나 지니고 있는 제까짓 것들이 무
슨 일을 꾸밀 수 있겠나? 우리에게 덤비기만 하면 총으로 벌집을 만들어
버리자' 대부분의 일본군들이 이런 교만한 마음가짐으로 돌아가는 정세
를 지켜보고 있었다.
　일은 태봉에서 터지고 말았다. 태봉에 주둔하고 있던 일본군 병참부를
동학군이 기습한 것이다. 방심이란 참으로 무서운 것이다.

　　　　　　　　　　　　얼굴 없는 軍師 두억시니

최신식무기를 지니고 있던 일본군도 긴장을 완전히 풀고 있다가 기습을 당하면 별수 없다는 사실이 태봉 병참부 피습으로 새삼 확인됐다. 구식무기밖에 지니지 않은 동학군의 기습으로 일본군은 다께우찌 대위가 살해당하는 수모를 겪어야만 했다.

다께우찌 대위 피살은 일본군에게 적지 않은 충격이었다. 보초를 서는 사병이 아니라 중견 장교가 살해당했으니 일본군의 체면은 말이 아니었다. 반면 동학군의 사기는 한껏 올랐고 백성들은 더할 수 없는 통쾌함을 느꼈다. 조선반도의 남부는 거의 동학의 깃발로 메워져 가고 있었다.

동래부사가 동학교인인 안동의 김병두와 하동의 최달곤을 동헌에 맞아들여 몇 시간 동안 밀담을 나눈 뒤 융숭히 대접하고 말 두 마리와 엽전 2관을 주어 보낸 것으로 알 수 있듯이 벼슬아치들도 동학의 기세를 무시할 수 없었다. 서남지방에서도 동학의 움직임은 활발했다.

진주의 손은석, 박재화, 김용기, 김상정, 곤양의 김성룡, 사천의 윤치수, 함안의 이재형, 단성의 임말룡, 하동의 여장협, 남해의 정용태, 거창의 이익우 등이 봉기를 일으켰다.

또한 동학군과 일본군의 교전은 곳곳에서 일어났다. 하동의 광평동에서도 동학군 7백 명이 부산에서 파견된 일본군과 맞싸워 이를 물리쳤고 섬지역과 곤양 금오산에서도 동학군과 일본군이 치열한 전투를 벌였다.

✻

동학군이 삼례에서 논산으로 향하는 길에 여산부사 겸 후영영장인 김윤식과 유도(儒道)수령인 이유상을 차례로 동학군에 항복시키는 데에는 전봉준의 인품과 두억시니의 무예가 크게 작용했다.

조정으로부터 호남동학군 토벌대장으로 임명된 김윤식은 키가 8척인데다 힘이 엄청나게 세기 때문에 차력 장사로 이름을 떨쳤던 사나이였으나 토벌대를 이끌고 여산으로 나갔다가 깜짝놀란다. 여산벌을 가득 메운 동학군의 기세에 눈이 휘둥그래진 것이다.

'아니, 어디서 저렇게 많은 백성들을 모아 군대로 편성했을까?' 어지럽게 휘날리는 깃발을 앞세우고 진군해오는 동학군에게 대항한다는 것은 달걀로 돌을 치는 것과 같은 어리석은 짓으로만 여겨졌다.

그때 동학군 속에서 검은 말을 탄 복면의 사나이가 달려나왔다.

"앗! 두억시니다. 동학군의 군사 두억시니다!"

"맞아! 귀신도 때려잡는다는 두억시니다."

두억시니가 말을 몰아 달려오자 토벌대는 크게 흔들리기 시작한다. 그만치 두억시니의 활약은 하나의 전설이 되어가고 있었다.

말을 달리면서 두억시니는 별모양의 큰 표창을 꺼내들더니 토벌대장 김윤식쪽을 향해 던졌다.

"으아아아!"

토벌대원들은 자기 쪽으로 표창이 날아오고 있지 않는데도 머리를 숙여 피했다.

"쌔앵!"

날카로운 소리와 함께 회전하면서 날아온 별모양의 표창은 김윤식의 바로 옆에 받쳐들고 있던 장수기의 깃대를 산뜩 두 동강내고 말았다. 두 동강난 장수기의 깃대와 함께 김윤식의 투지도 두 동강이 나고 말았다.

'아이쿠! 저 표창이 내 목을 향해 날아왔더라면 틀림없이 내 목도 두 동강이 나서 허공에 뜨고 말았을 것이다' 잠시 토벌대쪽을 지켜보고 있던 두억시니가 말머리를 돌려 동학군 진영으로 돌아가자 김윤식은 한숨을 몰아쉬었다.

'도저히 안 되겠다. 뒤로 돌아서서 도망치느냐 아니면 동학군에 합류하느냐 두 가지 길 가운데 하나뿐이다.' 몸집이 크고 힘은 강하지만 단순한 성격의 김윤식은 구름떼 같은 동학군의 병력과 목도 자를 것 같은 표창을 던진 두억시니의 무예에 탄복하고 기가 죽어 동학군을 돕기로 마음먹어버린다.

김윤식은 토벌대를 그 자리에 세워둔 채 혼자서 동학군 본진을 향해 들어갔다.

"김윤식 장군에게 손을 대지 마라."

이 모습을 지켜보고 있던 전봉준의 명에 따라 동학군은 김윤식으로 하여금 동학군 본진에 들어가도록 길을 열어주었다.

전봉준과 만난 김윤식은 이 나라를 집어삼키려는 일본의 야욕을 깨고 잘못된 정치를 바로잡기 위해 동학이 일어났다는 전봉준의 진지한 설명을 듣고는 그 자리에서 동학군을 따르겠다고 다짐했다.

유도수령 이유상 역시 동학군 토벌을 위해 몇 천 명의 유도군을 이끌고 공주를 떠나 논산으로 향했다.

"아니! 저것은……?"

이유상과 그의 유도군은 산모퉁이를 돌자 눈앞에 펼쳐진 광경에 입이 따악 벌어질 뿐이었다. 산과 들을 가득 메운 동학군의 위세에 깜짝 놀란 것이다.

'아…… 안 되겠다. 저 많은 동학군에게는 단숨에 짓밟히고 말겠다' 이유상의 온몸에는 식은땀이 흘렀다.

평소 업신여겨온 농부들로 이루어진 동학군쯤이야 선비들이 나타나면 금방 기가 죽을 것으로 가볍게 알았던 이유상과 유도군은 하늘을 찌를 듯한 동학군의 기세에 오히려 주눅이 들고 말았다.

전봉준은 비록 몸집은 작으나 마음이 큰 사람이었다. 가능하면 관군이건 유도군이건 이땅의 모든 사람들이 동학이 내세우는 혁명의 뜻에 찬동해서 참여해주기를 바란 전봉준은 언제나 먼저 상대방과 대화를 나눈 뒤 그래도 대결하겠다면 비로소 싸우는 길을 택했다.

이유상도 유도군을 그 자리에 세워둔 채 혼자서 동학군 본진으로 들어가 전봉준을 만나본 뒤 바로 항복하고 말았다.

✽

'이게 어찌된 일인가? 일본 공사가 공주에 내려와 있다니……?' 정부군 가운데 가장 먼저 공주에 내려간 이두황은 그곳에 이미 이노우에 공사가 와있는 것을 보고 놀라지 않을 수가 없었다.

'일본의 내무대신까지 지낸 이노우에가 직접 내려와 있는 것을 보면 일본정부도 동학군의 공주공격을 매우 중요하게 여기고 있는 모양이구나' 이두황이 짐작한 것 이상으로 일본은 동학군과 벌이게 될 공주회전을 매우 중요하게 여기고 있었다.

공주에서의 전투가 남부 조선을 일본이 장악할 수 있느냐 아니냐, 더 나아가서는 조선 전체를 제압할 수 있느냐 아니냐의 큰 고비로 보고 있었기 때문에 이노우에 공사는 서둘러 공주에 내려와 있는 것이었다.

'이제 청국군에게 완승을 거두는 것은 시간문제다. 서울을 중심으로 중부 그리고 평양을 중심으로 북부는 제압했으나 남부만은 동학군이 설치고 있는 바람에 일본의 세력이 미치지 못하고 있다. 공주에서 동학군을 크게 때려 부숴야만 남부 조선이 우리 손 안에 들어온다'

이노우에는 평양을 함락시키고 청국 침략을 노리고 있던 야마가따 제1군 사령관으로부터 '청국군은 목숨을 걸고 싸울 전의를 지니고 있지 않기 때문에 우리 일본군은 거침없이 청국 본토를 짓밟을 수 있을 것이다' 라는 연락을 받았기 때문에 청국군에 대해서는 신경을 쓰지 않고 있었다.

최신식무기를 갖춘 일본군 그리고 일본군으로부터 4백 정의 장총을 빌려 받은 조선정부군으로 이루어진 연합군이 동학군에게 이길 것도 틀림없다고 이노우에는 생각하고 있었다. 하지만 동학군과의 전투가 길어지고 일본군이 큰 타격을 입게 될 경우 일본의 조선 진출을 마땅치 않은 눈으로 바라보고 있는 러시아가 문제였다.

그리고 프랑스, 독일 등도 일본이 조선과 청국 등에 세력을 뻗치는 데 대해 곱지 않은 눈길을 보내고 있었다.

일본군이 남부 조선에서 만약 동학군에게 큰 타격을 입거나 장기전의 수렁에 빠져 전력을 크게 소모하게 될 경우 자칫 러시아, 독일, 프랑스 등의 열강의 압력에 의해 조선에서 물러나게 될지도 모를 일이다.

그리고 이노우에가 내다본 대로 얼마 뒤 일본은 결국 청국과의 전쟁에서 이겨 대만 팽호도 그리고 요동반도를 청국으로부터 빼앗게 되지만 러시아, 독일, 프랑스의 3개국은 일본에 압력을 가해 요동반도를 청국에 반환하도록 만들어버린다.

청국과의 전쟁을 치르고 난 일본은 이 3개국 아니 러시아 한 나라와도 전쟁을 치를 수 없을 만치 국력이 약화되어 있었기 때문에 그들로서는 눈물을 삼키면서 요동반도를 반환할 수밖에 없었다.

보기에 따라서는 동북아시아의 정세판도에 큰 영향을 미치게 될 공주회전을 앞두고 일본군과 정부군은 속속 공주에 몰려들고 있었다.

10월 11일 서울을 떠난 이규태는 과천, 수원, 성환을 거치면서 주변 읍의 수령들이 보내는 음식과 물품들을 받는 재미에 사로잡혀 느릿느릿 진군하고 있다가 '동학군이 공주로 육박해 오고 있다'는 급한 전갈을 받고서야 서둘러 24일에 공주에 닿았다.

한편 일본군은 10월 5일 용산을 출발해서 1개 중대씩을 동로(東路=충주, 문경, 대구), 서로(西路=수원, 천안, 공주, 전주), 중로(中路=용안, 죽산, 청주, 성주)의 3개 분진대로 나뉘어 진군시켰다.

동로 분진대를 가장 먼저 출발시킨 것은 동학군을 서남방으로 쫓아 몰고 중·서로 분진대와 연락을 취하면서 전과를 극대화하려는 것이었다.

11월 3일에는 용산수비대의 2개 소대와 인천에 주둔하고 있던 1개 소대를 합친 3개 소대로 1개 중대를 만들어 인천에서 바닷길로 아산에 보냈다. 이틀 뒤 아산에 상륙한 이 1개 중대는 측면 지원부대였다.

✻

공주로 진격하기 전 전봉준은 논산에서 충청감사 박제순에게 다음과 같은 내용의 글을 보내 동학군과 함께 움직여줄 것을 간청했다.

양호창의영수(兩湖倡儀領首=전라도와 충청도 의병의 우두머리) 전봉준은 백 번 절하고 호서순상각하(湖西巡相閣下=충청도 관찰사 각하)에게 글을 올립니다.

하늘과 땅 사이에서 사람은 강기(綱紀=나라의 법규와 사회의 도덕)가 있어 짐승과는 다르다고 합니다. 이를 지키지 않으면 사람이라고 할 수가 없습니다. 하물며 일본 침략자들이 험한 말과 군대의 힘으로 우리 임금님을 괴롭히고 우리 민중을 근심케하니 어찌 참을 수 있겠습니까?

옛날 임진왜란 때 왜구가 쳐들어와 군친을 욕보이고 백성들을 마구 죽였으니 모두가 분개하여 천고에 잊을 수 없는 한이 되었습니다.

초야에 있는 필부나 어린아이까지도 아직도 그 울분을 감추지 못하고 있는데 더구나 각하는 정부의 녹을 먹는 충신으로서 그 울분이 우리 평민보다 몇 배나 더하지 않겠습니까.

지금 조정 대신들은 망령되어 구차하게 자기 자신의 안위에만 정신을 빼앗겨 위로는 임금님을 위협하고 아래로는 백성을 속여 일본과 손을 잡아 삼남의 인민들에게 선왕의 힘없는 백성들을 해치고자 하니 참으로 어떤 뜻이며 무엇을 하려고 하는 것입니까?

지금 내가 하려는 일은 매우 어려운 일이라는 것을 알고 있으나 일편단심으로 죽음을 각오하고 나라의 신하로서 두 마음을 품은 자들을 소탕하여 조선 5백년의 은혜에 보답코자하니 각하는 크게 반성하여 의로써 같이 죽는다면 천만다행이겠습니다.

갑오 10월 16일 논산에서 삼가 올림

그러나 글귀마다 나라와 백성을 사랑하는 충정이 담긴 전봉준의 격문을 충청감사 박제순은 받아들이지 않았다.

"미리 내다보았던 대로지만 박제순은 서울로 올라가려는 우리 길을 막을 생각인 것 같소."

전봉준이 웃는 얼굴로 참모회의에서 공주로 진격할 것을 지시했다.

"이제는 공주를 쳐서 함락시킨 뒤 서울로 향하는 일만 남은 셈이오."

드디어 동학군은 논산을 떠나 공주로 향하기 시작했다. 동학군이 행군

얼굴 없는 軍師 두억시니

하는 것을 연도에서 지켜본 사람들은 한결같이 놀랐다. 그들은 평생 이토록 많은 인원이 한꺼번에 이동하는 것을 본적이 없었기 때문이다.

"아니 동학군은 정말 백만대군인 모양이구나."

"이렇게 많은 동학군이 쳐올라가니 이번에는 세상이 달라지겠다."

줄줄이 이어진 동학군의 대열은 참으로 볼만했다. 당시 논산에 집결한 동학군의 수효는 11만 7천 5백 명이었다는 기록과 22만 7천 명이었다는 기록도 있다.

하지만 전봉준이 잡히고 난 뒤에 털어놓은 바에 따르면 공주회전 때 자신의 부대는 4천 명이었고 전군이 1만 명 정도였다고 한다.

관군쪽에서는 당시의 동학군을 4만 명가량으로 보고 있었다.

✳

전봉준이 잡혀서 공초(供招=죄인이 범죄사실을 진술하던 일)받을 때 밝힌 바에 따르면 전봉준의 직속부대는 고작 4천명이었고 전군이 1만 명 정도였다고 했으나 서울에 전해진 동학군의 수효는 10만, 20만으로 불어나 있었다.

지금도 그렇지만 한눈으로 많은 사람의 수효를 파악한다는 것은 그리 쉬운 일이 아니다. 더구나 당시만 하더라도 몇 천 명이라는 인원은 무척 많은 것이어서 일반 농민이나 장사치들 눈에는 몇 만 명으로 비쳤을 가능성이 높다.

그래서 동학군의 행군을 목격한 사람들의 입으로부터 입으로 전해진 수효는 10만도 되고 20만도 됐을 것이다.

"20만의 동학군이 서울을 향해 쳐들어오고 있다."

"동학군이 서울에 들어오면 엄청난 유혈복수극이 벌어질 거야."

"그렇지. 벼슬아치나 양반 그리고 큰 부자 등 백성의 피를 빨아먹거나 괴롭힌 자들은 무사하지 못하겠지."

"이미 동학군의 밀정이 서울에 몰래 들어와 동학군 주력부대가 서울을 점령했을 때 처형할 인물들의 명단을 작성하고 있다는군."

갖가지 유언비어가 퍼져 사람들을 갈팡질팡하게 만들었으며 벼슬아치나 조금 잘사는 집안에서는 언제 동학군이 서울 가까이 진격해오더라도 피난길에 오를 수 있도록 짐을 꾸리기도 했다.

조정도 바짝 긴장하지 않을 수 없었다. 대원군의 은퇴로 다시 권력을 되찾은 민비는 자신의 직속부대인 갑자대를 전멸시킨 동학군 특히 두억시니에 대해 공포감어린 강한 증오심을 품고 있었다.

'만약 동학이 서울까지 들어온다면……' 민비로서는 생각만 해도 끔찍한 일이었다.

'동학군의 괴수 전봉준의 목에 상금을 걸어 하루빨리 그 무리를 없애도록 부채질 해야겠구나' 일본군과 조선정부군이 서울을 떠나 남쪽으로 향할 때 다음과 간은 알림이 군사들에게 전해져 있었다.

하나는 조선군의 군중규율은 모두 일본군의 규칙에 따라야 한다는 것이었다. 아울러 조선군의 군사행동은 일본인 지휘관 시로끼 중위와 야마모또 소위의 지휘를 받도록 돼 있었다.

또 하나는 동학군의 우두머리인 전봉준을 죽이고 그 목을 잘라오는 자에게는 많은 상금과 함께 훈위(勳位=공훈과 위계)까지 내린다는 것을 널리 알렸다.

전봉준을 체포한 자, 있는 곳을 밀고한 자도 그에 따른 포상이 약속돼 있었다. 얼마 뒤 공주에서의 싸움에서 패전한 전봉준은 달아났다가 포상금에 눈이 어두운 부하의 배신으로 끝내 잡히게 된다.

아무튼 일본군과 조선정부는 무슨 수를 써서라도 전봉준을 없애려고 악을 쓰고 있었다.

여섯번째 이야기

시 체 의 산 더 미 시 성 산

屍 城 山

전봉준이 공주를 향해 북쪽으로 올라가고 있을 즈음, 같은 동학의 북접군도 남으로 내려오는 관군을 맞아 싸움을 벌이고 있었다.

동학 북접군과 관군의 접전은 10월 22일부터 27일까지 세성산에서 치러졌다. 목천 남쪽에 자리 잡은 해발 220m의 세성산은 북서쪽이 높이 솟아있고 동남쪽은 울창한 숲으로 이어져 있다.

동학 북접군의 김복용 장군이 진을 치자 이두황이 이끄는 관군과 일본군이 목천으로 쳐들어갔다.

세성산의 동학삼로(東學三老=동학군의 세 원로)라 불리우는 김화성, 김용희, 김성지가 이끄는 동학군은 산 위에 요새를 세우고 산성의 높은 담벽 사이에 막사를 두어 관군의 공격을 어렵게 만들었다.

산성의 동학군 사기가 하늘을 찌를 듯이 드높았던 것은 관군이 쏜 총알도 동학의 주문으로 막을 수 있다고 굳게 믿고 있었기 때문이다.

"쾅! 쾅!"

관군은 동남쪽으로부터 포격을 가하고 일본군이 앞장서 산성으로 돌격했다. 산성의 동학군들도 구식소총인 조총을 지니고는 있었으나 대부분은 칼을 지니고 있었다.

주문의 힘만을 믿고 동학군이 몸을 드러내 칼을 휘두르려고 할 때 일본군의 일제사격이 그들에게 퍼부어졌다.

"탕! 탕! 탕!"

콩 볶는 듯한 총소리가 요란하게 울려 퍼지면서 동학군은 마구 쓰러져 갔다.

'이럴 수가…… 동학의 주문이 총알을 막아내지 못하다니……' 피투성이가 되어 쓰러지는 동학군은 한결같이 눈을 크게 뜨고 못 믿겠다는 표정을 지으면서 숨을 거두었다.

'주문이 총알을 막아준다'는 말이 거짓임을 알게 된 동학군은 단숨에 사기가 땅에 떨어지고 무너져버렸다.

일본군의 일제사격으로 흩어져 달아나기 시작하는 동학군에게 관군이 덮쳤다. 관군은 마치 토끼사냥을 하듯이 동학군을 마구 죽였다.

저항을 포기한 채 그래도 혹시나 하고 주문을 외우고 있던 동학군이 관군에 의해 살해당하는 모습은 처참하기만 했다.

'일본군과 관군이 죽인 동학군의 시체가 산더미같다 해서 뒷날 이곳 주민들은 이 산을 시성산(屍城山)이라 부르게 됐다'고 1982년 천원군 문화공보실이 펴낸 천원실록에 적혀 있다.

✻

일본군의 일제 사격과 관군의 살육을 겨우 피해 북쪽 암벽으로 도망간 동학군들도 있었다. 그러나 그들이 한숨 돌릴 사이도 없이 암벽 아래 숨어있던 관군의 공격으로 무참히 살해당하고 사로잡혔다.

이 전투에서 동학 북접군의 맹장인 김복용과 중군 김영우, 화포대장 원전옥 등이 사로잡혀 총살되고 말았다.

많은 군기 중 조총 140자루, 창 288자루, 긴 화살 3,200개, 청나라제 탄환 36상자 2만6천5백발, 식량 650여 섬 등을 관군은 빼앗았다. 죽은 동학군은 370여 명에 이르렀고 다친 사람은 400명을 넘었으며 포로가 17명이었다.

전투는 동학 북접군의 참패로 끝났으나 그 다음이 또 문제였다. 세성산이 함락되기 전 이 부근 주민들이 동학군과 합세해서 일본인들을 잡아다가 산성 중턱의 향나무에 매달아놓고 처단해버린 일이었다.

그런 일도 있었기 때문에 전투가 자기네 승리로 끝나자 일본군과 관군은 마을 주민 모두를 부역자로 몰아 마구 죽이려 했다. 당시 70호 가량 있었던 세성산 마을 주민 가운데 안동 김씨가 있어서 서울에 연락해 그래도 반 가량은 살아남을 수가 있었다.

당시는 민비를 정점으로 삼은 민씨 일족이 나라를 좌지우지 하고 있었으나 민씨 이전의 세도가인 안동 김씨의 말발은 살아있었다.

"동학의 주문이 총알을 막아주지 못한다는군."

"일본군과 관군의 신식총은 백발백중이래."

"도저히 일본군을 감당해내지 못하겠네."

세성산 전투에서 동학 북접군이 무참히 패배했다는 소식은 삽시간에 퍼져 다른 곳의 동학군 사기에도 나쁜 영향을 주었다.

전주성을 함락시킬 때에도 관군의 대포나 소총의 사격으로 적지 않은 동학군이 목숨을 잃었으나 그래도 그때까지만 해도 동학의 주문이 총알을 막아준다고 믿는 동학군이 많았다. 그러나 신식무기로 무장한 일본군과 관군은 이러한 동학군의 믿음을 단숨에 산산조각내고 만 것이다.

경기도와 충청북도의 여러 고을에서는 미처 싸우지도 않고 흩어져 도망가 버리는 동학군이 나오기도 했다.

충청남도의 바닷가 홍주에서도 동학군이 크게 진을 치고 있었으나 관군의 군관 이승우에게 탈환되고 말았다.

세성산 전투로 관군의 사기가 오른 반면 동학군은 사기도 떨어지고 군기와 군량도 모자라 공주회전이 벌어지기 전부터 어려움에 시달리게 됐다.

세성산 전투에서 크게 이긴 이두황은 그곳에 사흘 동안 머문 뒤 300명을 수비대로 남기고 공주로 돌아갔다.

✳

'일본의 세력을 이땅에서 내쫓고 나라의 정치를 바로잡겠다' 는 봉기명분을 앞세운 동학군은 전봉준의 인솔 아래 공주로 향했다.

동학군의 선두에는 전주성을 점령했을 때의 군사들이 배치돼 있었다. 이들은 동학군의 최정예로서 당연히 사기도 높았고 사명감에도 불타고 있었다. 논산을 떠난 동학군은 두 갈래로 나뉘어 물밀듯이 공주를 향해

얼굴 없는 軍師 두억시니

압박해 들어갔다.

한 갈래는 노성에서 경천으로 가는 길이다. 이 길은 무너미고개를 지나 효포를 거쳐 곰치고개를 넘어 공주를 넘볼 수 있는 동쪽 진격로였다.

또 하나의 길은 노성에서 취병산을 넘어 이인으로 가는 길이다. 이 길은 우금치나 곰나루를 넘어 공주에 이르는 서쪽 진격로였다.

전봉준이 이끄는 주력부대는 노성을 거쳐 경천에 진을 쳤다. 동학군 주력부대에는 청국군 50명도 끼어 있었다.

청일전쟁에서 참패를 거듭하고 있던 청국군의 패잔병 50명은 동학군에 합세해서 일본군과 싸우기로 마음먹은 것이다.

동학군 주력부대가 진을 친 경천은 공주감영과 30리 거리에 있었다.

"장군! 공주감영의 중군을 잡아왔습니다."

동학군의 군사들이 관군의 장수 한 사람을 포박해서 본진으로 끌고 왔다. 전봉준은 물끄러미 포로를 바라보더니 싱긋 웃고 한마디 배앝았다.

"장군! 운이 없었구려. 그러나 이것도 하늘의 뜻인지 모르겠소."

묶인 채 바닥에 꿇어앉은 공주감영의 중군은 공포와 긴장으로 달달 떨고 있었다. 그때 밖이 갑자기 소란해졌다.

"와와! 큰일이다."

"소가 미쳐 날뛴다. 총으로 쏘아 잡아라!"

갑자기 본진 막사 앞마당이 시끄러워졌다.

"……."

전봉준과 옆자리의 두억시니의 눈이 마주치자 두억시니는 등에 지고 있던 칼을 풀고 막사 밖으로 나간다.

"장군! 이번에는 운이 좋소. 좋은 구경거리를 보여 드리겠소."

전봉준이 부드러운 표정으로 포로에게 말을 건네고 군병에게 눈짓해서 포로도 막사 밖으로 끌어내게 했다.

본진 막사 앞마당은 난장판이었다. 큼지막한 황소가 이리저리 마구 달리면서 사람들을 뿔로 받으려 하고 있고 동학군은 혼비백산해서 도망 다니느라 바빴다.

이미 두 사람의 동학군이 옆구리를 황소 뿔에 찔려 피투성이가 된 채 땅바닥에 굴러 있고 몇 사람의 동학군은 조총으로 황소를 겨냥하고 있었다.

"쏘지 마라!"

두억시니의 목소리는 크지 않은데도 무게가 있었고 듣는 이로 하여금 믿음직한 마음을 갖게 만든다.

아무런 무기도 갖지 않은 두억시니가 겁도 없이 뚜벅뚜벅 다가서자 황소는 충혈된 눈으로 그를 바라본다.

'맞아. 저 복면사나이가 동학군의 군사라는 두억시니다' 공포에 질린 나머지 움츠려들었던 포로는 그제서야 두억시니를 알아보았다.

'그런데 두억시니는 맨손으로 미친 소에게 다가가서 도대체 무엇을 어떻게 하려는 것일까?' 황소의 주의가 두억시니에게 쏠리자 날뛰는 황소를 피해 우왕좌왕하던 동학군의 군사들도 도망가지 않고 흥미어린 눈초리로 사태가 어떻게 돌아가는지 지켜보고 있다.

이곳 주민들이 동학군을 환영해서 먹거리로 바친 이 황소를 동학군들이 잡느라고 휘두른 쇠망치가 그만 빗나가는 바람에 황소는 고삐를 끊고 미쳐 뛰기 시작한 것이었다.

쇠망치를 빗맞아 이마에서는 피가 흐르고 눈이 적의로 충혈된 황소는 마치 맹수나 다름없었다.

"어떻게 될까? 아무리 군사가 힘이 장사라 해도 저 큰 황소는 당해내지 못할 것 아니겠는가?"

"글쎄 힘으로는 당하기 어렵겠지."

"무슨 소리. 군사가 어디 보통사람인가 아마 호랑이도 맨손으로 때려잡을 거야."

바야흐로 두억시니의 무예는 하나의 전설로 자리 잡아가고 있었다. 시선을 두억시니에게 고정시킨 황소가 머리를 낮추어 뿔을 세우고 두 앞발로 땅을 번갈아 긁는다. 소가 공격하려 할 때의 예비동작이다.

"와아아!"

드디어 황소가 땅을 박차고 두억시니를 향해 돌진하자 구경꾼인 동학군의 군사들은 흥분한 나머지 함성을 지른다.

"앗!"

누구나가 황소 뿔에 받혀 공중에 뜬 두억시니를 예상했다. 그러나 황소가 눈앞에 다가선 순간 두억시니는 가뿐히 몸을 날려 살짝 옆으로 피하더니 번개처럼 오른손의 손날을 휘둘렀다.

"움매에에!"

"와아아!"

황소의 창자를 쥐어짜는 듯한 울부짖는 소리와 동학군의 우렁찬 함성이 한데 뒤엉킨 허공에는 뿌리로부터 잘려져 나간 황소 뿔이 떠 있었다.

'아니 이게 생시인가? 꿈인가? 사람이 맨손으로 황소 뿔을 잘라 내다니……' 이 광경을 지켜보던 동학군과 포로의 놀라움은 그것으로 끝나지 않았다.

숨결이 거칠어진 황소의 움직임은 아까 날뛰던 때보다 둔해져 있었다. 가벼운 발걸음으로 잽싸게 황소에게 다가선 두억시니는 황소가 다시 머리를 숙여 공격 자세를 취하는 순간 주먹을 황소 귀 밑에 꽂았다.

"파악!"

급소인 귀 밑을 강타당한 황소는 울부짖지도 못한 채 그대로 두 앞발부터 구부리면서 폭삭 고꾸라지고 만다.

"와아아!"

동학군들은 마치 전투에서 큰 승리나 거둔 것처럼 기쁨의 환성을 질렀다.

'우리에게는 저토록 무예에 뛰어난 막강한 군사가 뒤를 받쳐주고 있다'는 마음 든든함이 동학군의 사기를 드높이고 있었다.

두억시니는 손을 흔들어 군사들의 환호에 답하고 막사로 들어갔다. 군사 여럿이 뛰어나와 죽은 황소를 끌고가 저녁 식사 준비를 시작했다.

잠시 뒤 전봉준과 함께 본진 막사로 돌아온 포로는 두억시니와 눈이 마주치자 오싹하고 온몸에 소름이 끼쳤다.

"장군! 운이 없었구려."

두억시니도 전봉준과 똑같은 말로 우선은 포로로 잡혀온 것을 위로했다.

"자아, 이제는 장군이 우리에게 들려줄 이야기가 있을 것 같은데 어디 들어봅시다."

누구의 명이라고 거역하겠는가. 황소를 주먹 한 대로 때려잡은 사나이가 물어보는데 어찌 대답을 망설일 수 있겠는가.

"네, 사실 드릴 말씀이 있습니다."

지난날에는 죄수나 포로를 심문할 때에 일반적으로 두 다리를 한데 묶고 그 사이에 두 개의 주릿대라는 붉은 막대기를 끼워 비트는 고문방법을 썼다. 엄청난 육체적 고통을 줌으로써 자백을 끌어내려는 것이다. 그러나 두억시니의 황소 때려잡기는 실제로 주릿대를 트는 것 이상의 충격을 포로에게 주어 그의 입을 저절로 열게 만들었다.

＊

"아니 그게 사실이오?"

포로인 공주감영의 중군이 털어놓은 말에 전봉준과 두억시니는 놀라움을 감추지 못했다.

"그렇다면 지금 공주감영이 비어 있는 것은 우리를 그곳으로 유인하여 포살하기 위한 계략이란 말이오?"

"그렇습니다. 관찰사 박제순은 일부러 공주감영을 비운 뒤 그곳에 동학군 본진이 들어오면 숨어있던 쌍수산성으로부터 공격을 할 계획입니다."

"흐음. 그래서 공주감영이 텅텅 비어있다는 보고가 들어왔군."

얼굴 없는 軍師 두억시니

전봉준은 정탐꾼으로부터 공주감영이 비어있다는 보고를 받고 관찰사 박제순이 겁을 먹고 줄행랑친 것으로 잘못 알고 있었다.

박제순이 파놓은 함정인줄 모르고 공주감영에 마음 놓고 들어갔다가 신식무기로 집중적인 기습을 당하면 큰 타격을 입을 것은 뻔했다.

"허어! 이거 가볍게 움직여서는 안 되겠는데……."

"하하하하! 하늘이 이런 분을 보내 관찰사의 계략을 알려서 우리를 도와주시는군."

큰 싸움을 앞두고 있는데도 전봉준과 두억시니로부터는 긴장감을 느낄 수가 없었다. 아니 어쩌면 긴장이 지나친 나머지 기회 있을 때마다 웃음으로 그 긴장을 날리고 있는지도 모를 일이었다.

주력부대를 경천에 머물게 한 전봉준은 공주를 에워싸는 입체적인 작전을 세워 지휘했다. 최한규에게 3천 명의 군사를 내주어 공주의 왼쪽인 유구에 진을 치고 있다가 주력부대가 금강을 건너기만 하면 바로 서울을 향해 진격할 수 있도록 길을 뚫으라고 지시했다.

홍성, 예산에서 진을 치고 있던 동학군에게는 공주의 측면을 압박해 관군과 일본군의 병력을 분산시키도록 꾀했다. 예산에서는 홍주목사 이승우가 이끄는 관군을 동학군이 크게 깨뜨려 사기를 높였다.

아무튼 공주 외곽 곳곳에서 동학군이 덤비는 바람에 일본군과 관군은 신속하게 공주에 집결할 수가 없어 애를 먹었다.

공주는 북쪽으로 금강이 감싸 흐르고 있고 나머지 동·서·남의 3면은 봉황산, 견준산, 우금고개, 주미산 능티, 월성산 뱁새울 등의 산으로 둘러싸여 있는 천험의 고장이었다.

이 험한 지형 때문에 한때는 웅천이란 이름으로 백제의 도읍지가 됐던 것도 외적의 침입을 막는데 안성맞춤이었기 때문이다.

지키기에는 천연적으로 유리하고 공격하기에는 불리한 공주성에 최신 식무기를 갖춘 일본군과 정부군이 그래도 공주 외곽에서의 전투를 겪으면서 차례차례로 입성해 동학군 주력부대와의 결전을 대비하고 있었다.

공주 영내에서는 동학군의 대병력에 맞서기 위해 일본군의 스즈키가 조선군의 신병을 훈련시키고 있었다.

물밀듯이 공주를 향해 밀려닥친 동학군 주력부대는 그러나 큰 고민을 안고 있었다.

＊

전봉준이 이끌고 공주 외곽에 다다른 동학군에는 김개남 부대와 손화중 부대가 끼어있지 않았다.

호남의 동학군은 전봉준, 김개남 그리고 손화중의 세 장군이 통솔하는 세 부대가 하나로 뭉쳐야만 큰 힘을 나타낼 수 있었지만 손화중 부대는 남쪽 바다로부터 상륙해올지 모를 일본군에 대비한다 해서 광주로 내려가 그곳에 그리고 용맹하기로 이름난 김개남 부대는 전주에 내려가 그곳에 머무르고 있어 한마디로 동학군의 힘은 분산돼 있었다.

"장군! 우리가 공주성을 점령하고 서울로 북상하려면 지금의 병력으로는 아무래도 힘에 겨울 것 같소. 그러니 하루빨리 김개남 장군과 손화중 장군에게 합류하도록 요청하시오."

두억시니는 이미 몇 차례 전봉준에게 김개남, 손화중에게 전주와 광주를 떠나 공주 공략 참여를 요청하도록 건의했다.

실제로 전봉준은 이 두 장군에게 공주를 함락시키고 서울로 쳐 올라가야만 동학군이 봉기한 목적을 이룰 수 있으니 부디 공주 공략 대열에 참가해주도록 요청했다. 그러나 두 장군은 꼼짝하지를 않았다.

두 장군의 움직임에는 그들의 성격이 그대로 반영되고 있었다. 지나치게 신중하다는 평을 들었던 손화중은 공주 공략에 참여할 경우 등 뒤인 남쪽 바다로부터의 일본군 상륙이 께름칙했고 용맹스럽기는 하지만 심사숙고하는 타입이 아닌 김개남은 전주가 호남의 중심이기 때문에 중요하다는 생각에만 사로잡혀 각각 그 자리를 움직일 엄두를 못내고 있었다.

얼굴 없는 軍師 두억시니

"허허! 이것 참 일이 어렵게 꼬여가는구려. 군사! 김개남과 손화중 두 장군은 아무래도 이번 공주 공략에는 참가하지 못할 것 같소."

공주 공략을 위해 본격적으로 주력부대를 움직이기 시작하는 전날 밤 전봉준은 두억시니에게 가벼운 말투로 전봉준의 주력부대와 다른 지방의 군소부대만으로 공주를 칠 수밖에 없을 것 같다고 털어 놓았다.

두억시니는 고개를 끄덕이면서 자신의 의견을 말했다.

"아무래도 김개남과 손화중 두 장군은 이번 공주 공략이 동학봉기가 성공하느냐 아니냐의 큰 갈림길인줄 모르는 것 같소."

한동안 말을 멈춘 두억시니가 다시 말을 이어 섬칫한 결론을 내렸다.

"장군! 이번 공주에서의 싸움에서 지면 우리 모두 죽게 됩니다."

"……."

너무나 직설적인 말에 전봉준도 잠시 대꾸할 마음의 여유를 잃었다.

"그렇지. 진다면 그렇게 될 수밖에 없겠지."

전봉준이 지그시 눈을 감고 말한다.

"그렇습니다. 장군! 생각해보시오. 이번 전투에서 우리가 지면 김개남과 손화중 장군의 부대도 차례로 섬멸당하고 맙니다."

"……."

"사나이들이야 나라를 뜯어고치려고 어차피 목숨을 내걸었지만 남은 동학의 아녀자들까지도 살육을 당하거나 곤욕을 겪게 되겠지요."

두억시니의 이 말에 그때까지만 해도 태연자약하던 전봉준의 표정에 어두운 그림자가 스친다.

"맞소! 군사 내 마음에 가장 걸리는 것이 바로 그 점이오."

옳은 일을 위해서는 목숨 바치기를 꺼려하지 않는 용기를 지녔으면서도 인정이 많은 전봉준은 늘 약한 아녀자들에 대한 걱정을 떨쳐버리지 못했다.

오래지 않아 형장의 이슬로 사라진 '녹두장군' 전봉준을 많은 사람들이 두고두고 잊지 못하는 것은 무엇보다도 생전 그의 마음이 따뜻했기 때문이다.

"장군! 한 번 더 김개남 장군과 손화중 장군에게 원군을 요청해 보시오."

"아무래도 그래야겠소. 하지만……."

전봉준과 두억시니는 양쪽 모두 이 원군 요청이 받아들여지지 않으리라는 예감을 느끼고 있었다.

＊

전봉준이 공주 공략에 집착한 것은 공주를 함락시키고 난 뒤 설사 서울 진격이 뜻대로 되지 않더라도 지키기 쉽고 공격하기에 어려운 공주성에서 버티고 시간을 끌면 방방곡곡에서 반일 세력이 들고 일어나 러시아를 비롯한 열강의 일본 견제와 맞물려 상황이 호전되리라 여겼기 때문이다.

또 하나는 공주가 십승지(十乘地＝피난하기 좋다는 열 군데의 땅) 가운데 하나로 예부터 전해 내려왔기 때문에 공주는 일본군을 막기에 마땅한 곳이라는 생각이 강했다. 전봉준도 그 당시의 거의 모든 사람들이 그랬듯이 풍수지리설에 깊이 빠져 있었다.

일본도 또 다른 이유에서 공주가 매우 중요하다고 여기고 있었다. 일본은 만약 공주를 동학군에게 빼앗긴다면 일본군과 관군에게 매우 어려운 상황이 닥치리라 내다보고 있었다.

공주에 내려와 있던 이노우에 일본공사의 보고를 간추리면 다음과 같다.

공주는 충청도의 도부(都府＝서울)로서 중요한 위치를 차지하고 있음으로 만약 공주가 적의 손에 넘어간다면 충청도가 몽땅 무너질 것입니다.

동학당의 형세를 보면…… 그들을 강원도나 함경도 방면으로 도망치게 한다면 뒤탈이 적지 않을 것으로 여겨집니다.…… 이번에 신속히 동학당을 진압하여 조선정부의 내환을 제거하는 것이 내외적으로 대단히 시급한 일이라 생각됩니다.

따라서 우리 정토군(征討軍=무력을 써서 적이나 죄 있는 무리를 치는 군대)의 세력, 특히 동북방면의 세력을 보강하여 적도(敵徒=적의 도당)가 강원, 함경, 양도로 도주하는 것을 막아야 합니다. 아울러 토멸(討滅=쳐서 멸함)의 성과를 빨리 거두기 위해 수비대 가운데서 1개 중대를 더 동로로 파견해 적도를 서남방면으로 쫓아버려 끝에 가서는 서로의 우리 군대와 함께 포위공격, 한꺼번에 무찌르고져 합니다.

한 마디로 일본은 공주를 동학군에게 넘기지 않기 위해 있는 힘을 다하고 동학군에게 이긴다 해도 그들이 강원도, 함경도 방면으로 도망쳐 올라가 청나라 그리고 러시아와 손을 잡지 못하도록 막아야겠다고 마음먹고 있었다.

일본군의 전략은 공주 전투에서 동학군을 깨뜨린 뒤 도망가는 동학군을 서남쪽으로 몰아 섬멸한다는 것이었다.

그리고 보면 동학군이나 관군을 포함한 일본군이나 양쪽 모두 공주가 중요하다는 사실을 강하게 인식하고 있었던 셈이다.

전주의 김개남과 광주의 손화중으로부터의 원군을 언제까지나 기다릴 수도 없었던 전봉준은 드디어 공주공격의 명령을 내리고 그가 이끄는 동학군을 두 패로 나누어 한패는 경천으로부터 판치를 넘어 효포, 능치를 거쳐 공주를 압박해 들어가도록 했고 또 한패는 이인으로부터 북쪽으로 거슬러 올라가 공주를 공격하도록 했다.

작게는 조선반도, 크게는 동북아시아 정세에 큰 영향을 미치게 될 공주에서의 싸움을 시시각각으로 다가오고 있었다.

*

동학군의 군사라기보다 지리산패의 두령으로서의 두억시니가 그의 심복인 족제비와 단 둘이 대화를 나누는 것은 참으로 오랜만이었다.

그동안 긴박한 상황변화가 숨돌릴 사이 없이 이어지다 보니 두 사람이 속을 털어놓고 이야기를 나눌 시간적 여유마저 없었던 것이다.

전봉준이 동학군을 두 패로 나누어 공주를 공격하도록 명령을 내린 직후 두억시니와 족제비는 마주앉아 서로가 지니고 있는 정보를 교환했다.

두억시니의 막사 안에는 그와 족제비 단 두 사람 말고 다른 사람이 없었는데도 말 못하는 사람들처럼 그들은 수화로 의사소통을 하고 있었다. 대화의 내용이 매우 중요해 관군의 간자뿐만 아니라 동학군에게도 알리고 싶지 않았기 때문이다.

"결국 실패하고 말았네."

복면 속의 두 눈에는 웃음을 머금고 있으면서도 두억시니가 손짓으로 표현한 첫 마디는 매우 어둡고 무거운 내용이었다.

"두령! 그러시다면 전봉준 장군이 두령의 건의를 받아들이지 않으셨다는 말씀입니까?"

족제비가 놀란 표정으로 역시 수화로 묻는다. 잠시 허공을 물끄러미 바라보고 있던 두억시니가 고개를 끄덕였다.

"그렇다네. 다른 건의는 모두 받아들였던 전봉준 장군이 이번만은 나의 건의를 외면하고 굳이 공주공격을 결정해버렸네."

"……."

"족제비! 어떤가? 지금 공주를 지키려고 내려온 일본군은 대략 500명은 넘는 것이 아닌가?"

"두령! 맞습니다. 공주와 그 언저리에 깔아 놓은 간자들의 보고를 종합하면 500명이 넘습니다. 아마 600명 정도가 되지 않을까 짐작됩니다."

"600명이라……."

두억시니는 지그시 눈을 감더니 잠시 생각에 잠긴다.

"족제비! 그 600명의 일본군이 지닌 신식화기와 수많은 관군에 맞서려면 구식무기밖에 갖지 못한 동학군이 얼마나 있어야 되는지 아는가?"

"글쎄요, 얼마나 있어야 될까요? 지금의 곱인 2만 명은 있어야 되는 것 아닙니까?"

얼굴 없는 軍師 두억시니

"아닐세, 4~5만 명은 있어야 되네. 그것도 목숨을 초개처럼 여기는 4~5만 명이 있어야 돼. 그리고 그 4~5만 명이 야간기습의 실전경험도 지니고 있어야만 그 가운데 1만 명가량을 희생시킨 뒤 겨우 이길 수 있네."

그러니까 두억시니는 목숨을 아끼지 않는 4~5만 명이 야간기습을 감행해서 그 가운데 1만 명가량은 일본군 600명과 관군의 신식무기에 희생당할 것을 각오해야만 어렵사리나마 승산이 있다고 보는 것이다.

그러나 실제로 전봉준의 직속부대는 4천 명에 불과했고 동학군은 전군이 1만 명 정도인데다가 전투경험도 많지 않을 뿐만 아니라 전세가 불리해지면 반수 가량은 도망가 버릴 것으로 보아야 하는 군사들이었다.

✳

"그래서 공주는 피하고 우회해서 서울로 진격하자고 전 장군에게 건의한 것인데……."

"두령! 전봉준 장군이 공주 점령에 집착하는 까닭은 역시 풍수지리설 때문입니까?"

"그렇다네. 전 장군은 풍수지리설에 깊이 빠져 계시네. 공주는 십승지 가운데 하나로 옛부터 전해져 내려오고 있지 않은가? 또 공주를 함락시키면 설사 그 뒤에 서울진격이 뜻대로 이루어지지 않더라도 한동안은 공주에서 버틸 수도 잇있다는 생각 때문일세."

두억시니의 속셈은 공주를 피해 서울로 쳐올라가면 조정이 공포에 떨게 되고 일본군도 당황하게 되니까 전국 각지에서 동학군뿐 아니라 일본 세력을 몰아내자는 뜻을 가진 농민들이 일제히 들고일어남으로써 러시아 등 열강의 개입을 유도해 일본의 조선침략을 견제하려는 것이었다.

"두령! 그러니까 지금의 동학군 1만 명만으로는 도저히 일본을 몰아내기 어렵단 말씀입니까?"

"매우 유감이지만 그렇다네. 더구나 공주에 매달려 있다가는 더욱 전망이 어두울 뿐일세. 게다가 김개남 장군과 손화중 장군은 북상을 안하고 있으니 말일세."

 그러니까 두령! 두억시니가 이길 가능성이란 거의 없는 싸움에 목숨을 바치려고 하고 있는 사실에 족제비는 가슴이 아팠다.

 "두령! 이길 수 없는 전쟁이라면 일단 지리산으로 철수하셔서 뒷날을 기약하시죠? 전봉준 장군이 두령의 건의를 받아들이지 않으셨으니 떠나실 명분은 충분하지 않습니까?"

 족제비의 이 말에 두억시니는 아무 대꾸도 하지 않는다.

 "두령! 그렇게 하시는 것이 이 나라의 앞날을 위해서는 도움이 되는 것이 아닙니까?"

 족제비는 일본과 관군의 연합군과 동학군의 전력을 냉정히 비교평가하고 공주를 피해 바로 서울로 쳐 올라가자는 두억시니의 건의를 전봉준이 받아들이지 않았다는 사실이 매우 못마땅했다.

 '두령과 같이 뛰어난 안목과 지략을 갖춘 인물이 또 어디 계시단 말인가? 전봉준 장군은 큰 실수를 저지르고 말았구나' 두억시니의 건의가 받아들여지지 않는다면 굳이 동학군에 남아 있어야 될 까닭이 없다는 것이 족제비의 생각이었다.

 "족제비! 잘 듣게. 공주에서의 싸움에서 우리는 이기지 못할 거야. 아니 살아남기조차 쉬운 일이 아닐 거야. 그러나 비록 우리가 패배하더라도 이 전쟁을 포기할 수는 없네."

 두억시니는 어린아이에게 타이르듯이 족제비에게 차근차근 이야기한다.

 "전봉준 장군이 이끄는 동학군 봉기는 설사 전쟁에 진다해도 역사에는 뚜렷이 남을 장한 일이 될 것일세."

 "……."

 "그러니 내가 이 마당에 어찌 전 장군을 버리고 떠나겠는가. 끝까지 갈 수밖에……."

 귀신을 때려잡을 만한 무예를 지니고 있으면서도 의리를 존중하고 정예 여린 두령을 바라보면서 족제비는 '내가 두령을 따라 죽을 각오를 하고 있는 것처럼 두령도 전봉준 장군의 거사에 끝까지 참여할 작정이로구나' 라고 생각했다.

＊

"군사는 좀 남아주시오."

공주 총공격을 논의하는 마지막 참모회의가 끝난 뒤 간부들이 모두 자리에서 일어나자 전봉준은 두억시니만을 불러 세웠다.

'공주를 우회해서 곧바로 서울로 향해 쳐 올라가자' 는 두억시니의 건의에 대해 전봉준뿐만 아니라 대부분의 간부들이 반대의견을 나타냈다.

먼저 공주를 함락시켜서 남부조선을 완전히 장악한 뒤 전주의 김개남, 광주의 손화중 등과 힘을 합쳐서 서울로 진격하는 것이 바람직하다는 의견이 지배적이었다.

자신의 건의가 받아들여지지 않자 두억시니는 더 이상 설득에 힘을 기울이지 않았다.

'어허! 이것도 하늘이 정한 운명일지도 모르겠구나. 공주싸움에 묶인 채 동학군의 꿈은 깨지고 마는구나' 일본군 600명과 관군이 지닌 신예무기의 위력을 알 까닭이 없는 동학군 간부들은 그저 종전의 관군보다 조금 더 화력이 강할 정도로 일본군을 평가하고 있었기 때문에 두억시니가 아무리 힘주어 설득하려 해도 소용이 없는 노릇이었다.

두억시니를 군사로 맞아들인 뒤 단 한 번도 작전 건의를 무시해본 적이 없던 전봉준이 이번에는 결정적인 순간에 두억시니의 건의를 외면한 것이다. 의견이 갈렸을 때에는 가장 우두머리인 전봉준의 결정에 따를 수밖에 없었다. 그 전봉준이 공주를 돌아서 서울로 가기를 거부한 것이다.

그러나 전봉준은 참모회의가 끝난 뒤 조금은 미안한 마음이 들어 두억시니를 다독거리기 위해 그를 남도록 한 것이다.

"군사! 이번만은 내 뜻을 따라주시오."

"허허. 언제나 장군의 결정에 따라야 하는 것이 동학군에 몸담고 있는 사람의 의무가 아니겠소."

"그렇게 말씀해주시니 고맙소. 우리 모두는 군사만을 믿고 있소."

"과찬의 말씀이십니다."

두 사람은 이 나라가 맞이하게 될 위기상황에 대해 이야기를 나누었다. 청나라가 일본에게 지고 있으니 일본의 조선반도 진출을 무력으로 막을 가장 가까운 세력은 아라사이며 머지않아 아라사와 일본이 한판 겨루게 될 가능성이 짙다는 이야기도 나누었다.

"군사! 군사의 생각은 어떻소. 일본을 이 땅에서 몰아내기 위해서는 우리 백성들이 어떻게 싸워야 하겠소?"

두억시니는 전봉준의 이 질문에 글을 씀으로써 대답했다. 장수막 안의 탁자에 놓인 벼루에 잠시 먹을 간 뒤 붓을 들어 종이에 단숨에 갈겨 쓴 글씨는 유격전이었다.

"유격전이라……?"

"그렇습니다. 장군! 우리 백성 모두가 유격대의 대원이 되는 것입니다. 그래서 동학군을 곳곳에서 돕는 것입니다."

"흐음! 그래만 준다면야……."

"다행히 우리 나라에는 지리산을 비롯한 깊은 산이 많기 때문에 지리적으로 유격전을 벌이기에 알맞습니다."

"그러자면 유격대 조직을 위한 핵심 인물들이 있어야 되지 않소?"

"바로 보셨소, 장군! 말씀대로요. 사실은 지리산패는 바로 그 핵심 인물 양성을 목표로 삼고 있었소. 그러나 민비가 이끄는 갑자대와의 사투로 갑자대는 전멸했고 지리산패도 많이 죽었습니다."

전봉준이 고개를 끄덕이며 두억시니의 다음 말을 자기가 대신했다.

"그랬었군. 지리산패가 크게 세력을 꺾이지만 않았더라면 전국에 흩어져서 또 다른 봉기를 이끌어줄 뻔했었구면."

"장군! 임진왜란 때 바로 명나라의 도움이 있었다고는 하지만 우리가 왜를 물리칠 수 있었던 것은 이순신 장군이 이끄는 수군이 제해권(=바다를 지배하는 권력)을 장악했던 데다 백성들이 곳곳에서 유격전을 벌여 왜군의 배후를 찔렀기 때문입니다."

전봉준은 진지한 표정으로 두억시니의 말에 귀를 기울이고 있었다.

일본군의 구 참모본부가 엮은 『일본의 전사』에 임진왜란 편인 '조선의 역(役=일본말로는 전쟁을 뜻함)'이라는 글이 있다. 그 글 가운데 다음과 같은 대목이 있다.

> 애당초는 잘 나가던 조선 전선(육상 전투지역에서 교전상태의 보병 전투단위가 형성한 선)도 당초와는 달리 차츰 교착상태에 빠져들어 갔다.
>
> 그 주요한 원인은 일본의 수군이 조선 해군의 명장 이순신의 용의주도한 작전계획 앞에 큰 손해를 입어 끝내는 제해권을 적에게 장악당한 때문에 탄약병량(彈藥兵粮=탄약, 화약과 군사의 식량)의 해상 보급에 어려움을 가져왔기 때문이다.
>
> 군사들의 식량이 궁핍해진 일본군은 현지에서 약탈을 저지르는 바람에 조선농민들의 원한을 사서 게릴라부대가 각지에서 봉기했다. 4면이 바다로 둘러싸여 해국 일본이라 불린 나라가 해전에서 패배해서는 도저히 승산이 없다.
>
> 원정군이 현지의 게릴라부대에게 괴롭힘을 당하는 것은 어느 전쟁에서나 마찬가지이지만 당시의 전쟁양식으로서는 게릴라부대는 상상을 넘어서는 거추장스러운 존재였을 것이다.

전봉준과 두억시니 두 사람은 한동안 말이 없었다. 지금의 형편으로서는 당장 전국 방방곡곡에서 유격전의 불길이 타오르기를 바라는 것은 무리였다.

"결국 민비는 갑자대를 잃은 대신 지리산패에도 큰 타격을 주어 우리의 계획에 큰 차질을 준 셈이었구려."

이윽고 전봉준이 신음하듯이 말했다.

"그렇소. 장군! 이제 공주 총공격을 장군이 결정하셨으니 앞일은 천운에 맡기고 최선을 다할 수밖에 없습니다."

"군사! 정말 고맙소."

전봉준은 공주공격을 놓고 자신과 의견이 다른데도 끝까지 따라주는 두억시니의 두 손을 꼬옥 잡고 감사의 뜻을 나타냈다.

✽

동학군이 두 갈래로 나뉘어 공주로 진격하고 있을 때 공주 일대에는 관군의 수효가 점점 늘어나고 있었다.

선봉장 이규태가 이끄는 경리청, 순무영, 통위영, 장위영 등의 군사는 모두 합쳐 3천 200명을 넘고 있었으며 여기에 일본군이 끼어있었다. 관군 가운데 가장 핵심적인 병력은 교도중대였다.

일본군 장교인 모리오 마사가즈 대위, 시로끼 세이따로 중위, 미야모또 다께따로 소위가 훈련시키고 지휘하는 교도중대는 최신식무기를 지니고 통제가 잘 이루어진 중대였다. 또한 교도중대에는 일본군 하사관 몇 명과 한국인 통역 2명이 배속되어 있었다.

관군에는 모젤총 400정과 탄약 4만 발을 일본군이 빌려주었고 탄약은 아무래도 모자랄 것 같아 3만 발을 추가로 제공해주었다. 강화에서 온 강화병은 슈나이더와 레밍턴 소총을 섞어서 주었으며 진남병에게는 모두 슈나이더 소충이 지급됐다.

죽창과 구식 조총으로 무장한 동학군이 이들 신식무기로 무장한 관군과 맞대결한다는 것은 '계란으로 바위 치기' 나 다름이 없는 노릇이었다.

관군의 중군은 이기동이 통솔하고 통위대는 오창성이 이끌어 금학동에 진을 쳤다. 장용진은 통위대 일부 군사를 이끌고 봉화대에, 구상조는 웅기에 각각 주둔하고 있었다. 공주영의 주력은 중군 이기동의 지휘 아래 주봉에 배치됐다.

얼굴 없는 軍師 두억시니

이미 10월 6일 공주에 도착해 있던 성하영과 백낙완은 견준봉(=개돌백이)에 자리잡아 동학군을 기다리고 있었다. 공주 동남쪽의 봉황산 효포봉과 연미봉에는 경리청군이 배치됐으며 이인과 판치에는 경리청군과 통위영군이 자리잡고 있었다.

모리오 마사가즈 대위는 우금고개를 지켰다. 공주 성안에는 총위병 1개 대대, 경리영병 1개 대대가 있었기 때문에 이들은 모리오 마사가즈 대위의 지휘 아래 들어갔다.

일본군의 도움을 받고 있는 관군의 전략은 동학군의 기세가 드높아 공주성이 겹겹으로 포위됐을 때는 공주를 사수하고 동학군의 기세가 꺾이면 성을 박차고 나가 반격하는 것이었다.

"전봉준도 이번에는 꼼짝없이 저승에 갈 수밖에 없게 됐네."

"아무렴 일본군이 빌려준 신식무기 앞에는 제아무리 동학군이라도 어찌할 수 없이 송장더미가 되고 말거야."

일본군 장교로부터 훈련을 받고 신식무기 다루는 법을 익힌 교도중대를 미롯한 관군은 실제 사격훈련을 통해 겪게 된 신식무기의 위력에 놀라지 않을 수가 없었다.

공주성과 그 일대의 관군 사이에 몰래 스며들어 있는 간자로부터 시시각각으로 보고를 받고 있는 동학군의 군사 두억시니는 이번 공주회전에서 동학군이 승리할 공산은 매우 희박하다는 사실을 미리 알고 있었다.

✽

전봉준과 두억시니 그리고 공주 공략에 나선 동학군이 목마르게 기다리고 있었는데도 원군을 이끌고 나타나지 않은 김개남은 도대체 무엇을 하고 있었던 것일까? 사실 동학군 가운데서 김개남 부대는 가장 용맹하기로 이름나 있었다.

우두머리인 김개남 장군의 성격이 워낙 사나운데다 그 부하들도 거의 모두가 거친 사나이들이었다.

김개남은 1853년에 태인 땅 산외면 지금실에서 부잣집의 셋째 아들로 태어났다. 그 또래의 어린이들이 그랬듯이 김개남도 서당에 다녔으나 어쩐 일인지 여러 책 가운데도 특히 병서 읽기를 즐겨했다니 타고나면서의 무인이었던 모양이다.

옛날에는 배고픔을 채우고 놀이를 겸해 남의 밭에서 참외를 훔치는 참외서리, 닭장에서 닭을 훔치는 닭서리가 청소년들 사이에서 별 죄의식 없이 치러지곤 했다.

그러나 김개남은 어릴 때부터 남달리 간이 컸던지 돼지서리를 했다고 한다. 닭이면 몰라도 돼지는 그 집안의 큰 재산 가운데 하나인데도 그 돼지를 훔쳐서 잡아먹었다니 아무튼 보통 소년은 아니었던 것 같다.

김개남은 자라면서 상두재를 넘어 전주에 드나들면서 친척인 전주영장 김시풍과 친하게 됐고 세상 돌아가는 꼴에 불만을 품고 있었던 사람들과 사귀게 됐다.

전봉준보다 먼저 동학에 들어간 김개남은 자기 집안인 도강 김씨의 자제들을 동학으로 끌어들였고 동학의 교주인 최시형도 극진히 받들었다.

1890년 초 전라도를 자주 돌며 동학을 널리 퍼뜨리고 있던 최시형이 1891년 부인과 함께 태인을 들렀을 때 김개남의 집을 찾았고 김개남은 여름옷 5벌을 지어서 바쳤다고 전해진다.

김개남은 현실에 불만불평을 품은 자들의 대표자였던 셈이다. 동학의 각종 집회에서 김개남은 그때마다 무력으로 문제를 해결하자는 강경파로 주목을 끌었다.

대원군이 동학과 손을 잡으려고 시도했을 때 전봉준보다 먼저 김개남에게 교섭의 손길이 뻗었을 만치 동학군 강경파로서 그의 이름은 높았다.

그러나 이지적이기보다 피가 뜨거웠던 탓에 동학군의 연합전선이 이루어졌을 때는 전봉준 대장 다음인 총관령을 맡게 됐다.

동학군의 총지휘는 아무래도 균형 잡힌 성격에 인덕을 갖추어 많은 사람들로부터 흠모받는 전봉준에게 맡기는 것이 바람직하다는데 동학의 간부들이 의견을 모았던 것이다.

전주화약이 맺어지고 동학군이 전주를 떠날 때 김개남은 전봉준, 손화중과 갈라져 지리산 언저리로 갔다. 김개남은 남원을 중심으로 한 임실, 장수, 무주 등에 세력권을 펼치고 천민부대를 거느렸다.

노비, 백정, 승려, 장인, 재인 같은 천민들로 이루어진 부대는 그동안 쌓였던 한을 풀기 위해 양반, 부농, 벼슬아치들에게 모질게 앙갚음을 했다.

노비들은 주인을 겁주어 노비문서를 불태웠고 더러는 그들의 상전을 묶어 주리를 틀고 곤장을 치기도 했다. 길 가던 양반의 갓을 벗겨 '네가 그래 양반이냐?'라고 윽박지르며 갓을 찢어버리기도 하고 자기가 쓰고 다니며 동료들을 웃기기도 했다.

김개남은 남원에 눌러 있다가 전주로 올라가 새로 부임하는 남원부사 이용헌을 죽이고 고을 수령들이 고분고분하게 말을 듣지 않으면 역시 지체없이 목숨을 빼앗고 말았다. 김개남이 이끄는 천민부대가 가는 곳마다 지배계급에게 저지른 지나친 앙갚음은 뒷날 동학봉기가 진압된 뒤 동학도와 이에 연루된 사람들에게 대한 철저한 탄압으로 나타나고 만다.

김개남은 공주 공격에 참가해 달라는 전봉준의 간곡한 요청은 외면한 채 장수, 금산, 진장을 치고 들어가 끝내 공주로는 향하지 않았다.

✳

공주로 향한 동학군은 북접 부대가 이인을 출발했고 전봉준은 주력부대를 이끌고 효포쪽으로 나갔다. 그리고 영동, 옥천 등지에서 올라온 동학군은 공주 동쪽 30리의 대교리에서 진을 쳐서 공주를 압박하도록 했다.

북접 동학군은 노성에서 용수막을 지나 취병산에 자리를 잡아 이인 들판을 장악했다. 공주에 이르는 중요한 길목인 이인을 지키기 위해 관군은 구완희가 이끄는 순영병 4분대, 새로 서산군수로 발령난 성하영이 인솔하는 경리청 1소대를 매복시켜놓고 있었다.

또한 스즈끼 소위가 이끄는 일본군 100명도 이인역까지 내려가 마을 뒤에서 동학군의 움직임을 살펴보고 있었다. 어제 내린 비로 공기가 깨끗이 씻긴 탓인지 10월 23일의 가을 하늘은 무척 맑았다.

북접 동학군 일부는 봉황산을 넘어 공주감영을 공격하기 위해 곰나루 쪽으로 이동하고 있었다. 그날 오전은 조용하게 지나갔다.

동학군과 관군 양쪽 모두 상대방의 움직임을 살피고 척후병들이 알려오는 보고를 분석하면서 시간을 보냈다. 점심식사를 마치고 오후로 들어서자 동학군이 먼저 움직이기 시작했다.

갑자기 천지를 뒤흔드는 함성이 울려 퍼지고 산과 골짜기를 메운 깃발들이 요란하게 흔들리면서 동학군의 공격은 시작됐다.

"겁먹지 마라. 동비들은 농사꾼인데다 무기도 낡은 것밖에 갖지 못하고 있다."

"우리의 신식무기 앞에 역도들은 추풍낙엽이다."

지휘관들은 관군들이 겁을 먹을까봐 소리 높여 용감하게 싸울 것을 독려했다. 이윽고 성하영 부대의 포가 불을 뿜자 견디다 못한 동학군이 뒤로 물러날 수밖에 없었고 관군은 이인역을 탈환했다.

하지만 후퇴한 동학군은 곧 전열을 가다듬고 산 위에서 아래를 향해 포를 쏘아대기 시작했다.

"꽝! 꽝!:

양쪽의 포가 불을 뿜을 때마다 이인역과 산에서는 흙먼지가 뿜어 올랐고 간간이 군사들이 피로 물들면서 쓰러졌다. 저녁 때까지 동학군과 관군은 서로 물러나지 않고 싸웠다.

한참 전투를 지휘하고 있던 성하영에게 공주감영으로부터 전령이 달려온 것은 땅거미가 지려고 할 때였다.

"무엇이? 감영으로 철수하라고?"

전령이 가져온 것은 공주감영으로 철수하라는 명령이었다. 공주감영을

얼굴 없는 軍師 두억시니

공격하기 위해 봉황산으로 이동하던 동학군이 목적지에 이르자 공주감영은 황급히 내보냈던 군사들을 감영 안으로 거두어들이려는 것이었다.

"철수다! 공주감영으로 돌아간다. 후미는 적의 추격에 대비하면서 철수한다."

성하영이 이끄는 부대를 비롯, 관군은 이인을 뒤로하고 재빠리 공주감영 쪽으로 철수하기 시작했다.

철수하는 관군의 대열 꽁무니는 신식무기로 무장한 군사들이 가끔 뒤돌아보면서 동학군의 추격을 경계했다.

이인에서 벌어진 동학군과 관군의 첫 싸움에서 관군이 120명이 넘는 전사자와 300여 명의 부상자를 내는 큰 피해를 입고 말았다. 공주를 향해 북상한 이래 첫 승리를 거둔 동학군은 사기가 크게 올랐다.

"무엇이라고? 100명이 넘는 관군이 적에게 포살당했다고?"

"부상자도 300명이 넘는다니 당해도 크게 당했네."

"무기는 우리쪽이 더 우수한데 어째서 그 시골 무지렁이들에게 당했단 말인가?"

이인 전투에서 관군이 졌다는 소식을 전해들은 공주감영은 어두운 분위기 속에서 시끌시끌했다.

"동학의 간자들이 이 공주감영 안에도 득실거리기야 하겠나. 하지만 우리쪽 소식이 그 쪽에 새어나가고 있는 것만은 틀림없는 것 같으니 서로 말조심하고 수상한 자가 있으면 지체없이 알리게."

공포감은 사람의 눈을 어둡게 만든다. 그래서 전쟁 때에는 갖가지 루머가 난무하고 사람들은 두려움 때에는 차분히 앞뒤를 따져보지 않고 그 루머를 믿게 되기가 쉽다.

뒷날 잡힌 전봉준이 '전군 모두 합쳐서 1만명' 이라고 밝힌 동학군이 공주 회전 때에는 몇 십만으로 불어나서 알려져 있었다.

관군도 여러 사람의 정탐꾼을 내보내 동학군의 정확한 병력과 그들의 화력을 파악하려고 했으나 뜬소문이 퍼지고 있는 바람에 제대로 된 정보를 입수할 수 없었으며 따라서 알맞은 대응을 하기가 힘들었다.

'대교리 쪽으로 동학이 밀려온다'는 소문이 들려오면 효포를 지키고 있던 관군을 빼내 금강 건너 대교리 쪽으로 배치했다. 정보수집은 차라리 동학군 쪽이 정확하고 빨랐다.

많은 서민들이 심지어는 관군에 몸담고 있는 자까지도 동학군에 협조하는 뜻으로 자신이 알고 있는 정보를 동학군의 정탐꾼에게 털어놓았기 때문이다.

'효포의 관군이 대교리로 옮겨 지금 효포는 비어 있다'는 보고가 들어오자 전봉준은 때를 놓치지 않고 동학군 1개 부대를 효포로 보냈다.

또다른 1개 부대는 이인으로부터 우금치를 향하게 해서 사방으로부터 공주를 조여 들어갔다.

시원한 가을바람이 불고 있는 공주 언저리의 산과 고개에는 동학군들의 깃발이 빽빽이 나부끼고 있었으며 가을 햇살에 창과 칼이 번뜩이고 있었다.

동학군 주력부대는 가마에 탄 전봉준의 인솔 아래 판치를 넘어서 능치로 향하고 있었다. 옆에는 검은 말 흑룡을 탄 두억시니가 가마의 움직임과 속도를 맞추어 나란히 가고 있었다.

※

공주를 향해 진격하고 있는 동학군의 움직임은 시시각각으로 공주성에 자리잡은 관군과 일본군의 연합군 사령부에 보고됐다. 북쪽은 금강을 등에 지고 공주는 호남에서 서울로 이르는 길목에 있었다.

공주를 둘러싸고 있는 봉황산, 견준봉, 능치, 은금치, 뱁새울 등 높고 낮은 산봉우리 그리고 논산으로부터 노성에 이르러 두 갈래로 나뉘어 공주로 향하는 길에는 관군과 동학군 양쪽의 정찰병들이 더러는 짐꾼이나 농부 등으로 변장하여 쫘악 깔려있었다.

얼굴 없는 軍師 두억시니

농민들의 협조로 동학군은 보다 많은 정보를 입수하고는 있었으나 풍부한 자금을 뿌리는 관군 쪽에도 정보는 많이 팔리고 있었다.

관군의 정보수집에 앞장서고 있는 사나이는 지리산패에게 한쪽 손까지 잃어 동학군에게 깊은 원한을 품고 있는 삼돌이었다.

남의 약점을 알아내는데 둘째가라면 서러워할 삼돌이는 그가 수집해오는 정보의 중요성과 정확성이 높이 평가받아 관군뿐만 아니라 일본군으로부터도 신임을 받고 있었다.

"틀림없이 동학군의 주력부대는 공주로 향하고 있단 말이지?"

일본정부의 내무대신까지 지낸 거물 이노우에는 일본이 조선을 집어삼키는 작업을 마무리 짓기 위해 조선 현지에 파견한 인물이었다.

썩은 정치를 개혁하고 일본을 몰아낸다는 대의명분 아래 들고 일어난 동학군이 공주를 돌파할 경우 조선 방방곡곡에서 동학군에게 호응하는 봉기가 일어날 가능성이 적지 않아 거의 다 이겨놓은 청나라와의 전쟁이 어쩌면 뒤집어질 염려도 있는 데다 묵묵히 지켜보고 있는 러시아가 어떻게 나올 것인가도 일본에게는 걱정거리였다.

그래서 무슨 수를 써서라도 공주에서 동학군을 깨부수고 그 뿌리를 뽑아내 뒤탈을 남기지 말아야겠다고 마음을 굳게 먹고 있었다.

"혹시 양동작전을 써서 공주를 공격하는 척하면서 다른 동학군부대가 금강을 건너 서울로 올라가는 것은 결코 아니겠지?"

얼마나 걱정스러웠으면 이노우에 공사가 또 다시 다짐할까.

"네. 틀림없습니다. 동학군의 1개 부대는 효포로, 또다른 1개 부대는 이인으로부터 우금치로 향하고 있습니다. 금강을 건너 북으로 올라가려는 움직임은 전혀 없습니다."

삼돌이가 이노우에 공사에게 자신 있게 대답했다.

"음, 그렇다면 동학군은 우리가 바라는 대로 움직여주고 있는 셈이군."

그제야 이노우에는 약간 안심이 된다는 듯 굳어 있던 표정을 풀고 고개를 끄덕였다.

"으아하하하!"

잠시 눈을 지긋이 감고 생각에 잠겼던 이노우에가 갑자기 웃음보를 터트려 그 자리에 있던 관군과 일본군의 장교들을 어리둥절하게 만들었다.

"동학군이 제아무리 위세를 떨치고 있다고 해도 결국은 무지한 무리일 뿐일세."

이노우에는 자신이 지금까지 동학군을 과대평가하고 있었다는 느낌이 들었다.

"각하! 동학군이 역도이긴 하나 괴수 전봉준을 비롯 학문에 뛰어난 자들이 적지 않습니다."

충청관찰사 박제순이 이노우에 공사에게 동학군을 만만히 보아서는 안 된다는 뜻을 넌지시 비췄다."

"아닐세, 동학군에 전쟁을 제대로 아는 자가 있었다면 공주를 공격하면서 지체하지 않고 바로 서울로 쳐 올라갔을 것일세. 그렇게 했다면 매우 어려운 처지를 우리는 맞이할 수밖에 없었을 거야."

✳

"공주를 그대로 버려두고 서울로 진격하자는 주장도 있었습니다."

삼돌이의 이 말에 이노우에의 표정이 갑자기 또다시 굳어진다.

"아니, 그…… 그게 무슨 소리인가? 상세히 설명해보게."

모두의 눈이 삼돌이에게 고정시켰다.

"공주 진격을 앞둔 마지막 참모회의에서 동학군의 군사 두억시니는 공주를 돌아 바로 서울로 올라가자고 강력히 주장했었답니다."

삼돌이의 이 말에 방안은 물을 끼얹은 듯 조용해 졌다.

"그래. 복면을 쓴 그 문둥이군사가 그런 의견을 내놓았다는 것인가?"

"그렇습니다. 두억시니는 공주를 거들떠보지도 않고 북상해서 서울을 겨냥하면 상황은 동학군에게 크게 유리해질 것이라고 강조했답니다."

"흐음!"

신음하듯 내뱉은 이노우에는 소문에만 듣던 두억시니가 자신이 생각했던 것보다 훨씬 뛰어난 인물이라는 생각이 들었다.

"그렇다면 전봉준은 왜 그토록 믿고 있는 두억시니의 주장을 받아들이지 않았는가?"

이노우에의 질문에 삼돌이 대신 충청관찰사 박제순이 대답한다.

"각하! 아무래도 전봉준은 소문에 들리는 대로 풍수지리에 깊이 빠져 있기 때문에 공주에 집착하고 있는 것 같습니다."

"풍수지리라?"

일본도 많은 잡귀신을 섬기는 나라이긴 하지만 일단 전쟁이 벌어지게 되면 작전은 오로지 승산이 있느냐 없느냐에 초점을 맞추지 풍수지리에 얽매인 전봉준을 얼핏 이해하기가 힘들었다.

"두억시니는 무서운 녀석이다. 무예보다는 그의 전략이 무섭다. 다시 지시해라. 동학군 무리 가운데 복면을 쓴 자는 무조건 쏘아 죽이는데 힘쓰라고……."

이노우에는 동학군을 물리치자면 먼저 두억시니와 그가 이끄는 지리산 패를 죽여 없애야 된다는 사실을 새삼 깨달았다.

"삼돌이! 동학군의 참모회의 상황을 자네가 알아냈다면 동학군 참모 가운데 우리 쪽과 내통하고 있는 자가 있단 말인가?"

"각하! 그렇지는 않습니다. 회의가 끝난 뒤 참모한 사람이 그의 막사에 돌아와서 부하들에게 털어 놓은 이야기를 그곳에 잠입해있는 저희 쪽 간자가 알려온 것입니다."

"그렇구면. 좋았어. 좋은 정보를 빼내려면 돈을 아끼지 말아야 되네. 관찰사는 삼돌이에게 계속 돈을 대 주시오."

이노우에 공사가 염려하고 있던 대로 동학군의 움직임에는 조선 온 땅 백성들의 눈길이 쏠리고 있었다.

만약 전봉준이 뜻한 대로 공주가 함락되면 동학군은 충청도와 전라도를 완전 장악해서 서울을 넘나볼 뿐만 아니라 경상도의 농민들이 가세할 경우 부산을 기지삼아 서울로 뻗은 일본군의 병참선마저 위협받게 된다.

그렇게 될 경우 일본군의 무력이 두려워 사태를 가만히 지켜보기만 하고 있던 다른 지방의 농민들이 동학군의 움직임에 가담할 가능성은 충분히 있었다. 당시 이 땅이 얼마나 어수선했고 외국은 동학군을 어떻게 보고 있었는가를 밝히는 외국인의 기록이 있다.

영국의 여류여행작가인 이사벨라 버드는 동학란이 일어나던 1894년의 1월부터 1897년 3월에 걸쳐 4차례나 조선을 방문해 자신이 듣고 본 사실들을 『조선기행』이라는 책에 담아 1897년 11월에 출간했다. 그 가운데 동학군에 관한 대목을 간추려보면 다음과 같다.

원산에 머무르고 있던 어느 날 동학당이 정부군의 거틀링포를 빼앗아 버렸다는 소문이 퍼지는가 하면 다른 날에는 동학당은 진압당해 여러 장소에 동시에 나타난다는 수수께끼의 주모자는 참수당했다는 소문이 떠돌았다.

여기서 '여러 장소에 동시에 나타난다'는 것은 똑같은 사람이 같은 날 같은 시각에 여러 곳에 출현한다는 뜻으로 홍길동이나 손오공처럼 분신술을 쓰는 수수께끼의 인물이 동학군의 주모자였다는 이야기다.

내가 원산을 떠나기 직전의 풍문은 동학당이 대단한 기세로 부산을 향해 진격하고 있다는 것이었다. 동학당이 발표한 격문은 부패한 관료와 대역의 정부 관료들에 대해 봉기한다고 밝히는 한편 왕실에 대해서는 흔들림 없는 충성을 맹세하고 있기 때문에 이 격문으로 판단한다면 만약 조선 어딘가에 나라를 걱정하는 맥박이 고동치고 있다면 그것은 바로 그들 농민의 가슴속일 것이라는 생각이 든다.

동학당은 봉기를 했으면서도 지나치거나 무리한 살육은 저지르지 않고 있는 듯. 스스로의 행동을 개혁계획 실행의 테두리 안에 제한하고 있다.

외국인 가운데도 동학당에 공명하는 목소리가 있었다. 왜냐하면 악정은 더 이상 심할 수 없는 상태로 지나친 착취에 곧잘 일어나는 농민봉기를 넘어선 규모로 무장 항의해야 할 때는 무르익었다고 여겨졌기 때문이다.

일본에게 나라를 빼앗기기 전에 이미 이땅의 정치는 썩을 대로 썩어 있어 동학군의 봉기는 정당한 것으로 보는 외국인들이 적지 않았던 모양이다. 이사벨라 버드 여사의 글은 이어진다.

조선 남부의 반란은 수도의 불안을 부채질하고 있었다. 규모가 작기는 했으나 이러한 봉기는 조선반도에서 매년 봄에 볼 수 있는 현상이었다. 두세 곳의 지방에서 관료의 착취에 격분한 농민이 봉기해서 정도의 차이는 있으나 폭력을 써서 마음에 들지 않는 벼슬아치들을 내쫓아버린다. 처벌은 여간해서 행해지지 않는다.

국왕은 또다른 관료를 그 지방에 내려보내고 새로 부임한 그 관료가 또 농민을 착취해서 그 착취가 인내의 한계를 넘어서면 실력행사로 내쫓아버려 또다시 원점으로 돌아간다.

이 동학란은 서울 기타 다른 도시에서도 많은 지지자를 얻을 만치 널리 조직되어 있는 매우 중요한 운동이었다.

극히 명확하고 정당한 목표를 내걸고 있어 나 같은 사람은 처음에 그 주동자들을 '역도'가 아니라 '무장 개혁자'라 부르고 싶었을 정도였다. 이 시점에 있어서 동학란은 왕권에 관해 아무런 문제를 제기하지 않았다.

동학당의 격문은 경어를 쓰면서 국왕에 대한 충성을 다짐하고 극히 온건한 표현으로 백성들이 겪는 괴로움을 나타내고 다음 사항을 거리낌없이 주장하고 있다.

• 조선의 관료들은 사리사욕 때문에 백성들을 괴롭히고 있는 나쁜 짓에 관한 소식이나 보고를 일체 국왕에게 알리지 않고 있다는 것 • 중앙 정부의 대신, 지방 관찰사, 군수 등은 나라의 번영에는 관심이 없고 오로지 자신의 배를 채우는 데에만 신경을 쓰고 있는데도 그들의 수탈 행위

를 단속할 방법이 없다는 것 •관료생활에 이르는 유일한 길인 과거시험은 뇌물을 주고받음. 거래, 매매의 마당 이외의 아무것도 아니며 이미 문관으로서의 적성을 살피기 위한 시험이 아니라는 것 •관료들은 급격히 쌓여 가는 나라의 빚에는 마음을 안쓰고 있다는 것 •그들은 오만하고 허영심이 강해 간통에 빠져있으며 탐욕스럽다는 것 •지방관직에 임명된 벼슬아치들 가운데 많은 자들이 지방에 내려가지 않고 서울에서 지낸다는 것 •그리고 그들은 평화시에는 아첨에 여념이 없으며 유사시에는 도망가 임무를 팽개친다는 것.

격문에는 개혁의 필요성이 강하게 담겨져 있었다.

✽

그때만 해도 신통력이나 축지법, 둔갑술 등이 실제로 가능하다고 믿어졌던 시절이다.

그래서 동학군들도 처음에는 주문을 외우면 총알이 피해갈 것이라고 믿고 있었다. 과학으로는 도저히 설명할 수 없는 신비로운 힘의 존재를 믿었던 시절이라 동학군에 대해서는 여러 가지 신비한 이야기들이 떠돌았던 것도 당연했다. 이사벨라 버드 여사의 글에는 동학군에 대한 놀라운 소문도 담겨져 있었다.

동학군의 우두머리가 어떤 인물인지 뚜렷하게 밝혀지지는 않았으나 여러 곳에 동시에 나타나 귀신같은 힘으로 민중들의 신뢰를 얻고 한문과 일본말을 아는데다가 앞을 내다보는 눈, 전력의 배치방법 그리고 서양의 영향을 느낄 수 있는 전술 등으로 미루어보아 근대 전법의 지식을 그는 어느 정도 지니고 있음이 분명했다.

이 인물을 떠받드는 자들은 처음에는 구식무기인 칼과 창으로만 무장하고 있었으나 정부의 무기고와 패전한 정부군으로부터 빼앗은 라이플 총을 지니게 됐다. 유언비어가 마구 엇갈렸지만 그 가운데는 사실 같은 것도 있었다.

어떤 이야기냐 하면 국왕이 동학당 진압을 위해 몇 백 명의 병사를 보

얼굴 없는 軍師 두억시니

내 그 지휘관이 도중에 300명을 새로이 징병하여 무장시켰다. 그러나 동학당과 교전 중 그 300명이 역도 쪽으로 돌아서 버려 정부군 병사 300명이 죽었고 그 지휘관은 행방불명이라는 것이다.

이어서 정부군이 몇 군데서 패배함으로써 중요 지방관료 몇 명이 벼슬을 빼앗기고 동학군은 서울로 향해 진격하고 있다는 소문이 퍼져 긴박감은 더욱 높아져 '국왕은 서울 탈출을 각오하고 있다'고 거리에서는 속삭이고 있었다.

오늘날처럼 통신수단이 발달되지 않았던 시절이라 상황은 정확히 전해질 수가 없었고 사람의 입으로부터 입으로 전해지는 뜬구름 같은 소문이 사람들의 마음을 어지럽히고 있었다.

※

이사벨라 버드 여사는 그가 지은 『조선기행』이라는 책 속에서 동학에 대해 매우 회의적인 글을 썼으나 동학란이 결국은 일본에게 조선 진출의 빌미를 주고 말았다는 사실을 안타깝게 여기고 있었다. 버드 여사의 글을 조금 더 살펴보자.

그러나 동학당의 봉기는 일본에게 더할 수 없이 알맞은 간섭의 구실을 주고 말았다. 그것을 밝히고 싶은 마음으로 나는 이미 과거의 역사가 되고 만 사건들을 돌이키고 있다.

조선에 있어서 나라의 존망이 달리고 외교적으로 가장 중요한 뜻을 지닌 의문의 '일본이 조선에 군대를 보낸 목적은 무엇인가? 이것은 침략이 아닌가? 일본은 적으로서 왔는가? 아니면 도와주려고 왔는가?' 였다.

6,000명의 군대가 3개월의 주둔 예정으로 상륙한 것이다. 일본의 선박회사의 기선 15척이 정기항로를 쉬면서까지 군용수송을 맡았다.

일본군은 서울가도의 고개와 마포에 진을 치고 총기를 지닌 대단한 전력으로 서울 변두리의 남한산에 본영을 설치해 버렸다. 그리고 여기에서 왕궁과 수도의 양쪽에 지령을 내렸다.

이 일본군의 교묘하고 상식적은 틀에서 벗어난 움직임은 제물포나 서울의 일본인 거리를 지키기 위한 것이 아니었다. 일본이 몇 년 전부터 이러한 움직임을 계획하고 있었던 것은 의문의 여지가 없다.

조선의 정확한 지도를 만들고 사료나 식량에 대한 보고서를 작성하고 강의 폭이나 깊이를 측량하고 3개월 치의 쌀을 조선에 비축해 두었다.

그리고 한편으로는 변장한 일본군 장교가 티베트의 국경까지 숨어 들어가 청나라의 강점과 약점을 조사해 공칭 병력과 진짜 병력, 총기, 구식이며 잘못 만들어진 것이 많은 카로네드포에 대해 보고했음으로 일본군은 청나라 각 지방으로부터 얼마만한 병사를 싸움터에 동원할 수 있는지 그 병사들을 어떻게 교련시키고 어떻게 무장시키는가를 청나라 사람보다 더 잘 알고 있었다.

게다가 부패와 부정이 만연하고 있는 탓에 애국심이라고는 찾아보기 힘들어 병참부 등은 서류상으로만 존재할 뿐인 청나라가 전투를 유지하기는커녕 제대로 된 군대를 싸움터에 보내는 것조차 불가능하다는 것도 일본은 알고 있었다. 아무리 보아도 일본은 조선에서 완벽하게 청나라의 뒤통수를 치고 있었다.

일본군이 서울에 나타나자 청국 변리공사관, 청국 영사관 관계 가족의 여성 30명이 귀국 길에 올랐고 내가 제물포에 도착한 날에는 800명의 청국인이 이 항구를 떠났다.

청국인 거류지의 주민들은 걷잡을 수 없이 당황해 가장 장사가 잘되던 야채 재배업자마저 도망가 버렸다.

평소 무슨 일이 일어나더라도 눈썹 하나 까딱하지 않던 청국인이 6월의 그날(일본군이 상륙한 날)만은 완전히 자기 자신을 잊고 인종적 증오와 금전적 손실에 약이 올라 상대를 가리지 않고 고함을 지르는 야만인으로 변해버렸다.

그날 내가 묵고 있던 청국인 경영의 여관은 홍분의 도가니로 내가 산보를 끝내고 돌아가거나 혹은 나에게 서양인 손님의 내방이 있었을 때마다 평소는 조용하고 겸손한 종업원들이 불안에 표정을 일그러뜨리면

얼굴 없는 軍師 두억시니

서 내 방에 몰려들어 어떤 새로운 소식이 있는가? 도대체 무슨 일이 일어나고 있는가? 청국군은 오늘밤 여기에 도착하지 않는가? 영국 함대가 도와주기 위해 오지 않는가? 등등을 물었다.

뛰어나게 사람됨이 훌륭한 나의 청국인 머슴조차 넋이 나간 것처럼 '죽여버려야지! 죽여버려야지!' 라고 작은 목소리로 중얼거리고 있었다.

그러는 사이에도 엄격히 통제된 난쟁이(일본군)의 군대는 확실히 서울을 향해 진군하고 있었다.

버드 여사의 이 글은 청일전쟁이 터지기 직전인 1894년 6월 조선의 상황을 묘사한 것이다. 허우대만 큰 종이호랑이 청나라는 착실히 준비해 온 일본의 적수가 못 된다는 것을 지적하고 있으며 많은 일본군이 제물포에 상륙하자 청국인들이 심한 공포감에 사로잡혔다고 이 글에는 적혀 있다.

이러한 상황을 살핀 직후 버드 여사는 영국 부영사의 방문을 받아 그날 밤 안으로 조선을 떠나라는 충고를 받는다.

버드 여사는 '그때 부영사의 진지한 모습으로부터 판단할 때 그는 외부에 밝힐 수 없는 정보에 바탕을 두고 영국인들에게 조선을 떠나도록 충고했음이 분명했다' 고 돌이켰다.

그날 밤 제물포를 떠나는 일본 배를 타고 버드 여사는 다른 영국인 2명과 함께 중국으로 떠났다. 그만치 당시 조선의 상황은 긴박해 있었다.

✳

호남을 휩쓴 동학군이 공주를 향해 진격하고 있을 때 조선의 온 나라 안은 동학의 영향으로 어수선한 분위기를 면할 수 없었다.

동학군의 봉기를 돌이켜 볼 때 전라도의 주된 세력이 떠올리게 마련이지만 다른 지방, 특히 황해도는 전라도 다음으로 동학군이 위세를 떨쳤던 지방이다.

뒷날 상해 임시정부의 주석이 된 김구의 어릴 적 이름은 창암이었다. 그의 자서전인 『백범일지』에 '우리는 판에 박힌 상놈으로 텃골 근동에서

양반 행세하는 진주 강씨, 덕수 이씨들에게 대대로 천대와 압제를 받아
왔다'고 쓰여 있다.

해주 백운방 텃골에 터전을 잡아 대대로 살아온 안동 김씨인 김순영의
아들로 태어난 창암은 어려운 살림 속에서도 글공부를 열심히 해서 과거
를 보려고 했으나 과거도 실력에 따라 뽑히지 않고 온갖 부정이 판을 친
다는 사실에 실망을 느끼고 마음을 고쳐먹는다.

김창암은 이웃마을의 최유현, 오응선 등을 통해 동학에 들어가게 됐고
열심히 동학경전을 익혀 많은 사람들을 동학으로 끌어들였다. 그는 창암
이라는 이름을 창수로 바꾸었으며 사람들은 17살의 창수를 '아기접주'라
고 높여서 불러주었다.

김창수는 동학의 선배인 최유현, 오응선을 따라 보은으로 최시형을 찾
아갔고 그때에 손병희 등 동학의 지도자들과도 만나게 되었다.

김창수가 사는 마을의 뒷산은 팔봉산이었고 팔봉도소의 접주가 되면서
그는 '아기접주'가 아닌 어엿한 접주로 불리게 됐다.

"큰일 났다! 동학군이 쳐들어온다."

"빨리 도망가지 않으면 살아남지 못한다."

1894년 10월 6일 해주 감영은 발칵 뒤집혔다. 이 고장의 '위 동학당'까
지 낀 동학군이 밀려들었기 때문이다.

'위 동학당'이란 외국인을 싫어하고 미워하는 무리, 강도나 절도 등의
범죄자 그리고 무직자로 살아가기 어려운 무리, 지방 관료들의 학정에 원
한을 품은 무리, 사금채취를 금지당한 광부 등 이 세상에 불만을 품은 무
리들로 동학의 주장에 동조해서라기보다 자신들의 한을 풀기 위해 동학
과 함께 움직이는 자들이다.

동학군이 몰려온다는 소식에 해주감영은 난리가 났고 동학군은 감영에
무혈입성한 뒤 군기를 빼앗고 문서를 불질렀으며 군인과 벼슬아치들을
묶어 두들겨 패는가하면 감사를 당 아래에 무릎 꿇리고 역시 매질을 가

얼굴 없는 軍師 두억시니

했다.

사흘 뒤 해주성을 나선 동학군은 두 패로 나뉘어 강령, 신천, 송화, 문화, 평산 등지를 차례로 차지했고 장수산성과 수양산성도 빼앗아버렸으며 옹진에 있던 황해도 수영(수군절도사의 군영)도 함락시켰다.

'황해도에서 동학군이 봉기했다'는 소식이 알려지자 서울서부터 일본군 70여 명이 신식무기를 지니고 황해도로 달려왔으며 평양에 주둔하고 있던 일본군도 산천지방으로 내려왔다.

한편 현지에서는 지배계급인 양반부호들이 동학을 토벌하기 위한 군사를 일으켜 관군, 일본군과 힘을 합쳤다.

동학군은 최서옥의 지휘 아래 해주 죽천장터에 집결하고 다시 취야장터로 옮겼다가 일본군과 관군의 공격을 받고 후퇴했다.

＊

동학군은 11월 27일 또다시 해주감영 공격에 나섰으며 이때 팔봉접주 김창수는 산포수 700명을 거느리고 선봉장을 맡았다.

선봉대인 팔봉접군은 남문을 먼저 공격해서 성안의 관군을 그쪽으로 몰리게 만든 뒤 수비가 약해진 서문을 들이치려는 작전을 세웠다. 그러나 때마침 성 밖에 출동했던 일본군이 해주 공격 소식을 듣고 달려오는 바람에 작전을 실패하고 말았다.

일본군과 관군의 기록에는 '동학군을 30리까지 추격하여 사방으로 흩어지게 만들고 산포수 20명을 쏘아 죽이고 15명을 사로잡았다'고 되어 있다.

부하들을 이끌고 빠져나온 김창수는 장기전에 대비하여 구월산으로 들어가 패엽사에서 동학군들의 훈련에 들어갔다. 그러나 동학의 깃발아래 모인 농민들 가운데에는 마음 약한 사람들도 적지 않았다.

새로 부임한 황해 감사 조희일이 유화정책을 펴자 김창수를 동학에 끌어들였던 장본인 최유현, 오응선 등은 '동학군의 무기를 거두고 해산시켜

귀화한다'는 사실상의 저항 포기를 다짐해버렸다. 이렇게 되자 무기를 놓지 않은 동학군 사이에서도 내분이 일어났다.

이동엽이 이끄는 동학군은 그 가운데도 큰 세력을 이루고 있었으나 노략질을 일삼는 바람에 김창수 부대는 이들을 잡아 처벌했다.

군기가 엄했던 김창수 부대에서 빠져나와 이동엽 부대로 넘어 가버리는 자들도 적지 않았다.

김창수가 홍역을 앓고 드러눕게 되자 '아예 이때에 김창수 부대를 없애자'고 이동엽 부대가 공격을 가해오는 바람에 김창수 부대는 화포령장 이종선이 죽고 이탈하는 자가 많았다.

하지만 일본군이 구월산을 공격해서 동학군을 해산시키고 이동엽을 쏘아 죽이자 황해도에서 동학군의 움직임은 끝나고 만다.

숨어지내던 김창수는 항일의 뜻을 굳혀가며 1895년의 민비암살에 가담했던 일본군 장교를 때려죽인 뒤 망명해 중국에서 독립운동을 펼친다.

김창수는 김구로 이름을 바꾸고 상해 임시정부의 주석까지 지내고 윤봉길, 이봉창 의사들을 키워내 폭탄투척사건을 일으켜 일제의 간담을 서늘케 만들었다.

광복 후 귀국했으나 남한만의 단독 정부인 대한민국 정부수립에는 참여치 않았다가 1949년 안두희가 쏜 총탄을 맞고 숨졌다. 그때 온 국민들은 독립운동의 거목이었던 김구 주석의 서거를 슬퍼했다.

김구의 항일독립운동은 동학봉기에서 처음으로 나타났고 그뒤 중국에 망명, 상해, 중경에서 꾸준히 펼쳐져 결국 조국의 광복을 맞이하긴 했으나 남북이 분단된 것을 안타까워했다. 그는 장덕수, 송진우 등의 민족지도자들처럼 동포의 손에 목숨을 잃는 비운을 맞이해 73세의 삶을 마감했다.

＊

"무엇이오? 그렇다면 전봉준 장군이 이끄는 동학군 주력부대는 공주 공격에 발목이 잡혀 북상을 못하고 있다는 이야기요?"

강원도 동학군의 실질적인 수령 차기석이 뜻밖이라는 듯 되묻는다.

"그렇습니다. 장군! 우선 공주를 함락시키고 난 뒤 충청, 전라지방을 완전히 장악하고 서울로 진격하신다는 것이 전봉준 장군의 계획이십니다."

차기석 앞에 서 있는 것은 지리산패의 한 사람인 솔개였다. 하늘을 나는 솔개처럼 빨리 이동한다 해서 붙여진 이름이다.

차기석은 이미 지리산패가 모두 얼굴은 드러내지 않고 있다는 소문을 들었으므로 솔개가 복면한 것을 궁금히 여기지도 않았고 무례하다고 나무라지도 않았다.

"그래, 두억시니 군사께서는 일본군과 관군이 공주를 지키기 위해 정신이 없는 틈을 타서 강원도와 황해도의 동학군이 일본군과 관군의 배후를 공격해달라는 요청이시군."

"그렇습니다. 장군! 일본군과 관군의 전력을 분산시키기 위해서는 장군이 이끄시는 부대가 남쪽으로 움직여주셔야겠습니다."

차기석은 고개를 끄덕였지만 남쪽으로 내려가기는 어렵다고 판단하고 있었다. 동학군이 호남에서 봉기했을 때 강원도의 동학은 두 세력으로 나뉘어 각각 따로 활동하고 있었다.

한 세력은 해안 쪽을 따라 움직이고 있었고, 또 한 세력은 내륙을 중심으로 활동하고 있었다. 내륙 세력은 애당초 남쪽으로 내려갈 계획을 세우고 있었다.

'강원도 내륙의 동학이 남으로 충청도나 전라도의 동학과 힘을 합치는 일이 없도록 막으라' 는 지시가 관군에 내려진 것은 당연한 일이었다.

경기도 지평에서 관군을 위해 군사를 모으고 있던 소모사 맹영재는 황급히 홍천의 남쪽 도로를 차단했고 일본군도 사태의 심각함을 깨닫고 강원도 산악지대로 동학군이 들어가지 못하도록 봉쇄작전을 펼쳤다.

관군과 일본군의 압박 속에서도 강원도 오대산 아래쪽을 세력권 삼아 끝까지 항쟁한 내륙 세력의 지도자가 바로 차기석이다.

두억시니는 강원도의 차기석 그리고 황해도의 지도자들에게 지리산패를 전령으로 보내 서울과 공주를 위협해주도록 당부했다.

"장군! 저는 바로 공주로 다시 내려가야 합니다."

두억시니의 뜻을 글로 전달하고 덧붙여 구체적인 설명을 마친 솔개는 작별인사를 한다.

"그러시구료. 수고했소. 타고 오신 말은 지쳐 있을 테니 놓아두고 가시오. 대신 꽤 괜찮은 말을 준비했소이다."

장수막 밖까지 따라 나온 차기석은 솔개의 손을 꼬옥 잡았다.

"군사와 전봉준 장군에게 안부 전해주시오. 다음에 일이 성사되어 좋은 세상이 되면 그때 만나 술이나 한잔 나눕시다. 하하하하!"

호탕하게 웃는 차기석에게 솔개도 복면 속의 눈에 웃음을 띠우며 대답했으나 두 사람 모두 살아서 만나기는 어려울 것이라는 것을 너무나도 잘 알고 있었다.

＊

동학군 봉기에는 조선 각 지방에서 많은 인물들이 참여해서 중요한 역할을 각각 담당했으나 그 가운데는 나이도 모르고 출신도 모르는 사람들도 더러 있다. 차기석도 그런 사람 가운데 하나다.

당시만 하더라도 출신을 자랑하려는 양반계급은 족보 등을 지니고 있고 돈은 있으나 양반이 아닌 사람들은 돈을 주고서라도 족보를 사거나 가짜로 꾸며냈던 시절이다. 따라서 그 고장의 토박이 아니면 일반 사람들의 출신을 가려내기란 그리 쉬운 일이 아니었다.

차기석은 강원도 홍천군 내면에 살았던 것으로 알려져 있지만 언제 태어났고 출신이 무엇인지는 알려져 있지 않다.

동학봉기가 일어나기 1년 전인 1893년 동학의 보은집회에 그가 홍천 대접주로 홍천지방의 동학군을 이끌고 참석했던 것으로 보아 이미 오래 전에 동학에 들어갔던 것으로 짐작된다.

얼굴 없는 軍師 두억시니

'차기석 접주는 자신 휘하의 동학군을 이끌고 북접군과 합류하라!'
1894년 9월 동학의 교주 최시형은 차기석에게 동원령을 내려 동학의 북
접군 주력부대와 합류하도록 지시했다.

기록에 따르면 차기석이 이끄는 동학군은 배우지 못한 농부들로만 이
루어진 것이 아니라 꽤 글공부도 한 사람들이 적지 않았으며 또한 도리
에 어긋난 행위는 하지 않았던 것으로 여겨진다. 동학군을 토벌한 기록
가운데 하나인 『임명토비소록』에는 이렇게 기록되어 있다.

홍천 내면 땅에 차기석이란 자가 있어 스스로 도를 깨달았다고 일컬어
어리석은 백성을 꾀어낸 숫자가 1,000명이나 된다고 한다. 전해지는 바로
는 차기석이 이끄는 이들이 호남의 비도와는 달리 학업으로만 일을 삼
고 의롭지 않은 거동은 하지 않는다고 한다. 이는 그 무리들을 보호하려
는 말이지 진실로 믿을 것이 못된다.

그러나 차기석이 이끄는 강원도 내륙 동학군이 도리에 어긋난 행패를
부렸다면 그런 소문은 쉽사리 퍼졌을 것이다. 『임명토비소록』은 동학군
을 반역의 무리로 보는 시각에서 헐뜯은 것으로 여겨진다.

최시형의 동원령에 따라 남하하려던 차기석의 동학군은 홍천으로부터
남쪽으로 이르는 길목을 차단해버린 맹영재의 민보군에 막혀 남으로 내
려가지 못하고 만다. 민보군이란 정규 관군이 아니라 난리가 났을 때 나
라를 위해 민간인을 주축으로 이루어진 군대다.

민보군은 양반, 선비, 지주 그리고 부호 등 소위 지배계급이 주력을 이
룰 수밖에 없었다. 그들은 자기네 기득권을 지키기 위해 나라의 기강을
바로 세운다는 명분 아래 민보군을 조직하고 동학군토벌에 나선 것이다.

관군의 지원을 받는 민보군은 무기가 동학군보다 앞서 있었다. 남하하
려다가 맹영재의 민보군에 저지당한 차기석의 동학군은 일단 홍천으로
되돌아갔다.

*

차기석이 이끄는 동학군이 강원도 내륙지방에서 활동하고 있을 때 또 하나의 동학군 부대는 동해안을 따라 강릉을 중심으로 활동하고 있었다.

해안에서 움직이고 있는 동학군은 영월, 평창, 정선에서 내려온 동학군과 제천방면에서 몰려든 동학군이 하나의 부대를 이루어 최시형의 동원령이 내려지기 전인 9월 4일에 이미 강릉부를 들이치고 점령해버렸다.

강릉부를 차지한 동학군은 삼정의 조세를 삭감했다. 삼정이란 백성이 수확하는 곡식에 부과되는 전부, 병역과 노역에 종사해야 되는 의무인 군역, 그리고 봄에 백성에게 곡식을 꾸어 주었다가 가을에 이자를 붙여 거둬들이는 환곡의 세 가지를 말한다.

그리고 동학군은 돈이 많은 부호들에게 군사비를 거두어 들였다. 죽창, 칼, 구식 소총으로 무장한 동학군들이 우루루 몰려들어 '우리는 나라를 바로 잡기 위해 일어났으니 군사비를 내놓으시오' 라고 으름장을 놓으면 어느 부호가 돈을 내놓지 않을 수 있겠는가.

그러나 부호들은 마지못해 돈을 내놓으면서도 '어디 두고 보자. 세상이 다시 뒤집어지면 너희들은 모두 살아남지 못하리라' 고 속으로 이를 갈았으며 실제로 동학군이 패배하게 되자 부호들은 인력과 재력을 투입해서 무자비한 복수대열에 참여하게 된다.

동학군이 점령한 강릉은 문자 그대로 하룻밤 새에 딴 세상이 되고 말았다. 구실아치(각 관아의 벼슬아치 밑에서 일을 보던 사람)들이 백성들을 못살게 굴었다 해서 갇히고 얻어맞고 노비문서가 불태워지고 민간의 소송사건을 동학군이 재판하기도 했다.

강릉을 동학군이 점령했다는 소식이 전해지자 그때까지 일이 돌아가는 것을 지켜만 보고 있던 사람들도 속속 동학군에 참여하기 시작했다. 한편으로 동학군 세력 못지않게 동학에 반대하는 세력도 만만치 않았다.

"동학의 무리들에게 빼앗긴 강릉을 되찾아야 한다."

"곧 관군의 대부대와 일본군이 동학진압에 나선다. 그 전에 우리가 동학을 치는 데 앞장서자."

동학군에게 피해를 입은 지배계급들의 단결은 이곳저곳에서 이루어졌다. 선교장의 이회원은 토호인 최씨 문중과 협력해서 민보군을 조직해 강릉으로 쳐들어갔다.

강릉을 점령했던 동학군은 조직이나 훈련 그리고 무기가 제대로 갖추어져 있는 부대는 아니었다. 선교장 이회원이 이끄는 민보군의 공격을 받자 동학군은 제대로 저항도 해보지 못하고 흩으러져 달아나버렸다. 이 공로를 인정받아 이회원은 강릉부사의 감투를 쓰게 된다.

＊

강릉에서 쫓겨난 해안의 동학군이 여기저기 흩어졌을 때 내륙의 차기석 부대는 홍천군 내촌면 물걸리에 집결해 그곳에 쌓여있던 관가의 곡식을 털고 장아촌으로 후퇴했다.

'차기석이 이끄는 동학군이 물걸리에서 곡식을 약탈하고 장아촌으로 물러갔습니다' 라는 척후로부터 보고를 받은 맹영재의 민보군 그리고 횡성현의 관군은 함께 장아촌으로 진군했다.

차기석 부대는 서석면 풍암리 언덕바지에 진을 치고 민보군과 관군을 맞아 싸웠다. 피투성이 치열한 싸움이 차기석 부대와 민보군 사이에 벌어졌지만 관군의 지원을 받는 민보군의 무기는 성능에서 차기석의 동학군을 능가하고 있었다. 『갑오일기』에 맹영재의 다음과 같은 말이 담겨져 있다.

10월 21일 홍천 장아촌에 이르러 도둑의 무리 30여 명을 쏘아 죽였다.
다음날 서석면으로 나가니 도둑의 무리 수천 명이 백기를 세우고 진을 치고 있었다. 총을 쏘아 맞붙어 싸웠더니 탄환에 맞아 죽은 적의 숫자는 헤아릴 수도 없었다.

이이화가 지은 『발굴 동학농민전쟁 인물 열전』의 차기석의 대목을 살펴보면 다음과 같다.

조총으로 무장한 민보군 앞에 화승총이나 죽창으로만 무장한 농민군
은 무너질 수밖에 없었다. 이 싸움에서 8백여 명이 죽었다고 하며 음력
10월 22일에는 풍암리에서만 1970년까지도 30여 호가 한날 제사를 지냈
다고 한다. 또 진등('진을 친 등성이'라는 데서 붙여진 이름) 일대의 밭에서는 길
을 넓힐 적에 송장뼈가 무더기로 나왔다 한다.

수많은 희생자를 내면서도 차기석이 이끄는 동학군은 내면으로 본진을
옮기고 계속 저항을 펼쳤다.

이회원이 강릉 수복 후 그곳에서는 무과 출신인 이진석을 중군으로 삼
은 민보군이 새로 결성되어 정선, 평창 등지의 동학군 토벌에 나섰다,

✳

'동학군이 유격전을 벌이려면 주민들의 지지와 협조를 받아야만 한다'
고 차기석을 굳게 믿고 있었다. 그래서 그는 자기 부대의 본진이 자리 잡
은 내면에 목책을 둘러 수비를 강화하고 각 마을의 집집마다 좁쌀과 쌀 6
말씩과 미투리 한 켤레씩은 나누어 주기도 했다.

산과 바다가 함께 있는 강원도에도 보부상들이 많았다. 그들은 해안에
서 건어물이나 마른 미역 등을 내륙에 운반해다 팔고 내륙에서는 농산물
을 가져다가 해안의 어부들에게 팔았다. 이 보부상들은 여러 지방을 돌아
다니기 때문에 각 고장의 정보에 대해 잘 알고 있게 마련이었다.

차기석은 이 보부상들 가운데 동학군의 움직임을 관군이나 민보군에게
알려 돈을 받아먹고 있다는 의심이 가는 자들을 가려내고 동학군에 협조
하지 않은 자까지 합쳐서 수백 명의 목숨을 빼앗았다.

차기석은 양양, 강릉, 홍천, 원주에 이르는 길은 동학군으로 하여금 모
두 끊어서 왕래를 못하도록 만들었다. 이렇게 해서 비록 짧은 동안이지만
오대산 주변은 관의 힘이 못 미치는 독립된 구역이 됐다.

 얼굴 없는 軍師 두억시니

정보원으로 활용했던 보부상들이 다수 살해된 데다가 살아남은 보부상도 동학군이 무서워 정보 수집에 협조해주지 않을 뿐 아니라 각 큰 고을에 이르는 길이 동학군에 의해 막혀버렸으니 관군과 민보군은 정보를 전혀 얻을 수가 없었다.

내면의 외곽인 봉평과 평창에는 4,000명의 동학군이 집결해 있어 강릉, 양양, 원주, 횡성, 홍천 다섯 개 고을의 접주를 겸한 차기석은 강원도 동학군의 실질적인 총사령관이 돼 있었다.

두억시니가 보낸 지리산패의 솔개가 차기석을 만난 것은 이때였다. 그러나 차기석과 그가 이끄는 강원도 동학군이 참패를 당하게 될 날이 가까워지고 있다는 사실을 그때까지 아무도 내다보지 못하고 있었다.

＊

민보군, 관군 그리고 일본군이 힘을 합친 차기석 부대 토벌작전은 11월 초순부터 시작됐다. 먼저 이진석이 이끄는 민보군이 정선을 거쳐 평창으로 진군했다. 때를 맞추어 춘천의 관군도 몰려들었고 원주에 주둔하고 있던 일본군도 차기석 부대를 깨부수기 위해 내면으로 향했다.

"장군! 큰일났소. 민보군이 평창 후평의 우리 동학군을 공격해왔소."

내면의 본진에 자리잡은 차기석에게 급보가 전해졌다.

"피해 상황은?"

보고를 받은 차기석의 입에서 나온 첫마디는 '몇 명이나 죽었느냐' 하는 질문이었다.

"정확히는 알 길이 없습니다. 여러 사람이 죽거나 다쳤고 살아남은 사람들은 삼척 쪽으로 도망쳤습니다."

"그렇다면 머지않아 이 내면으로 쳐들어오겠군. 대비하도록 모두에게 알려라."

내면의 동학군 본진은 갑자기 어수선해졌다. 강원도 그것도 내륙 산간 지방의 겨울은 호되게 춥고 길기만하다.

차기석은 관군과 민보군이 적어도 겨울을 나고 봄에나 공격해오리라 내다보고 있었는데 뜻밖에도 그들은 추위를 무릅쓰고 쳐들어온 것이다.

11월 들면 눈이 쌓이기 시작하는 이곳에는 오래 전부터 명화적(明火賊＝ 철종 때부터 설치된 도둑의 무리)이 관군의 추격을 피해 겨울을 나던 곳이다. 그 명화적도 몸을 둘 곳이 없어 차기석 부대에 끼어들어 동학군에 힘을 보태고 있었다.

민보군과 관군의 살육전은 봉평에서부터 시작됐다, 내면의 동학군을 포위, 섬멸하는 작전은 11월 9일부터 14일까지 펼쳐졌다.

신식무기의 위력은 무서웠다. 일제히 불을 뿜는 민보군과 관군의 화력 앞에 구식무기밖에 지니지 못한 동학군은 토끼사냥 당하듯 죽어갔다. 봉평, 창촌, 원당, 청도의 차례로 살육전은 진행됐다. 그리고 동학군의 시체가 쌓여갔다.

＊

창촌을 거쳐 원당에 들어간 민보군과 관군은 그곳에서 차기석이 이끄는 동학군 주력부대와 불꽃 튀는 싸움을 펼쳤으나 역시 화력의 열세는 어쩔 도리가 없어 동학군은 무너질 수밖에 없었다. 관군과 민보군의 협공을 받은 동학군은 참패를 당했다.

"와아아!"

동학군이 관군과 민보군의 화력을 당해 내지 못하고 무너지자 관군과 민보군은 마구 동학군을 죽이고 체포했다.

"으아악!"

"나…… 나 좀 살려줘!"

동학군이 지르는 비명 속에 차기석은 몇 명의 부하와 함께 포위망을 뚫고 탈출하려 했으나 끝내 잡히고 말았다.

성찰 오덕현, 집강 박석원 등 그와 동학에 충성을 바쳤던 많은 부하들이 관군과 민보군의 총탄을 맞고 쓰러지는 비참한 모습을 보아야 했다.

얼굴 없는 軍師 두억시니

관군과 민보군의 동학군에 대한 복수는 처참하기만 했다.

차기석을 그 자리에서 죽이지 않은 것은 '반역의 괴수'를 여러 사람들이 지켜보는 큰 고을에서 죽이기 위해서였을 뿐이다.

끌려가는 도중 차기석은 청도와 약수포 등 지나가는 곳마다에서 부하들이 죽임을 당하는 모습을 보아야 했고 동학군에 참여했던 농민들의 집이 불태워지는 장면을 보아야 했다. 포박되어 끌려가는 그의 두 눈에는 눈물이 말라 있었다.

"동비의 괴수 차기석을 사로잡아 강릉으로 보냈음을 보고합니다."

차기석을 잡은 민보군의 지휘관 이진석은 이 사실을 엉뚱하게도 원주의 일본군 본진에 알렸다. 민보군이 일본군에게 전투결과를 보고해야 될 아무런 의무가 없는데도 이진석은 일본군에게 보고를 한 것이다.

11월 22일 강릉에서 부사 이회원과 백성들이 지켜보는 가운데 차기석은 총살당했다. 이렇게 해서 강원도의 동학군 활동은 끝을 맺게 된다.

*

황해도에서 그리고 강원도에서도 동학군이 패배를 겪고 그 활동을 중단된 데다 남쪽의 김개남, 손화중 등 동학군의 두 거두마저 공주 공격에 참가하지 않고 있어 전봉준이 이끄는 동학군 주력부대는 밖으로부터의 지원을 바랄 수 없는 상태에서 앞으로 나갈 수밖에 없었다.

그러나 이인에서의 첫 전투에서 관군 120명을 죽이고 300명에게 부상을 입힌 동학군의 사기는 매우 높았다.

전날 이인에서 동학군에게 패한 성하영과 백낙완이 이끄는 관군은 서둘러 효포 뒷고개에 올라 산마루에서 아래를 향해 포격할 차비를 갖추고 있었다. 이곳 사람들은 이 고개를 곰치 혹은 웅치라 부르고 있었다.

"발사!"

"콰쾅! 쾅! 쾅!"

동학군이 고개 아래에 모습은 나타내자 관군의 대포는 일제히 우렁찬 포성과 함께 불을 뿜어댔다. 그러나 고개 밑의 동학군도 만만치 않았다.

그동안 여러 전투에서 노획한 대포를 늘어놓고 고개 위의 관군을 향해 응사하기 시작했다. 하루해가 넘어가도록 양군의 대포는 쉴새없이 포탄을 쏘아댔고 양쪽의 군사는 밀고 밀리는 접전을 벌였다.

천지를 진동시키는 포성은 멀리까지 울려 퍼졌고 이 소리를 들은 백성들은 일찍이 겪어보지 못했던 큰 전쟁이 벌어졌다고 벌벌 떨었다.

포성이 울려 퍼지는 가운데 순무영 우선봉인 이규태는 동학군의 공격으로 공주가 위태롭다는 급한 전갈을 받고 그날 하오 금강의 장기진을 통해 공주에 들어갔다. 팽팽한 긴장감이 감돌고 있던 공주에서는 그래도 이규태가 입성했다는 소식에 조금은 안도감이 감돌았다.

"이규태 장군이 군사를 이끌고 입성하셨다는군."

"그래도 조금은 마음이 놓이는군. 이장군이 들어오셨다니……."

"하지만 성하영 장군과 백낙완 장군이 싸우고 있는 곰치에서는 싸움이 치열한 모양이야. 동학도 대포를 여러 문 지니고 있다는군."

"큰일이야. 반란을 일으킨 도적의 무리들이 대포까지 쏘아대고 있으니……."

이규태는 공주성에 입성한 뒤 숨 돌릴 겨를도 없이 납다리 뒷산에 올라 전황을 살펴야 했다.

"아니…… 저건……?"

이규태는 눈이 휘둥그레지고 놀라서 벌어진 입이 다물어지지 않는다. 둘레의 높은 산봉우리마다 나부끼고 있는 것은 동학의 깃발들이었다.

동학의 수많은 깃발이 이어져 마치 병풍처럼 공주를 에워싸고 있는 것이 아닌가. 이규태의 겨드랑 밑은 식은땀으로 젖었다.

"이토록 동학의 위세는 대단한 것인가? 이토록 우리 조정은 민심을 잃었단 말인가?"

그날은 날이 어두워지자 양쪽 모두 군사를 거둬들여 전투는 중단됐다.

*

이인의 첫 전투에서는 동학군이 승리를 거두었으나 이내 관군과 일본 군의 반격은 시작됐다.

10월 23일 전봉준의 주력부대와는 별도로 공주의 동학군이 옥천의 동 학군과 함께 대교 방향에서 관군을 향해 쳐들어갔다.

효포를 지키고 있던 후원영관 구상조는 관군을 은밀히 동학군의 배후 로 돌아가게 해서 숲속에 있던 동학군을 기습했다.

전봉준 부대와 아무런 연락 없이 독자적으로 움직이고 있던 이 부대는 관군의 기습에 20여 명이 죽고 6명이 사로잡혔으며 나머지는 흩어져 달 아나 버렸다.

공주에 끌려간 동학군 포로 6명은 많은 백성들이 보는 앞에서 목이 잘 렸다. 이 광경을 지켜본 관군의 장교들은 미소를 띠우며 한결같이 고개를 끄덕였다.

"저렇게 역도들의 머리를 자꾸 베어서 보여주어야 백성들이 무서워서 동학을 따르지 않지."

"맞소. 게다가 우리가 이기고 있다는 사실도 널리 알려주어야 되 고……."

같은 날 이인을 회복하기 위해 성하영과 윤영성이 이끄는 관군과 일본 군 100명이 이인을 지키고 있던 동학군을 공격했다. 관군에게 밀려 산 위 에 오른 동학군은 화선포를 쏘아 관군과 일본군을 일단 물리쳤다.

이때 동학군에게 큰 힘이 된 것은 세성산에서 패한 동학군의 합류였다. 자칫 관군과 일본군의 기세에 밀릴 뻔했던 동학군은 세성산에서 도망온 동학군의 합류로 기가 살아난 것이다.

그러나 정규군 500명과 잡군 1,000명을 거느린 성하영은 동학군이 진을 치고 있는 산의 남쪽을 둘러싸고 진격을 시작했다.

일본군도 북쪽으로부터 산에 오르면서 나무에 몸을 숨기고 총을 동학군에게 쏘아대며 압박했다.

한편 구완희가 거느리는 관군이 남월촌에 주둔하고 있던 동학군을 공격해 들어가자 동학군은 취병산으로 후퇴했고 관군은 다시 이인을 회복했다. 이인 전투에서는 유생들을 중심으로 이루어진 민보군의 활약이 관군에게 큰 도움이 됐다.

동학군이 연산에 집결했다는 소식이 전해졌을 때 공주의 유생들은 동학군을 중국 전한(前漢)의 장각(張角)과 다를 바 없는 요사한 반란군이라고 여겼다. 그래서 백성과 나라를 지킨다는 명분 아래 이인 일대의 유생들은 이곳 토반인 탄천 박씨들의 인력과 재정지원을 받아 민보군을 조직했다.

양재옥의 지휘 아래 이인의 민군은 탄천 송학리에 본군을 두고 400명이나 되는 민보군을 모아 취병산에서 관군을 도와 동학군과 싸웠다.

앞에는 관군 뒤에는 민보군 그 가운데 낀 동학군은 협공을 받아 검바위에서 패하자 경천으로 후퇴할 수밖에 없었다.

✻

동학군의 대열에는 50명의 청국군이 끼어 있었다. 그들은 논산에서 벌어진 일본군과의 전투에서 패배해 달아나다가 동학군이 일본군을 이 땅에서 몰아내기 위해 봉기했다는 점과 자신들의 처지가 일본군에 항복하지 않으면 몸담을 곳이 없다는 점을 생각해서 동학군과 함께 싸우기로 결정한 것이다.

하지만 합류 초기에는 말도 잘 안통하고 문화와 생활풍습이 서로 다른 탓에 동학군과 청국군 사이에 갈등이 없었던 것도 아니다.

동학군 가운데에도 이런 사람 저런 사람이 끼어 있어 심지어 도둑질을 일삼던 자들까지도 섞여 있었다. 그런 자들은 사리사욕만 채우려들어 동학군임을 내세우고 백성들에게 폐를 끼치곤 했다.

전투가 치열해지면 몸을 사리고 도망갈 궁리만 하는 이런 자들은 같은 동학군 안에서도 약한 자만 보면 괴롭히기 일쑤였다.

청국군 50명은 보기에 따라 동학군 안에서 약자였다. 수많은 동학군 속에서 패잔병인 청국군의 입장은 기를 펼 형편이 못되었다.

동학군 가운데 못된 자들이 이들에게 시비를 걸어 그들이 지닌 무기를 빼앗으려 한 사건은 자칫 큰일로 번졌을지도 모를 일이었다.

"이봐! 뙤놈. 너희들은 일본군에게 져서 죽을 목숨인데도 우리가 보살펴주는 바람에 살아남아 있는 게 아닌가. 그러니 그 총은 우리에게 넘겨줘. 그 대신 우리가 가지고 있는 총을 줄게."

'개'라는 별명으로 불리우고 있는 사나이가 능글능글하게 웃으면서 얌전히 있는 청국군에게 시비를 건다. 청국군이 지닌 소총은 신식무기이고 동학군의 '개'가 지닌 소총은 구식이라 성능면에서 큰 차이가 난다.

"……."

청국군은 '개'의 말을 정확히 알아듣지는 못해도 그의 손짓으로 보아 총을 바꾸자는 뜻인지 짐작은 할 수 있었다.

청국군이 고개를 가로 흔들어 거부 의사를 밝히자 '개'와 그를 따르는 패거리는 청국군에게 행패를 부리기 시작했다.

"이것 봐라. 이 녀석들이 목숨 구해준 것을 고맙게 여기지 않고 감히 어르신의 말을 안들어?"

'개'가 맨 앞에 앉아 있는 청국군에게 발길질을 가하고 나머지 패거리들도 몽둥이와 주먹을 마구 청국군에게 날렸다. 그러나 청국군들은 코피를 흘리고 입이 터져도 총만 꽉 껴안은 채 대항을 하지 않는다.

"안되겠군. 한 놈을 골로 보내야 순순히 말을 들을 모양이군."

'개'가 총의 개머리판을 들어 청국군의 머리를 깨부수려했을 때 그의 손은 공중에서 멈추고 말았다.

"어? 어느 놈이 방해를……."

그의 말이 채 끝나기 전에 총을 쥔 '개'의 팔목은 우지끈 부러져 버렸다.

"으와아아……!"

비명소리와 함께 고개를 돌린 순간 '개'의 얼굴표정은 공포로 얼어붙었다. 두억시니의 차가운 눈초리는 '개'의 움직임을 완전히 멈춰버렸다.

"파악!"

두억시니의 주먹이 '개'의 안면을 완전히 부셔버리자 '개'의 패거리들은 도망가지도 못하고 공포에 질렸으며 반면 청국군의 얼굴에는 안도의 화색이 돌았다.

어느새 뽑아들었는지 등에 졌던 칼로 두억시니는 '개'의 목을 베어버리고는 다시 칼을 등의 칼꽂이에 꽂았다. 청국군도 동학군도 모두 숨을 죽인 채 이 모습을 지켜보고 있었다.

"우리와 함께 움직이는 청국군은 우리를 도와주고 있는 우군이다. 앞으로 이 청국군에 행패를 부리는 자는 내가 결코 용서하지 않겠다."

단칼에 '개'를 저승에 보내 놓고도 자세가 흐트러지지 않은 두억시니의 차분한 목소리는 오히려 그들에게 두려움을 주기에 충분했다.

그 일이 있은 뒤 아무도 청국군에게 시비를 걸거나 행패를 부리는 자가 나오지 않았으며 청국군은 전투 때마다 목숨을 아끼지 않고 동학군과 함께 잘 싸웠다.

*

동학군에 끼어들어 일본군 그리고 관군과 싸우고 있던 청국군 50명은 동학군의 군사 두억시니에게 거의 신앙심과 같은 충성심을 지니게 됐다.

자기네들을 못살게 굴던 '개'라는 동학군 병사를 두억시니가 단칼에 베어버리고 군기를 바로잡자 청국군을 '뙤놈'이라 업신여기던 다른 동학군들도 두억시니가 무서워 감히 청국군을 모멸하지 않게 됐다. 청국군들은 모두 두억시니에게 고마움을 느꼈다.

특히 그들의 인솔자나 다름없는 유측서는 크게 감동해서 '우리는 군사에게 큰 은혜를 입었다. 나는 군사를 위해 목숨까지 바치겠다'고 다짐했을 정도였다.

유측서는 중국의 소림사권법에 뛰어날 뿐 아니라 학식도 높아 청국군 모두로부터 존경을 받고 있는 인물이었다.

"족제비! 앞으로 그런 일은 없겠지만 혹시 우리 동학 가운데 생각이 모자란 인간이 있어 또다시 청국군을 괴롭히는 일이 없도록 가끔 자네가 살펴주게."

그렇지 않아도 일본군에게 져서 패잔병의 서러운 신세로 동학군에게 몸을 맡기고 있는 청국군이 더 이상의 서러움과 시달림을 당하지 않도록 두억시니는 족제비에게 지시했다.

"알겠습니다. 제가 자주 그들의 막사에 들려 어려운 점이 없나를 살펴보겠습니다."

족제비의 대답을 듣고 두억시니는 고개를 끄덕이면서 문득 생각이 났는지 물었다.

"참, 그리고 지리산에 남아있는 꼬마들은 모두 잘 지내고 있겠지? 요즘 지리산의 소식을 들은 바가 없나?"

"네, 잘 있습니다. 솔개가 며칠 전 지리산을 다녀왔습니다. 특히 자갈과 분이가 '아찌'가 보고 싶다고 솔개에게 같이 데려가 달라고 마구 떼를 썼답니다."

그 이야기를 듣고 두억시니는 또다시 알았다는 표시로 고개를 몇 차례 끄덕였다. 아무리 작은 일이라도 빼놓지 않고 보고하는 족제비지만 꼬마들이 두억시니를 보고 싶어한다는 것을 알리지 않은 까닭을 알만했다.

귀신이 실제로 있다면 그 귀신도 때려잡을 것 같은 무서운 두억시니가 어린이들 특히 보살펴주는 이 없는 고아 같은 어린이들을 불쌍히 여기고 귀여워하는 것을 잘 알고 있기 때문에 족제비는 두억시니의 마음이 상할까봐 일부러 자갈과 분이의 이야기를 알리지 않은 것이다.

'그렇지 않아도 목숨을 걸고 지리산패와 동학의 운명이 달린 큰 싸움을 치르고 있는 마당에 꼬마들의 이야기로 두령의 마음을 흐트러지게 만들어서는 안 된다' 는 것이 족제비의 생각이었다.

"그래? 꼬마들이 나를 보고 싶다고?"

복면 속의 두 눈이 부드러워지더니 두억시니는 지리산을 바라보듯 시선을 허공에 멈추었다. 한참 침묵에 잠겨있던 두억시니가 한숨을 내뱉듯이 말했다.

"그래, 나도 그 녀석들이 보고 싶구나."

군사로서 작전지시를 내릴 때에는 차갑고 단단한 강철 같은 의지를 지닌 두억시니가 오랫만에 인간다운 모습을 드러낸 순간이었다.

＊

"아니, 그게 무슨 소리야? 자갈과 분이가 사라져 버렸다고?"

얼굴이 새하얗게 질린 추월이가 비명을 지르듯 촉새에게 묻는다.

"응. 아침에 잠에서 깨어나 보니 자갈과 분이가 없어졌어."

두억시니는 동학군을 따라 공주로 출격하기 전에 17살의 작부 출신의 추월에게 동학군을 따라다니던 꼬마부대를 맡기고 지리산을 떠났다. 난리가 가라앉을 때까지 지리산패 본부가 안전하다고 판단했기 때문이다.

두억시니의 부하인 3명의 지리산패가 이들에게 식량을 대주고 보호해 주기 위해 지리산에 남아있었다.

"무슨 일이냐? 누가 없어졌다고?"

"혹시, 이 근처에서 놀고 있는 것 아냐?"

지리산패들은 자갈과 분이가 사라졌다는 이야기를 듣고도 처음에는 나무열매를 따거나 근처 숲속에서 놀고 있을 것이라 여겼다.

그럴 수밖에 없는 것이 자갈과 분이는 고아들이기 때문에 이곳을 떠나갈 곳이 없었기 때문이다. 더구나 인가도 드문 지리산에서 어디를 간단 말인가.

"우선, 이 근방을 찾아보도록 하자."

"그래, 아마 이 근처 어딘가에 있을 거야."

　지리산패 3명과 추월이 그리고 꼬마들은 각자 흩어져 지리산패 본부 근처에서 자갈과 분이를 찾아 나섰다.

"자갈아! 분이야!"

"자갈아! 대답해, 어디 있니?"

한참 동안 찾았으나 허탕이었다.

"아냐. 그럴리는 없어. 산짐승이 해친 것은 아닐거야. 이 근처에는 산짐 승이 가까이 하지 못하도록 군데군데마다 화약을 땅에 묻어놓거나 나무에 묻혀 놓았어. 그 냄새를 맡으면 짐승들은 더 이상 다가서지 않고 돌아가게 돼 있어."

지리산패들은 비가 세차게 내려 화약이 씻겨나가면 본부 둘레를 돌면서 화약가루를 다시 묻거나 나무에 칠해두곤 했다.

"그렇다면 이 두 꼬마는 도대체 어디로 갔단 말인가?"

지리산패 한 사람이 도저히 알 수 없다는 듯 고개를 갸우뚱거리다 추월이 표정이 달라지는 모습에 눈이 번쩍 커졌다.

추월은 무엇인가 생각난 듯 눈을 크게 뜨고 '설마……' 라고 작게 외쳤다.

"뭐야? 추월아, 무엇인가 생각나는 게 있는 거야?"

지리산패의 재촉에 추월이는 고개를 끄덕이면서 자신의 생각을 털어놓았다.

"얼마 전에 솔개 아저씨가 이곳을 다녀가시지 않으셨어요? 저희들이 잘 지내고 있는지를 살펴보기 위해서 말입니다."

"그래, 솔개 형님이 다녀가셨지."

"그때 자갈과 분이가 솔개 아저씨에게 졸라댔어요, 두억시니 아저씨가 보고 싶으니 자기네들을 함께 데려가 달라고요."

"……"

추월이의 말을 듣고 지리산패들도 생각나는 것이 있었다.

"그래, 맞았어. 녀석들이 솔개 형님과 같이 가겠다고 막무가내로 떼를 썼지. 그래서 솔개 형님이 떠나실 때 두 꼬마를 떼어놓느라 애를 먹었지. 그렇다면……?"

"아저씨, 제 생각에는 자갈과 분이는 두억시니 아저씨를 만나기 위해 공주 쪽으로 간 것이 틀림없어요."

남아있던 지리산패 3명 가운데는 가장 고참인 표범이 추월의 말을 듣고 잠시 생각에 잠긴다.

"그래, 추월의 말이 맞을지도 모르겠다. 아침에 깨어나 보니 없어졌다고 하니 어쩌면 어젯밤에 산을 내려갔을 지도 모른다. 아무런 일이 없었으면 좋을텐데……."

표범은 걱정 어린 목소리로 말한 다음 다시 지시를 내렸다.

"자네들 두 사람은 바로 산을 내려가 공주로 가는 길을 샅샅이 훑어라. 필요하면 말을 구해서 가게. 그러나 꼬마들의 걸음으로 그리 멀리가지는 못했을 게야."

표범의 명령이 떨어지자 두 사람의 지리산패는 바로 산을 내려가기 시작했다. 표범은 걱정스러운 표정을 짓고 있는 추월이와 꼬마들을 달랬다.

"염려들 마라. 아저씨들이 곧 자갈과 분이를 찾아서 돌아올 거야."

표범의 이 말을 듣고 촉새가 왼손바닥을 오른손 주먹으로 탁치면서 '자갈 이 녀석 잡혀서 돌아오기만 하면 내가 혼내주어야지' 라고 엄포를 놓았지만 얼굴에는 웃음이 퍼지고 있었다.

늘 자갈과 티격태격하면서 윽박질렀지만 막상 자갈이 없어지자 걱정이 됐다가 지리산패 아저씨들이 틀림없이 찾아내 준다는 말에 마음이 놓인 것이다.

긴장했던 분위기가 조금 누그러들자 추월은 북새통에 늦어진 아침밥 짓기에 나섰고 꼬마들은 금새 놀이와 장난에 열중하기 시작했다.

✻

　　　　　　　　얼굴 없는 軍師 두억시니

자갈과 분이는 전날 밤이 아니라 그날 새벽녘 일찍이 지리산을 내려왔다. 새벽공기는 무척이나 차가왔고 산길은 험했다.

그들은 산기슭에 자리 잡은 집이 너덧 채밖에 안 되는 작은 마을에 이르자 그 가운데 허술한 빈집에 들어갔다. 피로와 추위 탓에 더 걸음을 옮길 수 없었기 때문이다. 얼마 전까지만 해도 사람이 살고 있었던 모양으로 마당에는 장작이 한 무더기 쌓여있었다.

분이는 장작을 가져다가 불쏘시개에 부싯돌로 불을 붙이고 아궁이에 장작을 지폈다.

개화문명과 함께 서양 사람들이 이땅에 이미 성냥을 전해주긴 했지만 아직 시골까지는 퍼지지 못해 그때 시골 사람들은 불씨나 부싯돌로 불을 얻어 쓰고 있었다. 이윽고 바닥에 따뜻한 기운이 감돌자 두 사람은 이내 잠에 골아 떨어졌다. 자갈과 분이가 잠든 사이 두 사람의 지리산패는 이 작은 마을 옆을 빠른 걸음으로 지나가고 있었다.

그들은 설마 이런 가까운 곳에 자갈과 분이가 머물러 있으리라고는 생각조차 못한 것이다. 지리산패들의 걸음은 무척 빨랐다.

그때 사람들은 아직 축지법이 실제로 존재한다고 믿고 있었다. 그러나 그때 축지법을 쓴다고 여겨졌던 사람들은 도술을 쓰는 것이 아니라 평소 지구력과 스피드를 키워 다른 사람들보다 빨리 걷는 것뿐이었다.

아무튼 남 보기에는 축지법을 쓴다고 여길 만치 빠른 속도로 두 사람의 지리산패는 공주로 향하고 있었다.

자갈과 분이가 잠에서 깨어난 것은 거의 점심 때가 다 되어서였다.

"누아! 나 배고파."

자갈이 눈을 부비면서 배고픔을 호소한다.

"그래, 누나도 배가 고파. 잠깐만 기다려보아."

아궁이에 고구마를 넣고 구워낸 뒤 그들은 아침 겸 점심식사는 시작됐다.

"자갈아! 많이 먹어라."

"응, 누아도 많이 먹어."

그러나 7개의 군고구마 가운데 3개는 자갈이 2개는 분이가 먹고 2개는 남겼다. 갈 길은 먼데 노자도 없고 식량도 없으니 먹을거리를 아낄 수밖에 없었다.

"누아! 정말로 말이야. 꿈에서 본 아찌는 피투성이었어. 죽었으면 어떻거냐?"

"……"

자갈과 분이는 그동안 두억시니가 보고싶기도 했지만 이틀 전 자갈이 꿈속에서 두억시니가 피투성이 된 모습을 보고 충격을 받자 당장 두억시니를 찾아 무작정 나서기로 한 것이다.

어릴 때부터 따뜻한 정이라곤 받아보지 못한 이들은 자기네들을 친자식처럼 사랑해주는 두억시니를 친아버지처럼 따랐다.

어른들은 두억시니가 문둥병에 걸려 허물어져가는 얼굴을 감추기 위해 복면을 쓰고 있다고 수군거렸지만 꼬마들은 그런 것에 신경을 쓰지 않았다. 아니 신경을 쓸 겨를이 없을 만치 그들은 사랑에 굶주려 있었다.

"누아, 가자! 아찌 만나러 가자."

"그래, 가자! 잠깐만 기다려."

분이는 그래도 지리산에서 내려올 때 가져온 허름한 보자기에 군고구마 2개를 담아서 싸고 동생의 손을 잡아 빈집을 나섰다.

✳

공주성 안에는 긴장감이 지나쳐 차라리 공포감이 감돌고 있었다. 관군과 일본군이 무기나 장비면에서는 우세하지만 숫적으로는 동학군이 훨씬 많은 데다 시간을 오래 끌면 백성들의 마음이 동학 쪽으로 기울 공산이 크기 때문에 주민들은 물론 하급 병사들의 마음도 흔들리고 있었다.

더구나 공주를 둘러싼 이곳저곳에서 벌어지고 있는 전투는 일진일퇴의 공방전이 계속돼 양쪽 모두 죽고 다치는 사람만 나날이 늘어나고 있었다.

"얼마 안가서 공주성도 지난번에 전주성이 함락됐듯이 동학군에게 점령당하게 될거야."

"그렇게 되면 벼슬아치와 왜놈 병정들은 모두 저승길로 가게 되겠군."

지난 초여름 동학군이 전주성을 함락시켰던 일은 동학군에게 필승의 신념을 심어준 반면 관군에게는 깊은 패배감을 안겨주고 있었다.

"우리 일본군은 동학군에게 아무런 선입견도 가지고 있지 않지만 조선 관군은 동학군을 꽤 두려워하고 있는 것 같소. 안 그렇습니까?"

공주성 동헌에서 일본군과 관군이 합동참모회의를 갖는 자리에서 일본군의 미나미 대좌(대령)가 무거운 분위기를 깨고 먼저 말문을 열었다.

"그렇습니다. 조선에는 아직도 주문이나 부적의 효험이 있다고 믿는 백성들이 많습니다."

충청감사 박제순이 미나미 대좌의 물음에 대답한다.

"특히 사람들 사이에는 동학의 주문과 부적이 날아오는 총알까지 막는 힘이 있다고 믿어지고 있습니다. 그 믿음 때문에 동학군은 낡은 무기를 지니고도 사기가 시들지 않고 있습니다. 그리고 또 하나 동학군의 사기를 뒷받침하고 있는 것은……."

박제순이 말을 하고 있는 사이에 급한 발자국 소리가 나더니 전령이 방문 밖에 이르렀다. 합동참모회의는 잠시 중단되고 일선에서 달려온 전령의 보고를 받았다. 공주를 에워싼 전투상황이 매우 급했기 때문에 어떤 보고도 뒤로 미룰 수 없었다.

"보고드립니다. 검바위를 지키고 있던 아군이 기습을 받아 30여 명이 죽고 25명 가량이 다쳤습니다. 동학군의 기습부대를 이끌고 있던 자는 복면을 쓴 것으로 보아 적의 군사 두억시니 혹은 그의 수하인 지리산패 같습니다."

보고를 전해들은 방안은 물을 끼얹은 듯 조용해졌다. 안색이 창백해진 박제순은 그래도 무거워진 입을 열고 아까 다하지 못한 말을 계속한다.

"바로 그 두억시니란 작자입니다. 동학군의 사기를 뒷받침하고 있는 자가 두억시니입니다."

미나미 대좌는 가볍게 고개를 끄덕이더니 잠시 무엇인가를 생각하는 눈치다.

"두억시니란 자는 참 목숨이 질기기도 한 녀석인 모양이구려. 그동안 여러 차례 목숨을 잃을 뻔한 위기를 맞이했을 텐데도 용케 살아남아 설치고 있으니 그자는 불사신이란 말이오?"

미나미 대좌가 쓴웃음을 띄우며 조금은 빈정대는 투로 말한다. 그까짓 두억시니 하나를 못 잡느냐는 뜻이다. 조선 관군 쪽에서는 미나미 대좌의 이 말에 대꾸하는 사람이 아무도 없었다.

"그렇다면 할 수 없구려, 내가 몇 사람을 보내겠소. 하긴 이번에도 성공한다는 보장은 없지만……."

오또미 그리고 진덕과 선덕

“쌔앵!”

바람을 가르며 날아간 표창이 은행나무 기둥의 과녁에 탁 꽂힌다.

공주성 동헌의 뒷마당에 서있는 몇 그루의 은행나무를 향해 표창을 던지고 있는 것은 바지저고리로 남장한 두 젊은 여성이었다.

어렸을 때부터 무예를 익혔는지 가볍고 날랜 몸짓으로 던지는 표창으로 은행나무에 붙여놓은 과녁에 정확히 꽂힌다.

그리고 그 두 여성 옆에는 역시 남장차림의 30대 여성이 미소를 띄우며 그들의 표창 던지는 모습을 지켜보고 있었다.

“언니, 역시 대단하시네요. 언니가 던진 표창 10개 가운데 9개는 과녁 한복판에 박혔고 나머지 한개도 한복판 가까이를 맞췄어요.”

아직 스물이 되지 않았을까? 양쪽 모두 미인이라고 불릴 만한 두 여성 가운데 조금 키 큰 쪽이 나이가 아래인 모양으로 보통 키의 여성을 언니라 부른다.

“무슨 소리야. 선덕아! 너는 10개를 모두 과녁 한복판에 꽂아 놓고선……”

언니라 불리운 여성은 웃는 낯으로 되레 선덕이의 표창솜씨를 칭찬한다.

“아니어요. 진덕 언니! 10개를 던지는 시간이 언니가 훨씬 짧았어요. 저는 언니보다 훨씬 오래 겨냥하고 던졌으니 막상 적과 대결할 때는 언니의 표창솜씨가 더 위력을 나타낼 수밖에 없어요.”

그러니깐 언니는 진덕이고 동생은 선덕이라고 옛 여왕 이름을 따서 부르는 모양이다. 본명이 아닌 것으로 보아 이 두 여성 역시 민비의 직속 친위대였던 갑자대처럼 특수임무를 위해 키워진 공작요원임에 틀림없다.

“두 사람 모두 대단합니다. 표창솜씨가 웬만한 남자 무사 뺨치게 뛰어

얼굴 없는 軍師 두억시니

났어요. 특히 과녁을 겨냥하는 집중력과 체중을 실어 강하게 표창을 던지는 동작이 좋아요."

그때까지 팔짱을 끼고 지켜보던 30대 여인이 두 여성의 표창솜씨를 칭찬한다. 그러나 이 여인의 우리말은 어딘가 서툴렀다.

'ㄹ' 발음이 정확하지 않고 'ㄴ'과 'ㅇ'의 구별이 뚜렷하지 않았다. 그만하면 우리말을 꽤 잘하는 편이긴 하지만 일본사람임을 감출 만치 정확한 것은 아니었다.

"이번에는 오또미 언니의 차례야요. 언니의 단총(短銃=권총) 솜씨를 보여주셔야죠."

오또미는 미소 띄운 얼굴로 큰 은행나무 옆의 바위로 가까이 가더니 품속에서 호두알 3개를 꺼내 편편한 바위 위에 나란히 올려놓고 뒤로 물러난다. 그리고 20발자국 정도 뒤로 물러난 뒤 오른손을 넣어 권총을 뽑아들었다.

진덕과 선덕은 숨을 죽이고 오또미의 동작 하나하나를 지켜본다.

"탕! 탕! 탕!"

3발의 총소리가 울리더니 호두알을 바위 위에서 차례차례 박살이 나고 조각은 허공에 흩어진다. 얼어붙은 것처럼 꼼짝 않고 그 모습을 지켜본 진덕과 선덕이 가벼운 한숨을 내쉬었다.

"역시 단총이 표창보다 더 무섭군요."

진덕이 부러운 듯이 말하자 오또미는 여전히 미소를 머금은 채 가볍게 고개를 가로 젖는다.

"아냐, 반드시 단총이 표창보다 좋은 건 아냐. 잘 생각해보면 단총이 표창보다 못한 점도 있어."

"단총이 표창보다 못한 점이 뭐가 있어요?"

"첫째, 단총은 소리가 나지만 표창은 소리가 안 나지 않니. 그러니깐 첫발을 쏘면 바로 쏜 사람의 존재를 적에게 알리게 되고 말아. 그러나 표창은 소리가 안나니까 어두운 밤에는 적을 쓰러뜨리고도 다른 적에게 들킬 염려가 적지."

"흐음, 듣고 보니 그렇군요."

"또 한 가지 내가 지닌 단총은 당신네들이 말하는 육혈포야. 그러니까 6발을 쏘고 나면 총알을 채워 넣어야 돼. 그때는 적에게 무방비인 상태가 될 수밖에 없어. 그러나 표창은 그런 위험이 없지 않니."

진덕과 선덕은 오또미의 말에 알겠다는 듯 고개를 끄덕였다. 오또미는 전통 있는 일본 무사의 집에 태어나 검도, 나기나따(긴 막대기 끝에 칼이 달려 창처럼 찌르는 것이 아니라 휘둘러 베는 무기로 여자가 주로 쓴다), 활쏘기 등 여러 무예를 익히느라 결혼할 때를 놓친 데다가 단총까지 익혀 암살자로서의 자질을 충분히 갖추었기 때문에 미나미 대좌가 그녀의 부모를 설득해서 조선에 미리 보낸 뒤 한국말을 배우게 한 인물이다.

"지금은 일본이 조선을 차지하느냐 못하느냐의 중대한 고비입니다. 국가를 위해 따님의 목숨을 저에게 맡겨주십시오."

일본사람들 사이에서나 통하는 미나미 대좌의 설득을 오또미의 부모는 순순히 받아들여 딸을 일본군보다 먼저 일본공관에 보낸 것이다. 진덕과 선덕은 민비의 지시에 따라 무예를 익혀 경호원 노릇을 하고 있었다.

이노우에 일본공사가 공주로 내려오기 전 민비를 만나 두억시니 제거에 오또미라는 일본 여성을 쓰겠다고 귀뜸하자 민비는 선뜻 진덕과 선덕을 오또미에게 협조하도록 내주었다.

동학의 전설적인 영웅 두억시니를 죽이기 위해 오또미, 진덕, 선덕의 세 여성은 관군 그리고 일본군의 호위를 받으며 공주에 들어와 기회를 기다리고 있는 것이었다.

그때 병사가 달려와 그들에게 미나미 대좌가 동헌에서 기다리고 있다고 알렸다.

✳

　　　　　　　　　　　얼굴 없는 軍師 두억시니

공주-화헌-노성-논산-강경으로 이르는 길에는 관군과 동학군의 싸움을 피해 남쪽으로 내려가는 피난민들이 적지 않았다. 반대로 싸움터인 공주 쪽으로 올라가는 사람은 적을 수밖에 없었다.

"앗! 저건 지리산패가 아니냐?"

"맞아. 복면을 쓰고 등에 칼을 진 것을 보니 그 유명한 지리산패가 틀림없구먼."

이제는 제법 쌀쌀한 늦가을 속에 몸을 움크리며 강경으로부터 논산 쪽으로 가던 사람들은 말을 타고 달리는 두 명의 지리산패에 호기심 어린 눈초리를 보낸다.

"공주로 향하고 있었다면 우리 눈에 띄지 않았을 까닭이 없는데 도대체 어디로 사라졌단 말인가?"

"그러게 말이우. 꼬마들 걸음걸이로는 그다지 멀리 못 갔을텐데 어찌된 영문인지 모르겠구려."

두 사람의 지리산패는 자갈과 분이의 뒤를 쫓아 지리산을 내려와 말을 구해 논산까지 달려가 보았으나 도중에서 두 꼬마를 발견하지 못했다.

할 수 없이 오던 길을 되돌아가면서 다시 살펴보려고 말머리를 남으로 돌린 것이다.

지리산패의 말 타는 솜씨는 보는 사람들을 감탄시키지 않을 수 없었다. 마치 말과 한 몸이 된 것처럼 매끄럽고 빠른 움직임으로 두 사람의 지리산패는 남으로 달려가고 있었다.

"허허, 또 저승사자가 나타나 손님을 모셔가는군."

한 사람의 지리산패가 탄식하듯이 내뱉는다. 천천히 움직이는 소달구지 위에는 가마니가 덮어져 있고 가마니 옆으로는 두 발이 삐죽이 나와 있다. 그리고 그 소달구지를 따라 그래도 상복을 걸친 두 사람의 노인과 한 사람의 어린이가 고개를 숙인 채 발걸음을 옮기고 있었다.

"쯧! 쯧! 상여도 낼 수 없는 가난한 집안인 모양이군. 저승길 떠날 때도 돈이 없으면 서러운 신세를 면할 수 없구나."

길 가던 보부상들 가운데 한 사람이 송장이 실린 달구지를 보며 동정하듯 말한다. 난리 통에 사람들은 마구 죽어갔다. 관군에 의해 죽고 동학군에 의해 죽임을 당했다.

특히 약한 노인과 여자, 어린아이들이 많이 죽어갔다. 먹거리가 모자라 영양섭취가 어려웠던 시절이라 몸의 저항력이 약해 지금 같으면 쉽사리 고칠 수 있는 감기, 배탈 등으로 죽어간다. 감기는 폐렴을 불러일으켰고 배탈은 탈수로 이어져 목숨을 빼앗아갔다.

"가세!"

지리산패 한 사람이 송장 실린 소달구지가 불러일으킨 인생의 허무함을 뿌리치기라도 하려는 듯 말에 채찍질을 하면서 속도를 올리자 다른 한 사람도 역시 발로 말의 배를 몇 번 차더니 속도를 내기 시작했다.

"빠각! 빠각!"

말발굽 소리를 울리며 남으로 달려가던 지리산패의 눈에 짚단을 잔뜩 실은 소달구지가 눈에 들어왔다. 남으로부터 논산쪽으로 올라가는 소달구지였다. 지리산패 한 사람이 말고삐를 움켜 잡아당기며 말을 소달구지 옆에서 멈추게 한다.

소달구지를 끌고 가던 시골노인도 무슨 일로 복면을 쓰고 칼진 사나이들이 갑자기 말을 세우는 연유가 궁금한 듯 걸음을 멈춘다.

"노인장 한마디 여쭈어보겠소. 이쪽으로 올라오시는 길에 혹시 작은 남자아이와 여자아이를 못 보셨소?"

지리산패의 물음에 노인은 아무 말 않고 고개를 가로 저으며 '못 보았다'는 대답을 대신했다.

다시 속도를 내며 남으로 내려가는 지리산패의 뒷모습을 한동안 물끄러미 바라보던 노인도 다시 걸음을 옮기기 시작했다.

지리산패의 뒷모습이 완전히 사라지자 노인은 소달구지 위의 짚단을 향해 중얼거리듯 말한다.

"이젠 됐다. 얼굴을 내밀어도 돼. 지나가 버렸어."

그러자 짚더미 곳에서 시커멓게 때가 묻은 자갈과 분이의 얼굴이 불쑥 나타났다.

"할아버지, 고마워요."

그래도 분이가 인사랍시고 노인에게 고마움을 나타낸다. 자갈과 분이는 지리산 자락의 작은 마을을 떠나 논산으로 이르는 길에 나서자 때마침 짚더미를 싣고 북으로 가는 소달구지를 만나 노인의 호의로 그 달구지에 몸을 실었다.

"할아버지, 우리들은 공주에 있는 아버지를 만나러 가는데 나쁜 사람들이 우리를 잡으려 하고 있어요. 그러니깐 우리를 찾아내려는 사람이 있으면 모른다고 해주세요."

분이는 지리산패가 자기네들을 찾아 나서리라 내다 볼만 치의 머리는 지니고 있었다.

워낙 말이 없는 탓인지 분이의 부탁을 들은 노인은 알겠다는 듯 고개만 끄덕였다.

자갈과 분이를 태운 소달구지는 비록 느린 걸음이나마 한 발자국 한 발자국 북으로 향하고 있었다.

✳

공주를 둘러싸고 관군과 일본군이 동학군을 적으로 삼고 불꽃튀는 싸움을 벌이고 있었지만 조선의 가을밤은 변함없이 아름답기만 했다. 밤하늘엔 별들이 총총히 빛나고 있었으며 싸늘한 기온은 머지않아 매섭게 추운 겨울이 다가오고 있음을 알리고 있었다.

자갈과 분이를 찾지 못한 채 지리산패 두 명이 지리산에 돌아온 날 밤 지리산으로부터 공주에 이르는 군데군데 산봉우리에 봉화가 타올랐다.

두 사람으로부터 꼬마들을 찾아내지 못했다는 보고를 받은 표범은 한

참 생각 끝에 이 사실을 봉화로 두억시니에게 알리기로 결심했다.

웬만하면 관군과 싸우고 있는 두령에게 걱정을 끼치지 않기 위해서라도 이 사실을 알리지 않고 계속 찾아볼까도 했지만 평소 워낙 꼬마들을 사랑했던 두억시니이고 보면 알리지 않았다가는 나중에 무슨 호통을 당할지 몰라 표범은 비상통신 수단인 봉화를 이용해 알리기로 한 것이다.

막사에서 한밤중까지 작전을 짜고 있던 두억시니는 급히 달려 들어오는 족제비의 모습에서 심상치 않은 낌새를 느꼈다.

"두령! 큰일 났습니다. 지리산에 있던 자갈과 분이가 두령을 만나겠다고 산을 내려갔답니다. 방금 표범이 봉화로 알려왔습니다."

"……."

족제비의 보고를 받은 두억시니는 아무 대꾸 없이 두 눈을 감았다.

✻

"비록 무예가 뛰어난 여인 3명이 힘을 합친다 해도 두억시니를 저승으로 보낸다는 것은 결코 만만한 일이 아닌 것 같군."

미나미 대좌는 진덕, 선덕의 두 한국여성과 오또미라 불리는 일본여성을 동헌으로 불러들여 두억시니 암살을 지시하면서 암살대상자에 관해 일본군이 입수한 정보를 상세히 설명해 주었다.

"두억시니의 나이는 정확히 모른다. 다만 30대 중반이 아닌가 짐작되고 있을 뿐이다. 건장한 몸집에 대단한 무예를 지니고 있다."

미나미 대좌는 당시 한국에서는 구하기 힘들었던 양지로 된 노트북을 들여다보며 암살자들이 알아야 할 사항들을 설명해 나갔다.

"두억시니가 복면을 쓰고 있는 까닭은 문둥병으로 상한 얼굴을 감추기 위해서라는 이야기가 나돌고 있으나 그가 틀림없이 문둥병 환자라는 증거는 없다."

3명의 여성들은 자기네들이 쓰러뜨려야 할 강적에 관한 정보를 한 마디도 놓치지 않으려고 눈을 빛내며 귀를 기울이고 있었다.

얼굴 없는 軍師 두억시니

"또 그의 고향이 어디이고 출신이 무엇인지도 알려져 있지 않다. 온통 수수께끼의 사나이인 셈이다."

미나미 대좌의 일본말은 통역인 기무라가 한국말로 옮겨주고 있었다. 줄포항구에서 한국쌀을 일본에 내다 팔고 있었던 기무라는 조선인부에게 못되게 굴다가 두억시니에게 혼이 난 적이 있었고 그뒤 안내를 맡았던 일본닌자부대가 전멸당하는 것을 보고 두억시니가 얼마나 무서운 존재인지 잘 알고 있었다.

기무라 옆에 서있는 삼돌이도 미나미 대좌의 설명을 들으며 가볍게 고개를 끄덕이고 있었다. 관군의 첩자로서 동학군에 스며들어 있던 삼돌이는 온갖 몹쓸 짓을 저질렀으며 끝내는 두억시니가 이끄는 지리산패에 의해 오른손을 잃은 사나이다.

"두억시니란 자는 무기를 지니지 않은 맨손으로도 황소뿔을 꺾을 정도의 엄청난 공격력을 지니고 있다는군. 지금까지 민비 직속의 갑자대 그리고 일본의 닌자부대가 전봉준과 두억시니를 없애려 출동했다가 모두 전멸당하고 말았네. 정말로 무서운 녀석이야."

여기까지 말한 미나미 대좌는 세 여성의 반응을 살펴본다. 만약 두려움을 나타낸다면 두억시니 암살작전은 중지해야겠다고 생각했기 때문이다.

남자들, 그것도 무예가 매우 뛰어난 남자들이 실패한 두억시니 암살작전에 두려움까지 지닌 여자를 투입할 수는 없는 노릇이었다. 그러나 세 여성의 표정에는 아무런 변화도 일어나지 않고 있었다.

'흐음! 어쩌면 이번 작전은 성공할지 모르겠다' 라는 생각이 미나미 대좌는 들었다. 아무리 무예에 뛰어난 두억시니라 해도 남자는 경계하겠지만 여자에게는 그다지 신경을 쓰지 않을 것 같아서였다.

'하긴 때로는 여자가 남자보다 더 매몰차고 잔인하다고 하지 않는가. 이 세 여자를 믿어 볼 수밖에' 미나미 대좌는 세 여자로 하여금 두억시니를 암살하도록 최종결정을 내린다.

✳

"그러나 제아무리 귀신을 때려잡는다는 두억시니도 사람이기 때문에 약점은 있게 마련이다. 다행히 여기 있는 삼돌이가 동학군에 침투해 들어가 두억시니의 사람됨을 상세히 파악하고 있으니 그의 이야기를 들어보기로 하세."

말을 마친 미나미 대좌는 담배 파이프에 영국의 잎담배를 담아 불을 붙이고는 입에 물었다. 방안에는 금새 향긋한 담배 냄새가 퍼져나갔다.

삼돌이가 허리를 굽혀 인사를 하더니 입을 연다.

"삼돌이올시다. 저는 한동안 동학군에 들어가 두억시니를 가까이에서 살펴보았습니다."

기무라가 이번에는 삼돌이의 한국말을 일본말로 옮겨 미나미 대좌와 오또미에게 들려주었다.

"두억시니는 무예와 힘이 예전 같지 않을 것으로 여겨집니다. 전주화약이 맺어질 때 갑자대의 독바른 표창을 맞고는 한동안 지리산에서 정양을 했으나 체력은 많이 떨어졌을 것으로 짐작됩니다. 따라서 체력의 뒷받침을 받아야 할 무예도 예전보다 못할 것입니다."

표창에 발랐던 독이 온몸에 퍼진 두억시니가 소달구지에 실린 관 속에 누워 전주성을 빠져나가 지리산으로 향하는 것을 염탐하다가 들켜서 지리산패에 의해 자신의 오른손을 잃었다고 삼돌이는 털어 놓았다.

"물론 아직도 웬만한 사람은 감히 대적할 엄두조차 낼 수 없을 만치 두억시니가 강한 것은 사실이지만 그래도 옛날처럼 제비같이 허공을 날지는 못할 것입니다."

미나미 대좌는 담배맛을 즐기려는 듯 천천히 연기를 내뿜으며 삼돌이의 이야기에 귀를 기울였다. 그는 머릿속에서 '움직임이 예전같이 빠르지 못하다면 진덕이나 선덕의 표창 혹은 오또미의 권총으로 잡을 수도 있겠구나' 라고 생각하고 있었다.

　　　　　　　　　　　　　　얼굴 없는 軍師 두억시니

"두억시니는 육체적으로 전성기가 지나가고 있을 뿐 아니라 정신적으로도 큰 약점이 있습니다."

삼돌이의 이 말에 그 자리에 있던 사람들은 모두 숨을 죽이고 다음 말을 기다렸다.

"두억시니가 적을 때려잡을 때에는 무자비하지만 어린이들을 무척 귀여워합니다."

"호오! 그것 참 재미있는 이야기로군. 귀신 잡는 복면군사가 어린이들을 귀여워한다고?"

미나미 대좌가 호기심 어린 반응을 나타낸다.

"그렇습니다. 동학군에는 꼬마부대라는 것이 있습니다. 부모를 잃거나 난리통에 길을 잃은 고아 같은 아이들의 집단입니다. 두억시니는 그 꼬마부대를 각별히 보살피고 있습니다."

고개를 끄덕이며 삼돌이의 이야기를 듣고 있던 미나미 대좌가 잠시 무엇을 생각하는지 두 눈을 지긋이 감는다.

"삼돌이 말대로 어린이를 귀여워한다는 것은 분명히 약점이 되겠군. 그 꼬마들을 볼모로 잡고 함정을 파놓으면 두억시니가 걸려든다는 이야기가 아닌가?"

미나미 대좌의 이 말에 삼돌이가 대답한다.

"하지만 이번 공주성 공격에 동학군은 꼬마부대를 데려오지 않았습니다. 아마도 지리산에 있는 지리산패 본부에 피난시켜 놓은 것 아닌가 짐작됩니다. 동학군에 스며들어가 있는 우리 첩자들의 보고에 따르면 꼬마들의 모습은 단 한 명도 보이지 않았다고 합니다."

"아냐, 그래도 무슨 수가 있을지도 몰라."

미나미 대좌가 무슨 까닭인지 엷은 웃음을 띄우며 자신이 지니고 있던 정보를 털어 놓는다

"어젯밤 일본군에 들어온 염탐꾼의 보고 가운데 이런 것이 있었네. 복

면을 쓴 지리산패 두 명이 말을 타고 지리산으로부터 공주를 향하는 길을 오가면서 두 명의 어린이를 찾더라는 것이야"

"네? 두 명의 어린이를 찾아요?"

"그래. 어린 여자애와 남자애를 못 보았냐고 만나는 사람들마다 묻더라는 거야. 혹시 그 두 꼬마는 두억시니를 만나기 위해 지리산을 내려온 것이 아닌지 모르겠네"

"나이 어린 여자애와 남자애라면……? 어쩌면 분이와 자갈일지 모르겠습니다"

"분이와 자갈? 그 꼬마들 이름인가?"

"그렇습니다. 유난히 두억시니를 따르던 남매입니다. 그렇다면 그 녀석들이 두억시니가 보고 싶어 지리산을 내려왔나 봅니다."

"흐음! 그렇다면 오또미는 진덕과 선덕을 데리고 그 두 꼬마를 찾아 나서라. 그러면 반드시 두억시니를 만나게 될 거야"

미나미 대좌에게 세 여성은 가볍게 허리를 숙여 그의 지시를 따르겠다는 뜻을 나타냈다.

✳

양력으로 11월 21일과 22일 이틀 동안에 걸쳐 전봉준이 이끄는 동학군 주력부대는 공주성으로 진격하기 위해 효포와 곰티에서 관군 그리고 일본군과 격돌했다. 전봉준은 커다란 챙이 휘날리는 큰 가마를 타고 지휘했으며 그 둘레에는 5색기를 펄럭이며 나팔을 부는 독전대가 따랐다.

맑은 가을하늘 아래 구슬프게 울려 퍼지는 나팔소리는 나라를 바로잡기 위해 목숨을 바쳐 싸우겠다는 동학군의 굳은 의지를 알리는 가락이었다.

"와아! 와아!"

비록 무기는 구식이지만 인원이 많고 사기가 드높은 동학군은 함성을 지르면서 진격했다.

"탕! 탕!"

"쾅! 쾅!"

총소리와 관군이 쏘아대는 대포소리가 뒤섞여 곰티 골짜기를 뒤흔들었고 총알은 빗발치듯 해 동학군의 하나둘 쓰러져갔다. 그러나 피로 붉게 물든 전우의 시체를 넘고 넘어 동학군의 줄기찬 공격은 계속됐다.

전투의 소용돌이 속에서도 두억시니와 지리산패의 활약은 눈이 부셔 적군인 관군마저 감탄을 하지 않을 수가 없었다.

두억시니와 지리산패는 잽싼 움직임으로 부상병을 구해내는가 하면 관군이 동학군의 전선을 무너뜨리려고 하면 재빨리 달려와 뚫어진 방어망을 메꾸어 관군의 돌파를 막아냈다.

"정말 소문에 듣던 대로 두억시니와 지리산패는 대단하군."

"그러게 말이야. 도대체 복면으로 얼굴을 가리운 저 녀석들의 정체는 무엇일까? 어떻게 해서 저토록 뛰어난 무예를 지니고 있는 것일까?"

"저 정도의 재주를 지니고 우리 관군 쪽에 붙었으면 좋은 대접을 받았을텐데……."

관군은 자기들이 당하는 경우만 아니면 두억시니 그리고 지리산패가 관군과 싸우는 모습을 매우 재미있게 지켜보았다.

특히 재래식 무기인 칼이나 창을 휘드르거나 맨손으로 싸울 때의 지리산패는 도저히 관군이 당할 수가 없었다. 그저 가까이 오기 전에 총으로 쏘아 맞혀 쓰러뜨리는 것밖에 지리산패를 이기는 방법은 없었다.

그러나 지리산패를 총으로 쏘아 맞힌다는 것은 결코 쉬운 일이 아니었다. 그들은 엄패물의 이용에 능숙했다.

나무기둥 뒤나 바위그늘에 몸을 감추어 총알을 피하는 지리산패는 마치 조심스러운 들짐승 같았다. 하지만 일단 움직여야 할 때는 조금도 주저함 없이 가능한 짧은 시간 안에 엄패물과 엄패물 사이를 이동하는 바람에 싸움터에서 지리산패가 총에 맞는 일이란 거의 없었다.

다만 몸을 가릴 아무것도 없는 평야에서 싸우거나 두억시니가 위급한 처지에 놓였을 경우 두목을 구하기 위해 모습을 감추지 않을 지리산패를 과녁으로 삼기는 어렵지 않을 것이였다.

지리산패의 활약에 힘입어 동학군의 사기는 하늘을 찌르는 듯했지만 시간이 흐름에 따라 전세는 동학군에게 불리해져가고 있었다. 신식무기로 무장한 관군은 우세한 화력으로 차츰 동학군을 밀어붙이고 있었다.

'곰티가 뚫리면 공주성이 위태롭고 공주가 뚫리면 그 다음은 곧바로 서울까지 밀리게 된다. 무슨 수를 써서라도 동학군을 공주 방어선에서 막아야 한다.' 세상이 뒤집히면 동학군에게 무슨 봉변을 당할지도 모른다는 두려움에 사로잡혀 있는 관군도 결사적으로 맞서 싸울 수밖에 없었다.

전투 이틀째 대교전투에 참가했다가 돌아온 홍운성이 이끄는 경리청 1소대가 후원군으로 관군에 힘을 보탰으며 모리오 대위가 인솔하는 100명의 일본군까지 가세했다. 그렇지 않아도 높은 곳에서 쏘아대는 관군의 화력에 밀리고 있던 동학군은 더 버텨보아야 사상자만 늘어날 판국이었다.

"장군, 이제는 물러나는 것이 좋을 듯하오."

그 험한 지세에서도 어떻게 말을 몰고 다니는지 단 혼자 말에 올라타서 움직이고 있던 두억시니가 전봉준에게 철수를 건의한다.

"그래야 하겠소."

두억시니의 건의가 아니더라도 물러나야 되겠다고 마음을 먹고 있던 전봉준은 손을 들어 후퇴를 명령했다.

전봉준의 지휘 아래 동학군은 곰티에서 썰물처럼 빠져나갔다. 월평 건너편의 시야산으로 올라간 동학군은 그곳에서 밤을 새고 다음날 새벽 경천으로 후퇴했다. 관군 역시 추격에 나섰다가 동학군이 파놓은 함정에 빠질까 두려워 뒤쫓지 않았다.

✳

"꽤 많은 대포와 총을 빼앗기고 말았군. 사상자도 뜻밖으로 많이 나왔고……."

얼굴 없는 軍師 두억시니

곰티 전투에서 동학군은 신식무기를 지닌 관군과 일본군의 화력에 밀려 상당한 손해를 보았다. 일단 뒤로 물러나 경천에서 작전회의를 가진 전봉준의 얼굴에는 피로의 기색이 짙었다.

양력으로 11월도 거의 저물어 계절은 본격적인 겨울로 접어드는데 동학군 가운데는 아직도 솜을 넣고 누빈 따뜻한 겨울 옷차림을 갖추지 못한 군사들이 많았다.

간혹 관군이나 동학군 동료의 시체에서 벗겨낸 솜옷을 걸친 군사도 있었으나 피복, 식량, 무기 등 모든 면에서 동학군은 어려움을 겪고 있었다.

역사를 바꾸려면 공주를 뚫고 서울로 진격하는 길밖에 없다고 판단한 전봉준은 김개남에게 여러 차례 도움을 요청했으나 끝내 김개남은 전봉준의 뜻에 따라주지 않았다.

"군사! 이제는 다른 고장의 동학으로부터 원군을 기대하기는 어려울 것 같소. 안 그렇소?"

전봉준은 담담한 말투였으나 그런 말투가 듣는 사람에게는 차라리 비통하게 들렸다.

"그렇소, 장군! 이제 우리를 도와줄 원군은 기대할 수 없는 상황이오. 황해도, 강원도, 경기도, 경상도 등 모두 지방으로부터의 원군이 절망적이오."

두억시니도 말투는 덤덤했으나 아무래도 어두운 분위기를 떨쳐버릴 수는 없었다.

"그래. 모두의 뜻은 있었으나 힘을 하나로 합치지는 못한 채 쓰러져가고 있구려."

전봉준이 한숨을 내쉬듯 말한 뒤 한동안 무거운 침묵이 흘렀다.

"참, 부산에 간 최달곤은 그 뒤 아무 소식이 없소?"

전봉준이 불현듯 생각이 났는지 부산에 보냈던 최달곤의 이야기를 끄집어냈다.

"최달곤은 일본 쪽에게 잡힌 것 같습니다. 어떻게 됐는지 도통 소식이 없습니다."

두억시니가 전봉준의 물음에 대답했다.

"소식이 없다? 그러면 죽은 게 아니오?"

"그럴지도 모릅니다. 그렇지 않아도 떠들썩한 친구라 무슨 수를 써서라도 연락이 있었을 터인데요."

"그래, 죽은 게야. 그 입심 좋은 사나이가 세상을 떠난 게로군."

최달곤은 양력 7월 23일 일본군이 경복궁을 강제로 점거하고 한국에 대한 지배야욕을 드러내자 또다시 봉기가 불가피하다고 여긴 전봉준이 경상도 지방에 보낸 밀사였다.

전봉준으로부터 '경상도 지방에서도 동학봉기의 뜻에 동조해서 들고 일어나도록 부추겨라' 는 밀명을 받은 최달곤이 경상도 땅에서 활약하고 있다는 소식은 간간이 전해졌으나 갑자기 그의 소식이 끊기고 말았다.

*

호남지방에서 동학군이 봉기해서 한창 치열한 싸움을 벌이고 있었을 때 경상도 지방도 평온했던 것은 아니다.

전주성을 동학군이 점령한 지 얼마 되지 않아 부산 일대에서는 일본군의 군용전선을 걸친 전선주가 마구 뽑히기도 하고 일본군 장교가 습격을 당해 죽기도 했다.

"전라도에서는 세상이 뒤집어졌다는군."

"그러게 말이야. 동학군이 들고 일어나 못된 벼슬아치들을 혼내고 억울하게 옥에 갇혀 있던 백성들을 풀어주었다는 거야."

부산을 비롯한 경상도 지방에서도 백성들의 마음은 흔들리고 있었다. 썩을 대로 썩은 관리들이 물러나고 깨끗한 정치가 펼쳐졌으면 하는 백성들의 바람은 호남이나 영남이나 같을 수밖에 없었다.

이런 어수선한 분위기 속에 동학군의 염찰사(염찰사=어떤 일의 사정이나 내막 따위를 몰래 조사하는 사람)라는 두 사나이가 소년 한 사람을 데리고 동래부사 민영돈을 찾아왔다.

전라도에 이어 언제 경상도에서도 세상이 뒤집어질지 모르는 상황이었기 때문에 민영돈은 두 말 없이 이들을 방안에 불러들여 주위 사람들은 물러나게 한 뒤 만났다.

"그래, 무슨 일로 나를 찾아오셨소?"

동학군의 염찰사라는 바람에 민영돈은 그들을 깍듯이 예우하지 않을 수 없었다.

"소인은 최달곤이고 이쪽은 김병두올시다."

최달곤은 부사 앞에서도 떳떳한 자세를 허물어뜨리지 않고 자신을 소개한 뒤 품안에서 두 가지 서류를 끌어내 민영돈 앞에 내놓았다.

서류 하나는 전봉준의 이름이 적힌 격문이었다. 동학군 봉기의 정당함을 적은 전봉준의 격문이야 동학군이라면 누구나 품고 다닐 수 있는 것이었다. 하지만 두번째 서류를 펴본 민영돈의 얼굴은 창백해졌다. 그 서류는 각 고장의 탐관오리와 백성들을 못살게 군 토호들의 명단이 줄줄이 적힌 염찰기였다.

'동학봉기가 성공해서 나라 안이 온통 뒤집어지면 이 염찰기에 올라있는 자는 모두 죽고 말겠구나' 민영돈의 겨드랑이 사이에는 식은땀이 흘렀다. 최달곤은 얼굴이 창백해진 민영돈의 마음 속을 꿰뚫어보듯 차가운 눈초리로 바라보고 있다.

"사또! 지금 당장 동학군의 봉기에 호응해 달라는 것은 아니외다. 하지만 경상도에서도 일본을 내쫓고 조정의 간신들을 몰아내 나라를 바로잡자는 움직임이 널리 일어나면 그때는 사또께서도 우리 봉기에 힘을 합쳐 주시오."

입심 좋은 최달곤은 민영돈에게 이대로 나가다가는 나라가 망할 것이라고 하면서 머지않아 경상도에서도 봉기가 일어나야 된다고 힘주어 말했다.

"……."

민영돈으로서는 얼핏 대답할 수 없는 노릇이었다. 만약 동학군과 내통한 사실이 알려지면 어김없이 역적으로 몰릴 것이 뻔했기 때문이다. 최달곤과 동래부사 민영돈은 몇 시간 동안 밀담을 나누었다.

그날 밤 민영돈은 이들에게 술자리를 베풀어 잘 대접한 뒤 다음날 떠날 때에는 말 두 필과 적지 않은 노자까지 보태주었다.

*

"무엇이! 동학군의 염찰사라는 자들이 동래 부사 민영돈을 만나 오랫동안 이야기를 나누었다고? 게다가 그들에게 술대접까지 하고 노자까지 보태줘서 보냈어?"

부산 주재 일본총영사는 동래부에 박아두었던 밀정으로부터 이 사실을 전해 듣고는 분통을 터뜨렸다.

"도대체 조선의 관리들은 믿을 수가 없단 말이야. 지금이 어느 때인데 동학의 역적들과 은밀히 만난단 말인가."

일본영사관은 즉각 민영돈에게 동학군의 염찰사라는 자와 만난 사실을 따졌다. 그러나 민영돈도 결코 호락호락한 인물이 아니었다.

"뭐요? 동학군의 염찰사? 나는 그런 자를 만난 적이 없소. 다만 정체를 알 수 없는 정탐꾼이 이방을 찾아와 돈을 뜯어내려고 공갈협박을 일삼다 갔을 뿐이오."

민영돈의 말을 믿지 않은 일본영사관 쪽은 최달곤의 움직임을 끈질기게 추적한 끝에 울산에서 이들을 잡아 동래감리서에 가두어 두고 호된 문초를 시작했다. 문초에서 밝혀진 사실은 이렇다.

충청도, 전라도에서 동학봉기가 일어나자 최달곤은 6월 말경 집을 나와 하기장터에서 떠돌이 소년 김만수를 만나 자신의 잔심부름꾼으로 삼고 곤양, 덕산, 단성, 함안, 창원 등지를 두루 돌아다녔다.

그 사이 최달곤은 지방의 백성들 살림형편과 못된 벼슬아치, 구실아치

얼굴 없는 軍師 두억시니

의 행패와 이름을 적어 염찰기를 만들어 나갔다.

함안에서는 수령을 호통쳤고 마산포에서도 전운사 전병호에게 '흉년에 세금 독촉이 심하다'고 따졌다.

진해, 고성에서도 수령들을 야단친 최달곤은 거제로 가서 그곳에서 고향사람 김병두를 만나서 함께 움직이도록 설득해 그를 데리고 다녔다.

최달곤 일행은 경상도 바닷가를 돌며 잘못된 정치를 바로잡도록 요구했고 그 성과도 적지 않았다. 최달곤이 지니고 있었던 전봉준의 격문과 못된 관리의 이름과 행패가 적힌 염찰기는 벼슬아치들을 벌벌 떨게 만드는데 큰 효과가 있었다.

최달곤은 울산의 좌수영에서 병사를 만나려다가 일본영사관의 지시를 받고 쫓아온 동래의 포졸들에 의해 잡히고 말았다. 동래감리서의 순사들은 최달곤을 닦달했으나 끝내 그는 동학군과의 관련을 털어놓지 않고 재물을 뜯어내기 위해 벌인 행동이었을 뿐이라고 주장했다.

동래감리서에서 조사를 받던 최달곤 등 3명이 그뒤 어떻게 됐는지는 아무도 아는 사람이 없다. 풀려나자 시골에 숨어 조용히 살았는지, 아니면 일본으로 끌려갔는지 그것도 아니면 죽임을 당했는지 아무런 기록이 남아있지 않다.

✳

역사의 소용돌이 속에서 자취를 감추어버린 최달곤이 활약했던 경상도, 특히 부산지방이 전라도의 동학봉기에 호응해 들고 일어나지 못했던 까닭으로는 몇 가지가 꼽히고 있다.

우선 일본이 부산을 중심으로 한 경상도 일대를 장악하고 있었기 때문이라는 것이다. 영국의 이사벨라 버드 여사가 쓴 『조선기행』을 살펴보자.

1894년 부산에는 5천5백 명이 넘는 일본인들이 살고 있었으며 생선을 잡는 일본 어부 8천 명도 부산항에 배를 띄우고 있었다. 일본인 관리들은 조선 방방곳곳을 헤매면서 쌀을 사서 모아 당시 아무도 일어나리라고 생각조차 못했던 전쟁에 대비해서 군량미를 차곡차곡 쌓아나가고 있었다.

1893년 조선의 항구에 입항한 198척의 기선 가운데 132척이 일본 기선이었으며 돛단배 325척 가운데 232척이 일본의 돛단배였다.

일본은 자기네 거류민들을 보호한다는 명분 아래 많은 군사력을 부산에 주둔시키고 있었고 부산항에는 군함까지 띄어놓고 있었다.

서울대 사회학과의 신용하 교수에 따르면 '일본군은 진주 등 서부 경남지역의 농민군을 진압하기 위해 부산지역의 병력을 토벌대로 파견하기까지 했다. 이런 상황에서 부산 일대에서 큰 규모의 봉기가 있기는 어려웠을 것'이라는 견해를 밝히고 있다.

일본군의 세력이 부산을 중심으로 경상도에 큰 영향을 미치고 있던 데다가 부산 일대에는 동학조직의 규모가 작았던 것도 봉기가 일어나지 못했던 이유 가운데 하나로 꼽는 사람들도 있다. 경상도의 경우 경북지방 그리고 전라도지역과 가까워 동학조직의 세력이 강했던 진주 하동 등 서부 경남지역은 다른 어느 지역보다 치열한 전쟁을 치렀다.

✳

황해, 강원, 경기, 경상, 그 어느 지방에서도 전세를 뒤바꿀 만한 강력한 봉기가 일어나지 않고 있는 가운데 공주를 들이치려는 전봉준의 동학군 주력부대는 어려운 싸움을 강요당하고 있었다.

공주성 공격이 뜻대로 풀리지 않고 사상자가 늘어나면서 동학군의 사기도 처음보다 떨어져가고 있었고 차츰 추워지는 날씨도 겨울장비 보급에 어려움을 겪고 있는 동학군을 괴롭히고 있었다.

추워지는 날씨는 동학군만 괴롭히고 있는 것은 아니었다. 차가운 하늬바람을 뚫고 노성으로부터 경천으로 이르는 길을 걷고 있는 두 어린이의 뺨은 추위 탓에 새빨갛게 달아 있었다.

어린 여자애와 그 동생인 듯한 사내아이는 어디서 주워 입었는지 찢어진 어른 두루마기의 밑을 잘라 몸에 걸치고 있었다.

얼굴 없는 軍師 두억시니

아마도 죽은 사람의 몸에서 벗긴 듯한 그 두루마기는 때가 너덕너덕 묻어있었으며 어린이들의 모습도 머리끝에서 발끝까지 먼지투성이었다.

남자아이는 그래도 어디서 구했는지 오른손에 날고구마 한 개를 꼬옥 쥐고 있으면서 사각사각 깨물어 먹고 있었다.

분이와 자갈이었다. 두억시니가 보고 싶어 지리산을 내려온 이들은 종종걸음으로 그래도 여기까지 온 것이다.

그동안 자갈은 몇 번이고 걷기가 힘들다고 보채서 누나를 당혹하게 만들었으나 그때마다 '너, 그러면 나 혼자서 두억시니 아저씨를 만나러 간다'고 엄포를 놓아 겨우 겨우 자갈을 여기까지라도 데리고 온 것이다.

"누아! 좀 쉬었다 가자."

자갈의 말을 듣고 분이도 고개를 끄덕였다. 두 어린이는 배고픔과 피로 탓에 더 이상 걸음을 옮기기가 힘든 지경에 이르러 있었기 때문에 길가의 느티나무 밑에 주저앉았다.

"혹시 너희들 자갈과 분이가 아니냐?"

난데없이 자기네 이름을 부르는 목소리에 자갈과 분이가 숙였던 고개를 번쩍 들자 그들 앞에 세 명의 젊은 여성이 서 있었다. 이상하게도 그들은 모두 바지저고리의 남자 옷차림이었다.

"그런데요. 언니들은 누구세요?"

한참만에 분이가 궁금하다는 듯 물었다.

"우리들은 두억시니 아저씨가 너희들을 데려오라고 보낸 사람이야."

순간 자갈의 눈이 휘둥그레졌다.

"아찌가 보냈어? 그러면 그렇지 아찌가 우리를 내버려두지 않겠지."

자갈의 얼굴에 웃음이 환하게 퍼졌다.

진덕이 어깨에 맸던 보따리에서 인절미와 엿을 꺼내 자갈과 분이 손에 쥐어주었다.

선덕은 허리춤에 맸던 수건을 풀어 표주박의 물을 부어 추기더니 두 아

이의 얼굴을 깨끗이 닦아준다. 오또미는 참으로 귀엽다는 듯 두 아이의
얼굴을 물끄러미 쳐다보고 있었다.

＊

간간이 총소리가 들리고 군사들의 이동하는 발자국 소리가 어수선했
다. 공주성을 함락시키고 서울로 진격하려는 동학군의 뜻은 관군의 저항
에 의해 막혀서 주춤한 상태다. 하지만 아직도 동학군 본진에는 이 어려
움을 뚫고 전세를 뒤집을 수 있다는 투지가 남아있었다.

"관군도 관군이지만 하루가 다르게 추워지는 날씨가 더 무섭구먼."

"그러게 말이야. 싸움이 길어지면 우리를 도와 식량을 대주는 사람들도
힘이 들텐데……."

"어제는 순창에서 왔다는 박달이와 그의 친구 3명이 슬그머니 사라지
고 말았어."

"우라질 녀석들 같으니라구. 관군에게 이길 가망이 없다고 도망가 버린
게로군."

여기저기 무리지어 앉아 공주성 총공격에 대비하느라 무기를 손질하고
있는 동학군들은 이탈자가 나오고 있는 가운데도 아직은 승리를 믿는 자
들이 적지 않았다.

"이번에 총공격을 감행하면 공주성은 무너지고 말게야. 우리가 누구인
가. 전주성도 함락시킨 동학군이 아닌가."

"맞아. 그때도 우리가 전주성을 점령하게 되리라 믿었던 사람이 누구
있었나? 이번에도 조선팔도가 놀랄거야."

동학군은 어려움을 겪을 때마다 전주성 함락의 영광을 되새기면서 스
스로 용기를 불러일으키곤 했다. 그때 동학군이 이룩한 전주성 점령은 그
만치 엄청난 사건이었다.

"앗! 지리산패다!"

"또 무슨 일이 일어난 것인가?"

복면을 쓴 지리산패 두 사람이 말을 몰아 흙먼지를 일으키며 동학군 본진을 향해 달려왔다.

동학군들은 자기네가 어려울 때면 번개처럼 나타나 그 어려운 판국을 해결해주는 지리산패에게 존경과 두터운 신뢰를 함께 품고 있었다.

본진 앞에 이른 두 사람의 지리산패는 사뿐히 말에서 뛰어내리더니 말고삐를 말뚝에 묶고 두억시니의 군막 안으로 들어갔다.

"두령!"

두 사람의 지리산패 가운데 한 사람이 두억시니를 불렀다. 공주성 둘레의 지도를 펼쳐놓고 들여다보고 있던 두억시니는 넌지시 고개를 들어 두 사람 쪽으로 돌렸다.

"그래, 아직도 못찾았느냐?"

"네. 지리산으로부터 공주에 이르는 길을 오가면서 샅샅이 찾아보았으나 눈에 띄지 않았습니다."

"……"

물끄러미 허공을 바라보던 두억시니가 고개를 끄덕이며 두 사람을 위로했다.

"수고했네. 아마도 자네들과 어디에선가 엇갈린 것이겠지. 기다리고 있으면 나타날 거야. 가서 좀 쉬게."

두 사람의 지리산패를 내보낸 뒤에도 두억시니는 무엇인가 혼자서 골똘히 생각에 잠겼다.

✳

늦가을이라기보다 차라리 초겨울의 날씨였다. 한낮에는 잠깐 햇볕의 따뜻함을 느낄 수가 있었으나 그 시간은 매우 짧았다. 북쪽에서부터 불어오는 하늬바람이 매서운 겨울이 다가오고 있음을 알리고 있었다.

차가운 바람을 거슬리며 노성에서 경천에 이르는 길을 젊은 여자 세 명이 나이 어린 남매로 보이는 여자아이와 남자애를 데리고 걸음을 재촉하고 있었다.

남자애는 가장 키가 크고 몸집이 좋은 여자의 등에 업혀 잠이 들어있었다. 세 여자의 차림새는 비록 남자들이 입는 솜누비 바지저고리였으나 깨끗한 반면 여자애와 남자애는 찢어진, 그것도 때가 누덕누덕 긴 어른 두루마기를 걸치고 있었다.

두억시니가 무척 귀여워한 분이와 자갈의 두 남매를 미끼 겸 인질 삼아 동학군 본진에 잠입하려는 일본 여자 무사 오또미와 무예가 뛰어난 두 한국 여인 진덕과 선덕의 일행이었다.

길가 느티나무 밑에 피곤해서 주저앉아 있던 자갈과 분이를 발견한 세 여인은 두억시니가 보내 아이들을 데리러 왔다고 속여 쉽사리 믿음을 얻고는 함께 두억시니가 있는 동학군 본진으로 향하고 있는 것이다. 노성에서 경천으로 가다보면 서쪽으로 취병산을 거쳐 당산으로 빠지는 세 갈래 길에 이르렀을 때였다.

"야아! 이것 보아라. 남장을 하고 있지만 빼어난 미인들이로구나."

"허허! 이게 웬 떡이냐. 오늘은 재수가 좋은 날이로군. 이렇게 이쁜 아가씨들을 세 명씩이나 한꺼번에 만났으니 말이야."

길가에 쌓아둔 가을걷이 짚더미 뒤에서 여남은 명이나 되는 사나이들이 불쑥 나타나더니 일행의 앞을 가로막아 섰다.

모두가 험상궂은 사나이들이다. 아마도 동학군에 붙어 온갖 못된 짓을 하다가 전세가 불리해지자 동학군을 버리고 빠져 나온 불한당인 듯싶었다. 죽창, 칼, 낫 그리고 그 가운데 두 명은 총까지 지니고 있었다. 두목으로 보이는 털보가 뚜벅뚜벅 오또미에게 다가가더니 다짜고짜 오또미의 팔을 덥석 잡으려 들었다.

순간 오또미의 오른손이 왼소매에 들어가 나오면서 햇볕에 번뜩였다.

"으악!"

목을 쥐어짜듯 비명을 지르며 털보는 자신의 목을 움켜쥐었으나 이미

 얼굴 없는 軍師 두억시니

때는 늦었다. 오또미의 단도가 털보의 목동맥을 끊어버린 것이다.

"아…… 아니?"

나머지 불한당들이 놀란 표정으로 각자 무기를 들고 덤벼들려 했으나 세 여인의 움직임은 번개같았다. 진덕과 선덕이 날린 표창이 총을 든 두 사나이의 어깨를 찢어놓았고 몸을 날린 오또미는 단도를 거꾸로 쥐고 죽창 든 사나이의 옆구리를 도려냈다.

"으아아!"

"사…… 사람…… 살려!"

사나이들의 처량한 비명이 바람을 타고 울려 퍼지는 가운데 그들은 차례차례 쓰러져갔다. 그 경황 속에서도 두 명이 도망치려 했으나 오또미가 품속에서 꺼낸 육혈포의 총알을 등에 맞고 고꾸라졌다.

채 5분도 되지 않은 사이에 여남은 명의 도적떼들이 세 명의 젊은 여인에게 참살당한 것이다. 자갈과 분이는 아무런 감정도 얼굴에 나타내지 않은 채 넋 나간 듯 이 광경을 지켜보았다.

이들 남매는 그동안 동학군을 따라다니며 싸움터에서의 숱한 죽음을 보아온 탓인지 끔직한 광경에도 표정이 없다.

"불쌍하게시리……."

선덕이가 자갈과 분이의 머리를 쓰다듬어주면서 한숨과 함께 내뱉은 말이다. 지금 벌어진 일은 어린애가 보면 겁이 나서 울부짖어도 시원치 않은 참극이다.

그런데도 자갈과 분이는 아무런 표정이 없으니 그동안 얼마나 비참한 일을 많이 보아왔으면 이토록 끔직한 일에 무감각해진 것일까.

"고생을 무척이나 한 애들 같구나. 못 볼 일도 많이 보아왔고……."

진덕은 발로 사나이들의 시체를 툭툭 건드려 생사를 확인하면서 자갈과 분이에게 동정심을 나타냈다. 오또미는 오또미대로 측은하다는 표정이 담긴 눈초리를 자갈과 분이에게 보내고 있었다.

3명의 여성 자객은 불한당들을 냉혹하게 처치해버릴 때와는 또 다른 여성다움을 내비치고 있었다.

"자아, 또 가야지. 날이 저물기 전에 갈 수 있는 데까지 가자."

선덕의 재촉에 따라 일행은 또다시 움직이기 시작했다.

*

애당초 전봉준은 공주를 함락시키기 위해 다섯 개의 코스를 골랐다. 우선 부여로부터 이인을 향해 올라가다가 검상천을 건너 주봉 기슭의 한산소, 박산소, 송장배미를 돌아 다시 남쪽으로 머리를 돌려 일락산과 견준산 사이의 고개를 넘어 우금치에 이르는 코스가 있다.

두번째는 검상천을 건너는 곳까지는 같으나 주봉을 돌지 않고 주봉과 견준산 사이의 새재를 넘은 뒤 다시 견준산과 일락산 사이의 고개를 넘어 우금치로 나가는 코스다.

세번째는 이인을 지나 당산과 취병산 사이를 지나 곧바로 우금치로 향하는 코스다.

네번째는 당산과 취병산 사이를 지나 주미산을 돌아 금학동을 북쪽에 두고 우금치를 노리는 코스다.

그리고 다섯번째는 경천에서 널치를 지나 효포에서 월성산과 주미산 사이의 곰치를 넘어 우금치를 넘나보는 코스다.

전봉준이 이끄는 동학군 주력부대는 우금치로 이동해가고 있었다. 결국 공주성을 함락시키려면 우금치를 뚫을 수밖에 없었기 때문이다.

"주력부대는 곧바로 우금치로 진격한다. 나머지 4개의 공격로는 보조 공격로다. 우리가 남쪽으로부터 밀어 올라가면 금강 건너 유구쪽에 있는 홍성의 동학군이 북으로부터 공주성을 압박할 것이다. 이번 전투에서 반드시 공주성을 함락시켜 결판을 내야만 한다."

출진을 앞두고 전봉준이 군사들에게 당부하는 말은 담담했으나 비장함이 흘러넘쳤다.

　이번 우금치 전투가 동학군에게 있어서나 관군에게 있어서나 운명을 결정하는 매우 중요한 싸움이라는 사실을 비록 못 배운 군졸들이라 해도 모두 잘 알고 있었다.

　"공주만 뚫리면 우리 앞을 가로막을 험준한 산이나 골짜기는 없으니 단숨에 서울로 들이닥칠 수가 있다. 모두 있는 힘을 다해 싸우기 바란다."

　양력으로 이미 12월이라 초겨울을 알리는 쌀쌀한 바람을 안고 우금치로 향하는 동학군의 대열은 머리와 꼬리가 동서로 30리에 걸쳐 있었다. 음력 11월 8일의 일이다.

　우금치는 '소를 몰고는 넘지 못하는 고개'에서 나온 말이다. 소를 몰고 이 고개를 넘다가는 산적에게 소를 빼앗기니 소를 몰고 넘어서는 안 된다는 말이 전해져 우금치가 됐다는 것이다. 우금치에는 관군과 민군 그리고 일본군이 진을 치고 있었다.

　견준봉은 경리청대관 백낙완이 지키고 있었고 우금치 남쪽 아래 뱁새울에는 모리오 대위가 이끄는 일본군이 기관총까지 지니고 동학군을 기다리고 있었다.

　주봉에는 이기동이 통솔하는 공주감영군 그리고 금학동에는 오창성이 이끄는 동위영군이 버티고 있었으며 공주감영 뒷쪽 봉황산에는 민군이 배치되어 있었다.

　관군의 맨 앞에는 성하영의 부대가 총부리를 다가오는 동학군에게 겨냥하고 있었다.

　"와아!"

　"와아!"

　총공격을 알리는 깃발을 전봉준이 들어올리자 동학군은 일제히 함성을 지르며 맹렬한 기세로 공주를 향해 진격하기 시작했다. 깃발을 흔들고 대포를 쏘아대면서 거센 강물처럼 밀어닥치는 동학군을 향해 관군들은 공포에 질리면서도 총과 대포를 맞쏘면서 대항했다.

처음에는 동학군이 우세했다. 동학군의 1개 부대는 경천에서 무너미고개를 넘어 공주성으로 향했고 다른 1개 부대는 무너미고개를 지키던 구상조 부대를 밀어붙여 곰티쪽으로 후퇴하게 만들었다.

관군 방어선의 맨 앞에 배치돼 있던 성하영 부대도 동학군의 날카로운 공격을 감당치 못하고 무너질 위기에 빠졌다.

＊

성하영 부대는 전멸의 위기에서 구해낸 것은 모리오 대위가 이끄는 일본군이었다.

견준봉과 뱁새울 사이의 우금고개 능선에 기관총을 걸쳐놓은 일본군은 성하영 부대가 동학군의 공격을 단독으로 감당하지 못하게 되자 기관총을 쏘아대기 시작했다.

"드르르륵! 드르르륵!"

기분 나쁜 기관총 소리가 울릴 때마다 동학군은 하나둘 고꾸라졌다. 연발총을 지니지 못해 구식소총으로 무장한 동학군의 사기가 아무리 높다 해도 일본군의 기관총을 비롯한 신식무기에 대항할 수는 없었다.

기관총이 잠잠해지면 동학군은 또다시 몸을 드러내 고개를 넘으려고 했지만 그때마다 기관총이 불을 뿜었고 동학군은 피투성이 되어 쓰러져 갔다. 팔짱을 끼고 동학군의 군사들이 기관총의 희생이 되는 것을 지켜보고 있던 두억시니가 전봉준에게 다가가 몇 마디 속삭였다.

"군사! 군사께서 그렇게 해주시겠소?"

"장군! 지금은 그 방법밖에 없을 것 같소."

"알았소. 군사! 잘 부탁하오. 성공하기를 바라오."

"장군! 몸조심 하시오."

누가 먼저라고 할 것 없이 두 사람은 거의 동시에 손을 내밀어 굳게 잡았다. 잡았던 손을 놓자 두억시니는 애마인 흑룡에 몸을 날려 올라타더니 허공에 대고 '뻐꾹! 뻐꾹!' 울음소리를 몇 번 냈다.

바로 어디선가 '뻐꾹! 뻐꾹!' 하는 울음소리가 대답처럼 들려오자 두억
시니는 말을 몰아 고개길을 빠르게 달려내려가 사라져 버렸다.

그리고 두억시니가 사라진 것과 함께 동학군에 끼어있던 복면무사들인
지리산패가 한 사람도 남기지 않고 사라졌다.

두억시니를 비롯한 지리산패가 동학군을 빠져나간 뒤에도 동학군의 공
격은 계속됐으나 일본군의 기관총 사격 앞에는 맥을 못추었다.

"드르륵! 드르륵!"

휘갈겨대는 기관총이 불을 뿜어댈 때마다 온몸이 총알로 찢겨진 동학
군의 시체가 늘어만 갔다. 관군은 일본군 사이에 끼어 동학군에게 사격을
가했다.

몇 십 차례나 동학군은 공격을 감행했으나 그때마다 동학군의 진격을
가로막은 것은 기관총을 비롯한 일본군의 신식무기였다. 견디다 못한 동
학군은 건너편 언덕으로 물러나며 저항해보았으나 끝내는 진지를 버리
고 후퇴하지 않을 수 없었다. 모리오 대위가 이끄는 일본군과 경리청의
군사들은 동학군을 뒤쫓아 대포, 깃발 등 60여 자루를 노획했다.

그러나 널치에서는 동학군이 우세했다. 널치를 지키고 있던 경리영병
810명은 동학군의 맹렬한 공격을 견뎌내지 못해 슬금슬금 공주쪽으로 후
퇴할 수밖에 없었다.

다급해진 관군은 통위영병 250명을 월성산에 보내 중요한 지점을 차지
하고 동학군을 막게 했고 경리영병 280명에게는 향봉에 진을 치도록 명
령했다.

이인에 있던 경리영병 280명은 동학군에게 밀려 우금치로 물러나 모리
오 대위의 일본군과 합류했다.

첫날 전투에서 일본군은 동학군 37명을 쏘아 죽였고 화승총 5자루, 납
총알 약 2관, 칼 2자루, 활 1개, 화살 50개, 깃발 50폭, 화포 2문, 소 2마리,
말 2마리를 노획했다. 일본군은 이날 2천 발의 총알을 소비했다.

날이 어두워지면서 싸움은 일단 그치고 동학군은 산 위에 올라 일제히 횃불을 밝혔다. 산봉우리마다 끝없이 이어진 횃불을 보고 관군은 숨도 크게 쉬지 못하고 긴장하고만 있어야 했다.

✻

두억시니는 경천에서 널치 효포를 거쳐 월성산을 돌아 공주감영으로 빠지기 위해 말을 몰고 있었다. 지리산패는 각각 흩어져 관군의 눈을 피해 우금치에 자리잡고 있는 관군과 일본군의 배후를 찌를 생각이었다.

정면으로 맞서서는 도저히 일본군의 기관총을 당해낼 길이 없었기 때문에 결국은 뒤에서 일본군을 기습해 기관총을 빼앗아 그 기관총의 힘을 빌어 공주성을 함락시키겠다는 것이 두억시니의 작전계획이었다.

관군의 배후로 돌아 들어가려면 여럿이 뭉쳐서 움직여서는 관군의 눈에 띄게 되기 때문에 각자가 따로따로 움직여 약속장소에 모이기로 지리산패들에게 지시는 내려져 있었다.

'그 기관총을 폭파해버리거나 우리가 빼앗지 못하면 이 싸움은 동학군의 패배로 끝나고 만다. 무슨 수를 써서라도 기관총을 차지해야 한다' 명마인 흑룡은 흙먼지를 일으키며 가볍게 달리고 있었다.

"앗! 지리산패다."

"검은 말을 타고 있는 걸 보니 지리산패 두목인 두억시니인가 보다."

"어디, 어디. 아! 저게 복면무사 집단인 지리산패로군."

월성산 기슭의 작은 마을 옆을 지나갈 때 동리 어구에서 길을 바라보던 마을 사람들은 두억시니를 알아보았다. 그만치 두억시니는 이제 많은 사람들 사이에 그 존재가 알려져 있었다.

한편 두억시니의 심복인 족제비 그리고 나머지 5명의 지리산패들은 각각 흩어져서 월성산을 넘고 있었다. 관군의 눈에 띄지 않고 우금치 뒤쪽에 집결해서 일본군 진지를 기습해 기관총을 빼앗기 위해 지리산패가 이동하고 있는 것이다.

얼굴 없는 軍師 두억시니

나무와 바위 뒤에 몸을 숨기며 재빠르게 이동하고 있는 족제비는 아까부터 어쩐지 좋지 않은 예감이 들어 기분이 무거웠다.

'과연, 이번 기습이 성공할 수 있을까? 부상에서 회복됐다고는 하나 두령의 움직임은 예전같지 않은데……' 큰 바위 그늘에서 몸을 날려 다음 바위 그늘을 향해 족제비가 몸을 날렸을 때 '탕!, 탕!' 하고 총소리가 연거푸 났다. 총알은 족제비의 귓가를 스치고 지나갔다.

'아니? 이곳에 관군이나 일본군이 잠복하고 있단 말인가? 왜 이곳에?' 족제비는 가을 낙엽에 깔린 땅바닥에 몸을 엎드려 바위 옆으로 천천히 고개를 내밀어 총소리가 난 산등성이쪽을 바라보았다.

일본군과 관군 병사 두 명이 언제든지 총을 쏠 수 있는 자세를 취하면서 족제비가 몸을 숨기고 있는 바위쪽으로 내려오고 있었다.

족제비를 겨냥해 총을 쏘긴 했으나 맞았는지 안 맞았는지 알 길이 없어 확인하려고 내려오고 있는 것 같았다. 족제비는 바위 그늘에 몸을 숨긴 채 품에 손을 넣더니 육혈포를 끄집어냈다.

갑자기 바위 그늘에서 몸을 나타낸 족제비를 보고 일본군과 관군은 놀라움으로 눈이 커졌으나 그들이 쏘기 전에 족제비의 육혈포가 먼저 불을 뿜었다.

"탕! 탕!"

단 두 발에 일본군 병사는 이마를 맞고 그 자리에서 즉사했고 관군은 오른쪽 어깨를 맞아 총을 떨어뜨리고 고통 탓에 비명을 지르며 데굴데굴 뒹굴었다.

족제비의 사격이 빗나가 관군이 오른쪽 어깨에 부상입고 살아남은 것은 아니었다. 족제비는 일부러 관군의 목숨을 빼앗지 않은 것이다. 잽싸게 관군 병사에게 달려든 족제비는 그의 머리에 육혈포 총부리를 갖다대고 물었다.

"너희들은 왜 여기에 매복하고 있었느냐? 바른대로 대지 않으면 머리를 날려버리겠다."

그렇지 않아도 어깨의 출혈과 고통 탓에 새파래져있던 관군 병사는 족제비의 엄포에 바로 털어놓고 말았다.

"사…… 살려주십쇼. 하나도 감추지 않고 말씀 올릴테니……."

"그래, 빨리 말해. 나는 성미가 급하니까 우물거리면 그대로 쏘아버릴테다."

"네! 사실은 일본군 미나미 대좌의 직접 지시에 따라 월성산 곳곳에 일본군과 관군이 하나씩 짝을 지어 매복하고 있습니다,"

"무엇이? 미나미 대좌의 직접 지시라고?"

웬만한 일에 좀처럼 놀라지 않는 족제비도 뜻밖이었던 모양인지 복면 속의 눈이 커졌다.

"네, 그렇습니다. 잠복해 있다가 지리산패가 나타나면 무조건 쏘아죽이라는 지시였습니다."

"지리산패가 나타나면 무조건 쏘아죽이라고? 그렇다면 미나미 대좌는?"

족제비는 등골에 오싹함을 느꼈다. 지금 이 관군 병사의 말이 사실이라면 미나미 대좌는 지리산패가 뒤로 돌아 우금치의 일본군을 기습하리라는 것을 미리 꿰뚫어 보고 있다는 이야기다.

'아뿔사! 이 일을 어쩌면 좋단 말인가. 우리는 미나미 대좌가 파놓은 함정에 스스로 뛰어들고 있는 꼴이 아닌가?' 족제비는 있는 힘을 다해 집결지점으로 달렸다.

신식총을 지닌 일본군 병사와 이를 안내하는 관군 병사로 이루어진 잠복조를 족제비는 3쌍이나 죽이고서야 집결장소의 목표로 정해둔 큰 고목나무 가까이 이르렀다. 그러나 족제비는 바로 고목나무 밑으로 몸을 드러내지 않고 바로 옆 갈대숲에 몸을 숨긴 채 사방의 기척을 살펴보았다.

한 30분쯤 지냈을까. 그때 쯤에서야 비로소 족제비는 지리산패의 암호

통신인 뻐꾸기 울음을 냈다.

"뻐꾹! 뻐꾹!"

이미 집결하기로 되어 있는 약속시간은 지나가고 있었다. 족제비의 뻐꾸기 울음에는 아무런 응답이 없다.

'혹시 두령의 신상에 무슨 일이 일어난 것이나 아닐까?' 얼마나 또 시간이 흘렀을까. 족제비의 눈에 갑자기 안도의 빛이 돌았다.

"뻐꾹! 뻐꾹!"

'두령이다. 분명히 두령이 내는 뻐꾸기 소리다' 족제비는 지체 없이 자신도 '뻐꾹! 뻐꾹!'이라고 뻐꾸기 울음을 냈다.

잠시 뒤 갈대밭 속에 몸을 낮춘 두억시니가 나타났다. 두 사람은 누가 들을새라 손을 쓰는 수화를 통해 대화를 나누었다.

"두령! 무슨 일이 있었습니까? 어째서 늦으셨습니까?"

"오다가 보니 일본군 병사와 관군이 한 조가 되어 잠복하고 있더군. 그들 5쌍을 해치우느라고 좀 늦었네. 자네는 아무 일 없었나?"

"저도 3쌍을 죽였습니다. 정확하게 말씀드린다면 부상한 관군 한 녀석은 자기네들이 미나미 대좌의 지시에 따라 잠복하고 있다는 사실을 털어놓았기 때문에 목숨만은 살려주고 올가미를 씌워 나무에 묶어 두었습니다만……."

"역시 우리의 기습을 놈들이 눈치챈 모양이군. 그러니까 병사들을 이 근처에 매복시켜 놓았겠지."

두 사람이 여기까지 수화로 이야기를 나누었을 때 또 다른 뻐꾸기 울음 소리가 들려왔다.

"뻐꾹! 뻐꾹!"

잠시 귀를 기울이던 족제비가 말했다.

"두령! 왕두꺼비가 도착했나 봅니다."

"그런 것 같군. 그렇다면 나머지 4명도 곧 도착하겠군."

지리산패는 잇따라 모여들었으나 한사람은 아무리 기다려도 끝내 나타나지 않았다. 족제비를 포함해 4명의 부하들이 무사히 집결장소에 모였고 한명은 빠진 것이다.

"아무래도 무당벌레는 당한 것 같군."

두억시니가 침통한 말투로 내뱉었다 지금까지 나타나지 않았으면 무슨 일을 당했다고 볼 수밖에 없는 것이다.

"그런 것 같습니다. 두령! 무당벌레는 화약 다루기 명수였는데, 그 녀석이 당했다면 참으로 아까운 일입니다."

"……."

두억시니는 잠시 눈을 지그시 감고 고개 숙여 무당벌레의 명복을 비는 듯했다.

"자아! 이제 움직이자."

두억시니는 묵념에서 깨어나더니 부하들을 재촉했다.

*

"무엇이? 모두 24명이나 지리산패에게 당했다고? 그리고 이쪽에서 올린 전과라는 것이 고작 단 한 명의 지리산패를 사살했다는 거야? 도대체 무엇들 하고 있었던거야?"

미나미 대좌는 놀라움과 노여움을 감추지 않았다. 우금치에 일본군이 설치해 놓은 기관총을 동학군의 특공대라고 할 수 있는 지리산패가 기습해서 빼앗으려 할 것이라고 내다본 것은 미나미 대좌였다.

기관총을 난사해 무더기로 동학군을 쓰러뜨렸기에 망정이지 소총만으로 대항했으면 동학군은 동료의 시체를 넘어 일본군과 관군의 방어선을 뚫고 공주성에 들이닥쳤을 것이었다. 따라서 동학군이 자기네 앞길을 가로막는 기관총 탈취를 꾀할 것은 뻔하다고 미나미 대좌는 생각한 것이다.

우금치를 지키고 있는 일본군과 관군을 뒤로부터 치려면 월성산을 돌거나 넘어서 금학동쪽으로 빠지려 할 것이라고 예상한 미나미 대좌는 그 일대에 일본군과 관군을 한 조로 삼아 여기저기에 매복시켜 놓았다.

그가 내다본 대로 지리산패들이 월성산을 중심으로 움직였으나 이쪽은 24명이 희생된 반면 지리산패는 고작 1명의 사망자를 내는데 지나지 않으니 미나미 대좌가 분통을 터뜨릴 만도 했다.

"도대체 몇 명의 지리산패가 동원된거야? 그 뒤에는 아무런 정보가 들어오지 않고 있나?"

공주감영에 지휘본부를 두고 시시각각으로 상황보고를 받으면서 미나미 대좌가 가장 신경을 쓰고 있는 것은 우금치 앞의 동학군이 아니라 우금치 뒤에서 일본군과 관군을 기습하려는 지리산패였다.

✳

"호호호! 이러다가는 정말 이 애들에게 정이 들겠어. 아이들도 착하고⋯⋯."

선덕이 얼굴에 함박웃음을 띄고 진덕에게 이야기했다. 경천으로부터 주미산 앞을 지나 효포로 가는 길은 동학군과 관군 일본군의 전투가 빚어내는 긴장감이 팽팽히 감돌았으나 3명의 젊은 여성과 자갈, 분이 남매는 그런 분위기도 아랑곳 않고 북쪽으로 올라가고 있었다.

사실 그 사이 일본 여성 오또미 그리고 한국 여인 선덕과 진덕은 자갈과 분이에게 정이 들어가고 있었다. 가난과 어려움 속에서 자랐으면서도 자갈과 분이 남매는 순진함을 잃지 않고 있었다.

그들 자신이 나이가 어렸던 탓도 있겠으나 두억시니 그리고 친누이같은 추월의 지극한 보살핌이 두 어린이로 하여금 어린이다움을 지킬 수 있도록 만들었던 것이다.

"이 길로 가면 정말 아찌를 만날 수 있는 거야?"

자갈이 자신의 손을 잡아 걸어가고 있는 선덕에게 묻는다.

"그래, 머지않아 너희들은 두억시니 아저씨를 만나게 돼. 아마 아저씨도 무척 반가워하실 거야."

선덕이 마치 친동생을 귀여워하듯 자갈의 머리를 쓰다듬어준다. 자갈은 참으로 묘한 어린이였다. 때로 무척 고생한 어린이처럼 어두운 그림자가 얼굴 표정에 스칠 때도 있지만 평소에는 늘 밝고 구김살이 없었다.

"누아야, 이 아짐마들 참으로 예쁘지?"

혀가 짧아 누나인 분이를 누아라 부르는 자갈은 오또미, 선덕, 진덕이 이쁘다는 것을 서슴없이 표현한다.

"이 녀석이! 어째서 우리가 아줌마냐? 우리 세 명은 모두 어엿한 처녀인데……."

"처녀? 그게 뭐야?"

"처녀도 몰라? 아직 시집 안갔다는 이야기야."

"으음, 그렇구나 그렇게 예쁜데 왜 시집을 못갔어?"

"어? 요 녀석이 못하는 말이 없네. 시집을 못간 것이 아니라 안간거야. 마음에 드는 사나이가 없어서 말이야."

"그래? 그러면 기다려. 내가 어른이 되면 나한테 시집와."

"호호호호!"

세 여성은 자신들이 짊어지고 있는 잔인한 사명도 잠시 잊은 채 웃음보를 터뜨리고 말았다.

꼬마들 탓에 빨리 걷지는 못하나 오또미, 진덕, 선덕 그리고 남매인 자갈과 분이 5명은 북으로 북으로 가고 있었다.

✳

"왠 소나기인가?"

"아마도 지나가는 겨울비겠지."

차가운 비가 내리고 있었다. 초저녁에는 땅이 패인 듯 심하게 내리던 비도 새벽이 가까워지면서 빗발이 가늘어지고 곧 멈출 기세였다. 해가 뜨기에는 아직 시간이 좀 일러 사방은 어두웠다.

우금치 금학동 곰티 효포봉수대로 이어지는 방어선에서 최신식무기를

얼굴 없는 軍師 두억시니

지니고 동학군의 마지막 공격에 대비하고 있는 관군과 일본군은 추위에 떨고 있었다.

관군들은 횃불을 높이 들고 순찰을 돌고 있었으나 공연히 연기만 새카맣게 내뿜을 뿐 사방을 밝히는 데는 별 도움이 못되고 있었다.

"도대체 비도(비도=도적의 무리)들은 어째서 죽여도 또 다른 놈들이 덤벼들고 또 죽여도 그 다음 놈들이 나타나는 것일까?"

"그러게 말이야. 일본군의 기관총에 죽을 것이 뻔한데도 왜 달려드는지 모르겠어."

"모두가 한이 맺힌 놈들이겠지. 아 솔직히 말해 구실아치들이 못살게 굴어 지독하게 맞았거나 재물을 털린 놈들이겠지. 뭐."

"쉿! 말조심해. 누가 들으면 어떻게 하려고……."

"제기랄, 누가 들으면 대수야. 아 사실이 그렇지 않아?"

우금치 전방에서 어둠을 향해 총을 겨누고 있는 관군들이 내리는 비에 몸을 움츠리며 작은 목소리로 이야기를 나누고 있었다.

"저벅! 저벅!"

분명히 들려오는 가죽장화와 발자국 소리에 관군들은 재잘거리던 입을 굳게 다물었다. 그때 가죽장화는 일본군 장교 아니면 신고 있는 사람이 없었다.

"아무 일 없나?"

물어보는 관군 장교 옆에는 아닌게 아니라 눈초리가 매서운 일본군 장교가 함께하고 있었다. 기관총으로 무장한 일본군의 우금치 방면 지휘관인 모리오 대위다.

"네! 아직은 아무 일 없습니다."

관군 병사의 대답을 관군 장교가 통역하기 전에 모리오 대위는 알아들었다는 듯이 고개를 끄덕였다.

이 땅에 도착한 지 그리 오래 되지 않았는데도 일본군 장교들은 우리말

을 놀라울 만치 빠른 속도로 익혀 나가고 있었다. 아마도 위급한 전투상
황 속에서 자신과 부하의 안전, 더 나아가서는 일본의 국익을 위해 한국
말을 빨리 배워야겠다는 일종의 사명감 그리고 통솔자인 장교에게 요구
되는 집중력이 그렇게 만들고 있는지도 모를 일이었다.

"날이 밝으면 틀림없이 동학군의 마지막 총공격이 시작될테니 정신 바
짝 차리고 있거라. 그리고 그에 앞서 그들의 정탐꾼들이 몰래 스며들지
모르니 경계를 게을리하지 마라."

관군 장교는 병사들에게 지시를 내린 뒤 모리오 대위와 함께 그 자리를
떠나 그 옆의 참호로 옮겨가 참호 속에 웅크리고 있는 다른 병사들에게
도 똑같은 지시를 내렸다.

✳

"후유! 깜짝 놀랐네. 자네, 그 일본군 장교가 누군지 아나?"

"그걸 모르는 사람이 어디 있나. 모리오 대위 아닌가."

"맞아. 그 녀석 눈초리 좀 보아. 얼마나 독하게 생겼어. 사람 목숨을 파
리처럼 여기는 그런 눈초리야."

"이 사람아, 사람이 반드시 생긴대로 가는 게 아냐. 생기기는 순하게 생
겨도 잔인한 사람이 있는가 하면 독하게 생겨도 성격은 온화한 사람도
있어."

"아냐, 나는 보았어."

"보았어? 무얼 보았어?"

모리오 대위가 지나가고 난 뒤 관군 병사들은 다시 이야기를 계속하기
시작했다.

"그러니깐 그게 언제냐 하면, 그래 맞아 감영에 있을 때의 일이야. 새벽
에 소피가 마려워 측간에 가려고 마당에 나왔더니⋯⋯."

아직도 어두컴컴한 감영 마당 한가운데에서 누군가가 일본도를 휘두르
며 짚단을 묶어 세워둔 것을 차례로 베고 있었다. 말이 그렇지, 세워둔 짚

얼굴 없는 軍師 두억시니

단묶음을 칼로 벤다는 것은 여간 어려운 일이 아니다. 칼 쓰는 재주가 매우 뛰어난 사람이 아니면 불가능한 일이기 때문이다.

제아무리 강한 힘으로 칼을 내리쳐도 짚단 묶음을 단칼에 베기는 쉽지 않다. 칼이 둥글게 원을 그리며 정확하게 베어야만 짚단 묶음을 자를 수가 있다.

놀랍게도 그 사나이는 여남은 개가 되는 짚단 묶음을 사뿐한 발놀림으로 이동하면서 그야말로 무 자르듯이 차례차례 잘라나갔다.

"어?"

그 병사도 동료들 사이에서는 제법 칼솜씨가 뛰어났다고 알려진 사나이였으나 이토록 칼 재주가 엄청난 사람은 난생 처음 본 것이었다. 넋 나간 사람처럼 그 자리에 얼어붙은 듯이 꼼짝 않고 지켜보고 있을 때 또 한 가지 놀라운 일이 일어났다.

어디선가 얼룩무늬 고양이 한 마리가 나타나 빠른 속력으로 그 사나이 앞을 가로 지르려했다.

순간 그 사나이 뒤에 비스듬히 서있던 병사도 전기에 감전된 듯 느낄 수 있는 무서운 살기가 감영 마당에 뿜어 나왔다. 그러자 어쩐 일인지 고양이가 갑자기 꼼짝을 않는 것이었다.

그 사나이의 눈초리는 고양이 눈에 못 박혀 있었고, 고양이는 마치 독사의 눈초리에 잡힌 개구리마냥 움직이지 못하고 있었다. 그러나 병사가 더욱 놀란 것은 다음 순간이었다.

안개가 말끔히 걷히듯 살기를 그 사나이가 거두자 그때서야 비로소 살금살금 움직이기 시작한 고양이는 별안간 몸을 날려 그 자리에서 도망가려 했다.

병사는 어스름 달빛에 둔하게 반사하며 움직이는 칼놀림을 보았다. 아마도 움직이는 고양이를 그 사나이가 베려 했던 것 같다. 하지만 고양이는 쏜살같이 어둠속으로 사라져버렸다.

'허허! 제아무리 검술에 뛰어났어도 목숨을 걸고 달아나는 고양이를 베지는 못한 모양이군' 병사가 이렇게 생각하며 발길을 옮기려할 때 그 사나이는 칼로 땅바닥을 두 번 찍더니 휘익 돌아서서 그 칼끝을 병사의 코앞에 내밀었다.

아무리 새벽녘의 어둠속이라 해도 눈앞에 바짝 갖다 댄 칼끝에 꽂힌 피투성이 고양이의 귀 두 조각을 볼 수는 있었다.

"흐윽!"

공포에 눈이 휘둥그레지고 숨을 멈춘 병사의 눈앞에서 거두어들인 칼을 공중에서 휘둘러 고양이의 양쪽 귀를 날려 보낸 그 사나이는 싱긋 웃고 일본군 막사 쪽으로 사라졌다.

그 사나이가 모리오 대위였다.

"그러니까, 고양이를 놓친 것이 아니라 일부러 도망가게 만들고 양쪽 귀를 베어버렸다는 이야기야? 세상에……."

이 이야기를 들은 다른 병사 역시 두려움 어린 목소리로 물었다.

"맞아, 그런 거야. 그러니 얼마나 무서운 검술쟁이겠나. 모리오 대위란 자 말이야."

"그렇지 않아도 모리오 대위는 꼭 동학군의 군사 두억시니와 맞대결해서 자기 손으로 숨통을 끊어 놓겠다고 다짐하고 있다는 거야."

"지리산패의 수령 두억시니와 일본군의 검술명인 모리오의 대결이 벌어진다면 정말 볼만하겠군."

이제 비는 완전히 그치고 동녘이 희뿌옇게 밝아가고 있었다.

✳

비가 내린 탓에 물기를 머금은 공기는 마치 비린내가 나는 듯했다. 우금치 옆 뱁새울 앞산에서 이인쪽을 향해 기관총을 겨누고 날이 밝으면 틀림없이 시작될 것으로 여겨지는 동학군의 총공격에 대비한 관군과 일본군은 거의 뜬 눈으로 밤을 새야만 했다.

　　　　　　　　　　　　　얼굴 없는 軍師 두억시니

우금치 주변의 산봉우리마다 깃발을 세우고 횃불을 밝히며 관군과 일본군에게 정신적인 압박을 가하고 있는 동학군은 이산 저산이 번갈아 북소리, 꽹가리 소리, 피리소리를 울려 관군과 일본군이 눈을 붙이지 못하게 만들었다.

적군을 잠 못 자게 만들어 피로를 쌓이게 해서 집중력과 투지를 깎아내리려는 심리전을 펼친 것이다.

그러나 날이 밝기 전 공주로부터 우금치로 향하는 길목에서는 밤새껏 피투성이 싸움이 벌어지고 있었다. 아니 그것은 싸움이라기보다 일방적인 살육전이라고 표현하는 것이 옳겠다.

일본군의 기관총을 탈취하려는 동학군 특공대인 지리산패의 침투를 막기 위해 군데군데에 매복하고 있던 관군과 일본군이 차례차례로 지리산패에 의해 목숨을 잃어가고 있었다.

두억시니 족제비를 포함해 모두 5명의 지리산패는 두 패로 나뉘어 우금치로 향했다. 두억시니가 한 명을, 족제비가 나머지 2명을 데리고 각각 두 길로 나뉘어 우금치 옆 뱁새울 앞산의 일본군 진지를 뒤로부터 기습하기 위해 앞으로 나아갔다.

지리산패의 기습을 미리 짐작하고 미나미 대좌는 길목 곳곳에 일본군 한 명과 관군 한 명을 짝지어 매복시켜놓고 지리산패가 나타나기만 하면 쏘아죽이라고 지시했다. 하지만 미나미 대좌도 한 가지 잘못 판단한 것이 있었다.

그것은 일본군 한 명과 관군 한 명의 짝만으로는 엄청난 공격력을 지닌 지리산패의 진격을 도저히 막을 수 없다는 사실이다. 그 사실을 미나미 대좌는 미처 내다보지 못한 것이다.

더구나 어두운 밤에 지리산패를 당해내는 것을 불가능했다. 오랜 야간 훈련을 통해 밤눈이 밝은데다가 발자국 소리를 내지 않고 살며시 다가서서 표창을 날리거나 단도로 숨통을 끊는 지리산패의 기습 앞에 일본군과 관군은 삽시간에 싸늘한 시체로 변할 수밖에 없었다.

'날이 밝기 전에 그리고 전봉준 장군이 총공세를 명하기 전에 일본군의 기관총을 빼앗거나 못쓰게 만들어 버려야 할텐데……' 바람처럼 산등성이를 타고 우금치 뒤쪽을 향하는 두억시니와 족제비는 양쪽 모두 마음이 조급했다.

뜻하지 않게 일본군과 관군의 매복조를 만나 시간을 지체하는 바람에 지리산패의 일본군 진지 기습은 예정보다 늦어지고 말았고 이 지체가 결국은 동학군의 참패로 이어지고 만다.

아무리 발걸음을 재촉한다고 해도 미나미 대좌가 깔아놓은 일본군과 관군의 매복조와 마주치게 될 때마다 비록 승리를 지리산패가 거둔다 해도 시간적으로는 더욱 지체할 수밖에 없었다.

"타앙!"

또 매복조가 쏜 탄환이 두억시니의 귓가를 스쳐 지나갔다.

두억시니가 손에 든 표창을 던지기 전에 함께 가던 지리산패의 표창이 먼저 잇따라 허공을 갈랐다.

"악!"

"으악…… 사…… 사람…… 살려"

비명소리와 함께 나무기둥 밑에서 일본군과 관군 병사가 각각 표창이 꽂힌 목을 움켜쥔 채 뒹굴었다. 쓰러진 그들 옆을 두억시니와 그의 부하는 바람처럼 지나갔다.

족제비와 두 명의 지리산패도 거의 비슷한 속도로 뱁새울을 향해 달려가고 있었다.

＊

"아직도 아무런 소식이 없단 말이냐?!"

잠이 모자란 탓인지 미나미 대좌의 눈에는 핏발이 서 있었다.

'날이 밝으면 우금치를 정면으로부터 공격해올 동학군 주력부대도 문

얼굴 없는 軍師 두억시니

제지만 기관총을 빼앗기 위해 뒤로부터 들어오는 두억시니의 지리산패가 더 걱정이다. 만약 뒤로부터 기습을 받아 기관총이 그들 손에 넘어가거나 못쓰게 된다면 그때는 돌이킬 수 없는 사태가 벌어질텐데…….'

미나미 대좌는 전날 24명의 일본군과 관군이 지리산패의 손에 목숨을 잃었고 이쪽에서 거둔 전과란 고작 지리산패 한 명을 사살한 것뿐이라는 보고밖에 받지 못하고 있었다.

'이게 무슨 일인가? 어째서 아무 보고가 들어오지 않고 있는 것인가? 혹시 어둠을 틈타 그들이 매복조를 모조리 해치우고 있는 것이 아닐까?' 깊은 생각에 잠기고 있던 미나미 대좌의 시선이 갑자기 허공에서 멈추었다.

'아뿔사! 그렇구나. 왜 그것을 생각 못했나. 큰일이다.' 그제서야 미나미 대좌는 일본군 한 명과 관군 한 명의 짝으로는 지리산패를 막을 수는 없다는데 생각이 미친 것이다.

갑자기 눈이 번쩍 뜨인 미나미 대좌는 옆에 있는 부관에게 다급하게 긴급명령을 내렸다.

"부관! 지금 마지막으로 남아있는 예비병력 50명을 즉각 출동시켜 기관총 진지 뒤쪽 100m 되는 곳에 배치해라! 빨리 서둘러!"

평소 침착한 미나미 대좌가 눈을 크게 뜨고 황급히 내리는 명령을 부관은 복창한 뒤 급히 경례를 붙이고 막사 밖으로 튀어나갔다.

바로 예비병력 50명이 집결하는 요란한 소리가 들리고 그들은 달음박질로 기관총 진지 뒤쪽으로 향했다.

미나미 대좌의 예비병력 동원이 한 시간만 늦었더라도 공주회전은 동학군의 승리로 끝났을지도 모른다. 그렇게만 됐다면 동학군은 금강을 건너 거칠 것 없이 서울로 진격했을테고 역사는 달라졌을지도 모른다.

미나미 대좌가 예배병력 동원 명령을 내린 그 시각에 각각 다른 길로 달려온 두억시니와 족제비는 앞을 가로 막았던 일본군과 관군의 매복조를 모두 제물로 삼고는 일본군 기관총 진지 뒤 500m까지 육박해 합류했다.

"두령! 날이 밝아오고 있습니다. 서둘러 기관총 진지를 기습해야 되겠습니다."

"아무렴. 시간이 상당히 지체됐지만 지금이라도 늦지 않았으니 쳐들어가자."

그러나 손짓으로 이야기를 나누는 수화로 서로의 뜻을 교환하는 순간 두억시니와 족제비 그리고 나머지 3명의 지리산패는 표정이 굳어졌다.

분명 새벽공기를 뚫고 적지 않은 인원이 이쪽으로 달려오는 군화소리를 들었기 때문이다.

*

날은 거의 밝아오고 있었다. 지난밤 내린 비로 움츠려들긴 했어도 오늘이 사생결단을 낼 수밖에 없는 날이라는 것을 전봉준이 이끄는 동학군 주력부대 모두는 잘 알고 있었다.

"아직도 아무런 소식이 없느냐? 혹시 군사와 그의 수하들은 변을 당한 것이 아닌가?"

두둑한 배포를 지닌 전봉준도 몇 시간 전부터 초조함을 감추지 못하고 있었다. 두억시니가 이야기해 준대로 하면 이미 새벽녘에 일본군의 기관총 진지는 지리산패에 의해 점령당했어야 한다. 그리고 기관총을 빼앗고 나면 일본군과 관군을 향해 그 기관총이 불을 뿜거나 아니면 지리산패가 지니고 간 폭약으로 폭파가 되었어야 한다.

그러나 날이 거의 환히 밝았는데도 일본군과 관군 진지에서는 아무런 소란이 일어나지 않고 있다.

설사 두억시니의 일본군 기관총 진지 기습이 실패에 돌아갔다 해도 오늘의 총공격을 중지할 수는 없는 노릇이었다. 시간이 흐르면 흐를수록 상황은 동학군에게 불리해져가고 있었기 때문이다.

전봉준은 깊은 절망감이 온몸을 꿰뚫는 것을 느꼈다. 두억시니와 그가 이끄는 지리산패가 일본군 진지 기습에 실패해서 변을 당했다는 사실이

얼굴 없는 軍師 두억시니

만약 알려지면 동학군이 크게 동요할 것은 틀림없었다.

지금까지 동학군이 어려움을 겪을 때마다 지리산패는 신출귀몰하면서 난국을 돌파해주었다.

'하늘이여! 우리를 도우소서. 나라와 백성을 구하기 위해 들고 일어난 우리를 의롭다하시고 도와주소서.' 잠시 하늘에 기도를 올린 전봉준은 망설임 없이 오른손을 높이 들고 외쳤다.

"진군!"

전봉준의 명에 따라 동학군 주력부대는 우금치를 지키고 있는 관군 그리고 우금치 옆 뱁새울 앞산에 있는 일본군을 향해 진격해갔다. 그날 아침의 상황을 관군쪽 기록에는 이렇게 적혀 있다.

> 11월 9일(양력 12월 5일) 날이 밝아 적세를 상세하게 탐지하니 각 진이 서로 바라보이는 곳에 여러 가지 기를 두루 꽂고 동쪽 무너미고개 뒷산으로부터 서쪽 봉황산 뒷기슭에 이르기까지 30~40리를 연이어 산 위에 진세를 펼치니 사람으로 마치 병풍을 두른 것 같아 그 세력이 엄청나게 크다 …… 금학 곰티, 효포를 넘어오는 비도는 10리 거리를 두고 서로 바라보이는 높은 산에 나란히 진을 치고 때로는 고함치고 때로 포를 쏘면서 곧 침범할 기세를 보이고 있었다.

사실 관군은 수많은 동학군의 위세에 겁을 먹고 있었으나 그래도 그들은 기관총을 비롯한 일본군의 최신식무기의 화력을 믿고 도망치지는 않고 있었다.

동학군은 우금치를 정면으로만 공격한 것은 아니었다. 관군 방어선의 이곳저곳을 들이치면서 헤집어놓고 물러가길 여러 차례 함으로써 관군의 정신을 흐트러뜨리는 것으로 전투를 시작했다.

전봉준의 주력부대는 우금치가 바라보이는 산 아래에 있었다. 그러나 전봉준은 먼저 효포의 곰티 쪽에 한 부대를 보내 그쪽으로부터 공격의 포문을 열게 해서 마치 우금치 뒤를 찌르는 것처럼 움직임을 보였다. 그리고 그 사이에 주력부대는 우금치를 향해 움직이기 시작했다.

'실패한 게야, 군사와 수하들은 모두 전사한 것이 틀림없어, 그렇지 않으면 아직까지 아무런 소식이 없을 까닭이 없어' 전투를 지휘하면서도 전봉준의 가슴속에는 두억시니에 대한 염려가 떠나지 않고 있었다.

"드르륵! 드르륵!"

"탕! 탕! 탕!"

동학군이 우금치 가까이 다가가니 관군과 일본군의 최신식무기가 일제히 불을 뿜었다. 특히 기관총의 위력은 무서웠다.

"윽!"

"앗!"

비명다운 비명도 질러 보지 못한 채 동학군은 피투성이가 되어 쓰러졌다. 동학군에게 남겨진 길은 쓰러진 동학군의 시체를 넘고 넘어 관군과 일본군의 진지에 쳐들어가는 인해전술의 길밖에 없었다.

첫번째 돌격부대가 거의 전멸하자 동학군은 두번째 돌격부대를 내보냈다. 동학군은 비오듯 쏟아지는 총탄도 두려워하지 않고 우금치를 향해 돌진해 들어갔다.

✳

우금치 옆 뱁새울 앞산에서는 일본군이 기관총을 마구 휘둘러 다가오는 동학군을 쓰러트리고 있었다.

"드르륵! 드르륵!"

그리고 일본군 진지 후방에서는 또 다른 전투가 벌어지고 있었다. 두억시니를 포함한 5명의 지리산 패가 50명의 일본군과 치열한 싸움을 벌이고 있는 것이다.

기관총 진지 후방 100m 지점에 방어선을 이루고 일본군은 계속 사격을 가하고 있었다. 하지만 50명 가운데 이미 6명의 일본군이 지리산 패의 소총에 의해 쓰러졌다.

일본군과 관군의 매복조를 기습한 지리산패는 일본군이 지니고 있던 소총을 빼앗아 자기네 무기로 삼고 있었다.

일본군의 인솔자인 무라야마 군조(상사)는 처음 지리산패가 자기네 일본군 소총을 사용하는 사실에 놀랐으나 이내 매복조에게서 빼앗은 것임을 깨닫고 이를 갈았다

"모두 잘 들어라. 저 녀석들은 우리 일본군을 죽이고 그 무기를 빼앗아 우리를 공격하고 있다. 그들의 손에 죽은 전우의 원한을 풀어주기 위해서도 모조리 저들을 죽여야 한다."

무리야마 군조가 자세를 숙이지 않고 부하들을 독전한 것은 큰 잘못이었다. 두억시니가 겨냥해서 쏜 총알이 무라야마 군조의 목을 뚫었다. 지휘관이 쓰러지자 잠시 일본군은 흔들리는 듯했으나 이내 기따가미 상등병이 지휘권을 이어받아 전투는 계속됐다.

"군조님의 원수를 갚아야 한다! 한 놈도 남김없이 무찔러야 한다."

기따가미 상등병은 흥분과 공포로 거의 미치다시피 되어 있었다. 고래고래 악을 쓰며 부하들을 지휘하면서 기따가미 상등명은 조선에 와서 이런 강적은 만나게 되리라고는 미처 생각조차 못했음을 깨닫고는 온 몸에 소름이 끼쳤다.

털썩! 또 한 사람의 일본군이 쓰러졌다. 한편 지리산패쪽도 한 사람이 왼팔에 총상을 입고 응급조치로 동여맸으나 피는 계속 번져나오고 있어 나머지 4명만이 싸우고 있었다.

"방게! 자네는 산을 내려가 지리산으로 돌아가게. 우리도 곧 갈테니……."

급박한 상황 속에서도 두억시니는 침착한 말투로 부상당한 부하에게 후퇴하라고 지시한다.

"하지만 두령! 제 오른손을 아직 쓸 수 있습니다."

"알아, 그러나 자네의 오른팔 하나로 전세가 뒤집어질 상황이 아니야.

이건 명령이다. 빨리 하산해서 지리산으로 가라!"

두억시니의 명령이라는 말에 방게는 거역할 수가 없었다.

"두령! 그러면……."

"그래, 죽을 정도의 부상은 아닐거야. 그리고 두 다리는 멀쩡하니 빨리 떠나라."

방게는 잽싸게 전선에서 벗어나 산을 내려갔다. 두억시니, 족제비 그리고 나머지 두 명의 지리산패는 숫적으로 많은 일본군을 그래도 12명이나 쏘아 죽이면서 기관총 진지로 돌파구를 찾아내려 안간힘을 쓰고 있었다.

'제 2파도 물리친 것 같습니다' 는 보고에 모리오 대위는 고개를 끄덕이다가 갑자기 얼어붙은 듯 표정이 굳어지더니 뒤를 돌아보았다.

"무라야마 군조로부터는 아무런 보고가 없나? 총소리만 요란하지 않은가? 야마나까 일등병! 무라야마 군조에게 가서 상황이 어떤지 빨리 살펴보고 오너라!"

"넷!"

모리오 대위의 명을 받은 야마나까 일등병이 황급히 기관총 진지 후방 100m 위치의 일본군 방위선으로 달려갔다. 그때 지리산패의 의해 일본군 방위선의 한 구텅이는 무너져가고 이었다.

'옳다 여기만 돌파하면 기관총 진지는 바로 눈앞이다' 지리산패 4명은 모두 명사수였다. 방아쇠를 당길 때마다 한두 명의 일본군이 고꾸라졌다.

지리산패가 방어선 한쪽을 파고들자 일본군은 함부로 총을 쏠 수가 없었다. 자칫하면 자기편을 쏘게 될까봐서였다.

"모리오 대위님! 지금 동학군이 후방의 방위선 한쪽을 무너뜨려 난전 중입니다. 무라야마 군조님은 전사하셨습니다.

"무엇! 무라야마가 죽고 난전중이라고? 기관총수! 기관총을 뒤로 돌리고 동학군을 향해 쏴라."

모리오 대위의 이 어처구니없는 명령에 기관총 사수는 한동안 어안이 벙벙할 수밖에 없었다. 그것도 그럴 것이 후방 100m 지점에는 일본군이 방어선을 치고 있지 않은가?

"하…… 지만 대위님, 그러면 우…… 우리 일본군도……."

기관총 사수는 다급한 나머지 말을 더듬고 있었다. 기관총을 돌려 마구 갈겨대라면 같은 일본군도 죽이게 될지 모르는 일이다. 그러나 모리오 대위의 명형은 단호했다.

"임마! 명령에 따르지 않으면 군법회의에서 사형감이야. 아니 내가 이 자리에서 바로 즉결처분할 수도 있어!"

그제서야 기관총 사수들은 기관총을 뒤로 돌려놓고 방아쇠를 당기기 시작했다.

*

효포 채 못미처 길가에서 동쪽으로 조금 들어간 폐가에 일본여인 오또미와 한국여성 진덕과 선덕 그리고 자갈과 분이 남매 5명이 끼니를 채우고 있었다. 끼니라야 바짝 마른 인절미를 불에 쬐어 말랑말랑하게 만든 것과 곶감으로 배를 채우는 것이었다.

그러나 자갈은 황급히 인절미와 곶감을 열심히 잘 먹었다. 밥과 국 그리고 반찬으로 이루어진 제대로 된 식사는 아니었으나 꼬마에게는 인절미와 곶감도 진수성찬인 셈이었다.

"야! 자갈아, 좀 천천히 먹어. 급히 먹다가 인절미가 목에 걸리면 어떻게 하려고? 자아, 이 물 마시면서 천천히 먹어. 아무도 안 빼앗아 먹어."

선덕이가 미소를 머금은 표정으로 그러나 조금은 불쌍하다는 눈초리로 바라보면서 자갈의 어깨를 손으로 다독거린다.

"음! 그래, 천천히 먹을게."

자갈은 고분고분하다. 그러나 자갈과는 대조적으로 분이는 인절미 한 개를 반밖에 안 먹었다. 선덕이는 분이에게 눈길을 돌리더니 이상하다는 듯 묻는다.

"야! 너는 또 왜 그렇게 안 먹니? 어디가 아파?"

분이는 아무 말 않고 고개를 가로 흔든다.

"어디, 아픈데도 없는데 왜 안 먹어?"

"그것도 몰라? 동생이 먹다 모자라면 동생 주려고 안 먹고 있는 거야."

진덕이의 이 말에 선덕은 충격을 받은 듯 입을 다물더니 금새 눈시울이 젖는다.

"그렇구나. 동생 생각을 해서 안 먹는구나. 괜찮아, 인절미는 여기 더 있으니 너도 배불리 먹어."

선덕이 이 말에 분이는 그제서야 남은 인절미를 입으로 가져간다.

"오또미 언니, 우리가 가고 있는 길이 맞아요? 이쪽에서 얼씬거리고 있으면 틀림없이 그 두억시니란 사람은 만날 수 있어요?"

자신도 인절미를 한입 입에 물고 진덕이가 오또미에게 물었다.

"그래, 맞아. 지금으로서는 이 길밖에 생각할 수가 없어."

"어째서, 이 길에서 만날 수 있다고 자신하세요?"

"기관총 때문이야."

"기관총이요? 기관총하고 두억시니가 이 길에 나타나는 것하고 무슨 상관이 있어요?"

"상관있지. 두억시니는 일본군 기관총을 빼앗기 위해 틀림없이 뱁새울 앞산에 갔다가 실패하고 이리로 돌아올 거야."

"네? 오또미 언니가 그걸 어떻게……."

"그 기관총을 빼앗지 못하면 동학군은 이 전투에서 이길 가망이 전혀 없어. 그러니까 누가 생각하더라도 동학군이 이기려면 일본군 기관총을 빼앗아야 해."

오또미의 이야기를 듣고 놀란 표정을 지었던 진덕과 선덕은 잠시 뒤 저도 모르게 고개를 끄덕였다. 맞는지 안맞는지 모르지만 아무튼 오또미의 추리력은 놀랄 만했다. 그럴싸한 이야기였다. 뱁새울 앞산의 일본군 진지를 쳐들어가려면 효포에서 곰티나 월성산을 넘어 뒤를 찌르는 것이 가장 효과적인 코스인 듯싶었다.

＊

"후세!(엎드려!)"

일본군 모리오 대위의 명령은 차라리 고함이었다. 일본군 진지 후방 100m 지점에 방위선을 쳐놓고 두억시니가 이끄는 지리산패의 기습을 막고 있던 일본군은 모리오 대위의 이 명령에 모두 일제히 바닥에 엎드렸다.

"드르륵! 드르륵!"

엎드린 일본군 위로 기관총알이 마구 사방으로 날았다.

"윽!"

복면은 쓴 지리산패 한 명이 채 몸을 숨기지 못한 채 기관총알을 맞고 왼쪽팔이 날아가면서 그 자리에 쓰러졌다.

"갈겨! 마구 갈겨!"

모리오 대위는 반 미치광이처럼 계속 기관총을 갈겨대라고 외쳤다. 미나미 대좌 못지않게 모리오 대위도 일본군의 기관총이 파괴되거나 적에게 빼앗길 경우 동학군은 거침없이 공주성을 함락시키고 바로 서울을 향해 진격하게 되리라는 것을 잘 알고 있었다.

설사 자기편인 일본군 몇 사람을 희생시키는 한이 있어도 동학군의 특수부대인 지리산패를 물리쳐야 한다는 절박한 마음으로 모리오 대위는 눈이 뒤집혀져 있었다.

모리오 대위의 그러한 심정을 눈치챈 기관총 사수는 잇딴 사격으로 발갛게 달아오른 총신을 식힐 사이도 없이 쏘아댔다.

기관총알을 맞은 나무는 마구 가지가 날아가고 웬만한 나무기둥은 쪼개져나가 기관총의 위력이 얼마나 무서운 것인가를 증명하고 있었다.

"사격중지!"

모리오 대위도 더 이상 사격을 계속했다가는 기관총의 총신이 지나치게 달구어져 못쓰게 될 것을 염려해서 잠시 사격을 중단시켰다.

'지리산패 가운데 하나는 분명히 기관총에 맞았다. 나머지 몇 안 되는 녀석들도 죽거나 다쳤을 것이다. 찾아보자' 모리오 대위는 후방 100m 거리의 방위선으로 달려갔다.

"모두 잘 들어라. 지금부터 지리산패를 찾아 나선다. 아마도 거의 모두가 죽거나 다쳤을 것이다."

모리오 대위의 지시를 들으면서도 일본군 병사들은 선뜻 지리산패 수색에 마음이 내키지 않는 표정들이었다. 한 명의 왼쪽 팔이 몸통으로부터 찢겨져나가는 것을 목격하기는 했으나 그래도 모두가 명사수인데다 무예가 뛰어난 지리산패는 두려움의 대상이 아닐 수 없었다.

만약 그들이 살아남아 있다면 뒤를 돌아 수색한다는 것은 매우 위험한 일이다. 재빨리 이런 눈치를 챈 모리오 대위는 스스로 앞장서기로 했다.

"내가 앞장서겠다. 모두 언제 지리산패가 나타나더라도 총을 쏠 수 있는 자세로 내 뒤를 따르라!"

지휘관이 앞장선다는데 꽁무니를 뺄 수는 없는 노릇이다. 일본군 병사들은 모리오 대위의 뒤를 따라 산비탈을 천천히 내려가면서 여기저기를 살폈다. 조금 내려가자 오른쪽의 병사로부터 보고가 들어왔다.

"대위님, 여기 지리산패의 시체가 하나 있습니다."

✳

모리오 대위를 비롯한 일본군이 와르르 몰려들어 산비탈에 쓰러져 숨겨있는 지리산패의 시체를 둘러샀다.

"으음! 이것이 지리산패로구나."

얼굴에는 복면을 쓰고 짐승가죽으로 된 소매 없는 덧옷에 등에는 칼을 차고 손에는 소총을 지닌 채 지리산패 한 명이 쓰러져 있었다.

"그 녀석의 복면을 벗겨보아라."

모리오 대위의 지시에 따라 일본군 병사 한 명이 지리산패 시체에 다가

서더니 얼굴의 복면을 풀어벗겼다.

"아니, 이건?"

"허어!"

저마다 놀라움의 목소리가 일본군 병사들 입에서 새어나왔다. 모리오 대위의 두 눈도 놀라움에 크게 벌어져 있었다. 복면이 벗겨진 지리산패의 얼굴에는 검은 연고가 더덕 발라져 있어 생김새를 알 수 없었다.

'검은 연고가 얼굴에 발라져 있다면 바로 이 녀석이 문둥병에 걸려있다는 두억시니가 아닌가?' 모리오 대위는 한쪽 정강이를 땅에 대고 다른 다리는 무릎을 일으켜 세운 자세로 시체 옆에 앉더니 옆에 서있는 병사의 허리춤에서 수건을 뽑아 오른손에 쥐고 지리산패의 얼굴을 닦아냈다.

'이 자는 두억시니가 아닌 것 같다. 기껏해야 스무 살이 됐을까 말까한 젊은이가 아닌가. 두억시니는 30대의 장년이라고 들었는데 이 녀석은 너무 젊어' 그러나 두뇌회전이 빠른 모리오 대위의 입에서는 엉뚱한 말이 튀어 나왔다.

"맞았어, 이 자가 바로 두억시니다. 조선군 병사들에게 두억시니를 쏘아 죽였다고 알려라. 그리고 조선군 병사들로 하여금 동학군에게 '두억시니가 죽었다' 고 큰소리로 떠들어대도록 하라."

우금치에서 있는 힘을 다해 싸우고 있는 동학군 그리고 관군과 일본군의 연합군 어느 쪽에도 두억시니의 죽음은 큰 충격을 줄 것임이 뻔했다. 동학군의 사기는 땅에 떨어질 것이고 반대로 관군과 일본군의 사기는 하늘 높은 줄 모르게 솟아오를 것이었다.

'죽은 이 지리산패가 두억시니가 아니라도 상관없다. 승패의 고비인 이 판국에 동학군의 사기를 꺾는 일은 무엇보다도 중요한 일이다. 그렇다. 뒤에야 어떻게 되던 지금 이 시점에서 두억시니는 죽었어야 한다' 모리오 대위는 '두억시니가 죽었다' 고 재빨리 미나미 대좌에게 알린 뒤 이 소문을 먼저 관군과 일본군에게 퍼뜨렸다.

"와아! 두억시니가 죽었다!"

"이제 동학군은 우리의 적이 아니다."

"지리산패의 두목이 전사했다!"

예상했던 대로 관군과 일본군은 함성을 지르며 그들이 가장 두려워했던 두억시니의 죽음을 기뻐했다. 이윽고 동학군은 소름이 끼치는 관군의 합창을 듣게 된다.

"두억시니가 죽었다!"

"두억시니가 죽었다!"

소리를 외치는 관군의 합창을 동학군의 총수인 전봉준의 귀에도 들려왔다.

"아뿔사! 군사가 낙명을 했단 말인가?"

대담하고 침착하기로 이름난 전봉준도 두억시니 사망 소식에 얼굴빛이 새파랗게 질리고 한동안 말문이 막혔다. 동학군이 어려운 일을 겪을 때마다 혈로를 열어주던 두억시니를 지금 잃는다는 것은 너무나 큰 타격이 아닐 수 없었다.

'실패한 게야, 일본군 진지의 기관총 탈취에 실패한 게 틀림없어. 그 과정에서 군사는 크게 다치거나 관군들이 떠드는 대로 목숨을 잃은게야' 일본군 진지를 기관총이 침묵하지 않고 계속 불을 뿜어대고 있는 것은 바로 두억시니와 지리산패의 기습이 실패했음을 밝혀주고 있는 것이었다.

'하늘이여! 저희를 버리시나이까. 이 나라 이 백성을 구하기 위해 일어난 동학이 끝내 뜻을 이루지 못하고 마는 것입니까?' 한동안 눈을 지긋이 감고 생각에 잠겼던 전봉준은 자리를 박차고 일어나 동학군 병사들에게 급히 전령을 보내 두억시니가 살아있다고 알렸다. 나중이야 어떻게 되던 당장은 동학군의 사기를 살려야 하기 때문이다.

"군사! 두억시니는 지금 밀명에 따라 작전 중이다. 따라서 군사가 죽었다는 관군의 모략에 조금도 흔들리지 마라."

두억시니가 죽었다는 소문이 동학군 사이에 퍼지는 것과 거의 함께 전봉준의 알림은 전해졌다. 그러나 두억시니가 살아있다는 전봉준의 알림을 믿는 동학군 병사는 그리 많지 않았다.

관군의 선전공세가 워낙 강한데다 전세에는 아무런 변화가 일어나지 않고 있기 때문이었다.

"군사의 작전이 성공했다면 일본군의 화력은 약해졌어야 되는 것 아닌가?"

"그러게 말이야. 이 판국에 가장 중요한 작전이란 일본군의 기관총을 부수는 일밖에 더 있겠나?"

"그런데도 일본군의 기관총은 계속 불을 뿜어대고 있으니 필시 군사는 돌아가셨거나 크게 다치신 게야."

"이제 동학의 운명도 이것으로 끝장나는가 보이."

죽을 힘을 다해 우금치를 넘으려는 동학군들에게 '두억시니 전사'의 소문은 그야말로 날벼락이었다.

✳

"샅샅이 뒤져. 쥐새끼 한 마리 빠져 나가지 못하게!"

동학군의 특수부대 지리산패의 우두머리 두억시니를 사살했다고 발표해 놓고도 모리오 대위는 200명이나 되는 일본군과 관군을 풀어 지리산패의 시체 한 구 말고도 또 다른 핏자국을 수색대는 발견했다

"틀림없이 적어도 또 한 명의 지리산패가 총을 맞았어. 이 핏자국을 따라가면 그 녀석을 잡을 수 있을거다."

일본군이 일본에서 끌고 온 군견을 앞세우고 수색은 계속 됐다.

"킁! 킁!"

지리산패의 핏자국 냄새를 맡으며 일본 군견은 줄을 잡고 있는 군인을 질질 끌고 산비탈을 내려갔다.

일본군과 관군 병사들은 모두 언제나 사격을 할 수 있는 자세를 취하고

개를 따라 발걸음을 옮겨 나갔다.

그러나 이게 어찌된 일인가? 큰 느티나무 가까이에 다가가자 갑자기 군견은 꼬리를 두 다리 사이에 내려 감추고 '깽! 깽!' 처량한 울음소리를 내며 엄청난 두려움에 사로잡힌 모습으로 뒷걸음질치기 시작했다.

"아니, 이게 무슨 일이야?"

"갑자기 개가 왜 이래?"

무슨 영문인지 몰라 어안이 벙벙해지면서도 일본군과 관군은 경계태세를 늦추지 않고 무슨 일 때문에 개가 겁을 먹게 됐는지 사방을 살펴보았다.

"아무 기척도 나지 않는데……?"

"도대체 무엇이 개를 이렇게 겁나도록 만든 것일까?"

"아차! 여기서 지혈조치를 취하고 달아나 버렸군."

"그렇다면 다친 녀석은 혼자가 아니라 도와준 녀석이 따로 있었을 가능성이 높겠구나."

"그렇다 치더라도 저 개가 겁을 먹게 된 까닭이 분명히 있을텐데……."

그때 유난히 눈이 밝다는 관군 병사 한 사람이 느티나무 기둥을 한동안 유심히 살펴보더니 손가락에 침을 묻히고 나무기둥에 비비고 난 뒤 그 손가락에 묻은 것을 자세히 살펴본다.

"호랑이다! 호랑이 털이야!"

"뭐? 호랑이? 진짜 호랑이 말이야?"

그 병사의 손가락에는 분명히 누리끼리한 짐승털이 몇 오라기 붙어있었다.

"호랑이라? 그래서 개가 두려워하는 것이군. 그런데 호랑이가 없는 일본에서 데려온 군견이 어떻게 호랑이의 무서움을 알지?"

일본군 하사관이 신기하다는 듯 고개를 갸우뚱한다.

"호랑이 털에서 풍기는 냄새가 개를 겁에 질리도록 만든 것 같습니다. 설사 호랑이와 처음 마주치는 개라 해도 본능적으로 자기보다 강한 맹수

얼굴 없는 軍師 두억시니

는 냄새로 알아보게 마련이죠."

조선군 하사관의 말을 통역으로 들은 일본군 하사관은 알아듣겠다는 듯 고개를 끄덕였다.

"그렇다면 이 근방에도 호랑이가 자주 출몰하는 모양이지?"

"백두대간을 타고 북쪽으로부터 호랑이가 내려오기는 합니다. 요즘은 그다지 자주 눈에 띄지 않습니다. 조선에서도 호랑이는 그 수효가 줄어들고 있습니다."

"그렇다면 이 느티나무에 털을 묻힌 호랑이는 많이 남지 않은 조선 호랑이 가운데 한 마리란 말인가?"

한반도에서 호랑이가 사라진 것은 1920년대 들어서의 일이다. 동학란이 일어났었던 1894년은 호랑이가 아직 한반도에 살고 있었던 때이다.

"느티나무에 묻어 있던 호랑이 털은 반드시 호랑이가 묻힌 것이 아닐지도 모릅니다."

"무엇이? 그렇다면……."

"그렇습니다. 사람이 일부러 묻혀놓을 수도 있죠. 특히 개를 앞세우고 추적해 올 때는 개를 공포와 혼란에 빠뜨려 추적을 불가능하게 만들기 위해서 말입니다."

"으음! 역시 지리산패는……."

조선군 하사관의 설명을 들은 일본군 하사관은 말문이 막히는 모양이었다. 개의 추적을 따돌리기 위해서 호랑이 털까지 미리 준비해서 지니고 다니는 지리산패의 용의주도함에 일본군 하사관은 혀를 내둘렀다.

"아무래도 더 이상 쫓아가보아야 소용이 없을 것 같군."

"그렇습니다. 공연히 우리 쪽의 희생자만 나올지 모릅니다."

일본군과 관군의 하사관이 수색을 포기하고 돌아가기로 마음먹었을 때 우금치 쪽에서는 요란한 사격소리와 함성이 더욱 높아졌다. 아마도 동학군의 공격이 또다시 시작된 모양이었다.

지리산패 추적을 포기하고 진지로 돌아가려는 일본군과 관군에게는 우금치로부터 들려오는 총소리와 함성이 마치 빨리 돌라오라는 재촉으로 들렸다.

"자아! 전속력으로 되돌아간다!"

수색대는 앞에 총을 하고 진지로 향했다.

✻

우금치에는 동학군의 시체가 쌓이고 많은 피로 땅이 젖었다. 우금치 위에서 고개 아래를 향해 불을 뿜는 일본군과 관군의 화력은 대단했다. 특히 일본군의 기관총은 그 파괴력이 막강해 기관총을 맞은 동학군의 몸은 갈기갈기 찢겨져 공중에 흩어졌다.

동학군을 지휘하는 전봉준의 눈에는 빨갛게 핏발이 서 있었다. 불리한 전세를 만회할 작전을 궁리하느라 꼬박 뜬눈으로 밤을 지새운 데다가 자신의 뜻에 따라 목숨을 걸고 싸워주는 동학군이 차례 차례 쓰러져가는 모습에 전봉준의 몰골은 마치 귀신과 같은 살벌함을 풍기고 있었다.

동학군이 차츰 밀리기 시작하자 관군은 주봉에 주둔하고 있던 공주영장 이기동의 부대로 하여금 동학군의 왼쪽을 치게 하고 곰티를 지키던 경리대관 조병완의 부대로 동학군의 오른쪽을 압박하게 했다.

모리오 대위가 이끄는 일본군이 중심이 된 관군과의 연합군은 끈질기게 달려드는 동학군과 40~50차례의 전투를 치르면서 막강한 화력에 힘입어 싸움의 주도권을 장악해 나갔다.

더 이상 버틸 수 없다고 판단한 전봉준은 일단 동학군을 공주의 동남쪽 산봉우리로 철수시키고 관군이나 일본군이 사격해 올 때만 응시할 뿐이었다.

이 우금치에서의 전투는 동학군에게 결정적인 타격을 입히고야 말았다. 7일 동안에 걸쳐 우금치에서 치러진 전투는 동학군 봉기의 마지막 찬란한 불꽃이었는지도 모른다.

얼굴 없는 軍師 두억시니

전봉준은 뒷날 잡혀서 문초당할 때 우금치 전투를 돌이켜 '처음 두 차례의 큰 접전을 치르고 나니 1만 명의 군병이 3천 명밖에 남지 않았다. 그리고 또 다시 두 차례의 큰 접전을 치르고 나서보니 고작 5백여 명밖에 남지 않았다'고 말했다.

관군과 일본군은 동학군의 시체들을 끌어다가 늪지대에 무더기로 버렸다. 얼마나 많은 송장이 이 늪지대에 버려졌는지 그 뒤로는 이 늪을 '송장배미'라고 불렀다.

'배미'란 논배미의 준말로 원래는 논두렁으로 싸인 논의 하나하나의 구획을 말한다. 물론 동학군의 1만 명 군병이 5백여 명으로 줄어든 것은 그만치 전사한 병사가 많았다는 것을 뜻하지만 한편으로는 전세가 불리해지자 도망한 병사도 적지 않았음을 뜻한다. 우금치의 전투가 얼마나 치열했는지는 관군 좌선봉 이규태가 다음과 같이 쓴 『선봉진 일기』에도 잘 나타나 있다.

아아 몇 만이나 되는 비도들이 40~50리에 걸쳐 길을 차지하고 높은 산봉우리를 점거해 동에서 소리치면 서에서 따르고 왼쪽에서 번쩍하면 오른쪽에서 나타나고 기를 흔들고 북을 치면서 죽음을 무릅쓰고 앞을 다투어 기어 올라오니 그들은 어떠한 의리와 담력을 지니고 있단 말인가. 그 정황을 말하고 생각하면 뼈가 떨리고 가슴이 서늘하다.

갑오관보에도 '일본군과 관군이 산등성마루에 들러서 한꺼번에 일제히 총탄을 퍼붓고 다시 산 뒤로 몸을 숨기고 적(동학군)이 고개를 넘으려 하면 또다시 산등성마루에 올라 총탄을 퍼붓는다. 이렇게 하기를 40~50차례나 되니 시체 쌓인 것이 산에 가득했다'라는 전투보고가 실렸다.

전봉준의 주력부대가 우금치를 뚫기 위해 많은 피를 흘리고 동학군 특수부대인 지리산패가 우금치 뒤쪽으로부터 기습을 강행한 것과 별도로 동학군 1개 부대는 공주를 배후로부터 치기 위해 움직이고 있었다.

그들은 검상마을을 돌아 주봉 기슭을 끼고 봉황산을 넘어 웅진동에 집결했다. 동학군 가운데 일부는 장꾼으로 가장해서 고개를 넘어 기습 공격을 했고, 나머지는 거센 파도처럼 봉황산에 달려들었다. 하지만 동학군에게는 운이 나쁘게도 이곳은 마치 병목과 같이 좁아진 지역이라 공격하기에는 어렵고 지키기에는 쉬운 곳이었다.

동학군은 2~3조씩 조를 짜서 공격을 되풀이했으나 모두 공주감영을 눈앞에 두고 부근 논밭에 쓰러지고 말았다. 금학동 골짜기에 쓰러진 동학군의 시체가 그 수를 헤아릴 수 없이 많았다.

관군은 동학군의 시체에서 옷을 벗겨 자기네들이 입고 동학군처럼 위장해서 동학군 진지에 들어갔다. 동학군들은 옷차림이 같기 때문에 동료인 줄 알고 마음놓고 있다가 위장한 관군으로부터 갑자기 집중사격을 받아 쓰러지고 흩어졌다.

이곳저곳에서 동학군은 무너졌다. 공주를 바로 눈앞에 두고 전봉준 그리고 동학군이 품었던 '서울 진격의 꿈'은 산산이 깨지고 만 것이다.

✳

우금치를 비롯, 효포, 곰티 등에서 동학군이 관군과 일본군에게 지고 전봉준이 이끄는 동학군 주력부대가 노성으로 철수한 다음 날인 음력 11월 12일, 그러니까 양력으로 12월 8일의 일이다.

이날 전봉준은 관군과 일본군에 맞서서 더 이상 싸울 힘이 없는데도 끝까지 일본과 싸우겠다는 투지를 버리지 않고 저 유명한 글인 고시「경군여영병이교시민(京軍與營兵이敎示民)」을 띄워 항일구국전선에 모두가 참여하기를 호소한다. 간추려보면 다음과 같은 내용이다.

이 글을 띄우는 것은 다른 까닭이 아니다. 일본과 조선이 개국 이후 비록 이웃 나라 사이지만 오랜 시대에 걸쳐서 적국이었다. 그러나 성상의 어질고 착하심에 힘입어 3개의 항구를 열어 통상이 이루어졌다.

그 뒤 갑신 시월 사흉(4명의 흉악한 인간)이 적과 힘을 합치니 군부(임금)가 아침저녁으로 위태로웠다. 나라를 일으키고 간사한 무리들을 없애려

얼굴 없는 軍師 두억시니

한다. 금년 시월 개화간당(개화를 내세우는 간사한 무리)이 왜국과 손을 잡아 밤을 틈타 서울에 들어가 임금을 바짝 죄어서 괴롭히고 나라의 주권을 제멋대로 휘두르게 되니 여러 고을의 수령들이 모두 개화간당에 소속한 자들이라 백성은 보살피기는커녕 마구 죽이고 괴롭힘에 이제 우리 동도가 의병을 일으켜 왜적을 없애고 개화를 막을 뿐 아니라 조정을 맑게 평정하여 나라의 사직을 지키려 한다. 하지만 우리 의병이 이르는 곳마다 그것의 병정과 군교가 의리는 생각지 않고 나와서 우리와 싸우니 비록 승패는 나지 않는다 해도 서로 사람 목숨이 다치니 어찌 불쌍하지 않겠는가.

사실, 조선사람끼리 마구 싸워야 할 일이 아니거늘 이렇게 골육상전하니 어찌 애달픈 일이 아니겠는가.

또한 공주 한밭 일을 이야기한다 해도 비록 봄 사이에 일어났던 일에 대한 앙갚음이라 하나 일이 참혹했기 때문에 후회해도 미치지 못하여 요즘 많은 군대가 서울을 누르고 있어 방방곡곡의 인심이 몹시 어수선한데 우리가 서로 편을 갈라 싸우면 그야말로 골육상전이다.

한편 생각해보면 조선사람끼리라도 서로 나가는 길을 다르나 왜를 물리치고 화의를 물리치자는 뜻은 같다.

두어 자 글로 잘못알고 있는 것을 풀어 알게 하려하니 각기 이 글을 돌려보고 임금에 충성을 다하고 나라를 걱정하는 마음이 있으면 곧 의리로 돌아오라. 같이 의논하여 왜를 물리치고 화의를 물리쳐 조선이 일본 땅이 되지 않도록 한마음이 되어 힘을 합쳐 큰 일을 이루자.

갑오(1894) 십일월 십이일(양력 12월 8일)

동도창의소

전봉준은 끝까지 동학봉기가 나라와 백성을 위한 것이며 일본의 세력을 이땅에서 몰아내기 위한 것이라는 것을 모든 사람들에게 알리려고 애를 썼다. 따라서 우리 민족이면 너나 할 것 없이 모두 힘을 합쳐 동학봉기가 성공을 거둘 수 있도록 도와야 한다고 힘주어 설명했다.

그러나 이미 일본군의 통제 아래 들어간 관군은 막강한 일본군의 화력을 실제 눈으로 보고는 강한 쪽에 붙기로 마음을 먹었으니 전봉준의 외침에 귀를 기울일 까닭이 없었다.

✻

우금치 전투에서 동학군이 무너지고 노성으로 후퇴했다가 다시 남쪽으로 밀리고 있을 무렵 능티와 봉화대 사이의 골짜기를 빠져나와 납다리로부터 판티에 이르는 길에 3명의 지리산패가 들어섰다.

3명 모두 복면으로 얼굴을 가리고 있었으나 두 사람의 부축을 받으며 왼쪽 다리를 절고 있는 사나이는 두억시니가 분명했다.

두억시니는 왼쪽 허벅지에 총상을 입어 질끈 동여맨 수건 밖으로 배어 나온 피는 새카맣게 변색되어 있었다.

"두령! 괜찮으십니까?"

족제비가 걱정스러운 말투로 묻는다.

"그래, 괜찮아. 다행히 총알이 근육만 찢었지 뼈를 깨부수지는 못했어. 조금 아프긴 하지만 별 탈은 없을 거야."

두억시니는 복면 속의 눈가에 엷은 미소를 띄울 만치 여유가 있었다.

"두령! 흑룡은 어디에 두셨습니까? 흑룡이 있으면 이동하시기에 편하실텐데……."

"음, 이제 큰 길에 나섰으니 흑룡을 불러야지. 잠깐 쉬자."

걸음을 멈춘 두억시니가 고개를 들고 하늘에 대고 긴 휘파람을 불었다. 높은 음정의 긴 휘파람은 날카로운 비수마냥 허공을 날아가는 듯했다.

두번째 휘파람을 분 두억시니는 족제비에게 땅에 귀를 대 보라고 말했다. 두억시니가 시키는 대로 땅에 귀를 대고 있던 족제비의 눈이 커졌다.

"두령! 오고 있습니다. 흑룡이 오고 있습니다."

"그럴게야, 그러게 흑룡이 명마이지."

그제서야 따각! 따각! 말이 달려오는 말발굽 소리가 들리기 시작했다.

얼굴 없는 軍師 두억시니

족제비와 갈매기는 넋나간 듯 흑룡이 비탈을 달려 내려오는 모습을 지켜보고 있었다.

두억시니를 내려놓고 난 뒤 흑룡은 나지막한 언덕에 몸을 숨기고 있다가 주인이 휘파람으로 부르자 모습을 나타낸 것이다.

"정말 웬만한 사람보다도 낫군."

감탄하듯 족제비가 내뱉았다. 왼쪽 허벅지를 다쳤는데도 두억시니는 오른쪽 다리의 놀라운 점프력으로 흑룡의 안장에 거뜬히 올라탔다. 족제비와 갈매기는 또다시 놀란 눈초리로 자신들의 두목을 바라보았다.

'두령은 참 대단한 분이시다. 왼쪽 다리에 총상을 입고도 말 위에 뛰어오르시니 참으로 대단한 힘과 재주를 지니고 계시다' 처음 두억시니가 왼쪽 허벅지에 부상을 입었을 때는 앞이 캄캄했던 족제비와 갈매기도 두억시니가 혼자서 말에 거뜬히 오른 것을 보고는 좀 마음이 놓였다.

말에 올라탄 두억시니와 걷고 있는 족제비와 갈매기는 효포를 지나 남쪽으로 향했다.

"우리 동학군이 우금치에서 박살이 났겠군."

두억시니가 갑자기 생각난 듯 담담한 말투로 전투 이야기를 끄집어냈다

"……."

두억시니 말대로 일본군의 기관총에 많은 동학군이 피로 물들었고 끝내는 패주하고 말았을테니 할 말이 없었던 것이다.

"그리고 관군은 아마도 내가 죽었다고 떠들어대고 있을 거야."

"아니? 두령께서는 이렇게 멀쩡히 살아계신데 어찌……?"

"일본군 기관총에 구렁이 녀석이 목숨을 잃지 않았는가? 그들은 구렁이가 죽은 것을 내가 죽었다고 알림으로써 관군의 사기를 높이고 우리 동학군의 사기는 떨어뜨리려 했을꺼야."

"딴은 그럴지도 모르겠군요."

"지금은 매우 중요한 형국이니 관군이나 일본군이 그런 정도의 모략은

서슴없이 펼쳤을 걸세."

두억시니는 일이 어떻게 돌아가고 있는지 정확히 꿰뚫어보고 있었다.

"두령! 큰 길은 관군이나 일본군의 눈에 띄기 쉬우니 샛길로 들어서시죠?"

"음! 그게 좋겠군."

이들이 큰 길에서 벗어나 샛길로 들어서서 얼마쯤 갔을 때 어디선가 터질 듯한 남자아이의 웃음소리가 들려왔다.

"어! 저 소리는 자갈의 웃음소리가 아닌가?"

순간 두억시니의 눈에는 평화로움이 깃들었다.

*

우금치의 일본군 기관총 진지를 기습하려다가 실패한 지리산패 가운데 다리를 다친 두억시니, 그의 심복 족제비 그리고 지리산패에 들어온 지 얼마 안 되는 갈매기 세 사람은 후퇴하면서 관군이나 일본군의 눈에 띄지 않도록 납다리로부터 판티에 이르는 큰 길을 벗어나 샛길에 들어서서 얼마 지나지 않아 어디선가 남자아이의 웃음소리를 들려온 것이었다.

웃음소리를 듣는 순간 두억시니의 눈에서는 잠시나마 긴장의 빛이 사라지고 평화로움이 베어 나왔다.

"맞습니다. 두령, 저건 분명히 자갈의 웃음소리에 틀림없습니다."

족제비의 목소리도 밝아진다. 두억시니를 찾아 분이와 자갈의 어린 남매가 지리산패 본부를 떠나 공주쪽으로 향했다는 소식에 마음 조리고 있던 차에 뜻하지 않은 곳에서 자갈의 웃음소리를 들었으니 반가울 수밖에 없었다.

"저기 나무 사이의 저 집인가 봅니다."

갈매기가 손을 들어 폐가처럼 보이는 허름한 집을 가리켰다.

"그런 것 같군. 그리로 가보세."

흑룡을 탄 두억시니가 고삐를 늦추고 말을 천천히 몰자 족제비와 갈매

얼굴 없는 軍師 두억시니

기는 그대로 사방을 경계하면서 함께 걸음을 옮겼다. 몇 발자국 옮긴 뒤 갑자기 두억시니가 다시 말고삐를 죄며 그 자리에 멈추었다.

"……?"

족제비와 갈매기는 두령이 왜 갑자기 걸음을 멈추었는지 몰라 의아한 표정으로 말 위의 두령을 바라보았다.

"족제비! 자네는 못 느꼈나?"

"네? 두령! 무엇을 말씀하십니까?"

미쳐 두억시니의 대답을 듣기 전에 족제비는 온 신경을 날카롭게 곤두세워 사방의 낌새를 살펴본다.

"아, 두령! 살기가 저 집에서 피어오르고 있습니다."

"그렇지? 억누르고 감추려하고는 있으나 분명 살기를 느낄 수 있어. 그러니까 자갈과 분이 말고 다른 사람, 아마도 우리 목숨을 노리는 자객이 함께 있는 거야."

그들은 잠시 그 자리에 멈추어선 채 각자 생각에 잠겼다. 분이와 자갈이 인질로 잡혀있으니 섣불리 움직였다가 자칫 꼬마들이 다치거나 목숨을 잃을 위험이 있다. 남매가 잡혀 있지만 않다면 창문으로 불붙인 다이너마이트를 던져 넣어 터뜨린 다음 튀어나오는 적을 표창이나 육혈포로 해치우면 가장 간단하다.

그러나 두억시니가 그토록 아끼고 귀여워하는 꼬마 두 명이 암살자들과 함께 있으니 문제는 결코 간단하지가 않다.

"번개탄을 던져 넣고 들이닥쳐 보는 수밖에 없을 것 같네."

한참 궁리 끝에 두억시니는 생각을 굳힌 듯 말했다.

"족제비! 집안에 들어가면 자네가 꼬마들을 지켜주게. 자객들은 나와 갈매기가 해치울테니……."

두억시니는 말에서 내려 왼쪽 다리를 약간 절면서 자갈의 웃음소리가 들려왔던 집으로 천천히 다가갔고 두 사람의 지리산패도 뒤를 따랐다.

＊

관군과 일본군의 화력에 치명적인 타격을 입고 노성으로 후퇴한 동학
군은 다시 남쪽으로 남쪽으로 뒷걸음질치고 있었다.

'1만 명이 넘던 동학군은 두 차례의 큰 격전을 치르고 난 뒤 3천 명으
로 줄었으며 막판에 또다시 두 차례의 싸움을 겪고 난 뒤에는 5백 명밖에
남지 않았다'고 뒷날 잡힌 전봉준은 털어놓았다.

우금치에서 큰 타격을 입은 동학군은 한 덩어리가 되어 질서있게 후퇴
한 것이 아니라 일부는 논산으로, 다른 일부는 은율 방면으로 퇴각했다.

전봉준이 이끄는 동학군은 논산 남쪽의 황화대에 이르러 멈춘 뒤 뿔뿔
이 흩어져 내려오는 동학군을 집결시키고 싸울 태세를 다시 정비했다. 황
화대는 들판 가운데 우뚝 솟아 있어 다가오는 관군의 움직임을 한눈에
알아볼 수 있었다.

장위영군을 이끌고 있는 이두황은 망원경으로 동학군의 움직임을 살펴
보고 뒷날 이렇게 썼다.

　　　주위가 완만했다. 적병(동학군의 군사)은 사방에 늘어서 있었다. 번갈아
　　가며 여러 종류의 총을 쏘는데 그 소리가 각각 달랐다. 천보총은 소리가
　　크고 총알이 멀리 나갔으며 후둔총은 소리가 가늘고 쏘는 것이 급했다.
　　화승총은 소리가 엷고 총알이 멀리 나가지 못했다.

최신무기를 갖춘 관군과 일본군에 견주어 동학군의 무기는 이것저것
잡다했다. 황화대에서 동학군은 이틀 동안 저항했으나 실제로 관군에게
는 별다른 피해를 주지 못한 채 또다시 남쪽으로 후퇴할 수밖에 없었다.

장용진의 통위영군, 이두황의 장위영군 그리고 모리오 대위가 이끄는
일본군이 황화대의 동학군을 깨뜨린 뒤 후퇴하는 동학군을 뒤쫓으면서
사격하니 동학군이 맞아쓰러져 길가에는 버려진 수많은 시체가 널려있
었다고 기록되어 있다.

이때 강경 방면에서 동학의 여산접주 최난선은 1천 명이 넘는 군사를

　　　　　　　　　　　　　얼굴 없는 軍師 두억시니

이끌고 올라와 후퇴하는 동학군의 패잔병을 거두어 합류시켜 그래도 3천 명까지 불려놓았다.

그러나 이때쯤 되니 최난선이 이끄는 동학군의 숫자는 비록 3천 명에 이르렀어도 거의 모두가 훈련도 제대로 못받은 데다 기강도 잡혀있지 않아 그야말로 오합지졸이나 다름없었다.

반격을 가하려던 최난선 부대는 관군과 일본군의 엄청난 화력에 압도당해 뿔뿔이 흩어지면서 최난선은 함열에서 목이 잘려 효수된 뒤 한참 만에 그의 가족에게 두개골만이 전달됐다.

✳

"온다. 틀림없이 두억시니와 그의 패거리인 지리산패야."

"두억시니는 왼쪽 허벅지를 다친 모양입니다. 상처 위를 묶은 헝겊에 피가 베어나오고 있네요."

"집안으로 들어오면 아직 방안의 어둠에 눈이 익숙해지기 전에 육혈포와 표창으로 해치워 버려야겠다. 마침 이쪽도 3명이고 저쪽도 3명이니 한 사람씩 맡으면 되겠구나."

집안에서는 일본여자 오또미 그리고 민비의 신변을 지켜온 진덕과 선덕이 창문 사이로 밖을 살펴보며 두억시니와 그의 부하 두 명을 어떻게 쓰러뜨릴 것인가를 놓고 이야기를 나누고 있었다.

이들은 두억시니가 탄 흑룡의 말발굽소리를 듣고 미리 자기네 공격목표들이 가까이 오고 있음을 눈치채고 있었다.

방구석에는 분이와 자갈은 어째서 갑자기 입에 헝겊으로 자갈이 물려지고 두 손발이 묶여져야 하는지 도무지 이해가 되지 않았다.

"얘들아, 잠시만 참아. 금방 풀어줄테니까……."

진덕과 선덕은 분이와 자갈을 각각 묶으면서도 말씨가 다정했다. 자갈과 분이는 고개를 끄덕이며 반항하지 않고 순순히 묶였다. 무슨 피치 못할 사연이 있길래 그들이 자신을 묶는 것이려니 하고 생각할 뿐이었다.

“다 왔어!”

진덕이가 목소리를 죽이며 속삭였다. 오또미, 진덕, 선덕의 세 여성은 각자 품안에서 육혈포와 표창을 꺼내 두억시니가 방안으로 들어오면 즉각 목숨을 노릴 태세를 갖추었다.

분이와 자갈도 긴박한 상황을 눈치채고 무엇인가 심상치 않은 일이 벌어질 것이라는 두려움에 온몸이 굳어 있다.

“끼익!”

방문이 조금 열리면서 방안에 굴러들어온 것은 심지에 불이 붙은 검고 둥근 덩어리였다.

“앗! 번개탄이다!”

“아차!”

세 여성이 함께 놀라움에 비명을 질렀으나 때는 이미 늦었다.

“콰콰쾅!”

우렁찬 폭음소리와 함께 눈부신 빛이 환하게 밝히는 바람에 방안에 있던 사람들은 한결같이 눈을 두 손으로 가리거나 눈을 감을 수밖에 없었다. 두 손발이 묶여있던 남매도 눈을 감았다.

다음 순간 문을 박차고 족제비와 갈매기가 방안에 뛰어들어와 각각 칼을 오또미와 진덕의 목에 겨냥했고 뒤따라 들어온 두억시니는 선덕의 오른팔을 뒤로 꺾어 쥐었다.

“허허! 이번에는 여자를 자객으로 보냈군. 그래 어쩌다가 이렇게 험한 임무를 떠맡았소?”

두억시니가 꺾어 쥔 선덕의 오른팔을 비틀자 ‘아아!’ 하고 아픔을 견디다 못한 선덕의 입에서는 비명이 흘러나온다.

그사이 족제비는 재빨리 방구석의 분이와 자갈의 포박을 풀어 주었다.

“아찌!”

부셨던 눈이 사방을 보는데 익숙해지자 자갈이 얼굴 가득히 웃음을 띠면서 두억시니에게 매달렸다.

"아저씨!"

분이도 재빨리 두억시니에게 매달렸다.

"그래, 너희들 모두 별일 없는 모양이구나."

복면 속에서 두억시니의 눈은 웃고 있었다.

✻

"누가 시켰소? 당신네들도 갑자대 소속이오?"

두억시니의 물음에도 세 여자는 아무 말 않고 번개탄에 눈이 부셔 오히려 상대방에게 당한 것이 원통하다는 듯 눈은 투지에 불타고 있었다.

"두령, 시간이 없습니다. 아무리 여자라 해도 육혈포와 표창 등 무기로 우리를 죽이려 했으니 관군이나 일본군이 보낸 자객임에 틀림없으니 당장 처형해 버리시죠?"

억양없이 담담하게 내뱉는 족제비의 말은 차라리 무시무시했다. 세 여자도 이제는 별도리가 없음을 알고 있었다. 상대방을 죽이려 했으니 실패하면 자기네가 죽는 것이 당연했다.

"아찌! 죽이지마! 이 누아(누나)들 죽이지 마! 일본누아도 그렇고, 조선누아도 그렇고, 우리에게 먹을 것도 주고 잘해 주었어. 죽이지 마!"

눈을 크게 뜬 자갈이 세 여자를 죽이는 것이 큰 잘못이라는 듯 두억시니에게 당부하자 분이도 그 옆에서 고개를 끄덕여 자기도 동생과 같은 뜻임을 나타냈다.

"하하하하!"

모처럼만에 두억시니는 호탕하게 웃음을 터뜨렸다.

"이 여인들이 꼬마들에게는 잘해준 모양이군. 한 사람은 일본여성이라니 미나미 대좌가 보냈을 것이고 나머지 두 명은 민비 아니면 보낼 사람이 누가 있겠나?"

두억시니의 이 말에 세 여자는 속으로 놀라지 않을 수 없었다.

"그래, 자갈과 분이의 부탁이니 살려주마. 그러나 무기는 하나도 빠짐없이 내놓아라."

두억시니의 지시에 따라 세 여자는 육혈포, 표창, 단도 등을 방바닥에 내려놓았다.

"분이야, 언니들 몸에 다른 무기를 감추어 지니고 있는지 살펴보아라."

이 말을 듣고 오또미는 두억시니를 바라보았다.

'우악스러운 도적떼인 줄 알았더니 그렇지 않은 모양이구나. 여자의 몸에 함부로 손을 대지 않고 몸을 뒤지도록 하는 것을 보면……' 오또미와 선덕의 몸을 뒤진 분이가 진덕이를 향해 손을 내밀어 뒤지려 했을 때 진덕은 재빨리 품속에 마지막으로 감추어 두었던 표창을 쳐들었다.

하지만 족제비의 동작이 한 박자 빨랐다. 진덕보다 먼저 던진 족제비의 표창이 진덕의 오른팔과 어깨살을 도려냈다.

"윽!"

어깨를 움켜 쥔 진덕의 왼손 손가락 사이로 피가 흐른다.

"쓸데없는 짓을 했군. 목숨에는 지장 없으나 앞으로 오른손으로 무기를 쓰기는 힘들 거야."

말을 마친 족제비는 허리춤에 찬 주머니에서 고약과 붕대를 꺼내 선덕에게 넘겨주었다.

'지리산패는 훌륭한 무사도를 지니고 있구나. 싸울 때는 있는 힘을 다해 싸우지만 이기고 나면 적에게 관용을 베풀고 부상을 치료해 주려고 하니 말이야' 오또미는 두억시니와 지리산패에 대한 자신의 생각이 그릇된 것이었음을 깨닫게 된다.

진덕의 부상에 대한 응급처치가 끝나자 두억시니는 세 여자에게 떠나라고 말했다.

"세 분은 비록 여인의 몸이지만 무예에 뛰어났기에 우리를 암살하는 임무를 맡았을 것이라 생각되오. 한 마디만 하겠소. 여인의 무예는 자기 자신을 지키는 것으로 족하오. 먼저 남을 공격하지는 마시오. 가보시오."

흑룡에 올라탄 두억시니와 족제비, 갈매기 그리고 분이와 자갈이 남쪽으로 향하는 것을 세 명의 여인들은 오랫동안 지켜보고 있었다.

✳

남으로 향하는 길은 피로 얼룩진 길이었다. 관군과 일본군에 밀려 남쪽으로 내려가면서 희생당한 동학군의 시체와 그들이 지니고 있던 무기가 이곳저곳에 널려있었다.

두억시니와 그의 부하 두 명 그리고 분이와 자갈 남매는 논산을 지나 황하대에서 두 패로 갈라졌다.

"자아, 여기서 분이와 자갈은 갈매기 아저씨를 따라 지리산에 돌아가 있거라. 이제 아저씨의 얼굴도 보았으니 가서 다른 아이들에게 안부도 전해 주거라. 특히 추월이가 너희들 걱정을 많이 하고 있을 게다. 아저씨는 전봉준 장군을 꼭 만나야 한다. 머지않아 전쟁이 끝나면 아저씨도 지리산으로 돌아가겠다."

흑룡에서 내린 두억시니는 허리를 낮추어 자갈과 눈높이를 맞추어 차근차근 알아듣도록 타일렀다.

한동안 두억시니의 눈을 말끄러미 바라보고 있던 자갈이 이윽고 고개를 끄덕였다.

"아찌. 정말이지? 죽지 않고 지리산으로 돌아오는 거지?"

어려서 아무것도 모르는 줄만 알았더니 두억시니가 얼마나 위험한 일을 해내고 있고 자칫하면 목숨까지 잃을지 모른다는 것을 자갈이 염려하고 있음을 깨달은 순간 두억시니의 눈앞이 흐려져 왔다.

"……."

대답 대신 두억시니는 자갈과 분이를 번갈아 살포시 껴안아주고 말 위에 올랐다.

"갈매기! 꼬마들을 잘 부탁하네."

"염려마십시오. 두령! 샛길만 골라서 관군의 눈에 띄지 않고 무사히 지리산으로 돌아가겠습니다."

"그래, 분이와 자갈은 아저씨의 말 잘 듣고 먼저 지리산에 가 있거라. 아저씨도 머지않아 따라 가마."

또 한 차례의 이별에 헤어지는 사람들의 가슴을 아프게 만들었다. 갈매기는 분이와 자갈을 데리고 샛길로 지리산을 향했고 두억시니와 족제비는 사람들에게 물어물어 동학군이 후퇴한 길을 따라 남으로 내려갔다.

'빨리 전봉준 장군을 만나지 못하면 장군의 목숨이 위태롭기만 하다' 두억시가 남으로 내려가면서 들은 소식을 종합해 분석해보니 사태는 거의 절망적이었다.

'녹두 장군이 내려온다!' 는 소식에 지방의 농민들이 동학군 대열에 참여해서 잠시 그 수효가 늘어났어도 그것이 바로 전투력의 증강으로는 이어지지 않았다.

무기가 없는데다 새로 끼어든 농민들은 전투훈련을 전혀 받지 못한 사람들이라 인원만 과시하는 데 도움이 됐을 뿐이다.

잠시 인원만 불렀다가 추격해오는 관군과 일본군에게 무너지고 또다시 후퇴하면서 인원을 불렀다가 또다시 무너지기를 되풀이하면서 동학군은 점점 그 군세가 시들어만 가고 있었다.

'이래서는 안 되는데…… 근본적인 대책을 세워야 할텐데……' 두억시니가 마지막으로 기대를 거는 것은 전봉준이 김개남, 손화중과 하나로 뭉쳐서 산에 들어가 관군에게 일격을 가해 전세를 뒤집음으로써 호남을 중심으로 영남, 충청, 경기지방에 봉기의 불길을 다시 당기는 것이었다.

'만약, 김개남, 손화중 두 장군과 손을 못 잡고 각기 행동하다가는 모두 당하고 만다. 빨리 하나로 뭉쳐야 하는데……' 남으로 남으로 내려가는 두억시니의 마음은 급하기만 했다.

여덟번째 이야기
꿈은 사라지고…
종로 4거리에 내 피를 뿌려주오

논산을 떠난 전봉준이 전주성에 들렀다는 이야기도 남아있으나 사실이 아닌 듯싶다.

전봉준은 남으로 내려가면서 동학군을 어떻게 재정비하느냐에 온통 머리를 썼다. 공주까지 쳐올라갔던 동학군이 관군과 일본군에게 밀려 다시 남으로 내려오자 동학군에게 협조적인 자세를 보였던 관리들이나 토호 가운데 동학군에 등을 돌리는 자가 적지 않게 나오기 시작했다.

'전세가 동학군에게 조금 불리해졌다고 해서 배신하는 관리와 토호를 그대로 놓아두었다가는 줄줄이 배신자만 늘어날 것이다. 호되게 본뗴를 보여야 한다' 전봉준은 동학군에게 협조하지 않게 된 관리와 토호들을 매우 엄하게 다스리라고 지시했다. 엄하게 다스린다는 것은 피비린내 나는 다스림도 포함되어 있었다.

하지만 전봉준의 이 지시도 제대로 시행되지 않았다. 전봉준 자신이 숨이 턱에 닿도록 다급하게 쫓기고 있는 데다 이끌고 있는 병력도 약해서 그의 지시도 권위가 서지 않는 지경이었기 때문이다.

12월 20일 관군의 교도대가 전주성에 입성했고 그 다음날에는 이두황이 이끄는 부대가 전주성에 들어왔다.

그 무렵 이노우에 공사는 이또 병참 사령관과 협의하여 수비대 가운데 1개 중대를 동학군 추격에 지원하도록 했다.

일본군의 동학군 토벌 사령관인 미나미 대좌도 전주성 선화당에 머무르면서 작전지휘를 했다. 미나미 대좌가 가장 경계한 것은 동학군이 경상도쪽의 산악지대에 들어가는 것이었다.

동학군을 세 방향에서 몰아세워 나주 근방에서 결판을 내는 것이 일본군의 작전이었다. 따라서 동로분진대는 동학군이 경상도 경계에 있는 산

얼굴 없는 軍師 두억시니

속으로 들어가지 못하도록 처음부터 끝까지 산기슭을 따라 전진했다.

또 서로분진대는 반대쪽에서 동학군을 몰았고 본대는 두 분진대보다 조금 늦게 가운데에서 동학군을 추격했다.

'농학군이 산이 높은 경상도에 들어가 유격전을 펼치게 된다면 골치 아프게 된다. 그러기 전에 평야인 호남에서 무너뜨려야만 한다' 동학군이 산악지대에 들어가 지구전을 펼치면 골칫거리라는 것을 잘 알고 있는 미나미 대좌는 마음이 조급했다.

두억시니의 작전계획이란 바로 미나미 대좌가 경계하고 있는 대로 전봉준이 김개남, 손화중과 하나로 뭉쳐 동학군을 재정비한 뒤 산으로 들어가 지구전을 펼치며 여기저기 관군과 일본군의 진지를 기습하는 유격전을 펼쳐 온 나라 안에 봉기를 불러일으키자는 것이었다.

'이제는 다른 방법이 없다. 전봉준 장군을 빨리 만나 김개남, 손화중 장군과 합류하도록 힘쓰고 그것이 제대로 이루어지지 않으면 먼저 전봉준 장군만이라도 산에 들어가야만 장군의 목숨과 봉기의 불씨만이라도 그나마 살릴 수 있다' 족제비와 함께 두억시니는 강경을 거쳐 금구 원평으로 향하고 있었다. 바로 전봉준이 몇 안 되는 패잔병을 거느리고 내려간 코스를 뒤따라가고 있었다.

＊

금구 원형으로 내려가는 동안에도 일본군의 추격은 끈질겼다. 전봉준의 뒤를 바짝 쫓는 일본군은 후퇴하는 전봉준의 동학군에 사격을 가해 9명을 죽이고 9명에 부상을 입혔다고 일본군 기록에는 적혀 있다.

12월 21일(양력) 새벽 교도대장 이진호가 350명의 병력을 이끌고 일본군과 함께 금구를 떠나 원평에 이르니 구미란 뒷산에 전봉준이 이끄는 동학군은 품자 모양으로 진을 치고 있었다.

이때 동학군의 숫자는 수만 명(순무선봉진기록)으로부터 5~6백 명(양호우선봉일기)까지 너무나 다르게 기록되어 있으나 아무래도 많아야 몇 천 명이었던 것 같다. 동학군과 관군, 일본군의 거리는 약 천보였다.

"타타탕! 탕!"

양쪽에서 쏘는 총소리와 함께 아침 9시쯤부터 오후 4시쯤까지 전투는 계속됐다. 불꽃과 연기로 가까운 곳과 먼곳을 분간하기 어려울 정도로 자욱한 속에 함성은 그칠 줄 몰랐다.

산 위에 자리잡은 동학군이 벌판의 관군과 일본군보다 지리적으로는 유리해보였으나 관군의 돌격대가 전세를 판가름내고 말았다.

최영학이 칼을 휘두르며 앞장서 산에 오르자 이에 용기를 얻은 관군과 일본군이 너도나도 뒤쫓아 사방에서 올라가 동학군과 백병전을 벌였다.

무기도 딸리고 훈련도 제대로 받지 못은 동학군은 37명의 희생자를 내고 모두 달아날 수밖에 없었다. 이 싸움에서 관군은 화룡총 10자루, 조총 60자루, 화약 5궤짝, 칼과 창 200자루, 돈 3천냥, 쌀 500석 등을 노획했다.

싸움에 지고 달아나는 전봉준의 몰골은 말이 아니었다. 녹두장군이라 불리울 만치 작은 몸집에 눈은 불타고 있었으나 며칠 동안의 고전 끝에 무척이나 수척해 있어 아직도 그의 곁을 떠나지 않고 있는 충성스러운 부하들의 가슴을 아프게 만들었다.

'아아! 이럴 때는 어떻게 해야 된단 말인가. 군사가 이 자리에 있으면 그의 의견을 들어볼텐데……' 전봉준은 어려울 때마다 자신의 힘이 되어 주었던 두억시니의 존재가 이토록 큰 것이었던가 하고 새삼 느꼈다.

✳

초연이 아직도 자욱한 원평으로부터 태인으로 향하는 길에는 관군과 일본군이 줄줄이 행군하고 있었다.

원평전투에서 패배한 전봉준이 태인으로 내려가 어쩌면 마지막이 될지도 모를 저항을 준비하고 있다는 보고를 받은 관군과 일본군은 동학군의 숨통을 끊기 위해 태인으로 진군하고 있는 것이었다.

"따가닥! 따가닥!"

얼굴 없는 軍師 두억시니

행군하고 있는 관군과 일본군의 뒤쪽에서 말발굽 소리가 들리더니 이내 전립(무관이 쓰는 벙거지)을 깊이 눌러쓰고 몸을 앞으로 숙인 군관 두 명이 말을 몰아 행렬 옆을 지나간다.

말을 모는 건장한 몸집의 두 군관을 관군과 일본군은 그저 자기편의 전령이나 정찰병쯤으로 여기고 있었다. 그럴 수밖에 없는 것이 관군의 군복차림에다 자칫 목숨을 잃을지도 모를 싸움터인 태인쪽을 향해 급히 달려가고 있었기 때문이다.

한 사람은 왼쪽 허벅지에 부상을 입었는지 피가 배어나와 색이 검게 변한 붕대를 왼쪽 허벅지에 매고 검은 말을 타고 있었으며 또 한 사람은 갈색 말을 몰고 있었다.

"이상한데? 아무래도 이상해."

두 사람이 말을 몰아 행렬 옆을 지나간 뒤 관군의 군사 한 명이 고개를 갸우뚱하면서 혼자 중얼거리듯 내뱉었다.

"뭐가 또 이상해? 백주 대낮에 도깨비라도 보았어?"

"그게 아니라 아까 말을 타고 우리 옆을 지나간 군관들 말이야."

"그래서? 그 군관들이 어떻다는 거야?"

"전립을 깊이 눌러쓰고 있지만 두 사람 모두 복면을 뒤집어쓰고 있던 것 같아."

"무엇? 복면……? 아니…… 복면이라면……?"

"내가 잘못 보았나? 틀림없이 복면 차림이었어."

관군의 군사가 본대로 말을 탄 두 군관은 동학군의 군사 두억시니와 그의 심복 족제비가 변장한 모습이었다. 그들은 위험을 무릅쓰고 대담하게 관군으로 변장해서 큰 길을 달려 내려가고 있는 것이었다.

두억시니는 태인의 동학군은 이곳에서의 전투마저 패배한다면 더 이상 물러날 곳이 없다는 것을 잘 알고 있었다.

관군의 군복차림으로 무난히 관군과 일본군의 관할을 통과한 두억시니와 족제비는 거의 태인 가까이에 이르러 달려가던 말의 걸음을 늦추었다.

"자아, 이쯤에서 우리는 관군의 군복을 벗고 다시 지리산패로 돌아가야겠어."

두억시니는 전립을 턱에 걸쳐 묶은 끈을 풀려고 손을 올렸다.

"하긴, 그렇습니다. 이 차림으로 더 앞으로 나가다가는 관군으로 잘못 알고 동학군이 우리를 쏠지도 모르겠군요."

족제비도 대꾸를 하면서 군복을 벗기 위해 말고삐를 놓고 옷깃에 손을 걸쳤다.

"탕! 탕!"

길 양쪽에 매복해있던 동학군 저격병들의 일제사격이 불을 뿜었다. 동학군의 저격병들은 관군 두 명이 말을 타고 가까이 오자 사정거리에 들어올 때까지 기다렸다가 방아쇠를 당긴 것이다.

총 소리가 요한하게 울리자 두억시니와 족제비는 놀라 앞발을 들어올리며 몸을 허공으로 뛰어오르는 말 위에서 땅으로 곤두박질쳤다.

관군과 일본군의 공격을 견뎌내고 용케 살아남은 두억시니와 족제비는 공교롭게도 자기편인 동학군의 일제사격을 받고 말에서 떨어진 것이다.

＊

낮은 신음소리와 함께 오른쪽 허벅지를 움켜쥐는 두억시니의 손가락 사이로 피가 번져 나온다.

"두령! 괜찮으십니까?"

족제비의 목소리가 다급하다. 일본군의 사격으로 왼쪽 허벅지에 부상을 입은 두억시니가 이번에는 같은 동학군의 총알에 오른쪽 허벅지마저 찢겼으니 족제비가 당황하는 것도 무리가 아니었다. 그러나 두억시니는 위급한 상황 속에서 여전히 침착함을 잃지 않고 있었다.

"족제비! 땅에 엎드린 채 꼼짝 말게."

"하지만 두령! 상처를 빨리 치료하셔야 될 것 아닙니까?"

"그다지 걱정은 안 해도 되네. 깊은 상처는 아닌 듯싶으이. 총알이 살점을 좀 도려내기는 했으나 뼈는 깨지지 않은 것 같네. 누운 채로 응급처치하면 되네. 지금 잘못 움직였다가는 또다시 일제사격을 받게 되네."

태인으로 향하는 관군과 일본군의 정찰대가 나타난 것은 이때였다. 적군을 발견한 동학군의 저격병들이 앞의 3명을 쓰러뜨렸다.

바로 관군과 일본군의 총이 불을 뿜어 한동안 총소리가 어지럽더니 화력에서 뛰어난 관군과 일본군이 동학군을 금새 제압해 버렸다. 잠복해 있던 동학군 10명 가운데 8명이 그 자리에서 숨지고 2명만이 살아서 도망쳤으며 관군쪽은 처음에 죽은 3명 말고 한 명이 더 희생됐을 뿐이었다.

한참 총격전이 벌어지고 있는 사이 두억시니와 족제비는 포복자세로 싸움터를 벗어났다. 족제비가 탔던 갈색 말은 총에 맞아 쓰러져 헐떡거리고 있었고 두억시니의 말 흑룡은 찾을 수가 없었다.

"두령! 흑룡을 부르시죠?"

"아니다. 조금 더 벗어난 뒤에 부르는 것이 좋겠어. 지금 자칫 잘못 불렀다가는 그 녀석마저 목숨을 잃게 될지 몰라."

한 20분 가량을 기어서 싸움터를 벗어나 작은 숲속에 몸을 감춘 두억시니는 오른쪽 허벅지를 묶었던 붕대를 풀고 새카만 고약을 발라 임시로 응급처리를 마쳤다.

"족제비! 자네는 급히 전봉준 장군을 만나게. 내가 직접 장군을 뵈었으면 좋겠네만 이 몸 가지고는 도저히 안 되겠어. 나는 온천에서 치료를 하고 있을테니 자네가 좀 다녀와 주게."

"알겠습니다. 두령! 분부대로 하겠습니다. 장군께 전할 말씀은?"

"산으로 들어가시도록만 말씀드리게."

"산으로 들어가시라고요?"

"그래, 지금으로서는 그 길밖에 없어."

말을 마친 두억시니는 고개를 들고 하늘을 향해 높은 음정의 긴 휘파람을 불었다. 얼마 뒤 달려오고 있는 말발굽 소리가 들리기 시작했다.

"흑룡이 오고 있네. 나를 부추겨 말에 태워주게. 그리고 자네는 바로 전봉준 장군에게로 가도록 하게."

✳

태인의 동학군을 공격하려는 관군은 계속 병력을 증강시키고 있었다. 12월 21일(양력) 전주를 떠난 장위영대관 윤희영이 이끄는 100명, 다음날 전주를 떠난 역시 장위영대관 이규식이 인솔하는 140명이 이미 금구에 도착해 있는 관군과 합세했다.

12월 23일 이른 아침 금구를 떠난 관군은 오전 11시쯤 태인에 도착하자 관군과 일본군은 패퇴하면서 뿔뿔이 흩어진 동학군이 몇 명 안될 것이라 생각했지만 높은 산 위에 진을 치고 있는 동학군을 보고 깜짝 놀랐다.

태인에서 전봉준은 김문행, 유공만, 문행 인접들의 동학군을 보태 성황산, 한가산, 도리산 등에 진을 치니 그 수가 5~6천 명은 됐다.

족제비가 전봉준 앞에 나타난 것은 전투가 벌어지기 직전이었다. 족제비를 보자 전봉준의 얼굴에는 반가움과 안도의 표정이 퍼졌다.

"이게 누구인가? 족제비 아닌가? 그래 군사는 어떻게 됐소?"

군사 두억시니만 나타나준다면 무슨 어려움이라도 이겨낼 수 있을 것 같은 희망과 용기를 전봉준은 가질 수 있었다.

"장군! 두령은 양쪽 다리를 모두 다치셨습니다. 우금치에서의 일본군 기관총 진지 기습에도 실패했습니다. 치료를 하시기 위해 계룡산 근처로 가셨습니다."

전봉준의 표정은 금새 다시 어두워졌다. 지금 두억시니가 곁에 있어 도움을 준다면 얼마나 큰 힘이 되겠는가? 그의 말대로 공주를 돌아 바로 서울을 향해 진격했더라면 상황은 달라졌을지도 모른다.

그러나 모두 부질없는 후회일 뿐이다. 두억시니는 크게 다쳐 도저히 움직일 수 없는 상태라 하지 않는가?

얼굴 없는 軍師 두억시니

"그래. 군사가 나에게 전하라는 말씀은 없었나?"

한참 착잡한 심정에 잠겼던 전봉준이 입을 열어 물었다.

"네, 전봉준 장군께서 바로 산으로 들어가시도록 말씀드리라고 당부하셨습니다."

전봉준은 고개를 끄덕였다.

"그렇지. 일단은 깊은 산으로 들어가야겠지. 그래, 그 수밖에 없겠지."

그러나 당장 전투는 눈앞에 다가와 있었다.

"알겠네. 이 전투를 마무리 짓고 군사의 말씀에 따르도록 해보겠네. 자네는 바로 또 군사를 찾아가 보살펴 드려야겠군."

"네. 장군! 소인은 바로 두령 곁으로 가보아야겠습니다."

"그래. 그동안 고마웠네. 자네뿐만 아니라 군사를 비롯한 지리산패 모두에게 감사하네. 여러모로 모자란 나를 지금껏 도와준 지리산패의 정의감을 결코 잊지 않겠네."

전봉준은 손을 내밀어 족제비의 손을 잡았다. 두 사람 모두 이것이 이 세상에서의 마지막 작별이 될지도 모른다는 것을 잘 알고 있었다. 전봉준은 장수막 안의 궤에서 돈꾸러미를 꺼내더니 족제비에게 넘겨주었다.

"노자돈일세. 곧 전투가 시작될테니 지금 바로 떠나게."

족제비는 고개를 깊이 숙이고 막사를 빠져나갔다.

*

태인의 동학군을 공격할 때에도 관군이 크게 의지한 것은 일본군이었다. 일본군 2개 중대는 모리오 대위가 인솔하고 있었다. 모리오 대위를 보좌하고 일본군을 두 패로 나뉘어 움직일 때 한 패를 지휘하는 것은 스즈끼 소위의 몫이었다.

겨울 하늘에 울러퍼지는 나팔소리와 함께 함성을 지르며 산 위의 동학군은 천소총을 아래로 쏘아댔다. 관군과 일본군의 연합군은 대관 윤희영이 이끄는 부대는 서쪽에서 대관 이규식이 이끄는 부대는 동쪽에서 진격해 올라갔다.

화력이 비슷하면 높은 위치를 차지하고 있는 동학군이 우세했겠지만 워낙 관군과 일본군의 화력이 막강해 동학군은 한가산과 도리산에서 물러나 성황산에 집결했다.

뛰어난 최신무기를 지닌 관군과 일본군의 화력에 밀린 동학군은 해가 서산으로 기울기 시작할 무렵 산산히 흩어져 달아날 수밖에 없었다.

관군과 일본군은 도망가는 동학군을 쫓아 20리나 추격해 40명여 명을 사살하고 50여 명을 사로잡았다.

태인을 빠져 나온 전봉준은 장성 노령 밑에 이르자 현재의 상황으로는 정면으로 관군과 일본군에게 맞설 수 없다고 판단해서 일단 자신이 이끌던 동학군 부대를 해산했다.

"언젠가 다시 만나세. 각자 몸을 숨기고 때를 기다려주게."

부대를 해산하면서 전봉준의 말수는 적었다. 무슨 말을 더 하겠는가? 가슴이 찢어지는 아픔을 견디면서 부대를 해산한 전봉준은 장사치로 변장해서 부하 몇 사람과 함께 청류암으로 갔다.

청류암에는 김개남이 아직도 많은 군대를 장악하고 있는 것으로 생각했기 때문이다. 그러나 김개남은 청류암에서 태인으로 이동한 후였다.

청류암에서 김개남이 머무르고 있던 태인의 살내로 찾아가려면 곧바로 북쪽을 향해 올라가야 하지만 그길로 가다가는 남쪽으로 내려오고 있을 가능성이 짙은 일본군과 맞부딪칠 위험이 있었다.

그래서 전봉준은 동쪽에 있는 순창으로 돌아서 태인으로 가기로 했다.

✳

'군사가 권한대로 산으로 들어가자 그전에 김개남 장군을 만나 앞일을 협의하고 함께 산으로 들어가도록 권해보자' 그러나 김개남을 만나러 태인으로 가기 위해 순창으로 들린 것이 전봉준으로 하여금 죽음으로 이끌게 만든다.

얼굴 없는 軍師 두억시니

갑오년(1894년)도 거의 저물어가는 12월 28일(양력) 어둑어둑해진 해질 무렵 전봉준은 순창군 계룡산 밑 피로리로 들어갔다.

이곳에서 전봉준이 지난날의 부하였던 김경천을 만난 것이 그의 운명을 결정짓고 말았다.

"아니, 이게 누구십니까? 전 장군이 어쩐 일로 여길 오셨습니까?"

김경천은 반가운 표정으로 전봉준을 맞이했다.

"자아, 주막으로 가시지요. 시장하실테니 끼니부터 떼우셔야죠?"

김경천은 안내로 찾아간 주막집에서 오랜만에 저녁밥다운 밥상을 받아 앉은 전봉준이 허기진 배를 채우고 있는 사이 김경천은 잠깐 볼일이 있다고 자리를 떴다.

김경천은 본래 고부 덕천면 달천 사람으로 동학이 봉기하자 전봉준의 부하로 있었으나 동학군이 크게 패한 뒤로는 전열에서 벗어나 피로리에 숨어 살고 있었다.

'분명히 전봉준을 잡아서 바치는 자에게는 상금 1천냥과 일등군수의 벼슬을 내리겠다는 현상공고가 나붙어 있지 않은가? 나도 이제 팔자를 고치고 살아야 되겠다' 김경천은 그 길로 지난날 전주감영의 아전을 지낸 한신현에게 '전봉준이 지금 주막에서 밥을 먹고 있다' 고 밀고했다.

"무엇이? 전봉준이 이곳에 와 있어?"

깜짝 놀란 한신현 머리에도 가장 먼저 떠오른 것이 상금 1천량과 일등군수의 감투였다.

한신현은 재빨리 김영철, 정창욱 등 마을사람들을 동원해 전봉준이 밥을 먹고 있던 주막집을 에워쌌다.

"……?"

주막 안에 있던 전봉준이 이상한 낌새를 눈치채고 마당에 내려서자 사립문에는 이미 여러 사람의 장정들이 막아 서 있었다.

"김경천, 네놈이 나를 배신했구나."

전봉준은 몸을 날려 나뭇단을 타고 토담을 뛰어넘었다. 그러나 그가 땅에 내려서는 순간을 기다렸다는 듯 장정들이 몽둥이로 전봉준의 발목을 후려쳤다.

"으윽!"

전봉준이 깨문 어금니 사이로 신음이 새어 나왔다. 발목을 다친 전봉준은 그 자리에 넘어지자 장정들이 달려들어 꽁꽁 묶고 말았다.

나쁜 정치에 신음하던 백성과 기울어져가는 나라를 구하고 이땅의 주권을 넘보는 일본 등의 외부세력을 몰아내기 위해 들고 일어났던 동학군의 기둥 전봉준은 이렇게 덧없이 잡히고 말았다.

전봉준을 잡는데 앞장선 한신현은 약속대로 상금 1천냥과 황해도 금천군수의 자리를 맡았으며 김영철은 300냥, 정창욱은 200냥 그밖에 전봉준 체포에 동원됐던 동네 사람들은 각기 100냥씩을 받았다.

그리고 200냥이 피로리의 가난한 사람들에게 나누어졌다. 그러나 정작 전봉준이 어디있는지를 밀고한 김경천은 별다른 포상을 받지 못한채 떠돌아다니며 빌어먹다가 이평면 길가에서 굶어 죽은 것으로 전해진다.

상금과 감투에 욕심을 내고 옛상관을 배신했으나 동학군에 몸담고 있었다는 흠 때문에 따돌림을 당했을 가능성이 적지 않은 것으로 보여진다.

＊

'전봉준이 체포됐다!' 는 소식은 나라 안을 온통 뒤흔드는 놀라운 소식이었다. 일본공사관도 발칵 뒤집혔다.

일본공사관은 즉각 '전봉준을 일본군에 넘기라' 고 조선정부에게 요구했고 이 요구에 따라 전봉준은 일본군의 미나미 대좌에게 넘겨졌다. 미나미 대좌는 전봉준을 만나자마자 바로 심문했다.

"그대들은 어째서 봉기했는가? 혹시 뒤에서 사주한 자는 없었는가?"

일본측으로서는 가장 궁금한 것이 봉기가 일어나게 된 동기였다. 떠도는 소문대로 대원군이 사주했는지 아니면 또 다른 누가 시켰는지를 일본은 알고 싶어했다.

"우리는 그 어느 누구로부터 사주를 받은 적이 없다. 내가 원래 군대를 일으킨 것은 서울로 올라가 간사하고 나쁜 무리들을 없애기 위해서였다. 그러나 우리들이 서울로 올라가기 전에 흑심을 품은 많은 일본군이 서울에 들어와 방해를 했기 때문에 그 뜻을 이루지 못했다."

미나미 대좌는 전봉준을 바로 서울로 압송하려 했으나 체포될 때 입은 부상이 심해 살이 썩어들어가고 있어 잠시 나주에 머무르게 하면서 일본군의 다까하시 군의관으로부터 치료를 받게 했다.

나주에 잡혀 있던 최경선과 함께 전봉준은 이승우의 군대에 의해 전주 감영으로 옮겨졌다. 전주에서 일본군만의 감시를 받으며 전봉준 등은 서울로 호송되어졌다.

전봉준은 서울에 도착하자 일본공사관에 딸린 감방에 갇혔다. 혹시 전봉준을 따르는 무리들이 그를 탈옥시킬까봐 경비가 삼엄한 일본공사관에 가둔 것이다.

'전봉준이 잡혀서 일본공사관에 갇혀 있다' 는 소식이 퍼지자 그를 보려는 사람들로 일본공사관 앞은 북적댔다.

*

전봉준 말고도 동학군의 거물들은 잇따라 이곳저곳에서 잡히거나 처형당했다.

전봉준의 공주 공격에 힘을 합치지 않고 따로 움직여 청주 병영을 공격하려다 실패한 김개남은 고향인 태인 살내면 느듸에 사는 매부 서영기의 집에 몸을 숨기고 있었다.

이 마을의 아랫마을에는 김개남을 오래 전부터 알던 임병찬이 살고 있었다. 이 임병찬이 전라관찰사 이도재에게 김개남이 숨어 있음을 알려 결국 군사 18명과 포교 3명이 12월 27일(양력) 밤 진눈깨비를 무릅쓰고 80리 길을 달려와 김개남과 그의 부하 3명을 잡아 전라감영으로 끌고 갔다.

김개남을 밀고한 임병찬은 낙안군수를 지낸 적이 있으며 김개남을 잡는데 공이 컸다 해서 임실군수의 자리를 내렸으나 받지 않았고 전라감사가 쌀 20석을 보냈지만 이도 역시 받지 않았다.

아마도 임병찬은 재물이나 벼슬에 욕심이 있어서가 아니라 충심으로 김개남을 반역자로 여겨 밀고했다는 것을 밝히고 싶었던 것 같다.

전라감사 이도재는 김개남이 도망가지 못하도록 그의 손톱과 발톱 사이에 대나무를 뾰족하게 깎은 죽침을 꽂아 놓았다.

이도재는 동학군의 남은 무리나 김개남이 죽인 남원부사의 연고자들이 김개남을 빼앗아 갈 것이 두려워 12월 29일(양력) 전주 서교장에서 그의 머리를 잘라 높게 매달았다.

김개남의 머리는 서울로 보내져서 1895년 1월 25일(양력)부터 사흘 동안 서소문 밖에 효수됐다.

한편 원평전투, 태인전투에서 진뒤 손화중은 고창의 이봉우라는 선비 집안의 재실(무덤 옆에 제사지내려고 지은 집)에 숨어 있었다.

관군은 손화중의 아들을 사로잡아 '손화중 잘들어라! 네가 항복하지 않으면 너의 아들을 죽이겠다'고 위협했다. 손화중도 더 이상 피할 수 없다고 체념하고 재실지기에게 '자네가 나를 체포한 것으로 꾸미면 상금도 타고 벼슬도 얻을 것이니 그렇게 하게'라고 권했다.

손화중은 잡힐 때에도 타고난 성품대로 다른 사람을 생각했던 사람이다. 이렇게 해서 손화중은 1895년 1월 6일(양력) 체포되어 서울로 압송됐다.

나주에 머물고 있던 최경선은 동복의 벽성에 몸을 숨기고 있다가 12월 1일에 관군에게 잡혀 역시 서울로 끌려갔다.

김덕명은 금산명 장흥리 절골에 숨어 있다가 1894년 12월 29일(양력) 주민의 밀고로 잡혔다. 손병희와 손천민 등이 이끌고 있던 호서의 동학군은 장성에서 담양, 순창 경계를 넘어 임실, 산곡을 지나 겨우 1천여 명만이 남아 후퇴하는 동안 곳곳에서 관군과 민병의 습격을 받아 위험을 겪었다.

 얼굴 없는 軍師 두억시니

이들은 충청도 황간, 영동 등지에서 부대를 해산했다.

　전봉준을 비롯한 지도부가 동학군에 있을 때 정의감에 불타는 선비들이 동학군의 깃발 아래 모여 있었으나 지도부가 잡히고 무너지자 그들도 흩어져버려 동학군의 세력은 갑자기 시들고 말았다.

＊

　"전봉준의 마음을 돌려서 일본에게 협조하도록 만들어보게. 그렇게만 되면 우리 일본의 조선 진출에 큰 도움이 될테니 말이야."

　이노우에 일본공사는 정봉준의 사람됨이 통이 크고 통솔력도 있으니 그를 회유해서 친일파로 만들어 보려고 했다.

　전봉준이 부상한 다리를 일본공사관에서 치료를 받는 동안에도 적지 않은 일본사람들이 그를 찾아 일본정부에 협조하고 일본 변호사에게 변호를 의뢰하도록 권유했다. 그러나 전봉준은 이러한 권유에 강하게 고개를 가로 저었다.

　전봉준은 평리원 검사들의 신문을 받을 때에도 전혀 비굴함이 없이 떳떳한 자세와 말투로 대꾸했다.

　1895년 3월 10일부터 시작된 3차 신문의 후반은 주로 일본영사 우찌다가 직접 물었다.

　"정녕 동학의 봉기는 대원군의 사주에 의한 것이 아니었단 말인가?"

　우찌다의 신문은 동학과 대원군의 관계를 캐묻는 것이었다. 전봉준이 옥중에서 남긴 유서는 다음과 같다.

　　때를 만나서는 하늘과 땅이 모두 힘을 합치더니…… 운이 다하매 영웅도 스스로 어찌할 길이 없도다…… 백성들을 사랑하고 올바른 의를 세움에 나는 잘못이 없었건만…… 나라를 사랑하는 붉은 마음 뉘라 알아줄까.

　20일 동안의 신문이 끝나고 또 20일이 지난 4월 23일(양력) 일본공사관에서 전봉준에 대한 최종판결이 내려졌다.

판결의 내용은 '군복을 입고 말을 탄 채 관문에서 변을 일으켰으니 지체없이 참형에 처한다' 는 것이었다.

이날 사형을 선고받은 사람은 전봉준, 최경선, 손화중, 성두환, 김덕명 등이었다. 나머지는 죄의 가볍고 무거움에 따라 형벌을 선고받았다.

사형선고는 받은 날 밤 전봉준은 감방에서 묵묵히 생각에 잠겨 자신이 걸어온 길을 돌이켜 보았다.

후회되는 일은 없었다. 다시 태어나도 불쌍한 백성들을 구하고 쓰러져 가는 나라를 다시 일으키고 이 나라를 침략하려는 일본 등의 외부세력을 물리치기 위해 봉기의 깃발을 올릴 것이었다.

그러나 아쉬운 점이 없었던 것은 아니다. 김개남, 손화중 부대와 힘을 합쳐 공주를 쳤더라면, 또 군사 두억시니의 말대로 공주를 돌아 서울로 바로 진격했더라면 그리고 두억시니의 우금치 일본군 기관총진지 기습이 성공만 했더라면, 마지막으로 김개남과의 만남을 집착하지 말고 두억시니의 건의대로 산에 들어가벼렸다면…… 생각하면 아쉬운 일이 어찌 이것뿐이겠는가?

'다 부질없는 일이다. 역사의 수레바퀴는 아무도 되돌릴 수가 없지 않은가' 판결이 내려지자 그날로 왕의 재가를 받아 4월 24일(양력) 새벽 2시에 무악재(서대문에서 홍제동으로 넘어가는 고개) 아래서 전봉준, 손화중, 최경선, 성두한, 김덕명 등의 교수형이 집행됐다.

교수대에 선 전봉준에게 법관이 가족에게 남길 말은 없느냐고 묻자 그는 '다른 할말은 없다. 나를 죽일 바에는 차라리 종로 4거리에서 목을 베고 오가는 사람들에게 내 피를 뿌려주었으면……' 이라고 말했다.

정식재판을 받은 사람들은 그나마 다행이었는지 모른다. 지방에서는 관군이나 선비들이 주동이 된 민군들에게 잡힌 동학군들은 재판도 거치지 않고 그 자리에서 사형이나 죽임을 당하기도 했다.

사형은 대개의 경우 분노어린 복수의 감정이 끼어들게 마련이라 잔인

  얼굴 없는 軍師 두억시니

할 수밖에 없었다.

그 자리에서 바로 죽임을 당한 자만도 해남 부근에서 250명, 강진 부근에서 320명, 장흥 부근에서 300명, 나주 부근에서 230명, 그 밖에 함평, 무안, 영암, 광주, 능주, 담양, 순창, 운봉, 장성, 영광, 무장 등 각지에서도 각각 30~50명 정도가 집단으로 총살됐다.

그러나 이런 집단학살 속에서도 일부 지방에서는 지방 수령이나 형리에게 뇌물을 주고 풀려난 경우도 있었단다. 얼마를 주면 살아날 수 있었을까? 300냥에서 400냥 정도였다고 전해진다.

부패한 관리를 몰아내기 위해 일어났던 동학의 봉기가 아직 완전히 불 꺼지지 않았는데도 여전히 관리들의 부패는 여기저기서 드러나고 있었다.

＊

관군과 일본군의 막강한 화력에 억눌려 곳곳에서 동학군이 해산되고, 잡히고, 김개남의 목이 효수된 뒤부터 특히 호남 일대에서는 피비린내 나는 살육의 바람이 일었다.

좌선봉장 이규태 및 우선봉장 이두황이 이끄는 고관군과 일본군은 무자비한 동학군 소탕전을 펼쳤다. 동학군에게 협력했다는 작은 빌미만 있어도 결코 무사하지 못했다.

동학군을 진압한다는 구실 아래 이미 무장해제된 동학군은 물론 아무 죄도 없는 양민까지도 마구 닥치는 대로 잡아들여 고문하고 학살했다.

심지어 연약한 부녀자를 욕보이고 마을을 불태우는 일까지 서슴치 않았다. 오죽했으면 오지영은 『동학사』에 다음과 같이 썼겠는가.

갑오(1894년) 12월(음력)부터 조선 남쪽은 관병(관군의 병사)과 일병(일본의 병사)의 천지가 되고 말았다. 동리동리마다 살기가 하늘로 치솟았고 유혈이 가득했다.

동학군이 관병, 일병, 수성군(성을 지키는 군사), 민군에게 당한 참살 광경은 이루 말할 수 없었다. 그 가운데 참혹한 곳이 호남이 제일이었고 충청도가 그 다음이며 또한 경상, 강원, 경기, 황해 등 여러 도에서도 살해가 많았다.

피해자들을 모두 합치면 무릇 3~40만의 많은 수에 이르렀고 동학군의 재산이라고는 모두 관리의 것이 되었다. 집들은 모두 불태웠으며 그밖에 부녀자 강탈, 능욕 등은 차마 다 말할 수가 없는 것이었다

이때 삼남지방의 농민들이 당한 피해의 상처는 두고두고 그들의 가슴에 한을 맺게 만들었다.

뒷날 일본에게 나라를 빼앗기고 이 땅 곳곳에서 의병이 일어났을 때 호남지방 의병의 기세가 전국에서 가장 높았던 것은 우연이 아닌 듯싶다.

✻

동학군이 완전히 깨지고 삼남지방이 '피로 물든 겨울'을 나서 1895년의 봄기운이 지리산에 깃들기 시작했다. 지리산 본부에 있는 꼬마들은 잘 지내고 있었다.

두억시니의 지시에 따라 마련됐던 쌀, 소금, 된장 그리고 고사리, 무말랭이, 우거지 등 말린 야채와 땔감인 장작이 있어 허기지지 않고 꼬마들은 겨울을 날 수가 있었다.

꼬마들을 보살피기 위해 남은 지리산패들은 때때로 산토끼, 노루 심지어 멧돼지까지 잡아다가 꼬마들의 왕성한 식욕을 채워 주었다. 부모도 없이 보살펴주는 사람도 없이 떠돌던 꼬마들에게 지리산패 본부는 낙원일 수밖에 없었다.

꼬마들은 두억시니가 정해놓은 대로 글공부도 하고 호신술과 이어지는 여러 가지 놀이에 시간가는 줄을 몰랐다.

그러나 그들은 자신들을 하나의 인간으로 따뜻하게 대해준 두억시니를 잊는 날이 없었다. 꼬마들과 지리산패들을 위해 밥도 짓고 빨래도 하느라 쉴 틈이 없는 추월이도 마찬가지였다.

언제부터인가 분이와 자갈을 비롯한 꼬마들은 틈만 나면 지리산패 본

부로부터 아래로 내려가는 산길 어구에서 기다리는 버릇이 생겼다. 아무 예고도 없이 불쑥 두억시니가 돌아올 것만 같아서였다.

어제도 오늘도 꼬마들은 산길을 내려다보고 있었으나 두억시니는 돌아오지 않았다.

"아찌는 죽었나?"

자갈이 문득 불길한 생각이라도 들었는지 '두억시니가 죽지 않았냐?'라고 물었다.

"이 바보야! 아저씨는 안 죽어! 아저씨가 왜 죽어?"

화가 난 분이가 다른 사람들이 놀랄 정도로 큰 목소리로 동생 자갈의 의문을 강하게 부정해 버렸다.

'그래 맞아. 두억시니 아저씨는 죽어서는 안 될 사람이야. 그분이 돌아가시면 우리 모두는 어떻게 살라고……? 추월은 분이의 마음을 너무나도 잘 알 것 같았다. 그때 자갈이 껑충 뛰어 올랐다.

"아찌다! 아찌가 돌아온다!"

모두가 깜짝 놀라 산길을 내려다보았다.

산길 저 밑에서는 복면 쓴 지리산패 두 사람이 올라오고 있었다. 한 사람은 검은 말을 탔고 또 한 사람은 그 말의 고삐를 잡고 올라오고 있었다.

"아찌."

자갈이 가장 먼저 달려내려 갔고 그 뒤를 분이는 물론 모든 꼬마들이 그리고 추월이도 따라 달려내려 가고 있었다.

〈끝〉

얼굴 없는 軍師 두억시니

2007년 11월 15일 1판 1쇄 인쇄
2007년 11월 20일 1판 1쇄 발행

지은이 고 두 현
펴낸이 강 찬 석
펴낸곳 도서출판 **나노미디어**
주 소 121-856 서울시 마포구 신수동 448-6 출판협동조합 2층
전 화 02)703-7507 팩 스 02)703-7508
등 록 제8-257호

ISBN 978-89-89292-29-6 03810

정가 12,000원
잘못된 책은 바꾸어 드립니다.